U0553436

百部红色经典

前 夕

靳以 著

北京联合出版公司
Beijing United Publishing Co.,Ltd.

图书在版编目（CIP）数据

前夕 / 靳以著. -- 北京：北京联合出版公司，
2021.7（2023.5重印）

（百部红色经典）

ISBN 978-7-5596-4867-9

Ⅰ.①前…　Ⅱ.①靳…　Ⅲ.①长篇小说—中国—当代
Ⅳ.①I247.5

中国版本图书馆CIP数据核字(2020)第267058号

前夕

作　　者：靳　以
出 品 人：赵红仕
责任编辑：孙志文
封面设计：李雅楠

北京联合出版公司出版
（北京市西城区德外大街83号楼9层 100088）
北京新华先锋出版科技有限公司发行
涿州汇美亿浓印刷有限公司印刷　新华书店经销
字数601千字　787毫米×1092毫米　1/16　38印张
2021年7月第1版　2023年5月第3次印刷
ISBN 978-7-5596-4867-9
定价：89.00元

出版前言

为庆祝中国共产党成立 100 周年，全面展现中国共产党成立以来中华民族辉煌的发展历程、取得的伟大成就和宝贵经验，集中体现中华民族的文化创造力和生命力，北京联合出版公司策划了"百部红色经典"系列丛书，希望以文学的形式唱响礼赞新中国、奋斗新时代的昂扬旋律。

本套丛书收录了近一百年来，描绘我国人民在中国共产党的领导下艰苦奋斗、开拓创新、改革开放的壮美画卷，充分展现我国社会全方位变革、反映社会现实和人民主体地位、弘扬社会主义核心价值观、讴歌中华民族伟大复兴中国梦的 100 部文学经典力作。

本套丛书汇集了知侠、梁晓声、老舍、李心田、李广田、王愿坚、马烽、赵树理、孙犁、冯志、杨朔、刘白羽、浩然、李劼人、高云览、邱勋、靳以、韩少功、周梅森、石钟山等近百位具有代表性的中国现当代著名作家。入选作品中，有国民革命时期探索革命道路的《革命的信仰》《中国向何处去》，有描写抗日战争的《铁道游击队》《敌后武工队》《风云初记》《苦菜花》，有描绘解放战争历史画卷的《红嫂》《走向胜利》《新儿女英雄续传》，有展现新中国建设历程的《三里湾》《沸腾的群山》《激情燃烧的岁月》，有寻找和重建民族文化自信的《四面八方》，也有改革开放后反映中国社会现状、探索中国道路的《中国制造》，同时还收录了展现革命英雄人物光辉事迹的《刘胡兰传》《焦裕禄》《雷锋日记》等。

本套丛书讲述了丰富多样的中国故事，塑造了一大批深入人心的中国形象，奏响了昂扬奋进的中国旋律。这些经历了时间检验的文学作品，在艺术表现形式、文学叙述方式和创作技巧等方面都具有开拓性和创造性，作品的质量、品位、风格、内涵等方面都具有很高的水准，都是有筋骨、有道德、有温度的优秀作品，很多作家的作品都曾荣获"五个一工程奖""茅盾文学奖""鲁迅文学奖""国家图书奖"等奖项。

为将该套丛书打造成为集思想性、艺术性、时代性为一体，展现新时代文学艺术发展新风貌的精品图书，北京联合出版公司成立了由出版界、文学艺术界的资深专家和学者组成的编辑委员会。他们从文学作品的历史价值、文学价值、学术价值、现实意义等维度对作品进行了深入细致的研读和筛选，吸收并借鉴了广大读者的意见与建议，对入选作品进行深入细致的分析与综合评定，努力将"百部红色经典"系列丛书打造成为政治性、思想性和艺术性和谐统一的优秀读物，向伟大的中国共产党成立100周年这一光荣的日子献礼！

前　言

　　在这一个长篇里我企图描写的并不只是琐细的家事，男女的私情，和在日趋衰落的一个大城市的家庭中一些哀感。我希望我的笔是一个放大镜，先把那些腐烂处直接地显现出来，或是间接地衬托出来。要知道这样的家和这样的人物们，——纵然他们有的也有好心肠——已经不能在眼前的世界上存在了。终于当着神圣的抗战的炮声响了起来，首先就把这样的家和这样的人打成粉碎，有路走的只是几个一向不甘随着那个家消沉下去的，才逃出了灭亡。有的虽然是和困苦搏斗，可是还能刚毅地活下去；有的则随了大时代的号角，踏着大步走向前面去了。

　　对于这些时代的儿女们，我怀着无限的敬意，靠了他们，我们的民族才能渡过困苦的关头，走向再生的大路。

目 录

第一部[1]

一

　　春日第一回的雨落了一夜，轻轻的，疏疏的，才适宜地均匀地洒遍地上；从天边钻出来的阳光，洗荡着浓黑的夜色——覆盖着的天顶先显出灰蓝的颜色，其次是高大的树梢和屋顶，终于达到了每间房屋，每个角落。万物都象是喘了一口气，从夜的侵迫下苏醒过来，脱去阴暗的袍子，显出原有美好的姿容和色彩。

　　天晴了，昨晚还为人忧虑的连绵雨已经停止，那碧蓝的天色，很难使人想得到昨夜是落过雨的。空中却吹着一点风，夹了一些春日不应有的寒冷，激荡着这里和那里，随风送过来的是被这一番春雨引发起来的野草和潮湿的土壤的香气。

　　鸽群愉快地在空中翻飞，驮了太阳，轻滑地在空中转着身子，温煦的阳

---

[1]《前夕》是靳以的代表作。其作品在字词使用和语言表达等方面均具有鲜明的时代特色。此次出版，根据作者早期版本进行编校，文字尽量保留原貌，编者基本不做更动。

光象是为它们穿碎了，也许显得更柔和了，嗡嗡地响着的是挂在它们身上的鸽铃。

一朵白云浮在天上，几乎象是透明的，在蓝天上飘着，自如地舒展和卷缩，随了风向在缓缓移动。从哪里来的呢，将要飘到何处去呢，没有主宰，没有动向，它自己也许就是茫茫的吧？也没有人能知道，象那些终日活在梦里的人，莫知所来莫知所从地活在这地上……

才从土中钻出来的草的嫩芽上，顶了灿烂的珠子。夜雨留下了珍贵的遗赠，阳光加上了一闪一闪的光辉。它们炫耀地占满庭径和原野，充分地展现着，使人们十足敏锐地感觉着春天是来了。

傍了那条有庞大河身而只有细流的河，有一座两层楼的建筑（其实那不止是两层，近屋顶象天窗一样的两扇窗，说明那还有一两间低矮的顶楼，想来那是堆积什物的所在）。前面就是秋景街的尽头，这段路很少有行人，显得很静僻。可是只要再朝西走两条街，那就有一幅繁华的街景。

这座建筑的四周围了五尺高的短墙，那上面覆满了植物的蔓藤，象无数尾的蛇交缠着，偃伏着。在夏日一定有繁茂的枝叶包满了墙头，在冬天和初春，只看到裸露的枝干，引起一些人的荒凉之感，那座面南的绿漆门，为阳光和风雨蚀褪了颜色，快要变成灰白了。挂在上面的一方"武进黄寓"的铜牌也黯然无光。原就是深灰色的建筑，也显得荒芜了，至少也看得出它的主人已经不能把精力分到它的上面，任它败坏衰残下去。

进门的右边十几步，有一个干涸了的花池。看到那四周太湖石堆砌的形状，知道它也曾耗费过巧匠的一番心血；可是已经没有一滴水，那不平的池心，扫除要费些手脚的，积了很厚的尘土。去年秋天落下来的黄叶，也都堆在那里，它们必是由一季的风的吹动，终于都落到这低下的所在。和了积雪，在春日里起始溶化了，那些叶子转成乌黑的颜色，腐烂着，发出难闻的气味。

池边是一座小亭，亭子的栏杆原是排了卐字不到头的花样，可是有的断了，有的缺残了。正衬合着在它左边蒙尘的小竹林。从那里建筑到这座小亭有一条碎石铺成的径路，仿佛比没有路的地上更不平整；通到大门的那一条因为时常有人走象是好些，可是中间的那座藤萝架的横木倒下来，也没有修理，就放在一旁。包了树干的稻草，被风吹散了，就是那么零乱地挂着。

一条灰黄色的狗懒惰地睡在门后，把鼻子藏在腹下；但是它的耳朵仍然竖在那里，时不时地张开眼睛，什么也没有看见，就又闭上了。

一群觅食的麻雀在院中落了下来，细碎地鸣叫，朝地上啄着。这次它张开眼睛就不再闭上，缓缓地把鼻子从腹下缩出来，轻轻地站起，把脚爪缩得很妥当，悄悄地移着脚步。它笔直地望着。然后猛然蹿跳过去；可是那群麻雀还没有等到它扑上来，就惊恐地嘈杂地叫着飞开了。

它失望地立在那里，两只耳朵垂着，懒散地踱回去。正在这时候突然有一个轻细的女人的声音在呼唤它，它就停住了，仰起头极力地晃着身躯，摇动着尾巴。

"费利……费利……"

一个纤瘦的女人的身形在二楼的平台上显出来，她俯着上半身，低低地叫唤。她的声音并不大，因为她知道这时候别人还都睡在那里。可是那只被叫着的狗，得意地跑着，跳着，在地上滚一回。（这是很不幸的，因为它这样一做，它的毛就沾了不少泥土。）平台上的人，摇着手，低低地叫着它，好象要它不要那样做；可是它却高兴地吠叫起来：

"汪，——汪，——汪汪汪汪……"

它先还是一声一声的，随着就连下去；她有点急了，不去理它，径自又走进房里去。

二

静宜兀自站在那里，已经有很久很久的时候了。虽然昨夜睡得很早（那就是说还不曾到十二点钟），可是她睡得并不安恬，她总在牵记着一件事似的，时时醒了来；真是再也睡不下去的时候，天还没有十分亮。她觉得很疲乏，可是再也不能睡，就躺在那里用手掌揉着眼睛。

这时候天光才从没有拉紧的窗帘那里显出灰白的影子，一切都很安静，雨也象停了。她听到座钟走着的声音，就坐起望过去，在暗中涂了磷光的钟针，指出还有一刻就是六点。突然那座钟喧闹地响起来，她才要跳下床去止住它，就看到一只手的影子迅速地把它取下去，只一拨它就停止了。好象很熟练，拨过的人又继续睡下去。她微微地笑了，她记起来昨晚静玲睡到床上的时节还和她说：

"大姊，明天可不要忘记叫起我来，至迟六点钟总要爬起身，我不该睡得太多，我要练习吃苦！——其实不要紧，你看，我的闹钟也开好了，你要是睡忘了，它会把我们两个都吵起来。"

她悄悄地披了衣服，溜下床来，把窗帘轻轻地拉开一半，这样她看清了还香甜地睡着的静玲，在她那圆圆的红润的脸上还带了一点笑容，枕旁堆着昨天才从学校里抱回来的几本书，可是和她睡在枕上的还有那个每晚不离开她的洋囡囡，才被她抓下去的闹钟也挤在那里。静宜在心中笑着，走过去把落在地上的棉被替她盖好，把钟拿起来放到小桌上，再轻轻地把那个洋囡囡也为她移开。这时候她张开两只大眼睛，望了望，什么也不说，闭上眼又睡下去。忽然她觉到有一阵呛嗽来了，怕惊起还在睡着的静玲，就急急地用手绢掩了嘴。她那苍白的脸涨红了，眼睛里也满了泪。她就赶忙把衣服穿好，扣好，推开门站到平台上去。

她已经有二十七岁了，虽然青春曾一番驻足之后又远远地离开，可是她那美好的脸型仍是一点也没有变迁。她披了快要到两肩的乌黑长发，显得她的脸更瘦了些，纤白些：因为脸的颜色，就衬得她的一双眼睛更大更黑。那双眼睛一点也不使人感到恐怖，当她注视着的时候，随着她的眼光投上去的是温柔，同情，好象要来洗涤别人的灵魂似的。一颗不良的心会在那下面颤抖，和善人却会觉得她是更可敬爱些。眼眶的周遭明显地露出了青晕。在青晕的下面，看出一些散布着的灰黑的斑点。并不十分多，若不是和她极近地面对着是不会看出来的。她有不高不低的身材，只是瘦了些，显得象是高了些。她的嘴十分秀美，却没有红润的颜色，她的手是瘦长的，垂着的时候，看得出青色的筋络。

她站到平台上，清新的空气象水一样地洗着她的全身，她微微地打了一个冷战，她把两只交叉的手放到腋下，长长地吐了一口气，就凭了栏杆伫立。朝左边望去，那条河南北地躺在那里，河身中狭小的水流缓缓地淌着，只是一夜微雨，就显得那水流更大了些。她还记得当她只有十几岁的时候，那河流是很宽广的，到晚上她最欢喜一个人坐在平台上细数来往船上的灯火和听清澈的船夫的歌声。可是这许多年来这河就干了，只空有一个河的名字。每年她都盼望夏雨会使那条河重复象一条河，但是只有失望每年等了她。生在河心傍了流水的一排垂柳，虽然还没有生出叶子来，却伸着渐渐柔弱的枝条，在空中轻轻地拂动着。有的已经垂到水面，扫着漾在上面的丝丝波纹。

她把右手缩出来，掠着自己的头发，觉着脸和手都是凉的。她把眼看到远处去，青紫色连接起来的天边，在地面上曳长着，无尽地伸展着。她极力看过去，那只是一片茫茫，什么也不曾望到，鸽铃正自象谜似的在头上响着。

她象呆了似的站在那里，不知道是想些什么或是什么也没有想。只是那忽远忽近的鸽铃带了她，那含一点迷惑性的声音抓住了她的心，她连自己也忘记了似的站着。那群惊飞起来的麻雀扰乱了她，她才象醒了似的望下去，正看到那条失望的狗懊丧地站着，她就轻轻地叫着它。

她看到它的欢跃，它的得意，她生怕会惊起了别人，就急急不再管它，走到房里去。

工厂的汽笛正自把那由细而粗的声音塞满了空中，整个天地都被它搅动了似的。

静玲还是纹丝不动地睡在那里，她心里想："我是不是要把她叫起来呢？"她站在那里犹豫了一下，终于又提着脚步到间壁的小房里去梳洗。

"是的，七点钟，……我七点钟一定得到了那边，……谈半个钟头就够了，……那么，那么至迟八点钟我又能赶回来，……什么事情也不会耽误。"

她一面洗脸一面在心里计算着，自然而然地就快起来，很怕误了事情。她又回到自己的房里，换一件深青色的薄棉袍，穿好鞋子，还披上一件很大的毛披肩，才悄手悄脚地出来。她轻轻地溜进母亲的房里，用手摇醒了睡在小床上的阿梅。

"呵，呵，谁，谁？……"

阿梅惊恐似的叫着，可是她立刻就低低地说：

"不要怕，是我，是我。"

"大小姐么？真吓坏了我！"

阿梅这时候也把声音低下去，一面坐起身来。

"太太昨天晚上睡得好么？"

"好，好，安静极了……"

"是么？怕是你自己倒在床上就死睡，什么事也不知道。"

"不会的，大小姐，您这下把我说成什么了。"

她轻轻地，走向母亲的床边，因为紧闭的窗帘，她只看到母亲清瘦的脸的轮廓。她俯下身去听，听到那平匀的轻微的鼻息，她的心才放下来，又蹑手蹑脚地走出去。在房门那里，她正碰到那个粗眉粗脸的阿梅在扣衣服。

"阿梅，这时候我要出去一下，——"

"这么早您就出去？"

"你不要多问，回头到七点钟不要忘记把五小姐叫起来，我大半八点钟就回来的。"

"是，小姐。"

"你不要东跑西跑，提防太太会叫你。"

"我知道，大小姐。"

阿梅傻里傻气地笑着，露出她那不齐整的牙齿来。她今年只有十五岁，是一个没有定性极容易受别人影响的女孩子，她看到别人好的就想模仿，可是到了她的身上连她自己也觉得不怎么好了。她虽然比静玲还小，她却早就喜欢装扮。

静宜走下一半楼梯又走上来向阿梅吩咐一次，很怕她没有安顿好或是她会忘了似的。

"您尽管去吧，这一点事我还能办不好？"

静宜才又轻轻地下了楼，拨开锁，拉开门走出去，才把门顺手带上，费利就一面跳着一面跑了来。

"不要叫，……费利……不要叫……"

她朝着大门走去，费利就在她的左右旋转，时时在地上滚一遭，又扑到她的身上来。她走到门房那里叫着：

"老王，老王——"

没有人回应，她就一面敲着窗上的玻璃，一面还在叫着。

"哦，哦，大小姐，您等一下，我就出来了。"

不久门拉开了，老王披着他那皮毛朝外的老羊皮袍子，糊里糊涂地走出来。费利看见老王走出来，跳上去在他那堆满皱纹的脸上舐了一下。老王一面推下它来，一面叫着："畜生，畜生。"

"汽笛都叫过了，你还不起，这怎么成呢？"

"唉，大小姐，您不知道，您不知道，……"

老王并没有说出他的理由来，赶着就转了话头：

"您这么早就出去呵！"

静宜没有回答他，他就赶着把大门的锁开了，拉开铁门闩，照例恭敬地问着：

"您什么时候回来？"

"过一会儿就回来，去，你把费利拉住，我不要它跟着我。"

"是，大小姐。"

老王一面应着，一面拉住费利，让她走出去，正在这时候，顶楼上的小窗推开了，一张象猫一样的小圆头颅显出来张望着。等到大门关上了，那小窗也随着关上了。

三

自从十多年前这房子造成的时候，有着猫脸的她就随同了一些不应用不应时的衣物填满了这顶楼。那些衣物有的更破烂了，被拣出来丢去，有的在阴暗的角落里发着霉败的气味；可是她却越活越硬朗，越有趣味，而且那两只眼睛，真象背地里别人说的一样，冒着象鬼火一般的绿光。

她今年只有三十九岁，是父亲的最小的一个妹妹。她在二十岁那一年出嫁的，她的丈夫那时候正害着很重的病，本打算借迎娶的喜气可以冲去病魔，没有想到不过两年那个丈夫就死了，丢下她一个，虽然还有一大家人，就是因为那家太大了，使她受着无尽无休的气，那个好心地的哥哥就跑去和她说：

“走，菁妹，犯不着在他们这儿怄气，跟哥哥走，怎么样也有你的吃、穿、住、……”

于是她真就来了，一天，两天，一年，十年，——这样将近二十年了。

每个人看见她一定以为她已经是五十多岁的人，至少也就要到了半百的年龄。她的脸和身躯都好象和年月走着相反的路，一天天地缩了，小了，小小的圆脸，划满了皱纹，象在大太阳下晒了十多天的小东瓜，使人看见了就觉得很不舒服。圆圆的小眼，圆圆的鼻头，颧骨那里总是红红的颜色。那不知道是生来的血色，还是每天把胭脂涂上去。可是每天她总要抹粉却是事实，白色的铅粉填在皱纹里，不止不能显得她年轻，更把她显得老一点。整个地说起来她的脸象一张猫脸，她原养了一只叫做花花的猫。不知道是她的脸象猫还是猫的脸象她，总之一眼看到她们就自自然然地找到相似的地方。最大的不同就是在猫的嘴边有几根胡子，她的嘴边却真是光光的，什么也没有。

她走起路来也象一只猫，总是悄手悄脚，一点声息也没有，常是走到别人的身旁才被发觉了，就惊慌地一面轻轻拍着胸口一面说：

“可真吓死我了，连点声音也没有就来了，怕不吓掉了人家的魂！”

当她年轻的时候，正如她那时候一切的年轻的女子一样，总是要把自己隐藏起来。这样就使人摸不到她的性情和思想，（若是她也有思想的话，）不过说起来总算是善良型的人物。自从成了寡妇之后住到哥哥的家中就显然有些不同了，她已经不象少女那样含羞，那样怕事；孤寂不调谐的生活使她的性情也向着乖僻的路。

最初好象是借口思念死去的丈夫，时时哭泣着，阴着脸子。她的眼泪好象是无尽的泉源，随时都可以流下来。更是别人高兴的时候，她会当着人的面垂泪。劝解着她，她就说：

“我们哪还能有那份快活的心肠，我是死去丈夫的人了，我知道应该怎么样来做寡妇的——”

虽说是把她和无用的什物都丢在顶楼里，她自己也有一间很宽敞很精致的屋子。只是屋顶显得低一点，夏天的时节不如楼下那样阴凉。那间长方的屋子摆满了她从前陪嫁的家俱，那么多，使走进去的人很难下脚步。箱子里也装满她从前的衣物用品，她从来也不肯拿出一点来，她常恨恨地说：

"我情愿它们都坏掉，我也不能拿给别人，那都是我的命，我还有什么亲的热的？"

可是她很尽心收拾保护她自己的物件，每天她花去一半的时候去揩拭那些桌椅柜橱，她不要别人动手。（其实她甚至于很厌烦别人走进她的房里。）有时候她把那嫁时的衣着拿出来呆呆地出神，那时候她仰起头来望着墙上的和真人一样大小的一张男人照片。她绝不懂得爱，可是她有时候很想念他。

她极爱那只白毛黑斑的猫，她还特意为它在窗上和门上取掉一块玻璃，好使它出入方便；可是惹怒了她的时节，她狠命地打它，几乎象要打死的样子，嘴里总还象斥责一个人似的骂着。别人那时候就很能听出来她不是骂一只猫，而是骂着人。

由于自己的厄运，她几乎是祈求着厄运降到每个人的身上，就是对她极好的哥哥，她也时时刻刻盼他遭遇更大的不幸。她忌妒一切别人的所有，她的心里时常在想：

"我的命是到了头，我还怕什么呢？大了不得也就是那么回事；我要看着他们，为什么不死呢，为什么不破呢！……"

她喜欢探听别人的隐私，喜欢知道别人的不幸，那使她满足。她的性情很暴躁，常是因为极小的事情便哭嚷着再也住不下去，拿了一个早就准备好的小皮箱，说是就要走了。在先是还没有走出她自己的房门就有人来劝住了，后来是楼梯口，再后是二楼的房里，若是一直走到大门也没有人劝，她就坐在门边爽快地哭一场，又悄悄地溜上了楼。连对她一直极好的哥哥也不能忍，叫着：

"哭吧，号吧，这几年我的这步厄运都是你替我号来的。你想想看，做哥哥的哪一点对不起你……"

曾经有过一次，她一直跑到河边跳下去，那时候河水没有二尺深，老王赶去把她拖上来，象一只泥猪一样又拖转来了。

"我不活了，我不活了，我知道别人都盼我死，我活着还有什么味？……"

其实没人想到她，更没有人盼她死；住在顶楼那里，她却睁大圆圆的眼睛，竭力寻找不幸或是不幸的阴影。她有过人的精力，她很晚才睡，灯火一直不熄，到早晨很早就起来了，她什么事情不做，就只呆呆地坐在那里也可以消磨整日的光阴，那时候她所钟爱的那只猫就在她的肩上膝上爬着。当她走动的时节，那只猫在她的脚下缠，正象她的影子，随她到任何的地方。

静玲曾说过："菁姑姑真象极了一只猫，还不如爽爽快快变成一只猫在地上爬呢。"

听到了这句话的静宜就会责备似的说：

"五妹，你不该这样说话，姑姑听见了怎么办？"

可是她的心里也在想着，如果姑姑也象花花一样用四只脚在地上走路，一定很象一只猫的。她还极力幻想着，变成一只猫的姑姑会是什么样子。

四

走出大门，静宜就向左沿街走去，才走了三五十步，就到了河边的路上，她转向南笔直地走着。

担心太晚了使他们等候，她走得很快，脚步很急促。不多久她就感到呼吸很不平匀，头脸有一点涨，她不得不停下来。她倚着路旁的一棵树，想得着片刻的休息；然后她继续走下去，只是放慢了脚步。

河的那一边，就是相近城区的田园；一些农人们在那上面滴洒他们的汗珠，也从它们的上面取得他们的食粮。因为傍了河，从前一直承受着灌溉的便利，而今因为水流那样细小，水车不得不象蛇一样地伸长它们的颈子，探身到河心来。

正是春天的早晨，阳光映射着从地面上冒出来薄云般冉冉升上去的土气，蒸腾着，显出来春天的伟大的力量。农人们已经起始忙碌着，他们把锄掘着地，翻起土块。他们很高兴地工作着，好象永远记着："我是为我自己和我的土地才这样卖力气。"他们的腰带那里虽然挂着旱烟袋，可是没有一个人当着大家都在工作的时候点起烟来吸着。到了一定的时辰，他们才聚拢来，抽着烟，喝碗热茶，谈说着天时和种子。

静宜极自然地在心中对他们发生了羡慕的心情，她想因为简素，所以那么容易满足。土地是他们的母亲，农作物是他们的子女；他们自己虽然终日流着汗，却十分高兴。说是进步了许多的人群呢，只把人事复杂了，所给的和所求的都那么多，就是情感也变成十分繁复，人的脑子和心都因为过度的使用感到了疲乏。

"更容易满足一些，生活就更快乐一些"，她时时这样想，可是知识把人类带到广大的宇宙里，那是很难得着满足的，所以人类才在悲惨中过着日子……

她一面缓缓地走着，一面又自己这样想，尽是这样想来想去，一应用到实在的事件，（她自己的也好别人的也好），就遭遇到极大的矛盾。她想着就是隔岸那些农人们，虽然他们已经很快乐，或许也在想着如果能住到河这边的高楼里，就更该快乐一些吧？每个人对于生活的努力，对于命运的挣扎，原都有一颗高远的希望的火亮在前面引着路；她一想到了自己，心就黯沉下去，她只能叹息地喃喃着："是的，我得到了一些，我可并不快乐，我自己熄了希望的火亮，我只在黑暗中摸索着来走这人生的路。这并不尽然是黑暗，一只两只萤火带给我惨绿的光……"

在以前，她原也是一个快乐的少女，有舒适的家，得意的父亲，给她适宜的教育。从小学到中学，又到了大学，——显然地教育和心情并不在一条路上行走，进了大学，她就成为寡欢的女人们中的一个。除开了自己心境的变迁，外来的事物再也没有法子鼓舞起来她的兴致。就在那一年里，父亲失去他的高位，母亲的病转成极严重的情形。家庭包在更凄惨的空气里。以前常是从家中的快乐里忘记一切苦恼，那一年的家却正给了她更多的苦恼。她怕回家，她时时想着心情不愉快的时候，就埋到书里去，她记得有人说过书是智慧之门；可是若说有那样的门也朝她关了，她撞不进去，她的心总象浮着，她一闭起眼睛来就看到父亲因为失意而酗酒的狂态，他的几根稀疏的头发乱了，鼻尖是更红，有时候就倒在地上，象小孩子一样，失去他平日所最注意的身份；母亲的脸苍白着，大口地吐血，每晚都不能安睡；那个神经不健全多疑的静纯，比她小两岁正该显出他的能干来的弟弟，终日提防着别人，好象连他自己都是自己的敌人。几个妹妹们年纪都还小，她们不懂什么也不知道什么，只是因为骤然减缩下来境况，使她们感觉到不足。她们感觉到不如意，从豪贵的生活降下来本就是一件困难的事，在那些不知道世事的孩子们的心中，起着更大的反应。

整个的家那时候是在衰落的途径上，极好客极欢喜热闹的父亲，终日只是闷闷地坐在家里，熟朋友不见再来了，持函求见的生客更没有，原作为个人读书室的"俭斋"，变成他喝酒的好地方，有时候他不到酒馆去，就一个人锁起门来躲在里面，醉得失去知觉，总是在家人一番寻索之后，知道他在那里，由仆人从窗子翻进去，把他背到楼上去睡。可是在楼上，母亲病在那里，不能使她看见这些不如意的事（母亲一直就不喜欢父亲好酒的癖性），后来爽性就在"俭斋"里为他安了一张床，醉了就把他从地上或椅子上扶到床上去，有时候他自己也好好躺到床上醺醺地睡着。

每次醒来的时候他就后悔了，他觉得他该给儿女们做榜样，他正式地说："我实在太闷了，你们不明白一个做过大事的人是怎么样，有五个看相的都这么说，还有三年——对了，三年，我的运气，就转过来，那时候你们看看我是什么样子！……"

尽管怀念着过去，希望着将来，眼前的家的情形却极可忧虑，明明看到一切的混乱和败落，谁也不知道该怎么样来入手，守寡的姑姑象巫婆一样地暗地里咒着："我早就算就了，天报应，天报应，这都是在我寡妇身上没有行好事的缘故！就说住处吧，下面空了那么多也没有我一间，把我放到三楼的鸽棚里，一上一下就是一百多级楼梯，我也不来朝普陀，好，我看着你们的，我看着你们的！……"

就在那时候静宜象男子一样地挺身出来了，她为了她的母亲她的妹妹们，还为了她那整个的可怜的家，就和父亲说：

"什么事您不必过虑，我们这一家总得再兴旺起来，家里这许多琐碎的事您不必操心，都由我来管好了，我想也算不得什么；只是有一件事，爸爸，我得好好跟您商量商量——。"

听了她那一番话的父亲被感动得眼眶里都装满了泪，最打动他的还是她也相信这个家会再兴旺起来（那就是相信他的好运），他那本来就显得小的左眼抽动着，把泪水都挤出来，顺着面颊流，立刻温和地说：

"说，孩子，你有什么话尽管和爸爸说，什么事，什么事都好办，只要你肯说！"

"我就是想——"

才吐出这几个字来就吞住了，那时候她的心猛烈地跳着，抬起眼睛来看看父亲的脸，他难得慈和地等待着，还好心地催着她：

"说，说，宜姑儿，你也这么大了，有什么话还不能在爸爸的面前说出来么？"

"我想，——我想请您把早给我订下的亲事回了。"

虽然只是这平淡的一句话，在他的那面却象是一声惊雷，他想不到，一点也想不到平时对他那么顺从那么好的女儿会说出这样的话来。

"你，你说是要我把刘家那门亲事拆了么？呵？你，你有什么什么理由？"

因为气愤，他那时显得有一点口吃，他左右猛烈地摇着头，把梳理得很光滑的几根头发弄乱了，露出油亮的头皮来。

"我没有什么理由，我不想结婚，我只想这样活下去。"

"这是什么话，这是什么话，那将来还有世界么？你再想想我们和刘家已经三世的交情，你要我怎么说出口，你将来要我怎么样做人？"

"不过我自己的一生也很要紧。"

她好象很渺小了，被父亲巨人般的一番话遮住了所有的去路，可是她终于从那渺小的立场上找出来一向记在心里的话，她知道这句话会更惹怒父亲，她却不得不鼓着勇气说出来。

果然父亲就大怒了，他跳着，他嚷叫！

"难说我一定要断送你的一生？我知道你们这些学生们，莫明其妙的新潮流给你们影响，你说吧，你还有什么打算？"

"我什么也没有，我是为了家，也为了我自己，我这一生不想结婚。"

她镇静地回答着，那时候她一点也没敢说出来她有一个爱人，更没有敢说出来那个人的名字是梁道明。

五

停住脚步，望了望，才知道要去的那个公园已经走过来。她转回身，有一点仓皇，想着也许过了约定的时候，就三步作两步地赶着。

迎门是一大座树林，因为叶子还没有生出来，阳光就从稀疏的细枝间洒落在地上。有几只长椅放在那里，经冬的风雪把油漆吹落了，露出本色的木质。有几个托了鸟笼的人往复徘徊，有的挂在小枝上在一旁有味地望着。鸟叫着，有些是在树枝间如意地飞来飞去，在笼里的只能看着外面广大的天地一面跳跃一面鸣叫。

走出树林就是一片草地，还只是萎黄的颜色，虽然春天已经来了。一小群人在那边打太极拳，有长了白胡子的也有极年轻的，都好象跳到河里摸鱼的样子。虽然她觉得那很好笑也很有趣，她也不曾停下脚步来，仍自急匆匆地向前走去。

走过一座木桥，转进一道花墙，走不了三五步，就踏上假山的径路。还要经过一个小山洞，才到了望湖亭。她一眼就看到静茵和一个男人偎依地坐在那里，向着面前的水塘出神。急遽间她不知道怎么样好了，他们好象一点也没有觉得有人走上来，她想着：是不是要叫她一声呢？或是故意做出些声音来；她想这都不自然，她只能放重了脚步，因为穿的软底鞋，一直到了近前静茵才惊讶地转过身来：

"呵，大姊来了，我们一点也不觉得！"她说着站起来，那个男人也站起来面向着她，静茵就接着说，"这就是我大姊，——这是均，你知道的。"

他们相互地点着头，很不自然地在嘴角露出微笑。静茵立刻就到她的身边，拉住她的手。

那个叫做均的男人有瘦长的身材，穿了一件灰色长袍，背部稍稍显得一点弯，戴了一副眼镜，颧骨那里发着微红的颜色，看得出来是一个还诚恳勤勉的青年。他好象为了她稀有的同情，想说些什么话的，可是在局促不安之中他什么也没有能说出来，只是殷切地望着她们，有时觉得这不大合礼貌，就又把头低下去。

"我昨天才接到你的信——。"

"好姊姊，你说，"静茵等不及她说完了话就插过去，"我怎么办？到这时候我还不知道该怎么样才好。"

听了这句话，那个男人陡地一惊，他慌张地叫道：

"茵，茵——"

可是静宜还没有等他说什么就向静茵说：

"二妹，不要这样，向前走才是路，你不是早就想过了么，就向前去。犹豫不定最不好——"

"我也不是犹豫，我想到妈的病身子，爸爸这几年又不如意，我这样走了不是太不应该么？"

"自然你的事发作了爸爸会骂你，妈妈也许要抱怨你，她会想你，菁姑姑更该得意地说一阵；可是这些都算得了什么呢？你知道爸爸这几年的脾气的，就是他能答应你把李家的亲事散了，他也不见得能任你自己的意，你想，那时候怎么办呢？路原是由人走出来的，只要你有信心，就放胆去吧！"

"是的，想定之后我们就该做到底。"

"那才好，你不必顾虑什么，如果你已经望见快乐的影子，你就该赶上去抓住它，如果你错过了，它就会飞得很远，使你一生都追悔。"

静宜这样说着，象十分伤感似的微微仰起脸来，看着面前的一抹青天；天是明洁的，却使她那一双稍稍湿润的眼睛没有着落。

"姊姊，我走了，你也埋怨我么？"

静宜被她这一句话说得直想笑了，这全不是她那么大的人应该说的，突然想到站在她面前的不是那么一个已经成长的少女，而是梳着两个发辫的十三四岁的孩子。

"我怎么会呢，你自己想想看，我只愿意你们都幸福，生活得很好。记住，你不能再孩子气，两个人的生活要相互体贴相互谅解才行呢。"

"我知道了，均的脾气比我好得多，就是偶然我忍不住了，他也不会生我的气。"

"二妹，你不该有这样想头，你不能总想别人一定得让你，你再也不是一个小孩子。你们的船订好了么？"

"订好了，今天晚上就要上船。"

均回答她，静茵又用一点疑惑一点恐惧的眼光望着静宜，她自己的心里想着真的自己就这样永远离开自己的家么？她有一点不相信，她从来没有离开过家的；于是她的眼睛就晶莹莹地包了一层泪水。

"姊姊，我真不想这样，我几次走到爸爸的面前想和他好好说；可是我一看见他就什么话也说不出来，我什么都忘了，只得红涨着脸又走开。——你想，姊姊，我要是能把这件事妥妥当当弄好有多么好，我们总在一块儿，……"

静茵说着的时节，眼泪就忍不住淌下来了，均又有点慌了，不知道怎么样才好，静宜掏出手绢来一面替她擦着一面说：

"不要这样，我们女儿家到了时候总要分开的。你走到哪里都常常给我写信，那不象没有离开一样么？"

"好，好，我常给你写信，你给我信么？"

"自然我也写给你，如果家里的事办好了，我也赶忙通知你，那时候你就又可以回来了。"

"姊姊，可是有一件，我可不能向谁认错低头的，尽管这时候我的心还飘摇不定，要是定了下去，我就死也不回头！"

"要这样才好，"静宜大声地说，随后放低了声音，"你要是遇到什么困难也该告诉我，我还能给你想法子的。"

静茵没有再说什么，只是急遽地点着头，这样把留在眼眶里的泪珠又都摇出来了。

"你看，你又哭了。"

"不，姊姊，我没有哭，我不哭了，我把泪珠都摔下去，我要笑了，我还不该笑么？"

静茵说过真的笑了起来，温煦的阳光为她的泪和她的笑搅得显着一点慌乱了，她突然又扑到静宜的怀里，止了笑，也没有咽泣的声音，只是紧紧地抱了姊姊的身子，把脸伏在她的肩上。

均暗地把一只手伸过去拉住了静茵的一只手。

六

担心时候太晚了，静宜急匆匆地走回来，一面按着电铃，一面还忍不住心里的焦急。她埋怨自己为什么不把表带出来，说不定早就过了八点钟，父亲同母亲都起来了，会问起她到什么地方去。按了三次电铃也没有人来开门，也听不见答应的声音。她疑心电铃坏了，就再按一次，隐隐听到门房里的铃的确在响着，可是还不见有人来。她不得不用手来捶打，她听见有人应着跑过来，那声音很清脆，她以为是阿梅，打开门却看见那是静玲。她一手提了书袋，一手掠着覆到额前的短发。

"原来是大姊，我也忘记问是谁就把门打开了。"

静玲一面说，一面无邪地笑着。

"你还没有到学校去？怕晚了吧？"

"不晚，刚敲过八点钟，——大姊我问你，早上你怎么忘记叫我呢？"

"不是你有你的闹钟么？"

"它好象坏了，大概昨天晚上我没有上好，它就没有响。"

静宜笑了笑，就轻轻拍着她的肩，和她说：

"你不要车夫送你去么？"

"不，不，他还没有我走得快呢！"

"今天你几点钟回来？"

"呵，姊姊连星期六都忘了，我要回家吃午饭，学校里的饭实在太难吃！好，再见！"

静玲说完就连跑带跳出了门，一直朝东去了，静宜随手把门关上。这时费利蹿了过来，一面叫着一面在她的身旁蹦跳，老王从客厅里探出头来，看见是她，就急急忙忙跑出来。

"我不知道是您回来了，我正在收拾客厅呢。"

"张兴呢，他到什么地方去了？"

"你还不知道？他昨晚上跟老爷告了假说伺候许老爷到济南去，半夜里就走了。"

"怎么也不和我说一声呢？"

"老爷准了他，就没有惊动大小姐。"

"他倒好，有了差事就奔去，没有事就在这儿养老，什么事也不管，比谁都自在。"

"您别说，他倒是真心想侍候老爷的，他说过老爷的脾气再也找不出第二个。"

静宜缓缓地走，老王随在后面絮絮叨叨地说，这时候费利突然看见那只猫，就死命地追，那只猫很敏捷地爬上房，一直钻进了顶楼的窗口，随着那扇窗推开了，一颗猫脸又探出来叫嚷：

"死狗，做什么又追我的花花？看我哪天敲断了你的狗腿！——呵，静宜，你回来了？"

那张猫脸狡狯地笑着朝她招呼，她不知道怎么样才好，就勉强地应着：

"姑姑早起来了，我才到院子里来看看。"

"哦——"

极致的抑扬顿挫都用在这一声上，跟着就把头缩回去了。

——她又不知道在那里捣什么鬼，这个家要是有她总也不会安静！

静宜暗地里这样想着，可是在一仰首间她看到折断的藤萝架，她就朝老王说：

"你看，早就告诉你们把这架子修好，到今天还是这样，——下面的草吧，乱成什么样子，好在春天也来了，爽性都解开也好。"

"我的腿脚不大好，不敢爬上去弄，张兴说他收拾来着，没想到他忘了，回头我告诉李庆来收拾。"

老王一面说一面去解那藤萝干上包的干草，静宜又止住他，吩咐道：

"你还是先收拾客厅去，看有客人来老爷又该生气。"

她说完了也走进房去，正遇见阿梅从楼梯上下来，她就急急地问着：

"太太醒了么？"

“才醒不大工夫，少奶奶在那儿呢。小姐的早饭还没有吃吧？”

“不忙，不忙，我还不觉得饿。”

她跨上楼梯，把披肩放在母亲门边的小方桌上，就走进去。母亲已经坐在床上，精神很好似的，看见她就微笑着。

“你为什么也这样早起来？我每次总告诉阿梅不要惊动你，你每天晚上睡得那么迟，睡不足人是顶吃亏的。”

“我睡得足，妈，您还用操我的心么，我这么大了什么不知道！”

静宜故意笑着跳着走近床前，拉了母亲的手。

“唉，我怎么会不知道，无论你长到多么大，在我的眼里总是不知事的孩子。”

“您昨天晚上睡得好么？马大夫的药是不是有效？”

“睡得好，一夜也没有醒一次，我想马大夫的诊治一定有些不同。”

“阿梅也说您睡得好，可是我不信她的话，她还胡说青芬在您房里呢，——”

“是的，她才出去，大半回她自己的房里去了。”

“妈您今天精神好，我替您梳头吧。”

“那几根头发梳不梳有什么要紧呢？你看，还不到五十岁，头发都灰白了。”

“那不算什么，妈，外国人有的从小就是白金头发。”

静宜说着就解开母亲的发髻，取来木梳，为她细心地梳理着。

“你们上学堂的人不嫌妈讨厌么？”

“您怎么这样说，谁能不爱自己的妈妈呢？”

“那你可别说，静珠那孩子每回到我房里来都用手绢掩着嘴，我留心过好几回了，其实，她不来看我也好，她那怪香怪气真使我的心里不舒服。唉，十个手指哪能一样长呢，我也是多余生她的气……”

“她不会这样，妈，您也许看错了。”

母亲没有回答，只是叹了一口气。

“还有静纯，他和青芬总象隔了一层什么，他们也不吵闹，就是显得那么冷冷淡淡的，我一看见了心里就难受。——”

她说着的时节呛嗽了两声，脸红起来，随着又说下去：

"——我和你们父亲的事你们不知道，在三十岁左右的时候他对我才不好呢，可是我忍耐，到底换过他的心来。——呵，呵，这一阵他脾气不大好，还不是因为事情不如意，把性情磨坏了！还有酒，他要是不灌酒也不会象这样。唉，人也是缘分，纯哥儿和青芬大约没有好缘，过两年也许就好了。"

这时阿梅正把粥端进来，母亲就和她说：

"你不是还没有吃么，就和我一起吃吧。"她顿了顿又说一句，"你不怕我的病吧？"

"妈，您怎么和我也这样说？"

七

三十年的劳碌不止损害了她的身子，也磨平了她那刚毅不屈的个性。谁还能想到三十多年前和黄俭之结合的时候全凭她坚强的决心才从顽固的家里跳出来发着誓说："好了，从此我们谁也不见谁"随着身无长物的黄俭之去。那时候连她自己一点也想不到要有个什么收场，母家原是有钱的，又过惯了舒服的日子；可是黄家却清贫，吃了午饭就顾不得晚饭。"可是那时候是我这一生最快活的时候"，母亲常是这样说，就是在回想到的时节她那无神的眼睛里好象又放出青春的光辉。若是在年少时，没有那些皱纹，也没有那灰发，因为削瘦而陷下去的两颊将自然地丰满起来，母亲原有过人的姿容，那是从她的脸型上就可以看出来的。

"他除开读书以外，再没有别的事，——"母亲接着说下去，谛听的人就是她的儿女们，"——那时候你们的祖母还在，她一直就借给别人缝洗度日，养活你父亲和菁姑，——"

"妈，菁姑从小就是一张猫脸么？"静玲很关心似的问着。

母亲听到的时候怔住了，随后笑了一下，就说："你不要这样说，看姑姑听见不依你，——"

"哼，我才不怕她，她准定打不过我！"

"唉，不是那样说，跟妈妈学，有亏自己吃，有福别人享，——你们不是要听我说从前的事么，我还是说下去吧，——我来了，自然也做那些事，菁姑那时候只有几岁，也还好，她也帮忙。一家的感情都很好！你父亲一点酒也不喝，他的性情也极好。我很苦，可是我很快乐——"她又着重地把这句话说了一遍，轻轻地叹息一声，"我的妈妈原是极疼爱我的，在早也帮着他们说动我，后来看到我什么都不顾了，就一直哭几天；可是再过些日子她就暗地派用人送钱和衣服来，我什么都不要，只把我妈妈亲自给我绣的一方彩花巾留下了，那是我过十五岁生日的时候她做给我的。我从此不见我的妈妈，想起她来的时节，我就把那方彩巾拿出来呆望，我知道她还是对我极好的。也许后来我还可以看见她，要是不在我二十一岁那一年搬到这里来，这一迁动，好几千里地隔在中间，就再也不曾见了，——

"——我一点也没有看错，你爸爸在二十三岁那一年就着了一个道尹赏识，请他去参办政务，就从那时候他的事业一步步地向上；可是我和他的感情就一天天地坏了。

"——那也难说，他那么忙，除去正事还有一些酬应，到得家来就一点精神也打不起来，什么事也不管，也不愿意听，就是到时候把钱交给我度日。有了钱就不同了，你祖母常是抱怨为什么不把钱给她，你姑姑才到十岁边就也要搽胭脂抹粉还要穿好衣裳。她们都把一些气话说给我，我向你爸爸说，他又不耐烦听，后来我爽性不说了，都忍在心里，都忍在心里，——"

"妈妈现在身体不好就是因为都忍在心里的缘故。"

"傻孩子，不忍耐你要我怎么办呢？没有人听我的话，那时候你爸爸就学会了喝酒，常是回来醉得人事不知，我只有难过得流泪，还不敢给你祖母看见，看见她就要骂我，说我没有享福的骨头——

"唉，其实那时候怎么说得上享福呢，你爸爸每月拿的薪俸除去用剩不了许多，也不过够我们吃饱了肚子，还有足穿的衣服，她们可不体谅我，总说钱都给了我一个人，你们想那时候我有多么烦恼。可是我打定了主意，任劳任怨，随她们怎么样说也不管，——

"——好容易熬得把菁姑嫁出去，没想到她才不到二年死了丈夫，又接回来住。我也并不是怎么恨她，我只愿意要她尝一尝嫁出去的滋味；这一番倒是使她安静了，性情也象好了许多；可是不到半年，她又挑东拨西，比从前更甚。我想，这也许是我的命苦，这一生一世也断不了小人，——

"——我想我是受苦的命一点也不假，只要我能动，什么大事小事我都要经眼经手，别人做好象我都不能放心似的。你们常劝我，我也不是不知道将养，就是我的性情不对，一定要拦阻我，我的心还真难受。这些话我跟别人可以不说，向我自己的儿女我能说，你们知道了就明白怎么样才是对妈妈好。你们有的不喜欢我，妈妈不是不知道，我也能忍，总有一天你们回过来，想起对妈妈不该这样，自然而然就对我好了。可是我已经老了，我的身子又不好，我还能忍几年呢？我要你们都知道妈妈受过多少罪，没有享过什么福，你们就是我的命根，我只惦记你们，爱你们，你们也能知道妈的一番苦心，那就是了。——

"——我花了十五年的工夫把你爸爸的心感化过来，到了他知道还是结发夫妻恩情长，他也就不到外面胡作非为了。可是这几年他的运气不好，他比不得我妇道人家，可以整天坐在家里算不得什么，他本是做大事的人，你们想要他闷在家里可怎么成？那年民国革命倒没有革掉他，这一回却让他丢了差使，就说最近蔡市长是他从前的下属，每月把二百块干薪送上门来，可是他哪里看得上眼呢？钱他倒不在乎，他还想做事，小事他不做，大事谁给他？他近来脾气不好，都是因为这缘故，不然他是不会这样的。还不难为他，这么大的年纪，这几年来真看透了炎凉世态，亏得还有蔡市长那样的人，我们盼着吧，盼他的老运转过来，那下就什么都好，什么都好了！……"

八

当着静宜正要从母亲的房里退出去的时候，母亲就又叫住她：

"宜姑儿，今天是礼拜六吧？"

"是的，妈，您有什么事？"

"孩子们不都要回来么？"

她停了停，接着回答：

"我想是的，玲玲还说要赶回来吃午饭。"

"早告诉厨房预备点菜，省得晚了又来不及，婉姑儿的胃口总不大好，玲姑儿是不大择食的，茵姑儿欢喜煨火腿，告诉他们早点在炭火上煨起来——"

"呵，——"静宜应着，突然眼睛一酸，赶着背过身去掩饰着，"我真该听妈的话多睡一点，动不动眼睛就会流泪。"

"是呵，上了年纪的人话不是全不可信的，你，你还好，那些孩子们只把我的话当耳旁风。再告诉你，不要动菜饭账上的钱，我给你钱去弄，我看你们吃也是高兴的。"

母亲说完就从枕头下面取出钱包来，正待拿给她，她就说：

"您不用管好了，我自会去办，钱我先垫上，过后再向您拿不好么？"

"你有多少钱，还不如我交给你些钱，随时由你去办，省得我费神。"

"好，好，过两天您给我吧——"

静宜一面说一面急急地跑出来，她赶着跑回自己的房里，让忍了些时候的泪爽快地淌出来；可是房中凌乱的情形激怒了她，就没有一个用人进来收拾过一下。她想发一阵脾气，可是与其那样闹一场，要母亲听到也不好，还不如自己收拾。她先打开窗门，把被都放到平台上去晒，才放好了，一眼就看到下面的亭子里好象有一个人。她看了看，没有看清楚，她就叫着：

"谁在亭子里呵？"

没有回答的声音，只是那个人影显出来，一双阔边的眼镜，一个紧皱着的眉头，还有一副永远不安的神情。他转过身来，朝她望着，一只手夹着烟，另一只手里象是还拿了一本书。

"噢，是大弟在那儿，我还当是谁呢；怎么你今天不到学校去？"

"不是我和你说过么，星期六没有课？"

"哦，哦我忘了。"她笑着，依据以往的经验，和他说话要十分的谨慎，因为他多疑好思虑的个性，常常把一句极没有关系的话当成很严重的。

"为什么你到那边去呢？——"她突然想起来"为什么"这三个字很不妥当（其实那三个字是静玲好说的，不知不觉影响了她），赶紧就接着说，

"那亭子很不干净，也没有打扫过，天还不大暖和，……"

"不，很好，很安静。"

说过了这几个字，他就又转过身去，静宜呆呆地望些时，就轻轻叹一口气，又回到房里来。她的心里在想：

"如果我是青芬的话，嫁了这样的一个丈夫，那我该怎么样呢？"

她一面思索着，一面整理着房里的什物。她把静玲床上的书放到书架上，把堆在床下换下来的衣服捡好，预备交给张妈去洗。桌上的水果皮丢到地下，墙上的日历撕去一张。

"这孩子真粗心，总是把梳子东丢西丢，衣箱的门也不知道关好，拖鞋东一只西一只，到晚上用起来就找得满头大汗……"

她边收拾边念叨着，大致都就绪了，一眼看到瓶里枯萎的花枝，就取下来丢在痰盂里，瓶里发臭的水也倒出去。正在这时候，张妈走进来。

"张妈，你这一早晨到哪儿去了？"

"我在三楼姑太太那儿呢。"

"怎么，从早到现在就在那里？"

"可不是么，还是我说怕老爷起来了，她才放我出来。"

"她要你干什么呵？要你替她收拾房子么？"

"那您可说得不对，她的东西才不给我们动呢，今天早上我到她那儿去倒过痰盂扫过地她就不让我走，就要我替她捶腰捶腿，——可说，大小姐，您可别跟她说，她说不许我告诉您，她要是知道我说出来可不依我呢，——"

"我还那么不讲理么？——"

突然间那高亢干枯的声音响起来，被说到的人抱了她的猫已经站在门那里，没有人想到她会来，也没有听见脚步声音，张妈呆住了，静宜也怔了一下；可是那象尖指甲搔在铜器上的噪音又响起来：

"——昨天晚上着了点冷，腰腿酸痛了一夜，早晨她来了，我问她有事没有，她说：'没有什么事，太太还没有醒，大小姐出去了'——"她说到这里，故意停一停，把那圆溜溜的小眼朝静宜一翻；张妈好象忍不住了，抢过去说：

"姑太太，您可别这么说，您问我：'有什么事没有？'我说：'我一起来就到您这儿来，还没有到二楼去。'——"

"你连我说话也不容呵！——"她简直是号叫起来，静宜急忙和她说：

"姑姑，别这样大的声音，要我妈妈听见又该不知道什么事骇怕了。"

"你看她，还不等我说完就抢过去，真是，连下人都欺负我这寡妇了，——"她把声音稍稍放低一点，她的眼睛里立刻就转着眼泪，静宜看惯了的，也不去劝她，等她说下去。果然没有一分钟，她的眼睛就又干了，她接着说：

"——我想你们又没有事，就叫她替我捶捶也不为之过呵，没有想到她会跑到下面来搬动是非，我知道，别人都容不得我呵，——"

"姑太太，您别这么说，我们又不是黄家的人，我们犯得着——"

静宜赶紧拦住了张妈，吩咐她把衣服拿下去洗，回头来扫地；正要大大发作一番的姑太太也不得不停止了，气愤愤地把猫打了两下，一转身就跑出去，这一次她的脚步声音很重，踏着楼梯咚咚地响，静宜一直听得出她跑到楼上砰的一声关上自己的房门；她想着她又该倒在床上哭，或是偷偷地吃些干点心，等一下犯脾气不吃饭了。

九

静宜呆呆地站了一会儿，就走去把房门关了，然后自己走到窗下的一张沙发里坐下。她长长地喘了一口气，她只要能独自安安静静地坐一下，没有这个家，没有别人，只有她自己。只是这两三年来她已经感到极端的疲乏和厌倦，她想到母亲身体的不佳不是没缘由的了。事情原都不大。可是那么多，那么烦人，她想起了自己自从读完了大学，不要说没有把所学的应用到实际上去，就是读过的书也很难打开来翻翻。她记得从前自己有那么多的理想，没有想到为这许多细小的事把自己一天忙到晚，显然地因为过度的劳碌，自己的身体也一天天地坏下去。她记得当初母亲为这些细小的事忙碌，生气的时候，她常常劝她，说是为什么为这些不相干的事忙得这样或是气得这样呢，如今这些事堆在她一个人的身上，她一点也没有少忙，一点也没有少气。

就说到菁姑那样的人吧，她记得自己在大学读书的时候因为选读了心理学的课程就着实地把她分析过一番，想到她的遭遇和环境，就觉得她那阴险乖僻的个性原不是没有理由的。而且多少也想到是可以原谅的；但是当她真的来缠到她，把一家宁静的空气都搅乱了，她也就不能平心静气的以阔大的度量来宽恕她了。

有的时候她常想逃避一切，她再不能忍受那些烦聒；可是那些事物几乎象影子一样随了她，她常是怨恨似的低低地说：

"除非我死了，我才得安静……"

可是这样的话她不能使父亲和母亲听见，他们平时就总觉得对不起她，要她一个年轻轻的人管这些事；也不能给弟弟妹妹们听到，因为他们敬重她爱她，（虽然她的方法和手段都各不同，）更不能给那个险诈多嘴的姑姑听到，她会添枝加叶说出去。所以那样抱怨着的时节，总是她一个人，也只有她一个人听见。

才独自享得片刻的恬静，张妈拿着扫帚推开门进来了，她就立起身来站到窗前去。

"唉，我可真没有看见过这样的人，——阿弥陀佛，怎么嘴会那样能说，——"

张妈已经起始扫地，嘴里还念念叨叨的。静宜仍自面朝外吩咐着：

"不要忘记把沙发下面床下面也扫几下，五小姐常把果皮丢得到处都是。"

"您不必告诉我，哪一天我也没有忘记，——就说姑太太，真是的，怪不得早就没有了丈夫，——"

"不要说了，张妈，你不要说了吧！"

她几乎是很不耐烦似的叫出来，她对于这些事实在一点趣味也没有，她没有那么多的精神来耗在这些事上面，她还只希望张妈快些做完了事，把自己一个人剩在这里再过些时。

墙上悬着的钟敲着，她没有数清是几下，转过身来，看到那只长针正和那只短针做成九十度的直角。

"想不到都九点了，张妈，你知道老爷起来了么？"

"我不知道，八成还没有呢，厨房的稀饭锅还没有拿下来，大概是候着老爷吧。"

"唔，——"她一面应着一面就匆匆地走出来，在楼梯那里正遇到青芬。

"大姊，——"

青芬仍是那么阴郁地叫着她，在脸上露出来很勉强的笑容。那张扁平的脸上，凑合着眼睛，鼻子，眉毛，嘴，还有两只耳朵。个别地来看都还很匀正很精细；可是要排在一张脸上就显得那么平凡，那么不动人。而且她的脸永远象罩了一层阴云，还不是六月的急雨天，却是黄梅左右湿腻腻含了浓重水分的天气，使人见到就起了不快的感觉。

"青妹妹——"

象回应似的她也叫了一声，脸上也露着微笑；可是她们就再也没有别的更多的话说，青芬走回她的屋子，静宜走下楼去。

静宜就走到最靠里面的房门的前面，轻轻用手敲着，没有答应的声音，门也没有打开；她再用力一点敲，还没有动静；她就转动着门轴向里推，好象并没有锁，很吃力地推开一条缝，同时就有一股浓烈的酒气扑出来。她憋着一口气还是向里面推，朝下望，才看到倒在门下的正是父亲的身子。

她的心猛烈地沉了一下，随即安静了，因为这已经不是第一次，她再用力推着的时节，已经惊醒了他的好梦，就模模糊糊地问：

"谁呵，……谁呵？"

"是我，爸爸，是静宜，——"

睡着的人还哼哼唧唧地躺在那里不肯起来，听到最后的这个名字，就一骨碌地爬起身，她就在这时候推开门进去。

"这是怎么说的，我怎么会睡到地上来？唉，——"

他一面说着一面深深地低着头，好象自惭似的不肯抬起来。他那几根稀疏的头发平时在头上贴得很好的，已经凌乱了，露出里面油亮亮的头皮。

"您再去好好睡一下吧。"

"不，不，我睡得很好，——要不，在床上躺一下也好。"

他边说着就边移动他的身躯，可是他的身体摇晃着，象是站不稳的样子，她就赶上去搀着他。她扶他到床前，替他脱了鞋，他就躺好，她再把一张被给他盖好。睡下去眼睛就闭起，随着突然又睁开了，他那只比右眼小一点的左眼极力抽动着，向她问：

"你母亲今天好一点么？"

"好一点，不，好得多了。"

他微微地点着头，两只眼睛仍自大睁着望了她，她不知道父亲这是为了什么，她也不敢问，就笔直地站在那里，随后他的眼睛闭上了，她低下头去，看见他的睫毛已经浸在漫了眼皮的泪水里。

十

"我真不明白，我真不明白，这算什么年月？……想当初，想当初，……没想到时代变了，变成这个样子，说新不新，说旧又不旧，……呵，呵，过渡时代，……"

对于任何一件事黄俭之都能用这相同的论调来说明，来断定，终于得到他自己的结论。自然，五十五年的岁月使他看尽了这社会的众相，而近八九年来，显然地他觉得这社会是踏上了一条更危险的路。因为他自己的失势，使他看到了社会上那些惯于以笑脸迎人的，还藏着一副冷冰冰的脸型。一个个地看到了。这还不只是人与人的问题，整个的社会好象也冷淡了他，把他完全忘掉了，没有人再记起他的才干和他的魄力。他时常愤愤地说：

"虽说我只是一枝过时的花朵，被人丢在墙角那里，再也不见天日，就那样腐烂下去？虽然不能说是十二分的了不得，我总也是个人才呵？论经验，论学识，我哪一点比不上他们那些年轻人？可是什么都没有我的份，就要我这样活下去等死么？……"

为了不愿意长久地活着"等待死亡"，他就缩短了清醒的时间，——那就是说他放纵地饮酒，常常在醉中过日月，什么都不管。

在他那张圆脸上最先引人注意的就是那个通红的鼻子。从很远就可以看到通体的红色；可是走近看就不同了，那是在表皮里象叶脉一般的红微血管一支一支稠密地布满，象是一碰就可以触破，立刻便有血流出来似的。左右的两个颧骨那里也显得很红，那并不是健康的肤色，和他那红鼻子有相同的来源，就是因为他酒喝得多，心脏麻痹而转到衰弱，才使他有了那不正当的红色。在一副阔边大眼镜的后面那只比右眼小一些的左眼，时时抽动着，当着愤怒和酒醉的时候更显得厉害。唇上的胡子，因为烟熏，变成赤黄色，他的头发却大体还是黑的，不过很稀少，（若是在那里面寻出两三茎白发来自然不是一件极困难的事。）平时梳理得很好，恰恰盖上他那油亮的头皮。他时时留意应有的身份，他总觉得和平常人有分别，——只要他醉了，就什么都忘记得干干净净。

才失势的时候，家居的生活使他困恼，他不断口地抱怨，对于社会，对于人，一坐下来的时候就叹气，他的性情很暴躁，谁也不敢再惹怒他。可是渐渐地他安静下来了，他把那间原来算是他的读书室的"俭斋"作为他的卧室，起居室，也是他自己的酒窟。他常是躲在那里，关紧门，那房子在冬天没有太阳，在夏天没有凉风。

迎门的墙上悬着一对五言联，是"惟勤能补拙，尚俭可成廉"，此外还有一幅淳化笺的横披，上面画了两个钟鼎文的字形，十个人会有九个不知道那是什么字，可是就在那上面的左侧有几行行书，写出俭之先生是怎么样一个伟大的人物，不只有伟大的思想，还有伟大的心，——同时也有伟大的志趣。从政之暇，还有手不释卷的好习惯，故言其室为"俭斋"，最后是"焚香煮茗，古趣盎然，窗下披卷，洵天下之雅事"。所以才写了两个字，用以补壁。再就是××年的月日，和写者的姓名。不知道那时房子才造起来，是不是因为一间没有用，就分配成他的读书室，或是象许多在任何方面成功的人，有附会风雅的心特意装点出这样的一间读书室来；可是在墙下确是有许多书架，上面堆满了《四部备要》，《古逸丛书》，《二十四史》，……总之那些书都看得出来是成套地买来，就装到那书架上，一直也不曾翻动过。在那些古书之外，还有用木箱装起来的《说部丛刊》和《饮冰室文集》，另外有一个书架，排满了十几卷《东方杂志》。可是现在呢，在那些书的后面正藏了许多瓶三五十年的陈酿，只有他一个人知道，就是诚心地答应过好心的静宜再不喝酒了，他也不曾说明那后面还有许多存货。他心里确是想着真的不再去动它们了，可是他还没有决心把它们都打碎，他想着让它们和那些书一样地在那里吧。可是不久他就象自己瞒着自己似的又从那后面偷偷地取出来，那多半是别人都已睡熟的深夜，他独自喝起来。他心里时时想着："我只喝这一次，……我真对不起我的孩子们，……下次一定不再喝了，……"一直到他再不能把酒杯送到唇边，意志完全模糊了。他不知道自己在做些什么，只记得愈向下是愈舒服的，……

在另一面的墙上悬了他自己的一张三十六寸放大相，写明是五十岁那年照的，穿了道服，那双阔边的眼镜也没有戴上。不是因为几年的不如意有遁世的心念，就是由于这几年来对佛道星相都发生了兴趣，才留下那么一张古装的照片，而且下款写的是无尘居士自识。

墙角那里有一个四尺高的玻璃橱，里面一层一层地放了不同颜色的印石，有大有小，总是三方一套地放在雕镂精致的红木架上，象陈设一样地放在里面。

更使这间房子象一间读书室的是那一张大书桌，案头有一方大石砚，一块墨已经碎成许多块，因为没有人动，还保持它的原形躺在那里。笔筒里插了大大小小十几支毛笔，还有一根马尾的拂尘。笔洗的水早已干了，墨迹留在底上，还有两三个小虫不知道已经死了几个寒暑。一部线装的《辞源》和《康熙字典》占据了两个案角，留在书桌中间的不是书，却是一个白铜水烟袋，一个江西瓷的小茶壶，一把梳子，还有一部《麻衣相法》。时时还有一个小茶杯，充满了酒气，却并不永远是那一个，有的时候为表示决心把它打碎了，随后又是一个新的。

离开书桌不到五尺远就是一张床，在枕旁是一部《曾文正公家书》，这部书倒是时常被他翻阅，所以有些书角都翻过去，象竖起来的狗耳朵。虽然只是他一个人睡，那架床却很宽，黄铜的床架没有光辉，可是还不曾上锈。

静宜忍着使她要呕出来的酒气，等他睡好了，就轻轻地到窗前把窗门推开，她向着窗子深深喘了两口气才转过身，象往常一样地把那个酒杯从窗口丢出去，听见它在墙根那里清脆地敲碎了。她拾起倒在地上的酒瓶，就提着脚跟悄悄地走出去。

十一

静宜从"俭斋"出来，到厨房吩咐过就赶着走到前院去，她实在是需要点新鲜的空气。不知不觉地她也走向那座小亭，静纯已经离开了，地上只剩下几根烟蒂。一方手绢留在座位上，显然是他遗掉的。她就捡起来，结在衣纽上。微风摇着竹林，沙沙地响着，好多片干枯的长叶落下来。费利正自有趣地扑来扑去，以为那是飞下来的蝴蝶。突然它的耳朵竖起来了一下，就猛地朝门那边跑过去。接着她听到大门拉开的声音，好象有一位客人和老王说几句话就回转去，那门随着又关上了。她看见老王拿了点什么朝里面走，就叫住他问：

"有什么事情呵？"

"呵，大小姐，您在这儿，我还不知道呢，——有一位赵先生，来看大少爷的。"

"你为什么不告诉大少爷一声呢？"

"大少爷出了，客人留了一张名片，说是没有什么要紧的事情。"

"噢，大少爷什么时候出去的？"

"没有多大工夫，不象到远处去，帽子也没有戴，可是我问他什么时候回来，他说吃饭不必等他——真是，我还忘记告诉大小姐呢。"

"好，你把名片交给我吧，我替你带进去。"

她从老王手里把一张名片接过来，上面印着三个仿宋字"赵如琏"。

"赵先生到这儿来过的吧？"

"常来呵，有一辆自用汽车，很阔气。"

"那么熟你还要别人留片子做什么？"

"老爷吩咐过的，说是规矩不可错，凡是有客人来，总得讨一张名片。"

"你没有问大少爷到什么地方去么？"

"我问过了，他没有理我。"

"好，好，没什么事，你去吧。"

老王转过身去才走几步，就又回过来向她说：

"大小姐，您看，李庆在那儿收拾藤萝架呢，下边的草我也解去了，您看这院子里还有什么该办的？"

王升得意地等在那里，她却说：

"你自己去看吧，该整理的地方多着呢，都要我说才做还成么？"

老王一面答应着，一面转过身就急匆匆地走了。

说到整顿的话，象这样的仆人早就该辞去，人已经到了六十岁，手脚迟钝，眼睛又不行，遇巧耳朵还听不清，可是每次说到要不用他的话，父亲或是母亲就来拦住了，说是他已经那么老，我们不要他，还有谁要用他？看他随了老爷二十多年，就勉强赏他一碗饭吃吧。他自己，也就有时倚老卖老，背地里说起来总是"我看着他们长大的"。自然那是事实，幸而他不过在男女仆人那边说说炫耀自己而已，他还不敢公然用这个理由来要挟。再说那个李庆呢，原是雇来做包车夫的，已经做了六七年，那是自从父亲把汽车取消就预备了一辆车。可是在一年前他跌伤了，治疗两个月，好了的时候走起路来就一跛一瘸，虽然不十分重，也显得很不方便，他一直还算做一个车夫，可是没有人愿意坐他的车，说是由于人道也好，或是由于太不舒服也好；但是要他做起别的事又总是那么不高兴。有时惹起她的愤怒，就想辞去他了，静玲就会说：

"为什么不要他呢，他给我们当了苦差，连腿脚都残废了，怎么好不要他？"

"好，照你说我们该给他养老！"

"不是那么说，姊姊，假使我的腿坏了，你对我怎么样？是不是还要做他那样的苦工！碰巧象姑姑那样的人出去照样还得拉车？一点也闲不下来，我总以为有钱人的手稍稍抬高一点，穷人就过去了。"

"你不要想我们还是有钱人，看不出来爸爸这几年的事不如意了？"

"唉，不管怎么说，穷死也比他们强得多，人家说'船破有底'，我们的底不还是很大么？"

"大，大，有一天就什么都没有了。"

"什么都没有才好呢，我们可以自己赚饭吃，我们走进社会，不愁没有饭吃。"

"也许你的想法不错，至少这个社会得改过，照我所见到的社会，对于我们没有一条路。"

"所以，我们改造社会，用一个新的来代替旧的，先是破坏，然后才是建设——"

"够了，够了，我不要听你这许多，眼前我们就得替那个瘸腿的车夫养老吧！"

说到这样的时候，静宜总是笑着止住她，她知道在她胸膛里有一颗热血的心，不是太早了就是太迟了，总之她知道这颗心对于现有的社会是不适宜的。

于是一切的事情都照原有的样子存在着，——其实并不能照原样的，如果不能一步步地改进，那就只有退后之一途。她自己又没有十分坚决的意志，虽然看出来整个的家是将顺流而下，她也曾经象能干的船夫把竹篙撑下去，并没有能支持住，终于还是要被急流冲下去。会有什么样的结果呢？是一部的破碎还是整个的灭亡呢？或是也能有那么一个幸运的所在使他们得到救星？她一点也不知道，什么也不知道，她只知道自己已经尽了所有的力量，有什么样的效果是一点也无法知道的。

"人生是一个谜，——"她时常这样想着，谁能知道谁的收场呢？活在世上的努力不过是为自己挖掘坟墓，准备把这个不知何所来的身躯归还给土中，成功的人不过到老死能安然地躺在土里，有些人掘得并不深或是土地对他就是难破的铁石，到死后还不免为鸟兽所啄食，……就是这样，呵，就是这样，……

十二

还没有等她离开那座亭子，静纯已经从外面走回来了，她就一面叫着他，一面朝他走过去。

他停住脚步，站在那里，两眼望着地下，当她走近了的时候突然抬起脸来向她问：

"不是你说那边不大干净，天还不大暖和，怎么你也到那边去呢？"

静宜猛地被他这么一问，倒不知道怎么回答才好了，忽然想起来，她就笑着说：

"我看见你的手绢忘在那里，特意去给你捡起来。"

她说着把纽上结着的手绢拿下来递给他，他一面接过去，一面"唔，唔"地应着，随着他又把头低下去。他总是那样，对于任何人都取着攻势，每一个报复的机会他都不错过；他喜欢思索，一大半的精力是花在怎样来防备别人。

"——方才还有一个人来看过你，留下一张名片。"

她继续地说，把名片也给他，他接过去看了看，好象极不耐烦似的就把那张名片丢到地上，同时鼻子里哼了一声。

"真讨厌，他有什么事情来！"

"老王说了他没有什么事，不过来看看你，——"

"看看我做什么呢？我又不是明天就死掉？我真不喜欢他，他时时想讨人喜欢，我可就偏偏厌烦他！"

如果是别的妹妹们说出这样的话，她自然要有一番话来说；可是对于静纯，从经验上知道沉默比言语好得多，她就再也不开口。等着他掏出纸烟来，点起一支抽着，然后一转身就走向房里去。原来卧在房门那里的费利，好象也深知他那冷淡无情的态度，看见他来了，即刻懒懒地站起来，夹着尾巴一声也不响地走到门边去，给他让出了道。

他拉开门走进去的时节，还把头转回来看看，好象以为有人跟在他的身后似的。

静宜时常想哲学本来是解决人类许多问题的，要人们活得好点，智慧点，可是象他那样学哲学的四年级学生，怎么象是有点反常了呢？也许把哲学的方法应用得太多了，感觉变成过度敏锐，才处处怀着提防别人的心？她自己对于哲学没有十分兴趣，所以对于他和哲学的关系也就不愿意想得太多。有时候她想鼓着勇气用自己读了一年哲学的那点常识和他谈一点哲学问题，可是她从来也没有那样做，因为平时就深知他虽然喜欢哲学，却从来绝口不谈。就是有一次父亲骂起他来，说："什么哲学，都是些空论，有什么用处？中国不需要这些。"他也一声不响，并不做任何辩护，站起身，径直走出门去了，他只说一句："天才时常被人忽略，被人误解的，甚至于被人虐待的。"可是他跟着就加上一句，"我并不是天才，历史告诉我们这样的事实，我可不是天才……"

静宜呆呆地站了一会儿，也就走进房去，到了"俭斋"的门前，谛听里面还没有一点动静，她就走上楼梯，转到母亲的房里去。母亲正自把床边的收音机转开听着里面的戏曲，看见她走进去，就扭关了。

"您听呵，为什么关了呢？"

"我也是闷得慌，不然我也不喜欢听的，再说我也要和你说两句话。"

母亲带了脆弱的微笑说着，她就拣了床边的一张椅子坐下。

"刚才你姑姑——"

"怎么，她又到您这儿来说了么？"

静宜一下就气起来，拦住母亲的话。

"你听着，她说也算不了什么，难道我还不知道她的为人么？不过我想这种人犯不着去理她，她也不是一年半年这样子的了。——"

"妈，我也没有顶撞她，我什么也没有跟她说，——"

"她也没有说你说了她什么，不过抱怨你为什么不压服两句张妈，好象让她在下人的面前丢脸。"

"您不知道，那可只怪她自己，其实她来说我的坏话我一点也不气，我气的是我不愿意您知道这些小事，她还偏偏故意来告诉您。"

"那你是怕我着急生气，可是我早已看开了，我只注意我自己的身体，才犯不上跟她生那些闲气呢。"

"妈，那才好，那才好！"

静宜的心放下去，笑着向母亲说。

"真是我再要象从前那样傻，还不得把命送在她的手里。"

母亲说完了，把放在枕旁的纸烟抽出一根来，正要点起来抽，看看她，又放下了。静宜立刻抓了母亲的手说：

"妈，不是我不许您抽，实在是对于身体不大好，——"

“我知道，我怎么会不知道，就是因为太闷，养成了这样的习惯——”

对于母亲抽烟，她有极矛盾的意见，她清楚地知道烟对于她是没有好处的，就时时劝阻她；可是真的看到她许久也不点一支烟，她又记起母亲说过的话："我若是不抽烟，就是极不舒服"，因之引起她的忧虑。

“我也知道，我的意思是等您好起来还可以照样抽的。”

“唉，我还能好起来么？”

“妈，您可别这么说，我们这一群——”

“要不是惦着我的孩子们，我早就完了。那些年，横气顺气受不完，自己就想还不如一死了事，来一个大解脱，什么烦恼都没有了，我就是放心不下你们，——”她停了停，接着又说下去，“我要多看你们些年，更是你，做妈的觉得对不起你，要你年轻轻的操这份心，我的一份大心愿也没有了结，要说刘家，——”

一听到母亲的话转到那上面去，她立刻拦住：

“妈，不要提那些事吧，过去的就过去了，我怕听那些，——”

“也不是我好说，实在我想起来心里就难过，都是我们的不好，不过就这样下去也不是一回事呵。好孩子，你说，”母亲温柔地拉了她的手，“你告诉妈，你是不是有什么好朋友，你告诉我，我替你在你爸爸面前去说。”

静宜呆了似的停些时，然后就急遽地摇着头，坚决地表示她没有什么人。

“——总得慢慢有一个，这不是事，你年轻轻的，……”

为了止住母亲关于这一面的话，她“唔唔”地含混应着，母亲就满意似的说：

“那才是好孩子，古人说一顺为孝，那才对呢，——可说，你爸爸起来没有？”

“呵，呵，——”她为这句突然来的问话怔住了，随即很快地答出来：

“起来了，大概是到公园绕弯去了吧。”

“他又喝酒了么？”

“没有，没有，——”她急急地说，生怕母亲会看出来的样子，为了更使母亲相信，她还说，“就是上次您把酒杯当面摔碎，爸爸就不再喝了。”

“其实我是为他好，多少事都耽误在酒上，他的身体也愈来愈不行，有时候他坐在我床边，他的心跳震得我的床都动，我也问过医生，他们也说那是酒喝得太多的毛病。我也病，不能时常去看他，你可得常留神，——"

"是的，我知道，我常到他房里去。"

"要说也没有法子，他实在是闲不住，他本来是做大事的人，哼，做大事的人，——我们都盼着吧，看相的都说再有三年他的运就转过来，那时候他就一定，一定不是这样子了。"

十三

惦记着和母亲说过的谎话，静宜从母亲房里出来，就又到楼下去，正遇见老王推开门进来。

"什么事情？"

"市政府送信来请盖老爷的图章。"

"好，好，你交给我，就在这儿等等吧。"

她接过了送信簿，故意用力推开门，躺在那里的人仍自安然地酣睡。她走到书桌的前面，就把放在锁孔上的钥匙一转，拉开抽屉，取出图章来在上面印一下，把信放在桌上，簿子又送给在外面等候的老王，她才又走进来。

原想自然地能惊醒他，可是最后砰的一声关上门也没有能使他张开眼睛。客厅里的立钟，悠扬地打了十一下。她不得不一面推着他的身子一面叫：

"爸爸，醒醒吧，十一点都打过了。"

被推着的人，又哼哼唧唧地响了一阵，然后伸开两臂大大地打了一个呵欠，才揉着眼睛，一看到是她霍地就坐起来。

"呵，你早起来了。"

他象什么事都不记得似的问了她这一句，他望望打开的窗子，又看看自己不曾解开的长袍，象是想起一点来可是很快他就不去想，一转身把两只脚插到鞋里。

"方才市政府送信来我替您打过图章。"

"好，好，又到月半了，真快，把钱数一数就收到账上好了。"

他一面说一面把两只手掌在脸上用力地搓揉，随后长长吐一口气。

"你母亲好点了么？"

"好些了，象是我跟您说过。"

"对了，我记得她也是好一点，——"

"您洗洗脸吧，快要吃饭了。"

"是么？现在有几点钟？"

"十一点敲过了。"

"真不应该，真不应该，曾文正公说过凡百弊病皆从懒处生，我太懒了，不应该，不应该！你母亲没有问起我么？"

"问过了，我说您到公园去，别的什么都没有说。"

"那就好，那就好。"

他说着，用手抹着头上那几根头发，看见她要走出去，就告诉她把老王替他喊来，还提醒她那笔钱她没有拿去。

其实她原是想到楼上去的，听了父亲的吩咐，把那个信封装在衣袋里，就跑到外面把老王叫来，然后才走上楼。象鬼魅的影子似的，她瞥见那个象猫的姑姑和那只猫进到母亲的房里，她随着也走进去。

看见静宜也进来，菁姑就不开口，只是把那圆圆的小眼睛在房里溜来溜去，在她脚边缠的那只猫，也把鼻子东伸西伸地嗅着。

母亲厌恶地望着她，可是也不开口，等她出去了，才从鼻孔里哼了一口气。

"真象一个贼似的。"

"家里的事不是我管，我还在学校里读书的时候，怎么也想不到她是这样。"

"是呢，你还不知道，有些她用不着的东西也拿去，不是藏在箱底发霉，就是毁掉，我真不明白她存的是一份什么心。"

看见又引起母亲的一点气愤，静宜就赶着说：

"好，只要爸爸的事情好，随她去弄，看看她有多么大的本领！"

"想不开的时候我也只得这样想，要不真会把人活活气死了！"母亲停了又说，"可是你爸爸呢，怎么还没有回来？"

"呵，呵，——我想，就，就要回来了吧。"

"我也很替他担忧，也是快六十的人了，又好酒，手脚就显得不大灵活，唉，就说三年后好运气转过来，他怎么还能象从前那样操劳呢！"

"那您可别说，心情顺遂，人的精神自然而然就会好起来，——"

"你听，"母亲打断了她的话说，楼梯上迟缓的脚步声微微地传进来，"你到外面去看看他吧，大概是他上楼来了。"

静宜答应着，才走出门口，就看见他捧着水烟袋在上来，她故意提高声音说：

"爸爸您才从公园回来么？"

他一面点着头，一面应着：

"噢，噢，是的，——是的。"

十四

工厂正午的汽笛象要钻破了天似的叫着，惊醒了将要沉入睡境的静宜，她急急地从沙发里站起来，抱怨着自己："怎么会大清早就又要睡呢？"

她走出自己的屋子，还是向母亲的房里去，父亲仍自坐在迎门的椅子上，象一动也没有动过。她准备好了母亲该吃的药，就捧到母亲面前，母亲皱皱眉，把药吞下去，就急着用水漱口。

"唉，这气味真难闻。"

母亲缓过一口气来说，父亲象有什么感触似的忽然说了一句：

"本来是的，良药苦口，——"

"不要说了吧，我还不懂得么？这药并不苦，说不出来的一股味道，苦——我尝得多了，我才不怕苦呢！"

静宜很怕这闲谈会引起不快的争执，她呆呆地站在那里，父亲只笑了笑，没有再说什么，只是和她说把马大夫的药方拿给他看看。

这也很使她诧异，她知道父亲稍稍知道一点本草，中医开过的药方照例他要看过一遍的；可是西医的药方他看些什么呢，她记得那上面只是一些缩写字，连她也什么都看不出来。

当着她正要去寻出来的时节，突然想起来那张药方并没有拿回来，她就说：

"好象药店留下了，不在家里。"

"那真岂有此理，如果弄错了怎么办？——要是照原方再配一剂又怎么办？"

"他们也并不把那药方丢掉，如果要买药只要说出号数来就可以。"

"哼，这总是不合理，今天大夫来么？"

"今天不来，要下星期一才来。"

"好，你提醒我，我来陪他，就便也好和大夫谈谈。"

正在这时候，阿梅进来问在哪里吃午饭。母亲就问着是不是静玲赶回吃饭，若是回来的话，就在她的房里吃也好。

"——我不能吃，我看着你们吃也高兴，只有玲玲那孩子还吃得，又不择食，年轻人原该都象那样才好。——呵，阿梅，佛前的饭香你烧了么？"

阿梅没有能立刻答出来，母亲就说：

"我早知道你忘记的，天天如此，去，快去，先去上香，有什么事再办！"

"饭菜的气味不好闻，又吵闹得很，还是在过道吃好一点吧？"

静宜不敢阻拦母亲，只象是提醒她似的；可是母亲并没有改变她的意思，等阿梅回来就吩咐把桌子张起来。

"去，去，张妈做什么了？快点弄，这样慢吞吞的我真看不惯，等下五小姐回来就等不及了。——喂，宜姑儿，是不是车夫到学堂里去接？"

"没有，她才不愿意坐李庆的车呢。"

"这孩子真怪，我真摸不清她的脾气，可是，她的心地还不坏。"

"说话可真有点不知深浅，常常一句话要别人连弯都转不过来。"

这时青芬走进来，就在门边那里站住。母亲就向她问：

"静纯不在家么？"

"他出去了。"

"我看他回来的，我还和他说过话，——"

"他又出去了，说是吃饭不必等他。"

"我真不知道他为什么这样忙来忙去，"父亲把一口烟喷出来说，"曾文正公说过的居家四败之一，子弟骄怠者败，他正好有这毛病。"

母亲把眼恨恨地看着他，那意思是告诉他青芬在这里，什么话都可以不必说。

阿梅和张妈这时候把桌子张好，食具也都摆好，接着问是不是饭菜就端上来。

"你们看不见么，五小姐还没有回来，——"

"都十二点十分了。"

母亲关心地说着。

"她总得二十分钟才能到家。"

为着怕母亲悬念，静宜赶着说了一句。

"怎么你姑姑还不下来？"

父亲突然向她问了一句，她还没有回答，阿梅就接过去说：

"我还忘了呢，姑太太说过今天不下楼吃饭，——"

静宜这时皱着眉头看了看站在一旁的张妈，又看了看母亲，可是阿梅接下去却说：

"她告诉我把饭给她送到楼上去。"

"什么，什么！——"父亲放下水烟袋站起来，预备大大地发作一顿的样子：

"一共才有几个人吃饭，她还要分来分去，你去，就说我说的——"

"总之，算了吧，她一个人在上面吃正好，——阿梅，去，给她把饭送上去，她真要是一辈子不到楼下来，那我们才省心呢。"

显然地，近来父亲对于母亲的脾气更和顺些，若不是酒醉了的时候，他绝不和她吵一句；可是对于菁姑，从前是一向对她那么好，由于长期的家居也觉得她实在是太不能使人忍耐了。虽然是那些琐碎小事，那些小事却正能激怒人的性情。

"可说，这孩子怎么还不回来？"

母亲自语似的说着，静宜看看钟，已经是十二点二十分钟。

"我想一定学校里有什么事，——您自己先吃不好么？"

"会不会路上有什么事？"

"不会，一点也不会，静玲比谁都机灵，她才不会撞上什么事呢。"

"都是他，大处不算小处算，把电话拆了，不然的话她不是可以从学校打电话来，也省得人悬念。"

"一点事情也没有，妈，我可以担保，也许是学校补课，或是开什么会——"

"开会？是不是游行，开会，还要睡铁道去南京？"

"不是，妈，那是从前的事，我说也许开游艺会，那会里有音乐，有戏剧，很好玩的。"

"那才好，我就怕那些游行什么的，虽说是现在女儿家不怕抛头露面，每回总打得血淋淋的，怎么教人心里不难过呢？——好，那么我们先吃吧，给她留出些菜来，怕她开过会还要赶回来吃饭。"都说完了，母亲又补了一句，"——宜姑儿，还是你叫李庆到学校里去看一次，我的心总归有点悬悬的。"

十五

吃过午饭，人都散去了，静宜侍候母亲吃过饭后的药，就陪着母亲说些闲话。每天午饭后，母亲总要睡一会儿的，当她打了一个呵欠，她就扶持她睡下去，静静地守在一旁。不久母亲就睡着了，可是她一直等阿梅吃过饭进来，才悄悄地用脚尖踏着地出去。

她也觉得一点困乏，就走回自己的房子，从窗口望出去，父亲好象还在院子里踱着方步，大约他那饭后的三千步还没有走完。

自己倒了一杯开水，坐到沙发里，倦意轻轻地升上来，她把支在沙发边架上的手臂托了腮部，头斜倚着，眼睛闭上了。

这正是初春的下午，午睡是极甜蜜，极缠人的，被吩咐着侍候母亲的阿梅，也在那小凳上瞌睡，时时因为头沉下来惊醒自己，最不赞成午睡的父亲，在床上盘膝静坐，也自一歪身倒下睡了。吃饱了的费利睡在门后，花花偎在菁姑的身边，她那酣睡的鼾声，正把那个瞪着眼睛时时留意下面事故的姑姑也催眠了。

没有风，阳光笔直地射下来，每粒尘土都是安静地躺着。一阵急遽的电铃，先惊醒在门房的老王。他好象要从椅子上跌下来似的，赶忙扶住，摇晃着头东看西看，才想到一定是有人叫门。

费利叫了两声又睡下去，看见老王走出来，它也支起身子抖着皮毛，揉着耳朵，走到他的身边，老王模模糊糊叫了一声：

"谁呀，——谁叫门呀？"

没有回应，他就打开门上的小洞朝外看，看到一个高大的年轻男人，好象很不耐烦地在搓弄着手掌。看见只是学生样的一个人，他就拉开了门。这使他看清楚来客的样子，在那微黑的脸上，戴了一副眼镜，人象是很诚朴的，嘴唇有一点厚，用极和蔼的语调向他说：

"你们大少爷在家么？"

"不，不，他出去了，——"

他才要问来客的姓名，可是那个客人就接着说：

"大小姐在家么？"

"大小姐？——您也认得我们的大小姐？"

"是的，你去说一声，我想看看她。"

"噢，噢，——那么，您请进来一步，——我先来关上门。——"

老王一面说着一面在心里想，他记得看见过这个人，可是一时想不起他的姓名。关好门，他又说：

"您随我到客厅来坐坐，——我给您去回报一声。"

费利也没有吠叫（它只要看见穿的衣服整齐的人就是这样），送来客到了门边，就摇着尾巴又回到大门那里去卧下。

王升走到楼上，在静宜的房门上敲了两下，没有人答应；他就转着门柄，才一推开，就听见静宜含糊地问：

"谁？"

"大小姐，是我，——"

他停住脚步，把门打开了。

"您，老王，你有什么事？"

"来了一位客人看大少爷，——"

"看大少爷，你找我来做什么？"

静宜一面说一面站起来，用手指掠着散落下来的头发。

"大少爷不在家，他就说要看大小姐。"

"唔，唔，来看我，没有名片么？"

"呵，这——这次我倒忘了，这位客人很面熟的，从前来过，来看过大少爷，就是一时想不起来。……"

"你看你，老爷怎么吩咐过你，你还是忘了，好，我就下去吧。"

她的心里想着，为什么事静纯的朋友会来看她呢？也许因为和静纯极熟，有什么要紧事，必须由她来转致的。她原想换一件衣服再到下面去，可是又怕要客人等太久，只拿了一方手绢挂在衣纽上，就匆匆地下去了。

她推开客厅的门，一眼就看见迎门站立的客人，她就轻叫了一声！

"道明，——"

这时那个客人赶前了几步，握着她的手，低低地叫了一声：

"静宜——"

他们都象呆了似的站在那里，静宜觉得出自己的脸发热，想着一定是红涨了，头微微低着；可是梁道明却笔直地望着她，象是想说什么话的，嘴唇嚅动着，其实是什么也没有说出来。

过了些时，还是静宜抽出手来，向他说：

"坐呵，——为什么要站在这里呢？"

梁道明微笑着，就坐到相近圆桌的一张矮椅上，静宜也就在他的对面坐了。

"我没有想到是你，——你不是在 A 城么？"

"我才到这里来，——我是才下火车，把东西交给旅馆里的人，就一直跑来。"

"你倒很好，……"

"就是那样子，说不上好坏，离开学校我就住到家里，做点小事，好容易说动我的父亲，他卖了一部田产，答应我去外国读书，——"

"那真该庆祝你，不久学成归国，——"

"可是，——"

正在这时候老王捧了两杯茶进来，静宜立刻就向他说："吃点茶吧。"

他好象没有听见她的话，只是两只眼睛望着她，象乞求她的哀怜似的。他想说什么话，可是说出来却是极平淡的一句：

"你近来好么？"

"你可以看出来的呀，你看，我不是比从前瘦了么？"

"是的，是的。"

他一面说还一面点着头。

"好了，不久我也许就从这个世界上消灭。"

"为什么要说这些话？"

"从早到晚，大事小事堆满了，连喘一口气的闲空都没有，……"

这样说着的时候，他的眉头却皱起来，时时象极伤心地摇着头，也叹着气，在这上面看出他的一点诚恳和一点愚昧。他还象呓语似的喃喃着："为什么要这样呢，为什么要这样呢？"

"唉，你当然明白，我是为了我们的家，——"

"家，——"他茫然地吐出一个字，随着就说出来，"我也知道了家里给你订的，——"

"不要说吧，过去的事就不再提起来。"

"可是你应该让我高兴一下呵，你不曾告诉我，静纯却告诉我，所以我才鼓起勇气，把一切事都安排妥当，特意到这里来。——"

显然他还有些话要说下去，可是羞缩地停住了，只是不安地用力磨着自己的手掌。两只眼睛死盯着自己的两只手，好象从那上面可以看出来什么玄奥来似的。

"其实不告诉你都因为没有什么值得高兴的，全是一样，没有什么分别，——"

"静宜，你不应该这样想，你已经自由了。"

梁道明站起走过来，一只手拉了她的手，一只手扶在她的肩上。

"不，不，你不知道，我还是——"

她缓缓地摇着头说，可是他象恐惧似的止住她：

"不必再说下去，仔细想两天再说好了，好在我还在这里住几天，我们的事慢慢点说吧。"

她微笑着站起来，立在墙角的那座钟，报了三下，她象是警惕似的说：

"时候真过得快，都三点了。"

"是的，时候过得真快，我好象是昨天才离开你，今天我又回来了。"

他十足伤感似的说，静宜就笑着和他说：

"道明，你也变了。"

"怎么呢？你从哪里看出来？"

"以前你不会这样说话的。"

"那也许是，——因为我在那个小城里住得太久了，没有欢乐，没有光明，所以我能沉思，我体味了人生；可是我们要快乐，我们要活得好，我们不应该太苦恼自己。"

"你将来能快乐的，——"

"我说是我们，——"

"不是我们，是你，你自己。"

"不要说吧，不要说吧，过些天，等你仔细想过一番再说，……"

道明热诚地说，紧紧握着她的手，她缓缓地点着头，好象很留意地听见又象没有，她望着窗外，那是一无所有的天空，——只是在那碧蓝的天上，浮起一朵灰云，移动着。好象要把那蓝天吞噬下去似的。

十六

恰巧静宜送梁道明出门的时候，静玲从街的那边连跑带跳地来了。她很怕她没有看见她，大声地叫着：

"大姊，我回来了。"

静宜笑着和她招手，就站在门前等候，等她跑到面前，才看见她的额际都是汗，脸颊红红的，还急遽地喘着。

"看你，为什么要跑呢，喘得这个样子。"

静玲一面抹着汗，一面顽皮地回答：

"为什么我不跑呢？——"她故意歪着头，眯了眼睛看着静宜，随着她又很正经地问，"告诉我，方才你送出去的客人是谁？"

"你不知道，——"

"我不知道才问呢，我要是知道就不问了。"

静玲象是抓定十足的理由摇晃着头，这时她们走进来，静宜的一只手拢了静玲的肩头。

"你不要同我瞎缠吧，怎么你不回来吃午饭？母亲都在等你，怕你出什么事。"

"我是还没有吃饭，——姊姊你看，我和你一样高了。"

"不要乱说，我问你在学校有什么事？"

她望望她，还不曾开口，就先坐在台阶。

"爸爸在家呢，等一下他看见会骂你，——"

"不要紧，难说这不是人坐的么？跟你说，我们是在开会，一直开到现在才完。"

"开什么会？不是到南京去请愿吧？"

"不是，不是，姊姊，你不记得么，'三一八'要到了，就是下星期一，我们讨论要怎样纪念。"

"噢，三一八，我记得，那时候我才进中学。"

"那时候我有多么大？"

"你么？你大约才会走路，我告诉你，我还记得几句诗呢，早期的《语丝》上刊载的：

呜呼，三月一十八，
北京杀人乱如麻，

死者血中躺，生者血中爬，

…………"

下边我就不记得了，那时候我记得也开大会，游行，后来就出了事，那正是段执政时代……"

"大姊，好，你也来参加我们的纪念会吧，本来我们也要开大会游行，当局不许，我们只得开纪念会了，她们还要我演讲，我真不知道说什么好。你来吧，你替我演讲，那时候你也参加游行了吧？"

"没有，爸爸老早就管住我了。"

"没有关系，你可以说你也去游行了，好在那时候报纸上记得很详细，你可以照这样说一阵，总之你是那个时代的学生，比较有意义得多。"

"我是那个时代的学生，可是我的时代已经过去了，我对于这些事不大感觉到兴趣。"

"姊姊，我不愿意你这样说话，我们永远是这一个时代的人，我们不会落后，……"

静玲这样说着的时节，她的眼睛发亮，红红的脸闪着青春的光辉；可是静宜却显得衰颓了，她的两颊上虽然也染了一点红色，那正是她不健康的征兆，她那无力的眼睛望着，好象在说："我是完了，没有快乐也没有悲哀，让一切不相干的小事忙死我，——那就到了我最后的一天，于是我才安静地躺下。"

静玲懂不得这许多，她只看到静宜呆呆地站在那里，许久不说话，到后嘴角上挂出衰弱的微笑轻轻地拍着她的肩，向她说。

"我们还是进去吧，妈妈也许醒了，方才你没有回来，她急得什么似的。"

静玲听从她的话站起来，拉着她的手走进去，她象忽然想起来似的说：

"姊姊，妈妈实在对我们太好了。"

"唔，你这是什么意思，做父母的没有不爱他们自己的儿女的。"

"我说太好了的意思是不同的，妈妈总要我在她温暖的怀抱中，以为我还是一个不知事的小孩子，——"

"你本来还是一个孩子么。"

这句话好象使静玲惊了一下，她不相信年轻轻的姊姊也会说出这样的话来，她时常想着旧的时代自然和新的时代不同，可是她从来总以为静宜和她原是同一个时代的人。她望望静宜，想寻找些什么不同来，什么也没有；她突然想起父亲的话：

"长兄如父，长姊若母"她心里想着："怕是因为这个，她才和我们不同吧。"

她不再说话，两个人走上楼梯，才转到甬道上，正看到静婉从母亲的房里出来，静宜低低地问着：

"还没有醒么？"

静婉摇摇头，轻轻把门关好，才走近来，拉了静宜的另一只手。

"你什么时候回来的？怎么我一点也不知道。"

"他们说你有客人说话呢，我就没有去。"

"噢噢——到我们房里去玩！"

"好，我就去，我去拿点东西。"

"静珠呢？你没有看见她么？"

"我看见她，她还告诉我过了六点钟不回来，就不用等她吃晚饭了。大姊，哥哥呢？"

"他出去了，没有在家吃午饭，你找他有什么事？"

"也没有什么事，上星期他答应带我去参加诵读会，我不知道是什么时候。"

"不会是今天，好象是星期诵读会，那一定是在星期日。"

"唔，你说得对，我等一下就到你们的房里去，我跑回来，东西还没有收拾呢。"

等静婉走进她的房里，静宜问着静玲：

"你怎么不跟她说话？你不喜欢她么？"

"不是，——不过我有点怕，她的性情不大爽快，总是想说的话不敢说，想做的事情不敢做——"

最后的一句打在静宜的心上，她接着问：

"就是这样你怕她么？"

"不，也不是，简直我不大说得出来。"

十七

不知道是文学给她的影响，还是生而俱来的个性，才只二十岁的静婉是一个多愁善感的女子。她的眉头永远是锁着，不怪静玲有时候要说："我真想把手指摩开她那皱着的眉尖。"她十分沉默，话说得极少；可是她的心却有更繁丽的幻想。她自己也觉得是在梦里过日子的人，一切显现在眼前的都是那么平淡，那些只凭幻想而生出的是那么高超不凡。

静婉的脸型极象母亲的，连母亲也说过："婉姑儿真象我年轻时候的影子，只是高了点，——她的脾气可不象我，她太不欢喜说话，年轻人不该那样。"

水是沉默的，它有不可测的深度；可是静婉却不同，她虽然想得极多极远，她有与世无争的存心，而且绝对不和别人的事缠在一起。

她欢喜一个人看天，她想象着在那无垠的碧蓝之上有美妙的境界；她也欢喜看水，水里或有更瑰丽的景物；她也欢喜看行云，她想着什么时候可以跳到那上面，飘到更远更远的地方去。——随着她就想到跳上去不只是她一个人，还有那个人，——她从来没有说出来那个人是谁，就是连那个人自己也一点不知道。

但是她好象已经十分满意了，她仔细地读着他所写的诗篇，如果那诗里说到一个女人，她就自自然然地想到她自己；每次遇到了，虽然只是一句半句的问答，她的脸也要红涨起来，一颗心象跳到喉咙那里，使她吐着每个字都感到十分的困难。一直到他离开了，她的心才沉下去；于是在想象中他的影子就浮上来，这并不给她过甚的刺激，她就平静地恬适地在幻想中度日。

有时候她哭了，不知道是不是因为那只是一个幻想而使她伤心地悲哀；

她就自许着不再想那一个人，想着他已经是一个中年人，又困苦得不堪，从哥哥的嘴里也知道他还有孤僻的个性，……由于这些原因她就坚定了自己的心；可是只要一看见他，她的意念又溶解了，象太阳下的冰雪一样。她的心照样为他极平常的一句话而颤抖起来。

"为什么我这样没有用呢？如果我不能断了对他的想念，怎么不向他说出来？就是不向他说，也该说给另外的人知道：可是我，我就只关在我的心里，……"

可是说了又该怎么样呢？他已经近三十岁，或是过了三十，他那未老先衰的容貌使人看起来年龄还要多些，平时就把她看成一个孩子，当着他知道一个孩子有了不适宜的想头，是不是该笑着叫起来："多么怪的孩子呵！"在这样的情景下她还怎样下去呢？与其看到一个梦的破裂，不如使一个梦永远是一个梦。

说是回房来拿一点东西或是收拾一下，静婉进了门却一下坐到她最喜欢的有扶手的摇椅里，这张椅子在她的记忆中有长久的时日，她记得当着她小的时候，她躺在上面由别人摇动；长成了以后，她好独自一个人，坐在那上面，微微地动荡着。周围的一切都柔和地在她身边摇动，她就更容易织起她的美梦来。

在这间房里有一张大床，是她和静茵两个人睡的。她们在不同的学校里，只有每个星期六才回来。她知道静茵近来为了爱恋的事情烦恼，只有那最后的决定她一点也不知道（那也是她猜想不到的）；可是她时常劝告静茵不必一定去追随心中所爱的人，她的意见是："有距离的景物该更美些。"这正是她的意见，但是她从来也不把自己心中的话吐出一个字来；于是静茵就以为她只是读多了小说传奇，说出来的话也都是那么架空不实。为这件事她争论了许久，甚至于几次想把自己的事作为实例告白出来，终于都忍住了；可是这一天她等待她，她想着如果不能说服她，就真的说出自己的事。

可是静茵还没有回来，虽然有了爱恋的对手，平日也是极谨慎的，每个星期六都是极早就回到家里，不象静珠时常夜半才回来。

"这样好的天！"

她喃喃地自语着，一下跳起来推开窗门，俯身在窗口上望着下面的景物。迎窗的两株玉兰还是干枯地立在那里，从那棕黄色的枝干看来，很难想得出有些天会戴满一树又洁白，又美丽，又清香的花朵。可是她也记得，纵然是那么好，一经采撷，片刻间就会失去了它的颜色，它的姿容，和它的芬芳。她想着：

"是的，一切达到了峰顶，就只有向下的路！"

她这时候想起来一些诗句：

　　　　——只是一片梦，
　　梦中的花影，
　　浅溪流又流，
　　远山青自青。

默念着这几行诗句，极自然地在她的脑中又浮起那个诗人的影子，她私忖着只要明天，明天就能看到他了。

难得的笑容浮上她的两颊，可是没有人看见，蓝天看不见，飞鸟也看不见；到她跑到静宜的房里，她的笑颜早就收敛了。

"没想到你回去收拾了这大半天。"

静宜看见她进来就说，她也没有回答，忽然想起静茵，她就说：

"大姊，你知道二姊为什么不回来？"

这问询显然使静宜惊了一下，她停了停才回答：

"我想等一下就回来吧。"

"不，她从来也没有这时候还不回来的。"

"也怕她学校有什么事情，大概过一阵就该回来了。"

自从静婉走进来静玲就站在她自己的那座木橱前面，她连头也没有回过来一下，正热心地整理她自己一橱的玩具，那有五个不同样子的洋囡囡，一只黄色的狗，一架小火车，许多铅制的兵士，还有一架极小的手摇缝纫机。里面还杂了许多从小玩过的玩具；一直到阿梅走进来告诉她们太太已经醒了，她才关好橱门，上了锁，随着她们走出去。

十八

到了母亲的房里，母亲已经倚着枕头坐在床上，看见静婉和静玲，立刻伸出两只瘦弱的手，每一只拉了她们的一只。

"婉姑儿你看，我的气色好些么？你有一个星期没有看见我，看得准，"——说了半句话，立刻就转向静玲，"你什么时候回来的，吃过饭么？你把妈的心悬死了，生怕出了些什么事。"

"您的气色好得多，比上星期好得多。"

"是么？你不骗我么？我每天照镜子都不觉得好。"

母亲说着又从枕头下面抽出一柄圆镜，照着自己，还把舌头伸出来看一番。

静玲说是因为功课的事耽搁了，也不敢说她自己跑到厨房去胡乱吃一顿冷饭，她说她吃得很好，大姊在一旁看着她的。

"不是么，大姊，我吃了三大碗。"

静玲还故意问着静宜，她不能回答得那么流利，只是点着头。

"茵姑儿还没有回来，往常她不也是回来得很早。"

"我想也奇怪，方才我也问过大姐——"

"没有什么事，没有什么事，快要回来了吧，……"

静宜急急地说，她听出自己的心的急遽的跳动，她很怕别人也会听见。

"不是，上星期她走的时候说是有点不舒服，我怕她病倒了。"

"不会，妈，哪会有那样的事，我可以担保，——"

"养子方知父母恩，这话一点也不错，你们都活在我的心上，就是静珠那孩子，她不喜欢我，我也有点不喜欢她；可是有点风吹草动，我照样还是忆念。——婉姑儿，怎么你年轻轻的总愁眉不展呢？"

"妈，我没有呵。"

"你看你眉头皱得象座小山似的，——"

母亲说着就把手抽出来摸着静婉两眉相连的那一块，在一旁的静玲的心里觉得很舒服，好象那隆起的眉头是生长在她的心上，经母亲的摸抚，才舒展开似的。

"——年轻人总该快活点，有什么可愁的呢，虽说家势不如从前，也少不了你们的吃，穿，用；此外还有什么可愁的呢？"

为了使母亲相信她不是整天发愁，就装出笑容来；可是显然地她将近失败了，因为那极生疏极不自然的样子连她自己也觉得出来。倒并不是象母亲所想的她会那样关心到家势，她平时就不大注意到那些，原是迷蒙的灰色，障在她的眼前，遮住了她对人生的视野。

"——你的头发这么长，春天来了，剪短些会舒服些。"

母亲又说着，还用手指缠着她长垂的头发，发端经过电烫，结成一个一个的小圈，象一条条倒悬的细小的水蛇。

"没有什么关系，夏天也不觉得热。"

"这样长的头发，真还不如爽爽快快梳头好了，当初剪发的时候都说这样方便，可是静珠那孩子的头发，真比梳头还麻烦——我真不知道，每天她要花多少时候修整头发。"

"您不累么，您话说得太多了。"

站在一旁的静宜担心似的说。

"我不累，难得到星期六星期日，她们全都回来，我才高兴和你们说说笑笑呢。"

"我是怕您说多了不好，"静宜笑着说，"就是您多多高兴也是费力气的。"

"我也知道，我要是不说什么，心也闲不住，什么事情都想，想得连自己都烦厌，唉，我真也是受苦的命，——我想晚饭大家都回来，还是在我房里吃吧。"

"不，别这样，妈，——"静宜急急地阻拦，"——您饭后就得睡，房里的空气太不好，影响您的身体。"

母亲想了想，就说：

"你的话也对，夜里比不得白天，宜姑儿，回头你跑下去看一趟，她们预备的菜怎么样？"

"好，好，我这就去，——"

静宜一面说着一面走出来，母亲答应了她，才象是一块石头落了平地；可是她一想起来迟早这件事总要露出来，她的心就又觉得慌乱不定。

她急急地跑下楼，奔厨房去，那个烧饭的王妈正把一块煨好的火腿放到嘴里，看见她进来，三口两口吞下去，喘不过一口气来自言自语似的说：

"还欠点火，——也得加点糖。"

倚坐在墙角小凳上打盹的李庆猛地惊醒了，站起来就朝外边走，一脚打翻地上的水盆，把他自己的鞋袜都弄湿了。

"你看你这个死鬼，我才倒来的水，快滚吧，就会替我惹祸。"

王妈叨叨地骂着，静宜没有说一句话，站在那里，等着他们还有些什么好说。

"——呵，大小姐，您怎么到厨房里来？这够多么脏，火腿也煨好了，鸡还没有煮烂，您尽管放心吧，误不了事。"

王妈很安静地说，一点也不显得张惶，静宜还是什么也不说，她深知王妈又贪又懒又好吃；可是她还想不出什么方法来改善，她只是使王妈知道她看见了也知道了，要她自己想到什么事不要再做才好。

静宜立了些时，转过身又走出来，才走了几步就看到费利连跑带跳地也向厨房跑，才跑进去又叫着跑出来，身上水淋淋的王妈还追着大声地叫：

"畜生，你又来了，昨天叼去的骨头——"她一看见静宜站在那里，就改了口，"大小姐，您还没有走。"

那只可怜的畜生在她身旁抖着身子，水点落在地上，王妈早又把身子缩回去，费利摇着尾巴在她身边转，它象是有话要说出来，只因为是一个畜生，才什么也说不出来。

十九

在快要吃午饭的时候，静纯觉得不能再忍耐下去了，就什么也没有说，一个人从家里走出来。由于沉默的个性，青芬从来也不问他到什么地方去和什么时候回来，王升却因为不敢问（那全是因为问过他受了他的申斥）。只把门打开，等他走出去，就又把门关上。其实当着他的脚已经跨出去，站到外面，他自己也没有想到去什么地方。他原是喜欢安静的，可是家里的安静使他不能忍受，好象再过些时就会使他窒息死去的。但是他走出来了，可不知道到哪里去才好。

他就一点也不思索，任着脚步顺了边路走，他不喜欢热闹的市街，他自自然然地就沿了河边的路行走。他的心是那么平静，安闲，他体味到一种前所未有的快意。初春的阳光正好温和地照着他，没有冬日的寒风，通体透出一点汗，抬眼看到河那边的农家景物，他就停住脚。看见河边的一方青石，他坐上去，象呆了似的望着；乘着这时候他还把手绢掏出来擦着鼻尖上的汗珠。

停了些时，他站起来，又继续他的行程。一直到他站在紧闭着的两扇红漆门的前面，他才象想起了自己似的自语着：

"我怎么会到这里来了呢？"

他举起手敲着门上的铜环，一个仆人应着就打开门，看见是他，带着笑说：

"黄先生，秦先生在家，您请进去吧。"

他点着头朝里面走，这里是他时常来的地方，那个仆人并没有赶进去先替他通报。

走进门道，就跨上游廊，铺地的是平整的方砖，廊顶的横椽上的彩绘，正是女主人的手笔。左边的圆池的水已经满了，还有苍绿的苔藻漾在上面，地上也扫除得极清洁，看得见才钻芽的小草。右面花圃的土块早已翻起来，准备要下种似的。穿过月门，就是住房的庭院，中间置放两株芭蕉，他记得上次来还没有看见，一定是才从花窖里搬出来的，粉墙前的一丛细竹，看起来也比他自己家里的青翠得多。

"怎么别人的就那么好，到了我们自己就都不行，都不行！"

他走着，心里暗自想，就很容易找出一个他不愿意在家里的原因，他不喜欢那个家，他也不想怎么样才能喜欢它，他时常想着的一句话是：

"什么时候没有家，我就自由了。"

走上台阶，隔着玻璃窗，那个美丽的女主人就和他招呼着。她好象正坐在那里吃饭，推开门，就听见她象音乐般一样的声音：

"正好，我一个人吃饭正没有味呢，你来得真好。"

"齐先生呢？"

"子平他上半天就出去了，他说回来吃饭的，临时打一个电话来说有点事，我一个人正闷，你来得真好，——快拿一副碗筷来。"

"我想不到是吃午饭的时候。"

"都快到一点钟，要不是等他回来，我自己早吃完了。"

这时候卧在她身上的一只狮子狗，向他叫着，她就轻轻地拍着它的头，微愠地说：

"难说黄先生都不认识了么？快说：'How do you do？'"

那只狗并没有如她的意说，只是不再叫，摇着头尾。

老妈赶着把筷子放好，装上一碗饭，他取下帽子，才要坐下来，她就象长姊般地吩咐着：

"你看，你是走路来的吧，去洗洗脸，脸上有许多汗，再说饭前总要洗手，你忘记了么？"

静纯笑着站起来，就径自到另外的一间房里去。

作为一个艺术家的秦玉，不只有无比的天才，还有过人的美丽，更是她那又长又柔软的鬓发，豫墨色的发着光亮的小小的环子一个个地挂下来，当她走动的时候，它们就互击着，象有无声的音乐发出来。她有一双清亮，深湛，骄傲，聪明的眼睛；老年人喜欢她如自己的女儿，中年人喜欢她如自己极好极好的朋友，年轻的人在她的面前没有一个不脸红的，还不大说得出话来。可是她会安慰他们，把手指插进他们的头发，指点着他们一星期不洗的脖子。这时节他们嗅得到使他们觉得有一点晕眩的发香，肌肤香和气息香。她是在五年前就结婚了的，可是她待她的丈夫也和她的客人一样，（有时候好象还不如她的客人，）她没有孩子，仆人和友人们称呼她秦先生，更熟识的就叫她的名字：秦玉。

虽然有高傲的个性，那多半是在齐先生的面前才显出来，在其他的友人当中，她是最能使一个集会有生气有趣味的。不只对于音乐，绘画；对于文学也是一个少见的欣赏者，甚至于是一个创作者。她能写美丽的诗句，只要她一有新作，那就挂在她的友人们的嘴上，记在他们的心上。

等静纯再走过来，她就含笑地和他说：

"伸出手来给我看，我看洗得干净不干净。"

静纯真就把两只手掌伸出去，立刻就被她两只柔软的手拉住了。她象是很细心地看着，表示满意了，点点头；可是看到他右手食指和中指的黄迹，就很关心似的和他说：

"抽烟我不反对，抽得太多我可不喜欢。"

若是别人和他这样说话，他一定会显出难看的颜色，至少在心里也觉得极不高兴；可是在秦玉的面前，他是微笑着点头，好象答应了她的话，然后把手轻轻地抽回来。他象很听话的孩子一样坐在她的对面。

"把留给齐先生的菜端出来，他不会回来吃饭了。"

女仆答应着，盛好了饭，就走出去。

"今天的天气真好，——"她说着，拍拍怀里的小狗，那只狗伸出舌头来舔着它自己的鼻子和她的手掌，"昨天晚上我睡不着，还下那么大的雨，真把我烦死了，我想今天不会晴，要是连雨天，明天也晴不起来，那才真扫兴呢，谁想到早晨一睁开眼就是满屋子的太阳，我还当是做梦呢？——怎么，你不要尽听我说，连饭也忘记吃了。"

"呵，呵，——"

静纯真的忘记了，他的左手端着一个碗，右手拿了筷子；可是他一直也没有把饭送到嘴里去。听到她的话，才显出一点不安似的吃着。

"你的学校里忙么？"

"不，我真不想读书了，白花费时间——怎么，你也不吃了？"

"我早就差不多了，你一个人吃吧，不要忙，我陪着你，好不好？"

二十

"吃好了么？"

"吃好了。"

静纯一面回答，一面把碗筷放下站起来。

"Excuse me a little while. 你也再去洗洗脸。"

她象一只紫燕倏地立起来微笑着，翩翩跑出去了。虽然她时时自居是年轻人的姊姊，可是她的举动却象他们极小极小的妹妹。

等他再洗过脸出来，她还没有来。食具早已撤去了，女仆还把窗门打开几扇，为的使新鲜的空气流通。他一个人坐在一张大沙发里，掏出一支烟来抽，他幻想着如果真的有这样的一个姊姊，他就能快活得多了。不，也许是他能有这样的一个家，他能更快活点。他极厌恶他自己的家，说到或是想到他的家的时候他只记起一句话："什么都在腐败下去。"他的姊妹们只是一些中世纪传奇中的女孩子们，那个顶小的虽然活泼些，她又觉得已经染上一点不可救药的幼稚病。他的父亲是一个酗酒的无能的暴君，他的母亲就是什么也不能做又迷信的女人。那个菁姑是一个巫婆，是一个怪物，他的妻青芬是一个见了就使人讨厌的可怜虫。再加上那些没有用的仆人们，一切都是混乱，平庸，凡俗，不可耐，他恨着自己为什么会降生到那样的家中，他自己觉得幸亏他有过人的智慧，他总不至于被那恶浊的环境吞噬下去。可是他不快活，这是事实，在家中他不愿意张开眼睛也不愿意开口；可是他不得不张开，所以他想到如果他有这样的一个家，他会多么高兴。

正在他沉思的时候，突然象一片浅绿色的烟霞飘到他的面前，他仔细看了看，才看到是她穿了一身浅绿色的西装站到他身前。

"很对不起你，要你等了许久。"

"没有关系，没有关系，……"

他象是有点噤住了，只是呆呆地望着她，忽然想起抽烟的话，他就偷偷地把手中的烟熄了。

"不，不，吃过饭抽一支很好的，我也是这样。"

她说着从小几的烟盒里取出两支，他赶着接过一支来，还把火先替她点起来，然后自己也点着。

"你看我这身衣服好么？还是我在外国时候做的。"

"好，好，——我就想到在中国做不到这么好。"

她很贴近他坐下来，他的心突然跳着，想避开一点，可是他已经被她的身子和靠手挤住，再也不能移动。

女仆捧来一只咖啡壶和两副碗碟，就放在他们前面的长几上，她很熟练地倒了两杯，还加好糖。另外一张小碟里她也倒了些，他知道这是给那只小狗吃的。

"许多人都奇怪为什么狗也会吃咖啡，我也不知道，也许是我的咖啡煮得太好了，你说是么？"

"是的，我想是的，从来我没有吃过这样清可是香气又这样浓的咖啡。"

"这是我在外国跟那个房东太太学来的，你看，——"她说着把身子侧到他端着的杯子那边，"只象一杯淡茶，可是吃起来比什么都有味。"

当她说话的时候，下垂的长发正触到他的耳根和面颊，而微温的口气又吹嘘着，使他感到痒慄，他的心都颤抖了。她说过话把头回过去，他才象得救似的轻松下去，不使她听见喘了一口长气。

"我们不要坐在这里吧，喝完这杯咖啡我们到后院去看看，我给你点东西看。"

"好，好，……"

他赶着把那杯咖啡喝完，就随她站起来，他们一同走到后院去。那是很大的一个院子，有一座网球场，在一个角落里有些假山石，那都是他早已知道的。才跨出房子她就停住，要他仰起头，才看到一座新造起来的鸽楼。

"你看，这座鸽楼漂亮么？"

"是好，真好，……"

他虽然这样夸奖着，可是他什么也没有看见，因为射下来的阳光正刺着他的眼睛使他什么也看不出来，他移动了两步，才看到一座宫殿式的鸽楼，油着很好看的红绿颜色，有几只鸽子正站在那上面。

"我这是仿明朝的宫殿式样建筑的，你看得出来么，殿橡和殿脊都不同，……"

但是静纯对于这些实在没有兴趣，她就谈起来关于鸽子的话：

"——我的标准和他们不同，你知道这个地方也很讲究养鸽子的，他们说到好坏都是照着旧法，我就不是，我爱的鸽子我就喜欢它，我不一定要别人也喜欢它。我的每一只鸽子都能传信，上次你回家不是带去一只么？没有多少时候就飞回来，还有，我的鸽子都带着我自己做的鸽铃，不象别人的那么简单，合起来飞就发出合奏乐的声音，你说有趣么？

"——我知道我自己，许多事都和别人的观点不同，我决不受人影响，我是我，别人是别人，……"

她的话象水似的不断地流着，她说得那么快，绝不是小溪的浅流，那是崖涧的飞泉，跳跃着，溅进着，每个水点都闪耀着小小的光亮。有的时候她迅速地摇动她的头，打着圈的头发搅乱了静谧的空气。终于她把自己的话落下来，因为想到这样好的天气，为什么留在家里呢？

"你下半天有什么事情么？"

"没有事，没有事，——"

"那么我们到松石园去吧，松石园你去过没有？"

"去过，可是我不觉得那儿有什么好？"

"那你真外行，那是清朝名手，堆的山石，的确很好，这种技术如今已经没有了，好，我们现在就去，你跟我去，我指给你，你自然就找到好处。"

"那么齐先生——"

"管他做什么，我们去好了，我顶不欢喜和他出去，他那个人乏味得很。"

他们一面说着，一面走到房中，她立刻吩咐女仆告诉外边叫两辆车子到城南的松石园。

二十一

二百年来那美丽的园子就一直包在一丈五尺高的围墙里，陌生的过路人会想到那是一座监狱，只是在大门那里，坐了几个懒洋洋的老年人，不象凶恶的狱丁。因为是私人的园林，他们也有相当的权柄，那就是身份低下衣衫褴褛的人，怎么样也不能走进一步去。

当着他们的车才在园门前停下来，那些坐在长凳上的仆人立刻站起来，一个长白胡子的向她说：

"秦先生，您早呵？您用过饭了么？怎么总也不到我们这儿来呢？"

她也笑着和他们招呼，顺口问了一句：

"今天人多么？"

"不怎么多，——赶上礼拜六，天气又这么好，倒有几个学生。"

走进去，她就把早就预备好的一点零钱塞到说话的仆人的手里，那个就笑得连眼睛都眯住了说：

"嘻，您还总这么费心干什么，回头我要他们给您泡上好茶，还在您往常坐的地方候您。"

她回过头来微笑着，走进屏门，几根青翠的石笋直扑到眼底来。

"静纯，你看，就是这几枝石笋现在就没有法子寻得到，听说最初园主因为有这几枝石笋才想到这一座园子。"

"那我还真不知道，不过我总觉得奇怪，每次一进来气候就象不同，好象刮风似的。"

"那不是风，那是松涛，你听那声音有多么雄美？"

"雄美？我只觉得好象有一年我坐海船，半夜遇见风似的，——"

"那不美么？在那无边的海上，一只船，尽管它本身是大的，可是在海的怀抱里显得那么小，在吐着白沫的波浪上航行着……"

"我可记得那使我难过了一夜，所以我听到那声音，早已忘了美，我只觉得有点不舒服。"

"可是这却不同了，只要你张开眼睛，你立刻就看到这不是海，你只是用脚在这美丽的园子的地上走路，你不看见么，你看见那几株松树么，那正象泰山顶上的五大夫松，那一株垂到水面上的，正象一条吸水的苍龙——"

"龙，有这样的动物么？"

"这里只是就中国原有的传说而已，按照古老的说法，龙该是什么样子就算是什么样子好在我们也不研究古代生物。……"

他们一面说一面走，已经穿过一条山洞，走过一座木亭，她好象觉得有一点热，就把外衣脱下来，随着就交给他。

"That is the why to serve a lady，你知道么？"

她笑着和他说过，就象一个孩子似的跑了几步。

"你看那块山石，象不象一个晨妆的美人？那一块探在水面上的正象听经的灵邑，再看那两块，一块是扑下来的猛虎，一块是可怜的小羊……"

她得意地指点着，因为她这样说着，看起来好象就有一点象的样子。

"——水中的那方立石是观世音，另外两方小的是善才和玉女，你知道观世音么？那些故事虽然不可信，可是也有一点趣味。"

"观世音我知道，我的母亲很信佛；可是你把这些山石的形状说出许多名目来我可一点也不知道。许多人都说这里的山石好，我来过几次，看不出有什么特别好来，要你一说，我才知道真是不凡。"

"这也是艺术，平常人不能堆砌的。就说我们自从进来，已经走了些时候，其实我们所走的没有多么远，就是这点曲折尽致的路径，已经就是别人所不可及的了。中国的士大夫原来对于园林就很重视，许多人也下过功夫，可惜现在失传了。"

她象很惋惜似的叹了一口气，顺着路走了几步，当着他们又要走几级石阶的时候，她就站在那里，娇娇地和他说：

"Why don't you help me？ Give me your arm！"

他有一点窘迫似的把右手的大衣放到左手，就用右手搀扶着她走上去。

"这是全园顶高的地方了，你看那边几棵松树正好做成了天然的覆盖，到夏天坐在下面是再风凉也没有的了；可是春天里，我们要点阳光，你看，那边不是有几个座位么？我想一定是他们为我们准备好的。"

果然他们走过去的时候，那个守在那里的人就向她说：

"秦先生您看这个地方好么？早给您把茶冲好了，您一定走得渴了。"

她只是微笑着，没有回答，就坐到藤椅上，他也坐在另一张藤椅上。

那个人把茶杯用开水冲过，就替他们倒好茶，还问他们是不是要用些点心？

"不，我们才吃过饭，你歇着去吧，有什么事我会叫你去。"

"您有什么事尽管吩咐，这阵我先跟您告会儿假。"

等着那个人走了，静纯就说：

"他们这些人的思想也很周密似的。"

"生活呵，这就是生活，他们能使别人感到满足，生活才有着落。"

他不再说下去，吃了一口茶，自然而然地就把手掏出烟来，记起她的话正要收回去，她已经看见了，笑着和他说：

"走得疲乏了正好抽一支，——"

他就微笑着点起一支来，可是她象抱怨似的把嘴微微翘起一点来说：

"为什么不给我一支呢？你们男人真自私！"

"我以为你不要，——"

他说着送过去，还替她点好，她抽了一口，把乳白的烟直直地吐到空中，很适意地仰望着天空。

除开微风使松针颤抖之外，没有别的声音，静，无比的静美，使人忘记这嚣尘的世界，忘记了自己。时间也象是静止了，没有过去，也没有未来，它将要永远这样下去。

可是几声嘈杂尖锐的女人声息把什么都搅乱了，她厌恶地朝那边望了望，摇着头还坐在那里，静纯觉得这声音有一点耳熟，也望过去，就看到从山径那里走过来两个男人两个女人，他站起来就朝那边走去。

"大哥，我想不到是你在这儿！——"

一个女的这样说着，语气象是有些惊讶，可是她说得很平静，很自然。

"我也没有想到你会来，静珠。"

"好，好，我替你们介绍一下罢，这位是柳小姐，Mary 柳，这是张宾，我们学校里的运动选手，这是方亦青，——这是我的大哥静纯。"

他们向他点着头，他好象不耐烦似的和他们回礼，他一眼看到那个女人和静珠的样子差不多，只是两只眼睛更灵活，更有神；一个男人的头发梳得很光，穿了一件皮短衣，把两只手插在胸前的袋里，象一条小牛似的两腿叉开站在那里！另外一个男人的脸绯红，当着介绍的时候象是要和他说一句话，可是没有说出来，就低着头站在那里。

他也是极不安地站在那里，忽然他第二次把眼睛来望那个女人，她微微地笑着，他的心打了一个冷战，就赶紧把头转过来。他茫然地向静珠问了一句：

"你们都是同学么？"

"当然是呵！——"静珠把头一偏回答他，装出无限的爱娇来，"和你坐在一处的人是谁？"

"那是秦先生，——呵，呵，齐太太，你不知道她么，她在你们学校有钟点的，秦先生也是一位极出名的画家。"

"我知道，我还看过她的画展。是去年，——也许是前年。"

Mary 柳接过来说，她的声音更娇细，更不自然，却使静纯惊了一下。那位运动家显得不安，他一个人独自转过身去跳跃着，象一匹才停止了奔跑的骏马一样。那位方先生的头是一直低着，脸还是红着，象是一个极不会说话的人。他的心里有点奇怪他怎么会和她们在一起呢？因为想到那边还有人等他，就匆匆地说：

"你回过家没有？"

"我没有，——也许我不能回去得太早。"

"你知道母亲今天好点了，改请马大夫治，象是很有进步，——"

可是她对于这件事好象丝毫没有兴趣，只是漠然地应了两声。他就急忙和他们说：

"好，再见吧，——"

"再见，——"

他转身就走了，忽然听见象鸟一样鸣叫的声音：

"有空请你到我们学校去玩。"

他停住脚，又回过头来向说话的人微笑一下，还看见她在空中摇着的纤细的手指。他就再向前走，看到等在那里的秦玉也正在望着他。

"那是些什么人？"

当他又坐到藤椅上她就问。

"我的妹妹和她的同学们。"

"现在的女学生们真有点使人看不出来，我还以为她们是舞——"她突然顿住，改过语气说，"我们走吧，这里也没有什么大趣味了。"

"好，我先陪你回去，我也得回家一次，他们还不知道我去什么地方。"

当他们回到她家的门前，他就向她告辞。

"进来吃杯茶再走不好么？"

"不，我想我还是走了吧，那个诵读会是明天下午开么？"

"是的，下午两点钟，你顶好早点来帮帮我的忙，好不好？"

"好，我想我能来得早点，还有我的妹妹也想来参加，可以么？"

"欢迎，很欢迎，——"她未经思索似的说着，忽然又加了一句，"——怕她不会感觉什么兴趣吧？"

"不是今天遇到的这个妹妹，是我的三妹，读文学的，跟这个妹妹完全不同，……"

"那就好，你们明天早些来，再见吧。"

"再见。"

大门已经开在那里等她，她笑着和他招呼过就走进去，他就转过身，一辆车还等在那里。

"先生，我送您回去吧。"

他点点头，坐上去，那个车夫抬起车把又问他：

"您到哪儿？"

"状秋街东头，靠河边。"

"我知道那是黄公馆，……"

车夫起始跑着，可是他的心稍稍有点凝住了，他好象看见两只青春的，活动的眸子在他面前转。

二十二

正象静玲所说的那样，"起床后你就再也找不到静珠了。"那是因为她花去两点钟的工夫来修饰，过后就什么都改了样子。只有一个不能克服的缺点，那就是她的鼻子。她的鼻梁是扁平的，很象罗丹的雕刻，"塌鼻子的人"。她的左眉上原有一个半寸长的伤疤，一缕下垂的发环正好掩住它，遮盖得什么也看不出来。只是她的头发，理一次就要一个理发师花去半天的时间，使别人看到也觉得不十分舒服，因为有的向左弯，有的向右，有的垂下来又卷上去，有的打了两个环之后发尖又垂下来。"我真想哪一天晚上把她的头发都剪光，看她怎么办！"这也是静玲半气半笑地说出来。

先是一层雪白的粉盖住了她整个的脸，然后在嘴唇那里是血一样的深红，两颊有的时候是粉红，有的时候是橙红。在公共场所她从来不大声地笑，因为她知道那时候她的脸常要显出微细的裂痕，或是过多的粉末会落下来些。她的上眼皮涂了一层油还有一点黑，在眼下她却点了一些紫，这样显得她的眼睛又明亮又深远。她伸出手来，有十只尖尖的红指甲，又亮又动人；在指甲的下面有时候会留藏一些泥垢。她的脸上有一颗"美痣"，时时移动，时而是黑的，时而是红的。她的颈子却是灰的，因为不被人看见，洗脸的时候很容易忽略了，随时又把粉擦上去。

她只有十九岁，在大学预科里读书，主张极端享乐而成为一个极自私的人。不知从什么地方确定了她自己的人生观，她以为她是要"游戏人间"的。她对于什么事都不忧愁，她只记得她自己，当着她自己快活了，她以为整个的世界都十分快活。

她原还是一个孩子的，可是在男女的事上显出她的练达。为的使所有她认识的男人对她忠顺，她对任何一个都做出极好的样子。可是当着一个痴情的男子发现她的用心气愤地离开她，她一点也不难过，她知道迟早有一个再补进来。

"我可不是没有心，——"她那时候要这样说，"忧愁使人老的，我不还很年轻么？为什么我不好好消磨我的青春，很快就变成一个老妇人，使谁见了都厌烦呢？"

但是比起那个柳小姐来，她还算是好些，她能和方亦青爽爽快快地说出来："不要来和我做朋友，我对你不合适，我知道你人很好，——当然我也并不坏；可是我们两个人不合适⋯⋯"柳小姐呢，是任何人也不肯松手的，好象玩弄男人正是她复仇的手段。

他们四个离开松石园又回到学校里，在路上，柳小姐低低地和静珠说：

"你的哥哥人真好，——"

"他？哼，那你才不知道呢，他的脾气那才叫古怪。"

"那是个性，谁不该有自己的个性？越是那样才越显出他是一个好人。"

"不过象那样的好人我可不敢碰他，我也不是怕他，我省得和他找那些麻烦。"

柳小姐只笑了笑，再也不说什么了，一直走进宿舍，她才说她稍稍有一点头痛，不再陪他们，自己径直走了进去。

他们三个就在会客室里坐下来，没有话好说，有时候把眼睛抬起来看看好天气，随着又把头低下来。

方亦青的心里正想着晚上和静珠说些什么话，他觉得她并不是象 Mary 柳那样不可救药，她也有好家庭，她只是有不正确的人生观。前两天她曾经答应过星期六晚上和他好好谈一次，他想这是一个不该失去的机会。张宾正在想着教练新传给他们的进攻新公式，当着前锋被敌方看住了，后卫怎么样去投篮。他原是一个后卫，很少有投篮的机会，那时候他胜了两分，在许多鼓掌和欢叫的声音中也有静珠的，他的里不知道该多么高兴。静珠却想到晚上的 Party，那是上午雷约翰约定的。那个男人是一个混血种的美国华侨，也是她的同学，他的头发是黄的，眼睛是蓝的。她正十分用心地盘算着晚上该穿哪一件衣服才合适。张宾的话打断了她的思绪，她象是很抱歉地问：

"你，你说什么，我没有听见。"

"我说，今天晚上看我们打球好不好？对手是一个极强的 team，可是我们有把握，这个 game 一定好看，你来看，好不好？"

张宾使用过剩的精力说话，唾沫星子象细雨似的喷出来。

"不，今天我不能去，很对不起你，我已经有了一个 engagement，下一次我一定去。"

坐在一旁的方亦青的心才放下来，他生怕她会答应了他，又错过这个机会。更使他高兴的是她还记着他的约会。

张宾有一点不快活，站起身来借着要去练习走了。方很高兴地坐到她的身边，不自觉地拉了她的手，从衷心流出喜悦来向她说：

"不去最好，那有什么意思，他们好象到学校不是来读书，只是来运动的——"

她也笑了笑，不说什么。当着她笑的时候，只在左颊上显出一个笑靥来，这是和别人都不同的。

"——静珠，由你说，我们晚上到什么地方去吃饭？"

"呵——"她象是很惊讶地低低叫出一声来，立刻她就止住了，象什么事情也没有似的和他说，"我不能和你去吃晚饭，另外有一点事，真对不起你。"

"我不要你和我说'对不起'这几个字，你是早答应过我的，你不记得么？"

方说着的时候，脸微微涨红了，他的话不象方才说得那样安静，那样平顺，有时候被一个字哽住了，半天接不下去。

"我答应过你么，我自己也记不大清楚。"

"我不会和你说谎话的，星期四你答应的，正下文学史的班，你不记得么？"

"哦，哦——我的记性真坏，我忘记了，我真——，是，是，我不再说'对不起'那三个字了，我答应了另一个约会，好在我们极熟，下星期一我和你吃晚饭好么？"

他不说话，坐在那里象一具塑像，他的脸涨得通红，他的手轻轻地抽回去。

可是她却把手抓住他的，她不让他缩出去，她还温柔地和他说：

"亦青，你知道你是我极好的朋友，我也不会和你说谎话，其实我和你说我回家去不是很好么？你看在这城里有家的人谁不在星期六回家呢？我知道你对我说，也极能原谅我，才什么话都对你说，你想是不是？"

他把眼睛抬起来望望她，她也正殷切地望着他，这打动了他的心，才站起来和她说再见。

"下星期一，不要忘记了，——"

她送他走出宿舍的门，还和他说，看着他的背影在转角处消失了，她低低同情地说：

"这么一个好心的情感的傻子！"

二十三

在舞场里，没有钟，没有时间，让一切嘈杂的声音搅翻了天地。男人和女人旋转着，从这一端到那一端，乐声停止了，人们收住脚步，不知道是为自己或是为别人鼓着掌。生怕人的神经还不曾混乱，小喇叭朝天叫出难耐的亢音，大喇叭把匝地的低音伸展着，好象爬在地上一条到处嗅着的毒蛇。

等着静珠被一声鼓惊醒了，看看腕表，已经是午夜后一点钟了。在平日也许她倒不十分留意，这正是星期六，她一定要回家去。

她原是和雷约翰一个人来的，在舞场里恰巧碰到几个同学，他们就坐了一张桌子。她没有空过一次，拒绝了一个，另一个又来请求她。男人们喝了酒，整齐的衣服已经有些乱了，喧闹着称呼她"我们的小皇后"。她和雷约翰说时候不早了，她要回去，他就笑着和她挥手。

"No, nonsense！呵，呵，——还早着呢，忙什么？"

"不，今天是星期六，我得回家去。"

"Why don't you tell me before？为，为什么你不早告诉我呢？那我就不会在今天约你。"

"喂，你知道么，you are talking to a lady，怎么一点礼貌也没有？"

"Oh.I'm sorry？我很对不起你，让我们再跳一次我就送你回去吧。"

他说着已经站起来，很有礼地请求她，为了不使她自己失礼，她也站起来和他再跳一次。

几点钟的欢乐之后，他象是完全变了样子。他那海一样蓝的眸子包在红丝的中间，金黄的头发象一丛苻麻，他的嘴喷着恶臭的烟气和酒气，踉跄的脚步象是再也支持不住他的身子。黑色的领花斜在颈子那里，平时他的礼貌不知道飞到哪里去了。他们最后的合舞他两次把脚踏在她的脚上，有一次他几乎跌下去。就是为这些原因她也该回去了。当着乐声才一停止，她就急匆匆地走回去。她和同坐的人说过再见就朝外面走，雷约翰就和她说：

“我送你回去，那是我的责任。”

“不用，不用，我自己好回去，——”

她一面说一面坚决地摇着头；可是他好象也打定了主意。别人问他是不是还要回来，他就说：

“Of course I will come back.”

穿了外衣走出门，一辆出租的汽车已经等在那里，他们就走上去。

途上他们没有说一句话，他倚在车角象是睡着了，她甚至于不愿意贴近他的身边坐，她忽然想起来方亦青，她象有点后悔似的为什么不答应和他谈一谈。她也想得到那些话也许是很没有趣味，但是从那里面寻得出温暖的友情；在这些男人的面前，她只是一个玩物，不只是她，一切女人都是玩物。

到了她的家汽车停了，她还是什么也没有说跳下来，车夫故意撳两声喇叭，随后就开走了。那响声并没惊起看门的老王，却惊起费利，它汪汪地吠叫。静珠就低低地叫着：

“费利，不要叫，我来了。”

它好象真的听得懂她的话，不再叫，只是在门里扑来跳去，喉咙里微吼着。她站在门外，一直就把手指按在电铃上不放松，过了些时，才听见老王答应的声音。

“真不是东西，这小子到这阵才回来，我看他也不想吃这碗饱饭了！”

隔着门她听到老王这样唠叨着，她也听到他迟缓的脚步声，等她叫了他一声，就什么都快起来了。

“四小姐回来了，我还当是——”

他一面打开门一面说，可是他并没有把话都说出来就停住了。

费利看到她高兴地在她身边转，有一次还跳上她的身，可是她赶紧叱住它。

“费利，你要弄脏我的新衣服！——老王，你说当是谁回来了？”

“没有谁，小姐，我还当是天才亮，过路的孩子们同我玩笑。”

她知道问下去他也不会说出来，可是她想得出一定是李庆又到外边去赌钱。因为这种事他已经做了不止一次。

她急匆匆走进去，完全用脚尖踏着地，很怕惊醒别人。上了楼，就一直走进她自己的屋子。

她才匆忙地把衣服换下来，就听见有人轻轻地敲着她的门，随着门推开了，走进来的是静宜。

"呵，大姊，——吓了我一跳，您还没有睡么？"

"没有，我看见你回来了，——"

静宜说着走近静珠的身边，拉住她一只手，眼睛望着她。她自己也觉得有点不应该似的，头低下去，什么话也没有说。

"我没有想到您等我，——"

"我等你没有什么关系，全家人都等你，盼你礼拜六能早点回来。"

正说着的时候，阿梅睡眼蒙胧地跑进来，向静宜说：

"大小姐，太太要我问问您二小姐同四小姐回来没有？"

"太太还没有睡么？"

"那我不大知道，她把我叫醒了，叫我来问的。"

"你看四小姐不回来了么，——"

"我到妈房里去一次不好么？"

"不用，让阿梅回一声就是了，就说二小姐也回来了，要太太不要惦记，好生安歇吧。"阿梅就走出去了，静珠惊奇地问：

"怎么，二姊也没有回来么？"

"唔，没有，我知道——"静宜顿了顿，跟着又说下，"她大概是预备考试，你们不也是考过才放春假么？"

"年年是这样，谁知道今年怎么办，我还没有听说要考呢。"

"静珠，你不知道，今天妈当你们都要回来吃饭，特意预备几样菜，谁想到你们没有回来。"

"我看见大哥，好象我还告诉他我不一定回来，那样就省得你们等了。"

"不是那样说法，你不知道上个星期妈的病不大好么？这次由马大夫看过很见效，她十分高兴盼着跟我们一同好好吃一顿饭，她平日也很想念你们。"

"妈也不见得怎么喜欢我。"

"不要那样说，妈对谁都是一样，我们都是她的孩子，不过她身体不大好，有时候招呼不来，你呢，每星期六回来得都很晚，早晨又起得晚，——"

"我下次不再这么晚回来，好么？"

"那真是再好也没有，我们都得好好整顿一下自己，让我们都有向上的气象。"

"可是，我告诉您李庆象是又没有回来。"

"是么？那我明天一定得问明白，你也睡吧，——呵，不过我想你洗洗脸再睡也好。"

静宜又看到她那脂粉残落的脸，就和她说。

"没有热水了，——"

"不要紧，我房里还有一点，你随我来，先拿去给你用吧。"

"好，你先去，我就来，我要把睡衣找出来。"

二十四

早晨，静宜还没有十分清醒，就被一阵沉重的脚步声惊得坐起来。她正想着一定又是不小心的老王送热水到楼上来，该好好申斥他一顿；突然有人敲着她的房门，还没有等得及她答应，门已经推开了。走进来的却是父亲，他的脸全是白的，除开他那通红的鼻子，他的右手里拿了一封信。

"好，好，你来看——"

他象喊叫似的朝她说，把右手的信递给她，随着自己就觉得不合宜似的，看看静玲还安静地睡着，把手又抽回来，只和她说：

"你，你穿起衣服，到楼下来，来，快点，……"

"好，您先下去吧，我就来。"

他转身走了两步突然又停住脚回过头来说：

"要他们都来，都该起来了，都养成迟起的习惯，这个家怎么能不衰败下去！"

愤慨地说过这些话，他才气冲冲地走下楼，静宜看看钟，才六点半，她一面穿起衣服来，一面轻声唤着静玲。她睡得很香甜，连动都不动一下。静宜心里想着让她多睡一下也好，别人也都不会起来的。

在她的心里也想到有了什么事，她是早就知道的，她已经等待了一天；但是她没有想到把父亲惹得这样气，好象除了愤怒之外没有一点的同情或是怜悯。

她梳洗完了，才又到静玲的床前，用手摇着她的肩头，一面低低地叫着：

"静玲，醒醒吧，该起身了，……"

"姐姐，姐姐，不要同我闹，人家困坏了！"

静玲模模糊糊地回答着，把脸转到里面去。

"五妹，不要再睡了，有要紧事，——"

"什么事？"

静玲一翻身坐起来，两只手揉着还睁不开的眼睛。

"我，我也不知道，爸爸来过叫我起来，要我把你们也都叫起来，好象是要开家庭会议似的。"

"又是家庭会议，有什么可开的呢，我真厌烦，我们的家真和我们的国一样，有自由的形式，没有自由的实际，有形的压迫，无形的压迫，……"

"好了，五妹，你和我演讲起来了，还是快起吧，我要先下去了。"

静宜说过后就走出去，才一出门就碰到阿梅，她知道母亲还没有醒，就告诉她把三小姐和四小姐喊起来，就说老爷找她们谈话。她自己在静纯的房门上轻轻敲了两下。出于她的意外，青芬拉开门看见是她低声问她有什么事。

"静纯呢，他还没起么？"

"他早出去了。"

"你知道他到什么地方去？"

"不知道，他没告诉我。"

青芬摇摇头，随着低下头去。静宜看到她已经很齐整，想到她一定也是早就起来了。

"大概今天要开家庭会议，等下他回来你告诉他一声，说不定回头也要找你下去。"

"好，就这样吧。"

静宜都弄妥当，就走到楼下父亲的房里去，他一个人坐在那里，脸还是白的，一声也不响，象庙里的一座塑像。她看见他的两只手扯着一张信纸，她也不说什么，轻轻地拿过来，看到那是这样写着的：

> 父亲：当我拿起笔来，想到要给您写这样的一封信，我的心都在打抖！——

只看了这一句，静宜的心也抖了一下，因为她想到静茵没有说谎，她的心一直是极脆弱，极游移不定；可是接着却是：

> ——我已经坚定了我的心，我将永远离开您，离开我已经住了二十一年的家。为了我自己的幸福我不得不这样，我很苦痛，终于我还是这样做了。我知道您一定很愤怒，因为您一直觉得李家对我是再合宜也没有的了。如今我没有服从您的选择，却走了我自己的路，除开我是一个不服从的女儿，您一定以为我还是一个不知是非的人。我总记得您从前告诉我说李家有多大的财产，多么高贵的身份，那时候您的脸上露出来十二分满意的光辉，您和我说过您又完结一桩心事，因为将来自然我能很快乐地生活下去。而且到现在我还觉得，（那时候我想您倒不一定想到这一层，）李家也可以给您一些帮助。您什么都想得很好，就是忽略了我。对于幸福的看法我和您是不同的，我以为真的幸福是系在灵魂的安宁上，是一颗心和另外一颗心的和谐跳动，——其实说得更明显一点那就是爱。为了爱，世界才创造出来，才能一天一天下去不至于毁灭。当着幼小的时候，您和母亲是爱我的人；可是渐渐地我长起来了，只是那些不足使我快乐地生活下去，多少我也有一点自私，我知道您的选择对我不大合适，这样我把我自己托给另一个人的身上。我知道您不会喜欢他，也不会原谅我，我就一直不使您知道，我和他已经决心

去一个新的地方，这样我就永远和您离开了。我知道将来我们的生活也许很苦，或是在这个社会里站不住脚；可是我们的心都很快乐，为了这个原因，您就可以不必担心我了。我们就要上船了，原想有许多话要说的，提起笔来什么都没有写出来。您读到这封信的时候，我们已经在船上，在无边的海上漂着两颗快乐的心，我想您和母亲会祝福我们，象我祝福您和母亲一样。

静茵

直到她读完了这封信，父亲仍是坐在那里，一动也不动。她就把信轻轻放到桌上，再走近父亲的身边，他突然叫起来：

"要我祝福他们？我诅咒她，我要海翻个身淹死她，淹死他们！"

他举起两只握得紧紧的拳头，原想用力敲下去，只是在空中战栗地挥摇着，终于无力地又放下了。

二十五

象人类的进化一样，这个家庭会议也自有它的历史和发展过程。最初总是因为做父亲的人，虽然许多公事和酬应使他忙碌，也不能漠视了儿女的教养，因为那是极有关于"他们一生的幸福"。他除开是一个严厉的父亲还是一个丝毫不苟的教师，差不多每个星期都抽出一点闲暇来，把孩子们聚到面前，说到读书的事，还要说到该怎么样才是一个好子弟，若是有过失，也在那时候得到责罚。渐渐地时日从身边流过去，孩子们也都大起来，做父亲的以为来支持这个家的不是他自己一个人，他们也有责任，他的脑子里又染上一点自由思想的影响，他就改换了方法，——那就是说他采取了会议的形式。他时常说："我们不只是父亲和儿女的关系，我们是朋友，我们是共同合作的伙伴，凡是一切错误都要改正，谁都应该自由发表意见，不要显得过于拘束……"可是事实上每次总由他强制地把他们找到客厅里，依着次序围着长桌坐好，静宜还要做记录，从头到尾总是他一个人的话。他仍然是严厉的，象静茵和静婉看见他就觉得心寒，只是低着头坐在一边，就是有话也说不出来；静纯觉得很苦恼，他不能抽烟，常是空漠地望着窗外或是玩弄桌布的流苏。静珠是毫不动心的样子，好象她很安静地谛听，可是她的心早已不知道飞到哪里去了，静玲有时候喜欢争论，可是她常常被压下去，被父亲骂着说是一个什么也不懂的小孩子。有些时候静宜要夹在中间，这样可以消灭许多不快，一眼可以看出来她正是站在父亲和姊妹们中间的人。

将近八点钟的时候，她们才都坐到楼下的客厅里。为了不使母亲知道，她们都到母亲的房里问过安之后才一个一个地溜出来。母亲象是一直也没有忘记，频频问着静宜茵姑儿是不是有了什么事？她委婉地说一定是因为功课忙，才不得回来。菁姑却象一个恶魔的影子似的追在她身后问长问短，一直到了楼下她也不放松她。静宜进了客厅就把门关了。她拉开门，把那张小猫脸探了进来，一看到气冲冲坐在那里的俭之，她又缩回头去，轻轻把门闭好。正坐在近门的静玲走过去把门又拉开，正看见她缩着身子站在那里预备偷听的样子，看见静玲她一转身就上楼去了，她的那只花花跑在她的前面。

静纯还是没有来，他不在家里，派人去寻他也没有找到。静宜想得到大约他是去看梁道明，她可不便说出来。青芬坐在静宜和静婉的中间，静珠和静玲坐在她们对面；父亲独自坐在长桌的一端。他的脸还是白着，一句话也不说。

没有人说话，都静静地坐在那里。那封信静婉先看了，忍不住泪流出来，她掏出手绢来擦着眼睛。她并不气愤，她也不以为静茵是错了，她因为失去一个姊姊伤心着。她知道再没有人和她住在一间房子里，能和她说许多话，告诉她许多她们不知道的事。突然间她远远地走了，她知道她的心情和她的不同，因为她是和她所爱的人出走的，在她面前有光明，或是光明的影子；她自己呢还要住在这里，不知要到哪一天才能为自己，为自己所爱的人生活着。她很快又很自然地想到王大鸣，她想到静纯原来答应下午和她去诵读会的，他很早就出去了，也许下午都不回来，那么她就没有法子去，……

当着青芬把那张信送到静珠的手里，她很快就递给静玲了。她已经知道信里写些什么事，她就不再耐性仔细地读一遍。她不安地坐在那里，时常移动着身躯，不知道要怎么样坐才舒服一点似的。她的脸还没有经过化妆，显露出黄黄的肤色来，好象已经涂上一层油膏，闪着亮光。她的头发也还没有梳理，蓬蓬的象一团海藻。染成又亮又红的指甲，很鲜艳地显着它的色彩，她故意想藏起来，怕给父亲看到；可是在她心里正抱怨着今天的天气，那是飘着灰云的阴天，这样的天气很影响了她想穿一身新装的兴致。

静玲对于这些事简直没有什么兴趣，她觉得为了个人的事都不值得。静茵不该这样离开家，父亲也不必这样气愤，她以为人不是为自己活着，每个人都要为大众活着，要整个的群体活得更好些才是个人生活的目的。

她把信看完了，什么也不觉得，就把那张信又送给静宜。大家都象在等待什么，可是没有一点声息，都感到暴风雨前的郁闷。静珠好象是更不能忍耐了，她解开衣领上的纽扣。

"静珠，——"

父亲抬起眼睛来沉郁地叫了一声，顿时静珠就把才解开的衣纽又结上，迅速地把手放下来；可是他接着说下去并不是这件事：

"——方才那封信你看过了么？"

静珠一面答应着看过了，一面还点着头。

"你有什么话要说么？"

她说过没有什么话，还摇着头。

"你看清楚信里写些什么？"

"看清楚了，——"

大家都很奇怪，静珠自己也觉得很诧异，不知道为什么父亲会问她这许多话，到后来她才知道父亲一定以为她没有看过一遍就给了静玲。

"你说说，里面说些什么？"

"二姊说她为什么离开家——"

"好了，好了，不要再说下去，不要再说下去，……"

他象是极苦痛地用手抓着头上稀疏的头发，他的嘴里不断地喃喃着：

"我自己的孩子，我自己的孩子，……"

"爸爸，您不要这样，——"

这是静宜和他说，她想来减少他的悲伤，可是他好象什么也没有听见，仍自说：

"我怎么想得到，我怎么想得到，……"他突然又抬起头来，提高一点声音，"在这社会上还要我怎样为人？呵，你们想，我该怎么办？"

他说完，用力地把拳头打在桌上，随着他的语调又低下去：

"这都是我不好，平日太放任了，才有这样的变化，而且家之兴衰，全在为长的儿女，静宜既然可以那么做，她就可以这样来，好了，好了，你们都去吧，丢下我一个，我早就算到多儿多女多冤家，……"

静宜听见又说到她，立刻不快就袭上心头，她不知道为什么父亲还要说起那些事来，她原想分辩几句的，看到他那气愤的样子，就什么也不说，低下头去搓弄自己的手指。

"——难说我就是那么一个自私的父亲？在这过渡时代你们要我怎么办？我会那么糊涂，不顾你们的幸福，把你们丢在火坑里？青芬，你说，你来到我们家里，我们不是拿你当一家人看么，你说你觉得不幸福么？"

他急切地等着青芬的回答，可是她不知道该怎么回答才好，她心里想着："难说这也算是幸福的生活么？"正在她犹豫的时节，他也不再等下去，继续说：

"——好了，随她自己的选择去了，我倒真心想看看她所选的是怎么样的一个人？现在我明白了，我不再管你们的事，我看你们自己找到什么样的人，我倒要看看，哼，我倒要看看，……"

静婉忽然哭出声，她哭的是什么，连她自己也不知道。她好象觉得自己无助的样子，她又想起来那间房子，以后只有她一个人住在里面。

"婉姑儿，你哭什么？……你有什么难过的地方？……我们谁都不许哭，……不许哭，……她说她找寻幸福去了，……不是么，……要她一个人滚吧，……她不牵记我们，……我们为什么要牵记她？……我算得到，算得到，……总有那一天她要哭着回来的！"

他猛然把两只手掌在桌上一拍，由于两臂的支持他站起来，他的胡子都在抖着，两只眼不停地眨动，他象是站不稳，他自己的眼睛里却早包满了一层泪。

二十六

本来说好先不要使母亲知道，可是当静宜走到她的房里，就看见她坐在那里流泪。

"妈，您为什么哭呵？"

"你们都瞒着我吧，什么事都不给我知道，我的孩子离开我也不给我知道，——"

"我们怕您知道了难过，——"

"你以为要我成天地悬念不难过么？"

她说这句话的时候声音高起一些来，手捶着床边，随着她就吐出一口血来。

静宜赶着抱住她的身躯，一面用手绢替她擦拭嘴角的残血，一面和阿梅说请老爷上来。她把闭着的眼睛微微张开些，摇着头，她就又叫住阿梅。

静宜不敢放松手，自己的眼睛也胀满了泪水，这时候青芬恰巧进来，她就要青芬替她沾沾眼睛上的泪水。

母亲的脸转成纸白的颜色，静宜忽然想起来医生留下急救的止血药，就告诉青芬从橱里取出来和好水要母亲吃下去。果然这药有些效验，过了两三分钟，母亲的眼睛就大张开来。可是她什么也不说，好象忘记了方才的事，只是把眼睛朝着她们望。可是这情形更使静宜担心，她要青芬站到床边，她轻轻地抽出手，就急急跑到楼下去。

她先去找李庆，李庆不在家，她就要老王到三马路中西医院去请马大夫。她本来想和父亲说一声，看见他正绕着那座亭子转，她虽然走近他的身旁，也没有说什么。父亲看见她来了，停住脚步，莫明其妙地问了一句：

"为什么你不走呢？"

她看见他的脸还是那么白，就拉了他的手说：

"爸爸，您还是到房里歇歇去吧。"

他听从她的话，点点头，在扶掖着他的时候，她觉出来他的脚步有些缓钝，他的身躯有点僵，连她都听到他的心的跳动。她的心里暗暗地叫着：

"这可怎么办呵，这要我怎么办呢！"

她扶着他走进房里，躺到床上，她早就知道一个心脏病患者很需要躺卧，他也象是极疲乏了，闭上眼睛，突然他又张开来问：

"你母亲知道了么？"

"没有，没有人告诉她。"

"那就好，那就好，她的身体禁不住这么大的刺激，唉，——"他长长地叹了一口气，"这都是气数，可是我真想不到，想不到。"

"您不要再想了，她那么大的一个人，也会在外面生活。"

"我知道，我也不只想那些，还有很多事，这真使我难在社会上做人，好，你去吧，你母亲不看见你要找你的，我在这里睡一下就好了。"

静宜听从他的吩咐，走到楼上母亲的房里去，看见她已经睡着了。她的鼻息很匀细，走到近前才听出来。青芬还站在那里，她对于这些事情完全不动感情地处理，她正如同一池静水，没有湍流也没有风波，静宜对她招招手，她就悄悄地走近她，她低低地和她说：

"留阿梅在这房里好了，你也该歇歇去。"

她们才走出母亲的房门，就遇到静纯从楼梯上来，静宜就问他大清早到什么地方去了？

"我到道明那里去，不是昨天你告诉我他来了么？"

"唉，你不知道，静茵离开家了，给父亲写来一封信——"

"那也好，这个家住下去实在也没有什么意思。"

站在一旁的青芬听到这句话就自己先走回房里，静宜就要他到她的房里去，她原是一直管束着自己的情感，才一走进她的房门，她就哭起来。

"这是怎么一回事？"他一面说一面又点起一支烟来抽，"——呵，我还忘记了，道明说过今天下午来看你。"

"今天我没有心绪和他见面，你告诉他过两天再来吧。"

"好，回头我可以给他打电话。"他看见她伏在床上哭就又说，"你伤心些什么？"

"你，你不知道，父亲气得心脏病快发了，母亲又吐了血，你想想看，万一有什么不幸的事情，你叫我怎么办？"

"其实都是多余，——"他想了一会儿才说出这么一句来，"父亲不必那么气，母亲也不必伤心，你也不必担忧。什么事情都有自然的路，想开了都平淡得很。"

"大弟，你不该这样，我早就想和你说，你的态度我不大赞同，这是我们的家呵，我们都有一份责任，你有点自私，你和一切人都隔绝，你总觉得许多琐碎事不该打扰你，你守着你自己的天地，你看不起别人，父亲母亲的思想自然不能和你相同，他们是另一个时代的人；可是你自己的思想也未见得和别人相同，你已经走上一条孤僻的路，——"

"我知道，我知道，可是你要我怎么样呢？你要我和凡俗的人同流么？"

"和别人的事我不管你，我说这个家，一方面你离不开这个家，一方面你又厌恨它，本来人类是群体的动物，可是你只从这个家取得一些，绝不贡献一些，不然象静茵那样也好，爽性永远离开家，到世界的角落上去建设自己的王国。"

"我不明白你为什么说这些话，你以为我就这样无声无臭地活下去么？我不必说，将来的事实可以给你证明，可是这个家迟早是要破坏的，难说你也象父亲一样守着一个空梦么？"

"我没有梦，我也没有幻想，我总以为能尽我的力就尽一分，我爱母亲父亲和妹妹们，我不记得我自己，其实我和你说这些干什么呢？我自己——"

她还没有说完，就咳嗽了一大阵，她也显得那么虚弱，她勉强地站起来，走到窗前望着外面。天还是阴沉沉的，好象不久就要下雨的样子。

静纯呆呆地站在那里，什么也不说，他只是抽烟，眼睛望着地。正在这时候静玲和静婉走进来。静婉看到他就问：

"大哥什么时候回来的？"

"唔，唔，我才回来。"

"今天——"

静婉只说出两个字就停住了，两只眼睛殷殷地望着他。

"吃过饭我随你去的，我早答应了你，那不成问题。"

他说完了，把抽过的烟蒂丢在地上，就走出去了。静玲走过去用脚踏熄了，愤愤地说：

"真岂有此理，这种人有什么办法！"顿了顿，又指手画脚地说下去，"爸爸妈妈和我不是一个时代的人，他们不能了解我，我也不能了解他们；有的人太重情感，有的人活着只为享乐，不管是非他们还都合人性，唯独大哥我不明白，为什么他总不高兴呢，为什么他不替别人着想呢？一个人活着不是为自己也不是为自己的家，是为着大众，——对了，大众的福利，象他那样的利己主义者早就该从这个世界上消灭下去！"

"算了吧，五妹，你说这么多有什么用呢，"静宜有一点不耐烦似的说，"你去看看老王回来没有？我要他请医生去也不见回来。"

"大姊，我也有点不明白你，为什么你——"

"五妹，不要说了，听我的话到下面去看看吧，我实在是太疲乏了。"

静玲不再说什么，拉开门走出去，静婉也走到窗前，贴近静宜站着，她偷偷地看了看，然后低低地说：

"大姊，你很难过么？"

静宜转过脸来，望着她，还拉了她的手说：

"不，不，我只愿意你们都活得很好，很快乐，……"

"你呢，你为什么不快乐？"

"我明白我自己，只要你们都快乐，我也就快乐了。"

这稀有的温情象电流一样地从静宜的指尖传到静婉的身上，她的整个人象是小了一些，连心也缩了一下，随后她的眼睛就为泪水模糊了。

"我愿意二姊在外面活得安好，活得愉快。"

静婉低低地说着，泪水顺着面颊流下来。

"我也祝福他们，——"

静宜好象还有些话要说下去，可是她的声音哽住了，只有呜咽代替了她未曾说出来的言语。

二十七

老王回来了，说是因为星期日，医生不在，药房里的人找过许多医生常去的地方都没有，只得回来了。还说是已经在药房里留下话，明天一早医生就会过来的。这是没有法子的事，静宜只得先到母亲的房里，看见她睡得很安稳，再到了楼下父亲的房里，看见他仍是躺在床上，两眼大睁着，可是脸上的颜色已经不是方才那样难看。

"您没有睡着么？"

他没有回答她，只摇摇头，她走近床前，才看到湿了一片的枕头。

"您还有什么难过？"

"我不难过，我只觉得心里空，我奔波了一生为的是谁呢，如今我想不到我自己的儿女，我自己的儿女，……"

静宜原是问到他的病痛，可是他想到他的心情，她很怕引起他的伤心，就用别的话岔过他：

"时候不早了，您不吃点什么？"

"我？——"他茫然地叫出一个字来，然后接着急急地说，"我不饿，我不饿，你们去吃吧。"

"爸爸，您不要这样，您得保重自己。"

"我真是吃不下去，要我勉强去吃反倒不好，我要是饿了，自会吩咐他们做。"

"那也好，外面飞起雨来了，我把窗户替您关好吧。"

静宜把窗门关好才走出去，有些什么绊了她一下，几乎使她跌倒，低头才看到是那只猫，再抬起头来就看到那张猫一样的脸，那张脸露着狡猾的笑容，象童话里妖婆似的，正站在她的面前。看到静宜，很快地把笑容收敛起来，装成愁眉苦脸的样子。

"唉，谁想得到，一定是遇到坏男人，——"

"姑姑，您说的是什么？"静宜故意反问了她一句。

"不是茵姑儿的事么？"她很安然地回答。

"谁去告诉您的？"

这句话问住了她，停了些时她才说：

"这家里上上下下还有谁不知道么？"

"我就不知道谁的嘴那么快传到我妈的耳朵里。"

静宜说过了，用眼睛盯着她的脸，可是她象毫不在意，也顺着说上去：

"可说呢，她是个病人，干什么把这些倒霉的事让她知道——"

"姑姑，这也算不得什么倒霉的事，家里倒霉的事还多着呢。"

静宜说完了就匆匆地上楼去，才走上楼梯口，就遇到静珠盛装走出来。

"你是要出去么？"

"唔，唔，没有法子，早约定好的，——"

静珠说话的时节一面做着手势，一面动着眉眼，好象她是在舞台上或是银幕上。

静宜什么也不再说，连多看她一眼也不愿意，就走回自己的屋子。可是静珠随着就跟进来。

"大姊，你不明了我，——"静珠走近静宜的身边低低地说，随身的香气使静宜呛嗽起来，她用手绢掩着嘴也掩上鼻子，可是那浓烈的香气还是扑进来。

只说了半句话的静珠也不知道接着还该说些什么，静宜喘过一口气来就说：

"你去吧，我也没有说什么，不过我总以为你正在上学的时候，这些应酬少有一点也好，这次你去吧，下次少答应别人也好，你下午不回来了吧？"

静珠点点头，表示不回来的意思。

"时候不早了，你也不必去惊动妈妈和爸爸，回头我替你说一声就是了。"

静宜明明知道她不曾想到去看看父亲母亲，她却故意替她说开，要她快点走了也好。

"那，那我们下星期见了。"

"好，在学校里饮食留神呵。"

说了这句话使她记起了些什么，她记得这句话是当十多年前她才进中学母亲每次嘱咐她的话，她没有想到自己也说了这样的话。

她听见关门的声音，她也听见楼梯的响声，她把身子转向窗口，就看到她象一只燕子翩翩地跑出去，拉开门早有一辆汽车在等她。静宜的心好象被什么紧紧抓了一下，她心里想着：

"她还年轻呵，她只是一个孩子，谁该负责呢？"

突然有人开门进来，她转过身，就看到静玲的那张无邪的脸。

"大姊，你是看四姊么？"

静宜点点头，静玲走近她，拉了她的手。

"我也看见她了，我才从院子里回来就看见她，我看她这一生只是预备做男人的玩物。"

"不去说她，其实她只大了你两岁，就什么都不同。你看你到院子里去做什么？头发上淋了些雨，将来要脱头发。"

"是么？那也好，省得有头发麻烦。不过，——大姊，你怎么这样不快活呢？"

"我没有不快活呵。"

静宜说着还故意笑了笑。

"不，我知道，你心里很不快活，你也象父亲那样觉得二姊不应该走么？"

"不，不，我一点也不那么想，——为什么你问我这样的话呢？"

"我看你也很忧愁，我才想或者是——"

"难说你以为我也象父亲那样把一个女孩子的终身安排给一个不相干的人，只为适合他自己的选择？"

"我不那么想，大姊你冤我，不过我实在想不出理由来——"

"我是为了这个家，母亲，父亲，……"

"这个家终归要遇上它最后的命运，你不觉得那一个时代已经过去了么？你把自己放在里面还能有什么用？你还能有那么大的力量把时代挽回来？"

"不，我也不那么想！我只希望能变化得平安一点，和平一点，不要都站在两极端上。"

"那是两方面的问题，要都了解这一层才能办得到，你不看父亲么，不正象当政者一样，完全还是一个专制的统治者？"

"所以我愿意站在两者的中间，我知道，我自己，——"

"大姊，你不要这么说，谁也不知道明天该怎么样，路原是人走出来的，象你这样停住脚步自然眼前不会有路。有一天我也会离开家的。"

"父亲不会再做那些糊涂事了，你为什么也要离开家呢？"

"我没有想到那些事情，我也不象二姊那样随一个男人走，要走是我自己走，我觉得我的日子过得太舒服了，我要磨炼自己，准备做一个新时代的女子，——不，我说是一个新时代的人。"

才当她说完了，张妈就推开门说下面饭已经摆好了，请她们下去吃饭。

"你先去吧，我们就来。"

二十八

终日守住这个家的只有静宜一个人，不论有什么严重的事故发生，到时候都各自走自己的路。静婉虽然哭了一阵，感觉到不幸压到心上；可是她始终也没有忘记那个诵读会和将在那会里可以遇到的人。才吃过饭她就低低地向静纯说：

"不会晚么？你看，都一点半了。"

"晚一点去也没有关系，总要开三个钟点，——"

静纯毫不在意地回答着，一面从衣袋里取出烟来抽。静婉的心却焦急非常，想到从那边就回学校去，她就到母亲的房里去一趟。她走进门去，正听见静宜说：

"——您睡了这一会儿觉得好些了吧？"

"我没有睡，我只是闭着眼睛养神，方才我的心慌极了，这阵总算静下去。"看见静婉进去，母亲向她说，"婉姑儿，你吃得好么？"

"好，妈，好——"静婉只能说出这一两个简单的字，她的心好象跳上来塞住她的喉咙，她走近母亲的床边就坐下去。

母亲吃过药，皱着眉头，漱了口，就抓了她的手。

"唉，怎么你也是这么单薄，你们和我不同，我的身子是磨坏了的，你们不愁吃不愁穿，怎么也这样呢？千万可得有个结实身子，不然的话到老了简直是活受罪。"她喘了口气，接着说下去，"象我受罪也得活下去，我舍不得你们，我愿意你们都很好，都圆满，我才能闭上眼睛，谁想到，谁想到，……"

静婉说不出话来，只是低着头，才把药瓶收拾好的静宜，赶着用话岔开：

"妈，您看，想不到天晴了，这么大的太阳！"

"天有不测风云，人有旦夕祸福，也许她这一走倒好了也说不定，我就是惦记她，她没有走过远路，再说是两个孩子，没有个上年纪的人怎么成？"

"您不用关心了，她比谁都能干，只要爸爸消下气去，把李家那面了清，她还会回来的。"

"我们盼着吧，我们盼着吧，呵，你爸爸呢？今天我就没有看见他，他，他做些什么？"

"他在下面看书呢，方才还问到您，我说您睡了，他才没有上来。"

静宜赶紧扯了个谎，可是母亲还问着：

"他不生气了么？他的性情我可是知道的，把他请上来我劝劝他也好。"

"爸爸没有生什么气，他说这都是气数，他早就知道，他还说早晚二姊还要回来的。"

"也许上了几岁年纪，火气小些，我很担心，他这些年不得意，再受不住刺激，不是么？他又好喝酒，那东西对身体顶不好！"

"爸爸近来不喝了，他总是闷极了才喝呢。要说——"

正在这时候张妈进来和她说：

"大小姐，楼下有客人来看您。"

"三妹，你陪妈坐一会，我就上来。"

静宜说过就走出去，母亲向静婉说：

"我不用人陪，你也去玩玩吧，念了一个礼拜的书，难得到礼拜，你看这么好的太阳，你没有打算到什么地方去么？"

"没有，我陪您坐一会儿也很高兴，等下大姊来了，我再出去也不迟。"

静婉的嘴里虽然这样说，她的心可十二分焦急，静宜才走出去，她就盼望她赶紧回来。

静宜走进客厅，就看到是梁道明在那里。他一看见她就站起来握着她的手，先和她解释：

　　"本来我不想今天来看你，实在我忍不住。你知道我到这里来只有这一件事，我一个人在旅馆里坐卧不宁，上午静纯去看过我，——"

　　"我知道，他告诉我了。"

　　"他也说我有什么事，因为看到我总是不安的样子。我没有和他说，你知道我不会和他说的。——"

　　"好，我们还是坐下来谈一谈吧。"

　　他们坐在圆桌旁对面的两张椅子上，在她的面前他也显得很不宁静，那两只手就苦恼了他，他不知道怎样放才合适。他抬起头来，看见她注视着他，就不自然地笑了笑。

　　"我不久就走了，我们要隔千万里，我总觉得你该告诉我，告诉我，——"

　　"道明，我实在已经告诉你了，你——"

　　"不是，最后的一句话我要你过两天再告诉我，只是我自己的心极不安静，我的心里很空，有时候我想到'我到外国去做什么呢？我连灵魂可以寄托的人都没有，我没有希望，我到底做些什么去呢？'这时候我没有自信，你记得我们在学校里那时候我不是这样，你记得么？"

　　"我为什么不记得呢，可是那都过去了，那都变成梦，我们不该在梦里去讨生活。"

　　"静宜，从前我很明白你，现在我不明白你了，我真不知道你为什么要这样。"

　　"也许是我们的环境不同，"静宜说了这句话，长长地叹了一口气，然后温柔地拉了他一只还不知道怎样放才好的手，"我很愿意一生做你极好的朋友，你从外国回来的时候，如果我还活着，我一定会去看你，我们总是这样不好么？你不知道吧，我的二妹离开家了，我记得你看见过她。"

　　"是的，那时候她梳两条辫子，想不到，她一个人走的么？"

　　"不。随着她的爱人，她也只有这条路，你不明了我们这个家。"

　　"许多事我都不明了，譬如你有你自己的自由，——"

　　"不要说我的事吧，我们一生都是朋友不好么？你放心，我不会离开家，——那就是说我不会结婚，说到我们两个人的事，没有第三个人走进来，你将来回国，我还是对你这样好，就是，如果将来在你有什么不便，我自然不去打搅你。"

"我不会有什么不便，我永远也没有什么不便，将来我们再看好了。"

梁道明这次很聪明地明了她的话，就爽爽快快和她说。

"你不要这样，男人家不该这样死心眼，你总能遇到对你更好的人。"

"我什么都不要，我愿意是一个人，说是为一个我心爱的人也好，说是为我自己也好。——可是我就愿意你再想想，我还要在这里住几天。"

"那，——那也好，你不要那样烦恼，过一半天我去看你，好么？"

"好，你知道我的住处吧？"

"静纯可以告诉我，他也可以陪我去。"

"我就住在大江饭店十五号，在春花街上。"

"好，我记住了。"

这时候他已经站起来，他们默默地握着手，过些时，他一个人走出去。她本想送他出去，他拦住她，她就站在门口看他走出大门，向他招招手就转回身来。她的心也极沉重，极苦痛，她踏上一级楼梯心中就更重一些似的，等她走进母亲房里，静婉还坐在床边不知道和母亲说些什么。母亲一眼就看出什么似的，殷切地向她问：

"宜姑儿，你有什么不舒服么？"

"没有，没有……"

她急急地回答，脸上赶紧挂出笑容来，静婉就乘这时候和母亲说过再见，匆匆地走出去了。

二十九

静婉匆忙地收拾一下就去找静纯，他没有在自己的房里，在楼下客厅后面他自己一间小书房里才找到他。窗帷整天垂下来，她推开门之后只看见一明一灭的烟火，她叫了一声，他才从黑暗里跳出来向她说：

"我们就走，——我还以为你不去了。"

"哪里会，我去看母亲，正巧有客人看大姐，我脱不开身，才耽误了。"

"我知道，我听见客厅里有人说话，我想是他们，——好，好，我们走吧。"

他们一同走出门，叫了两辆车，一直拉到秦家。下了车，他就领着她走进去。

"你这里来得很熟似的，——"

他没有回答她。只是急急忙忙地走路。这时候太阳稍稍偏西，成群的鸽子在空中围飞，鸽铃发出高低不同的音调，正象一节美妙的合奏。

"真好听，我记得鸽铃不是这样，——"

"你不要忘记这里原有一个聪明的主人。"

他们一面说着一面已经走进客厅里，正坐在门旁的女主人立刻站起来把右手的食指直放在嘴唇那里表示不要他们发出响声来，因为正有一个人站在那里不知唠叨些什么。她再做着手势要他们随在她后面走，他们都用脚尖点着地，轻悄悄地走着。在屋角那里找到两张椅子。她们虽然不认识，也相对地笑了笑，秦玉就又走回她自己的座位。

正在读着一节散文的那个人还是一个学生的样子，好象已经有了相当的时间，每人的脸上都露出一点厌倦的样子。忽然有一个人站起来跑到门前叫着："杨先生来了，杨先生来了。"许多人也随着站起来，果然看见安步走来一位近五十岁的人。他有一张圆圆的脸，和光秃的头顶。阳光在上面照耀着，更显着亮滑。

"这是谁？"静婉低低地问着静纯。

"你不知道么，文学革命最有力的倡导者，现在是××大学院的基金讲座，被尊为中国四大文学家之一。"

"你要是不告诉我，我还以为是一个南货店老板。"

在嘈杂的人声里，他已经跨进门，自然而然地一阵严肃的空气散开来，全室静下去了，每个人都挂了一副笑容。

"诸位都早来，我却来迟了一步，无限的抱歉！"

"您肯赏光，我们就觉得极荣幸了。"

美丽的女主人用清亮的声音象歌唱一般地说。

"其实我自己早已老朽不堪，文学一调，不弹者久矣！到这里来只是洗耳恭听，自己的心中却着实惭惭愧愧。"

他再朝所有认识和不认识的人都点过头，就拣了一张软椅坐下去。方才读散文的人在那里僵立了许多时候，看到别人都坐下去，他也爽性坐下去了。

"我真想不到这位杨先生是这样，——"

静婉低低地和静纯说，她的眼睛很忙碌地望着，她并没看到她想望见的人。

"方才第一个站起来的就是张寅子，是××大学教授，也是一个诗人。"

"又是诗人，我看他的装束，就以为他是足球国手。"

"他的性情倒是很粗暴，你不看见他少了一只门牙，那就是他在外国和人打架打掉的。"

"大哥，那个戴着那么大一顶法国帽的那个黑黑的人是谁？"

"那就是才回来的艺术大师，那样子不用说就是画家，他总是在中国开西洋画展，在外国开中国画展，他说他自己是融合中西绘画精华的一人。"

平时静纯是极不喜欢说话的，可是这次他说得极多，从每句话的语气里，也寻得出轻蔑的意味。

"你看那边就是中国的莎士比亚专家，他的肉体不知道比他的灵魂大多少倍；那个瘦小的人是小说家翁君达，你不要看他身材小，他写过百万字的作品！"

当着诵读又继续下去的时候，静纯就停止了他的话，这次是戏剧家朱正平读他最近创作剧本里的一节。

虽然是一个戏剧家，他的口音却极不清楚，但是当他叫着的时候，另外有几个人也随着叫起来。这使在座的人都惊了一下，那个戏剧家立刻就解释说那是台上台下打成一片的新试验，方才吼的几个人是他的学生，代表一般的观众。

"大哥，只是这几个观众就够吓人的，真要是上千人，那真要把人吓死了！"

"现在我们请诗人王大鸣读一首他的近作，——"

静婉觉得很惊讶，她一直也没有看到他坐在什么地方；可是就在他们前边的一张沙发里站起来，她以为那是空着的，不想到还有一个人，当着杨先生走进来，他也没有站起来。

她望不见他的脸，可是他的声音溶软了她的心。

"秦先生要我读一首诗，可是我没有诗，我想还不如读一首诗人余若水的作品，——"

许多听到这句话的人心里都一动，因为他们知道余若水是秦玉的柏拉图式的爱人。

王大鸣停了停就读起来：

> 我想望在人世里，
> 天，给我们一个奇迹，
> 只是短短的瞬刻，
> 我情愿化成沙，化成泥！

> 我要午夜的一声钟，
> 漾破了那一片静，
> 似鸟飞过去的，
> 一闪你清丽的淡影。

> 老了人，老了春风，
> 看鬓边白发添几许，
> 看落叶堆满山径，
> 心，你是我不灭的永生。

在读着的时候，王大鸣把他自己的情感都灌注进去，所以当着读完了的时节，听众就鼓起掌来。静婉也鼓着掌，忽然自己觉得有点羞赧，就停止了，只是自己玩弄着自己的手指。这时候女主人站起来说着请客人随意用些茶点，稍稍休息一些时，还要请杨先生读一点他自己的作品。

她说完了，就跑到静纯的面前，拉了他和他说：

"来，你帮我的忙。"

"我还忘记介绍了，这是三妹静婉，——这是秦先生。"

她们又微笑着点过头，她就急急地说：

"你来了，我又没得好好招待你，以后没有事可以常到我这里玩。我本来要你哥哥早来，他偏来得晚，我只能罚他送茶点了。"

说完话静纯就被她拉走了，过些时就看到静纯捧了一大盘糖果，还有一个男人捧了一盘点心，另外女仆送给每人一杯咖啡。

静纯送完了糖果，又坐回原来的座位，静婉就问他另外那个男人是谁。

"那就是齐先生，秦先生的丈夫，中国有名的物理学家，他懂半部爱因斯坦的《相对论》。"

"我记得了，他到过我们学校演讲，可是我没有去听。"

这时候人们都散动了，自然地围成了几个小圈，秦玉显得十分忙碌，她翩翩地跑过来又跑过去，她的身材十分美妙，她的眼睛异常明亮。她时时表示着她的歉意，因为招待不周；有时候又因为和一个人多谈了两句，不得不抱歉地和别人说："很对不起你，我把后背朝了你。"

什么都很顺利的样子，一些名人和将来的名人都很满意，有的称许点心，有的夸奖咖啡的香味，在静中观察的静婉，却多少感觉到失望。这些人的名字早就印在她的脑子里，她总以为他们象神仙一样，没有想到他们也就是那样，甚至于引起她的厌恶。她时时望着王大鸣的座位，好象他一直也没有起来，正在这时候，突然一个熟悉的声音在她耳边响起来：

"想不到你也来了。"

这正是王大鸣，不知道什么时候他已经和静纯握着手。

"我们很久不见了，你好象又长高一点。"

他毫不在意地向她说着，她极不喜欢他那种脾气，时常觉得自己极老，又常把她说得那么年轻。可是她说不出话来，她觉得脸上有些热，想着一定红涨了。

"你为什么不读你自己的诗呢？"静纯说着把烟送过去一支，他自己也拿了一支，划根火柴都点起来。

"没有意思，大庭广众之间什么好诗也糟蹋了，方才我读余若水那首有点故意开玩笑。"

"我知道，——恐怕许多人都知道。"

"那也不算什么，就是你自己问她，她也承认。"

站在一旁的静婉安娴地谛听着，有时候她抬起眼睛来呆呆地望着王大鸣，当着他留意的时候，她又很快地把头低下来。

这时候秦玉又宣告诵读继续下去，等人们都坐下去，她好象有点难为情似的说出来下面是她来读自己最近脱稿的诗剧。

她拿起一卷粉红色的稿笺，用手指拉了纸角在面前展开。

"这是我的试作，我不怕丢丑，如果有什么该修正的地方，千万请说出来。"

说过后她嫣然地笑了一下，才起首读下去。每个人都伸长了颈子静听，有的就把眼睛笔直望着她的脸。十分钟过去了，一刻钟过去了，三十分钟也过去了，那还没有一个结尾。听的人的头颈都感到一点酸痛，有的不再那么扬着头，有的在微微移动着身子；可是聪明的女主人立刻觉察出来，她就停止了诵读，说这是第一幕，其余的下次再读。

许多人又鼓起掌来，她得意地用手绢擦着鼻尖上冒出来的汗珠，然后向四面点过头，才坐下去。

因为预定的节目已经完了，她就站起来请客人们自动地贡献些。那个艺术家猛然站起来，含含混混嚷了一顿，随后又坐下。静婉什么也没有听出来，问着静纯，才说是读了一节法文诗。

"我也读过法文啊，怎么我一点也听不出来？"

"不是你的程度不足，就是他的法文不好，你还看不出来么，这些人多半是骗子，用他们的年龄来骗年轻的孩子，他们能懂些什么，我真奇怪！"

"也不能象你那样说，至少有一个人是天才。"

"谁，你说是哪一个？"

"我也不知道，因为你一概而论，我不过随便说说。"

静婉解说着，她的脸微微红起来，这时候女主人记起来杨先生，她请杨先生随意来点什么。

又是一阵鼓掌的声音之中杨先生站起来，他说他没有什么可读，他讲了一个笑话。那个笑话并不怎么可笑，可是许多人都茫然地笑着。

将近五点钟了，女主人站起来说今天的诵读已经完了，象这样的集会，过两个星期就再有的。

太阳更斜到西方去，地上的影子都是长长的，女主人在门边和每个客人握手，当着静婉和静纯走过的时候，她也和他们握手，还说：

"下次你一定早来，你得帮我的忙，黄小姐也请来。"

他们笑应着，可是当他们走到院子的中间，静纯低低地问她，她说她不一定要来了。随后她象突然想起了些什么，用眼睛在四面搜寻着，终于失望地低下头来。

当他们走出门时，她望见一个踽踽独行的背影，很快就在街角那里消失了。

三十

家安静得象一座坟墓，夕阳把最后的残辉投在那座灰色的建筑上，纵然也闪着光彩，却使人想到一切不久就都要沉到黑夜的怀抱里。

受不到阳光的屋子已经黑下来，还不必拧开灯，暗沉的暮色填满了每个寂寞的角落，远地的号角钻过了闷人的黄昏，把悲哀吹进人的心上。不可知的明天还望不见影子，今天是就要完了，象水一样地流过去了，谁也不能扯住逝去的时日。

静纯在院子里走了一遭，他静听着自己脚步的回音，他象悟到了些什么，可是他没有抓到。他惆怅地站在那里，成群归巢的晚鸦在天空飞过去，它们乌黑的羽色褪落下来留在天空，红云蓝天就都罩了一层灰暗。平日活泼跳跃的费利，静静地躺在那里也象是感觉到有什么不幸将降落下来。他记得当他极小的时候，每当夏晚，为了避免蚊蚋常是不开灯的，母亲坐在他的身旁，他睡在竹榻上，无名的恐怖时常使他抓住母亲的衣襟，他不敢睡，他怕黑暗，他怕从此睡下去不醒转来，那么一切可爱的人物都失去了。真是才只一眨眼间，人这么大了，一切的情感也和从前有极大的距离，更敏锐地感到乏味的人生，是随同时日在增加着。

正在这时候，突然象从天空落下来的声音：

"大弟，你回来了。"

他仰起头，就看到静宜站在阳台上，在平日，他可以平淡地点点头或是答应一声，可是今天他象是从她的声音里听出许多不曾说出来的话语，他忽然和善地回答：

"你要我到楼上去么？"

"不，不，我到下面去好了，我还有事，……"

她没有说完，就转身回去了，他自己点起一根烟来抽，他用力地把乳白色的烟吹向空中，好象吐出去的还有他胸中的郁闷。

过了一些时静宜还没有出来，他感到极轻微的一点寂寞，在他的心上点了两三下。随着细碎的脚步声音荡失了那微细的情感。静宜已经走到他的身旁。才站到那里，她就呛嗽起来，他以为是烟气的缘故，就远远丢开还不曾抽完的烟，她却急遽地摇着头。当她安静下来她就告诉他不是烟的关系。

"也许你的肺也不大好。"他关切地说。

"我不知道，总之没有什么大关系。——"

"明天医生来你也要他诊察一下，身体很要紧。"

"医生今天来过了，好容易把他找来，他劝母亲到山上去养，他说虽然老年人的肺病不大要紧，这样下去也不会有好处。"

"当然是的，当然是的，那用不着他说，母亲的意思怎么样呢？"

"妈不去，她说什么她都放不下心，——"

"你可以劝劝妈，同时你也可以陪着妈到山上去住，那对于你的身体也很好。"

"我怎么能走得开，——可是为了劝妈，这样的话我也说过了，都不中用，我想你什么时候和妈去说说也好，我的话她听得厌烦了，所以没有效果。"

"那倒不见得吧，方才我还想起来小的时候，——"

"我再告诉你，医生说爸爸更需要静养，他再不能生气，再不能喝酒，说他的血压再也不能高。你看这要我们怎么办呵！"

一些时他们都没有话说，静宜想得极多，她的眼睛里转着泪。

"爸爸太爱喝酒了，——"

静纯不知道为什么忽然说出这一句话来，静宜立刻就告诉他医生走了之后，她把整个的俭斋都找遍了，又找出四瓶酒来，大约他不会再藏得有。

"刚才我还去看过他，他正静坐，手里数着念珠，知道有人进去他也没张开眼。"

"只要他的心能静下去就好，静玲呢？"

"她睡了，她听到医生说的话心里极烦，就躺在床上睡着了，我下来的时候她还没有醒，青芬的胃觉得不大好，下午吐了两次，——"

这许多事使说的和听的都感到厌烦了，他们的身心都感到寒冷，他们忘记这已经是春天，温暖的气息在四周发酵。他们呆呆地站立好一会儿，静宜才向他说：

"我要到厨房里去看给母亲煨的莲子粥，你不到里面去看看么？"

说过之后静宜就径自到后面去了，他在心里想了一阵为什么大大小小的事都要她管呢，难说她读完了大学就只该来经管这些琐碎的事么？他没有得着满意的回答，他怏怏地走进去。

静宜觉得很奇怪，她想不出什么理由来静纯的性情好象完全改过了。是不是她的一番话说动他，或是这悲惨的环境打动他的心，她总相信他也有一颗人心，平时是为他那莫明其妙的哲学和偏傲的个性遮住了。

吃饭的时候静纯显得更忧郁，青芬说是因为不舒服不吃晚饭，静玲还是睡着，叫醒了她摇摇头又睡下去，父亲自然没有上来，菁姑又是躲在她的顶楼上。平时总有一桌人的，现在只冷清清地剩了她们两个。

坐在那里，他们完全没有那份兴趣，好象他们不得不吃饭，为谁吃和为什么来吃都不清楚。他们沉默地吃着，当吞咽的时候显得很苦痛，好象那不是米饭，那是沙石。

"哎，我还忘记了，青芬的病好些么？"

"她没有病，她告诉我恐怕是——"

静纯没有说下去，他不安地望着自己的手，一时觉得筷子没有拿好，一时又觉得碗没有拿正，静宜已经明白了，含笑和他说：

"那很好，省得家里又多一个病人，再说母亲一直总盼着，她不知道和我说过多少回，那我也该做姑姑了，我可不会象菁姑那样，——"

静宜还故意勉强说着笑话，可是静纯象被刺的猛虎，突然悲愤地叫起来：

"我不要，我不要，……"

他已经放下碗筷，脸埋在手掌里，静宜想不到这是怎么一回事，她想去劝他又不知道说什么好，她也放下碗筷站到他的身旁，低低地和他说：

"大弟，你这是为什么呀，你说，有话说出来心里才痛快些，……"

许久他也没有回答她，等些时候他才放下手，喃喃地说：

"大姊，你不要气我，我不是向你发气，你知道我的心很苦痛，——"

"为什么苦痛呢？"

"我不要说，你不能明了我，没有人能明了我，——"

说完他就站起来，她以为他回到楼上自己的房里去，当她上了楼才看到青芬倚在门边：好象有话要对她说，又含羞似的低下头，当她走近她的身边，青芬低低地问着她：

"静纯呢，他还没有吃完么？"

"他，他吃完了，他在楼下预备书呢。"

她扯了一个谎，就急匆匆地跑回自己的屋子。

三十一

黄俭之从大清早就以为自己是在做一个梦，他不记得已经醒过来，他想不到象那样的事会真的发生。他想他辛苦治家这么多年，怎么会有那样不幸的报应，那真是太不公平了，他想不到，静茵原也是一个极好，极听话的孩子。

他知道那不是一个梦，他的心就十分难过，他知道他的脸是冷的，鼻子是冷的，手指尖和脚都是冷的，只有他的心脏极忙碌，迅速地跳着，把大量的血冲到头上去。他极力想平复他的情感，可是他显然地失败了。

他的心里时时在想着："是我太严厉，还是太放任呢？"记得从前他对于儿女们是严厉的，他以为那是为他们好，在事业下他极如意，他不愿意他的子弟们骄纵轻浮，受到别人的指摘还是小事，将来一定难得在社会上立足。而且他是读书人家，礼教总要保持的，他看不惯那些暴发户，那些没有根基的人家。就是有根底的人家，骄傲和懒惰也是致败之由，他不愿意有那样的一天。他从前以为只有他强毅的魄力才能使儿女们好起来，使那个家永远兴盛下去；后来他感觉到，在这个"过渡的时代"许多事都变了样子，而且自从他在事业上失势以后，他对于自己的魄力的信仰也起始动摇，他才觉得他不能再象从前那样固执，那样严厉。他也时常和他们说："这个时代不同了，什么事我们都该商量办，两利择其重，两害择其轻，我们都得想到我们这个家……"

已经做过的事情他不愿意再翻悔，他还愿意用他那刚愎的个性来完成。可是静宜的事使他受了首先的一个打击，他觉得他完全是被侮辱了，他好象被人指了鼻尖斥骂："你这个老家伙，你丢尽了脸，你自己的女儿都管不了，那为什么你生她下来呢？"他才激怒着要显出他做父亲的力量，他就记起了静宜的话："——我什么也没有，我是为了家……"于是他什么话也不好说了，他也时时记得这个家，这个衰败下去的家，他有时候不敢想，他想忘记从前也逃开当前的情况，他是为这原因才喝起酒来的，他想能少在清醒的境况中一刻就能少一分痛苦。

他虽然不喜欢静纯，可是他能听从他的话结婚是他认为极满意的一件事。他觉得他们夫妻间也很好，并不争吵，不过有时他也看出来他们象是冷淡些，这也好象是什么不幸的兆头。可是他随着就想到："夫妻原要象朋友一样，其淡如水，其味弥长。"同时他也想得到静纯的个性，他就想到："无论什么样的人也不会同他合得来。"

可是静茵的事真的使他震惊了，他实在想不到那孩子会这样来一次，无论如何他总想若是没有静宜的事，她是绝不会发动的。

静宜的事他还有话和别人说，这次就不然了，"她是随了一个野男人离开家"，不知道去什么地方，他怎么和旁人说呢？

他的心沸腾着，煎熬着；一刻也不能安静下来。他想散步对他或许是好的，象一匹牲畜似的绕了那个亭子转，若是没有静宜他就会走不回来。他想到静坐，他的眼一闭起来就看到静茵的影子，于是他赶紧张开眼睛，他的眼睛很模糊，他自己也不知道为什么又装满了泪水。他偷偷迅速地用手掌擦干了，他在心里说：

"她既然不顾我，为什么我要想她？我还要为她落泪，那是更不值得了！"

随着他就想到自小她没有离开过他们，也没有走过远路，如今和一个男人走了，要走到什么地方去呢？他想如果这个男人若是欺负了他的孩子，那有一天他会不饶的，就是拼了他的老命他也不能放松。可是他又自讽地想到：

"何苦来呢，她说是追寻快乐去了，她再不会想到我，我为什么要想她，我要忘记她，只当没有生她，只当她很小就死了，只当她生病死掉了，——"

想到病，他想到她不良的胃，那是很早他就知道的，他还记得医生说过这样的病最好在年轻的时候治好，不然到了老年就很麻烦。她走了，也许因为劳碌或是饮食失调惹起她的病来，他面前立刻浮上静茵一副愁眉苦脸的样子。"那可该怎么好呢，那可该怎么好呢！……"

他几乎叫出来，他轻轻地打了自己的嘴一下，他的心才又安宁下去。

医生来了，给他打过强心针，他很明白如果他的心衰弱下去，他就再也不能支持，他整个的人也要在这个世界上衰落下去。他想那也好，他再也看不到这些烦恼事，他也再不忧愁；也许是他从这世界上消灭了，也许是世界在他这一面消灭了，总之是什么都不存在了，……可是有一个极细微的声音象是从极远的地方响过来："你不能死，你不能在这时候死，你不记得三年后的好运么？你得给他们看看，你黄俭之不是一个无用的人，你得把这个家整顿起来，你得争这一口气，……"

听从医生的话他静静地仰卧在床上。心的跳动使整个的床在震撼，好象那不是一张床，那是一只小船。他忽而感到孤独了，——这是他从来也没有的感觉，他觉得他只是一个人在无边的人海上和凶猛的波涛搏战，如今他已经到了不得不败北的时刻。

正在这时候房门轻悄悄地推开了，一张猫脸探进来，他看了看，不耐烦地闭了眼睛，听到她一定是搬过一张椅子来，坐在他的床前，随后他又听见啜泣的声音。

他忍了许久都不说话也不张开眼睛，实在那声音使他的心又慌乱起来，他就愤愤地说：

"我又没有死，你这样哭我做什么？"

她没有即刻回答他，好象从心中生出来的悲哀，无法制止似的，过后才象强自忍住抽噎说：

"哥哥，你不要那么说，我看你让孩子们气成这样子，难道我不伤心么！"

"你怎么知道的，呵，你怎么知道的？"

他猛然地睁开眼，用手臂支起上半部身子来，笔直地逼望着她说。

"你也把我太见外了，一家里的事我也应该知道知道，是喜我们大家同喜，是忧我们大家同忧，——你先好好躺下去，不用着急，我跟你说，我们是一条根上生来的，我要是没有哥哥，我早就不在人世了，——"

她说着又哭起来，他的眼睛里又涌出泪水，他不愿意为她看见，就又把眼闭上。

"——我总说，真关心我的只有你，真关心你的也只有我，你生了一大场气，把自己气成这个样子，有谁来管你呢？孩子们照样都走了，谁也不把你放在心上，你白为他们辛苦，他们谁也不知情，这还是好的，要不然撒手一走，什么也不顾。——"她得意地说着，故意把最后两句的声音提高一些。

"他们是都出去了么？"

"可不是，静珠是坐汽车走的，静纯和静婉欢天喜地一同出去，——我在上面，什么都象明镜似的，我都看得见，平日我不说就是怕你添烦恼，如今我看你为他们生这么大的气我才来告诉你，看开了点，什么都犯不着！"

她摆着滚圆的那颗头，滔滔不绝地说，有几次他摇着手要她不要再说下去，她装做不理会，仍自继续着。这次她停一停，吐出嘴里的白沫，又说：

102

"——就说静玲年纪也不小了，还是什么事都不操心，无忧无虑地睡大觉；静宜呢，嘴上说得怪好听，下半天那个男朋友又来了。"

"什么，静宜的男朋友？"

"就是呵，昨天来了一趟，今天又来了，唉，说那些干什么呢？我就说现在的女学生要不是做事不顾人，就是唱高调，比起我年轻的时候可差得多了。……"

她叨唠了一大阵，她看到他的眉毛紧紧锁起来，到后是两行泪从闭着眼的角流下去。

"这是何苦来呢，我不过告诉你明白明白就是了，真伤心那才不必。"

她说完了站起来，在这房子里转了一遭，一面看着一面嗅着，随后悄手悄脚地溜出去了。他的心更纷杂，他没有想到他的孩子们都是这样子，他想这也许是由于他的教养不好，或是因为自己近几年来没有能给他们做好榜样。他昏沉沉地睡着，被许多恶梦纠缠，过后他醒了转了两个身，就又睡起来。

他又睁开眼睛，什么也望不见，一片漆黑填满了他的面前，他很惊异，他以为他失去视看的能力，他又以为他到了另外一个世界，他用手摸着自己的脸和身子，最后他才想到这是夜了。

他开了灯，又把他带回他一向极熟识的天地中，可是猛烈的灯光使他不得不闭起眼来，等到他张开眼睛，看看壁钟，才知道已经是将近午夜的时候。

他缓缓地爬起来，嘴里觉得很干渴，壶里的茶早已冷了，没有声息，人们都已睡了。不知道是梦境还是真实，静宜曾来到他的房里把存的陈酒都搜出去；可是他记得至少在《通鉴》的那只箱子的后面还有一小瓶正汾酒，他就勉强移动着脚步到了书架的前面，他打开《通鉴》的箱板先拿出书，果然他就取出来一小瓶酒，他的喉咙觉得象是烧着了一般，他自己的心里想着：

"这是最后一次，从明天起我再也不喝了，对了，从明天起……"

他还没有想完，已经拔下瓶塞，把瓶口对着嘴喝了一口。他感到无比的润适，他擦擦嘴，抹抹胡子，坐到椅子上，把酒倒了半杯。

夜是安静的，远地的狗的吠鸣，象从另外一个世界里传过来，大地安息了，它的担负并没有轻下去。

他坐在那里又把酒杯送到嘴边，酒的香气已经不能使他迟缓，他就又贪婪地喝了一大口。

"人活着是为什么呢？……象我这样子，……到底为的是哪一个，……古诗上也这么说：'斗酒相娱乐，聊厚不为薄'……还有，还有。——'极宴娱心意，戚戚何所迫'……我也该这样，……该这样……"

他昏沉地把杯里的酒都倒在嘴里，过后那一小瓶酒连一滴也不存了；可是他感到更甚的烦渴，他的全身都象燃烧，他软下去，整个地忘记了他自己。

三十二

静玲睡醒了，天还没有一点亮的影子，她看看床边的钟，涂了磷光的针指明还不到四点。她糊里糊涂地记得睡了很久，还走了一段极长的路。她的头感到一点胀痛，她的胃叫了两声，她才记起昨天晚上她没有吃饭。

夜依然是极安静的，忽然静宜咳嗽的声音震动了寂宁的空气，她低低叫了两声大姊，不听见她回应，才知道她还是睡着。

她却一点睡意也没有，翻了几次身，也不能再继续睡下去。她想来书上好象说过当失眠的时候可以数着数目，于是她就从一数起来。过了好一阵，连自己所数的数目也记不清楚了，她还是很清醒地躺在那里。

她一气坐起来，把钟抓到耳边听一下，它是在走着，不过才四点多钟。

静宜好象睡得很苦恼，她的咳嗽一直也没有停，有时候还呻吟着；可是她始终没有醒。她真不明白静宜是为了什么，她以为人应该有伟大的牺牲的精神，但是象她那样的牺牲是既没有目的，又没有意义。她记得她时常说起这个家，可是这个家有什么值得牺牲的呢？它迟早是要破碎的，要遭遇到最后的命运。难说她一定要随着这样的家一同走上灭亡的路么？

她本来想开了灯看书，又怕灯光使大姊更睡得不安宁，她无可奈何地又躺下去。

她还是睡不着，钟的声音使她更烦躁，她想停止它却不曾弄好，她把它放在床边的立箱里，关紧了箱门。她本来是仰卧着，一翻身背朝上，脸伏在枕头上；可是她感觉到气闷，又翻了半个身，她的脸望着窗口，她侧身卧着。

不知从哪里传来一声鸡啼，她惊喜地又坐起来，把脚插到鞋里走过去，轻轻拉开窗帘，外面仍是不辨一物的黑夜。她实在不愿意再躺下去，就披了衣服，悄悄拉开门，站到阳台的上面。

夜气是清新而寒冷的，她觉得有点凉，只把衣服拉紧了些。没有月亮，星星就更明亮地挂在天上，微光闪着象打抖，也象眨着的眼睛。她仰起头来，很容易就找到北斗和金星。象雾气的天河亘在天空，不象那条才溶解的细河，在暗中象发亮的带子一样地静静流着。偶然有一两下清脆的响声，也许是春日里大地的苏醒的声息。

"该起来了，什么都该起来了！"

她轻轻叫着，深深地吐出一口气来，她觉得整个的身子都很松适，她从来不知道当着夜将要尽了，天地是什么样子。

"我一定要等待天亮，我要看太阳从东面怎样出来，我要看光明怎样来征服黑暗……"

可是外面的寒冷使她颤抖着，她又没有地方可坐，她想着还是到房里去等也好。

房里是温暖的，摸到了床边，一歪身就躺下了。她爽性脱下衣服又钻到被里，不多时候她就睡着了。好象她才闭好眼睛再张开来，就看到阳光已经主宰着整个的宇宙。

"真糟，真糟，怎么我一下就睡过了。"

"没有过呵，闹钟还没有响，才六点半钟。"

这是静宜的声音，不知在什么时候她也醒了。

"呵，大姊也醒了，我不是说起晚了，我想看日出，没有想到太阳已经跳到半天空里去了。"

静玲一面说着就一面跳起来，静宜也正坐在床上用手掠着鬓发。

"你起得这样早做什么去？"

"我有事，我不告诉你，……"

静玲说着已经跑出去，她好象是一直跑到楼下，跑到院子里。停些时静宜下了床，披上一件衣服，站到窗前，就看见静玲正一个人指手画脚地对墙说些什么，费利坐在一旁呆呆地望着她。静宜推开门走到阳台上，就听到她的声音：

"……我们要奋斗……我们要争取我们的自由，……我们不只要空空地纪念这个日子，……我们要承受三一八不屈的精神！"

静玲转过身来看见扫地的老王也惊奇地站在那里，就带笑地说：

"你看我做什么，放着你自己的事不做。"

老王嘻开嘴笑了，他问着：

"五小姐，您这是干什么？"

"我在练习演讲，你懂什么是演讲么？"

"我懂，那年就有一群救世军到咱们门前来演讲，男的说女的也说，还要敲大鼓。"

"去吧，那是什么，那都是活骗子，你千万不要听，省得他们把你骗了去。"

她说完，笑着跑了。

"哼哼，他们骗我这老骨头去有什么用！"

老王独自说着，又起始一下一下扫着地上的尘土，静玲跑了两步，忽然抬头看见静宜也站在上面，就觉得很难为情，做了一个鬼脸，还吐吐舌头，就又跑进屋子，她想到父亲睡在下面，放轻了脚步，她想看看他，就在"俭斋"的门前站定。她轻轻地推开门，看到床上没有人，再把头伸进去，才看见他瘫在地上。她吓得几乎叫出来，她也不敢再走到近前去，就急急地又跑到外面，朝立在阳台上的静宜招手。

"大姊，你快，快下来，爸爸——"

也没有等她说出来，静宜已经一转身看不见了，静玲再跑进去，正遇到静宜走下楼梯。

"怎么回事，怎么回事？……"

"我不知道，你快去看。"

她们急匆匆地进了"俭斋"，静宜立刻俯下身去抱着他的身躯，强烈的酒气使她什么都明白了，滚在桌上的空酒瓶，更证明她的猜想不错，虽然她极气恼，可是她的心却不象方才那么慌张。

她要静玲帮她忙，把他扶到床上，她什么话也不说，就和静玲又走到外面。

"大姊，爸爸又是怎么回事？"

"没有什么，他又喝醉了，——"

"人为什么要喝酒呢？"

"我怎么知道，他答应我他不再喝了，医生也说过他不能再喝酒，我昨天下午还特意把他的房子搜了一遍，谁想到他又喝了，这叫我怎么办呢！唉，我真厌了，这种情形谁也不能忍受，我倒不如死了干净，……"

"为什么说死了干净，活着的路更多。"

"路也许有，怕是太长了，我呢，我觉得我自己也太没有力量了。"

静宜说完了，长长地叹一口气。

三十三

静玲赶着吃了一顿早餐就跑到学校去，时间并不太早，校门前的那条街却显得很清静。平日是除了学生多，车也多，这天只有一条街安谧地躺在那里。她走近学校，才看到两扇大门已经关了，上面挂着一方布告牌，写明为纪念"三一八"，放假一日，明日照常上课。

她站在门前，把那张布告读了两三遍，她觉得很奇怪，从来"三一八"也没有放过假。正在这时候，突然有一个男学生从侧门跳出来，她看见了，就叫住他：

"喂，赵刚，你跑到哪儿去？"

"呵，黄静玲，我还当你也走了呢，我没有什么事，你要到学校里去么？"

"好，你不是想跑出去么，怎么又不去了？"

"我没有事，我没有事，我本来想看看你来没有，我们得商量一个办法。"

"哼，真奇怪，你怎么就算得定我在校门看布告？"

赵刚没有话好说了，脸红着，先把两只手掌在制服上搓了搓，随后就摸着剪得光光的脑袋。他大约十八岁，有一个象小水牛的身子，性情很直，只要两句话就可以把他激上了天。

　　他们走到图书馆的门前木椅上坐下，静玲就问他为什么学校会放一天假。

　　"我知道，我知道，校长也不知道听谁说的我们要开会，他怕有麻烦，昨天晚上开校务会议，临时议决今天放一天假。听说教育局也有公事来，说据报学生们要在今天开会，为维持治安起见，各校长可以相机办理，以弭乱端，我们的校长就爽性放一天假。"

　　"那怎么办呢，我们就这样算了么？"

　　"一大半学生都走了，还有什么法子？再说礼堂的门锁了，教室的门也锁了，你看连图书馆都不开。"

　　"寄宿的学生不也很多么？"

　　"昨天晚上就传出来今天放假，有些学生早就走了。"

　　"我们总得想方法，这样不成，——好，好，我跟你说我们到校门去等，有学生来就劝进来，还是十点钟开会，食堂也好开会，真要是连食堂都锁起来，我们在大操场去开！"

　　"这怎么办，我去等，你去找那些级代表，学生会主席不用找，他是一个'黄马褂'。"

　　赵刚说完了，就飞快地又朝大门跑去，静玲先到女生宿舍，找到两个级代表，随后一同到男生宿舍去找男代表。

　　她们走到男生宿舍，就停在那里，不知道怎么样才好。依照校规她们不能走进去，平时男女学生也没有往来，没有会客室也没有校役，往常要是女学生找男学生总要到舍监那里写下姓名关系，随后才由舍监派人去找，来了就在舍监室谈话。这一天她们当然不能用这样的方法，还是由高一的级代表李级芝想出一个法子，她拦住了一个同班的男同学，把代表的名字写给他，要他找他们到花园的水池边上去。事情都办妥了，静玲就和她们说：

　　"你们到花园去等吧，我到校门看看赵刚去，他一个人在那里拉同学。"

　　她跑到校门，就看到赵刚愁眉苦脸地徘徊着。

　　"你的工作怎么样？"

他狠命地摇了一阵头，才和她说：

"没有办法，机灵的老远看见学校关了门就回头，女学生连理也不理我，别的学生进来，转了一个弯也走出去，我也不能拉住他们。"

"你没有用就是了，你看我的。"

正在这时候一辆自用车来了，上面坐着一个五十多岁的人，他的头秃亮得反映着太阳的光，眼眯着，象笑也象哭的样子。

"好，你去拉吧，校长来了。"

赵刚说过了就想找一个地方去躲躲，静玲一把拉住他，低低地和他说：

"走什么，他又吃不了我们，……"

这时候，传达室里的校役听见喇叭的声音，就赶着把大门开了，等那辆车拉进来又把门关上。那辆车一直拉到校长室的门前才停下，校长悠闲地走下去，车夫喘着，吐了好几口唾沫，用一方污秽的手绢擦拭脸上的汗。

"我真不知道他的心是怎么长的，从他家到学校车夫要跑三刻钟，你看路远不远，他可什么也不在乎，呸，这种教育家！"

静玲朝着校长的后影厌恶地啐了一口，赵刚就好意地劝阻她，说是怕万一校长回头看见可不是事。

"我才不怕呢，活该，……"

"那多么合不着呵，真值得闹的事谁也不怕。"

"算了，我们还是管我们自己的事吧，你看快九点了，走读的学生也不会再来，我要到花园去和级代表商量一下，你到九点钟的时候也就不用等了，立刻也到花园里来。"

"好，你先去吧。"

静玲的心里很急躁，她一直跑到花园，那里已经有七八个人。

"怎么样，人都找到么？"

"你看，不都在这儿么。"

"加上我和赵刚就是十个，原来是十五个，自然我们已经过半数，我们就可以决定是不是还要开会？"

"不用决定了，凡是到这里来的都赞成开会，不然早就不来了。"

"那好，我们也用不着十点钟开会，提前一小时，九点钟就可以开会，我们也不用麻烦，就在大操场开，男同学到男生宿舍摇铃，女同学到女生宿舍去，走读的学生没有几个来。"

"哪里有铃呢？"

"到校役那里去偷好了，反正用完就还他，算不了一回事。"

这时候校钟已经报着九点，他们就都散开去做各人的事。赵刚也来了，他自告奋勇去偷铜铃，静玲和另外几个男同学到操场去，有一个男同学早把写好的开会秩序贴在墙上，另外还贴了许多张标语。

静玲的心里很快乐，许多事都是她想不到的，她想不到这个会还能开得成。她时时记起来她的演辞，自己在心里温习着，忘了的时候偷偷地把那张小纸片拿出来看。

陆续地有一百多学生来了，一面要代表还去召集同学，一面就宣布开会。大家都站在指挥早操的木台的前面。

"开会吧，开会吧，我们先推举主席。"

"黄静玲，……"

不知道谁这么喊一声，大家就同声附和起来。她连连摇着头说："不，不，我不能做——"她下半句话没有说出来，若是说出来就是，"——我预备了一篇演讲，做主席就没有机会演讲了。"

同学们都不容她，以为她是故意推让，就有一个人喊："打倒虚伪的推让。"

大家都笑了，静玲不得已就红着脸踏上那座木台，许多鼓掌的声音顿时就响起来。

她静静地站了些时，等掌声平静了才开口说：

"诸位同学，我想用不着我说，诸位也都知道今天是什么日子，——尤其是我们学生，更不会忘记这个日子。使我们觉得很沉痛的就是这许多年来我们没有走出一条路，从前军阀和政府压迫我们，现在我们还有同样的压迫，甚至于比从前的更厉害，——"

一阵掌声突然响起来了，站在台上的静玲看看下面一张张发光的脸，她觉得很激动，等着掌声再静下去的时候她就稍稍提高一点声音说：

"——难说时候白过了么？——"

正说到这里远远就看见校长，男女舍监和庶务主任从角门走进来，后面还跟了几个校役。大家都朝那面看，静玲也朝那边看，有几个人已经溜开，可是大部的同学还站在那里，一动也不动。

校长象是很气愤，他那肥矮的身躯走起来正象一只鸭子，他一直走到近前才半疯狂地叫：

"你们这是做什么，呵，——"

他一面说一面走上木台，校役们早就被吩咐着扯去标语和秩序单，男女舍监留心地用笔在小本上记着来的同学。

校长走上木台，好象要和她拼命似的拉着她的手臂，气急败坏地叫：

"你在做什么，你想扰乱学校秩序么？"

静玲一点也不慌，她先把校长抓着她的手放开，随后说：

"请你不要碰我，我是女子，你是男子。"

大家都被这句话引笑了，因为他们都记得校长时常说男女有别，男学生绝对不许和女学生在一起。

"什么，你来说我，你们都，都想怎么样，你们不只违反校规，而且扰乱全城的治安，你们简直都是捣乱分子，反革命！"

有人在下面叫："好，校长枪毙我们吧！"

"这是谁叫？呵，走出来见我。"

没有人回答，只有一阵哄哄的笑声。

"你们都给我散开，要是不听我的话，我把学校的门一关，你们都给我请！"

"校长，你不能这样，你忘记了时代。"

"什么时代，谁忘记了时代？你们要是不服我说，我就请公安局派警察来维持，到那时候我看你们怎么办！"他停了停又接着说，"走，走，你还站在这上面做什么？"

人们起始动摇了，三三两两地走开去，静玲也下了木台，向着他们投着憎厌的眼光，随了赵刚走。

校长满意地笑了笑，低低地向左右说：

"黄静玲记一大过，其余到会的每人记一小过。——"象又有什么事触动了他的脑子，他又加一句，"赵刚和女同学来往过密，也记一大过吧。"

三十四

静玲的心里很郁闷，好象有一件极重的物件压在那上面，要不是怕别人笑她，她早就哭出来了。她在校园的长椅上坐了许多时候，胸中的愤怒使她不能安静，她就立起身来围着那个水池转，有些同学很用功，就是在假日也跑到校园里来读书，她不屑于看他们，她独自踱到那座园亭的前面。

这是她平日很喜欢来的地方，在园亭的里面看看几只白兔，它们有象红宝石一样的眼睛。近来还生了七八只小兔，她几乎每天到学校里都要张望一番；可是这一天她没有兴致，她不过是站在这里免得看那些书虫而已。

正在这时候，赵刚不知道从哪里溜了来，就站在亭子的那面。他好象很热心地看着那些小动物，并不望着她可是向她说：

"黄静玲你不要看我，有人在盯着你，校长一直就派人跟了你，看你还有什么事。"

"我回到家里当然他们就没有法子。"

"他们只是看你在学校做什么就是了，他们才管不了那么宽，我们到外边去谈谈好么？"

"好，没有什么关系。"

"你先走，你到转角的那家书店门前等我，我随后就来。"

静玲转身走了，她好奇地寻找那个盯着她的人，最初她不知道哪一个才是，过后她果然看见一个校役样的人隔她三丈左右望着她。她就故意地绕来绕去，她走进女生宿舍的前门，又从后面钻出来，可是那个人在稍远的地方等了她。她想笑出来，忽然想到赵刚也许早在外面等。她就急匆匆地走出校门。

走到书店的门前，赵刚真是已经等在那里，看见她带笑的样子，就问她：

"你有什么事忽然这样高兴起来？"

"你不是告诉我有人跟我么，我故意在学校里绕圈，让他跟我转，转了这大半天我才出来。”

"那又何苦呢，他也是不得已，校长要他跟你他敢说不么，——走，我们先找个地方吃点什么。”

"不用，我不饿。”

"不是，找个地方说话也方便，在街上说怕惹出别的事来。”

"其实我那样做不过是泄泄心里的气，我没有想到别的，你知道今天的事真把我气坏了。”

他们走着的时候，静玲还和他说，赵刚没再说什么，他们转进了一家小饭馆。这原来也是靠学校的生意，因为放假，就显得极清静。

"我也觉得这样，——"他们坐下去的时候赵刚才说，"我们要打倒的是恶势力的本身，其实连校长都算不得什么。”

"听说校长从前也是老革命党，——"

"那算什么，现在压迫我们的当然不是旧军阀旧政府，象校长这样的举动有什么稀奇。你看，这有一封信，是薛先生写来的。”

赵刚说过，从衣袋里摸出一张小纸条，递到她的手里，他就要了三碗面。

"我们两个人为什么要三碗？"

"你一碗，我两碗，——"

赵刚象不好意思似的笑了笑，可是静玲并没有看见，她正把精神放在那张纸上。那上面写着：

　　我又换了一个地方，这下搬到城外了。上次难友们绝食，他们认为是我主动的，觉得我的危险性太大，必须再换一个地方。我若是不经过法院，他们早会枪毙我。现在他们只会恐吓我，有时候骗我说若是安分守己，过些年无期也可以假释放。我才不指望那些，我在里面很好，难友里也有好多优秀分子。我近来极穷，最好能给我送几块钱来，我住的地方，送信的难友会告诉你，盼望你能给他一块钱，我答应过他。

最后还有一行小字："你要是没有一块钱，给他几角钱也好，你可以和他说明。”

“从前我听说校长可以保他出来。”

“凭什么校长要保他呢？”

“学校的职员他当然该去保，薛先生在图书馆做了五年，当然他们有相当的感情。——”

“校长才不会管他呢，再说判决之后谁也没有办法。今天你同我去看他一趟好么？”

“好，我早就想看他一次，我不知道要有什么手续。”

“我们一块儿去好得多，你看我怎么做你就怎么做。”

这时候面已经端上来了，她挑了一口吃，觉得没有什么味，可是她难为情说出来，她看见赵刚那样有味地吃着，心里有一点惭愧。当他把两碗都吞完的时候，她还没有吃完半碗。

“怎么样，太不好吃了吧？”

“不是，不是，我不饿。”

静玲急急地说，就放下筷子，她觉得脸一定是红起一些来了。

“我的钱不大多，我想你，——”

“我请你吃好了，那没有关系。”

“这没有几个钱，我是说送给薛先生，我送他三块，你也送他三块，好么？”

“好，好，可是今天我没有带来。”

“不要紧，我先把我的饭费替你垫上，明后天你带给我好了。”

“我要是忘记了，你的饭费缴不上怎么办？”

“那我就得饿半个月。”

“我看你半天也饿不成！”

他们都笑了，他付了钱又一同走出去。他告诉她要去的地方不太远，慢慢走着去也好。

“我不知道，大学里的校长是不是也用高压手段？”在走着的时候静玲说，“我的姐姐们和我的哥哥都在大学，我从来也没有问过他们。”

“总要看是什么样的人，不过在大学里情形更复杂，学生也可以用钱买，做侦探，做狗，……好多种呢。连教授们也有许多是被收买去。”

"那我就不要读大学了，一点意思也没有。"

"有坏人就有好人，不能一概而论，前两个星期到我们学校去演讲的那个学者，也是大学教授，他的思想，很正确，你不记得么？"

她点点头，他们一直也没有停。走起路来的时候才觉到天很热，赵刚解开两个制服的衣纽，静玲不时地用手绢擦着脸上的汗。

"就要到了，里边的高墙大约就是了。"

"你又没有来过，怎么会知道？"

"照地点来推测差不多，再说凡是监狱都有一堵高墙，生怕犯人们会翻墙逃走。"

"那可不一定，松石园的墙也很高，——"

"那是有钱人的监狱，世界上有两种人要和世界分开，一种是罪犯，社会不容留他们，要把他们划出去，他们可不情愿出去；一种是有钱人，他们愿意和社会不来往，很怕不幸的现状会扰乱他们快乐的心情，——"

"还有一种人你没想到，就象在××大学教书的文学家杨先生，听说一直以为自己是明朝人，就象才从坟墓里掘出来似的，有许多文人都是那样，自以为脱尘超凡，言语文章就没有烟火气，只是忘记却染了极深的鬼气！"

"唉，时间真是可怕的东西，到将来——"

"到将来我也不会变，若是有那一天，我情愿自杀！"

"不要自杀吧，你要是自杀我就是嫌疑犯，说不定糊里糊涂也要住到里面去。"

赵刚手一扬，指着迎在他们面前的"第三模范监狱"，她才注意到他们已经走到了。

两扇高大的铁门紧闭着，右侧开了一扇小门，有两个武装的警察守在那里。赵刚好象来惯了似的，连头也不扬朝里走，警察没有拦他，静玲也跟着走。

走进铁门，就是一个空旷的院子，墙上粉刷着标语，再走进一道门，才有一个穿制服的人拦住他们。他们说是来看薛志远的，他就要他们走进一间小屋，写下姓名住址年龄和职业和与犯人的关系。赵刚先写，写完了正要代静玲写，那个人就拦住他，说是要亲笔写。

静玲就走到桌子的面前，看到赵刚所写都是假的，她几乎笑出来。她自己坐下去写，写得很慢，因为她是一面写一面想，也都象赵刚那样写了假的。写完了的时候那个警察仔细地看了一遍，赵刚就拿出六块钱来，请他带进去，要一个回条。

"你们有什么话也写在纸上吧，我可以一路替你们带进去。"

"不用吧，接见的时候我们自己说。"

"今天是三一八，临时停止接见一日……"

"那你为什么不早些和我们说？"

静玲忍不了住叫起来，因为方才她着实费了一番心情，赵刚拉了拉她的衣服，要她耐着点性子。

"这是一定的手续，你也不必怪我。凡是到这里来的都得留下姓名地址，你们要是不写，我就进去了。"

"请你等等，我就写。"赵刚虽然这样说着，想了想因为用了假名字，写了反倒使他糊涂，就说，"好了，没有什么可写的，就说他的朋友算计他得用两块钱，就给他送了来。"那个警察很不耐烦的，没有等他说完，就拔脚走了。

"我真奇怪，为什么他们不许接见不早告诉一声？"

"他们愿意我们供给一些资料，将来可以得一些线索，不过这个线索可惜不大靠得住。"

赵刚得意地笑着说。他们说话的声音都很低，怕有人听去。等到那个警察把收条带出来他们就向外走。

走出大门，静玲喘了一口气和他说：

"我想每个犯人都盼望能从这个门再走出来。"

"那也不一定，你看那座土台就是执行死刑的地方，那也要先经过这个大门。"

"不过人若是死了，灵魂就自由了。"

静玲说完，又回过头去看了看象张着大嘴的那座狱门。

三十五

"你也相信灵魂么？"

在路上走着的时候赵刚忽然想起来和她说，他们一路不是跑就是跳，两个人的头上都流汗。

"我不是相信灵魂，好象我的意思是说心情，"静玲停住脚步，用手绢揩着脸上的汗水，"我觉得人住在那里面，和外面完全隔绝，还不如死了爽快，人死了至少感觉不到烦恼和苦痛。"

"可是也没有快乐，死总之是不如生快乐，你看生是一切希望的泉源，你不看见田里的麦子么？你只要把头向左右一偏就看到了。"

"我还用你说，当然我看得见。"

静玲虽然强硬地回答，也因为他提起来就感兴趣，她偷偷望着路边的田畦，在土块的下面有极细的嫩芽钻出来。她知道那是农人们把种子洒在土中。它们不曾腐烂，却以勃勃的生气冲破种子的硬壳，顶开压在上面的土壤，来到这个天地中。虽然它们不能说话，它们也以那绿油油的颜色宣示出它们心中的快乐。

"那为什么人类还要把活生生的人关到象坟墓一样的监狱里去呢？"

静玲又热心地问着，说到监狱，她回头去看；可是已经看不见什么，树的枝干遮住她的视线。

"谁知道，——"赵刚摇着头，他的鼻子皱着，"也许这个社会以为他们只是害群之马，要不把他们关起来，这良善的人群就不能安宁地下去。"

"如果这个社会只是一群劣马呢？"

"那么只有好人被丢出去了，其实你自己来判断最好，谁也不知道，你看那边。"

他们已经走进城门，一个警察正拦住一个装满菜蔬的大车，那个赶车的农人正跪在地上给那个警察磕头；警察一面用脚踢着一面咆哮。

"滚开，今天就是不准你进城，有本事你就连车带人飞进去。"

有些人围在那边看，另外的几个警察用鞭子挥打着，要那些人散开去。

他们走过去的时候，赵刚低低地和她说：

"一切的是非，都和这个差不多。"

静玲却很愤怒，她从来没有看见过，她停下来望着，脸红红的，她的嘴紧闭着，眼睛笔直地盯住这情景，好象鞭子和脚都落在她的心上。

"走吧，"赵刚在一旁偷偷牵着她的衣袖，"这里的人杂得很，他们看见我们的样子，也许会注意我们。"

静玲极不情愿地挪动她的脚步，她的脸上没有一丝笑容，不知道是说给自己还是说给赵刚：

"我真不明白为什么要这样子呢？"

"社会里各式各样的事情太多了，所以我们空读书没有大用，总要钻到这里面来，才能体味到苦乐，就是我们今天看到的也不过是一些表面的事。"

"就是这些表面的事也使我不能忍耐了。"

"那你还得练习，人总得要沉着，尤其是做大事。"

"沉着，沉着，该象死人差不多，——我就看不透你沉着多少。"

赵刚不再和她辩论，他记得她是一个女孩子，在一个十字路口上他说：

"你可以叫辆洋车回家去，我要从这边走回学校。"

"那也好，我不一定要坐车，我也可以走回去。"

"你比我远得多，你可以坐电车走，我送你好么？"

"谁要你送呢，难道我不是一个人！"

说过再见，他们就分手了。时候还很早，她没有就回家去，她觉得自己和这个社会太陌生，她就由自己的意，想看到些什么。

她走过几条街，什么都没有看到，每个人好象都在笑，一切忧烦和苦痛都深深地埋在那笑容的里面。"难说这就是虚伪么？"她问着自己，可是她不能回答，突然在道边起了惨厉的哀叫，她望过去，才看见是一个警察拖着一个讨饭的人。他极不愿意移动，拼命地坐到地上，哀怜地叫号，可是行人没有一个动容，好象这是一件极平常的事。她向一个卖花生的小贩问：

"请问你，这是怎么一回事？"

"警察要送他进救济院，他不愿意进去。"

"救济院不是很好么，有住有吃，省得在街上讨饭有一顿无一顿的，晚上还得睡在街上。"

那个小贩听她的话，把眼抬起来，很仔细地望了望她，才又说下去：

"小姐，哪有那么便宜的事，要是进了救济院，要不是死了喂狗，就这一辈子也见不了天日，您想，他怎么能愿意去呢。"

那个小贩为了她的问询才引起一点怜悯的心也朝那边望着，叹息一声，摇摇头。正在这时候一个行人把几个铜元丢在他的担子上，向他买花生，他立刻就转过脸来，含笑地照应他的主顾。

她还是兀自站在那里望着，已经拖得更远一点了，本来就极破烂的麻片，撕得更零碎了，那个警察还用脚踢着，踢完一脚看看自己的鞋尖，好象怕弄脏了他的鞋。

凄厉的哀鸣一直不曾断，愈远就显得愈伤惨；可是这一条街没有人注意，只有她立在那里呆望，她的耳边突然听见低低的声音：

"小姐，您不包点花生去么，真是好货，管保您买了一回下回还想买。"

这声音和那哀鸣同样地打在她的心上，她转过头来，就看到那张含笑的脸，于是她就掏出一毛钱来丢给他，他象不相信似的张大眼睛望着她。

"您，您买一毛钱的么？"

她微笑着点点头，随后又去望着那拖得更远的可怜的人，她又记起方才赵刚说过的话："……死不如生快乐，生是一切快乐的泉源……"

他们已经转过街角，那声音依旧还飘过来，她不愿意再听下去，就转过脸向前走去。

"喂，小姐，您的花生还忘记拿呢。"

她才走了两步，那个小贩就追上她来，把一个大纸包捧给她。她想不到有那么大的一包，向他说了声谢谢之后，才又继续走着。

她捧了那包花生，感到十分沉重，——最后她才想到她的心上加了新的负载。赶回家里，差不多也有四点钟，叫开门走进去，正看见父亲站在院子里，李庆用锄掘着花圃的土。莫明其妙的欣喜充满她的心中，她走到父亲的身边去。

"爸爸，您好了么？"

父亲象是有一点羞赧似的点着头，还轻轻拍着她的身子，问她手里捧的一包是什么。

"花生，我在街上买的。"

"下次要吃的时候还是叫用人去买吧，自己拿着，怪——怪麻烦的。你不是欢喜种花么，明天就可以种了，我的房里有许多花种，你自己可以去拣。"

她答应着，走进房里，到楼上正看到静宜站在她们对面的那间房里，指挥王升打扫。静宜看到她就向她招呼：

"五妹才回来，你不饿么？"

静玲摇着头，放下那包花生，才向静宜说：

"这是为什么？"

"爸爸搬到楼上住，下面的那间房子太潮湿。"

静宜说过了笑了笑，她想不出为什么她会这么高兴，等了些时，她站到她的身边她才告诉她医生今天又来过了，父亲的酒并没有喝出大毛病来，母亲也因为听到青芬有了身孕心里着实高兴，精神非常的好。静玲说：

"我也想不到大嫂快做母亲了，大哥呢，他没回来么？"

"没有，我记得星期一下午他没有课。"

"大约今天都没有课，他们都没有回来。"

"你可不要说给爸爸听，这又会惹他生气。"

"当然我不说，我才不管这些事呢。"

三十六

静纯自从知道青芬有了身孕，他就觉得自己已经要掉到深渊里去，——那里只有无边的黑暗，没有光明，没有希望。他只希望那是一个梦，不是现实里的一件事，对于别人也许带来快乐，对于他却只有悲哀。他想不到，真是一点也想不到，他时时问着自己："难说我自己的一生就这样下去了么？"他记得一句话："没有爱情的婚姻是罪恶。"可是在这罪恶的结合中，还要带来一个小生物，这好象在他的脚镣上再加一副锁，使他不能走一步自由的路。他恨着自己，他的容忍使他造成错误，这个错误而今更深了一步。

他自己躲在一间房里深思，他厌恶光亮，就把窗帘拉得很严密，已经抽了八支烟，他想不出什么来，他忽然想到再去仔细问她，就匆匆跑上楼，青芬看见他走进来不安地把些什么藏到身后。她的脸红起来，立刻把头低下去。他早就看到她在缝着一件婴儿的衣衫，他不愿意问，原想要和她说的话也不说，就又走下楼去。

一夜他睡得都极不安宁，睡了一阵醒来，看见青芬还是在灯下忙着些什么，其实这都用不着她来做，可是为了将要做母亲的那一点欣忭，她情愿劳碌。她没有看到他醒转来，他也不说什么，随着又闭上眼睛。

早晨他到学校去，意外地学校停一天课，他不愿意回到家里，他就走去看梁道明。到了大江饭店，恰巧他不在家，他不知道为什么忽然想到去看静珠。

才走进女生会客室，正遇见 Mary 柳从里面出来，在学校里她也穿得极华丽，看见她微笑着和他招呼，用娇滴滴的声音和他说：

"黄先生，我们有两天不见了，你是来看我么？"

他有一点失措，不知道该怎么回答才好，他觉得很不安，勉强地笑了笑，又低下头去说：

"是，我是来看你的，我还看看我的妹妹。"

"你是说静珠么？她在那边打网球呢，我陪你去好么？"

"谢谢你，谢谢你，……"

他重复地说着，仍然低着头走路，他的眼睛随着那两只一起一落的红皮高跟鞋，他不敢走得太近也不敢走得太远，一团浓厚的香气在他的身旁滚。他觉察出来走着的时候有许多只眼睛望着他这陌生的脸，有的是好奇，有的是愤怒。他偶然抬起头来，觉得她走得那么自然，随时看到她都笑着，他也就仰起头来昂然地走。

"黄先生的学校也放假吧？"

"是的，年年都不放，今年不知道为什么。"

"三一八，三一八，听着倒很熟，我记得妇女节好象是三八，三一八是什么日子？"

"三一八是段执政时代学生运动流血的日子，——"

"那多么可怕，读书为什么要流血呢？"

他觉得她的脑子里不能装这样的事，他就不再接着说下去，于是他扯到天气。

"今天的太阳也很好，——"

于是他望着她的衣服，她的衣服极单薄，好象夏天才可以穿的。他一向觉得对于炎热女人的感觉最灵敏；对于寒冷，女人的感觉最迟钝。

他们已经走到网球场，看到静珠和三个男同学在那里打网球，柳正预备去告诉静珠一声，他拉住她，顿然感到这有一点失礼，才缩回手，静珠已经一面叫着一面跑过来了。静珠一只手握了球拍撑在地上，一只手掠着头发，诡秘地向他笑了笑，然后才问他是不是已经来了许久？

"我才来看你，恰巧碰到柳小姐，她就陪我找你来。"

"好，你们在这里等我一下吧，我打完这个 Set 就完。"

静珠说完又朝他们笑笑才跑回场里去。

"我想柳小姐要是有事就去办吧，我可以一个人等她。"

"不，不，我没有事，我们到那边椅子上坐着等她。"

他们走到长椅那里，才看到已经有一个人坐着，静纯记得见过这个人，柳提醒他，说是在松石园见过的方亦青。他们很客气地招呼过，三个人就坐下去。

和静珠打球的一个男人他也记起来就是那个运动家，另外两个他却不知道是谁。他们的球打得并不怎么有味，凡是打到她身边的球，用不着她动一步的，她才拍过去，有的时候力量大了飞出界，有的时候太低了被线网拦住；和她在一面的男人却极苦，前后都要他一个人奔跑，就是她打漏了的球他也得追上去，时时还要受到她的埋怨。可是那个男人好象极高兴似的，他已经热得连衬衫都穿不住，只穿一件背心。

"黄先生欢喜打网球么？"柳向他问。

“不，我什么运动都不来，在中学的时候还偶而玩玩，自从到了大学就都丢下了。”

“一定是太用功，象我们这样读大学的，除开玩没有别的事；方先生就比我们用功多了，我们要是到图书馆去翻参考书，每回都得请方先生帮忙。”

被说着的人象是不好意思似的红了脸，这时候静珠已经打完了那个 Set，她走过来，掏出手绢来沾着脸上的汗珠。

“大哥，我就想到你会到我们学校来。”

静珠说着，还故意望了望柳小姐，被望的人毫不在意地笑着，静纯却呐呐地不知道怎样回答才好。

“走吧，我们还是回到会客室去，我要洗洗脸换换衣服。”静珠看见方亦青要告别的样子，就一手拉住他说，“你不能走，你不愿意和我哥哥在一道么？”

“不是，不是，我想……”

“不要想了，一块儿走好啦。”

静珠又向和她打球的几个男同学招招手，才随同他们回到女生宿舍去。她只穿了一件白绸衬衫和一条男人的长裤，她的头发用一根浅粉色的绸带扎住。她好象忽然想起来似的向静纯问：

“爸爸还生气么？”

“我，我也不大知道，好象昨天晚上又喝醉了，我很早就出来，听说马大夫今天还要来。”

“我就不会象静茵那样，——”她突然觉得在别人面前只谈自己的私事有些失礼，她就改了话头，“——大哥，回头你请我们到都城饭店去吃饭好不好？”

“你真岂有此理，别人到我们学校来，应该由我们请他吃才对，就在学校附近吃好了。”柳小姐接着说。

“学校的饭我才不欢喜吃呢，都城饭店今天还有午餐舞，我们一同去玩玩也很好。”

“不是我不请你去，我不大会跳舞。”

"我知道你会，你同秦先生跳过，你自己告诉我的，Mary 可以教你，她跳得很好。"

他们说着已经走进女生会客室，方亦青，在甬道那里拉住静珠恳求似的向她说：

"你知道我也不会跳舞，我实在不愿意到那里去！"

"不会跳舞没有什么，饭总要吃的，亦青，你不要这么固执，——"

"我不是固执，实在我没有去过那样的地方，恐怕我去不惯——"

"你没有去过怎么知道去不惯，因为你没有去过才更该去一次看看，你不要把生活过得那么偏狭，多看看也是好的，——你也先到里面坐，我回头就来。"

三十七

方亦青踏进了一步这样的场所就确切地增多一分他的厌恶，过分的温暖使他觉得有无数的针刺着他的全身，他不能象别人一样地脱下外衣，因为他是穿了一件长袍。他掏出手绢来擦着额间渗出来的汗水，他一直也不能把它再放回袋里。他看看静珠和柳，她们都十分娴熟地把外衣脱了，然后以窈窕的形态走进大厅。他可显得不自然，光滑的地面使他不敢自如地下脚，他只是移动着走路，好容易他们才在一张桌子上坐下，侍役很客气地过来招呼他们，好象很熟识的样子。

"您有好多天不来了，——"那个漂亮的侍役满脸堆着笑和她们说，"上星期六的化装跳舞人真多，我还当您会来呢，先订四客午饭么？"

"好，就是四客，有什么菜？"

"今天的菜都是您喜欢吃的，没有错，——"那个侍役说着就从小衣袋里抽出菜单，必恭必敬地要读给她听。

"不用，你知道就好了。"

那个侍役把菜单放回去，把身子一躬，才离开他们。

“静珠，好象今天是你请我们吃，——”

“大哥，你赖可不成，到这里来，只好你请我，何况今天你——”

静珠说到这里停止了，故意笑了笑，才又把脸转向方亦青。他并不抬起眼睛来，皱着眉，很苦痛似的。她觉得很奇怪，不知道什么时候静纯紧皱的眉头会移到他的脸上来，她望望静纯，他显得兴致极高的样子，没有一点不安。

在一阵鼓掌之后乐声起来了，静珠就低低地和方亦青说：

“你是觉得不舒服么？不要这样子，生活是多方面的，人应该适应环境，吃完饭我们就可以离开。”

方亦青朝她苦笑着，他象是想说话，终于又忍住，又把手绢擦着额际的汗。她偷偷地拍拍他的手。

第一回音乐之后停些时又奏第二回，这一次就有许多男女到场里去跳舞，静珠就和静纯说：

“你为什么不请 Mary 去跳？”

“你看我跳得又不好，衣服又不整齐，……”

“那也不怕什么，我们又不是参加正式的 party，本来我们是吃饭，谁也不能笑我们。”

静纯抬起眼睛来望着柳，她正在用多情的眼望了他，他们相互地微笑着，静纯就站起来请她合跳。

“他们走了，我们说话可以方便点。”

静珠长长地喘一口气，她好象很疲乏，她的两肘架在椅子的扶手上。

“你今天球打得太多了，”方亦青很关心地向她说，“许久不运动，骤然打那么多的时候对于身体极不好。”

“也不只是打球的原因，睡眠不足，做什么事都没有精神，真讨厌！”

“静珠，你应该好好多睡些，你应该注意你的身体，我们都还年轻，我们该好好读点书，将来在社会上做点事，玩固然也很有趣，犯不上糟蹋自己的身子。”

虽然是几句极平常的话，可是每个字都慰贴地碰到她的心；有许多人是死也不会把这样的话说给她，有许多人已经不愿意再说了，以为这样的话在她的身上没有一点效果。只有他，不嫌惮烦地和她说，让她自己想到，"真还有一个关心我的人。"

她微笑着，仰起头来看他，他就不安地也和她笑，在他的笑容里整个地显出他那颗纯朴的心，他从来不文饰，他的样子和他的心一样。她的心感到一丝的刺痛，她想："为什么我要请他到这里来呢，他是那么朴实，为什么我要留他在这里忍受苦痛呢？……"

这时节侍役已经送上汤来，她就和他说：

"不用等他们，我们先吃吧，吃完了回学校去。"

他们才吃了一半，柳和静纯回来了，他们都很高兴，柳故意和静珠说：

"好，你们也不等一下，自己就吃起来。"

"我以为你们不觉得饿，好象用不着吃什么。"

静珠也取笑他们。静纯有点不好意思，就向静珠说：

"Next sound 你陪我跳吧，好不好？"

"我？我累得要命，我才不跳呢，再说我们吃完了就要回学校去。"

"那，那……"静纯显得有些失望，不知说些什么好。

"你们尽管在这儿好了，方先生陪我回去。"

"那也好，那也好。"

吃完饭的时候果然静珠就和方亦青走了，他们才走出饭店的门，方就和她说：

"我迈出一步来身子就轻松了。"

这时候，可爱的春日的阳光正温和地照着，微风轻轻地拂着人的面颊，路旁的树枝都显得柔软了，宜人的气候使人们都暂时地把苦痛丢在一边。

"你的大哥和柳好象很熟似的。"

"还不是和你一样，才见两次面。"

"我真想不到，真想不到，——你说我们回学校去吧？"

"这么好的天气，——"

"你不知道，学校附近有许多好地方，我常常一个人去，又安静又美丽，一点也不象这热闹的城市。"

"好，我们去，我们一块儿去。"

回到学校他先陪她到女生宿舍，她换了一身布衣服再走出来。

"你看我穿这样的衣服好么？"

静珠象一只小鸟似的跳到他的面前偏着头问。

"好，再好也没有了，衣服原以舒适为主，穿得太好了，才象是衣服穿人，不是人穿衣服。——"这时候静珠已经把右手伸进他的左臂里，他稍稍感到一点窘迫，他也不愿意做出太寒酸的样子，就任了她的意和她走到外面去，"——很小的时候我就觉得，到了过年的时候，换上好衣服，简直就换了样子，觉得非常的拘束，不自在，我和母亲抱怨，她就说我没有那份福气，没有福气也好，我不在乎那些。"

他们走出学校的西门，跨过一座小桥，桥折向朝南的一条路。这已经不算是路了，不过是田畦间的行人径，只能容一个人行走。

"我就没有想到这还可以走。"

"什么地方不可以走呢，路都是人走出来的，只要走过这一段，路就会宽了，你看那边不是有一带竹林么，竹林的后面还有几个人家，在秋天我常喜欢站在他们门前的广场上，看他们收集粮食，他们的快乐是人间少有的。你看，他们现在就忙碌了，到了丰收的时候自然他们极快乐，他们是应该快乐的，因为他们花去他们的精力——。"

"我还记得小时候父亲教给我的一首诗，我只记得两句：'……谁知盘中餐，粒粒皆辛苦。'"

"那是李绅的《悯农》诗，前面是'春种一粒粟，秋收万颗子，四海无闲田，农夫犹饿死。锄禾日当午，汗滴禾下土……'再接下去才是你念出来的两句。"

"你怎么能记得这许多？我只能记得一点，一大段事我只记得一小节，我自己就是这么不中用！"

"也不象你说的不中用，实在是你的精力分散的方面太多了，所以才不能完全。"

"有时候我也极恨我自己，明明知道得很清楚，偏偏自己还沉下去，真是向下比向上容易得多。也许这是我们女子的天性，无论什么事都只走easiest way。"

"The easiest way is the lowest way，是不是？"

静珠不说什么，她原也是知道得极清楚，有时候极怕想，她只图眼前的快乐，象世纪末的享乐者一样；可是她极年轻，应该极有生气。

他们说着已经走过了那丛竹林，也看见那几家农舍。有几只狗站在门前朝他们吠叫，可是它们并不跑上来，看见他们走过去，就自然地停止下去。

他们一直走到一个池塘旁才停下来，为了取水和洗衣的方便，有几级石阶一直伸到水里去，他们就坐在石阶的上面。他们安静地坐着，许久都没有话，阳光烘着他们的后背，暖燠燠地有微痒的感觉。他们望着池塘的水，那早已溶解了，在边上泛着绿色的细沫。在象镜子一样的水面上，映着他们的面影，很清晰，很逼真，他把一个小土块丢下去，立刻就漾破了平静的水面，没有人影，也没有树木，竹林和房舍的影子。

"投下去的是死亡，于是什么都不存在了，"方象是感喟似的说，"我一个人常常坐在这里，我想：'当我坐在这里，水面上有我的影子，我走了，那个影子立刻就消灭了。'就是这样，就是这样，所以我以为我们不应该活在水上。我们应该活在木板上，我们要把生活一笔一画地刻在那上面。"

静珠谛听着他的话，似懂又似不懂地，她也把一块土丢到水里，看看水的圈纹荡开去，但是她抓不着什么。她想到方还要说下去的，她就听着。

接下去的又是一阵沉默，他好象在想什么，两手拢了膝头，他的眼睛望着天空，她顺了他望过去，什么也没有，那只是蔚蓝的天和一两片浮着的白云。她有点茫然，心里想："难说就是这两片极常见的云彩使他呆了么？"他没有呆，突然间他的脸转过来望着她，和她说：

"静珠，我早就想和你说些话，可是我不知道怎么说才好，你知道我以为——"他善意地，不自然地笑着，松开一只手摸抚自己的下颚，好象这能帮助他说出来要说的话似的，"——我以为你不和她们一样，和任何人都不一样，是的，我记得你从前和我说过，你要'游戏人间'。想想看，你还是一个二十岁不到的孩子，你能在人间游戏么？多少想游戏人间的人，结果是被别人游戏了，自然你还年轻，那一层还谈不到，不过我以为你的生活照这样下去是极不好的，——"

他停了停，把手伸过去拉着她的手，她很温和地和他微笑，一闪间使他突然记起来这笑容在哪里见过，他记得是一幅西洋名画，画了一个美丽的女人半身，露着千古不灭的微笑；画家和题名他一时记不起来，可是他的心里许着："我一定要查出来，回头我就到图书馆去。"

可是他不久就记起来了，那是达芬奇的《蒙娜丽莎》。

"——譬如象我们能走进大学来已经很不容易，有多少人没有这样的机会呢？就说我，好容易和我的父亲哀求了许久，卖了一半田，我才能到大学里来。我不是说究竟读大学能有什么用，或是那些教授们也真懂些什么；这只是要我们得一点常识，同时给我们一个自己读书的机会。你的家我知道，比我的不知好了多少倍，象柳就不同，我知道她的家很穷苦，可是她不能安于那样的生活，她到大学来完全是找寻安逸的生活，她忘了自己的本，天天醉生梦死，她结交许多男同学男朋友，她是有目的的，你不同，你只想玩得高兴，你要快活，唉，其实怎么样才算快活呢？——"他深思似的想了想，才又说下去，"——许多同学都以为我太苦恼了，每天钻在图书馆里，不去享受一切都市的文明，没有事就到乡下来散步；可是我自己却很快乐，尤其是今天。你看我们坐在这里，眼前所看到的都是真实，池塘，房屋，树木，流云，蓝天，……没有一点虚伪，我可以向你打开胸腑说话，要说什么就说出来，我们不是在社交场上守礼的君子，我知道你也不会因为我的失礼就怪罪我，你想这还不算是一件快乐的事么？"

他说完，无邪地笑着，他的笑声的回音又折回来，当他自己已经停止了，那笑声还不曾断，他就高高兴兴有意地说：

"你看，当着我笑了，万物都随着我笑，为什么我不快乐呢。"

"我想在一群人当中你最不快乐了，好几次我都看出来，每次你同我两个人在一起，你就很高兴。"

"我是这样，从小就如此，当初我的家还不象现在，一家人都很热闹的时候，我偏喜欢一个人躲在一旁；后来我的家衰败下来，别人成天抱怨，成天难过，我什么也不在乎，我还是安静地躲在一边。"

静珠听到"我的家衰败下来"这一句话，她打了一个冷战，她记得从前，她的家也是极热闹的，而今只有一个架子撑在那里，每次她回到家里好象走进往日宫殿的遗迹，或是爬进坟墓；住了一天，再钻出来。她真不愿意回去，她怕那份冷漠。

"我的个性就和你不同，我喜欢忙。"

"你不是喜欢忙，你是喜欢热闹。"

"对了，要我一个人死也受不了，我愿意放下这件事就是那件事，高高兴兴就把日子过去了，所以我的朋友极多，我的方面也极广，亦青，我告诉你我不是一个好女孩子，你对我好我知道的，我待你象我自己的弟兄。你说的话我也听得进，只是要我做起来就困难了。——"

"生活如果是平静的，永远都觉得很安然，你喜欢热闹，你总有时候回到自己的地方，那你不更感觉寂寞了么？"

"不，不，那时候我一定很累了，我很快就能睡着。"

"你一夜都不醒么？你不曾有一个时候觉得自己更孤独么？我知道的，你不要故意和我这样说，你还只是一个孩子，我，我也不能算是成人，可是在人生的路上我多迈了几步，我的路也和你的不同，你简直是跨上错误的路，因为你有纯良的天性，你还能跨到良好的路上。"

"这真出乎我的意料之外，我的朋友们从来不指摘我，他们都说我的生活过得极好；我家里的人有时候想到我就严厉地斥责我，可是我偏不听，你，你也在说我的错处，你却用弟兄的温情来感动我，难说我真是一个没有心的人么？——"

"那就好，那就好，……"

方匆忙地不知说些什么才好，他不曾想到能说动她，他紧紧地抓着她的手，染了深红的指甲也不象往常那样刺眼。

"你试着领我过一个新的生活，开辟新天地，你不要把希望放得太大，就以为我是一个垂死的人。也许我能好下去也说不定，如果不能呢，你不要再理我了，也不要骂我，任我去好了，——那我就彻头彻尾不可救药了。"

她说完，两只眼睛望了他，也紧紧捏着他的手。在他的眼里她好象已经换过一个人，那不是一个凡人，象是才钻出水面的一朵新放的莲花。

三十八

静纯和柳一同吃过晚饭之后，他又送她回到学校，说了再见以后，他们握着的手还没有松开，她那一双黑溜溜的眼睛多情地望着他。她故意问他：

"你还要看你的妹妹么？"

"不，太晚了，我要赶回去。"

她的手这才从他的手掌中缩出去，跑了几步，回过头来又望他笑了笑，才象一缕轻烟似的飞了。他呆呆地站在那里，以为自己是做一个梦；可是耳边还留着她的语音，她的巧笑。这使他自己在不为人见的黑暗中带了笑容走着路。

他不想回家去，他的心里象是又点起一把火来，他觉得他的心更不宁静，有时候极高兴有时候极烦恼，他的胸中树立了新的信仰，他以为她可以带他到快乐的天地中去。

走出校门，他叫了一辆车到百花巷，那是王大鸣一个人的住处，他不知道为什么忽然想到去看他，这也是在他脑子里偶然浮起的影象，因为他只记得那一张脸，和那一双眼睛。

进了巷口，他远远就看见那座小楼的窗帘上有微弱的灯光，他想着他一定在家。说是他的家只有他一个人，还有一个女仆；那个女仆到晚上回到她自己的家里去。

到了门前，车停下来，他走下去付过钱，就揿着门上的电铃。不多时候楼下的灯亮了，一个人问着：

"谁呀？"

"大鸣，是我。"

"真想不到，——"说着王大鸣已经拉开门，"请到楼上去坐吧。"

他们一齐走到楼上，照往常的习惯，各自坐了一张沙发。王大鸣替他倒了一杯茶，又把烟送给他，许久都没有说话。他们常是这样，默默地坐着，抽着烟，各自沉思着，他们各有自己的天地。高架的立灯，照亮了房子的一角，其余的地方只朦胧地看出形影，整个的房子好象在梦中，几只小猫在王大鸣的身上爬，有一只爬到他的肩上，咪咪地叫着；那只大猫正在他的书桌上熟睡。

这一天静纯显得有点两样，他时时动着身躯，有时候站起来在那狭窄的楼上往返地踱着。他望望仍然安静地坐在那里的王大鸣，象要说些什么又忍住了；可是王大鸣仍是恬适地躺在沙发里，好象对于他自己的生活极为满足极为安心。

他走到他的书桌前面，看到那上面堆了许多张稿纸，一张歌德的像还在案头，还有一个雪莱的半身胸像。

他又想使他知道他生活的奇迹，他又怕他知道，他想他一定看出来了，他自己也觉得和往日不同；可是为什么他不问他呢？如果他问起他来他就能稍稍隐瞒一点，稍稍露出一点。

他忽然看见床旁竹几上的药瓶，他就问：

"大鸣，怎么，你不舒服了么？"

"没有什么，——"王大鸣带着笑回答，"你看我不是挺好么？"

"那你吃药做什么？"

"不一定要吃，从医院带回来就丢在那里。"

"你没有病为什么要到医院去呢？"

"一个朋友劝我去看看我就去了，医生诊察一回，说我的内脏器官都坏了，肺，心脏，肝脏，我也说不出来有多少，他还说我最多活不过十个月。"

"呵，有这么严重？"

他吃惊地叫起来了，可是王大鸣还是平静地说：

"医生的话不大可信，就是真可信，那也算不了什么，人迟早总要死的。——静纯，我觉得你今天的心有一点浮，有什么事情么？"

这完全是因为他方才过分的兴奋，王大鸣才这样问他，因为在他的记忆中，他从来不这么嚣张。

"不，没有事情，不过这样的消息惊了我一下，我很想不到。"

静纯再也不能说出他心中一直想说的事，只是他的感情增厚了，他觉得一个人知道自己只能在世上活有限的时日是极苦痛的事，虽然不能再使他分得人间的忧郁，也不必使他多知道人世间快乐的事。

"我把这件事看得再淡也没有了，——"王大鸣耸着肩向他说，"——我一个人，没有牵挂也没有忧虑，和好朋友多谈一谈，到时候我就象要远行似的可以和朋友们告别，那不是极有趣么？"

"可是人死了，就永远不再生。"

"那正象我要走一条极长极长的路，要用无限的时日，虽然我不回来，我总在走，走，……"

王大鸣说不下去，他的心里想："我走到哪儿去呢？"他不知道，也没有人知道，这疑问象一片云翳似的在他的面颜上一闪，随着他又做出毫不在意的样子。他把剩在手指间的烟蒂丢下去，又拿出一支来点上。

在这空寂的房子里，一只座钟滴滴地响着，那声音显得很清晰，王大鸣随它数了几下，心里想到："我的生命就是这样可以数得尽的。"

可是他真的并不怎么忧愁，他早知道自己的健康情况，他从来也不敢想，也不敢到医生那里去；这一次不知道为什么他竟去看过医生，他早知道自己不能活得长，却也想不到那么快。

"其实医生的话也不一定可信，他们的诊断也有时错误，再不然，他们就归之为意外的转机，高尔基就被医生宣布过几次死刑，到了他还活下来，……"静纯说，他也是要使自己的心安下去，但是那幢幢阴影的房子使他感到恐惧，他就说："为什么不把那个灯开亮？"

王大鸣没有回答他，就走过去扭着壁上的开关，顿时整个房子就很辉耀地照起来。几只小猫为强烈的灯光惊得从沙发上跳下来钻到床下去，有一只不敢跳，哀哀地鸣叫，那只大猫从书桌下来，把那只叫着的小猫用嘴衔到床下去。

"你这几只猫真可爱。"

"你妹妹也这样说，呵，——我还忘记告诉你，你的妹妹下午到我这里来过，她的名字是静——。"

"是在诵读会遇的那一个？"

"大约是吧，我记不大清楚，好象在你家里也看到过，——在你家里我看到不止一个。"

"也许是静婉，——"

"对了，是静婉，她告诉我她的名字，我忘了，真不应该，我这一天，——呵，没有什么，我的记忆力一向是坏的，她来了，问我借几本书去，这一本也是她要的，我才找出来，回头你带给她吧。"

王大鸣把桌上的一本书交给他，他接过来，看到那是一本诗选集。

"好，我可以带给她。"

"她还问我要一只小猫，那过些日子我才能送给她，因为还离不开母亲，在这一年里，什么东西我都要送给人，静纯，你看，你喜欢什么，我先送给你。"

"我，我什么也不喜欢，我喜欢那医生的话是一个错误，那比什么都好。"

"谢谢你……"

王大鸣低低地说，一股阴冷的气息一直扑上他的心，他的心顿然就冷下来。

三十九

静纯回到家里，原想家里的人都已睡了，撳电铃等候老王开门的时候，却听见笙管笛箫合奏的声音。老王打开门，他看见楼下的门大敞着，电灯都亮起来，门里摆了好几张方桌，点了许多香烛，围着桌子坐了许多披着大红袈裟的和尚，正中的一个闭目端坐，他不知道出了什么事，三步并两步地跑过去，才看见母亲父亲好端端地坐在门旁，青芬站在他们的后边，静宜跪在那里。他不知道是怎么回事，呆呆地站在那里，母亲就叫他走过去，低低地说：

"好孩子，不要说什么闲话，这是我好几年的心愿，今天才能还，你爸爸也要我这么办，——"

静纯听着这几句话，看看坐在一旁的父亲，他只是漠然地坐在那里，用手摸摸胡子。

"您今天好些么？"

"就是因为我的病大见好，你还不知道昨天晚上我做了一个梦，梦见一位三十多岁的妇人，用手摸摸我的前胸，我的病立刻就象没有了。这是大士显灵，一点也不假，我今天就这么好，还有，还有你妹妹，她也许迷了本性，我想做一天佛事替她解脱一下，也许她就醒悟过来，不久再回来，——"

母亲说到这里，她的眼睛又湿润了，这时候乐器停止，许多和尚张着大嘴诵经，有一个象睡着的和尚在屋角敲钟打鼓。静宜已经站起来，她的脸极平淡，看见静纯站在母亲的身边，就也走到这边来。

"妈，天很晚了，您不歇着去么？"

"孩子，不要这么说话，你看佛爷们都在上面，我怎么能去歇息？再说我也不累，我的精神再好也没有。"

听了母亲的话，静纯抬起头来，才看到迎面高悬着的三张佛像。这时候坐在正中的和尚仍然闭着眼睛，嘴唇翕动，不知喃喃些什么，两只手还做出许多手势。

"静纯，你去睡吧，明天还要起早上学，静玲也早到楼上去睡了，青芬，你也不用在这里，你该早点去休息，有你大姐一个人都够了。"

"还有多少时候才可以完呢？"

"快，快，升了表就什么都完了。"

"现在已经快十一点。"他说完就向楼上走，青芬仍旧站在那里，他走到静宜的身旁，就低低和她说要她也到楼上去。她点着头答应，告诉站在一旁的阿梅，有什么事到楼上去找她。

"我真不明白这是什么意思——"他才跨进静宜的房子就叫起来，和衣躺在那里的静玲也叫：

"我也不明白，我真想不到我们的家也有这一套！"

"你们不要这样说，平日母亲迷信难道你们不知道么？"

"迷信，烧香，进庙，那都还过得去，怎么把这种人找到家里来大吹大擂，父亲从前不也是不信神佛么，怎么这一回也变了？"

"这都是妈一个人的事，爸爸近两三年性情也改得多，他近来还说他没有研究过佛学，所以不该反对。"

"大姐，为什么你——"

还没有等静玲说下去，静宜就抢着说：

"妈一早就和我说昨天的梦，为这件事爸爸特意和妈说许久，妈妈说她的病不能好的原因，就差这份心愿，你们那时候要是在妈那里你们也会被说动的。"

"那你是被说动的了？"

"不要提我，我有什么可说的？"

因为他们逼问得太紧，静宜有些气恼，这时候阿梅进来说下面要升表了，请大小姐到下边去。静宜没有再说什么，就随阿梅又到楼下去。静玲也不再躺在床上，她穿了拖鞋在房里往返地踱着。

"妈告诉我你在楼上睡了。"

"我，这怎么能睡得着？难道你能睡么？爸爸常说我年轻，心浮气躁，没有涵养的功夫，我不知道在这种情形之中怎么能沉下心去？"

"你回来的时候就起始了么？"

"没有，没有，我回来才三点多钟，大约到五点钟，我正看着书，忽然楼下响起来，我不知道是什么事，那时候妈也在楼下，我跑到楼下，才看见这群和尚，因为他们，家里的晚饭是素菜。妈看见我第一句话就说：你是我的女儿，什么话也别说。吃过晚饭，她就要我到楼上来，我有一肚子话，我找不到人说，大姐一直在下面忙，烧香，磕头，长跪，我不明白她为什么这样顺从，她忘记她自己受过高等教育了，我真想不到，——"

楼下的乐声又响起来，这次的声音象更洪大，约摸有六七分钟的样子就停止了，连诵经的声音也没有了。静玲站到窗前朝外望，看到大门拉开，那些和尚一面说笑，一面走出门。

"哼，他们一定说又是钱又是饭，天下再没有这么方便的事了！"

静纯站在那里，许久不曾说话，忽然他问着：

"静婉回来过没有？"

"没有，她们都没有回来，静珠乐得借着这个日子去玩，她不知道从前别人把血洒在地上。"

这几句话恰巧也刺着他的心，他感到不安，他以为静玲故意说给他听，好象知道他怎样过了这一天。他才要和她反驳几句，静宜推开门走进来，她象是很疲乏，径直走到自己的床上躺下。她闭着眼睛，一只手抚着前胸。

"大姊，你要喝点水么？"

静宜摇摇头，她的眉头紧皱，象是有说不出的痛苦，他们原想和她争论几句的，现在也不能说什么了，静纯摇着头推开门走去。静玲低低地问她是不是脱下衣服睡到床上去好一些，她轻轻说停下还要到楼下去看一次，怕他们香烛收拾得不好，会引起灾害来。静玲就又和她说，她要去看母亲，静宜立刻摆着手。

"不要去，妈以为你早睡着了，我就要去看她。"

静宜说着坐起来，用右手掠了两下头发，就又走出去。静玲的心里感到一阵酸痛；她想一个人不该这样虐待自己，这样牺牲掉一条生命太不值得。

过些时静宜又走回来，她看到静玲还站在那里，就和她说：

"天很晚，你明天又要上学，快些睡吧。"

"你呢，你还有什么事？"

"我也就要睡，我的精神实在来不及了，有事也明天再办。哪，我还忘记了，我要到对门看看爸爸睡了没有。"

静宜才出去就又回来，她笑着说想不到爸已经睡得很好，她自己就很快脱了衣服睡到床上。静玲也躺下去，她好象还不想睡，翻着身子，她象极力忍着些什么，终于她还是说出来：

"大姊，你以为做这样的事对母亲有好处么？"

"当然我不至于那么糊涂，不过母亲真是恳求一般地说，那我们还有什么法子。明知道那都是没有用，为的母亲心安，也为我们心安——"

"我的心就不安，我看见你累得那个样子我的心里很难过，我要是你我就不会做那种事。"

"唉，你不知道，妈还要自己跪拜，那我怎么办呢？青芬本来可以替替我，妈又说她是外姓人，不大好，她的身子又不便，你以为我跪在那前面我就虔心信仰那些神像或是和尚么？我只想到为我母亲做，我这样做对于母亲好些，——"

"也不一定会对母亲好些吧，她在床上睡了这么久，怎么能到楼下去坐好几个钟点？万一她的病发起来怎么办呢？我以为根本你就应该劝母亲不要做这些没有意义的事，详细地解释给她听，要她相信我们，——"

"算了吧！我没有那么大的本领，你下次试试也好，我没有法子说，好几十年的思想和信仰，不是一席话可以说得过来，我不信，——"

"我想，最简单的办法是你不必一定依她的话，随后你就可以说为什么原因，我想总有点用。"

"妈的病才好起点来，如果我不听她的话，她就会生气，那不是又影响她的身体？我早就打算牺牲了自己，这几年来都是如此，我为我们的家，我为我们的母亲……"

"我并不反对牺牲，有一天也许我也牺牲掉自己，可是我要先认明白我为什么牺牲？难道你听她的话，找来这群骗人的家伙们，你还象不曾受过教育的人在他们面前跪拜，这就会使母亲的病好起来么？如果真要是能使母亲的病好起来我也愿意做，——"

"你不要说吧，你们愿意做什么，谁都不关心这个破落的家；可是你们又不一定能完全和这个家断开，那还有什么可说的呢！"

"大姐，为什么只顾到这个家，这个破落的家呢？那还有广大的人群，广大的世界，——"

"这个家已经快使我筋疲力尽了，我还能顾得到什么？快睡吧，天晚了，看你明天又起不来。"

静宜说过就熄了电灯，静玲并没有闭上眼睛，突然间眼前只是什么都看不见的黑暗，渐渐地她才看出来房里的什物，她还看到静宜的床，和她在床上翻覆的身子。她还听到她一声叹息。

时候是很晚了，壁钟敲一下，不知道是十二点半钟，还是一点钟。

四十

第二天早晨，静宜才睁开眼睛，就望到静玲的床已经空了，过些时，她穿了那件蓝布工衣推开门进来，看见她醒了，朝她笑笑，就自去掉换衣服。

这时候静宜也披上衣服下床。

"我没想到你起得这么早，你到哪里去了？"

"我和父亲在院子里种花，昨天我拣好的种子。大姐，我真想把花池里放些水，我很想种些荷花下去，我还想种几枝睡莲，你不知道那有多么好看！"

"那很麻烦吧，我记得河水不干的时候，那个花池不用倒水自己就满的，如今可干了，谁也想不到那里面还有过水来的。"

"不要紧，只要能花些力气，什么都不成问题。你看今年我来弄，到夏天一定有一池的好荷花。"

静玲说着已经换下衣服来，她就又去梳洗。静宜走到阳台上，看见父亲还不曾休息，正自高兴地指挥李庆和王升修植院子里的树木花草。她看得出他的兴致极高，她的心也十分高兴。

她正走出自己的房门，就遇到静纯，他又是阴郁地立在那里，不知想些什么。她忽然想起梁道明，就问：

"你没有去看过梁道明么？"

过了一些时，他才慢慢地回答：

"我去过，他没有在家。"

"我不知道他什么时候走，我去看他又得不着时候，我又不大愿意他来看我。……"

"今天我也许还去看他，我把你的话说给他就是了，你还有什么话要和他说？"

"没有，没有，要说的都已说尽了，我想他走的时候，我很想到车站上去送送他，我又怕抽不出空。"

"好了，这些话说了等于不说，我要赶着到楼下去找两本书，你再想想，什么具体的事回头再告诉我。"

静纯说完就匆匆朝楼下跑去，静宜走到母亲的房里，忽然想起时间还太早，正要缩回脚步，母亲叫住她：

"宜姑儿，你昨天累了吧？"

"不，不，可是您今天的精神好象——"

母亲还不等她说出来就告诉她只是夜里睡得不大好，精神就有点不济，只要睡得足，一定会恢复过来。

"——什么都不怕，我就是怕吐血，吐一口我就觉得心里发慌，好象整个的身子都空了。"

"其实也不要紧，——您还是多歇吧，我看看他们外边去。"

静宜说过就走出去，母亲低低叫着："真难得的孩子，观世音菩萨保佑她吧！"

才迈出母亲的房门她觉得一阵头晕，眼前黑下来，冒着金星。她就倚墙站立，闭起眼睛，全身象在云雾里一样，耳边有一个声音："大小姐，您是怎么回事？"她不能回答，只摇摇手。这时一阵脚步声响，那是静纯，才从楼下找出两本生理学的书上来，看到她也问，她也没有回答，他就把书交给立在一旁的阿梅，和她说："我把你抱到床上去躺躺吧。"他没等她回答已经抱起她来，抱进她的房子放在她自己的床上。她自己觉得头脸冰凉心脏剧烈地跳动。

"请个医生来看看好么？"

她衰弱地摇着手，还低低告诉他不要给妈妈和爸爸知道。

"我要到学校去，我告诉青芬来陪你吧。"

静宜正要阻止他，他已经走出去，过不多时，青芬就来了，拿一张椅子坐在她的床边。她拉着静宜的手，她不曾说一句话，静宜却正需要这份安宁，渐渐地她睁开眼，她的心沉下去，她用手绢擦去前额上的冷汗。她微笑着，青芬就关心地说：

"大姊昨天太累了，你的身体平日就单薄，今天又起得这么早，怪不得支持不住。昨天我要能替你就好。"

静宜不愿意说出母亲忌讳她是外姓人，只说她的身子不便，怕有什么毛病出来。

青芬的脸顿时红起来，她露着第一次要做母亲的羞赧，她并不厌恶，她还有一点高兴。可是她只把那情绪深存在自己的心里，她并不是怕别人看到，只觉得隐秘一点就更珍贵些。

静宜不再觉得难过，就从床上起来，她稍稍觉得腿有点软，她不愿意再躺在床上。她含笑向青芬说：

"真怪，就是这一阵，象害一场病似的。"

"我想你还是多躺躺也好。"

"不，我还想到院子里去散步，也许缺少新鲜空气，今天天气又很好。"

"我陪你去吧，我也到院子里去散步，书上说得有——"

青芬再往下就不说了，两个人一齐走到院里。春季，什么都在生长，就是围墙上的枝条，也发出细小的绿芽。父亲正昂然地站在那里指挥仆人们收拾庭园，他拿了一根手杖，时时摸弄自己的胡子，好象在他面前不是仆人，而是他的卑微的僚属或是官员。他的颈项又挺起来，眼光从眼镜的下部溜出去看人。看见她们，他笑了笑，随后又把脸转过去专心他那监视的工作。

她们走近大门，静宜一眼就看见信箱里有一封信，她取出来，看到是静玲学校寄来的。她把信打开来，那上面写着：

启者，学生黄静玲违反校规，着记大过一次，除在校内公告，特函达贵家长，并希加以适当之管束，以期该生改过向善，庶不负教育之宗旨……

静宜看过后立刻就装在衣袋里，她觉得很奇怪，静玲什么也不曾提起来，不知道她究竟违反了什么校规？

下午静玲回来的时候她就把学校的信给她看，她有一点惊讶，随着就平静地先哼着鼻子再说：

"哼，我真没有想到他们还有这一套，我才不怕呢。"

接着她就把昨天学校里开会的事说一遍，结尾说"——我就不明白他们教育的目的是什么？他们想来拿这些吓我么？我一点都不怕，这种学校我早就不愿意读了，记大过，扣分数，难道我为这一套才上学的么？有一天，总有一天……。"

静玲下面没有说下去，她也有点激动，脸红涨着，静宜拉了她的手说：

"傻孩子，既然不在乎还那么认真？把这封信拿去撕了吧，爸爸也没有看见。——他还是不看见的好。"

"那为什么呢？"静玲又偏着头问。

“爸爸不知道是怎么回事，他一定又要生气，——”

“我把事实告诉他，自然他就不生气了。”

“不，他不见得能了解，时代是不同的，那象一堵墙，一道沟，除非有极大力量的人跳不过去。白白惹一场烦恼那又何必呢？没有人知这，什么事都没有。你不是要吃点心么，我告诉他们替你做。”

静宜离开她，她感到些冷静，嘴里总说什么都不在意，心上却有一条黑影。她想涂去它，不只是她自己的，她希望能涂去许多年轻人心上的黑影。

本来还想到院里去种花的兴致没有了，甚至于她一点也不觉得饿，她又忘记不咬自己的手指，这是她极不快活的时候才做的。她在房里往返地踱着，把枕头和椅垫丢在地上，随着自己又捡起来，她怕给大姐看见不高兴。她忽然想起她的洋囡囡这些天她没有看到，她找了许久，才从小橱里把她抱出来。她自语似的说：“天热了，该给她换一件纱衣服。”

只有她望了洋囡囡的时候的心极高兴，因为洋囡囡总是看着她笑的。要她睡下去，两只眼睛阖上了，可是两颊上的笑靥仍然在那里。不知为什么她忽然想起赵刚，她又想起来要给他的三块钱，怕明天早晨忘了，她就从自己床下的小箱中取出来放在袋里。她想好故意要和他玩笑，等交饭费最后一天再给他，她想他不好意思开口要的。

这天下午，青芬也被母亲叫进去，立刻就要她坐到她床边的椅上，象女儿一样地待她，问到她的身子，问到她的睡眠，母亲已经恢复了昨夜的疲倦，她高兴地笑着，她忍不住就要做祖母的喜悦。

青芬的脸却是红红的，她好象羞于对人似的，她时常想把一个小生命带到世界上来并没有什么可羞，可是她的脸仍然很容易就红起来。

“——不要怕，女人总免不了生孩子的，只要自己调护得好点，什么都不要紧。上楼下楼要注意，最是前几个月容易出毛病，要是伤了身子，就怕永远不能再有了。……”

母亲的心被两重喜悦紧紧地包着，一来是她就能做祖母，这是每个过了五十岁的女人所希望的；二来还想到，如果青芬生了孩子，她和静纯的感情自然会好起些来。这是她的经验，她看过多少不合的夫妻，有了孩子之后，就好起来。

可是当天晚上静纯回来，露出难得高兴的脸色，一直就回到自己的房里，他看见青芬不在房，特意把她从母亲的房里找回来，他开始说起这个社会，再说到人，又说到他自己。他觉得有许多事都等他去做，他不能这样把自己了结。

青芬听得有点糊涂，她想不出为什么他和她说这许多话，她想也许因为他的心意转过来，将来的孩子会做成他们感情的媒介。最后他却说：

"我以为我们把一个小生命带到世界上来是罪恶，——"

青芬听到这样的话就打了一个冷战，她从来没有听别人这样说过，她也想不到，他还接着说。

"——罪恶，罪恶，……"

青芬不能忍下去，这些字象针似的刺着她，她说了一句：

"既然来了，还有什么法子办呢？"

静纯的耐性极好，他还是很和婉地说着：

"我想不如把胎儿打掉，——"

"什么？"青芬的声音提起一些来，他的话象雷似的在她耳边响，她再说不下去什么，只是摇着头。

"——并不是我自私，也是为你好，你不知道生产的危险有多么大，许多女人都为儿女送了命，那又何苦呢，……"

青芬的头一直摇着，一刻也不曾停歇，她的眼睛里满含着泪水，她断续地说着：

"为我的孩子，我死了也情愿，死了也情愿！"

她说完，就伏到床上哭起来，他并没有到近前去安慰她几句，独自拉开门跑到楼下他的书房里。

外面又下着雨，春天不该有的寒冷从不曾关的窗口流进来，没有花香，没有温暖，使人想不到这已经是春天。

他蹲伏在沙发里，连动也不动，风把雨丝吹到他的脸上，他也不想去关好窗子，任雨点飘进来。他觉得自己没有一点希望，作为妻的那个女人一点也不能了解他，他的心十分烦恼。

青芬一直伏在床上哭，睡了又醒，醒了又睡，忽然想到不该压挤腹部，就仰卧床上，挪一条被盖了身子。

第二部

一

　　春天是在人们不知不觉之中轻悄悄地来了，却仓促地从人间游去。有的花开了又谢了，有的正在显着它的光辉；可是干枯的枝条上不只生出细嫩的叶芽，渐渐地发成肥大的叶子，象绿色的海，一直不衰落，在等候着秋天。风来了，每片叶子都在颤动，阳光在叶面上滑着，绿海掀动了；只要风停止，这海也就安静下来。

　　在一切花卉之中，玉兰占更短的一节时日。大片素白的花瓣张开了，只几日，就残落到地上。更不堪折取，在眼前它就会枯萎的。花都凋落了，肥大的绿叶才生出来。

　　围墙早就被爬山虎的绿叶掩住了，藤萝架垂着长串紫色的花朵，手植的花也长出来，只是显得营养不足似的。西番莲总是垂着头，颜色过于简单；池里有了水，只有两三个钱一样大的荷叶浮在上面，不见长大，仿佛还一天天地萎缩下去。因为加了过多的肥料，池水发着腐臭的气味，死静的水面上漂着尘埃和不知从何处飞来的柳絮，还有一两只淹死的昆虫。

满眼都是绿，庭院显得小起来。蝴蝶从墙外飞进来，翩翩地飞两遭，又飞到墙外去了。

只有静玲对于这些花草怀着极大的兴致，许多都是她自己栽种的，有时候还自己来浇灌。谁要是走路不留心踩了路边紫燕细长的叶子，她一定会大声叫起来，使那个人不知所措。

她并不十分欢喜美丽的花朵，她只要取得那份生意，她以为都应该生长，花草，人群，社会。住在顶楼的菁姑最不高兴，自从她看到那污秽的池水，她就觉得恶臭的气味一直扑进她的窗口，她不敢开窗，时常叽咕着："真由她的性子，总要把人熏病的，——看吧，至少也得多生些蚊子！"

静宜最爱玉兰，当着它们盛开的时候，得了空闲就在它们的下边徘徊，她知道它们不堪折取，她就一直没有把它们移到案上的念头。菁姑也爱这花朵，（实在是除开玉兰更没有什么好看的花，）她想来折下一枝却被静宜劝阻了，一天晚上她偷偷地折去，正自怀了欣喜把它插在花瓶里，洁白的花朵却在她的面前枯萎下去。就是菁姑那样的人，也起了一番惋惜的心。

这些日子家里的事也有一番变迁，母亲的病好起些来，大家不知道费了多少气力，才说动她到城西的紫云山上去避暑，父亲的酒真的就不喝了，离开家的静茵也私下里写给她五六封信。静珠不知为什么这一阵日子她极朴素，再不是很晚才回来，也没有那种叫嚣的朋友来看她。时常随她到家来的是一个乡气的年轻人，很容易脸就红起来，只穿一件布长衫。使她最关心的就是静婉，她象是有点恍惚不定，可是她什么也不说，有的时候躲在自己的房里哭。静纯两三次正式说出来也要离开家，但是他一步也没有走，只躲在他的书室里准备毕业论文。谁都知道他一天到晚的时间都消磨在那里面，有时候静宜为些事去找他，敲门却得不着回应。推开门进去，看到在他的书桌上堆积许多稿纸，那上面横七竖八地写了许多"叔本华的哲学及其批判"，可是正文还一个字也没有。还有许多象标语似的纸条写了哲学的名句贴在墙上。他也不知道到哪里去，问到青芬，好象她比任何人都更不知道。青芬是一个可怜的妻子，她从来不笑，最近却更忧郁，她的腹部大起些来，她穿了一件肥大的衣服。谁都知道静纯厌恶她有了身孕，在没有上山以前，母亲却显得格外对她好，自从知道她快能使她做祖母，她待她比自己的女儿还好一些。

母亲时时祷告她的平安，还求神佛保佑她将来能生一个男孩子。

大体上这些事都使静宜的心安宁些，她也就很满足了。她自己也很奇怪，随了年龄的增加，她一天一天地忘记自己。不过有时候她也想起来梁道明，那有一点象一出梦。她知道他已经到了外国，入了学校，她希望他生活得好些，将来能遇到一个能体贴他，能爱他，能为他牺牲一切的女子，因为他知道梁原是一个好心的男人。

再怎么样认定自己不大留心这些个人的事，想起来心里也总觉得有些不安，有些空。尤其是当她每天疲乏地睡到床上，一时还没有睡，闭起眼睛，就闪着梁的影子。她随即张开眼，再开了灯，就什么都没有了，睡在对面的静玲不是露着微笑就是说着模糊不清的梦呓。她随手拿起床边的一本书翻阅，等着疲倦了，就把书放下再关了灯。

她的梦虽然很多，可是不大完整的。象她日里的生活一样，她的梦多是又零碎又麻烦，所以有时候早晨起来，象是昨天晚上没有睡觉一样。她的身体不好，她不敢看医生，有时候她吐一口血，她不敢告诉人，也在骗着自己，她一定解释着："也许是我的牙齿破了，那才有血出来。"她并不怕死，可是她不愿意死，她想把这个家收拾起来，使每个人都生活得好，那她才放下心。她想人总要死去的，她很愿意有那一天爽快地就死了，不情愿活着的时节来受医生的折磨。她听见静纯说到王大鸣的事，她更坚信世界上再没有比医生更残忍的人了。

父亲为要有强健的身体，除开静坐之外他练起太极拳来。有时候他到公园去，有时候就在院子里，迟缓地动着手脚。费利看不惯，常是朝他叫；静玲回来看到，总是立刻把书包丢在地上，情愿陪父亲到公园去，担心父亲会踩了他的花草。

这一季静玲对于花草真是起了极大的兴趣，当着她种了荷花，立刻就加了许多炒熟的黑豆。再没有出芽，她又加了专作肥料用的猪毛，这就使池水臭了，却发出一两个小小的叶子。看到叶子，她欢喜极了，买来几尾金鱼放到池里，可是才一转眼间几尾鱼露了白肚皮漂在水面上。

"唉，我的小姐，您真可以，这池子还养金鱼？"老王一面捏着鼻子捞起死鱼一面向她说，"这水都臭死人，不用说鱼，什么都活不了。"

146

"你看，你只瞎说，那里面不是么？"

"那不是，那过两天就变成蚊子，准保是小花蚊，飞起来没有声音，叮上还真疼！五小姐，这荷花也长不起来，还不如趁早把池子淘干净，放点清水到里面也好。"

"不，我做事总得有始有终，我倒要看，它长成什么样。"

"好，您什么时候吩咐我什么时候淘，可惜一院子好花都被这气味搅坏了。"

因为赞美她的花草，她才忍牺牲她的荷花。"那，那你今天晚上淘吧，等我睡着的时候，不许我看见，也不许我听见。"

"就是那么办，您放心，——"

老王显得极高兴，他不象平时那么懒惰，也许是这一池水实在太使他苦恼了。

到晚上，幽静的月光正把景物的宜人处渲染得多些，不宜人处隐在模糊的背景里；初夏的暑气早已褪尽了，人都睡着，静宜独自在阳台上放了一把椅子呆呆地坐在那里。每天的晚上她都觉得很疲乏，可是又不能睡；她原来挥着一柄扇子，渐渐地停止，任那柄扇落在地上。夜香花馥郁的浓气扑入她的鼻子，她深深地呼吸；忽然她觉出来一股恶臭的气味夹在花香之中钻进她的鼻孔，她立刻停止深呼吸，站起身来看下去，才看到两个模糊的人影在池畔活动。她问一声，就有一个黑影跑过来，她看到那是老王，他和她说：

"大小姐，我们在淘净那花池，今天我跟五小姐说好的，您到里面去吧，还得关好窗子，这气味真难闻，我和李庆今天晚上熬夜也得把它弄净。"

她听从他的话走进去，月光好象也随了她，落在房里窗前的地上。

二

静茵离开家十天的样子，就有一封信写给静宜，那信是这样写着的：

　　……我们是晚间走到船上，一种稀有的感觉压着我，使我沉默，还有一点烦躁。亲爱的姊姊，你不要笑我，那不是因为我的心又动摇起来，也不是因为恐惧；我实在是说不出来，我更没有法子写给你知道。那时候已经很晚了，差不多在学校里早睡过一大觉，可是码头上还点燃着许多只明亮的电灯，有许多工人鱼贯地捐着货物从码头走上货舱，他们是一面走一面哼哼唧唧地吆喝着。这使我的心更烦，我不能和均住在一间房子里，在我的房里是一个病乏的母亲带领三个孩子，孩子们是一个接着一个吵闹，那个母亲时时张起眼睛来苦着脸象哀求一样地要他们静一静，她实在没有法子了，还以我为原因来和她的孩子们说："不要吵吧，你们看那位小姐要睡了。"

我真是疲乏了，可是我还不想睡。（姊姊，现在我可以坦白地告诉你，我已经有三夜不曾睡过了，）那个母亲虽然说服了两个大一点的孩子，那个还在吃奶的孩子却不懂她的话，他一直是哭着，终于那个母亲不得不解开衣服把奶头塞在他的嘴里，他才止住了声。姊姊，这时节我记起了我们的母亲，我想起她，我几乎要哭了。恰巧均走过来，我就要他带我到外面去走走。他答应我了，这次我们从下面走出去，呵，那真是我从来也没有看见的，就是在船板上，睡了许许多多的人。他们多已睡着了，一切的声音都不足以惊扰他们似的。在强度的灯光下面，他们的脸色都显着苍白，更是睡着的样子，使我很怕。要是在从前，我一定躲开他们了；可是现在我不，我要看得清楚。均察知我的心，就带我到货舱的门前去，那不知道装了些什么货物，发着古怪难耐的气味。可是当着我把头伸进去，就看到在一堆堆的货物之间，也睡着不少的人呢！我真不知道，难说他们不是血肉的躯体么？均不要我再看，也许他看到我激奋的神态，以为我不该一时就看得太多，他领我到上面船舷上去，说上面的空气好一些。我听从他了，我们走了四五十级的楼梯，才走到上面一层。那时我觉得我好象是从地狱升到天堂，那真是天堂，我望进去，在华丽的厅里，正有几个人安逸地喝酒。另外还有几个人守在角落那边打纸牌。这是比我们还高一级的舱位，均告诉我若是开了船，这地方连我们也不许来的。我又觉得疑惑，人生下来不都是一样的么，为什么分出这许多不同的等级呢？

上面的空气真是好，一切都很清洁整齐。可是那起重机的吼声和人们的吆喝仍然听得很清楚，我就望下去，我看到那捎扛货物的行列还没有走完。这时候我能细心去看，我看到他们是一个一个走到船上，随后又到岸上，再捎起一包来。在岸上，有一个肥胖的人，把一根根的竹签交给每一个工人，到舱门的入口，又有一个人收去。这两个人的衣服都穿得很好，嘴里还衔着香烟，态度也很从容。另外还有两三个人，手里提着木棒，一面随口叱骂，一面还举起木棒来做出要打的样子。有时他们真的落下去打在人的身上，可是被打的人毫不抵抗，好象还情愿被打似的。我觉得很奇怪，为什么要打他们呢，为什么他们就任他打呢？在凶恶的叱骂中，那些苦工还要停下来，他们多是裸着上身，在肩上铺了一块布，他们取下布来，用手摩着肩头。我看得见他们的肩头很红，还以为是被重量压的，均告诉我那不是，他说："他们每天都捎扛，皮肤不会红。"我再问他，他才告诉我因为他们扛的是盐包，和了身上的汗水，就把皮肤刺红了，而且还很痛。他们在肩上加一块布就是想法避免，可是汗水出得很多，那块布就失去了效力。我想到，这是用盐来腌活人的血肉！姊姊，这又是我从来也不知道从来也没有想到的，我又向均问着可笑的话，我说他们为什么要干这么苦的工？为什么那些人还要打他们？均简捷地告诉我，他们不做工就要饿肚子，那些人打他们为的使他们快一些。他还告诉我这已经过了开船的时候，船主已经骂了工头一大顿，所以工头就把气再泄到那苦工的身上。我想开船的时候过一点也算不了什么大事，可是均告诉我外国人很讲究时间，还有一个更大的原因，如果赶不上潮水，那么今晚船就开不出了。这倒是一个很大的问题，就是对我自己也很严重，如果船开不出该怎么办呢？也许有人会碰到我，我还想也许父亲能到船上找到我，把我再拖回家去。可是一切我都不在意了，只要不使那些人受非分的苦痛和鞭挞就好。

　　还算好，当着我问过这许多话的时候，他们的工作已经完了。那些苦工有的就躺在码头上，有的站在那里，好象呆了似的望着我们的船，有的蹲在岸边，用手掬着水来洗那红肿的肩头。在这时候，我们的船已经起始绞起了铁锚，汽笛低沉地鸣叫，许多水手都很忙碌。船身渐渐离开岸了，船上的钟敲了六下，均告诉我这是半夜三点钟。

我想这时候你一定熟睡了，我的眼睛也觉得酸困；可是我强自大睁着望定岸边，渐渐地岸上的房舍人物都小了，终于从我的眼睛里消灭下去。我急急地拉了均跑到船尾，遥望着岸边，一直到看见只有一片灯光照红了的天空，我才想走下去；可是当我一转身的时候，我就伏在均的怀里哭起来。

　　姊姊，我答应你，我也答应过均，这是我流最后一次的眼泪，我再也不这么柔弱了。

　　第二天早晨，我很早就起来，我的睡眠极少，可是我一点也不觉得疲乏，我又和均走到船板上去。我们不能再走到高处去，我们有我们这一层的甲板。我几乎要大声地叫出来，当我看见那无边的，碧澄的海面的时候。海是很平静的，只为我们的船穿破了。溅起的泡沫就象从海底扬起来的珠子，跳起来又落到海面上，随着就消灭在海水的中间。太阳是可爱的，它滑在平坦的海面上，正为海加了一层光辉。海鸥自由地在船旁翻飞，有的时候落在船桅上憩息。我向四面望去，天都垂下来，我们的船走在中间，好象它永远走在中间的样子。微风为我梳理着头发，洗荡着我的心胸，连昨晚的郁闷都洗净了似的。好象我就是一只自由自在的海鸥，我在天空里任意翱翔，当着我疲乏了，均就是一只船，我可以落在那上面休息。姊姊，你看这多么好呢？

　　我记得母亲说过，"无风三尺浪"那是用凶恶的海来譬喻菁姑的。现在我可以和你说这话错了，海并不象菁姑那样凶恶，那样阴险。海是和平而可爱的，她有点象每个人的母亲，她沉默着，什么都包涵过去了，她是极静谧的。如果没有我们这只船，我知道她是一点声息也没有。她只以无言的伟大的爱来抚慰我们，每次当我俯身望着她的时节，我就更深地感到。我真想投到她的怀抱中，作为她的孩子。可是当我和均说过他就笑我，他说他愿意做一只船，我还是做自由的海鸥好了。

　　在远远的地方我看见另一只船，那和我们的船走着相反的方向。我就高兴地指点着和均说，他也看到了。在船上看到其他的船可以减少点寂寞的，因为在同一的天的覆盖下，有了遥远的同伴。可是我笑说那只船太小了，只象一个玩具。均就说如果我们是在那只船上，看到这只船也会那么小。我想也许是的，因为我想到伟大的海，我就想到自己的渺小了。使我更感到自己渺小的还是那天的晚间。吃过了晚饭，我们又站到甲板上，夜和海都是浓黑的，什么都望不见，星月都被阴雨遮去了。我们低下头去，仍然看到被船切开的白花，在那里面有灿烂的金星，随显随灭。风大了些，船有点摇动，均问我是不是觉得不舒服，我说没有什么。忽然在远处，在漆黑的夜里看到一点时明时暗的火亮，那时我的心全被喜悦抓住了，均告诉我那是小岛上的灯塔。关于灯塔在我的脑子里有许多记忆，我总记得灯塔的看守者总是最寂寞的人。我还记得在一个故事里有一个年老的看守者和他的孙女，至今那幅插图还在我的脑中明显地留着。可是那时我的喜悦纯然因为是在黑茫茫的航程中望到了希望的火亮，正如同在我的生命中遇到了均，姊姊，你不要笑我，不要以为我的譬喻过分，我真是这样想的。可是夜已深了，均要我早点到下面去休息，他还说也许夜里会遇到大风雨，那么浪就会更大些。我到了房里就睡，很快就睡着了。船的微动，正使我象睡在摇篮里，海水的声音，恰象记忆中母亲的眠歌。

我也不知道睡了多么长久，突然我从梦里惊醒了，这时波浪击打船身的声音更高，更嘈，我的身子不自主地摇动。我想坐起来，才撑起上半身，我就觉得晕眩，全身的血都象波动了，我不得不睡下去。还有汽笛的声音。一声接着一声响，凄切而低沉，好象无救似的呼号着。同时船尾的推进机发着空洞而迅速的响声。

海在发怒了，我自己的心中想，同房的孩子们都哭起来了，那个病着的母亲起始呕吐，我真不愿意听也不愿意看，我闭起眼睛，还用手塞住了耳朵。有一种恐怖之感控制住了我，我想这船将遭遇绝大的困难了，海的母亲将把我们都吞下去。正当我想着的时候，有一只手温柔地抚在我的脸上，我用力睁开眼睛，才看到那是均。他不知道在什么时候走进来，他问我是不是觉得难过？我告诉他有一点，同时我还告诉他我有一点怕。他说不必怕，只是真的遇见暴风雨。我问为什么汽笛总象哭似的叫着呢？他说那是因为航行的安全，从回声上可以听出来附近是不是有山岛。他说这情形并不十分严重，他有一次所乘的船曾被浪卷去一只铁锚。

是的，我也不怕了，只要有均在我的面前，我的信心就更坚实了。他站在那里，好象什么也不觉得，虽然船的摇动使他的身子也摇动，可是他站得很坚定，象生了根一样。我就紧紧地捏着他的手，好象一切困苦危难都不足虑了。

终于我们到达了我们所要去的地方，这里，一年都是春天，花草无时不在生长，我全然在南方的景物中沉醉了。这绝不是从书本上可以得到的知识，自然原是一本大书，走过来的时节，自然就深深地印在脑中。

姊姊，你不羡慕我么？你为什么不象我一样出来呢？你可以走的，你不该把一个活生生的人埋在那个家庭的坟墓里，难说你也随同一些不应时的观念一起腐烂么？你不该那样，亲爱的姊姊，一万个不字。至少你该多走一些地方，你就知道自己的错误了。在这个广大的世界里，有许多事实是我们不知道的，自由而健康的空气鼓舞起我们的精神，我们再用这份精力来为广大的群众谋取幸福吧。

姊姊，你不觉得我的话太絮聒了么？你知道这是在深夜，正好象我对着你说话似的。在我的心上烧着一团火，这火虽然不是你放下的火种，可是没有你，它也许早就熄灭了。如今它烧得大，烧得炽热，我愿意它能从我的笔尖流到纸上，经过几千里的路程，再把你的心也点燃起来，我想这并不是不可能的，我在这里等待着，等待有那一天我能拥抱我的亲爱的姊姊。……

三

静宜读到静茵写来的第一封信，心里稍稍感到一点激动，可是不久就平静下去了。她的心正象一池死水，一方小石投下去，只起了细细的涟漪，随后又成为镜子一样平的水面。不过她几日来悬念的心总算放下了，因为她知道他们已经平安地到了要到的地方。不知怎么样恰巧那封信被静玲看到，知道是静茵写来的，她就向静宜求得允许，她伏在床上看了一遍。还不曾看完，在她那孩子样的圆脸上就露出了喜悦的光辉，猛然从床上跳起来，抓了静宜的手臂兴奋地说：

"大姊，我真想不到，二姊真是进步得多了，从前她可不是这样——"

她的声音很高，静宜赶紧低低地拦住她：

"不要这么大声音，没有人知道她给我信，——"

"为什么不给他们知道呢？这怕什么。"

"好妹妹，你不要问我问题吧，你先把信看完我好好收起来，有什么话再说。"

静玲听从她的话，又伏到床上继续读下去，读过之后，就向她说：

"我错了，我不该那么看不起二姊，我以为她只为个人，永远为个人生为个人死，现在我知道不是了，她已经把眼光放大了，她将来是很有希望的。大姊，你为什么不走呢？"

"我走，我走到哪里去？"

"路多得很，你要是真有决心，我可以随你一同走。"

静宜只轻轻地抚着她的短发，没有再说什么。

又过了十几天的样子，接到静茵从×地写来的第二封信。在这封信里她叙述着怎么从那个海口的城市转上了公路的行程，总是日间奔驰，到晚就歇在小镇的旅店中。她告诉她，那些旅店是想象不到的小，设备又多是那么简陋；可是一日的疲劳，使她倒头便睡。总是第二天的大清早，又要登上旅程。她还说有一夜她做了一个梦，她梦见母亲，她说她梦见母亲死了，她就哭醒来。均问她，她告诉他，他说她一定是过于思念了。于是在这封信里她就殷殷地问到母亲的健康状况。她说她不必问到父亲，她说她想象得出父亲一定恨死她，绝不会想念她，而且盼望她遭遇一切的不幸。她这样写着：

……你说是不是，姊姊，我真想得准。这么多年来我只看准了父亲的个性。他一定想谁来违背他就是叛徒，他是不能容许叛徒的，到任何一天他也不能饶恕。如今我就是这个万恶不赦的叛徒了，我想他虽然不

153

能惩罚我，他一定希望天来惩罚我，或是命运来惩罚我，他一点也不会怜恤我的……

后来静宜在回信中关于这一节她这样写：

  ……你的想象只有一部是的，当他知道了你离开家，他是用一切恶毒的话诅咒你；可是他的心肠没有能一直硬下去，因为我看到他为了你流泪呢。……父亲也很可怜，我时常这样想，他真是寂寞极了，他不甘于就这样沉下去，可是实在地说下去他又无能为力。他的偏激，固执的个性，又使他不能随和别人，所以他的日子就更孤寂了。……假使我也象你一样的离开，我们都离开了，不要去说那个家吧，只说爸爸和妈妈，还有谁来照看呢？难说他们辛辛苦苦把我们养大了，我们就该这样来报答他们么？我不是不知道这个家，它可以不存在了，当然更不必再有父亲母亲所期望的那份兴盛；我也知道为那些琐细微小的事忙死我极不值得，可是我怎么办呢？所以我愿意你走，我愿意你们都走，你们都能为社会为国家做许多事，至少你们可以不辜负你们所学，把我一个人留在这里吧，有一天我知道我要死掉了，那不是什么重负把我压死，而是随同这个家，（如同你所说的）腐烂掉了。……

过后静茵的来信中就写着已经到了所要到的地方，写着均的事情已经安排好了，算是一个乡村师范的教师；写着她自己的事还没有定，一时还没有空位置，写着他们正在计划一个幼稚园，大约在暑假后就要开办，写着那么她就会担任一部教务，写着这样正好，因为她需要休息，需要一些闲暇的时候预备对这个陌生的地方加以相当地认识，写着自从离开家对于自己倒有些忽略了，对于别人和身边外的事物却颇关心起来。关于这一层，静茵是这样写：

  ……姊姊，这是很奇怪的，当我出走的时候，我的心中只有均，他的影子塞满了我整个的天地，我想不到别的，我也看不到别的，（请姊

154

姊不要生气，自然我也记得你，）可是如今却不同了，我看到许多幸福的或是不幸的人，我想为什么他们是幸福呢，为什么他们就要不幸呢？至今我的耳中好象还听见那些苦工们劳作的哀歌，我的眼前还看得到他们那些被盐和汗水腌红了的肩头。于是我觉得我是并不幸福的，我记起了爱罗先珂的话，"……凡是人类，要得正当的幸福，必须忘了自己心中的一个我，去认识那爱他的精神。"这是他在那篇童话《松孩》中所说的。如果你不嫌厌烦，我还可以告诉你他还说了些什么，也是在那篇童话里，他又说："不论在现在的世界，或将来的世界，再没象胜过爱的那一种力了。不论怎样病弱，或盲哑不具的人，都能依了这一种的力成为有力的人。所以在没有意义的生活中，也有很大的一种意义的。现在一般人的生活，都是毫无效果的，只要依了这一种的爱，虽然有怎样不幸的心，也能充满着喜悦，依了这一种的爱，无论在胸坎中受了极难堪的压迫也能泰然自若，发生形容不出的一种幸福。凡是爱的心所支配的世界，能认识个人的生活，也能认识社会的生活，人们如果只管骚扰着，那么真的幸福，终不会成功的。……"你不知道我多么喜欢这一节，我是把它背诵出来抄给你的，我知道我自己没有他所想的那么伟大的精神，可是我愿意尽我的心力。姊姊，我以为你对于家，对于父亲母亲，对于我们的爱真是不少了呢，为什么你不把它更发挥得大些？这样就有许多人爱你，许多人记着你，不是比你把所有的精力都花在那个家上好得多了么？……

读到这样信的时候，静宜的心在跳着。她想不到静茵有了这样的变化。她记得从前她是那么一个柔弱的女孩子，就是已经有了最后的决定，她的心还犹豫不定；可是现今她把柔弱的自己克服了，她再不是"温室里的花朵"。

　　……使我自己也惊讶的是我的身体，它变成"强健"的了。我的脸黑了些，却壮了些。我的肌肉变成坚实的。我的胃，（我想这是你最关心的了，）一直就没有出毛病。好象一切疾病都怕了我，躲开我远远的。

我什么食品都能吃，什么苦都能忍受，我想这些都是你所最急于要知道的，你听到之后，也就快乐地放下悬念的心。……

静宜知道了她的健康情形，真的就十分高兴，她想莫不成这是一个奇迹吧，为什么她的身体一下从孱弱变为健壮呢？同时她想到了自己的身体，她感觉到每天下午发烧的情况，又常是咳，血好象也吐过，她都明白这是什么疾病的征兆；可是她不去想，也不敢想。她要忘掉它，她要把这个黑影从她的心上涂掉；她不给别人知道，就是静玲问起来的时候她也不告诉，她却明白地说出来要静玲搬一间房子住，当静玲问她为什么缘故，她就说天气热了，一个人住宽敞点，好在有的是空房子。

最近静茵写来的信都说着这样的话：

……姊姊，我知道你为什么要固守那个家了。我想起来你答应过父亲，为了解去一副桎梏你又自己加上了一副，虽然质料不同，可是桎梏的意义是无二致的。是不是这样，我的亲爱的姊姊？如今你就为了守你自己的话语，明明知道无补于事也不肯变迁，把自己的青春牺牲掉了——无谓地牺牲掉了。姊姊，你不觉得这举动是太残忍么？难说你这样做对于别人是有利的么？我不相信，我绝不相信，天下没有这样的事。你还是走到外边来吧，即使你有牺牲的决心这也有更值得的工作，每一个人都该象一颗种子，投下去是不该腐烂的，应该能开出灿烂的花朵……

捧读着这封信的静宜有点呆了，她心中想着："到底静茵的话对不对呢？"在她的脑中立刻就浮上梁道明的面影，他是那么一个诚朴，忠实的男人。还不是因为一时和父亲说过"我只是为了我的家……"才无可奈何地拒绝他了么？而且一直自己总是说："这个家，这个家……"把一切的希望和光明都埋在心底。她反复地问了自己：

"我是应该呢，还是不应该呢？"

四

已经是盛夏了，入晚也没有一点风，叶子，花朵，连下垂的软枝都静止在那里，使人无法想象得到还能有寒冷的日子。天上挂满了星，好象还散满了白气，有经验的人会说明天还是一个大热天。

这有十一点钟的光景，菁姑还守在顶楼里，她总是等别人都去睡了之后，才独自一个人到院里乘凉。因为不是星期六，静婉和静珠都不在家，静纯还没有回来，只有静宜静玲和父亲坐在三把藤椅上。他们正坐在前院的藤萝架旁，中间还放了一张藤桌。那上面放了汽水的空瓶，还有父亲自己用的小茶壶。他不喜欢冷饮，他说那愈吃愈热；静玲好象连一刻都不能停嘴。静宜说过两三次要她睡去了，怕睡得太晚明早不能去上学；可是她反说着：

"这样的天，哪个能去睡？我倒真愿意睡到冰箱里去！"

父亲哼了一声，没有说什么，他很忙碌，一面抽着水烟，一面用扇子挥着。有时蚊子落在身上或腿上，他还要空出手来去拍击。

费利卧在地上，大张着嘴喘气，就是踢它一脚，它也不肯移动半寸。花花偷偷走近它的身边，用爪抓了它一下，就迅速地逃开了。

青芬也不在院子里，她的肚子一天一天地大起来了，她很怕见人，常是躲在自己的房里。

因为怕蚊子，院里的电灯没有开；可是蚊子仍然很不少，嗡嗡地飞。

"这天气热得真烦人，又不是雨前的闷热，这样的干热要把人烘焦了！"

总是静玲在一旁不能忍耐地说，父亲沉默着，当他吸着烟的时候，那个火亮就大起些来，看得见他的胡子和他的红鼻尖；在他吹起纸煤的时候，他整个的面庞都看得很清楚了。

一阵汽车的声音由远而近地来了，在大门前停止下来，接着就有拍门的声音。静宜想这是谁这么粗心呢，放着电铃不揿，把门拍得个山响？就是这么大的声音还不足把老王惊醒，他就停在门边的木椅上象死一般地睡着了。

费利抬起头来叫两声停下来，还是张开嘴喘气，老王被它的吠声惊醒了，手忙脚乱地隔着门问是谁在敲门。

父亲大声地嘱咐着，问清楚了再开门，不要出什么舛错。

"这里不是黄公馆么？"门外的人这样问。

"是呀，您要找哪一位？"

"我姓李，我来看黄老爷。"

这时候电灯打开了，黄俭之趿着鞋托着水烟袋走近门前，老王正要打开门，他一摆手，他就止住了，静宜和静玲也走到他的身边。

"您的台甫怎么称呼？"

黄俭之自己问着，门外的人接下去就说：

"我是李大岳，您不是姊夫么？"

"李大岳，李大岳，噢，噢，我想起来了，老王，你开门吧，这是幺舅老爷。"

老王赶紧打开门，立刻就跳进一个三十多岁的人来，他的身材很高大，穿了一身深色的学生装，向了黄俭之恭敬地行了一个军礼，两只鞋跟清脆地响一声，随着说一句：

"姊夫，您这一向好？"

静宜和静玲都觉得很惊讶，想不出这是什么人，她们从来也没有见过，也没有听到母亲或是父亲说过。这时候父亲已经说着：

"这是你大甥女静宜，五甥女静玲，——这是你们的幺舅。"

那个人把身子向前躬了躬，很客气地说：

"大小姐五小姐好！"

"老王，你去帮着车夫把行李搬进来，开了车钱，把门关好。"

"车钱我这里有，您不必费心，——"

李大岳说着已经跑出去把钱付清了，随后他才象是很斯文地站在那里。

"你没有到我家来过？这么晚你怎么找了来？"

"我叫车子，一说秋景街黄公馆他就把我送到了，他们当然得知道，——"他说着掏出手绢来擦着脸上的汗，又接下去说，"我姊姊近些年来好么？"

"她，她还算好，你知道她的身子一向不大好。她已经睡了，明天你再看她吧。”

“好，都凭姊夫吩咐，我看您近来气色倒很好。”

黄俭之哈哈地笑了一阵，才说：“事情不如意，哪里还能有好气色？——不要站着吧，我们坐下谈。”

“真想不到，这十多年，你怎么会来了呢？”黄俭之一面抹着胡子一面说，这时候他们都已经坐下了，他还问了一句，“你要喝点什么，大热的天，冷的还是热的？”

还没有等李大岳回答，他就要老王取几瓶汽水出来，再开点西瓜来。

静宜细心地想着，才记起来十多年前母亲的一个最小的弟弟，曾向父亲要去些钱考进军官学校。这件事母亲不知道（她一直不要黄家和李家有任何关系），别人也都不知道，还是后来父亲无意中说起来就慨叹地说：“大约毕业后早就打死了！”却没有想到他会突然地来了。这时李大岳正说：

“我不是不知道我姊姊的脾气，这一次实在是不得已，住旅馆里很不方便，一时半时我还不能出头，只好来麻烦您了。”

“不要紧，大岳，什么事都由我担当好了，你姊姊也上了年纪，性情不会象从前那样，再说你也不是游手好闲的人，你后来做到，——”

“上校团长，这一次在××给打散了，我不得不逃来，好在平时积了几个钱，眼前还没有什么为难的地方。”

“你没有成家么！”

“没有，没有家少累赘，象我们这样的人不知道哪一天就送了命，有了家不更多一番事！”

“唔，唔，话虽是这么说，年纪大了总不是事。”

这时汽水和西瓜都送上来了，先前他好象连看都不看，过后黄俭之再三要他不必客气，他就狼吞虎咽吃了一大阵。还是黄俭之说一句：“留心点肚子。”他才笑了笑停住嘴。这时老王早送上来毛巾，他接过来揩着嘴和手。这时候黄俭之就吩咐在楼下小客厅里安一张床，把舅老爷的卧具安排妥当。

“你的身体倒很好。”

“是的，我们的队伍官长和弟兄都一样，这几年又走了上万里的路，就变得这样粗野了。"

"男子汉不怕这些的，近来连女孩子都不象以前那样，世界改过了！"

他象感慨似的叹息了一声，又吹着了纸煤继续抽他的水烟。

"本来我打算给您带一点那边的土物，实在走得太仓促，——要不怕您见笑的话，那我简直是象贼一样跑的，什么东西都没有带，带来的多是在路上零碎添置的。"

"我们自己人，不必要那种客套，路上很劳苦了吧，你该早点去歇着。"

"不算事，您不必照顾我，那年在上海和日本人打仗，足有十天不睡，——"

这句话打动了静玲，她牵了静宜的衣襟一下，低低地问："他也是抗日的××路军的军官么？"

静宜回答说她不知道，慢慢可以问的，静玲还不只要问这句话的，可是她不便问，她却用好奇的眼光盯着李大岳，从头顶看到脚下，好象要从那上面找出和别人的不同来。她的心里想着："怎么我就不知道有这么一个舅舅呢？谁也没提起过，难道他是石头缝里跳出来的么？"

最初知道他是一个军人，她的心中很厌恶；后来知道他是××路军，她的心立刻就变了。她的心里一时起了许多问题，还没有等她提出来，父亲就说了：

"大岳，你还是休息吧，我们都该睡了，她明天还得上学。"

说过后他们都站起来，他向她们说明天见，她们也回答他一声，就不再说什么走进去了。父亲叫来老王和他说：

"李庆呢？你告诉他侍候舅老爷去，看还有什么该办的，不要等人说话，你得小心门户，记住了！"

五

李大岳的到来，使这个家有一番不同的空气。父亲显得很高兴，因为这几年来亲戚朋友都不来看他，好象没有他这么个人存在似的。难得李大岳那么远扑了他来，处处又显得极恭顺，还不断地提起往日的恩惠。就是住在这里，给他添了一份麻烦，他也很情愿的。有时候他们对坐畅谈，凭了这么多年忍苦耐劳的经验，李大岳始终精神贯注地谛听着，没有一点倦容。这更使黄俭之高兴，因为这么多年，他才得一个能了解他的人。

其次就是静玲了，李大岳那一副身材容貌引起她的注意，又知道他是在××路军的，她的心自然而然地就把他想成了一个英雄。她放学后，还不等放下书包，就一直跑进那个小客厅。她猛然地推开门惊醒在床上午睡的李大岳，他一骨碌爬起来，满头满脸的汗，模模糊糊地说。

"真对不起……疲乏极了，……睡不成，使汗洗了一个澡！呵，呵，五小姐，请坐吧。"

她一面笑着一面跑出去，她说过一下再来看他。

静玲跑到楼上去把书包放下，洗过脸，才又走下来，走到小客厅里，恰巧碰到父亲已经坐在那边。他穿了一套夏布的短衫，轻轻地挥着羽扇，好象正在说着：

"是的，……她这两天身体不大好，……过过再看她也好。可惜静纯这两天没有空，不然他可以陪你到处去逛逛。"

这时候李大岳又穿好整齐的衣服，他已经清醒过来了，他还记得那个叫做静纯的人，他心里说："我的天，我可受不了他。"可是他的嘴却说着：

"那不敢当，这个城我还熟，要去什么地方我自己就会去的。"

静玲这时候站在一旁仔细地看着李大岳的浓眉大眼，他的两条眉好象连起来，两颗眼珠格外有神地转着。他的脸色是红黑的，她再看下去，才发现他的左手只有三个手指。

"幺舅，你的左手是怎么回事？"

听见静玲说，李大岳举起他的左手来，黄俭之也惊讶似的说：

"真是，我还没有留意到，你怎么少了两个手指头？"

"这就是那年在上海和日本人打仗时候受的伤，当时我什么也不知道，一个弟兄嚷'连长挂彩了'，我还当说的是别人，等我用左手在面前一晃，我的眼前就有一片血光。我想不对，再一看，才知道我的两个手指已经不知道飞到哪里去了。那时候我才觉得痛，当时我只用手巾包扎了一下，我还是守在阵地那里指挥，我早把生死忘记了。你们看我的腿，——"

他说着站起来走几步，留心地观察，才看到走起路来显得有点不平；他就说那是一颗子弹在小腿那里穿过去，伤了骨，就落了那样的小残疾。

父亲对于这些事好象并没有什么兴趣，他听了一阵就站起来走了，临出去的时候还说："幺舅算不得外人，随便谈谈也很好。"

等到父亲出去以后，静玲的兴致才更高一些，她尤其对于那次淞沪的战事感到极大的兴趣，她絮絮地问着这些那些，李大岳也显得很高兴，他说做了这么多年军人，只有那次战争最使他兴奋。

"只有那次，我们官佐士兵都心甘情愿，日本人的飞机凶，白天我们就不给他们看见，到晚上那就是我们的世界了。那时候我们的炮兵阵地发炮掩护，我们就冲锋。凭他们有什么好武器也不中用，我们是手榴弹，刺刀，……"

说着的时候，雪白细小的唾沫星子从他的嘴里飞出来，有的落在她的脸上，可是她一点也不厌烦，她有味地听着，什么都忘记似的。阿梅找她来，大约告诉她点心已经弄好了，她不等她说，摇摇手止住她。那时节他正说到他们怎么样退守。

"——后来就完了，根据议和的条款，我们调到远远的地方，多少弟兄的血都白流了，日本人说我们是抗日的军队，规定我们必须离开上海。那我们就走上了霉运。补充，剿匪，中国人谁还愿意打中国人呢？后来调到××就成立了××政府，那真是逼上梁山，除开那条路再没有别的路。"

关于××政府，静玲也很知道一些，记得那时候她只凭直觉的冲动欢喜了一阵；李大岳却告诉她他早就知道那不成功。

"——分子太复杂了，"他叹了一口气说，"我虽然只是一个军人，也看到那不会长远。好的固然有，坏家伙们也真不少，有的人是为国家，为人民，有的还是为地位，为金钱，为私人的仇恨，你想，那怎么成？我说中国弄不好就是那堆政客，他们左变右变，只为个人的福利，只苦了我们军人，不知道为谁打，也不知道为什么打，他们只动唇舌，我们就得牺牲血肉。果然后来失败了，那可真苦够我们，想起来我就忍不住难过，因为我的弟兄在那次就死尽散完——"

他说过停止了，跨着大步在房里走着，他的眉头皱起来，两手握成拳头，因为房间小，他要走三步就转过身。他并没有落泪，可是他的脸上淌满了汗，一面用手掌抹着一面还不断地流下来。

"——他们不是死在战场上，他们都中了那凶狠人民的圈套，受了陷害！"

他说着不停地磨擦手掌，就是他那样的一条汉子，也没有勇气一直说下去。静玲忽然想起来，怕他太热了，去叫老王拿点汽水，可是他止住她，他说那全是因为提起他的那些弟兄们他就难过得不知怎么才好。

"——他们那里面有一半是参加上海抗战的，日本人的大炮没有轰死他们，日本人的枪没有打死他们，他们却给自己的同胞残酷地干掉了！那时候我们正驻在××省的南部，那地方的人民是出名好勇斗狠，还刁恶多端。平时我们就总在提防，单身的士兵决不允许走到外边去。到撤退的时候我那一团分了许多小股朝西南去，有的失了路途不知道遭遇了什么命运，有的就被村民围住。那些人民都有枪械，他们为免去自己牺牲，故意说只要放下枪械就准过去。他们再也想不到等他们真的放下枪，村民却用枪逼着他们自己去挖坑。有的反抗，立刻就死在枪弹下，其余的就只好去为自己掘坟墓，到后躺到里面，任他们把土埋上去——"

"那你怎么知道呢？"

"总有一两个人拼着死逃出来告诉我，可是那时候我也变成一个逃亡的人，一点也不能为力，我的心极难过。我想这够多么不值得，那还真不如和日本人拼死算了，落得这样的一个下场太不值得，……"

"这都是因为你们军人平时和民众分开，中间隔了一道仇恨的墙，——"

"从前可不是这样，北伐的时候靠一大半老百姓的力，如今可不同了，——不过，那地方的人确也不同，凡是驻防军迟早总得吃他们的亏。"

"所以教育民众是极要紧的，现在都不顾民众了，难怪他们都怀了愤恨的心，一般地说起来都是这样，有的又愚昧，所以才做出种种危害的举动，听说×军就不同，他们不但能得到民众的帮助，还有许多人随他们去。——"

"你怎么知道的？"

"我，我，看书上那么说的。"

"书上的话不一定靠得住。"

"我看的那些书靠得住的，那都是他们自己真实地记载下来，——"

"那才更靠不住，——"

"我不信，我才不信你，许多人都知道。"

静玲的脸微微红起来，偏着头，霍地跳起来。她不服气似的向李大岳望着，等待他有什么争辩的话来回答，可是他却很和蔼地笑了笑，温和地说：

"五小姐，你的话也许是对的，我在军营里这么多年自然知道得不大清楚。"

这几句话才使她安静下去，她重坐到椅子上，一面挥着手帕，一面又在问他：

"那你为什么不再去做军官呢？"

"我没有人，一时也不能出去，——"

"你可以到 × 军去，他们很需要人。"

李大岳又笑了笑，然后低低地和她说："他们不会要我这样的人！"

"不会的，将来等我和你一同去吧。"

"怎么，你也要去？"他好象惊讶似的睁大眼睛。

"有一天，我会离开家，——幺舅，我和你说，你可不能告诉别人。"

"好，好，你为什么要离开家呢？"

"我不愿意活得太无用，我要做点事情。"

"那可不好，你的父亲母亲一定舍不得你。"

"不会的，我的二姊走了，他们只难过一阵，过后也不见他们再提起来。我知道，乱乱哄哄的住在这个家里，他们就不会放松，人走了么，也就是那么回事，不见得还会想起来。"

"五小姐，你可不要这么说，哪个父母不疼爱自己的子女？"

"幺舅，你为什么要叫我五小姐？我的名字是静玲，你就叫我名字好了。"

"就那么办，五小姐——不，静玲，你看我——"

"我看到你是一个军人，又很爽快，才什么话都和你说；可是我很奇怪你既然是一个军人，为什么要住在家里？"

"我不是告诉过你么，我一时不能出去，再说我对于军人生活也厌了。"

“也许你有点怕。”

“当然不是，我怕什么？可是自己人杀自己人的工作我不想做了，除开那一次在上海，哪一次我们不是向自己的弟兄冲杀？别人做正凶，难道我就一定做帮凶么？”

“那么如果中国和日本开战呢？”

“那我一定去，我要向他们复仇，我的弟兄们，还有我的手指头，我要不去我就不算人！”

李大岳的黑红脸更偏红了，他兴奋地说，把拳头还猛地在桌上捶一下。

“好，幺舅，我们等着看，要是有那一天，我们一同到战场上去！”

六

这些天静纯好象忙昏了，他日里常不在家，夜间睡得很晚，整夜不睡的时候也常有。谁都知道他大学就要毕业了，所以才这样忙。他更易怒，也显得瘦下去，架在脸上的眼镜就显得更大。别人都不大敢和他说话，有的连正眼也不敢望他，谁都愿意躲开他远远的，可以免去许多麻烦。其实除开毕业的事项忙着他之外，他的心也十分苦恼，那是因为叫做 Mary 柳的人，近来渐渐对他冷淡起来了。

他觉得很奇怪，不是她自己说过她真心喜欢他么？不是她自己说只有他才是她心目中的英雄么？可是近来什么都有点不同，他很难碰到她，写信去也没有回信来，就是和静珠说起来，她也说她们许久都不在一起，那个人近来又有了一个——。他不忍听下去，他想那是不可能的事，她不是很聪明么，当他们遇到的时节，她就会仍然象从前那样温柔地待他，可是不久她就借了一个原因飞走了，留给他的只是一只空影。

这是他痛苦的泉源，他整个的身心都忍受折磨，没有人可以告诉，更没有人同情他，内心的烦恼使他的性情更焦燥了。

他找不到那个女人的时候，就会顺步到王大鸣那里去，经过医生宣布过死刑的他，仍然生活得很安宁。他们见面只谈两三句话就对坐着，有时他抬起头来看着王大鸣，他的脸还是象从前那样一点也没有什么更改。他的心里想："假使我要是他，我会象他那样么？"

那些小猫都长大了，在他的房里跳来跳去。静纯虽然安静地坐着，他的心可在思想，他忽然想到女人也许象猫吧，他想不出理由来，他只是这样想，也觉得很恰当。

回到家中，他就钻进自己的房里，他的论文还没有写完，他好象对于叔本华论妇女那一节感到更甚的爱好，他极力在那上面发挥自己的意见，他工作到极晚的时候，有的时候看到次晨的日出。

这样他的身子就一天天地坏下去，别人好心地和他说："不要太用功了，身体是极要紧的。"可是他以为别人故意在讽刺他，总是怀着恶意地朝说的人翻着眼睛，过后就溜开了，走进他自己一个人的小天地。

他原是以自己为中心地活在世上，他不大看得起别人，也不愿意看；可是近来他觉得自己在受着人类的残害。他没有幸福，也没有快乐，他想如果他能有伟大的人物那种升华的魄力，那么他也许造成自己的不朽，他却知道自己并不是那样，因为他已经失去了宁静，失去了理智，连他自己也想不到一向能以冷眼观世界的人，会被热烘烘的情感折磨得身心不安。

自然，青芬是他一生痛苦的泉源，他不知道为什么他就遇到那么一个凡庸的女子，她一点也不了解他，和他的个性又全然不同。她的沉默使人有点忍受不住，她又是那么顺从，他一直希望她提出来象这样的生活她再也过不下去了，那么他就可以爽快了当地分开，别人就不会说到他；可是她不说，她忍受了一切，只有为了将要出世的孩子她才和他争两句，显然地她把一切的希望放在那么一个尚未成形的小生命身上。

他原以为柳是最能了解他的人，她又具有炫人的美丽，凡是他心中所想到的都能从她的嘴里象溪流玲琮地淌出来，她的情感细腻处，恰恰碰到他那超人的才能，他真以为她的心伏贴地和他的心相合了。她又年轻，这是比秦玉好的地方，还因为秦玉象一个月亮，他不过是一颗星；在柳那面，一直他就象是一个太阳。也是她自己和他说过："你给我光，使我的心温暖，使我的周围明亮。"他信她的话，可是近来他变成一个将要死去的太阳了。

他知道她有的时候在欺骗他，他却多半为她寻出了原因，他本来是最不原谅人的，对于她可有些两样。当着他不能看到她的时节，他自己愤恨地思念，自然而然地就想到她的劣点，——那是从前他所看到而想不到的，现在都从他的心底复生。他甚至于以极强硬的誓语，想来约束自己不再和她相见；可是只要和她见面的几句话，他的心念又改过，那么他又要从头来受一番折磨。

所以他的论文也很难写定，他不能断定叔本华关于妇女的见解的正误，有时候他以为他的话是对的，有时候又觉得那全是叔本华个人的偏见。

有的时候他觉得人生最苦痛的事莫过于自己来欺骗自己。他就常常是这样，明明知道那全是自己的空想，他也不得不把自己的信心放在那上面，否则他知道就会失去生活的平衡。有时候他很悲哀，也很愤慨，以为象自己这样的一个天才，也忍受凡庸的折磨。

"自古天才总免不了忍受凡庸的折磨的。"他忽而这样想道，一些明证是一想就有的，于是他的心才稍稍安下些来；可是他的论文，再也没有什么成绩，这样就使他的学业不能得到适当的结束。

父亲这许多年，原来没有问过他们的学业，最近好象真的再振作一番精神来，和他正正经经谈起将来的计划。这也是很使他焦灼的，不只是耗去了他的宝贵的时间，而且他们的意见永远也不在一条路上。

"我想，我想，好在毕业考试之后还有一节暑假，您和我正可以从长计议的。"

"你将来又不上学，还有什么暑假？我也是看你成天闲呆着，才想借机会把这个问题解决一下。"

"您怎么一定知道我不读书？也许我还想读下去，……"

"怎么，你还想读下去，那么你是想到外国去了，那我，我可供不起你，……"

"真要是想去的时候我总有办法，——"

"你还得记着你是有了家室的人。"

这真是猛然的一击，在平时，偶然想起了妻，眼前的天地就顿时灰暗了，仿佛谁在心上给他刺了一针。他实在不敢想，偶然看见了妻的一天天胀大起来的腹部，就象给他的头加了一铁锤。他想起自己一生的自由和幸福都被这个不良的结合剥夺去了。他总想着他需要孤独，需要沉思，——或是象那个Mary柳那样的一个女人，也许能启发他的智慧；可是青芬，那么呆笨，那么平凡，那么不动人，没有灵活的脑子，没有适宜的修养，日夜地只象魔影缠住了他，好象无论如何也摆脱不开似的。

"她是我唯一的敌人，她毁了我一生！"他时时在心中愤慨地叫着；可是他想到苏格拉底，他那个凶恶的妻子，可是他却没有被她磨损一分一毫。

"也许，她能凶些会好些的，爱和恨的距离原来是极近，就是因为淡漠，只有无边的淡漠伸展开去。"

可是这些思念和理论并不为人所了解，他自己也不大说；只是一个人在狭小的天地中迈着阔步，一切都得不到解决，一切都得不到结果。

天是炎热的，有时他觉得架上了眼镜更觉得热些，就取了下来；可是他不得不更把头低伏在桌子上，很辛苦地，象是很用心地研究着那个德国大哲学家叔本华的理论。

七

在一个星期日的早晨，李大岳约好静宜和静玲到山上去看她们的母亲。不便阻拦他的好意，她们都答应了，静宜还收拾了一些必需的用品，准备要是有那必要也住到山上陪伴母亲。其实别人的意见是暑假就要来了，妹妹们都要回到家里，她正好借着这个机会自己好好休养一下。医生已经断定了她的肺部不健，虽然不必服用药物，静养却是极重要的。

那是一个大清早，他们赶到十字街，去搭乘到紫云山的长途汽车。李庆提了一只箱子，他们默默地走着。静玲的手里提了一只小竹篮，那里面装好一些食品，除开送给母亲的，还准备自己要吃的，生怕山上不便，又要惹母亲着急。

时间还很早，街上除开进城来的小贩还很少行人。他们三个悠闲地走着，在阔寥的冷静的街心踏着步，听着自己脚步的声音，感到一点说不出的趣味。

"唉，平时我真怕上街，那许多人，把我都吵昏了！"

静宜低低地说，在她那有红晕下面的苍白的脸颊上，显出两个浅浅的笑涡来。

"我可是第一次走这样清静的街道，我觉得太没有趣味，什么人都没有，除开自己。"

静玲接着说，不知道哪一阵她掏出一块牛肉干放到嘴里，使她发音都不清楚。

"这是因为太早的缘故，人们都还没有起来，我们作战的时候常经过村镇，正在午时，大太阳照着，也没有一个人影，那才有一股另外的滋味！"

"老百姓都怕了你们这些兵老爷，有腿的早就跑得远远的。"

"那也不尽然，那年我们在上海和日本人打的时候，老百姓跟我们才好呢，就象一家子人一样，他们冒着性命的危险给我们送饭——"

"那还不是因为你们和日本人打么？"

"——后来可就不同了，不但远远地躲开我们，有时候还着实地给我们点苦头吃。"

"那才活该，谁叫你们不去打日本人，自己和自己打呢？"

"哪个王——"李大岳一急就把粗话吐出一个头，立刻想到他的身份，赶紧顿住，换了一句，"哪个混蛋才不想跟日本人干，可是别人只要我们忍耐，忍耐，不知道要忍到哪一辈子！"

"不会太远了吧，——呵，你们看汽车站已经到了。"

"我们快点走吧，里面已经坐了些人。"

静宜说着，自己先把脚步加紧了些。静玲早就三步两步跑到近前了。跟在后面的李庆，也不得不快走两步，把箱子放到地下，才从静玲的手里接过钱去，到办事处去买票。他们三个先坐上去，只有十一二个座客，他们很容易找到座位。

李庆买好票送给他们，把箱子为他们放好，就说了一声回去了。静玲坐在那里，不断嘴地吃着，还是静宜说：

"你尽管自己吃，也不请么舅吃。"

"我吃自己会拿，不必要她让我。"

李大岳说着就拿了一个甜面包，静玲又送给他一包牛肉干。然后她又送给静宜，可是她摇摇头，只拿了两块苏打饼干。

人好象并不多，还有十多个空座位；可是当着时间已经到了，汽车的马达开始转动的时候，陆续地又赶来了几个张惶的旅客。他们有的由于奔跑，脸色都改变了，上气不接下气地跳上车子，最后的一个来了，还带着恳求的语调说后面还有一位他的亲戚，千万请再等一些时。

可是这分明惹了早来的乘客的不满，他们催着车夫开驶，当着车子已经移动了，那个乘客又无可奈何地跳下去。

"中国人总是这样，不懂得时间，不懂得准备，结果总是仓皇失措！"

静玲大声地说，静宜偷偷地拉了她的袖子低低说：

"不要这么大声音呵，要别人听见多么不好意思。"

"我正为给他们听见，要他们记住，下次就可以改过了。"

静玲很正经地说着，静宜皱皱眉头，带了一点气说：

"我不跟你说了，你真是一个孩子！"

汽车才走到城门那里，就戛地停了。这时候跟车的人先下去向值岗的宪兵报告数目，随后他们就走下来视察一番。显然地他们不只是来点一点数目，他们机警地搜视着，对于每一张脸都不放松似的瞪两眼。

坐在那里的静玲感到厌烦，她把头转向窗口，不去看他们。她清楚地知道，在他们的手里，许多青年人无故地被送进牢狱里去了，送给死亡了。等他们下了车，汽车才继续它的行程。

出了城，景物立刻就不同了，一条青石板的大路伸向遥远，路旁荫茂的树木把它们的枝叶垂下来，一直拂到车顶。农人们乘着太阳还没有升起来，已在勤快地工作，稻田的水淙淙地流着。昨夜的露水恰好把尘土粘住，在枝条中穿着的小鸟一面互相追逐着一面细碎地叫着。蹲在路边的青蛙惊得跳进道旁的水田里，田野中没有人看管的牲口被这声音惊得远远地跑开去。

"城外的空气真新鲜！"

静宜感叹似的说，她用一方手绢掩住了嘴部，大约是怕这迅急的气流会惹起她的呛嗽。

过了××村，××园已经在望了。那是前朝昏聩的帝后，耗费了兴办海军的一笔大款子造起的一座游宴的园林。依了山，无数座的殿阁在阳光下蹲踞着。它们各自顶了许多块黄色和绿色的琉璃瓦，闪熠着，象从它们的本身放射出光辉来。苍绿的树叶的海，起伏着，时而遮了殿角，时而掩了屋脊。

"我极怕看那些故宫故园了，我总想到在君王的宫墙里，不知道有多少不愉快的女人，连天日也不曾见到就死去了。"

静宜低低地说。这些话都是出自她的深心，她忘记了坐在她身边的原是极不能了解她这句话的静玲。果然静玲是一点也没有注意，她只在留神在这一站走下去的乘客。那都是去游览××园的，有学生，商人，还有一个和尚。

静宜呆呆地望着窗外，争吵着做向导的孩子们也没有惊扰她，她专心地想起了梁道明。那原是一闪的思想，可是碰到了之后就象是胶住了：从万里之外，他已经写了几封信来，还有一些精致的礼物。她没有回复他，不是没有回复，有几次她想坐下去写了，都没有写好，只是随写随扯，到后就爽性站起来。她想有什么可说的呢，她不能使他满足，那么一切的话语还不都是空洞的么？她的心中时常想，只要有一个合宜的人，什么就都好办了；可是有时她也想到，万一他在外国住了两三年回来，还是一个人，那可该怎么办呢？

这时候静玲和李大岳却起劲地讨论着，先是静玲说：

"我就不明白，当初为什么花这许多钱盖这些没有用的东西，就是说美吧，只有几个人在里面转来转去也不会有什么味吧。"

"做皇帝自然得有一番不是人民所能有的富贵呵！现在当然不同了，再也没有那样没有思想的人，会用一大笔钱造这种东西。"

"那不见得吧，早就听说××部的房子，只是一对大铁狮子就不知道花了多少运费，放在门前，有什么用呢？"

"是的，我也听说过，我们当军人的对于这些事更愤慨；可是说这许多做什么呢？照这样子下去我不知道哪一天我们才能和日本人好好算账！"

"总不远了吧，日本人不断地压迫，总有一天我们不再忍耐，和他们干——"

正说到这个字的时候，车走在不平的路面上跳了一下，使她不得不顿住了。××园已经过去了，转了两个弯，连远影也望不见，这时候汽车正走着上坡路，很迟缓，很努力地向上去。

"人生就好象是向上的路，不拼命向前就只好滚下来。"

李大岳象颇有感触似的说着这句话，可是静玲却为他改正了：

"不是向上的路，是逆水的船。路上你还可以歇脚的，行逆水船却停不得一秒，只要一疏忽，就不知道命运交给哪一个岩石或是暗礁，真是不进则退，不斗争就只有灭亡！"

李大岳那个军人十分赞赏地把手用力拍着膝头，得意地套了一句说：

"你的话真对，要不打仗就只有亡国！"

八

到了紫云山将近十一点钟了。太阳已经高高地挂起来，可是并不觉得热，静宜坐了一乘小轿，他们两个随在后面走着。

一座并不十分高大的山，遮在前面，丛生的松柏切断了视线，向上望不见什么，好象连路也没有；可是随着轿子坐了一阵，他们已经走在松柏荫下的石径上了。微风吹着，树林不知道在说些什么，好象有极隐秘的琐细的话语，当着枝叶相触的时候，极巧妙地传过去了。

"五妹，你不累么？"

"我？——我才一点也不累，象这样的路走一天也算不得什么。幺舅，你呢？"

李大岳没有回答，只微微笑着，静玲很快也就明白了军人们对于行路总有一番训练。但是她忽然想起来，还有一点可以争执的，就偏了头部，和他说：

"你笑什么呢？做官长的还不是有马骑，用不到自己走路，——"

"那倒不见得，有时候我们还是要跑的，再说在学校的时候，那还不是和兵士一样。"

"不过人是容易懒下去的，尤其是象你们，有了一点小地位只想怎么舒服，——"

"好，你也把我看成那类人，回头我们比赛跑山，你就知道我了。"

正在他们争论的时候，轿子已经在一座油绿色的小建筑的前面停下来，不知道阿梅的眼睛怎么会那么尖，她早已从门里跳出来了。

"啊，大小姐，五小姐你们怎么今天才来？我想你们该来了，太太昨天还和我说呢，说是你们再不来，就要我下山去看看，怕有什么事情，——"

阿梅急急地说着，接过什物，也许因为生活太寂寞的原因，在她的脸上显出一种说不出的喜悦。

"太太呢？"

"她睡着了，等一会儿就要醒的，老爷好么？大少爷好么？少奶奶好么？……"

"阿梅，你怎么说这许多话？快来见过舅老爷吧。"

"舅老爷"，连她也觉得很奇怪，就从来也不知道哪里有一个舅老爷。可是她机灵地立刻说："舅老爷好！"

踏进木栅门，一架紫藤萝正遮住了阳光。几只在地上啄食的鸽子，惊得飞起来了。

拉开绿纱门，他们都放轻了脚步，李大岳就坐在外屋的一张藤椅上，静宜和静玲随了阿梅走到里面的卧室。在细纱帐里，母亲正安闲地睡着。她好象胖了些，脸色也好起些。

阿梅忙着倒洗脸水，很仔细地踏了脚尖走路，好象愈小心愈要出事似的，一下碰到门，母亲果然就惊醒了。她才一看见她们，好象不相信似的，立刻拉开帐子，这时候，她们早走到她的床前，同声问着她好。

"你们什么时候来的？怎么也不叫醒我？我连做梦都想着你们呵，我的孩子！"

她这样说着，眼睛立刻就有点潮润了。这时静宜和静玲早已各自伸过一只手，放到母亲手掌中。

"妈，我们才来，还没有多少时候，您不看阿梅才给我们倒洗脸水么？"

"快去洗脸，这么大热的天，小五，你看你怎么出了这许多汗？"

"我们是走上来的，大姊一个人坐轿子。"

"真是，你还是那么野，快到二十的姑娘了，还是这样无束无管。——"

"这样子才好，身体好，精神好，和男孩子一样，将来一同上前线打日本人。"

"不要乱说，你们饿了么？"

"不饿，倒是想喝一点水。"

"阿梅，快去把井里的西瓜给他们开了。"

"妈，您上山以来身体倒是真好得多了。"

"是的，我每天早晨晚上还出去散散步，这里的空气好，也安静得多。我看静宜，你就不必回去吧，随我住在这里。"

"您不是说有我在家您在山上才安心么？"

"那也不过就是说说，难道我就不想你们么，不惦记你们么？如今我什么都想开了，管他这些那些呢，把身子将养好了，我真要好好看你们几年呢！"

母亲说，极愉快地笑着，随后她又说：

"我总是好的多想一下，不好的丢在一旁，我实在管不了那许多，——可是静宜，茵姑儿这一阵有信来没有？"

"有，她近来很好，也在教书，还说已经有了身孕——"

"那可快点写信给她，要她好好留意，不得含糊。就说茵姑儿的事吧，我早就想定算她出一次远门，一时不得回来，这样我的心就安得下去了，你爸爸近来好么？"

"爸爸很好，您什么都不用惦念，——"

"唉，我是不惦念，不过有时候常常想起来。"

"妈，我还忘记告诉您，幺舅来了。"

"谁？谁是幺舅？"

母亲的声音顿时改了，脸上的一点血不知道一下都到哪里去了，把方才兴高采烈来告诉她的静玲也吓得呆了，这时候李大岳走进来，他的声音也有一点打着抖，低低地说：

"姊姊，我来了，您这一向好么？"

"你，你，你，你什么时候来的，你做什么来？"

她立刻气冲冲地放大了声音说。

"我才从南边来，特意到这里来看看您和姊夫。"

"我用你看看！不是和你们早就说过，俗话是嫁出去的女，泼出去的水；我呢，你们只当我已经死了，世上再也没有我这一个人，……"

"姊姊，您干什么这样说？李家一门就剩下您和我，您还和我也赌气么？"

这句话好象打中了她，她一些时没有说话，然后仰起脸来，笔直地望着李大岳的脸。不知为了什么，就从她的眼角，滚下两行晶莹的泪珠。

静玲站在一旁不知道该怎么办才好，静宜更紧地握着母亲的手，看见她流下泪来，轻轻地用手绢为她擦拭。她自己也抹着眼睛，她想能更清楚地看一看李大岳的脸。

李大岳的心，原是怦怦地跳着，在严姊的面前，他好象还只是一个不知事的孩子，而且是有了过失，虽然对于这过失他自己也有点茫然，不知道该从哪一面认错才好。

"姊姊，您不要生我的气，总而言之我不会做什么对不起您的和对不起我自己的事。"

"好，你坐下吧，这么许多年，你做了些什么事？"

"我一直在军队里。"

"军队里，你不记得两句俗话么，好男不当兵，好铁不打钉？"

"妈，不是这样，在外国当兵的都是好男，现在中国的军人和从前也不同，都是些有知识的人。"

"照你的说法连女人也要当兵哩。"

"总有那一天，女人和男人一样都要拿起枪保国家。"

这时候阿梅捧了切好的西瓜进来，母亲就吩咐着：

"你们快吃吧，——阿梅你去给他们预备饭。"

"我们自己带的有面包什么的。"

"那算什么，人总得好好吃饭。"

他们在吃西瓜的时候，她的眼睛一时也没有放松去看他。当他用手绢擦鼻子的时候，使她更清楚地记起来他的习惯，那就是从下面把鼻尖推上去似的。她记起来些什么，突然地向他问：

"你额角上的那块伤疤呢？"

"还在这里，"——他很快地回答着，把垂下来的头发掠上去，显给她看，"您还记得我那块伤疤，我的身上这几年不知添了多少新伤哩！"

"你的身体倒很好，——我，我可不成了！"

她象十分感慨似的，长长叹了一口气。

九

吃过午饭，母亲又睡了，静宜也觉得疲乏，就靠在帆布椅里闭上眼睛，乘着这时候，李大岳和静玲悄悄地走出门。

"幺舅，你不是说同我比赛爬山么？现在我们就可以试试看。"

"这么大热天，你不怕出汗么？我总比你能跑些，也跑得快些。"

"这也许是真的，可是你不知道路也没有用。"

"我只要向上就是。"

"凭着眼睛看出来的向上的路，未见得就能领你到山顶，也许是领你跑到山下去。"

静玲说这一番话的时候，显然有一点另外的意思，可是李大岳并不能了解，他象是也想了想，又茫然地继续向前走去。

正午的太阳，仍然洒不下来，很少行人，径边流着的泉水，急遽地滚下来，经过人造的阻隔，发出清脆的声音，几乎使人想到这不是在人间。

"这就是出名的青龙泉，说是天下第二泉。"

"算了吧，中国人的事真有趣，就是天下第一泉也不知道遇到过几个了，这里也是，那里也是，……"

"只要它的水质好就成，这里的水可真好，不但清甜，而且对于身体也很好。"

"你好象连这些小事也都记得很清楚，是不是平常时常来？"

"那倒不是，不过每年也要来三四次。"

"那就怪不得了，那上面还有些园林吧？"

"有的，你看那就是紫石园，原来还是御花园呢，现在却是前清遗老王老头子的私产了。"

"那总不许别人进去玩吧？"

"从前是不许的，后来革命军来了，才完全开放，可是近来又关起门，不许闲人入内。"

"中国人的事总是不彻底，既然把清朝打倒了，为什么还留许多余孽？"

"要不是那许多余孽中国还不会闹到这步田地呢！"

静玲也象是极感慨地说着。

"那我们什么也看不见还上去做什么？"

"不要紧，有一个山头，正好居高临下，又有树荫，比在里面还好得多。"

鸣蝉的噪音闹成一片，草根下的四脚蛇飞快地窜着，也许因为松鼠在上面跳跃，时时有一两颗干的松果落下来。驮客的驴子，下山的时节，踏踏踏地发着连续的、响亮的声音，一个不小心的女客，着实地仰面跌翻，因为样子那样可笑，他们两个也忍不住，就急走了两步，免得使那个女人的脸更红起来。

"我们还是走小路吧，近得多，不过要留心点，不要抓上蛇或是蜈蚣。"

他们就换了小路向上走，起初还并不难，后来简直有时候需要攀援丛根和细草向上爬的。在山径以外，太阳有时候是直照下来，所以当他们爬到紫石园附近，每个人都有一头大汗。

"来来来，我们先去擦一下脸。"

静玲领着他先到一个小方池的旁边，各人取出手绢，浸了一下，就放到脸上。

"真凉快，真凉快，——"

"这就是青龙泉，泉口在里面，我们看不见，我们只能享受流出来的泉水，你要口渴的话，就可以用手捧起来喝。"

静玲自己先用手捧了一把送到嘴边，李大岳也照样来一次，接着又是第二次。

他们找到的那个坐处象是特意修造起来的，有几块平整的石头，上面正好有一株大银杏树，繁密的林叶，盖了一片大阴凉，因为居高，还有风吹着。

看到园里，那有一片荷池，圆圆的荷叶或是漂在水上或是挺立起来，有极小的红色和绿色的鸟在那上面驻足。水珠映着太阳的反光，闪闪的，有时候会使人的眼睛感到一点刺痛。架在水面上的，有一座用鲜红油漆涂饰的凉亭，由一条曲栏引到岸上。在另外一面，傍山有一座小楼，前面的垂柳轻轻地摇曳着，细纱窗都支起来，隐约地还看到里面的人影。

"这倒真是一个好地方！"

李大岳得意地赞叹着，把手掌用力地朝自己的膝头一拍。

"从前每年他们都来避暑，今年听说借给人了，就是借给那位大名鼎鼎的花小姐。"

"花小姐，呵，我知道，就是有一个老诗人咏失地将军诗里面的花六小姐吧？"

"就是她，——哼，她还在这里过着极舒服的生活！"

"嘻，本来女人们，就是这样子——"

"什么，幺舅，你说什么？我们女人就都是这样子么？"

"不，不，我说错了，我早就知道五小姐和别人不同，我说是有一部分女人们。"

"哼，那才象点话，否则我可不能依你，我但盼那些醉生梦死的男人们多象我几个，中国才能得救！"

"真的，那不假，是那样。……"

李大岳简直不知道说什么话才好，对于象静玲那样的孩子，有时候实在不知道怎么样。

"是不是炸那个预备跳火坑的××？"

"就是他，可是没有炸死，倒把我的一个同学炸死了。"微微露出一点惋惜的样子，她喘了一口气，又继续说下去，"到后来不知道怎么一下子捉到凶手了，原来是一个二十岁的青年！其实，还不是日本人逼得紧，没有法子，只好把一个不相干的政治犯拿来算数，把他装在小汽车里，在街上很慢地走着，有许多人随着走，很奇怪，那一次并没有喝采，象从前那些人常做的，在跟随的人群里，我倒发现有好几个眼睛里充满泪的，——

"——那时候我也是跟着走的，不瞒您说，我也哭了，我睁大了眼看那个年轻人，我真看不出一点凶恶的样子，倒是骑在马上的那位军官，好象是一个大案贼！

"——那是一个很好的天气，我记得是秋天，好天色，好太阳，人都很高兴地过着日子；可是在那个青年的面前只有死亡，不是殉道，是不值一文的死亡。我看到那个青年的贫血的苍白的脸，和他那显得出的有知识的面型，悲苦地，伤惨地扭着，我的眼泪就禁不住流下来了，我没有力量随到法场，那天我的脚特别软，回到家里我大哭了一场，想起来真难过，我们的国家多么没有用呵，我们又是多么没有保障呵！"

"我相信总有一天我们能和日本人算账的！"

李大岳觉得很激愤，脸通红的，突然站起说。

"那一天什么时候才来呢？您看这里有这么多军政机关，可并不是对付日本人的，专和自己人做对，就是我们的同学也失踪过几个，象这种样子，真不知道那一天几时才到。"

静玲用一声长长的叹息结束了她的话。

李大岳也颓然地坐下来，长叹一口气。

十

第二天，他们搭了清早从山脚开行的车，向城里去。静宜没有回来，说好她也在山上住些天，一来陪伴母亲，二来她自己也可以将养些日子。

回来的路好象近了些，尤其是静玲，她不知不觉地在车上睡着了，等她张开眼睛的时候，车已经就要进城了。

"呵，真快，——"

她一面用手绢擦着从嘴角淌下来的口水，一面微笑着向李大岳说。

这时候因为要走一条不平的路面，汽车已经把速度减下来，不久车就钻进了城门洞，车照例地又停下来，宪兵不在那里，只有两个无精打采的警察凑近窗口张望一下就算了。

"真奇怪，那些宪兵倒没有来，真是，老虎也有打瞌睡的时候！"

猛然间一个卖报的孩子大声叫着跑过来，她即刻从袋里摸出钱来，买了一份报纸。

"幺舅，您看！想不到一天就出了大事！"

"什么事，呵？"

李大岳赶紧把头凑过来，看到要闻上用特号字排出的标题说明由于日本人的意志，中央的宪兵，军队，政训部，省市党部一律在今天撤退。而且负责的当局，也有重要的撤换。

一时间，静玲倒反而沉默了，她不知道怎样来表示她心中的感想；李大岳张大眼睛一个字不放松地读着那张报纸，一直到车到了终点，他们走下来，在路上走着的时候他才说：

"我真不明白，中国到底还是不是一个独立国，为什么自己不能给自己做主张，反要听从敌人的话？"

天气原来也有点热，他又很愤慨，在他的前额上挂满了豆子样大小的汗珠。

"不过这件事做得倒很顺人心。"

静玲很高兴，很悠闲地回答着。

"我不懂，那是什么意思？"

"你看他们这些人还不是都腐败到极点？人民早已厌恶他们了，可是没有办法，如今我们的敌人替我们弄好，要他们都滚开，这还不是一件极好的事么？"

"那不对，那不对，你的话说得太偏了，个人的，一部分的都不算什么，这是整个国家的危机，中国照这样下去那还得了。"

这个军人型的汉子，急得只是冒汗，他有许多话在心里说不出来，就是说出来别人也不要听他。

"你放心；不会就这样子下去的，世界时时都在变，我们的国家又何尝不然？如果我们的当局将来不和日本人战争，一定有人会和日本人战争的。"

"我不管，不论是谁，只要和日本人去打仗，我就投效，就是要我当一名士兵也干，哪个小子含糊就不是人！"

他们说着已经走到了家，在骄阳之下，家是沉静地躺着。静玲一面按着电铃一面捶着门，才把那个午睡的老王叫醒，他打开门，看见他们，很恭顺地说：

"您回来了，您用过饭么？"

"还没有，快告诉他们去预备！"

静玲象是很不耐烦地说，随后就笔直地跑进房去。

在小客厅里看到父亲正和静纯对坐着不知说些什么，一看见他们进来，突然就停止了，静纯懒懒地招呼了一下，就要走出去，静玲却喊住他：

"大哥，先不要走，你看过今天报纸没有？"

静纯毫无兴致地摇摇头，父亲也好象忽然记起来什么似的有点惋惜似的说：

"唉，我也忘记看了，去问问老王，今天的报送来没有？"

"我这里有一份，您先看吧。"

静玲说着就把一张报递过去，父亲赶紧把花镜架上，他还没有看，就忽然想起似的问着：

"你母亲近来好么？"

"她好，大姊陪她住在山上了。"

这之后，他才安心地朗读出标题来，一面摇着头叹气，顶多看完了四号字的提要，他就愤愤地把报纸向地上一丢，静玲赶着就说：

"我们真得和日本人算账了！"

"算什么！中国哪里敌得住日本！"

静玲的话完全落了空，不平地说：

"为什么敌不住日本人？您想，我们有这么大的国土，这么多人民……"

她的父亲一直不断地的叹息，不等她说完，就岔断了她的话头。

"我们有什么敌得住别人？这么多年来你打我，我打你，东三省那么好的省分都白白送掉了，全中国还架得住送几次？"

"爸爸，不应该象您那样说，中国有新的一代，那才是新中国的建设者。"

"唉，我都看透了，中国从辛亥革命以来，不知道有几次大的变故了，如今还不是那些人在弄？我自然知道象我这样的人没有用，可是几次革命都没有能把我铲除。事实上政府中象我这样的人，不如我的人还多得很，你想，还怎么能有所作为呢！"

"爸，我不相信，一二八不是也打了好几个月，现在我们又过了些日子，不会不如一二八的。您不信问问么舅，他会告诉您。"

李大岳从进来以后就独自坐在一张椅子上，在沉思着什么，还是当静玲说到他，才象惊觉似的醒过来。

"什么，一二八？唉，那都过去了，打得真痛快呵。"

"也亏你们，"黄俭之半感慨似的说，"别人用的是飞机大炮，你们用步枪手榴弹大刀，实力方面无论如何是不能比的。"

说过后，他无望地摇着头，静玲简直觉得有点不能忍耐了，抢着说：

"一二八已经过去五六年了，我们从那次教训以后当然也有相当的准备。"

"准备什么，还不是一面准备一面消耗，结果是什么都没有！"

这句话更打动了李大岳，说到这一节他的心中也着实有点难过，静玲一时间好象也没有话好说了，可是她心中有一份青年人的热心和乐观，而且对于将来她也肯信赖，她想眼前空想起来也许是无路可走，到了时机，自然就会有办法的。

"反正，——反正，中国不会亡在日本人手里，有一天我们和日本人作战，许多方面的人，许多支军队都会联合起来，向着我们唯一的敌人进攻，那时候，——那时候才可以测验出我们的力量！我知道么舅一定会投效，我也去——"

"你去，你去做什么？"

黄俭之轻蔑地向她说。

"什么不能做，女兵也不是没有的，至少他们还可以做看护，做宣传员，总之，我能尽我一份的力量。"

"譬如不能尽力的呢！"

"那只有灭亡，从这个世界上消灭下去！——"

静玲毫不思索地说着，话已经说出了口之后，才觉得自己失言，她很想把话扯开去；可是一时间她显得异常拙笨，简直不知道说什么才好。她的脸红涨着，低下头去，偷偷地用眼睛瞟着父亲的不愉快的脸。她想他一定会责问她的，可是过了些时也没有，那可怕的沉寂紧紧地锁住他们，使她的心觉得更焦灼，困苦。

李大岳也觉出来这句话有些不妥当，他也想用什么话岔开，他用牙齿紧紧地咬着下唇皮，也是做着徒然的思索。

还是黄俭之，象一片浮云飞过的蓝天一样，又恢复原来的态度，走到她的身旁，象对小孩子似的轻轻地拍着她的头：

"我希望那时候我们都能做点事，为了我们的国家和民族，我也相信中国是不会亡的，不过还需要好好努力。"

这几句话象顿然把障在她心上的黑影撤去了，她知道父亲没有气她，就急遽地抬起头来望着父亲慈和的脸，那两颗急出来的泪珠，还很显然地挂在她的眼角上。

十一

这个夏天是郁热的，每天都象阴雨前的那种闷人的气候，也相同当时时局的情形。人们都不能忍耐了，想张大嘴叫一声：可是那无形的手紧紧地钳住了，不容有一丝气透出来。至于气候呢，那个城市原来位置在北部的中心，应该是大陆气候的，而今却象江南的梅雨季节，没有晴天，没有爽朗的日子；就是滴着哭泣般的雨，那份郁热一点也不减少。每个人都在抱怨，可是一点法子也没有。

有一个大清早，街路是异常地沉寂，出去买菜的仆人才走到街角就被挡回来了，惊慌地回来告诉老王，老王赶着去禀告老爷。

黄俭之那时候还没有醒，他模里模糊地要李庆拿他一张名片到市政府去问一下，不久，李庆又回来了，告诉他路上任何人也不准通过。

这才真的惊醒了他，一骨碌爬起来，自己走到顶楼的阳台上朝街上看。

街上真是没有一个人，上了刺刀的兵守在街角，有的路口还堆起沙包。那个菁姑也挤来看，然后大惊小怪地一面嚷叫一面朝楼下跑，黄俭之想叫住她，没有来得及，她已经溜下去了。

"唉，这是怎么回事呵？……堂堂大城，有什么事要戒严，……真叫人想不通。"

他一面走下去，一面想，他立刻就想到住在山上的静宜和她的母亲，不知道到底出了什么事，她们那边是否平安？

大岳和静纯也都赶上来看，他们同样地显着睡眠不足的样子，到了楼下，他才看到静玲正坐在围墙上向外望。

"小五，你快下来，谁要你坐到上面？"

"爸爸，不要紧，我已经看了大半天。"

"有什么好看，他们看见墙上有人或许要开枪。"

"不会，我还和他们说过话了。"

静玲回答着，已经从墙上下来，他正要急忙地叫老王替她搬张梯子，她已经很敏捷地滑下来了。

"爸爸，您猜，为什么戒严？"

"我怎么知道，派李庆去问，也不许通过。"

"驻××的刘××部叛变，今早上三点钟放炮攻城，现在已经停止了，当局正派员招抚。"

"你怎么会知道？"

"那些兵告诉我的，他们说不要紧，放的炮都没有炸，因为太旧了。"

"唉，真是年月改变，你，这么大的一个女孩子，怎么能和他们去说话？"

"难道他们不是人么？"

这使他无从答复，跟着就转了话头，抱怨地说：

"真奇怪，明知道刘××是匪军，还要收编，收编之后还要驻在这么近的地方，当然要出事了。"

"听说他们的队伍里有日本顾问。"

"还不是那些浪人，中国的变乱总少不了他们。静珠和静婉呢！"

"她们都还没有起来。"

"去，要她们都起来，万一有什么事，还睡得昏天黑地，那可怎么成！"

他自己也走进去赶紧洗了脸换好衣服，好象预备应付非常事变似的，可是当他才弄完了，老王就来回禀他，说外面已经解严了，行人可以通过，不过路口上还有武装的兵士。

"好，这乱世之年，门户可要小心，关系非常重大，你可不能有一点含糊。"

老王唯唯地应着退出去了，李大岳这时走来看他。这些天他的精神极不好，兴致又不佳，日间有时简直象一只懒狗似的卧在一旁。

"大岳，你近来好象有什么事？"

忽然静婉静珠都走进来，静纯也来了，他的精神近来好了些，可是也显得极疲惫。

"爸爸，不知道外边出了什么事？"

"到你们起来的时候事情早已过去了。"

原来是静珠问着，静婉却羞赧地低下头，静珠毫不在乎地拣了一个椅子坐下去。

"我时常说人人都该早起早睡，对于精神身体都好，可是你们都一概当做耳边风。——"

这几句话使静纯大岳也觉得不安，不知在什么时候菁姑也挤进来，她用那尖嗓子说：

"昨天半夜三更，总有两三点钟的时候，我还听见有人回来呢，这兵荒马乱的年月，有什么要紧事一定要到那么晚才办完？"

"我可没有那么晚回来。"

静玲故意和她说，连腔调也稍稍有点学她。

"我又不是说你，谁还能说你？"

"假使有过失的话，谁都能纠正，反正都是为了他们好，我总以为什么都是气数，一家的兴衰，也有一定的征兆；国家也是如此。你看这许多年来你争我夺，简直不是好兆头！"

黄俭之象演讲似的开始了他的话，这时候，除开青芬，一家人都聚在这里，他觉得正好借这个机会发挥一番。他用手抒着胡子，咳嗽了一声，继续说：

"人都应该各安其位，各司其事的。学生们实在只应该好好读书，天天去玩乐固然是不应该，可是参加政治活动也不对。尤其要紧的是青年人应该有一番朝气，凭这股气才能勇往直前，伤感颓废，多疑，这，这也都不是好现象。象我吧，也算是活过来的人了，当初因为酒不知道使你母亲生过多少气，可是我还能彻底戒绝。这可见真是天下无难事，只怕有心人。各人都能把自己弄好，那么整个的国家不就有办法了么？还有——"正当每个人都喘一口大气的时候，他又说下去，"青年人还有一个大毛病就是心浮气躁，尤其说话不知谨慎。凡是一句话要说的时候，总要自己仔细思量一番，否则一经出口，就是无论如何也收不回来，在自己人面前说错了话还有一个原谅，别人可不能那么宽容，到那时候后悔也来不及了。"

这些话在每个人的心上都刺了一下，默默地各自坐在那里思忖着，菁姑有些不耐烦，不知道什么时候溜到楼上去了。

她悄手悄脚地走到楼上，轻轻推开青芬的虚掩着的门，看到她已经起床，穿了衣服面里躺着。她象没有睡着的样子，因为她的身体在微微地抖动着，床帐上的铜钩敲击着床柱，发出极脆小的声音。

她那细微的脚步，一点也没有惊动她，她的眼睛先滴溜溜地朝四面望着，走到床前，才用一种可怕的，低沉的，故意充满同情的语调说：

"孩子，你怎么大清早就又睡下了？"

青芬被这想不到的声音惊了一跳，赶紧坐起来，从枕边拿起一方手绢擦着红肿的眼睛。

"呵，是菁姑，您早起来了，您坐吧。"

她强自装出笑容来，可是她的音调是低沉的，在她那黄瘦的脸上显出更多的雀斑，她的肚子更大些，她却没有一点就要做母亲的快乐。

"你大概还不知道吧，昨天晚上闹兵变，放了一夜的大炮，到今天早晨还不能通行呢！"

这句话吓住了她，由于怀孕而特有的神经衰弱，使她唇间仅留的一点血色也褪去了，她站起来用冰冷的手抓住她的手臂。

"菁姑，这可怎么办？这可怎么办？"

"也许不要紧，听说条件已经讲好了；可是就怕以后城里就不得太平了。"

"唉，唉，那可真要吓死我了！"

她颓然地又坐下去，忽然想起来客还没有坐下，就又站起来：

"菁姑，您坐吧。"

"我站站也好，不要看我这一把瘦骨头，我的身体倒很结实，既不看医生，也不吃药，你看你，瘦得成什么样子了！"

青芬的眼睛一红，没有说什么，把头低下去。她还觉得不满足似的，再说下去：

"静纯昨晚上回来得很晚吧？"

青芬没有回答，只点点头，后来好象为了解说似的，又加上一句：

"他大约忙着毕业吧，他说他在下边赶论文。"

"你不要听他的，其实我是不该告诉你的，你的身子正不方便；可是连我都看不过去了，我不得不说，我就是这么一个直性子的人，我明明知道，他昨天晚上两点钟才回来，还有李大岳他们不晓得怎么会混到一块儿去了。他们回来之后十分钟，静珠才回来，又是一部汽车，总少不了一个男人。我是说，我真看不来，这都算怎么回事！"

她那副猫脸忽紧忽弛地正象画面上的猫婆婆，那小小的圆鼻尖忽上忽下地，显得她那两片薄嘴唇，没有一个时候停止翻动。

"男人就不是东西，结了婚就换了一个样子，才觉得家花不如野花香，象你，不是我当面说，真是头是头脚是脚，谁看见不夸两句？偏偏他还这份样子。做父母的也不知道管教，要是我的儿子，打死我也把他打回头来；只当我没有生养！"她象很艰难地喘了一口气，又接着说，"其实我说这些话还不是枉然，没有人肯听我的，在他们的眼里头我也不算是一个人，我就是混一口饭吃强活着，一眼张一眼闭，要看呢，我多看两眼；不要看，我自己躲到楼上去。就说静纯，也是快要做爸爸的人了，他还是这么不负责，难道他还要老子养活一辈子？听说他还要你打胎，是不是？"

"没有，他没有说过。"

"嘻，孩子，你还瞒我做什么，我也不是外人，"在她的嘴边带出狡猾的笑容，"你想想这是多么伤天害理的事？小孩子死了不用说，大人就是不死也得了残废，这种人的心该多么狠毒？好孩子，你听我的，用不着生暗气，有什么话和我说，免得憋在心里成病。我总说，我们大少奶奶那么好的人，想不到嫁到我们这一家，唉，我想起来就替你伤心，我就是那么一个软心肠的人。"

青芬明明知道她是怎么样一个人，可是这一番话每一句都刺在她的心上，她知道她不是好意，可是她再也忍不住，自己就掩着面哭起来。她乘机把手拢了她的身子，使她想到这是自己的母亲的手，而且还有她那压抑着嗓子的话：

"孩子，不要伤心，你要再伤心，使我都忍不住了！"

青芬就更不能自制地把头埋在她的肩上，大声地哭起来。

十二

这许多年，李大岳有过快乐的日子，也有过愤怒的日子；可是这平淡郁闷的日子使他再也不能忍耐。他简直觉得自己是住在无形的监狱里，不只是他一个人，全中国的人都在这苦痛中煎熬着。作为一个军人的他，原可以大嚷大叫，不必受这心灵上的折磨；但是他只能躲藏着，象一只被猛虎追逐的羔羊。他真气愤，难道一个这么庞大的国家只能受别人的压迫；难道象他这样一条汉子只能每天无望地磨着时日？

这一切梗在他的心中，他总象有那一口喘不完的气，胸间象有什么压着似的。

"真可笑，象我这样一个人也要生女人的气闷病么？"

有时候，晚间是极热的，吃完晚饭洗过澡，也并没有把暑气消尽，于是随着别人在庭院中纳凉，一面听着引不起他的趣味的谈话，一面忍受蚊子的叮咬。慢慢地人一个个地散去睡了，只剩下黄俭之躺在藤椅里打着鼾。

仰起头，天空的繁星明暗地闪着，有时还有一颗倏忽飞下去的流星；在天边，时时亮着没有雷声的闪电。蛙不息止地叫着，使人的心更不能宁静。他忽然在心里想："我还是到外边走走吧。"

他回到房里，换好衣服，就轻轻地走出门。秋景街原是沉静的，转到大街上，灯火就辉煌地照着。可是人并不多，分外地显出冷清的样子。

在一个照着各色灯光的门前，他站住了，野性的音乐从门里钻出来，人们不断地出进。他也没有看这舞场的名字，就随着人走进去，拣了一个僻静的座位。他不会跳舞，他也不喜欢这种娱乐，可是莫名其妙地他跨了进来。人工的冷气使他的心一沉，觉得很爽快，可是不久额头又渗出汗来。

这里有不同国籍的舞女和客人，日本舞女穿了游泳衣，白俄的袒露着丛生着黄毛的后背；醉酒的水兵叫啸着，踉跄着步子。穿着短衣的乐队，做出种种丑劣狂欢的样子，时时把那个大喇叭象说话似的的朝着下面吹。可怪的是在舞客之中老年人还比年轻人多些。他们穿着绸衫，跨着方步；正是他们平时教训年轻人不乱步的步法。他们实在不是跳舞，而是抱了一个可以做他们孙女的舞女在场里走，有时碰到一个放肆的水兵，用手在他们那光滑的头顶摸摸，他们翻起眼睛看一下，然后毫不以为忤的还嘻出一个笑容来，顽皮的舞女一面和他们走着，一面用胡梳为他们理着胡子。

李大岳无睹地坐在那里，他只看到无数的黑影在他的面前晃动。有时电灯熄了，面前是一片黑，不久暗淡的灯光又明起来，黑影又继续地在晃着。

一瓶冰啤酒放在他身旁的小桌上，当他吃完了的时候才看到瓶上的太阳标记，他愤愤地骂了自己一句，便木然地坐着。有时他不得不掏出手绢来擦着流出来的汗水，在这极喧闹的所在，他感到无比的冷漠。

忽然，一只手轻轻地在他肩头上拍着，他极端惊恐地回过头去，才看到原来是静纯。

"幺舅，怎么您也来了？"

"我，——我，我是顺步来看看的。"

李大岳的脸红涨着，觉得脸上有更多的汗流下来，他的显得拙笨，正好象他在长官的面前受申斥的样子。

静纯却不同了，他的兴致象是很高而且态度是稀有的和气，他在笑着，才拉了一把椅子要坐下去，早被一个涂了红嘴红颊的舞女坐下了，他就为他们介绍：

"这是 Lily——这是李先生。"

那个 Lily 不晓得做了一个怎么样的笑容，然后就打开化妆袋对着小镜子擦粉，静纯自己又拉过一把椅子来坐下。

当着乐声又起来的时候，静纯就和 Lily 向李大岳说声对不住，两个人下场去跳了。他独自坐在那里，自然而然地眼睛随着静纯，他稍稍看出一点那个舞女和他一定是很熟识，因为他们总在低语着，而且那个舞女亲密地把头靠在他的肩上。

音乐停止了，静纯一个人回到座位上，他很高兴似的和大岳说起那个叫做 Lily 的女人，他说她是可怜的，她要养活她的母亲和一个在中学读书的弟弟。

"她和别的舞女也没有什么分别。"

"不，不，从前她可不是这样，我才遇到她的时候她的衣服正象一个女学生，她也不涂脂粉，结果是每天都坐冷板凳。为了'需要'，她不得不如此，我和她跳，完全是为了慈善的原因，我很可怜她，……"

静纯象还有一番大议论要说下去，大岳却有点不耐烦，他故意打断了他的话头：

"你看看，现在什么时候了？"

"呵，都到一点了。"

"你还要跳么？"

"不，我等一等，——"

静纯的话还没有说完，进口处突然拥进来七八个青年男女。他们好象才从一个高等舞场出来，到这小舞场来追求一点刺激。

他们很快地就看见在他们的中间有静珠，静纯就低低地和李大岳说：

"我们走吧。"

"好。"

190

付了账之后，谁也不曾说明，自然而然地拣了一条不能被她看见的路走出来。到了门口，静纯惋惜似的说：

"唉，我也忘记和 Lily 说再见。"

"算了吧，我们赶紧回去吧。"

街上显得更静了，日间奔驰车马的街心，寂寂地躺在那里，人们正可以自由自在地走在它的中间。李大岳深深地喘了一口气，来到这大自然的天地中，他才觉察出来里面也是极压迫人的。

"幺舅，你为什么不跳呢？"

"我，我不会跳。"

"你不会跳为什么一个人到舞场里去坐？"

静纯觉得很奇怪地向他问。

"还不是因为，——因为日子过得太闷。"

"你是说没有好消遣么？"

"也不是，我就总觉得象是胸口里有一口气不能舒舒服服喘出来似的。这怎么说，你们念书的人明白，这是生理上或是物理上的——"

"不，那是心理上的关系。"

"噢，对了，心理上的毛病，我就是犯这点毛病，我看这些社会状况，国家大势都不顺眼，依照我们军人的个性就是打；可是不但打不成，连骂也不成，一股脑儿闷在心里，弄得天天昏天黑地，简直不知道活着是为什么！"

大岳一面说着，一面挥动着手臂；他不是一个演说家，他的手势并不美观恰当；可是正传出来他心中的纷乱。他用力走路，用力吐口水，到他说完了，不得不用手帕擦着满脸的汗珠。

静纯没有回答他，对于社会，政治，他一点也没有兴趣，他只想到自己，他想无论外面变化得怎么样，他总有那么一个安逸的家。

听了一阵皮鞋踏在水门汀路上的声音之后，大岳又向他说：

"静纯，我不明了你，你的家庭环境好，正要大学毕业，你的太太又贤慧，而且不久你就要做爸爸，你有什么不快乐的事情呢？为什么还时常跑到这种地方去？"

"我知道你不明了我，没有人明了我，我也不要人了解。叔本华一生被人误解，到了别人明了他的时候，他已经快要死了，可是他留下来永远不灭的大名——"

这一段话使李大岳更摸不着头脑，那个人名更使他陌生，他才要他说得明白点，他已经继续在说：

"我有极大的痛苦，没有人同情我。我的父亲，我的姊妹，我的母亲，他们都一点也不能懂我，还有我的妻，——唉，她简直是我苦痛的源泉。"

"其实，我总以为个人的事是次要。"

"为什么个人的事是次要呢？每一个人都生活得好，群体不就也好了么？"

"太看重自己，人很容易变成自私的。"

"自私也并不坏呀！"

静纯说这句话，带了一点不平之气，在路灯的光下，看出来他的眼睛微抬着，脸偏向李大岳。

"我是一个军人，心路是一条直统子，我总以为在我们的国家，现在不应该再发生什么意见，要团结一致，养精蓄锐，将来对付我们唯一的敌人。——我说是唯一，自然也不怎么恰当，不过眼前我们只得对付这一个。至于贵府呢，你是独一支撑家门的人，她们迟早总要嫁到别家，你实在应该打起精神来好好努力整顿。譬如令尊大人，上了几岁年纪，一切世态冷热早已看过许多，大事情也做过，如今自然免不了许多牢骚。在这一点你们应该特别了解他，——我的姊姊呢，她多病，你们更应该多尽孝道，说一句不吉利的话吧，她，我想她，不会得到多么高的寿数的。——"

李大岳忽然滔滔不绝地说下去，平时他简直说不了这么许多，对于静纯，也许因为一直没有什么机会谈讲，所以把平日随时想到要说的，这一阵都说了出来。

"——你的太太呢，是一个忠厚老实人，不说别的，嫁到这么多姊妹的家庭，先就不是一件容易的事。难得处了这么久。大家相安无事，而且不久你就要做爸爸了，你自己又加上一份责任。譬如你到舞场去吧，如果是换换脑筋，调剂一下生活，那原来是无所谓的。或是随了朋友们逢场作戏，那也没有关系，千万可别认真。否则你可要上大当吃大亏——"

"我，我看得很清楚，我来跳舞最大的原因还是为了慈善的缘故。"

"唉，唉，慈善的路也很多，世上的苦人也太多，我们还是先看自己的情形如何吧。你们姊妹呢，实在说我接触得不多，可是我却看出了一点，在性情方面真是各有不同。——有的自然是很好，有的好象是太随便了一点，……"

"哼，女人没有用处的，早晚还不是嫁出去了事。"

"静纯，你可不该存这份成见，我是个粗人，自从一二八以来，我都认识了女子的能力。有的固然是自甘堕落，情愿做男子的玩物，有的可真不同，虽然限于体力的关系，她们也照样的吃苦，能做事，任劳任怨……"

"我总以为女人最多不过只能在心灵的修养上有所成就，或是能给一点活力，帮助男子们创造——"

"这不成，这不成，将来有一天她们也一样能够拿起枪来和我们并肩作战，保卫祖国。你也许不大出远门，看不到许多事，在福建，在广西，女人们比男人们还能吃苦耐劳，不要只把眼睛放在都市上，都市的女人们只学得外国女人们的享受，可忘记她们应该有的劳作。——"

"我没有想到么舅对于妇女问题也有研究。"

"嗐，我那里说得上研究，不过一知半解而已，这年头，实在不容一个人昏天黑地过日子，什么事情都得张眼来看，真是世界之大，无奇不有，我不过是人海中的一颗水珠，小得很，小得很，比不了你们受过高深教育，我的知识更是浅得很，浅得很，……"

李大岳笑着结束了他的话，他们就是这样边走边谈到了家，那时候静珠还没有回来，就是在那天的夜里，发生了叛兵攻城的事，可是他们没有听见，许多人都没有听见。

十三

×城的情形，并没有能因为遵从日本人的意见，把中央的党政军宪机关撤退而获得真正的安宁。日本人大量地把高丽人运进来，随着他们来的，是白面和海洛因。

先是在东区一带，挂起了××洋行的标记就起始营业，过后就蔓延到各区了，在每个大街小巷都有他们的踪迹；他们不用有什么记号，已经上了瘾的人自然而然会找到他们的门上。

那是比杀戮还残忍的政策，那么容易，那么方便，上了瘾之后，死也不能戒除，还要贻害子孙。

为了禁绝，什么法子也想到了，先是不许把房屋租给来路不明的人，可是跟着日本人就来了抗议，于是只好把有嗜好的加以逮捕，强加戒除，再犯的时节就处以极刑。

可是这好象也没有什么效果，由于人民的穷苦和知识的低落，一经染上这种不良的嗜好，就终身也不能戒除，只得成批地把他们的生命结束。

但是这，正是日本人所企望的。

有一天，静玲自己去看她的同学，回来的时候在路上看到几个警察押着一群锁着的犯人。他们有带胡子的，也有女人，可惊的是还有十五六岁的孩子。问到路人才知道这都是些白面犯。

她好奇地随着他们走，忽然其中的一个象死了般地倒下来，在他身边的那一个不得不蹲下身子，全队的犯人也无法前进了。

那个倒下的，苍白的脸色转成铁青，嘴里流着口水。押送的警察叫他，用手摇他，都没有一点影响，到后爽性用脚踢他，可是他还象死狗一样地躺在地上。

"这阵子装他妈的哪份死狗呵，反正早晚有一天要喂狗的。"

那个躺着的人当然听不见，那些连锁着的犯人可每个字都听到心里。他们相互地望一望，把头又低下去。

"这可怎么办？"

几个警察集在那里焦灼地商议着，天是快要黑下来了，他们一定有紧要的大事，后来他们几个人一齐去踢他拉他；可是他还只软瘫地躺着。

另外一个犯人和他们说：

"你们打死他也没有用，找点冷水来喷喷他吧。"

他们遵从他的话，从店铺里要来一盆冷水，泼在他的脸上，他才无力地张开眼睛，还极疲乏似的伸直了两手打了一个呵欠。

"别他妈的舒服啦，站起来赶路吧，我看你简直是成心跟我们过不去！"

一个警察蹲下去打了他两个嘴巴，他摇摇头，才更清醒些爬起来走路。

他的脚步仍然很不稳，时时要跌下去似的，在他近旁的犯人，好心地挽他一把。

天更有些暗了，迎面驶来的汽车，亮起灯来，突然那个犯人朝那强烈的白光撞去，一个警察抢上去没有抓住，那辆汽车赶紧煞住也没有来得及；于是在街心有一摊血还有一具轧碎了头颅的尸体。一个警察赶紧拦住汽车，那些犯人都坐到地上，人们也围拢。

"真是，这何苦呢，放着好路不走。"

人群中一个这样惋惜地说着。

"您不知道，这种东西可真霸道，犯起瘾来真是活着不如死了好。"

静玲并没有再站在那里看下去。她的厌恶的心多过她的怜悯，还引起了她心中的愤恨。她想这局面不能就这样下去的，应该更有一种方法来制止，否则不到几年，一大半的人都要这样死掉了。

不是没有采取更有效的办法，在每一家高丽人住宅的门前有一个警察，说是来保护的，实在是每个出来的中国人都要搜查，只要找到违禁品，立刻就丢到监狱里。可是当他们觉察了以后，那些高丽人会送上门去，还有更聪明的办法，就是在手帕包了一只驯鸽，买好了毒品就拴在它的脚上，它先自飞回主人的家里，那个购买的人再从容不迫地走出来。

由于吸毒犯的增加，社会是更不安宁了。盗贼的增加自是必然的事，还加多了许多下等流氓。他们听从浪人的指挥，平时就生活在那些洋行里，随时有什么机会都准备对这个城加以骚扰。

在三个月以后，日本人一面向政府提出撤换华×区行政长官和×城市长的要求，一面还派出来那些流氓，到公署里请愿示威。

那完全是无耻的一群，每个人的手臂上套了一个太极图八卦的臂章，各自举了一面杏黄旗，从东区的洋行里出来，一同向长官公署出发。

他们的旗帜上有一切稀奇的字句，完全是些腐儒和曲解的佛道的语句，甚至于连"替天行道"的字样也有。为首的是一个穿了中国衣衫的浪人，他虽然装扮得很好，可是他的胡子和他的步履却瞒不了人。

在公署的门前他们站住了，门前荷枪的卫兵把枪托到手上，可是无法拦阻他们，他们笔直地走到二门。他们还要冲进去，更多的卫士堵住了门，他们才停住脚步。

他们叫嚷吵闹，交涉员一面通知日本领事，一面派人去接洽。日本领事巧妙地推说并不知道，可是这群流民，一点也不可以理喻，仍然啸聚不散，那个浪人，还什么也不顾地在庭院中小便。

一个年轻的卫士气得脸红起来，他简直想瞄准了，他的同伴拦住了他，和他说：

"不要乱动，你看，这阵连长官都不去碰他们，他们一定有相当的背景，我们打死他们有谁替我们做主？"

"难说我们就要这群王八蛋这样闹下去？"

"我想总得有个办法，小兄弟，你忍忍气，早晚也得有出气的日子。"

就是这样的"请愿"继续了好几天，同时还流着一种谣言，说是如果"请愿"再不生效，有三千人便衣队由旧军人杨二虎指挥强占这个城，人人都明知道这一切都是日本人在指挥导演，想更增重这个城的恐怖。

在当局这一面，真是费尽了周旋的苦心，一面和日本人交涉，一面把附近的驻军调来，换了警察的制服，准备恶劣的变化。

果然在一天晚上，浪人和流氓出动了。他们从东区出发，配备着步枪和手枪，向着市政府进攻。显然地他们看到了在中国这一面是没有准备，夜是沉静的，连值岗的警士也不知道到哪里偷懒去了，每家店门都深深地关着。

他们得意地前进，过了××街，忽然机关枪的声音哒哒地响起来。走在前面的朝后奔，被攻击的后部向前冲，人惊叫着，全忘记了他们的武器和他们的任务。手榴弹也密集地掷过来，机关枪更是不断地绞着。那群浪人和流氓象草一样地倒下去，没有一个生还。居民关紧了门从缝里张望，等到枪声停止了，他们跑出来帮同那些警士收拾那些尸身，在天明以前，连那污秽恶臭的血也洗刷得干净了。

在日本人一面，这是一件说不出来的苦，他们没有法子把这事件提出正式交涉，只得在另一面积极地压迫中国政府，仿佛说是如果不把长官和市长撤换，日本驻军则要采取自由行动。

人心是惶惧的，有钱的人把箱箧和家属填满了南下的火车，好象不可终日的样子。许多平日嚷着爱国的人，早就一溜烟走了，大学和古物也预备南迁，于是引起了热烈的辩论，一面表示是一切应与城共存亡，一面是以为不必有这无谓的牺牲。

十四

一个清早，一辆汽车在黄公馆的门前停下来，坐在前座的仆人跳下来取出一张名片敲着门。老王打开门，接过那张大名片，就急急忙忙地去回老爷。他只识得有限的几个字，可是他知道来看老爷的正是市长。

黄俭之才洗完脸，听到老王的话也稍稍有点慌乱，因为这许多年也没有什么大官来看他，虽然蔡市长从前原来是他的下属。他一面吩咐老王赶紧把客厅打扫一下，一面把衣衫穿得整齐些，还把那几根头发仔细梳理一番。

他亲自迎出门去，那位市长先生急忙下了车。于是他很客气地把客人迎到客厅里，老王就急急撤身出来，去预备茶水。

他偷偷望着他，只发觉他的脸长成圆胖的了，那颗鼻子也大起来，这是和先前做他的下属时候不同的。

"自从来到 × 城，总是因为事情忙，也没有能时常到面前来领教，真是很对不起。"

"哪里，哪里，我也因为懒散惯了，没有常去问候，——"

"来到这里还多承帮忙，心里实在感谢得很。"

这句话却使黄俭之窘住了，他不知道怎么说才好，他明白这是说的请他做参议的事，可是他这个参议，除开接受每月送上门来的薪水，实在是没有尽一点职责。

来客看到他那窘迫的神气，就不等他自己又说下去：

"现在局势可不同了，我想您也有些耳闻。"

"呵，呵，是的，不过，不过局外人总不十分太清楚——"

"日本人一步步逼上来，这几个月，我应付得真可谓焦头烂额了。"

"国家多事之秋，自然要能者多劳。"

"唉，什么都说不上，现在我们既不是国家的官吏，又不是人民的公仆，简直是日本人的狗！"

市长显得有点愤慨，他不能节制自己的情感，气急地说出来。

"还有那些奸民，还跟在日本人的后面请愿，真是寡廉鲜耻！"

"都是些妖孽，妖孽，这种局面实在不是好现象，——"

"我也没有法子了，我想硬办，也没有人给我做主，大约不久我就离开此地了。"

"何必灰心如此，总能想出一个好办法。"

"也不是我灰心，就是仍然本着一股热诚，我也不能再做下去。事情都是一误百误；当初中央如果不完全顺日本人的意，他们也不会再逼三逼。"

"其实我们应该有一定的国策，否则任是谁来也办不了。"

黄俭之象是很焦虑地用手摸着自己的头发，忽然记起来他的头发是经过梳理的，赶紧又顺了两下，轻轻把手放下来。

"就是苦在这里了，将来这个局面一定也弄不好，我是就要交代了，不久到南边去，老兄我也盼能到外边去散动散动，这里总归不是一个好地方。"

"一个地方，日子住得多些，就自然而然生出感情来，再加上内人的身体不好，所以就更难得移动。您这一番好意我知道，将来有机会总要离开这里。"

"我是就要走了，此来也可以算是辞行，将来再有机缘再来讨教吧。"

客人一面说一面站起来，他也站起来说：

"您哪一天离城，请赏一个信，一定到站恭送。"

"不敢当，不敢当，……"

相互地鞠躬相让，人已经走到院子里。老王赶紧拉开大门，恭敬地垂手站在那里，汽车起始轻微地抖着了。

随仆打开车门，等他坐进去，关上门，车就起始动着了。在后面玻璃窗上还看到一张微笑的脸和高举起来的拱拳。

　　一直到汽车转了弯，黄俭之才转身回来，不提防一个身子猛地撞了他一下，才要发作，就看到原来是静玲。他也不能完全抑制住胸中的怒气，有一点不高兴地申斥着：

　　"做什么，一个女孩子家，有什么心急的事要跑得这么快？"

　　"我，我正要找您，……您不知道，……方才，方才我的一个同学来了，……他，他说，我们一个朋友叫薛志远的，……"

　　她一面喘不过气来似的断续地说着，一面用手掌擦着脸颊上淌下来的汗水，好象一张嘴不够她用似的。

　　"有什么大不了的事这样忙，走，到里面去说。"

　　黄俭之转过身走向里面去，她就随在身旁不断地说：

　　"那个薛志远，原来是很冤枉地下了狱，……判定无期徒刑，……他的，他的家又不在这里，……最近忽然不见了，……到狱里去看他说是没有这一号——"

　　"怎么，你会到监狱里去看他么？"

　　"不，我没有去过；我的那个同学去，他叫赵刚，是我的同班。……"

　　他们已经走到俭斋，静玲扯了一个谎，她自己觉得有点不自然。

　　"那么怎么样呢？"

　　黄俭之坐到一张藤椅上，也显得心神不宁似的。

　　"有人说象他们那种犯人，已经秘密执行死刑了。"

　　"哪里会有这种事，他既然在监狱里，就是经过法院的审问，哪能随便就办？"

　　"那我不知道，不过我求爸爸向市长去探询一下，看看有什么消息。"

　　"×市长人家在忙着办交代，就要离开这里，哪里有这许多闲工夫办这些个人的事。"

　　"爸爸，他不是为了个人才入狱的。"

　　"我不管，他一个人的事，我就说是个人的事！"

　　黄俭之固执地，摇着他那光亮的头，他的心里确实也很烦躁，他最近才想到在中国连一点清福也享不到。×市长一离职，每月的干薪不用说是拿不到了，将来的局面会到怎么一种地步也实在说不定。

"不过，他是一个很好的人。"

"好，好还会下狱？"

"那是这个社会不好？"

"社会不好，社会不好还不是他们那些新潮流新思想弄坏的。"

静玲看到事情没有什么指望，还把谈话的中心扯得很远，就噘着嘴走开了。她走到院子里坐在石阶上用手支着头想着，想了好半天也想不出什么路子，还觉得头脑里迷迷糊糊的。

她呆呆地坐了好半天，一点结果也没有，不自觉地又把手指送到嘴里去咬，一直咬得有点痛了，她才记起来，就烦恼地向自己说：

"咳，这怎么说，又不是一个小孩子！"

她悻悻地站起来，两只手用力地拍着衣服上的尘土，费利当是逗着它玩，兴冲冲地跑过来，把舌头伸了出来，不住地舐着她的手。

"真讨厌，滚开！"

她缩回手去，想打它一下子，可是没有打着，自己就一转身，又跑到房里去了。

十五

深秋，枫叶烧红了紫云山，许多人仍然不曾失去他们的雅兴，赶先赶后地去玩赏。在那条出城的大路上，不断地来往流着。夹路的树叶也飘飘地坠落下来，遍山的红叶也渐渐地从枝头铺满了山径，到只留下成林的枯枝，游人没有了，住在山上的人也都搬下来了。

今年的游人更出奇地众多，有的带了惜别的心情，私下里想着将来不知道哪一年才再能看到；有的是被这恶劣的氛围实在压迫得喘不过一口气来，借着这个机会来疏散一下胸中的郁闷。

在一个休假日的清早，李大岳和静玲也夹在这些游人之中到紫云山去，他们是早已约定去接静宜和母亲下山，所以他们预先租了一辆汽车，本来静纯也要去的，因为他没有起来，他们就乘着机会先走了。

"么舅，你说说，你对于我大哥的印象如何？"

"他么，——"李大岳仿佛还想了一下子，才接着说下去，"他也很好。"

"怎么，你也说他好？"

静玲简直气极了，她原来是想和他发泄一下这些日子来对于静纯的不满意的地方，没有想到李大岳这突如其来的回答。

——你说他什么好吧！她几乎想叫出来，可是她只在自己的肚子里盘算；他总算混毕业了，既不打算深造，也不想尽自己的一点力量来造福人类；天天用那对凶眼睛翻着看人，好象对什么事情都没有兴趣，都看不起；实在是随时都在注意别人，一觉得有一点敌意立刻就攻击起来。他没有热情，也没有能分析的冷静的头脑，只是象阴影一样地闪来闪去。他全不注意外面的变化，自己享乐，十足的个人主义。他全不爱别人，有时候还要发挥他那空虚的哲学。家不存在了也好，国灭亡了也好，对于他好象全没有什么关系，这许多错误的观念都是使静玲不能忍受的。她时时都想着是真的有所谓冷血动物，静纯一定是一个。他对于青芬的态度也使她不满，自然她觉得青芬也没有用，为什么一定要依靠一个男人呢，为什么一定要依靠一个象他那样没有用的男人呢？可是他的漠然，甚至于他的鄙视，使她的心大为不平。这一个暑假使她看得够了，尤其对于她，他也抱着一种鄙视的态度，那是更难使她忍受的。谈到她的时节，他还人前人后地说她幼稚，不明了天下大势。

"凭什么你说他还好呢？"

她想得气起来了，猛然间一拳打在李大岳的膝上，使他简直惊得跳起来，嘴里叫着：

"哎呀，我的五小姐！"

其实，在先前，李大岳原也看不惯静纯的；可是自从那次他们在舞场偶然遇见了，他们中间就存在了一个新的联系。静纯不必说了，他是时常来的，李大岳也因为无处排遣才来做一个旁观者，因为有了这么一个好的领导，他也从旁观的地位跳下海去。他原是一条壮年的汉子，还不曾和异性接近过，很容易就把自己沉醉了，静纯还很慷慨的把那个"为了慈善缘故"才认识的Lily介绍给他，他们很快就成为一对极好的侣伴。

有的时候李大岳独自对着一瓶啤酒在默默地想着，一半悔恨一半气愤地想着自己的生活。他由自己想到社会，想到国家，他立刻希望自己是一堆烈性炸药，突然爆炸，把一切都化成无影无踪。

从前他还看不到这么清楚，自从来到这个城，一切的事就在他的周围发生，他真奇怪那些大员怎么那样服从，真是有了耶稣的精神，被打过左嘴巴，立刻就把右嘴巴送上去。

他想，只要有那一天，他就要把自己的性命献给国家；可是没有，这个国家整个地在受辱，连累他也不得不受这份耻辱。

和静纯接近之后，他看出来他也有一份心思，他也有说不出来的苦处，有时他们两个人就默默地在那里坐上几小时，喝干了几瓶酒，然后又默默地走。在这沉默的，不肯告白的情况下，他们的心是交流了，微微地他们感觉到互相怜惜的思想。

"你不知道，"李大岳又向静玲说，"他也有一份说不出的苦衷。和我一样。"

"和你一样？和你有什么一样？"

"唉，你们不了解，没有人能了解！"

"呸，去你的吧，你实在是不了解他，可是我都了解你们。"

她鼓着嘴巴，脸红涨着，因为着急鬓角上都有微细的汗珠沁出来。李大岳没有再说什么，只是微微地笑了笑，在他的笑里，她分明看出来他觉得她是太年轻，太不懂事。

"——可是我不了解我们的国家。"

从不肯示弱的静玲，忽然声音放低了些说。依照她的年龄，实在还不到讨论社会政治的时候；可是这个特殊的时代，很快地教育了他们，使他们这些充满了热血的孩子，早就把注意力放在这个抚育他们的又亲切又衰落的国家上。

"譬如说吧，自从一二八以来，我们实在应该确认日本是我们唯一的敌人了，可是处处还表现友好的样子，这真是使我不明白的。"

"那，那我也不明白。"

"听说我们的海军还造了两条军舰，也是由日本船厂承造，这不是很明显的事么，他们怎么会把好军舰给我们，我想连小孩子也明白这种道理。——"

"这也是使我不了解的地方，我想其中一定有什么理由，看情形我们不象是就这样屈服下去，可是到底是怎么样我也说不准。"

车迅速地行驶着，路边的树和人急遽地向后退去。静玲忽然奇怪地想着那些树，那些人是不是也有同样的感觉。

她自己立刻就给了"不是"的回答，因为她想到了她周遭的人们。父亲是老了，他的思想早已停滞了，个人的事固然都是有关气数，国家的事也有它一定的命运，而且一提到日本，他那一套不移的谬论随时都会发出来：

"什么，想跟日本人打，那就仿佛拿鸡蛋朝石头上摔。我们怎么比得上人家？虽然他们的文化原来是从我们偷了去的，可是明治维新以后……唉，唉，简直不要想了吧，那简直就是拿鸡蛋朝石头上摔！……"

母亲呢，她是被病魔害得连生活的兴趣也不浓厚了的人。大姐的视野，最大不过是这个衰落的家，她简直是无理由地，固执地想牺牲自己，实在又对于什么人都没有好处。静纯是她想起来都要皱眉的人，还有那个可怜的青芬。静茵出来了，也许她还能有一番作为，可是谁知道呢，她又离得这么远。静婉是那么一个过时的人物。她简直又是一个多愁善感的"林黛玉"。她时常奇怪为什么一个人的情感会那么脆弱，她想为什么她不能节制一下，把那点精神省下来去做点别的有益人类的事情？可是静珠呢，她真是有害人类了。真不明白她是怎么一份心肠，她把老年人变成年轻，明白人变成糊涂，有用的青年成天垂头丧气，聪明的家伙转成愚蠢，她时常说的游戏人间，在静珠想起来，她是在糟蹋人间。还有菁姑，她天天盼望这个家败，她也天天盼这个国亡，她的心是：我倒了霉，让你们也都不得好。

是的，这就是生活在她家里的人，至于在学校呢，她只和那个赵刚熟，他虽然有一番热心，可是太不沉着：那个能干的薛志远，早被丢进了牢狱，从此不见天日，而且最近还听说连去向都没有了。

正在思想这一切的时候，车倏然停了，还当是出了什么意外，定了定神，才看到他们已经到了紫云山的脚下。

"我真没有想到，这么快，就到了！"

她说完，就敏捷地跳下来。

十六

从山上下来，母亲和静宜都有一副健康的颜色，更使母亲高兴的是青芬不久就要生产了，她想着那时候不但她自己可以看见下一代的人，静纯那个古怪的孩子也许会回心转意了。

可是她还没有高兴，就先和李大岳生了一顿气，由于菁姑早就告诉了她说是他怎么在外边贪玩，每天都是深更半夜地回来。她就一刻也不能忍耐地把李大岳叫到面前：

"你，你怎么自己不争这一口气？你一点也不替我想想，照这样子你给我滚吧！"

那个中年汉子，笔直地站在她的面前，听完了这一番话，果然就到下面去整理自己的行装，准备离开这里了。还是黄俭之拦住他，和他说：

"你还不知道你姊姊的脾气么？回头上去认个错也就算了，都活过来这么大岁数，只求意气之争是没有用的。"

"不，我姊姊说的话都对，我只觉得对不起她，——"

"那就是了，何必一定要走呢，难道你姊姊一定愿意自己骨肉在外面漂流么？"

"好，我服从姊丈的话，遵从姊姊的意思，从今天起好好做人！"

李大岳象站在长官的面前一样笔直地立正表示他的决心，随后又把行装解开，轻轻地走上楼去，想向姊姊赔罪，却被阿梅拦住了，说是太太正在养神，最好这阵不要惊动她，他只好又悄手悄脚地走下来。

这一天，天气正是很晴朗的，忽然在他的心中有一种稀奇的感觉，他忽然觉得很空，觉得自己是一个漂浮不定的无根草。他信步走到院子里，就在墙角那个小亭里坐下来，居然象一个哲学家似的思索起来了。这在他那将近四十年的生涯中所没有的。他想着他自己的一点用处是放到战场上拼命，为国家效劳；可是如今偏偏要他寄人篱下，平平庸庸地做一个吃了睡，睡了又吃的无用汉子。他的长处别人一点也看不出来，他的短处都被人详细地看到了。他又想：一个人这样地生活下去还有什么意思呢？他想人绝不是为消磨日子才活到这个世界上来的，也绝不是为了吃饭才活下去的。他原是一个有血有肉的男儿汉，也是从枪林弹雨里钻过来，难道真的就这样被这平凡的生活腐蚀下去么？

他狠命地把两只手掌在自己的膝头上一拍，就往来地踱着。他焦灼地迈着急步，迅速地转着身子，恰象一只被关在樊笼里的猛兽，不知怎么一来他忽然想起被囚禁在爱尔巴岛上的拿破仑的悲哀，他想着不知道哪一天才是他显露身手的日子。

想到自己的不幸，于是他又想起了那个不幸的 Lily，他也完全同意静纯的说法，是"为了慈善的缘故"才来和她交结的。可是那个 Lily 一见了他就和他说她欢喜他这个人，因为他爽直，说到静纯的时候，她也要说实在弄不清黄先生的心。

他还记得有一天，她约他在公园里等她，正当他等得有些心焦的时候，一个穿了布衣的朴素的少女突然向他说：

"喂，李先生，你早来了。"

"呵，呵，我没有想到是你，Lily！"

这时他才看到拉在她手里的还有一个十岁左右的男孩子。

"来，给李先生行礼，这是我的小弟弟。"

那个小孩子怪不好意思地向他鞠了躬，就径自跑到花栏那边玩去了，他们这才找了一张长椅坐下来。

"我从来也没有看见你穿这样的衣裳。"

"两年前，我一直就是这个样子，一来到这里，我的生活就变了。"

"怎么会变呢？"

"原来我的父亲是一个小商人，在家乡还开了一个南货店，那时候我还在县立中学读书，后来，他突然死了，我们还满以为那个店能维持我们的生活，也不知道是怎么回事，那份家当还抵不上他的债务。"她一口气说了出来然后叹了一口气，"你想，那时候死了老子早就够伤心了，还加上那些逼命讨债鬼，实在是把我们搅得一点活路也没有了，就在一天晚上，我们母子三个，偷偷地跑了。"

"就跑到这里来么？"

"可不是就跑到这个倒霉的地方，这一下子可更走上绝路，后来就进跳舞学校，别人学跳舞为的是享乐，我可为的是生活，我想，没有别的路可走了，我只花去十块钱——"

"十块钱？"

"是的，十块钱的本钱，居然能养活了我们一家，我还把我的弟弟送到学校里读书。"

"唉，唉，——"

李大岳那时候象是既同情又惋惜似的哼着，可是 Lily 却巧妙地自己点起一支烟来抽着。

"生活是用不着叹息的，我以前也过不惯，一想到我所做的事情我就非常惭愧，遇见从前的同学我也不好意思说，时常低着头想法老远就避开，可是后来不用我去避她们了，她们自然就避开我，好象我是一个有恶性传染病的人。可是这却激起我的勇气，我想我有什么比不得人的地方呢？我工作，我得到酬报，我用这钱养活我的母亲，供给我的小弟弟读书，我有什么不正直的地方呢？从此我就什么都不怕了，什么都不在乎，只要我自己认为对得起自己，我就管不着别人。"

她说得很坚决，很勇敢，这一番话真也是从她的心里吐出来的。那时候李大岳也着着实实地被她感动了，很担心地和她说：

"你不想想一个人，——一个人年轻的时候不长么？"

"那，那怕什么，等到我没有用了，弟弟长起来了，他可以好好做事来养我们。"

"假如，现在有一个人，他对你好，会养活你，让你好好地从头生活起——"

"不能只对我好，要对我们一家人都好，你想想天底下还有这么大的傻瓜么？"

"哼，也许有的——"为了她的爽快，那份坦白，他自己几乎想做那个大傻瓜了，可是到底他的脑子一闪，好象谁在他的头上重重敲了一下，告诉他："你要明白，你是一个军人，你该随时以身报国的，你决不能轻易地把一个圈套加在自己的身上！"他立刻就把口气改过了，说："等我慢慢给你找一个。"

这些事，在他当时做的时候，一点也不觉得是不对的，可是这一切也成为别人攻击他的口实。为了寄居在别人家里，为了病弱的姊姊，他也不得不认个莫明其妙的错。

忽然他又没头没脑地想起来：

"是我错了，还是这个社会错了？"

"你说这是谁的错？"突然间从顶楼上发出这高亢的喊叫，他仰起头望过去，就看见那个猫样的小圆脸正从那个小窗口伸出来，"这些事我怎么知道？太太上山去避暑，也没有把这个家交代给我照看，如今出了毛病，都找到我的身上来了，反正也不是我偷的，我才管不着，当初你们谁看得起我呀，可有哪一个人过来好好和我说：'姑太太，您多偏劳吧'，好，这阵子，倒想起我来了，我管不着，我管不着——"

她那干枯的，嘶哑的声音，象哭似的号着。李大岳茫然地望着，不知道是怎么回子事，也不知道是谁惹了她；费利向这古怪的声音吠叫，住在楼上的静宜听得不耐烦了，把窗门关起来，还把窗帘放下来。那只狗不停的鸣叫激怒了顶楼上叫着的人，不知把一件什么东西从楼上丢下来，那条狗一溜烟就跑开了。

十七

说是为了应付当前大局的变化，和家庭中一切急待解决的问题，在一个星期日的早晨，那个停顿了许久的家庭会议又召集起来了。这次李大岳也有了一席，因为他虽然不是这个家里的人，到底象黄俭之所说的："他在外边也混了这么多年，见识的不少，尤其是在军事和政治的一面，他总能给我们许多好的意见。"青芬是特准缺席的，因为她的身体已经到了极不方便的时候。

黄俭之首先站起来，这一个夏天他过得很好，一面因为把酒戒除了，身体显得好起来；一面因为看到这些日子大局的变化，从前的那份郁积不知消到哪里去了，反而觉得能安然家居是自己的运气。

他的圆脸显得更丰满些，虽然因为要应付的许多麻烦事，使他的上额多了一两条皱纹，他的眉头也常常要锁起来。他的胡子添了许多灰白的。左眼虽然还显得有点小，却并不时常抽动了。

他咳嗽了两声，抹抹胡子，把手里端着的水烟袋放到桌上，换上那副老花眼镜，把放在面前的当天的报纸拿起来。过后，想起来这不关报纸的事，就又把报纸放下，把那副花镜又放到桌上，他又咳嗽了两声，才说：

"我们，我们，很多时候没有这样谈话了。——"

这时不知道谁低低地说一声，"爸爸还是坐下说吧。"他就应着：

"好，好，我们还是坐下来谈。本来我顶愿意有这样的机会，大家都能说出自己的意思，就是发挥个人的意见，我知道，——我是老了，我是过时了，——可是在这个过渡的时代，我还有点用，再，再怎么说，我吃盐也比你们多吃几十年……"

他得意地用眼睛把大家都瞟了一下，为的看得清楚些，他还把放在桌上的那副眼镜加上。"——今天我想讨论国家大事，家庭大事，还有，——每个人自己的计划，自己的意见。"

"先说我们的家吧，最值得高兴的事就是你母亲——"他看到李大岳，又改了嘴说，"你姊姊——她，她的身体居然好起来。唉，唉，她真该好好地多享几年福。不要以为她不足轻重，没有她，这个家就不成样子了。"

他顿了顿，又把眼睛扫了一番，接着说。

"宜姑儿的身体也好起来，这也不能不说是我们的福，'长姊若母'，她这么许多年来招呼你们，管理这个家，实在也真够她受的了。可是，——我们也有不幸的事，你们都知道，市政府改组了，我们现在连一文钱的收入也没有了！不过，不过静纯就要到社会里去，至少总能补助一点家用。——"

被说到的静纯不安地也有点不屑地低下头去，他突然想站起来要说什么了，静宜一把手拉住他把他拦住了。

"我时常要你们节俭，并不是我有钱舍不得给你们用，实在是有一天怕我们不能维持。你们不要看我们住的这所大房子，早就押给别人了！"

他说过后，又接了一句："大岳也不是外人，我才这样说，平常我也不和你们说，为的是你们都在求学的时代，听了这些话，没有什么好处。可是，可是，任凭我说烂了嘴，你们没有一个肯听我的话，不信你们看。——"

大家的眼睛不约而同地看着静珠，她近来老早丢掉那个方亦青，她又恢复了从前的盛装；可是她并不因为他们的注视显出一点不安来，她还是很镇静地坐着，心里说："哼，我也没有多用一个钱，还不是和你们的用度一样！"

"——当然，天下事原来是如此的，从俭入奢易，从奢入俭难，不过我不得不老实告诉你们我们的实况。我们的生活全靠那点存款，这笔存款还是押借来的。——那好比自己吃自己的肉，总有一天就吃光了；还有那不死不活的股票，卖出去不值钱，每年就只有那么一星半点的股息。当然，红利是谈不到了。家乡的地呢，也缺人照料，这么多年也没有收到佃租，问起来不是旱就是水，总之是没有一年好的。可是我不悲观，我不相信我们就这样完了，我还有一段好运，而且你们不久都要长成了，自然也会把这个家再兴盛起来；可是——可是更使人忧心的是眼前的大局，这，这，我想你们都很明了，很清楚。——"

这句话说得并不正确，静珠就茫然地望着静纯，静宜到底也不知道城里这些天出了些什么事，从静婉那永远忧郁的脸又什么都看不出来，只有静玲才想得意地来报告，父亲又继续说下去："就说这许多次奸民的暴动，完全是不祥之兆，所谓'国家将亡，必出妖孽'！当然我并不是说我们的国家要灭亡了，不过就这许多年的政治外交军事看来，希望实在是不大，说来说去，李合肥还是个人物，他倒不象现在的外交官，一味要取媚外人，他有骨气，替中国人争了不少面子，——"

"哼，中国就害在好面子的上面。"

静玲只是自己心里想，并没有说出来。

"——我也并不是说有了李鸿章中国就有办法了，根本的原因是积弱过甚，所谓弱国无外交。……"

他原来对这些事都不注意的，这几个月来忽然象装沙袋似的把它们都装到脑子里，说的时候就又象倾倒似的吐出来，他偷偷地看到听的人也不大感到兴趣，就立刻换了一个问题：

"我想我们还是先讨论个人的计划吧，从早就和你们说过，每个人的用度都要有一个预算，你们谁也没有预算给我，一天天地只是糊里糊涂过日子，对于将来都没有打算。有一日散了台，那就再也收拾不起来。静纯，我想你的大学算是毕业了？"

"唔，毕业了。"

静纯毫无兴趣地回答着，那副大眼镜好象太沉重，把他压得连头也抬不起来。

"我记得你的毕业作文是苏东——"

"不，不，我的毕业论文是叔本华哲学的批判。"

他急急地改正着，他感到一种被误解的悲痛，脸有点红涨起来。

"叔本华，唔，叔本华，我还以为是苏东坡，他是中国人么？"

"不，他是德国人，十九世纪的大哲学家。——"

"我真奇怪，为什么我们的学生都好讨论外国的学问，外国的学者却来研究中国的孔子老子？这些事我想不必多说，我一直以为你的文章没有完，学校还不算毕业；既然是毕业了，我想你总有个打算。"

"我，我还没有想到，我觉得先需要休息。"

"你并没有好好休息呀，每天晚上都看不见你，难道这是休息么？"

"我的意思是休息我的脑子，医生断定我神经衰弱。——"

"唉，神经衰弱，这么年轻的人就神经衰弱！"

黄俭之气冲冲地说着，和静纯谈起来，他时常就忍不住气，虽然他自己随时提醒自己他是他独一的儿子，他真不明白他的个性是怎么来的，照遗传说起来，那简直一点根由也找不出来。

"我的意思是想来收拾这个家，要从两方面进行，那就是开源和节流，节流是不必说了，大家都省着用，开源呢，——那就要靠你们了，我是辛辛苦苦地把你们养大，受过了高等教育，自然你们就该明白自己的责任。

"可是我的意思也不是养儿防老的腐败思想，我不算什么，我是快到花甲之龄的人了，也不希望再活多少年，就是这个家，你们自己，不是还得要好好生活下去么？其实，都还是为你们打算。"

一时间，没有什么声息了，可怕的沉默压住每个人的心，静纯知道父亲的这一段话，全是为他一个人说的；可是他不想说什么，自以为他一直就被人"误解"。静宜想到将来，觉得有点空，有点缥缈。静玲是什么都不怕的，她知道她可以不靠什么人，自己就能生存。静珠呢，她知道她这一生一定有人负责的，她大可不必操这份心，不过一直到今天她还没有决定这份责任该归到哪一个人的身上？甚至于也没有想到该归到哪一种人的身上。至于静婉她时时想到王大鸣，那个可怜的诗人……李大岳却什么也不愿，他一直在等着，有一天中国和日本打仗，他第一个要把自己的生命交付国家。

每个人虽然各自有一番想头，可是谁也没有说话，那可怕的沉默仍然压在每个人的心上。突然一阵急遽的脚步声把楼梯踏得山响，紧跟着门就推开了，阿梅上气不接下气地说：

"老爷，大少爷，大少奶奶不好了。"

"怎么，怎么，……什么事？"

人们都惊慌地站起来，阿梅却改了嘴：

"不，不是，少奶奶要生养了，太太要我下来告诉老爷快点派人去接医生。"

这句话立刻使过分紧张的心情松弛下来，静宜首先跑到楼上去，静珠静婉静玲随在她的后边。黄俭之也匆忙地吩咐着：

"大岳，你去一趟，到天主医院去接陆大夫，她是这城里顶好的产科大夫，——静纯，你到上面去看看你的内人，唉，唉，女人们生产，真是一只脚跨在棺材里面的；阿梅，去，去到后边多烧开水，告诉张妈把香烟预备好，祖先堂打扫清爽，——唉唉，下一代人，下一代人，快去告诉李庆，接少奶奶家里的人？——"

他仓皇而匆促地吩咐着，可是在他那紧张的心情中却露出一点快意，他是高兴，他仿佛随时都预备笑出声来的，当着李庆来问少奶奶家住在什么地方，他才记起来她的家原来不在这个城里。

"好，你不用去了，把院子打扫干净，听见没有？"

李庆答应着走了。他想坐下来静静心抽一袋烟，可是无论怎么样都没有能做到。他还是立起来，两只手背在身后，往返地在那间客厅里踱着。

十八

头一天下午，青芬不知怎么想起来整理冬天的衣服，她也没有告诉别人，自己在房里足足忙了一个下午。到晚上，已经感觉到肚子有一点痛了。吃过晚饭独自关到自己的房里，还想把一件没有织好的婴儿毛衣做一些，因为实在兴致不好，又不舒服，就落寞地睡到床上去了。

静纯还没有回来，她并没有睡着，也没有关灯，轻微的阵痛使她不安宁。她不知道是什么原因，她也没有和别人说，她极力地忍耐着。

很晚很晚的时候，静纯回来了，那时她还没有睡着，可是她的背朝外躺着，一动也不动，甚至连细微的呻吟也忍住，假装已经睡着的样子。她已经看穿了，她的全部的希望只放在将来的孩子的身上，对于静纯，她完全失望了。

他不久就很安恬地睡着了，这时她才不再强忍，因为痛苦而发出的呻唤，只是轻轻地，伴合着寂静的深夜行进着。

这一夜她就没有入睡，一直到天快要亮的时候，她才疲乏地睡去。恍惚中她做了几个无头无尾的梦。可是自己的母亲的面影不止一次地在梦中闪着。一阵更剧烈的疼痛使她从睡梦中惊转来，拭去眼上残留的泪珠，强自支撑着起了床，这时楼上已经没有人的活动的声音了。

时间真是不早了，已经快要十点钟，她惴恐地急忙梳洗，在镜子里她看到那张苍白的失血的脸，还有细小的汗珠在额上显露着。正当她拉开门要到母亲的房里去，母亲已经站在门口了。

"我正要来看看你——呵，青芬你有什么不舒服？"

母亲一下就发现她那不正常的脸色，非常关心地向她问。

"我只是有点肚子痛。——"

她拉着她的手，注视着她的脸。

"早晨才痛起的么？"

"不是，从昨天晚上就有点痛，今天好象更厉害了。"

"哎呀，我的天，你怎么不早说，快，快点睡到床上去。"

随后她就把阿梅喊来，要她赶紧到楼下去通知老爷和大少爷，快点去请产科医生。

"呵，不会吧，还不足月呢？……我总记得还有一个多月的日子，……一点不要动，好好脸朝天躺着。"

等到青芬又睡到床上的时候，她就搬了一张椅子在床边守着。

到这时候青芬才知道快要生产了。她又怕，又高兴，还糅合着一点难过的意味。一阵楼梯响，走上来她们姊妹几个，静纯也上来了。母亲立刻就说：

"你们都出去，到自己的房里去，只有静宜和静纯在这里好了。"

那几个听从母亲的话，悄悄地出去了，母亲就低低地问着青芬：

"你给小孩子预备的东西呢？"

"都在墙角那个木箱里。"

她还象有点羞涩似的回答着，母亲就吩咐静宜把放在顶楼上的小孩床拿下来，快点洗刷好，赶紧给铺起来。

阵痛更紧一些了，不过她极力使高兴的情绪充满了心胸，她看到稍稍有点不安地站在一边的静纯，他的脸也有一点红。她故意想露出一个笑脸来，可是不提防两颗泪珠已经滚落到枕头上了。

"孩子，你有什么可难过的，这是一件喜事，过一会儿，生下来就和好人一样，不要怕，我守在你旁边，准保一点事也没有。平心静气，什么都不要想，自然就能少受许多痛苦。"

青芬勉强地露出一点笑容来，可是随着大股的眼泪热烘烘地流出来。母亲为她擦拭着，她就势伸出一只手来拉住母亲的手。这时静纯走到近前，母亲就把这只手交到静纯的手里。

父亲陪医生来了，在母亲的意想之外，来的竟是一个高大的男医生，还有一个看护。

"这够有多么不方便，男人怎么能接生！"

母亲站起来，让出地方，一面自己叽咕着，青芬可什么都不知道，她只希望一个人来帮帮她，要她的孩子来到这个世界上，要她一身的痛苦立刻停止。

那医生匆匆地诊察一回，便有点仓皇地吩咐着那个看护。

"快，快，都要准备好，小孩子的头已经转下来了。"

那个看护就急速地把带来的药袋打开，安排一切，那个医生也起始加上白外衣，用水消毒，一面和他们说：

"房里的人要少，请你们还是出去吧。"

黄俭之早就预备出去的，静宜整理好婴儿的卧床也走出去，母亲却象有点不放心似的一直守在那里。

青芬躺在那里，虽然那疼痛是更难过，她都用最大的努力忍住了。她咬紧了下唇，不再淌眼泪，只是额颈间的汗水不断地流下来。她完全听从医生的话，当着医生说用力的时候，她真就用力收缩腹部；可是婴儿并没有下来，她的肚子仍然感到胀痛。

"好了，好了，这次再多用点力就可以了，——"

她听从这个陌生医生的话，象依从自己亲爱的父母一样，她深知这次最后的努力之下，肉体上和精神上一切苦难就都完结了。

可是这一次又没有如愿。象豆子大的汗珠在额上排满了，她的眼睛因为过分用力张得异常地大，等到听见医生说再休息一些时，她才长长地叹一口气把眼睛闭上。

"好，再试一下子吧，好事不过三，就要成了，小宝宝就要到世上来了。"

那个医生也流了汗，由看护给他擦拭，他好意地向着产妇说。

——是的，这是第三次了，假使这次再生不下来，大约我自己也要活不成了！

她自己想着，她真还有一点迷信，她时常相信三次不成，那就永远也没

214

有成功的希望了。

　　她几乎是拼命地撑着那痛得象碎了的身躯，用尽最后仅存的一点力量压迫着下腹部，她的两只手：一只紧紧地拉着静纯的，一只紧紧抓住床栏杆，她只模糊地听着男的女的声音，要她用力，她就什么也不顾地用起力来。她都觉得自己的身子在微微地打抖了，她的心中反复地想着这下再生不出来就该完了，可是终于象划破了天空的圣音一般，她听见那洪亮的婴儿的啼声。顿时她觉得她的身子轻松了，象飘浮在云间的仙女一样，她迷惘地看到静纯的脸上也挂出从来不曾有的笑容，她轻轻地问着：

　　"是男的还是女的？"

　　静纯的眼镜上蒙了一层雾，他看不清，他只看到一个红色的小动物在那里动着，还是站在一旁诵着佛号的母亲过来低低地告诉她：

　　"是一个男孩子。"

　　她才象一切都放心了，轻轻地把手缩回去，两眼闭起来。这时候她觉得出有一只手正用一张柔软的帕子为她擦去额上的汗，她微微地张开眼睛望到那是静纯，就微笑着又闭上了眼睛。

　　这时候，看护妇赶紧为婴儿洗浴，然后包在褓褓里；医生还守着产妇，预备缝闭伤口的手术，母亲赶紧记好了时辰，同时要静宜赶紧通知父亲，——可是这已经晚了，一听见婴儿的哭声，站在门外的静玲早已跑到楼下去报信了。

　　初生的婴儿不住地啼哭，静纯拭净了眼镜，仔细地到近前去看，他的心里突然起了一种奇怪的感觉，他想人们就是这样子被带到这个世界上来么？但是他也是高兴的，连他自己也不明白为什么忽然会高兴起来。

　　只有菁姑是不高兴的，因为她兴冲冲地从楼上跑下来，一面埋怨着为什么不派人给她送一个信，一面想推开门进去；却被守在门口的她们拦住了，说是医生有过话，不要人到里面。

　　"哼，不去就不去，谁还没有生过孩子！"

　　她的脚重重地在楼梯上踏着，又走上顶楼去。

十九

这个小小的婴儿的降生，仿佛把强大的活力带给这个衰落的家庭，他那洪亮的啼声，震动了每个阴暗的角落。连寄居的李大岳，也无端地高兴一番，也自惋惜一番。可是很快地他就知道，他和静纯是不同的，他只应该一个人。

父亲老早就安排好一个乳名"英儿"，同时他还忙碌地思索一个学名。近二十年来这个家就没有添增过人口，除开静纯结婚，青芬来到他们的家；可是那并不是怎么幸福的结合。但是现在一切也许不同了，他时常想："这是一个大转机！"婴儿的哭声带来了一家的欢快。

显然地，这个婴儿的诞生，对于静纯发生了莫大的变化。他真想不到，那个红红的，连眼睛还不大会睁开，只知道啼哭，也不会说话的小生物，竟会把他吸住了，使他时不时地俯下头去张望，那简直是一张不好看的脸，额上象老人似的有几条皱纹，鼻尖上细密地生着白斑，还有那张扁平的脸型，……正当他注视的时候，如果有人推开门，那么他就迅速地躲开。

青芬衰弱地躺着，说是因为流血过多，需要一个长时期的休养，母亲早就吩咐过了，人们都不许进去，为的使产妇能好好地将息。

她只是仰卧着，遵从医生的话，下半身是一点也不移动，她的头发散乱地铺在枕上，衬出来她那苍白的脸，和乏力的容颜。她的身体已经丝毫不感觉到苦痛，只是觉得疲惫，象继续工作了十天十夜的样子。有时候她的心里会无端地想着："也许我永远也不能恢复了吧？"

她的胸部觉得有点发胀，她想也许该给孩子哺乳的时候了；可是他们并不把孩子抱过来，当着啼哭不能止住的时候，静宜用小茶匙喂他一点开水。

静宜是特许来招呼她的，她成天地陪伴着她，只有在她睡眠的时候才悄悄地走出去，吃饭的时候也是她用银匙一次一次地送到她的嘴里，随时看到她那感激挚爱的眼光就觉得很难受，她于是用那好象被什么塞住了的嗓子和她说：

"你不要这样子看我，我受不了，你就当我是你的亲生姊姊，不要对我有一番感激的心情，那我就安心得多了。"

于是她轻轻地放下碗，抚弄着她的头，把散乱的头发结成两只发辫。

等到孩子哭了，又是她赶过去，发现是尿布湿了，就赶紧把母亲请来，由母亲替他换。（这一点，她还没有学好，她想着不久也能弄好，免得再劳动母亲。）

但是看到那个孩子，无论如何她也不能说能惹起她的情爱。她觉得有点怕，她都怕碰他，她有时叹一口气想着：

"人都是这样长起来的呵！"

菁姑忍着一肚子气，母亲再三直接间接地说，没有到三天，不要她到产妇的房子里去，说明"我们不是迷信，不过也得留个忌讳。"

她于是就象一群鸽子似的独自在三楼咕噜着，她把一切不中听的话都说出来，对于大人和孩子都加以恶意的诅咒。知道没有人听得见，她就照了镜子再骂，这样就仿佛有一个人在骂，还有一个人在听，其实还有那只猫，总也不离开她的身边，它从她的膝上爬到肩头，有一次还大胆地爬上她的头，弄乱了她的头发，惹起她的气，一把推下去，骂着：

"哼，连你这个畜生也要压到我的头上了！"

到第三天，大家快乐地聚在一起，互相道喜，象每个人都有喜事似的。祖宗的前面也陈列了丰盛的酒席，好象一个孩子的诞生，那些死去的人也该一同来庆祝似的。

这一天，黄俭之喝了不多不少的那一点酒，两支高大的红烛把每个人的脸都照得红煦煦的，一面忘记了外来的任何大小事故，一面快乐地从心里笑着。黄俭之望着每一张浮着笑容的脸，他就又得意地喝了一杯酒，后补了一句：

"大家都干一杯吧。"

静宜才吃了一点就想到楼上去，母亲就好意地把她劝住了：

"不要紧，有阿梅在上边，有事她自会下来的。"

父亲高兴地说：

"我们宜姑儿真能干，将来自己——"

静宜立刻就嚷住了："爸爸，您为什么要这样，这些我不管还有谁来经心？"

这也真是一件巧事，这一天恰恰学校放了假，一个也不少地坐在这里。静婉对这件事不大有兴趣，她一直想象着美好的事物，她想象人的产生只象亚当和夏娃所追逐的美丽的园子里所结出来的苹果一样。那么自然，那么不费力，又那么美。她想只要到秋热的时候，每个人踮起脚尖来采摘好了，于是平空里世界上就能增加了许多人。

静珠虽然年轻，可是她懂得多，也实际得多。不过她对孩子存了一份厌恶的心，因为她想到一有了孩子，什么快活的生活都糟蹋了。

静玲只是被好奇心充满了，她觉得很奇怪，设想着自己是不是由这么小长大起来？不过她的心最近还是被学校里的许多事占住了，因为局势不断地变化，学生们也要适应当前的环境。他们认为他们的责任，不只是保持自己，还要坚定一般市民的信心。这个暑假的生活使她的日子过得太懒散了，许多活动都停顿下来，（这自然不是她一个人的事，所有的同学都负一部分责任。）她正要好好努力一番，而且许多事都在起首活动了，她只盼快点吃完饭，乘着别人不留意的时候，赶紧再跑到学校里去。

"更高兴的是——"黄俭之这时又端起了一杯酒，"你母亲的身体真是好了，这也有关气数，都是蓬蓬勃勃向上之象，我们得干一杯。"

他喝完了这一杯，又自己倒满一杯。

"大岳远远地来了，——骨肉团聚，静纯今年毕业——学问有成，……"

他才又端起杯子站起来，母亲抢先地说：

"你父亲真的把酒戒了，这也是我们一家的大福。"

"是的，是的，你母亲说得不假，我不打算多喝了，多喝乱性，我不过是站起来表示一下，我愿意我们一家人都站起来，我们是，唉唉，真的，五福临门！"

说完了，他放纵地哈哈大笑，别人也都应和着，接着男女用人都来当席叩喜，黄俭之很兴奋地告诉静宜：

"记住，回头开公赏，每个人两块钱，连阿梅也有份。"

吃完了饭，大家一齐站起来，菁姑始终是不声不响地坐在那里，等到大家离座之后，母亲好心地向她说：

"菁姑，今天你可以看见小孩子了。"

"哼，我有点头痛，要到楼上去躺躺！"

说过后，连头也不回，就独自跑上楼了。

"这个人，真不识歹！"

站在一旁的静玲不服气地说。

"不说她，孩子，让她这样吧，我都想开了，善有善报，恶有恶报。"

"我要是赶上去揍她一拳算不算恶报？"

"不要那样，不管怎么样，她也算你的一个长辈。"

二十

到了晚上，大约九点钟的时候，菁姑独自推开静纯的房门，她绝没有想到静纯正在房里给婴儿换湿了的尿布，看见她进来，有一点羞涩似的放下手，可是她赶着和他说：

"你做你的呀，我，我还当你不在家呢！"

她站在一旁，看了些时，就说：

"你看你，笨手笨脚地，还不如我替他换吧——为什么你要弄呢，别人都不管么？"

"本来妈妈来弄，今天大姊会弄了，可是她休息去了，我想我自己可以试试看。"

"一生二熟，弄弄也就顺手的。"

这时，青芬并没有睡着，整天的躺卧使她随睡随醒，她才张开了眼睛望望，就被菁姑看见了，草草把婴儿扎好，就凑到她的床前。

"唉，你可真瘦了，本来是么，这是九死一生的事，看你的脸，一点血色都没有，只剩皮包着骨头了，——"她强迫似的把她的手拉出来，仔细地看着，跟着就是一声叹息，"多可怜呵，你的小手，再不好好休息，真不知道该怎么好了……！"

"人人都说'养儿方知父母恩'，其实父亲算得了什么？做母亲的简直是拿自己的命换孩子的命。"

在青芬的耳朵里，她的声音异常尖锐，象把她的神经都划破了似的。她不想听了，闭起眼睛来，可是那可怕的声音又使她张开起来。她勉强地笑着，在那笑容之中好象乞求着她快点离开她吧。

可是那个恶意的饶舌的妇人，不肯停止，也不知道在说些什么。静纯有些忍不住了，就有一点气地说：

"菁姑，有什么话请你明天再说吧，该睡觉的时候了。"

"哎哟，怎么，我们的大少爷也会体贴人了！"

她故意尖酸地，带了一点挑拨性质说着。

静纯忍不住气了，真想把她从这个房里扔出去，看着才睡着的婴儿和青芬，他不能那么冒失地做去。他不说一句话，紧紧地闭住嘴，把两只眼睛死命地盯住她。

她还故意装成从容不迫的样子走出去。

到第五天，产妇忽然发起不该有的高烧。母亲看到了，就知道这是难弄的症候，立刻去请医生，一面再三叮咛不许人进来，尤其是菁姑。静纯就告诉那一天晚上她来过的事。

"哎哎哎！你们怎么不去告诉我？她简直是不存好心，产妇房里原来要忌孤寡的！你看怎么样，果然带来一场灾，这种事是不得不信的。"

"还有，还有，孩子先不能吃她的奶了，赶紧告诉下边派人去雇奶妈，牛奶是吃不得的。"

"奶妈怕身体不好，要不然给他代乳粉。"

"嘻，不要想那些方子吧，再也没有人奶好的了，顶好把孩子也搬出去，她真的要好好养。"

猛烈的热度，一点也没有退，人也烧得昏迷了。可是当她稍稍清醒了一些的时候，就问到孩子，几乎象是恳求似的说：

"孩子该吃奶了，快抱过来吧，我又没有什么大病，求求你们，快点把孩子抱给我吧。"

"妈妈说了自己喂奶太辛苦，你的身体又不好，已经雇好了奶妈。"静宜不得已地骗着她。

"奶妈，奶妈有什么好呢，吃谁的奶会象谁的，长大了象奶妈可真不是事，还是，还是给我抱来吧——"

但是她的精神连她说这些话都不足用了，一时间她又陷在似睡非睡的境界中。

医生来了，由静纯陪到房里来，母亲和静宜也来了，黄俭之不便进来，就在房门旁拉了一把椅子坐下，他被这消息吓住了，他简直不知怎样才好，他的眉头皱着，满脸堆着愁苦的神态。

医生一面检查温度，一面试着脉搏，从病人的嘴里拿出温度表来，就露出一些不安样子，然后他仔细地用听诊器为病人诊察。

房里每个人的眼睛都殷切地望着医生的脸，从走进门来他还没有说一句话，他们想从他的表情中得着他的诊断。但是他一直也没有说话，只是到一切手续都完了，说一句：

"我们到客厅去谈吧。"

他们才出了房门，就看到关心地坐在那里的黄俭之，他们就一齐走下楼去。

"我希望她不是产褥热。"

那个医生到了客厅喘出一口气来这样说，接着就坐在桌子前面开一张药方。

"大夫，您看，她的病的情形——严重么？"

"那，那很难说，假使不是产褥热的话，那是有办法的，不过——"

"看吧，我反正尽我的力量。"

他们都默然了，没有话说，一层不幸的阴影在他们的脑中掠过去；可是他们强自解释着那是不可能的。开好了药方的医生，站起来和他们告辞，他们一前一后地送出门外。

"明天我再来吧，也许，上午派一个人到我的诊所去说明病状，那么我也许不必来了。"

"是不是她很危险了？"

静纯又问了一声，他胆怯地，用了好象怕被人听见的声音在说着。

"希望她吃了药，今天夜里能退烧。"

医生说过后，走了，他们呆呆地进来关好门，才想起握在静纯手里的药方，赶紧就吩咐李庆，到街上去把药买来，顺手交给他二十块钱。

一家人真是都有点不知所措了，大半天没有吃奶的孩子不停地哭着，喂过一点糖水，暂时止息了哭声；可是没有三分钟他立刻又哭起来。

病人的热度并没有减低，这只要看她那发干的嘴唇和通红的脸颊就可以知道。静纯真象是换了一个人，他不是殷殷地注视着青芬，就是焦灼地轻轻地往返踱着。

病人只是睡着，可是从她的脸容看来知道她睡得并不安宁，有时她的嘴唇动着；可是没有一点声音发出来；有时忽然象惊醒似的，大声地叫着：

"我的孩子呵，我的孩子呵！"

这时她的眼睛张开了，烧得发红了的眼睛大大地睁着，好象寻求什么似的。

"青芬，青芬，你安静些吧，孩子妈妈在招呼呢，等到你的病好了，就会抱给你。"

可是这些话她象并没有听见，仍自叫着：

"我的孩子呵，我的孩子呵！"

不久，她又睡着了，在睡梦中，有时两只手又伸出来，在空中舞动着，一股强烈的臭气从被里散发出来。

这一夜，她的热度并没有退，第二天上午把病状报告昨天来过的医生，那个医生就拒绝治疗了。请了另外的医生，只有一个人勉强地给病人打了一针，没有一个人留下药方。

两天之后，病人突然清醒了，静纯高兴地坐在她的床前，她用无神的眼睛望着他，还把那瘦弱的手伸出来抚弄着他的头发。他这几晚都没有好好地睡，精神也显得疲惫不堪。

"唉，这几天可苦了你，你，你的头发都这样乱。"

当她把手伸到他的发际，他觉得出她的手在颤抖，一卜子就从他的发尖，传到他的心上，他打了一个冷战。

"这阵我好了，告诉他们给我弄点吃的来，再把孩子抱给我看看。"

"好，好，我就去，我就去。"

他立刻站起来走到母亲的屋里，当他把这些情形向母亲说的时候，他的眼泪都要出来了。母亲可并不那么兴奋，一面吩咐阿梅快点去煮点麦片，一面自己准备去看看。

"我还忘记了，妈，她说要把小孩子抱给她看看。"

"也好，也好，我抱过去吧。"

母亲就从小床里把正在睡着的婴儿抱在手中，随他走过去。

在病人的脸上居然露出微笑来，看到孩子，她还伸出两只手去接。

"就由我抱着你看吧，你不该劳动。"

"妈，给我看看吧。"

她低微地，迟缓地说着。母亲就把孩子送到她的床上，随着用手摸摸她的额部。

她用一只手拢了孩子的身躯，把自己的脸紧紧靠着孩子的脸，还用那烧裂的嘴唇亲着孩子的颊。孩子醒了，用他那不能望人的眼睛，定定地看着空中。突然在她的眼角淌下两行泪水。

母亲不知哪一阵又出去了，他想把孩子抱过来，可是当他伸过手去，青芬止住他，她爽性用两只手拢着那细小的身躯，一面无力地摇着头。

"让我多亲亲我的孩子吧，谁还知道我能不能好起来？"

他的手缩住了，一面惊恐地问着：

"你怎么说起这样不吉利的话，你不是就要好起来了么？"

"唉，你不知道，我怕闯不过去了。"

接着她又流泪了，他就凑到她的面前，从她嘴里呼出的热气直扑到他的脸上，他勉强地忍住了。

"我不是不想活下去，我的孩子，我舍不下，还有你，你这几天待我真好极了。"

"青芬，我对不起你——"

"不说那些话，过去的就算了，将来你好好爱孩子。"

"青芬，你不要说这些话，只是发烧，算不得什么病。"

"哎，我知道我自己，我早就看过书，书上说产妇最怕发烧，一生产我的心里就怕，现在算着上了，好了，什么都要完了。"她费力地喘一口气，又把嘴吻着身边的婴儿，"我自己也常解说，我的病不要紧，现在我真不愿意死的。——"

"你不要提这个字，我怕听，我怕听。"

静纯苦恼地抓着自己的头发，他象是在摇撼自己的头，他的心真是苦痛着。

"不要这样，静纯，我看了心里也难过，将来你要好好待别人，别人就会待孩子，好了，不要说人家不了解你，你也应该先了解别人，我，我，……"

她说不下去了，象有点什么东西塞住她的喉咙，她的眼睛睁大了，用手指着自己的嘴，静纯惊恐地跑出门去，他几乎是喊叫着：

"妈，快来，快来，青芬要不成了！"

母亲三脚并两步地赶了来，楼上楼下的人都被这声音扰乱了，都跑到二楼来。

她安静些了，眼半闭着，只有呼出来的气，没有吸进去的，母亲轻轻挪开她的手，把又睡着了的婴儿抱过来，顺手交给静宜，要她放到小床上去，黄俭之不知道怎样是好，他不断叹息着，他的左眼简直是跳动地闪着。静婉和静珠默默地站在床边。静玲也挤在她们的中间，这几天都不许她们进来，如今她们所看到的只是一个垂死的人，菁姑从楼上下来，哇的一声哭出来，这一声把静纯的眼泪引出来了，他把眼镜放到桌上，用手绢掩着脸，母亲急忙吩咐她们把她架到楼上去。

"简直她是故意，病人顶要安静了，她自己的心本来就够难受了，还这样子，她怎么受得了，静纯，你也先站到一边去，——"

听到母亲的话，他并没有站到一边去，只是放下来掩着脸的手绢，擦干了眼睛上的泪，强自忍着心里的悲痛。

这时，窗外忽然吹起大风来了，落叶象急雨似的扑打着窗子和地面，青芬的气息愈来愈小了，终于停止了。

她的脸还是安静的，嘴角微微咧着，眼睛并没有全闭好。

母亲嘴里喃喃地在念着，没有忘记吩咐静纯：

"轻轻把她的眼皮关好吧，——不要惦记孩子了，他长大了也不忘记你，……"

静宜和静婉哭了，静纯也哭了，母亲又说：

"不要把眼泪滴到她的身上呵，她要受罪的。"

静纯轻轻地把她的手放顺了，在一切人的意料之外，他在她的额间轻吻了一下，然后把一张白手绢盖在她的脸上。

"唉……"

黄俭之悠长地叹息了一声，低着头走到外面去，守在甬道里的李大岳看到他那不稳的脚步早就赶到前面挽住他。

顶楼上的菁姑，一直也没有止住她的哭声，在她的哭声里，还夹着许多话。

三天后，一切都过去了，在晚上，静纯忽然象从他的深思醒过来，和父亲说：

"爸爸，孩子的乳名我想换一个。"

"呵，为什么？英儿这个名字不好么？"

父亲仿佛觉得自己的威严又被刺了一下，惊奇地反问着。

"不，为了纪念他死去的母亲，我想还是改做青儿吧。"

二十一

这已经是深秋，在北方，树木间漂浮着的绿色的海早已消灭了，只留下干枯的枝柯，在劲厉的冷风中抖索着。

风是从塞北的大沙漠中吹来的，夹着细沙，有时候盖了满天，千万里的路程过去了，那些细小的沙粒把自己落在陌生的土地上，僻静的角落里，还有许多地方原来是不容有什么钻得进去的；又卷起来地上的落叶，打着旋，发着飒飒的声音，不知道要带到什么地方去。

老王气愤地把烟袋敲着，他糟蹋了才装进去的一袋烟，还不得不用一根纸捻通着。

"这年头，唉，连旱烟杆里都灌满了灰。"

费利也不叫了，它躲在墙角，把嘴和鼻子藏在自己的腹下，它也知道飞沙是无孔不入的。

自从青芬死了之后，这个家的精神又消沉下去，每个人都躲在自己的房里。母亲因为劳碌和心境的不好，又躺到床上了，从夏天山居得来的健康，又失去了一大半，她又显得衰弱，青儿原先是由她招呼的，后来也搬到静宜的房里，静玲说是怕吵闹，自己搬到楼下的书房里。

静宜这阵可忙了，她不只要去看望母亲，还要每天注意婴儿的养育。她把青芬那里的几本育儿法拿来，每天除了为孩子忙乱，就静静地阅读这一类的书。

在烦忙中，她稍稍也感到一点兴趣，她看着那个初生的孩子一天天地长起来，正好象她看着自己栽种的一株花草，这个小小的生物，恰好给了她在她的年龄的女性一些该有的安慰——那就是连自己也不大明白的伟大的崇高的母性，也得着机由发泄一点了。

静纯简直是变了一个人，他虽然还是沉默的，可是他那不可一世的气概没有了，他那不该有的多疑不存在了，他那没有依附的凌空幻想坍塌了，他一心想本分地做一个人。他记住青芬临终的话，多方地想去了解别人，可是在这一面上，他还不曾表现出什么来，因为他过分伤恸的缘故，一直把自己关在房里。

如果他走出来，不是到母亲的房里去坐一下，就是趸到静宜的房里，看看那个没有母亲的孩子。

他时常长久地躬了身子注视着婴儿睡着的脸——那张安详，可爱，天使般的小脸，使他想起来青芬的脸，可是当着他才要用手去碰一下他的脸，静宜立刻就要说：

"不要碰他，醒了又要哭，你的手又没有洗，再说，婴儿的脸不能碰，怕长起来有流口水的习惯……"

他一点也不反驳，缩回伸出去的手，坐到一张椅子上。可是他的眼睛一直还是盯着婴儿，象一尊塑像似的不动一动，只是当着眼镜溜下来一些，他就用手扶一扶。

李大岳也沉默了，他没有去处，他是在等候，——那是无尽期的等候。最近他忽然明白自己没有救人的力量，那是由于他自己好象也等候别人来拯救。他的生活不安定，他想做点什么事，可是他没有什么可做。

有一天，他从外面回来，提了一个鸟笼，里面装一对长着美丽羽毛的小鸟，静宜正站在台阶上，就惊奇地问着：

"幺舅，你哪里拿来的？"

"我才从鸟市买来，你看好不好？"

"好，真好看，不知道叫什么名字？"

"叫虎皮鹦鹉，可是这种鹦鹉不能说人话，叫得也不好，只是好看。你喜欢么？那我就送给你。"

"不，你买来的，自然你爱，放在楼下也很好，我总能下来看看。"

"我也说不上爱，我们粗人，不懂得花草鸟兽的事，也只想在这一所大宅子里，有一两个活动的生物跳跳叫叫，大家就不会这么冷清了。还是拿到楼上去，白天挂在廊子上，也不麻烦。……"

"好吧，那我就谢谢了。"

她就含笑地接过了那个鸟笼，亲自提到楼上去。

可是和这个死静的家成为尖锐的对比，整个的中国都在动荡不安之中。在北方，情形是特殊的，中国人和日本人已经明显地站在敌对的地位上，在别的部分，矛盾的行动不断地发生着。

一天，邮差送来了静茵的信，在这封信里，她显然地写着：

> ……一个新的事故发生了，有一天，均应了另外一个学校的邀请去演讲，他是清早去的，一直也没有回来。当时我真有点慌了，到了深夜

还不见他转来，我就起始到所有认识的人家去找寻；可是没有他的影子，也没有他的消息。到今天，已经是第五天了，仍然不见回来，他到哪里去了呢？我托人去探听，也没有一点踪影，一时间我简直陷在极大的苦痛之中。

姊姊，不是我没有用，我只是一个人在外边呵，我信任他，我知道他不是因为背信不见了的，我想得到他为什么失踪了，可是也没有法子找得到他。

我也是不肯在恶势力之下低头的，所以我放弃了再去追寻的企图；可是我既不灰心，也不悲观，我决定挺起了身子继续他的工作。我们的孩子再有三四个月就要来到这个世界上，我将努力教育他，继承他那失踪的爸爸的志向。

可是我对于这种卑鄙的手段感到极端的厌恶。九一八以后，一二八以后，难道还看不出日本人对我们的情况么？我们还能不振作起来一致对付我们的敌人么？……

在得到这封信之后，纯然从她那做姊姊的一番挚爱出发，她立刻写去了这样的信：

——我们都极同情你的遭遇，对于均的失踪，我们也觉得惋惜，妹妹，在这时候，你回来吧，你应该休息一下你那受伤的灵魂，而且不久你将要做母亲了，你知道你有更大的责任，而且你的体力在生产的时候要蒙受极大的损失，你实在需要回来好好休息一下，至少暂时该回来了，我和母亲说起来你也许能回来的话，母亲都高兴得流泪了。一家人都盼望你回来，再过两天温暖的日子，你一个人在外边，实在是太孤单了，我想你不至于拒绝我们吧？

告诉你，静纯生了一个孩子，可是青芬却故去了，这是一件极使人难过的事。更可惜的是在最后，他们夫妻间才有了真的情感，但是什么都不足挽回那可悲的命运，她依旧死了，他一时不想结婚了，那个失去了母亲的婴儿由我抚养，好在母亲从山上回来身体好得多了，我自己呢，也比从前健壮了——我想我还是不多说吧，你不久回来自然能看得见。

可是静茵的回信很快就来了，在那里面写着：

  ——不要盼望吧，我的好姊姊，我的亲爱的母亲，我是不会回去的。外边有多少人需要我们做一点事，我怎么能回去呢？而且我真是从那个温暖的樊笼，（我只好这样称呼我们的家，）才跳出来，就又跳回去，那么我是何苦呢？姊姊，不要再相信那个家吧，在这个动荡的时代里，那个家不久也要破碎了，所以我时时也劝你出来，出来就是得救。——救自己，也能救别人。

  青芬的死，更可以证明我的话。姊姊，你想想看，她还不是牺牲在那个家里么？她到底得着了什么？她就是这样无声息地消灭了，她还不如我们，我们从那个家里还得着爱，她真可是什么都没有。在这世上她所遗留下的只有那个婴儿；可是那个幼小者将来不见得会记得起来他的妈妈，你说是不是？

  姊姊，我又来和你说了，出来吧，出来吧，需要你的人正张着两臂在等待你呢：如果你决心出来的话，我会在 S 埠等你，我为了工作，不久要到那边去的。

二十二

在暑假开学之后，大学和中学里的学生们，同样地陷在苦闷的泥淖里。尤其是在北方，这特殊的情形使青年们再也忍受不下去，尽管有些饱学的教授学者们立说读书第一，他们也不再相信了。他们自己锐利地感觉到是站在最前方，随时就有和敌人肉搏的可能，所以他们需要养成斗争的力量。

在暑假还没有终结的时候，大部分青年的热血就被激沸起来了，那是由于这一期的集训被日本人强迫解散，他们忍辱吞声地回到学校，把这事实和留校的同学讲了，于是这些人就霍地跳起来。

他们追述着，那个现役军人的大队长怎么跳到讲台上去，在他的身上，他们再也找不出来那强项英武的精神，虽然他还是那么短小精悍，在他的左颊上的一颗黑痣上，那绺黑长的汗毛还是垂下来。

回答几千人的立正敬礼，他勉强地打起精神来，可是他好象衰弱得几乎要跌下去了。在他的眼睛里，他们再也找不出那刺人的，一直伸入人的心胸的锐利的目光，他只是用高而空的声音叫着：

"诸位同学——"

下面立刻又是一次立正，那时候正有一阵嗡嗡的声音在头顶旋着，仰起来便看到一架有旭日徽的飞机正在上面飞翔。

"稍息——我们今天，在这里算是最后一次相见了——"

他说完了，又低下头去，许久都不能接下去说，等他再抬起头来，站在前面的人便看到他那一双有些湿润的眼睛。

"——我们现在已经在极困苦的地位上。我知道，当初你们才来的时候，你们受不了这种生活，可是近来我知道你们习惯了，我相信我们新中国的儿女不会不习惯的。但是日本人看不惯了，他说这种举动有碍邦交，要我们立刻解散——"

当时听着的人，轰的一声起着骚动，人的头转动着，私下里的议论在嗡嗡地响起来。

"——诸位同学，这种不合理的要求当然是不能接受的，我×××，被派驻守这里，就没有想到会生还江南，今天日本人给我这个机会，我想诸位同学也一定站在我这边准备坚持到底，准备牺牲一切！——"

那时节，掌声猛然地响起来了。敲击着的手掌，实在象夏日山谷间的小野花被风吹动的样子。

"——可是我所得到的命令是忍耐，是退让，是要我来宣布这一次的军训就此结束。——"

当时，那些手掌停息了，发着一声既长又缓的叹息——因为那是几千人的一声叹息。

"——我是一个军人，我只知道服从命令，我想诸位同学，也能听从我的命令，诸位同学不要心焦，我知道这次分散不会多么长久，我能向诸位担保，不久我们仍然可以聚在一处，共同奋斗，把血肉贡献给我们的国家！完了！"

那时候，他走了，怀着沉重的心情，他们又都回到学校来了。他们不再想起那烦苦的操演，也想不起生活的单调，他们只记得那悲壮的告别词，和那绝不可避免的正面的争斗。

可是来到外面，什么都不同了，虽然只有一个月的离别，就象隔了一个世纪。在学校里呢，留校的同学有的还是一心一意做书的奴隶；有的成天昏沉沉，还是不知道自己为了什么活着。

赵刚也是这次被解散回来的，他气极了，就邀集了这次集训的同学，凡是没有回家的，每天仍旧要在校内继续训练，同时还组织了讨论班，对于当前国内国外的大局加以分析和讨论。

"我真不明白，——"那个最年轻的李玉明有一次在讨论班上说，"我们和日本的关系到底是怎么样？谁都知道日本人欺负我们，想要我们的命，我们不但不生气，还顺从他，还赔着笑脸——挨了打，还装着笑脸，这个滋味可不好受呀！"

"哼，你还不明白，这就是所谓'微妙'呵！你不常看见报纸上写着'关系微妙'么？我想，就是这点意思。"

关明觉把愤慨化成了玩笑的态度，可是他的这个答复，使年轻又天真的李玉明觉得极不满足，这时候赵刚接下去说：

"日本人和我们的关系，实在使我们这些年轻人不能解释，从甲午中日之战以来，日本人是我们的敌人或是我们的友人就早已确定了，再加上五九，五三，九一八，一二八，……这许多事实还不能证明么；可是现在流行的话却是中日提携，共存共荣，听说中国的工商业领袖还要到日本去观光，联络两国的感情，——这种感情还有什么可联络的？我不懂，我不懂！"赵刚的性情虽然还急躁，可是在急躁之中已经磨炼出一番沉着的态度。

"我看我们简直还不如阿比西尼亚——"

说这话的是何道仁，原来他对于许多事情都没有兴趣，这次集训回来，他的性情着实有点变了。

阿比西尼亚虽然也向国联求救，一看这贴药不灵，立刻就抵抗起来，中国可好，一直等，丢了锦州也等，失了热河还等，到如今也没有断望，每天多少人还象求神告仙似的等待奇迹，到底不知道奇迹哪一天才可以到来？

"唉，别说了，也许有一天国联消灭，那才是真正的奇迹呢！"

"这很可能，不是有的说人都是两重人格，国家大约也是如此，一面靠国联来维持世界和平，一面又各自在背后做破坏和平的工作。"

"我们不说那些空论吧，我总不相信中国比不上阿比西尼亚；我也不相信日本会比得上意大利，别人能拼一下，为什么我们不能拼一下？"

"阿比西尼亚地利好呵！意大利的气候温和，又没有沙漠，到了阿比西尼亚，只是那种热带气候就够他们受的，再加上雨季，——"

"日本人到中国不也还是一样，士兵能吃苦，谁也比不了中国。"

"可是长官呢？"

"长官就难说了，中国的好的也有，坏的实在也不少。"

"我们不管那些个，只要将来能和日本人打仗，那就算是好的。"李玉明直截了当地说。

二十三

开学了，那正是秋初，校长在开学典礼上演讲自然是坚定他那读书救国的主张。

"你们能做什么？你们要记得是将来中国的主人翁，必须修养自己，好好读书，才能肩负得起这个重大的责任。……"

"我看校长的意思在读书时期，就是被日本灭亡了也算不得什么？……"谁在低低地说着。

"——我的意思，就是说读书第一，社会的变动，政局的改换，影响不了我们的学校，你们不知道么，当初李景林，张宗昌，褚玉璞，他们不都是蛮不讲理的人，也没有干涉到我们的学校，有我在，你们尽管安心读书！"

校长拍拍自己的胸膛，自负地做了结论。

校长虽然是那么有把握似的，却安不下来他们的心。

因为对于现实的苦闷，也有许多人对于大局实在是把握不定，所以当他们讨论会开始征求会员的时候，一天之内就有一百个新会员加入，可是到第二天校长室的一张布告，就终了它的命运，那布告说是广召同学，显系另有作用，着即勒令停办，并将主持人严加申斥。

那个被申斥的主持人就是赵刚，在这个学校里本来他有点立足不稳，可是他不怕，他也不在校长的面前装出一副不该有的可怜的样子。

只是当他从校长室里出来的时候，他的脸涨得红红的，额头上聚着汗珠，两只眼睛瞪着。

"怎么样，赵刚？"

何道仁热心地在办公室的甬道里等他，看见他出来就靠上去说。

"没有关系，哼，怕什么，回头再说吧。"

赵刚走到操场里，遇见黄静玲立刻就告诉她星期日上午七点钟到公园里开会，还要她去通知刘珉。

下了课，回到宿舍里，关明觉就迎着他说：

"这真是'剃头的拍巴掌——完蛋一个'！"

"老关，你不应该这么开玩笑，这不是开玩笑的事。"

"你太欠严肃了！"何道仁加上一句。

"你们大家都严肃，我再那么严肃还有什么意思。"

"你再说，揍你这小子！"

在床上霍地跳起向大钟，他没有什么思想，可是有一份力气，他和赵刚非常要好。

"喂，大钟，你叫什么，你揍谁？我们还不都是自己人？"

赵刚赶紧拦住向大钟，这边关明觉又气起来，他把那好诙谐的脾气收起来，立刻也沉着脸说：

"你揍谁？呵，好小子你说明白。"

"好好，你们两个都来揍我吧，我们不是讨论会，我们算是打架会好了。"

那两个人被他这一说，不好意思起来，各自坐下去，赵刚也拣了一个座位坐下。

"我们现在实在不能争这许多事情，我们应该好好想个法子应付当前的困难——"赵刚说着，用手去抓他的光头，"难说我们真就散了么？"

"当然不能。"

向大钟又站起来，他象是嚷着说，他的大嗓子正和那魁梧的身材配合。

"轻点，轻点，留神别人听了去报告，那一下我们连这学校也不能上了。"

"还上什么鸟学，我看不如爽性去当兵。"

"当兵？别人也不见得要你。"

"当兵干什么？练好了自己打自己，——"

"那自然不是，什么时候和日本人打仗我们才去当兵。"

"算了吧，不是年岁不够，就是身体不够格。"

"怎么，我的身体还不够格？"

向大钟又站起来，拍拍自己的前胸。

"哼，你够格，还不是一颗子弹就完事！"

关明觉心里想着，没有好意思说出口来。

"我们不要说闲话吧，——"赵刚又说，"星期日上午七点钟到公园去，不要人多，先讨论出一个办法来，看以后怎么施行。"

"好，好，我赞成。"何道仁首先高兴地说，他原来是一个对什么事也没有兴趣的人，现在却变成极热心的份子。

"新会员是不是也要通知？"

"太多了不好，找几个比较熟点的，靠得住一点，否则又要弄坏了事。"

"现在也许好了，谁也不至于给日本人当走狗。"

"妈的，谁要是成心捣乱，我就捶死他。"

"大钟，捶并不是好办法，你的见解时常不对，你想，天下不是打出来的，难道你也是吴大帅的信徒，只有他才相信武力可以征服中国。"

向大钟对于这段话虽然并不怎么信服，因为是赵刚说的，他也不反驳，就从床下捡出运动鞋换好，和他们说：

"我去打打球，有什么主意，我都没有问题，我总归是赞成。"

向大钟拉开门跑出去了，可是那脚步声音又迅速地转来了，他果然跑到房里匆忙地向赵刚说：

"舍监来了！"

说完了这句话，他又象没有事似的跑出去。

他们立刻坐得散开了，赵刚和关明觉很快地摆起一盘象棋，何道仁站在一旁装成一个热心的旁观者，果然一点脚步声也没有听到，那双尖锐的眼睛，已经在玻璃窗上闪了过去：过后没有三分钟，舍监又不声不响地转来了，他的眼睛又扫了一次。

二十四

记挂着星期日早晨的约会，在星期六晚上黄静玲简直又睡不着，她生怕误了时候；可是她的心里又萦绕着晚饭后静珠和静婉的话。静珠是什么都不忌惮，她照旧过着放纵的生活，而且时常说起她的生活来还觉得津津有味；静婉还是不大多说话的，她可是被那莫明其妙的单恋把自己的见解和思想都陷在狭窄的笼子里。静玲不愿意问，也不高兴听她们的话；可是近来她学得乖了，她不象从前那么心直口快，她已经知道说了也是无益，不如把嘴闭起来还好。

想起来免不掉一番气愤，她就自然地想起来忘记是谁说的两句话："一面是严肃的工作，一面是荒淫和无耻。"

早晨天还没有怎么亮她就起来了，她轻轻地做完了早晨要做的事，她很高兴没有惊醒一个人，然后悄手悄脚地下了楼梯，才走到门口，就看见父亲一个人正在打太极拳，她赶紧缩住脚步，从偏门绕出去，经过后门走了。

早晨的路是美丽的，才入秋，就有露水珠降在草尖上，红彤彤的太阳，正好把它那温柔的光辉照映在大地上，那些水珠顿时就加了几分绮丽。她一面走，一面用脚去踢，也许她想把那些珠子踢得随地滚，没有想到却弄湿了自己的鞋。

"真糟糕！"

她边叫着边跺着脚，这时节她正走到街口，看见一副冒着热气的豆浆担子，她的肚子不自主地叫起来，记起还没有吃什么，过去要了一碗。

有两个蹲着喝的翻起眼睛来看看她，随后就把自己手里的干饼浸到豆浆里去吃，她也觉得只吃豆浆不能饱，就顺手拿了一根油条。

她觉得味道很好，可是她没有能从容地吃。她知道时间还很早，不知道为什么自己就赶起自己来了，她的眼睛也没有抬，匆匆地吃完了，放下碗，把手伸到衣袋里，她突然慌了。她摸了许久没有摸到一个钱，她忽然记起来为了方便，她今天换下制服，正好她的钱都放在制服里。

她呆呆地站在那里，许久也不知道说什么好，她知道自己的脸在发烧，费了极大的力量，她才吞吞吐吐地说：

"掌柜的，我的钱忘记带出来了，我是——"

"您不用给了，黄小姐。"

那个卖豆浆的老头很客气地说，可是使她惊讶的是不知道他怎么知道她姓黄。这使她更觉得有点窘了，仓皇地说：

"回头我给你送来。"

"嗐，这点小事您还记心，您要是一定要给我，我到府上去领好了。"

"不，还是等我回来拿给你吧。"

她说完了，就象逃跑似的走了。她的心里起了一番古怪的思想，她一路走，一路还回头望，生怕他们还在说着这件事。

她跑到了公园，时间还很早，在那座标准钟上看到还不过六点半钟。忽然她想起来忘记在什么地方开会。她想总是亭子里僻静一点，就朝着那边奔去，由于方才的教训，她没有在草地上穿行，林子里也有些人影，她知道那也是打太极拳的。

到了亭子里，看见也没有人，她想一定不是这里，折头就要跑，正巧赵刚一个人挟了两大包东西来了，他立刻叫住她：

"黄静玲，黄静玲，不要走，——"

"呵，是你，你一个人来的么？"

"不，向大钟和我同来的，他一个人到那边去跑圈，看见人可以招呼一声；我先到这边来守住。你也来得早！"

"我还当走错了地方，才要到门口去。"

"哎，坐下吧，帮我忙弄弄这些，你看我们有多少会员！"

"那不是白搭，学校根本不许成立，那可有什么办法！我说，我在早还没有看到，你的头上……"

黄静玲忍不住了，哈哈地大笑起来。原来当他摘下帽子来的时候，她看到他额头上皮肤不同的两种颜色，恰象罩上一顶浅肉色的帽子。

"哼，你笑吧，我知道你笑什么，我们这个暑假里，又受苦，又受磨炼，到了还受气；哪比得了你们，舒舒服服在家里过日子……"

"赵刚，你这是什么意思？"

"我逗逗你也就算了，谁让你笑个不停，你看——她们从那边来了，怎么有三个呢？"

"那个不是李纫芝么，那个瘦长身子的是刘珉，她很好，就是有点柔弱；那个是白淑芸，她是新来的，我和她还不熟。"

说着的时候，几个人已经走过来了，他们两个立刻招呼她们，她们三个就坐到亭边的栏杆上，静静地不说什么，正象电线上停落的三只麻雀。

黄静玲看着她们真觉得好笑，因为她们好象既不热心，也不灰心，就象喜寿筵上三位来宾一样。到底她忍不住了，向她们说：

"你们不饿么？"

她们没有回答，一齐摇摇头，她也不再说什么，猜定赵刚那个没有打开的一定是食物，就拿过来，原来里边是芝麻烧饼。

"真好，你们每人先吃一个吧。"

黄静玲给她们送过去，自己就拿一个咬在嘴里，还扔了一个给赵刚，他没有看见，正打在背上，可是他拾起来也就送进嘴去吃起来。

她看着她们，她们文雅地拿了那个烧饼，连动也不动，微微地笑着，她正想要说什么了，远远地听到一阵急速的脚步声，愈来愈近，一看才知道是向大钟和李玉明两个人朝着这个方向跑来了。

他们努力地跑着，结果是平肩到了，很得意地叫：

"我先到。"

"我先到。"

"算了吧，你们同时到，每人奖烧饼一个。"

黄静玲就把两个烧饼递给他们每人一个，他们也不顾气喘，就把烧饼塞到嘴里。

赵刚看了看人，就说：

"还有何道仁和关明觉没有到。"

"他们会来么？"

"会来的，早晨我来的时候，就把他们叫醒了，我说，我先走一步，要他们随后就来。"

"可是现在已经差五分钟，就要七点了。"

"那我们等到七点钟吧。好，我们大家随便先坐下，愿意高点，就坐到栏杆上，低点就坐到地上。"

"我看大家还是都坐到地上方便些，免得别人看我们，不知道我们做些什么。"在黄静玲提议，她首先就坐到地上。

"我赞成。"

向大钟嚷了一声，自己就坐下来；别人也随着各自坐定，只有她们三个还坐在那里，不知道该怎么办才好。

"李纫芝来，你们都坐到我这边来。"

那三个人还不好意思似的相对笑了笑，才走到黄静玲身后，各人把一块小手帕铺在地上，然后才坐下去。

"赵刚，我们不要再等了，已经七点钟。"

"我知道他们一定来，其实倒不是为了他们，譬如我们已经进行讨论，他们再来了就要使我们的精神涣散。"

"那不成，你要是要我们等你得给我们唱一个歌。"

黄静玲故意这样说。

"附议，附议。"

大家一齐叫着。赵刚并不怕难为情，一下子站起来，就扯开喉咙唱着，他们没有能听清楚每个字，只是在结尾处听出：

"我们大家一条心，

为了人类的光明幸福前进！"

二十五

"那是他们吧，你们看，你们看。"

李玉明指点着，赵刚望过去，却看到是三个人。

"怎么会三个人呢？"

黄静玲也觉得奇怪，他们果然是朝这个方向走来，有人已经看出两边的是何道仁和关明觉了，中间那个穿西装的可不认识。

"这小子真抖，还穿西装呢！"

向大钟粗声粗气地叫着。

那个人不但有西装，还有适度的身材，走起路来也很潇洒，再走近些才看到他的鼻子上还架了一副没有边的白金丝眼镜。

"这是什么人呢？"

赵刚在心里忖度着，他仿佛在哪里见过一眼，一时又想不起来了。不知道谁在报告着：

"现在已经是七点过八分。"

他们已经走近了，关明觉向着他们鞠了一个大躬，好笑地说：

"对不起诸位，兄弟今天来迟了！"

何道仁一面擦着额上的汗，一面介绍着：

"这位是高三新转来的同学张国梁，他很赞成我们这个会，所以邀他来参加。"

那个人很有礼貌地把头向四面点着，他的右手已经预备好，随时打算和人握手；也许因为他们坐着不方便，没有一个人伸出手来。

"好，好，请坐吧，我们的时间不早了。"

赵刚说着，自己先坐下来，关明觉和何道仁也拣了一个空处坐了，张国梁却踌躇起来，他终于坐到栏杆上。

"张同学，为了方便起见，请你坐到地上吧。"

"是的，是的。——"

张国梁勉强地应着掏出一块白手绢来，拣了白淑芸近旁那里，把手绢铺好，然后坐下去。

向大钟低低地向赵刚耳边咕哝着：

"这小子，不是好东西！"

赵刚赶忙抓了他一把，止住他的话，咳嗽一声，才正式说起来：

"我们今天很随便地到公园来谈谈玩玩，正因为才开学，没有什么功课，恰好可以利用这个时间——"

赵刚毫不露痕迹地把原意致过了，这几个月来他的性格实在变得很多，向大钟代替了他的粗暴，在这一群人中间，他显然地成为一个比较能计划能思索的人了。

"——再说，我们不久就要离开学校了，将来不知天南地北，所以也得乘此联欢一下，免得将来后悔。"

这番话把好几个人说得糊涂了，他们不明白这是怎么回事，难道大清早跑这么远就为这一点事情么？

何道仁更觉得失望，原来他和张国梁说好这就是讨论会，因为学校不许开，才到公园里来，不曾想到这个会的本质完全不是那么回事。这一件事仿佛在他火热的心上浇了一盆冷水，他是又不高兴又生气。他心里想着："早知道这样我不来了，我也犯不着还介绍一个人。"

"谁没有吃东西，这里还有烧饼！"

何道仁的肚子虽说有点饿，可是他也不愿意吃那个烧饼，他气得难过，吃烧饼办得了什么事！

等到那句话说过了一些时候，赵刚又提议：希望哪一位同学再唱一个歌。

向大钟自告奋勇地唱了一个，他的嗓子虽然大，可是极不好听，仿佛一面破锣。唱完了之后，没有人接下去，他又唱一回。

张国梁失望地站起来，他很有礼貌地说他还有点事，不能再多耽搁，希望诸位同学原谅。

向大钟也不唱了，几个人都望着张国梁的背影，一直到望不见的时候，赵刚才喘了一口气说：

"好，我们正式开会吧，请刘珉同学记录。"

"等一等，主席，我有几句话要说，这个人不是好路道，为什么要邀他来呢？"

黄静玲提出质问，何道仁很不好意思地说：

"是我介绍他来的，因为他碰见我，很热心地谈起讨论会的事，我想，他一定极同情我们，我就告诉他我们要开会，他就很高兴地来了。"

"这就不应该，你也不知道他是怎么一个人，高三的转学生就有点可疑，说不定是哪方面派来工作的。"

"那有什么关系，我们又不是违法举动，——"

何道仁也不服气地分辩着。

"当然，可是他们可以用阴谋，——"

"我才没有想那么许多，我只想我们该合作，人愈多力量愈大。"

"话是那么说的，可是汉奸走狗我们不能容纳！"

黄静玲忍不住了，站起来说，赵刚赶紧接下去：

"算了，事情不要闹得太严重了，何同学也是一番热心，不过，不过有点不妥当就是了。好在那个人已经走了，我们正可以赶快开会。其实我们都还年轻，都是中学生，不配问许多事，可是现在的局势不同了，世界在变，中国在变，自从失去了东三省，我们简直站在国防的最前线上，我们不能安安静静念书，我们必须要适合当前的环境，做一个时代的儿女。因为现在我们分明看得出政府管不了我们，也不能保护我们，那我们只得自己管自己，自己保护自己——"

赵刚停了停，把右手在光头上抓了两把，然后又接着说下去：

"——我们不只要保护自己，我们还得保护北方的老百姓。我们说保护，其实我们又没有武器，我们最要紧的是唤醒他们，将来也要他们自己保护自己。——这些事呢，本来是正当不过的，可是我们的校长不知道为什么要禁止我们，他总主张读书救国，他可忘了老子的话：防民之口，甚于防川，川壅而溃，伤人必多，……"

大家哄哄地笑了一阵，黄静玲觉得很奇怪，没有想到这一个暑假，赵刚变成这样能说话。

"——其实我们退一步来讲，我们不说教育老百姓，在我们同学之中不也有许多需要教育的么？有念死书的，有成天吊儿郎当的，甚至于还有做密探的，做政府的密探倒也罢了，现在简直做起日本人的探子来了！这真是，又应了庄子的话：'哀莫大于心死，而身死次之！'——"

黄静玲又觉得一怪，心里想："赵刚怎么把这些老古董读得这么熟！"

"——学校既然不允许我们存在，我们当然不能一下就散了，在种种波折，种种打击之下我们要更努力奋斗，那才能表现出来我们的精神。"

不知道谁鼓起掌来，赵刚赶紧止住，看到是李玉明，他就说：

"——不要鼓掌，我们作为在这里玩的样子，免得引人注意。其实说起来，凡是我们的会员，我们都应该时常聚会商讨，可是事实上又办不到，我们将来只好分配，每个人负责几个人，这样才可以保持相互间的关系，我想我们应该有一个负总责的人，还要和其他学校取得联络，必须有一个人负责，此外我以为还要一个文书，保存一切记录，也还得有一个纠察，留意一切会内会外的变化，……"

"我赞成！"

"我也赞成！"

"我想就由赵刚来负总责吧！"

关明觉站起来说，大家应了两声好。

"文书就由刘珉同学担任，——"

"我，我不成，……"

"这用不着什么推辞，又不是做官，这都是卖力气的事。"

"不是，不是。"

刘珉的脸红起来，她想说功课忙，忽然记起了赵刚方才说的话，她就没有说出口，她只把一支铅笔衔在牙齿的中间转着，不知道说什么好。

"不要紧，你就答应了吧，我可以帮你的忙。"

黄静玲很慷慨地说着，赵刚却接着说：

"刘珉同学答应了自然我们极高兴，黄静玲可得另外有职务。"

"怎么，我有什么职务？"

"你负联络的责任。"

“算了吧，我顶不会交际啦！”

“这又不是要你交际，不过要你和其他学校往来，你不是还有姊姊在大学，那方便得多。”

一提起她在大学的姊姊，她的脸红了红，她不愿意说什么，就算是答应了。

“至于纠察呢，我想向大钟最合宜。——”

向大钟才要站起来说点什么，赵刚就紧着说：

“好了，好了，这些事我们都分派定了，希望我们能分头努力，象这样的小集会，希望每星期有一次，这是第一次会，所以没有什么说的，以后我们就可以讨论一些具体问题，谁还有什么意见，请发表出来，——”

正在这时候，空中忽然起了极大的轰轰的声音，几个人都站起仰头看，就看到有九架飞机，分成三小队，做低空飞行，在每一架的机尾上都有一个鲜血般的太阳。

向大钟把拳头举起来，骂着：

“他妈的，又是鬼子飞机！”

大家默默地望着，同样地怀了愤恨的心情，觉得不能发泄，只有李玉明心里很高兴，他想着两年后或是三年后。……

大约过了一刻钟，那些飞机才朝远处飞去，大家互相望着，赵刚忽然露出笑容说：

“我还忘记告诉你们一个喜讯，李玉明同学已经考上了航空学校，他不久就要到杭州去。”

大家立刻把惊异，羡爱的眼光朝李玉明望，把李玉明看得倒不好意思起来，头微微低下去。

赵刚和他拉拉手，对他说：

“希望你将来替我打下一架日本飞机来。”

“也替我打下一架。”

“还有我的。”

“我也要你打一架。”

“…………”

"…………"

几个人都热烈地和他拉过手，黄静玲又说：

"正好，连你自己的一架，整是九架；正好把今天飞的这九架都打下来！"

"那你就是我们的英雄！"

"不只是我们的，是我们中华民族的英雄！"

二十六

静玲从公园里跑回家来，大约不过九点半钟，叫开了门，老王用奇怪的眼睛望望她，没有说什么，院子里没有人，走到房里劈头就遇见李大岳。

"呵，这下子我可遇上了，你才从公园里回来。"

李大岳得意地向她说，一下倒使她怔住了，她赖了一句：

"瞎说，谁到公园里去了，你不要乱扯！"

"我才不瞎说，我亲眼看见的。"

静玲知道赖不过去了，反倒问他一句：

"你怎么会看见我。"

"我在林子里，所以我才能看见你，你可看不见我。"

"噢，我知道了，你也跟那群老头子一派，到公园去打太极拳！"

"我？我才不呢，我去溜鸟，就是我送给静宜的鸟，一面也是得点新鲜空气，我太闷了。"

"那你一定也看见日本飞机了。"

"那时候我已经回来了，不要提吧，真气死人，我情愿让他们炸死我，也不要看他们的示威。"

"早晚也许就来炸了。"

"不见得吧，你看不出来那些亲日派都上台了么，那就表示我们的当局还不想和日本人打。"

244

"当局不打，我们要他打，成不成？"

"那——那也不过说说就是了。"

"你看吧，幺舅，有一天你看我们的。"

她说完了，就跑到楼上去，向下面一看，李大岳还呆呆站在那里，象是在想她末了那一句话的意义。她又跑到楼下去，低低地和他说：

"可不要说我今天到公园里去过。"

她才说完这句话，黄俭之正从俭斋里走出来，这些天他的精神好了些，看见她就说：

"静玲，什么事跑上跑下的？"

"我没有跑呵。"

"我明明听见，你还要不诚实，呵，快做大学生了，还是这样子。"

这几句无由的申斥使她摸不着头脑，她说过一声"我要到楼上去看妈妈"就溜开了。

她走到母亲房里，正赶上静宜抱着青儿也在那里，静纯也安静地坐在一旁。这时节，秋阳正从玻璃窗上射进来，母亲和他们都浴在这灿烂的光辉之中。

"玲姑儿，你才起呀。"

"可不是么，到星期天就睡过头了，——呵，几天不看见小孩子，他又长得多了。"

"小孩子可不就是那样子，别人都说是见风就长，现在的年月也不同了，一个多月的孩子就会张人，你看看他的小嘴，真象青芬！"提起那个不幸的女人，母亲便又长长地叹一口气，"我们对不起她，"回头她又吩咐静宜，"不要忘了，到'七七'要给她烧纸帛。"

"我不会忘记。"

按照平日的脾气，她又要纠正母亲这种不合理的事，现在她懂得一点了，她也和静宜静纯一样，不说什么。

"妈，我看您这两天的气色又好些。"

"是么？哎，但盼如此吧，你看，菁姑倒是有福气的，她又瘦又干，一年到头也不生灾，不生病。"

"哼，那算什么福气，她病了也没有人惦着，她死了也没有人哭！"

静玲一高兴，又把那"涵养的美德"忘了，她顺口就说出来。

"不要这么说，孩子，路人我们还要帮助呢，何况她总算是黄门的人，她不也是一个可怜的人。"

"她要是自己那么想就好了。呵，大哥，听说你要回母校当助教？"

"是呀，我想我总这样下去也不是事。"

静纯伸了一个懒腰站起来，他把两只手缩在袖口里，仿佛天气极冷的样子，缓缓地在房里踱着，可是当他走近静宜的身边他就站住了，他的眼睛笔直地盯着她手里抱着的孩子。

他时常想到孩子的诞生把最后的苦难带给他的母亲，就引起他的怨恨来；可是也引起他的爱，因为只有在他的身体上才找到了亡人的一点生动的影子。几次母亲和他说起为了孩子，为了他自己的生活，希望他再续娶一个妻子，他都和善地拒绝了。凡是一切和他有关的女子他都想过了，他都厌了，只有青芬还为他留下一点美好的影子。这真是难解释的，一切都到了最后，才有了这个新的觉醒。

静宜真是能干的，当着她抱着孩子，母亲就自然而然地幻想到那该是她自己的孩子，不，也许还要大些，在地上跑着"妈呀妈呀"地叫着了。

恰巧这时候阿梅送一封信进来，母亲就问：

"是不是茵姑儿的信？"

静玲把信接过来，看看一半英文一半中文的信封，就摇摇头说：

"不是二姊的，是从美国寄给大姊的。"

"呵，原来是我的，谁给我的信呢？"

静玲把信交给她，她就把孩子顺手交给静玲，母亲早就在一旁叫了：

"不要给她，她不会抱！"静纯赶紧就把孩子接过来，那个时时蠕动的小生物，他也不知道怎么弄才好，他就把他放到母亲的床上。

静宜接过那封信，看到信角那里写着：美国加州洛杉矶梁寄，她立刻想起来了，她就站起来说：

"妈，我先回房里去一下。"

"好，你去吧，我可以看孩子。"

等着静宜出去之后，母亲又问静玲：

"谁给她来的信？"

"我没有看清楚，我只记得是美国来的。"

"呵，我想起来了，一定是梁道明，他是去年到美国，一定是他，一定是他！"

这时候那个孩子忽然哭起来，静纯拙笨地把脸贴上去没有用，用手拍着也不成，结果还是母亲想起来，就吩咐着：

"静玲，去，快点把奶妈找来，大概孩子要吃奶了。"

二十七

静宜的心象不能遏制似的跳着，一直到她走回自己的房里也没有安静下去，随手把门关上，象自己对自己生气似的把信往地下一摔，心里想着：

"哼，我才不要看呢！"

她抬起头来，就看到喊喊喳喳地叫着的那一对虎皮鹦鹉，它们同样地有翠绿色的羽毛和红的嘴，在那狭小的笼子里亲密地追逐着，时时就偎依在一处。有时候一只用嘴为另外一只梳理着羽毛，两个嘴有时也接到一处发着低低的音响不知在说些什么。

她忽然记起来地上的那封信，就俯身拾起来，扯开信口，那里面是这样写着的：

> 静宜女士：你也许想不到我会给你写这封信，或者你已经忘记我了，我们真可以说得起是"山海远隔"，唉，虽然如此，我的心呵却永远在你的身边！——

开头的这一段，就给了她不怎么好的印象，正好象她看见了一个才放了脚的女子参加赛跑；终于她的好奇心打动她，又继续看下去。

——你近来身体康健否？这是颇使我挂念的。来此已一年，在此一年中，随时随地都想忘记你，因为我知道你是不会喜欢我，可是我却总没有忘记你，反而在我的深刻的脑海里，你的影儿更深刻了。——

这一段，使她几乎自己笑起来了，她原来是不常笑人的；可是从这封信里，她看到他是怎么拙笨地表现自己的情感，在他那一面，实在是已经尽了最大的力量，这种若有其事的态度，使她觉得好笑了。下面还写着：

　　——因此不揣冒昧，才写这封信给你。
　　自出国后，眼界顿为一开，对于学问一道，自己的兴趣也加深了；但是对于你所采取的生活方式，真是百思不得其解！我只能说我不明了你，我简直不懂得你为什么把自己的一生幸福白白牺牲掉？在外国，也有许多抱独身的女子，她们或为事业，或为学问；但是绝没有为了自己的家庭。而且你的家庭——容我不客气地说一声，实在是一个不堪收拾的家庭；你不过象把自己有希望的前途，埋在里面而已。那不是很可惜的一件事么？要知人生于世，总得有一番事业，吾辈虽不能做大圣贤，也应该有点作为，否则如此下去，没没无名，殊为可悯。
　　报载华北局势不宁，不知实在情况如何，深望有以示我。
　　余自到国外，身体转佳，皆因水好，空气好，面包亦柔软可口也。My dear 静宜女士，我深盼你能放弃你那固执的主张，也到国外来，你的身体一定会好起来的，精神也要好了，那么我们……
　　　　此颂
　　大安

　　　　　　　　　　　　　　　　　　　　道明顿首

本来她的心还为他的来信而激动，如今是一切如常，只是他这封信中的字句，使她忍不住笑出声来，看过了信，信封里又倒出两张照片，后面都签了字，上面写着：静宜女士惠存，一张是抱了许多书在一座大建筑前面，另一张像是很活泼地蹲在地上，右手还拢了一只小鹿。这一张多了几个字：游黄石公园纪念，他是胖了些，可是他那副忠厚相还可以从他的脸上看出来；但是他的信却写得使人可笑，再想得多些使人可气。还没有读他的信的时候是决定不给他回信，而且也觉得措词为难；看过信之后她倒觉得应该立刻写信给他了。她从抽屉里把纸拿出来，就用一支铅笔写着：

  道明先生：谢谢你的信，更谢谢你的指点，否则我真不知道为什么要活在这个世上。我因为永远住在家中，眼界实在也不知道怎样才能打得开，更因为缺少好空气，好水，好面包，所以一切思想行为多陈旧不堪，这真是无可奈何的事。我既不为事业，又不为学问，这样牺牲自己也许是你以为不值得的，但是我又何必把自己从一个大家庭跳到一个小家庭中呢？在这个大家庭里，虽然不堪收拾，还有我亲爱的父母弟妹，在那个小家庭里呢，什么都是未知的，我一直有一点心愿，只要对别人有一点好处，把自己的生命丢掉都不惜，这样，我想你就知道我为什么守住我这个大家庭了。

  我并不想做大圣大贤，实在我也不知道圣贤是些什么，我只愿意做一个平常人，一个有一点用处的平常人。

  华北的前途是未可乐观的，可是我不愿意逃避，只要中国人能觉醒，日本人就没有什么作为了。

  你是一个好人，我希望你在学业上多努力，而且也可以慢慢找到一个志同道合的伴侣，我相信将来的她一定能帮助你成功立业，至于我，我再告诉你一声，我还是固执的。

静宜

写完了这封信，她觉得心里很畅快，她自己再把信看一次，在前面还是用着讽刺的语调，后面的几句自然而然地把同情心流露出来了，她一面写信封，贴邮票，一面在心里想：

"——他到底还是一个老实人。"

二十八

秋风虽然把枝柯间的叶子吹得无影无踪了，可是寒冷的气候把霜挂装点了秃秃的乔木。那已经是初冬，只是一夜的凛冽，第二天宇宙好象就改了样子，枯枝上缀满了洁白的霜花，还有那象玉石的细线，在小枝间垂挂着。再走得近些，就看到那伸出来的一支支微细的小枝，象触角似的伸在空中。清早起，连牲口的嘴边和鼻孔边都存留着，不久太阳出来了，虽有一阵辉耀；可是天气却愈发显得寒冷了。

每个老年人都嗟叹着今年的寒冷来得特别早，可是和这寒冷对立的，却是青年们沸腾的，热诚的，充满了鲜血的心，他们真的觉悟了，政府没有想到他们，有的教授想要他们迁到安全的所在，有的教授要他们安分读书；可是他们的自觉心强盛地发挥着，每个人都想靠着自己的力量来争取最后的自由。不只是他们的自由，是大多数人的自由，是全民族的自由。

在日本人重重的压迫之下，当道者尽了他所有的力量来应付；可是日本人还不断地在各县鼓动暴行，造成不安的局势。甚至于用武力禁止××铁路通车，把一切货物都扣留；一面当道还在取缔有碍邦交的组织。就是那个最高的行政组织，也不得不听从日本人的话，曲意地改换，生怕惹怒了他们。在学生本身呢，他们仍然没有言论集会的自由，要从这时就把他们训练成不能抵抗的顺民。

"我们能这样下去么？"

那是在他们的星期早会中，赵刚气愤地挥动着拳头，他顺手把头上的一顶皮帽抓下来，朝地上一丢，他那光秃秃的脑袋，热腾腾地冒着气，不知道谁小声地说：

"留点神，看着了凉。"

可是他并没有听到，只是两只手叉着腰，眼睛鼓得象牛犊子的，嘴角挂着唾沫星子。

"——我们的校长，他不但不帮助我们，指示我们；还压迫我们，不许我们活动，要我们这些年轻人一样和他做顺民。我们的官，只知道和日本人联欢，听日本人的指示，他们仿佛不是我们中国的官。我们的政府，唉，简直有点顾不过来，把我们打在计划以外了。那些争执古物学校南迁不南迁的，也都是在死东西上设想，完全没有想到我们这些年轻人，我们的这个民族。你说，这可要我们怎么办？——"

赵刚的涵养为这迫急的局势又减少了些，他用力地绞着手，把每一个骨节弄得咯咯响。

这是一个很冷的天，他们那几个正聚在没有人影的公园里，虽然都有一颗沸腾的心，可是不可抵御的寒冷使他们立不住脚。黄静玲觉得鼻子有点麻，眼角上冰冷的凝着两点泪，不知道是水还是冰。向大钟的两只脚一直跳动着，刘珉拿一支钢笔呆呆地站着，她实在冻得想哭了，可是又哭不出来。关明觉何道仁都缩着脖子，两只手拢在袖筒里；只有赵刚觉得热，不只是脑袋，他的一身都象在冒着热的气。

"——我们自己的力量太小了，我们的先生都是高师的学生，大部分把自己献身给教育，他们不大管这些事，最要紧的我们是要和大学生取得联络，加入学联，和他们一致行动，他们中间还有大学教授，总比我们有办法，我们得想一下，怎么和他们发生关系？"

"主席，我提议……"这是黄静玲用有点颤抖的声音说，"我们不要在这里待下去了，这里虽说是安静，可太冷了，没有一点避风的地方，——"

"我不怕风！"

向大钟蛮头蛮脑地说一句。

"活该，我也不怕，——"

黄静玲立刻换过去说，她很气愤，她一直看不起他，觉得他没有头脑，是一个无用的家伙。

"——我是为大家设想，有一天我们比比看，谁要是退缩谁就不是人！"

她象连珠炮似的把这几句话说完了，赵刚想拦也拦不及，等她说完了，赵刚才插进嘴说：

"自己不要吵吧，向同学的话本来不妥当，黄同学自然是一番好意，可是我们没有地方去，学校里当然是不可能的，——"

"到我家里去吧，人数不太多，没有什么要紧。"

"那方便么？"

"没有关系，我父亲不会站在我们这一面，他也不会站在他们那一面，只要我们安安静静讨论事情，他不会干涉我们的。"

向大钟不惬意地望了她一眼又把头低下去，赵刚就说：

"好吧，我们还有许多事要讨论，到黄静玲同学家里去。"

他说完，拾起地上的帽子，大家起始移动脚步。最初好象都忘记了怎么走路的样子，两只脚象冰棍，缓缓地向前挪动；慢慢地才灵活起来，愈走愈快了。

等到暖和起来一些的时候，他们才一边走一边说话，好象没有多久，他们已经到了门前。黄静玲才要去叫门，门打开了，穿着绒毛大衣的静珠跳出来，后面随着两个穿着皮衣的青年，也是一跳而出的，在他们的肩上，分明看到溜冰鞋。

黄静玲只厌恶地望了一眼，没有说什么，自己脸觉得一点热，拉住蹿出来的费利，一面带他们都走进去。

二十九

虽然是星期日，这个家也是沉静的，楼下就没有一个人，拉开客厅的门，好象从里面还冒出一股凉气来，黄静玲赶紧把他们安排到里面坐定，自己又跳出来叫着：

"老王，快点来，把客厅的火生起来。"

浮尘落在各处，显而易见地很久没有人来过了。那个火炉无力地站在墙角那里，好象入冬以来还没有经过一番点燃。黄静玲觉得很不舒服，她用歉然的眼光看着所有的人。

"请坐吧，我们的家真是乱得不成样子——"正在这时候，老王迟钝地端着木柴和煤块走进来，她就转过话头，"你看，平时也不收拾，脏得象什么？老爷看到了怕不骂你！"

"老爷说没有什么客人，用不着收拾了，倒不是我偷懒，——"

"唉，不要多说吧，快点把火点起来。"

"我们不冷，"赵刚说，"只要不是在旷野荒郊就是了，不必生火。"他还有半句话没有说出来，那就是说："屋子暖了，我们也早走了！"

"我想，立刻我们就可以开始讨论，这个用人在这里没有什么关系。"

"好，好，——"赵刚又摘下他的帽子，把围脖也解下来，（因为他嫌麻烦，就结在颈子那里，）"我想到这里来还有一层方便，我们想和大学联合，黄静玲有两个姊姊都在大学，我们正好问问她们，看看她们的学校里如何，我们才好，——"

他的话还没有说完，从火炉口冒出来的烟就呛了他，使他不得不咳嗽了一阵之后赶紧把嘴巴紧闭起来。

"你真笨，看你把房子灌得这许多烟！"黄静玲不耐烦地申斥着。

"您哪里知道，这个炉子今年还没受过烟火，怪不得它也不服，大口地向外吐。"

"你这么早把煤都压上去，自然不会燃，快去找一把扇子来，你去预备茶水吧，这么冷的天，冻还不算，还得呛，真是，什么都没有秩序。"

老王一面应着，一面走了，静玲接过铁钩子来，仔细一看，才看到接近烟囱那里的小门没有打开。

"怪不得，毛病在这里。"

她轻轻用手一挪，烟立刻就不冒了，火焰也忽的一声冒起来。

"无论什么事，只要得体就好了。"

黄静玲自得地放下铁钩，把炉门关起来，燃起来的火炉烘烘地响着。

"好了，那么我们现在请黄静玲去约请她的姊姊。"

"约请什么，方才你们没有看到么？"

黄静玲怪难为情地说着。

"噢，不是还有一位？"

"好，我就去，——"

她才站起来，老王又捧着茶壶进来，她顺便就问了一声：

"三小姐在家么？"

"不在，一清早和大少爷一路出去的。"

"哼，我就算得到她们不会在家里。"

"那也没有关系，我们还可以继续我们的讨论，我觉得有一件极重要的事，就是张国梁那个人有点不对，这几个月来我无时不注意。——"

"那个狗东西，等我遇上他的时候揍死他！"

向大钟又忍不住他的怒气。

"大钟，事情不是那么简单，你揍死他，还有第二个张国梁；各学校里都有张国梁这一类的人，在社会国家里，也有不少大张国梁，我们不是对人的问题，完全是对事的。譬如我们的行动，完全为了国家，并没有其他用意！他可以设法在学校当局面前来陷害我们，将来自然也可以到统治者面前去献媚，说不定有一天去做日本人的走狗。——"

"这话说得对，做奴才的自有他的恶根性。"

"——所以我们首先要留意他，把他先统治住了，使他从我们这里一点什么消息也得不到，那他想邀功也不可能了！"

"唉，我真不相信青年人中间还有败类！"

李纫芝叹息似的说，她平时真是一句话也不说，别人的意见永远是她的意见。

"你的心太好了，所以许多事都想不到，从前你不张大眼睛就看不见，现在都送上你的眼底，你想闭起也来不及了！"

黄静玲半善意半讽刺地说，正在这时候，门忽然被推开了，进来的是黄俭之，他带了一点惊讶站在那里。

黄静玲有点慌，再怎样沉着在这个情况之下她也显得有点失措，她站起来，那几个青年人也有点怔住了，有的站起来，有的还坐在那里，黄静玲急忙为他们介绍：

"这是我的父亲，——这是刘珉，李纫芝，关觉明，向大钟，何道仁，赵刚。"

他们几个，有的呆头呆脑鞠躬，有的端了茶杯也不忘记放下，向大钟是从那个沙发里猛然跳起来的，头向前一俯，几乎摔到地上。

"请坐，请坐。"

黄俭之用他那不信任的眼光在每个人的脸上扫着，黄静玲赶紧就说：

"我们组织了一个星期读书会，才成立，大家互相研究学问。"

"青年人知道读书是好的，很难得，很难得，真是'少壮不努力，老大徒伤悲。'好，你们研究吧，我不打搅你们，不过，记着呀，古书是不可不读的，圣贤之道，任何时候都能用得上……"

他一面说着一面退出去，把门随手又为他们带上。

"老年人都只希望我们读书。"

关觉明不平似的说了这么一句。

"当然读书不是坏事情，可是我们先要有一个好环境，在这种风雨飘摇的日子里我们先要自觉地去拯救别人。——"

"救别人也就是救自己！"

三十

完全基于个人的出发点上，想来舍身救人的是黄静婉，她只是在星期六的晚间回到家里来，和父亲母亲都见过了面，星期的早晨，她就匆匆地又跑到医院里去了。

这是因为那个不幸的诗人王大鸣，被断定了只有一截有限的时日生存在这个世界上，先前还多少是当做不怎么可信的妄言，用一种任意的态度处理，如今一切的转变正象那个医生所说的那样，虽然知道没有什么用，也仍旧住到医院里去。这个消息，很快地就被黄静婉知道了，她当时就告了假，赶到医院里去看他。

那正是一个上午，走进那高大的医院的门，要经过一条长长的甬道，在那甬道里，有更猛烈的风势，卷起地上的落叶，扑打着对立的高墙，有一种不祥的预感一下抓住她，使她的脚步立刻加快了。跑出去才又看到那晴朗的天，和耀眼的太阳，——虽然在初冬的日子里，太阳没有多大的温暖，在那沉寂地站立着的一排病房中，她一下就找到了王大鸣的名字，于是她轻轻地敲着门。

她的心跳着，她有点急，同时又觉得不知道怎么样来开始她的第一句话，但是里面没有回应，她就轻轻地推开门走进去。

在近窗的高床上，王大鸣正睡卧着。只有两个星期没有见面，他的脸上失去了血色。他仰卧着，他的脸部不舒适地扭着，他的长发，象浮在水上一般地散在白枕的上面。她那轻微的走动的声音，并没有惊醒他，她就静静地立在床前，贪婪地望着他的睡相。她那无由的爱情，一直也不曾衰落，想着果真有那么一天，她的眼睛就湿润了。她想那也许是不可能的，许多人世间的事原来有奇迹般的变化，由于她的不灭不变的真情，也许有一个想不到的转机，"那么，"她想，"一切事就都另外是一个样子了。"

当她正这样想的时节，王大鸣睁开了眼睛，他好象一点也不惊讶，（或许他已失去了惊讶的能力，）他呆呆地用那一双迟钝的眼睛望了些时，才低微地，稍稍带了一点惊奇的语气说：

"原来是黄小姐，我没有想到，请你原谅。——"

他一边说，一边伸出那只突露着青筋的手，等着静婉才要和他握手的时候，他突然又缩回去了。

"我不大方便和人握手，我的病是传染的，请坐吧，那边有一张椅子。请你看，我的脸好么？"

"很好，和从前一样。"

"我瘦了么？"

"不觉得瘦——"

她续说了两句谎话，连自己都觉得语调有些不自然，可是他却满意地说：

"是呀，我也这样觉得，可是这个鬼医生不知道为什么，一定要我住院，这简直是有点拿我开玩笑！"

他好象很不平似的叙述着，可是他分明地觉察到他对于人生那份洒脱嘲弄的性情不复存在了，他起始感到对于人生的留恋。

"今天天气好吧？"

为了要给他点安慰，她故意地说：

"不怎么好。"

"不是有大太阳么？"

"有太阳也没有热力，风又大，——"

"唉，只要有阳光，就是美丽的了，如今我只想起当我还是一个孩子的时候，坐在稻草堆里，秋天的太阳照出一片金子的颜色，使我的眼都不大睁得开，我也正好闭起眼睛来梦想着——我不知道那时候我到底想了些什么，我也许想着赶紧长起来吧，如今我长起来了，可是我只觉得悲哀。……"

"过两天你好了起来，大太阳还在等你呢。"

"可是岁月不等我了呵，它很早就不再等待我了，我也是一无所有了，除开我的一身哀愁。"

"只要你好起来，再得到健康，你什么都能够得到的。"

黄静婉深情地说着，不自觉地脸红了起来。可是王大鸣并没有想到许多，他只是象一个缺乏自信心的人重复得到了保证那样快乐，勉强地笑着说：

"是那样么，我是就要好了么？"

实际上他的病并没有好起来，在以后不断的探视中，她只发现他的颧骨显得更红了，两颊更瘦陷了，一对眼睛更没有光彩，手臂也瘦得可怕了。可是他的听觉变得异常敏锐，一点微细的声音也不能忍耐；他的眼睛也不能忍耐光线，他的性情也变得异常暴躁，有时候简直是无理的蛮横。

在星期日这天的早晨，静婉是和静纯一路到医院里去的。当着推开病房的门，一个医生正在为他诊视，静婉象是和这个医生都熟了，当着王大鸣没有看见的时候，那个医生无望地摇摇头。

医生出去的时候，静婉赶紧随他走出去，不信似的问着：

"大夫，您看他近来怎么样？"

那个医生还是固执地摇着他的头：

"没有希望，没有希望，至多不过两个星期。"

"难道就真的没有一点办法了么？"

"那是超乎人的力量以上了，照我的诊断，那是一点挽救的法子没有了，我们现在所能做的，只是怎么样使他毫无痛苦地离开这个世界。"

"是这样么？——"

她突然间张大嘴哭起来了，她就走到庭院的中间倚着一株白杨哭着。寒风吹着她那被泪水浸湿的部分使她感到刺痛，可是她不能制止自己的情感，一直到泪好象已经流尽了她才止住。她用手帕擦着残留在眼睛上的泪水，在走廊的尽处站了好一些时她才再走进病室去，使她惊奇的是那里面又加了四个探视的人。其中的一个女的她知道是秦玉，有一个男人也很面熟，可是想不起来他的名字。他们只是相互地点点头，没有说什么，一齐把忧郁的眼睛望着病人。

他已经不大能说话了，他也没有看到别人的样子，他的眼睛闭着，嘴微微地动着，嘴唇现出一种青灰的颜色。他的眉紧紧地皱着，有时候无头无尾地吐出几个字音来，那是不为人所了解的，象谜一般的断语碎句。

秦玉始终没有走近他的床前，一张丝手绢紧紧地掩了嘴，她那美丽的脸装成一副愁苦的样子，时不时地摇着头。

没有人说话，她进来不久他们就要走了，又打过一番招呼之后，静纯送他们走出去。在这时候，静婉忽然起了一个勇敢的念头，她站到他的床前，把头俯下去，把自己的脸贴在他的脸上，那灼热使她吃了一惊；可是由于她的凉润，王大鸣缓缓地张开了眼睛，她却立刻羞赧地移开了。

"你，你，你是哪一个？呵，……天太热了，人生是多么辛苦的一次旅行呵！我真疲乏了，怎么，怎么，你还有这么多的精神？"

她没有回答他，她不能回答他的话，她一想到不久在她那眼睛里宇宙便不再存在了，心里就忍不住一阵酸痛，她的泪又从眼角垂下来。她的心里想着：

"天地是多么不公平呵，偏要那些庸碌的人没有用的人活着，充满了这个世界：一个天才，一个旷世没有的天才却不能活下去了，这，这真是多么使人伤心的事呵！……"

三十一

更使人伤心的却是那一天比一天恶化的局势，就在中国的国境里，成立了一个冀东自治政府；而敌人豢养的奸人，一次两次地举行"自治"请愿。配合这一切无耻的举动，日本人在榆关更增加了军队，许多人都看到突然的事变，恐怕不可能避免了。

这许久，一直在日本人的鼻息下委曲求全，用尽了所有的力量和方法来讨日本人的欢喜，终于无法遏止日本人的野心，一步步地逼紧，终于使一切情势到了最紧张的地步。

许多人以为事件的发展已经到了不可挽回的地步，爽性放弃了希望，准备跑到安全的江南去。可是那些有血气的青年们，感到更大的悲哀更大的痛苦，度着悲惨而强硬的日子，他们不愿意随着学校跑到江南去，他们不愿意把大好的江山平白地又让给日本人，他们想凭着满腔的热血，来做最后的争斗。他们想唤醒在迷梦中的人，他们想振起那些恐日病患者的精神；他们没有武器，他们想用那伟大的热诚，说动那些有守土之责的长官，和那些有武器的士兵们，他们想着，果真有一天和日本人宣战，他们立刻就准备投身到战斗中去。

可是情势并不是那么简单的，在那复杂的包有许多不同的阶层的社会是如此，就是在那青年的一代中也正是如此，正象苏联作家爱伦堡所说的："一面是严肃的工作，一面是荒淫和无耻。"

这些天，黄静玲真的都忍耐不住了，她就在校园的角上和赵刚大声地叫：

"我不干这个联络了，我简直弄不好！"

"喂，你怎么能在这里同我叫？"

"好，好，放学的时候你送我回家，我再和你说。"

正在这时候，忽然闪出来张国梁，他谄媚地笑着，把那颗靠里面的金牙都闪出来。

"你们好呵？"

"我们不是天天见面么，又不是许久阔别的朋友！"

赵刚也不耐烦地回答他。黄静玲连头也没回就走开了。这几天，赵刚也正没有好气，在一切青年都有的烦闷之外，他还深深地苦于工作的不顺手和迟缓。而且象张国梁这样的人，随时都在用窥伺的眼睛注意着他。

"礼多人不怪，——"

张国梁故意显着毫不在意的样子，说了一句有点可笑的俗语。赵刚忽然转了一个念头，就改了温和的口气问：

"你倒真有根，从南方来不怕冷。"

"当然不怕，我从前住在东北。"

"你的家在那边么？"

"不，我是事变以后去做工作的，——"他知道失口了，就赶着说，"因为我的叔父在那边开一爿店，要我去管账。"

"那你为什么又到这边来呢？"

"还不是因为自己的学识不足，才想深造？真是，我还要请问你呢，那个读书会怎么不开了？"

"大家都忙着赶功课，所以就不要那个组织了，反正目的是为读书，各人都知道读书了，目的已经达到，自然就不要有那个会了。你倒很热心？"

"可不是么，从关外回来，对于什么事都热心，这也是在那边受了太多的压迫的缘故。"

"我可不然，——"赵刚一面想着，一面又在按着手指节，"我简直麻木了，觉得只有读书要紧。国家大事自有人负责，我们年轻学生，管不了那许多事。"

那个张国梁不再说什么，躲在眼镜后面的小眼睛，迅急地霎了几霎，好象他自有他的主意，他也自有他的想法。

"这个东西可真怪，"等到张国梁走开了以后，赵刚独自想着，"他要做学校当局的探子，那还算不了什么；要是做了统治者的走狗，那也还有可原谅的地方；如果做了日本人的狗腿子，那可真不是人养的！"

他虽然想尽力思索，也得不出什么线索来，只觉得"奴才总归是奴才的"。

到下学的时候，他早在校门前转弯的一条小路上等好了，正当黄静玲在门口东张西望的时候，他就低低地叫着：

"走吧，人家早等好了。"

黄静玲一生气，几乎想骂出口来，忽然记得他们的环境，就没有做声径直朝回家的路上走。

赵刚已经悄悄地走在她的身边了。

"我说，这件事我办不了，我成天去追，也没有追得到她们，好容易碰见了一个，她什么也不知道，两句话还没有说完，早有一个男人挟着她到溜冰场或是舞场去了，你说说看，我联个什么络？"

黄静玲象是真气急了，她的脑袋灵活地左右摆动，当着她的嘴不说话了，立刻就撇起来。

"事情哪有容易的呢，你得把心沉下去，你看那边——"

这时候他们已经走在一条横街上，在街的那一边，现出了一群人，他们挂着白臂章，摇着杏黄色的旗子，一面呼啸着一面走过来。街旁的店铺，赶紧都把门板关起来，摊贩也抢着把货物收到竹筐里，黄静玲厌恶地说：

"又是他们，我们绕一节路走吧。"

"那何必呢，正要看看这些到底是什么东西！"

那凌乱的行列，渐走渐近了，一张张的苍白的三角脸，深陷的眼睛，还有破乱的衣衫。在旗子上写着，"华北自治""东亚和平"的字样；有的旗子上又画着太极图或是八卦。他们用嘶哑的声音叫喊，不知道喊出些什么字音；也许因为冷或是其他的原因，鼻下拖了两条清鼻涕。

原先站在路中的警察，这时也躲到路边来了，他把木棍夹在腋下，装做没有看见的样子，那些人很象散纸钱似的，把一些红红绿绿的纸朝空中一丢，随后飘到道旁或是水沟里。

"我真不明白，连警察也不干涉。"

"你要他怎么管，上面的人都管不了，他们又有什么法子？中国人原来都是各扫门前雪的，你不看见这些人都躲起来了么？所以如今能挽救我们危局的只有我们这年轻的一代，——"

赵刚滔滔地说着，他们的眼睛望着那滚在那尘沙中的杂沓的一群。

"路是要从没有路的地方践踏出来的，这是鲁迅说过的话，关于和大学联络接洽的事我帮你的忙，——"

"那好，什么都不用说，我们紧着去办；一定和他们采取一样的行动。"

"我今天就不回校了，管他记过开除呢，什么事情都比不得国家！"

"对了，这是真话，什么事都比不了国家！"

三十二

静玲赶回家里的时候天已经黑了。忽然飘落起来的大雪，照亮了路，空中还不停地飞舞着，有时落到她的颈子里一片，使她陡地把颈子一缩。可是她喜爱雪，尤其是这没有经人践踏的洁白的雪；当着她的脚踏上去，一面觉得可惜，一面也感到快意。

下起雪来，天并不怎么冷，她是赶着回家的，身上还出了汗，叫开门的时候，老王先就惊讶地说：

"哎哟，我的五小姐，您到哪儿去来着？您看您这一身雪！"

"你快替我拍拍下去。"

"您等我先把门关好，唉，这真是何苦来！——"老王一边关着门，一边唠唠叨叨地说着，"老爷看您没有下学，还差李庆到学校里去找一趟。"

"李庆回来没有？"

"早回来了，学堂人说不住堂的都回去了；——可说，您看连我也闹糊涂了，一边下，一边拍，那阵拍得好重？您还是进去吧，到楼下我给您好好拍。"

她走着的时候心里就盘算着，自然在路上想好说在学校里做物理试验的话是不可用了。

"舅老爷呢？"

"舅老爷今天压根儿就没有出去，大冷天，在家里烤烤火够多么舒服！"

"他怎么没有在楼下房里？"

"那谁知道，八成在楼上太太房里谈闲话哪，老爷也在上边呢。好，您快上去吧，差不多都拍干净了。"

等老王走出去以后，她还独自在那里想了一会儿，然后才有把握地上楼去。她一下子就跳进了母亲的房里。母亲首先喊出来：

"你可回来了，你到哪儿去了？"

"我的一个女同学的母亲过生日，我去拜寿，他们用车子把我送回来。"

"你吃过饭没有？"

"吃过了，还开的席呢，我吃完了，怕家里人惦记，就赶忙先回来。"

说完了这句话，她才看到父亲正捧着一个水烟袋在呼呼地抽，李大岳象呆了似的坐在一边，母亲好象正在用骨牌闯五关，看见她进来的时候才停手。

"你好象忙得很！"

父亲吹出一团烟来，然后有意无意地说。

"也没有什么忙，还没有到大考。"

"你们都忙得很，你是每天都不大看得见，静婉和静珠，就是到回家的时候也看不见！"

"她们我不知道，我可是到时候回来，到时候上学去。"

"我看你有点不对，——"父亲猛地严肃起来了，"你这个年岁可还不是闹恋爱的时候，这一点你可得弄清楚——"

静玲被父亲的上半句话吓了一跳，以为他已经知道一切事情；可是下半句话使她的心放下了。因为她记得从前为禁止静纯参加学生运动，曾经把他锁在家里。

"我才不会呢，我根本就想不到，妈妈，大姊呢？"

"她在自己房里，她才把青儿放下去睡。"

"我去找她，——您也早点安歇吧。"

她悄悄地推开了静宜的门，看见她正静静地独自伏在桌上看书。一座台灯，正好给她足用的光度，房子的一角，被炉火映照得红煦煦的。

“大姊，你看的什么书？”

“哎，你可吓坏我了，你怎么也不大点声音？”

出其不意的声音，使她从贯注的情绪中猛然醒转来。站起身，打了一个伸欠。

“我怕吓着你，才轻手轻脚的，——青儿睡起来真美！”

静玲转身又走到小床的近旁。

“你可别动他，弄醒了就费大事！”

“大姊，我告诉你，我还没有吃晚饭。”

“那怎么好？你要吃点什么？”

“什么都可以，只要吃得饱就成，千万可别声张，我和妈妈爸爸说在人家吃了酒席。”

“你真好，吃了酒席的人却原来提着一个空肚子！你在这里等我，我到下面去看有什么好吃。”

“还要麻烦你跑一次，不如我自己下去好了。”

“你等着吧，我就是怕他们封了火，——呵，我想起来了，妈妈还给你留下菜，我要他们给你煮一碗泡饭吧。”

“那也好，可多弄点，我饿急了。”

“你真好，不饿怕还不回家呢！”

等静宜出去之后，她就坐到桌前，她看见大姊看的书是《简爱自传》，对于这本书，她没有多大兴趣，尤其是这晚上，她的胸中充满了澎湃起伏的思潮，她的肚子又是那么饿，不断地叫出声来。

正在这时候，有人在门上轻轻地敲着，她顺口就应了一声：

“请进来。”

门缓缓地推开了，进来的原来是静纯，他一声也不响，径直地走到婴儿的床边，俯下身去默默地注视着。静玲想问他一句话，证明方才想起来的是不是事实，还没有打定主意，他已经在孩子的脸上吻了一下，缓缓地出去了。

她也走到床前，俯下身去，正在这时候，孩子哇的一声哭起来了，她正仓皇地想抱起来。孩子却只哭两三声，又停止了，依旧是安静地睡着。静宜走了进来，后边随着阿梅，用托盘端了一大碗热气腾腾的饭。

静玲赶紧坐到桌子那里，也没有铺一张报纸，两手捧着碗迅速地吞着。她好象要把那个头埋在碗里，一直下去了大半碗，才喘一口大气抬起头来。站在一旁的阿梅也望得呆了，笑了。

"去，你看我做什么，快点服侍太太睡觉去！"

"也真亏你，就好象三天没有碰一个米粒！"

静宜也微笑着说，把那本《简爱自传》又拿到手里。

"姊姊，你不要看，我和你谈谈不好么？"

"这阵你才空出嘴来说话，方才好象一张嘴都不够你吃饭的。"

"这也是点经验呵，再没有今天这碗饭香的，我可懂得饿的味道了。"

"算了吧，才晚几个钟点就象这个样子，有人三天不吃饭那可该怎么样？"

"那也好，那就永远也不要吃了，——"静玲笑着，一面还没有忘记吞着残余的饭，"可说，大哥真爱青儿，我看他爱得有点发呆。"

"这又是你不懂得的了，我可也不懂得，我只觉得眼看着一个小孩子长起来，满有趣的。"

"多麻烦，一个洋囡囡就好，不哭不闹也不麻烦，——"

"照你这样说法下一代就该是洋囡囡的世界了。"

"不，不，那才不呢，下一代是我们的，大姊，我问你，你游行过没有？"

本来静玲还记得他们的话，要她无论如何也不要泄漏出去，尤其是当道和学校当局，可是这一阵，她的胸中象有什么东西朝上跳，一直跳到她的喉咙那里，到她提起一个引端，才稍稍觉得畅快些。

"我怎么没有游行过？从前我上学的时候，一个五月里就不知道要游行几次，每年的十月十日照例还有提灯大会，那一年三一八，——"

"我记得了，今年的纪念日你还告诉过我，你不知道，我们最近——"

她顿住了，犹豫了一阵，不知道是说出来好还是不说好；可是静宜不等候她的思虑，接着就问：

"最近怎么，最近要游行么？"

静玲没有回答，只点点头。

"为什么事情？"

"你还不知道么，华北要在自治的原则之下成立一个会，——"

"自治不好么？"

"唉，哪里是自治，不过和政府分化，受日本人的支配，将来有一天，鬼子也要建立一个什么国。"

一时间，静宜没有再说什么，她站在那里想，手里的书放到床上，她就深思似的倚在床边站立，她一直先前没有想到事情会有这么严重。

"既然是日本人在里边，当然他们也许要蛮干。"

"那或者不至于，我们的游行最要紧是想唤醒蒙在鼓里的民众，和那一批昏愦的家伙们。"

"不过，照情形看出来，也许日本人要来干涉。"

"那有什么法子，我们总得把我们的民气显出来，就是有什么危险，那也顾不得，只有引起一般民众不甘做奴隶的心也就是了。"

静玲说得很兴奋，在半暗的光线中，她的眼睛显得更明亮了。

"我并不反对。——"静宜悠悠地说，她走到静玲的面前轻轻地拍着她的肩膀，"我不胆小，也不自私，可是我要你好好留神，果真遇到什么危险，并不觉得有所吝惜，总觉得不怎么值得，你说是么？"

"那当然是，我还要好好留着这条性命和敌人在战场上见。"

"那还不知道哪年的事呢！不过在眼前，我要你小心就是。"

"你不会给我说出去吧？"

"我不会，有时候我也觉得我的心仍然在燃烧。"

"那就好，那是我的好姊姊！"

她一转身抱了静宜，不知道怎么好，静宜低低地问她：

"我还忘记问你，哪一天？"

"九号，就是这个月的九号，没有几天了。"

三十三

一连几天的大雪，把地上的一切都掩盖了，一层雪，一层脚印，又是一层雪，又是一层脚印，……到得那天的早晨，初晴的蔚蓝的天，象无边的海；一夜来地上又得匀整的一片雪，却象夏日洁白柔软的好云。涌泉的水池是不冻的，反映着空中的青色正象一块没有被云盖起来的蓝天。

可是随着这晴朗的天同来的，是那不可抵御的寒冷，和那劲厉的风。积在屋瓦上的和树枝上的雪被吹下来了，在阳光之中闪耀着落到地上；地上的坎坷，又为这一阵风吹平了。

人缩着颈子，把两只手拢在袖筒里，踏在地上的鞋橐橐地响着，太阳再高起些的时候，屋瓦上的雪稍稍溶化了些，就在屋檐上一面结成透明的檐溜，一面滴到地上冻结起来。

在这寒冷的日子里却有无数颗沸腾着热血的心，他们没有恐惧，绝不畏缩，按照预定的计划去施行。

黄静玲一个清早就跑出去了，她兴奋地朝公园跑去，因为怕校方的阻挠，早就规划好了凡是参加的同学都到公园门前集合。

也许是天太早，或者是寒冷的缘故，路上的人不多，可是路却很滑，因为走得急，两三次差点没摔下去。她没有太在意，怕去晚了误事，仍然是急急地赶着。

老远的她就看到在公园门前稀稀朗朗的不过有八九个人，几个人聚在街旁，几个人站在街中间。在那里面，很快地她就看到了赵刚。

她走到他近前，就低低地说：

"怎么才只有几个人？"

"时候还早，今天至少也有一百人。"

"旗子还没有拿来？"

"就来，我们存在校前对面的那个水果店里，一会儿向大钟扛来。你不饿么？先到那边去吃一碗杏仁茶。"

这时她才注意到路旁的几个人，原来是围了那个杏仁茶的担子。

"饿倒不觉得，暖一暖也好。"

她象自语似的说着，然后也凑到人堆里去，在那里面，她看见了李纫芝。

"李纫芝，你早来了。"

李纫芝朝她笑笑，并没有说什么。没有什么音响，一股严肃的空气罩着每个人，只有那吸啜的声音呼呼地响着。

远远地，向大钟骑了辆自行车，还有一辆堆满东西的洋车跑来了。同学们，也从不同的路上赶了来。

到九点钟，差不多有一百五十个同学了，这时赵刚就大声地说：

"诸位同学，我们的人数差不多了，现在我们就该出发了，本来我们有十个人分头接洽，现在就请他们每个负责一小队，每队十五个人，凡是有车的同学请到一边，都算做纠察队。现在赶紧分好，然后我们就分配旗子。——"

"谁愿意扛大旗的请过来！"

立刻就有两个人赶过去，黄静玲只认得中间一个是关明觉。把那卷横旗打开来，上面写着显明的几个大字："××中学请愿队"。

"人已经分配好了，我们就分配旗子，旗子数目多，一个人拿两个也好，路上如果有热心的人请他们参加进来！就送给他们。我们这一次请愿，是有极重要的意义，我知道来参加的人，都是热心份子，不过在守纪律这一面，我希望同学能互相督促。——"赵刚顿了顿，好象很困苦地咽了口唾沫，又说，"这次我们游行请愿，我们的口号是：'反对华北自治''枪毙亲日汉奸''打倒日本帝国主义！'"

在末一句，赵刚提高些声音叫，不提防一声更大的回应吼了起来：

"打倒日本帝国主义！"

人人兴奋着，激昂的复仇的眼睛象要燃烧起来，转过队形，一直就朝××街走去了。

风强劲地吹着，两个人努力地抬着那面大旗，也有点支持不住的样子，赵刚和黄静玲也参加进去，四个人撑着那面大旗迎着逆风前进。

忘记了寒冷，忘记了不曾吃饱的肚子，一张开嘴，就从嘴部一直灌下去，好象塞满了嗓子；可是他们还拼命地喊着口号。

在××大街，迎上大队了，那是一支长而有力的队伍，他们在高呼中加入他们的中间，他们一齐奋力地用更大的声音叫着：

"打倒日本帝国主义！"

"反对华北自治！"

走到××街，突然有一大群女学生冲到这个大队里来，人们让着地方，让她们也合乎步骤地和他们一同向前，和他们一齐喊：

"枪毙亲日汉奸！"

"欢迎市民警察参加！"

路中的警察，为他们拦住往来的车辆，让他们顺序地过去，市民们多半呆呆地站在路旁，没有什么表示；可是他们没有一个笑的，他们就是猜也猜得到这是一桩极其严重的事。

"打倒×××！"

"枪毙×××！"

"打倒日本帝国主义！"

"农工商学兵，联合起来！"

在旁观的人群中，黄静玲忽然看见李大岳，她象遇见亲人一样跳过去，把多余的一面旗子交给他，说：

"幺舅，你也加进来吧。"

李大岳早就等在那里，他看见那股充满热血的青年的洪流过来了，他动也不动地站着。他的心跳着，当着那洪亮的喊声起来的时候，他的心在微微地颤抖，他自己想："不成呵，我是一个军人。"可是他的心仍然在抖着，大队愈近的时候抖得愈厉害。他的脸被风吹得生痛，眼睛的角上却觉得冰冷；而在他的近前过去的那些不屈服的呼喊使他的心抖动得不止。他的睫毛上结了些什么，使他又冰冷，看出去又模糊。最后他记起来了，那一年在上海作战，他最后守了一挺机关枪，掩护退却的时候，他是又悲愤，又激昂，看到那些日本兵倒下去又高兴的不同的情感的糅合，要不是随时想到一个军人的身份，这时候和那时候一样，他都要大声哭出来。

“好，我来，我是要来的！”

李大岳一下子跳进来，他不好意思地用手背揉揉眼睛，他那粗壮的，嘶哑的喉咙叫着：

“打倒日本帝国主义！”

接着就是一声更大的，更响亮的，混合着男的女的，老的少的，从不同的喉咙里叫了出来的同一的回应：

“打倒——日本——帝国主义。……”

三十四

游行的大队象一股急湍的洪流，滚过一条街又是一条街，他们咆哮着，显示自己的威力，完全为了整个国家民族的前途，他们忘记了寒冷，忘记了饥饿，也忘记了会遇到的危险，两旁的观众不是投身到这洪流中来，便庄严地注视着，没有笑，没有快乐，那洪亮的呼喊一直压上他们的心头。就是在经过日本领事馆的时节，那些警备着的日本兵，也兀自看着他们，自然地在胸中浮起了一番尊敬，群众在这时候把喉咙更叫得响些，旗子更举得高些。

“你看，那边走着的就是××大学名教授×××，他是一个很有学问的人。”

赵刚用他那已经沙哑的嗓子和黄静玲说，抽出一只手来指着一个穿皮大衣，戴呢帽，低着头在路边上走的人说：

“呵，他就是×××，我早就知道他的大名了，为什么他不加入我们的队伍？”

“那，我想总有点不方便吧。”

“不是多一个人就多一份力量？”

黄静玲憨直地问着，她的手膀都觉得很酸痛，可是也不肯放下来。

“他当然不能加入，他要在暗中指导，你不注意他自从出发就或前或后

270

地跟着我们么？"

"那边一个是谁？"

黄静玲指着一个长着山羊胡子的人问着。

"那就是××，当年五四运动的重要分子，现在也是××大学的教授。"

"他也是暗中指导我们吧？"

"那又不见得了，他新近还兼了一个差，听说他的日子过得很舒服，还讨了——"

"喂，你看，那不是张国梁么？"

还没有等赵刚说完话，黄静玲就叫起来，她的手指着，赵刚随了她的手去看，可是什么也没有看到。

"他跑了，一定回去告诉校长，说我们参加游行。"

"那还是小事呢，那算不了什么！就怕他和当道通声息，那倒真有点麻烦，刚才你真是看见他么？"

"可不是，明明是他，一转眼就看不见了。"

"没有关系，管他那些做什么，怎么，前面为什么站住了？"

"呵，想不到已经走到×××大街。——"

队伍不但停住了，忽然在一阵喧噪之后，队形突然就散乱了：有的朝后退，有的向两旁散开。

"什么事，不要乱队！"

后面的人用喇叭筒大声叫着，可是一点效力也没有，那喧噪的声音却愈来愈近了。

那是许多名武装的警察，有的拿着枪，有的拿着大刀，在队伍中直冲过来，一边嘴里大声叫着：

"解散——，解散！——"

人群并没有就这样被他们冲开，等着他们过去了，队伍又汇合起来，他们仍旧用那多年已经喊哑的喉咙叫着：

"欢迎警察同志参加！"

"打倒日本帝国主义！"

大队还是向前行进，就遭遇到更大的一层阻挡，更多的警察一面喊着

"解散"，一面在挥着大刀和步枪。幸好他们不是射击也不是劈杀，只是用枪托和大刀背打在群众的身上。

搏斗开始了，胆小的闪在一旁，或是溜到观众的人堆里，观众为了怕受无妄之灾，早已向小巷散去了，幼小的被打倒在地上，紧抱着警察的腿，另一个警察就用皮靴踢那滚着的身躯。一个大学生猛地一头冲过去，把那个踢人的警察撞倒了，他自己的刀划破了自己的皮肤，鲜红的血就在那冻得坚硬的地面上凝聚了。

于是他恼怒了，站起来，飞一般地挥着那把大刀，好象他是在敌人的面前。一不小心那把刀陷入了路旁的电线杆子上，一时拔不出来，一个穿着短皮衣的学生，赶上去一拳就把他打倒下去。

残余的队伍还是向前挺进，突然，几条雪白的银龙朝着他们飞来，——那是几股冰冷的，有力的水流，笔直地朝他们射着。

瘦弱的人一下就被冲倒了，还没有能爬起来，水流又把他冲倒下去，在街心象木桶一样地滚着，有的激得昏头昏脑，连东西南北都分不清，好容易躲开水龙头的威胁，又没头没脑地被打倒了，被那些武装的警察拉着头发在地上拖过去。

把着水龙头的警察们得意地笑着，他们想着这次的成功，看着那些人在这强烈的激流中可笑地摇摆着，只象秋风里的几片叶子，不能自主地流转；而且他们有完全支配的能力，他们能瞄准，正象使用枪炮一样。

群众不喊叫了、在斗争中每个人都紧闭了嘴，一批冲下来了，又是一批上去，在队伍的后面还有那横冲直撞的武装警察。旁观的人站到拿着水龙头的警察的后边，两旁再也没有人了，没有那个名教授，也没有那五四时代的重要份子，这条长街就是两支绝对的力量在争战。

李大岳咬紧了牙，他的一身都是气力，用他那急促的，有力的言语命令着：

"让他们在正面；我们两边包抄，要快，要准，去夺那水龙头，我们必须完成任务，才能解决这场战斗。"

他急急地说完了，自然就有七八个人站到他这一边，那一边是向大钟领头，他的身材在大学生里也是少有的。

他们就象急发的箭似的从街的两旁飞跑过去，那些警察只把注意力放在街心，没有提防这一着；他们还没有跑到的时候，就猛然地朝前一扑，撞倒了那些把着水龙头的警察，立刻那股水流就改了方向，朝着前面射过去了。

看热闹的市民和警察惊慌地跑着，可是他们并不要守在这里的，等着队伍稍稍整齐了一些，他们就关了水门，把那帆布管卸下来，任它在路上象死蛇一样地躺卧着。

群众看着这些湿淋淋的勇士们又加入了他们的队伍，就又大声喊起来：

"枪毙亲日汉奸！"

"打倒日本帝国主义！"

可是朝前走了不多远，前面又有一支警察的队伍。他们的人数比方才多了两三倍，有的拿了木棍，有的拿了绳子，有的还是举着大刀，这次在步枪上还上了枪刺。他们有计划地等在那里，游行的队伍走近了些便一声呐喊冲过来。顿时一场恶斗又起来了。

叫号的声音惨惨地在空中激荡着，没有同情，没有爱，那些长成的人，受养于市民的警察狠命地挥打着，他们象疯了般地击打，全不顾倒下的是一个十五六岁的孩子或是一个女人。他们被无名的愤怒支配着，他们被不该有的复仇啮着他们的心胸。木棒打在人的身体上象败絮，刺刀象划着没有知觉的皮肉，滚在地上的用脚来踏，全没有一点怜悯，只是象野兽一般地冲突着。……

血滴在自己的土地上，为了别人的缘故，为了自由，为了对于民族和祖国热烈的爱。……

风还在吹着，天上飞着旭日徽的飞机，它们得意地翱翔，眼看这一场战斗。大地在抖动着，它愤怒地，羞愧地想张开大嘴，把那些愚昧的人们吞下去，它不忍看他们的恶行，它深悔把他们生到这个世上，为他们生长粮食来喂养他们，而且它一直用全力驮着他们。现在却看他们施用暴力来欺压那些充激着热血的人们……。

大地简直在哭泣了！

三十五

自从和水龙搏战之后，李大岳的身上洒满了水，一转眼的工夫，就都结成冰。老北风溜着，僵硬的袖口和前胸都象冰块；可是他还是一鼓气地朝前冲。

剩下来的不屈的队伍，真比得起他从前的弟兄们，使这个退伍的军官，也没有什么话好说，正在这时候，他突然发觉身边的黄静玲不晓得到哪里去了，再朝边道上一看，才看见她趴在地上大口地吐血，一个警察正要拉她的头发。这惹急了他，什么也不顾，蹿上去打倒那个警察，扶起黄静玲急急地就拖入道旁的小巷里。

"怎么样，怎么样，静玲？"

"没，没有什么，只是我，我。……"

她一面说着，一面还吐着血的泡沫。

"你怕受了内伤。"

"不是，我的门牙打掉了。"

"唉，那还好。——"

"他们呢？——我的同学们呢？"

"谁知道，怕也都散了吧，跟赤手空拳的人逞强，还算得了什么英雄！"

李大岳气愤地说，这时候他才觉出来后脑有点嗡嗡地响，记起正在搀她的时节，有人给了他一木棒。这阵他想，该做的已经做了，为了静玲的关系，应该快点回去。

"你不难过吗？"

看见她倚在墙边，他关切地说。

"不，我记挂赵刚他们，幺舅，我在这里等你；你去看看好么？——还有，我那两只门牙，让我吐在街上了，顶好找回来，也可以做一个纪念。"

"好，好，你等在这里，不许乱走，我就回来。"

李大岳又钻出巷口，大街上已经安静下来了，那场战斗已经停止，旗子和标语杂乱地丢在街心，警察们正在监督清道夫整顿市容。他想为她寻找那两只门牙，可是街路上这里一摊血，那里又是一摊，不知道哪一摊是她和着牙齿吐出来的。正当他张望的时候，一个警察凶狠狠地朝他走来，大声骂他：

"滚开，这有什么好看的，去，去！"

他抬起眼睛来望望，一句话也不说，掉过头径自去了。

再走进巷子去，果然静玲还是一动也不动地站在那里。

"你看见他们么？"

"没有，大概都跑了。"

"不能，赵刚不会跑的。"

"街上已经没有人了，不跑还到哪里去？"

"他也许被捕了，或是受伤了。"

"呵，那可也说不定。街上正在恢复原状，只有那些警察，得意洋洋地走来走去——。"

"我的牙呢？"

"没有找着，你想，那么大的街上，两只牙要我怎么找？可说，你的嘴，——"

"我的嘴怎么样？"

"嘴都肿起来了，我还是先陪你到医院去看看吧。"

"这样子怎么能到医院去，先得回家换一件衣服，并不是为好看，真冰得难受！"

她一边说着，一边摸着自己的嘴，果然觉得嘴唇高起许多来，她一下子就想到猪的嘴，她就又想哭又想笑地摇着头：

"我不，我不要！"

李大岳以为她不要先回家，就说：

"那么我们还是先到医院吧。"

"嘻！"

她把头一扭，笔直地，就朝回家的路走去，李大岳不放松地跟在她的后边，他们冻结的衣服，发着窸窣的响声。她并不觉得疼痛，走在街上路人把好奇的眼睛望着她也不使她不安，随时她都觉得自己象一个得胜回来的士兵。

可是立刻她自己就纠正了这错误的思想，她觉得这是英雄主义的抬头，同时她又想到她不该高兴，因为许多同伴不知遭逢到什么命运。

走回家里，才叫开门，老王就吃惊地叫着。

"哎哟，我的五小姐，您这是怎么弄的？"

"叫什么，老爷听见了怎么算！"

她一面申斥他，一面走进去；黄俭之已经严肃地站在石阶上，笔直地望着她，还没有等他发作，在顶楼上张望的菁姑哇的一声叫出来：

"我的儿呀，你这可是怎么弄的，这一大片血！"

然后象滚下来地那样迅速，她从三楼一直跑到楼下。这就惊动了母亲和静宜，她们正在计划着过年。猛然被这一叫和那急促的脚步吓倒了，急急地走出门来，随着走下楼梯。

静玲知道再充英雄是不可能的，父亲的申斥就要象利刃似的刺过来了，她就装成精神不济的样子倒向李大岳的身旁。

可是这惊住了母亲，她惊慌地叫着：

"玲玲，玲玲，你这是怎么的了？呵，呵，快点扶她到楼上去暖暖。"

父亲的庄严也不再保持了，他也急起来。

"快把她搀上去吧，真是，这算怎么回子事；静宜，你母亲不能到楼下来，上去吧，上去吧！"

"我算定了没有好事，这年月，没有王法，年轻轻的孩子们，谁不是父母娇生惯养的！"

他一面唠叨着，一面也走上楼来。在楼梯口遇见李大岳，他想起来就说：

"你不是要到下面去么？告诉他们快点去请梁大夫，你换过衣服也到楼上来。"

静玲被安置到自己的床上，脱下冰冷的衣服，盖好棉被，静宜早就把她的衣服找好，替她放在一旁，先给她用硼酸水漱过嘴。母亲就在床边拉了她的手，眼泪不住地滴下来，菁姑在一边干号，静玲不耐烦地又睁大了眼睛说：

"我又没有死，号什么！"

菁姑一生气，止住了声，说了半句：

"真是狗咬吕洞宾。——"

就拉开门走了。这时候父亲踱进来。

"我吩咐去请梁大夫了，一会儿就来。"

"爸爸，我不要紧，我只掉了两个牙。"

"那也要留神，看不小心起了牙风。"

母亲关心地说着，还把手掌放在她的前额，试着她是不是发烧，她自己随时还用手帕擦着自己的眼睛。

"这是谁要你们这样做的？"

父亲终于还是忍不住了，坐在一张椅子里这样起始了他的询问。

"没有人，就是我们自己！"

"哼，你们自己，你们不怕死么？"

"那有什么可怕，为了整个民族，国家，我们就是死了也算不得什么。"

正在这时候，换了一身干净衣服的李大岳推门走进来，黄俭之的话就转到他的身上：

"你怎么会也去了呢？"

"我，我没有，"他扯了一个谎，脸有点红起来，"我正到××大街去闲溜，碰上这回事，我一看见静玲在里边，就拉着她跑出来。"

"那你一身水，和她那嘴上的伤呢？"

"呵，我忘了，静玲跌到地上，是我把她拉起来的，警察看见了，就用水龙冲，把我们两个人的身上都弄湿了。"

"唉，还亏得大岳，不然的话，还不给他们那群狗东西打死！"母亲伤痛地说着，忽然她记起来就急匆匆地问着，"你的三姊四姊呢？"

"我没有看见。"

"她们也没有回来，呵，一定出了什么事，这可怎么办？还有静纯，他也不见回来，你们谁修修好，去找找他们吧。"

母亲慌急地说着，她象有什么预感似的连脸都变了颜色，静宜就说：

"我到学校去找一下吧，就是有什么事也问得出来。"

"你一个人怎么能去？街上还乱糟糟的，再有什么舛错可怎么办？"

"大岳，你陪静宜去吧，快点去快点回，唉，这是怎么说的！"

黄俭之长长地叹了一口气。

"妈，您不要着急，他们都没有事。"

"你怎么知道？你这样一个孩子，我们也想不到会惹这场事！"

黄俭之忽然又瞪起眼睛来朝她说：

"嗐，你别这样了，孩子还不够可怜么，疼还疼不过来呢，你还没轻没重地说一顿。"

母亲的这几句话正打在她的心坎上，她的心一软，眼角就觉得痒痒地，有什么东西滚下去，随后就觉出枕头有些湿漉漉的。

三十六

经过梁大夫的诊断，静玲的伤并不严重，只给她消肿止血的外用药，还告诉她牙齿自然可以到牙医那里去补起来的。静纯是到下午自己回来了，他始终就在学校的图书馆里，一直到出事之后，才知道这件事。到离开学校的时节，倒无端地受把守校门的特别岗警的一番搜查。

静婉和静珠，根据静宜的问询，知道她们并没有参加这次游行，可是到什么地方去，也没有人知道，既然不会有什么意外，她的心也安下去了，就谎说着她们都好好地在学校里，因为要预备考试，不便回到家里来。

过了三天，静玲的嘴就复原了。可是她的腿上发觉了隐痛，一直使她的步履不方便。她很想出去，可是没有人答应她，她已经爬起床，每天象关在笼里的大虫一样焦急地转着，她自己完全是和外面隔绝了，从报纸上看不出什么消息；她时常想起她的同伴们，她想着有的一定受了伤，有的又丢到监狱里。

就是在这寒冷的日子，她也站到二楼的阳台上向外望：——那一面是冷清的街，那一边是干枯的河，扫荡着空中的又是那冷冽的朔风。

天气倒还好，有大太阳，可是没有热力，旋转的风，把干枯的叶子一直卷上天去。

忽然，有人敲打着门，她就急急地跑到楼下去，跳到院子里，还没有等老王问清楚姓名，她就叫着：

"呵，你是刘珉，——老王，快把门打开！"

"静玲，你好么？别人都说你被打吐血了。——"

门打开，刘珉就走进来抓着静玲的手关心地问。

"你看，我不是很好么，我没有吐血，只是掉了两个牙，这你听声音，就听得出来。"

"真不容易，学校简直是禁止出入，警察一直到今天才允许同学自由出入，可是他们没有撤。"

"我们中学也是这样，那倒真想不到！外边太冷了，还是到里面谈吧。"

"好，好，你不知道我看见你多么高兴，那一天我幸亏是走不动落了伍，否则也要受伤，——"

"那也许不见得。——"

"你还不知道，除开散了的，没有一个不带伤。"

她们走到楼下的客厅，那里面没有火，就又到了李大岳住的小客厅，恰巧他没有在房里，她们就拣了两个座位坐下。

"赵刚他们呢？"

"你还不知道，他的手臂打断了，向大钟挨了两刺刀，他们都住在××医院里，关明觉的眼睛给人打青了，到现在还没有消。张国梁当天晚上在学校里被人打了一顿，因为没有灯，也不知道是谁打的；——"

"该打，那个投机分子，我总以为他和当道有勾结。不过，赵刚他们的伤重不重？"

"不轻，要不怎么住院呢？校长才岂有此理，凡是参加游行的都记一大过，主动的开除学籍。"

"谁是主动的？"

"赵刚，向大钟，还有你。"

"活该，让他们随便办吧，反正我也不想再在那个学校读下去了。"

静玲毫不在意似的说着，一切原来都不成问题，只是父亲问起来的时候倒要有一番准备，正在这时候，李大岳推开门走进来，看见静玲她们，立刻就想退回；可是静玲叫住他：

"幺舅，不要走，进来谈谈，——刘珉，你认识吧？"

"不是那天加入我们队伍的么？"

"就是，你的记性还真不错。"

"呵，就是后来抢水龙，——我就是那时候走开的。"

"那真是一件了不得的事呵！"

"那算得了什么，人家真是上前线打冲锋的战士！"

在这两个女孩子的面前，李大岳又感到不安了。正在他不知道怎么才好的时候，刘珉又说：

"静玲，我得走了，我只告两小时外出假，还得赶回学校去，误了就又是事！"

"好，我不留你，希望我们以后再见面。——呵，你看，到我们家里连茶也忘记请你吃。"

"我不渴，你不要出来吧。"

"那怎么成，盼望你再来。"

静玲一直把刘珉送出大门，等她进来的时候，老王就交给她一封信：

"这是老爷的信，您回头给带上去吧。"

她一看到××中学的信封，她就顺手揣到衣袋里，一声也不响，就又走进李大岳的房里。

"幺舅，明天陪我去玩一天好么？"

李大岳象是有点惊讶的样子。

"还去玩？到哪里去？"

"你不管就是了，没有你，他们不给我出去，这几天，真要把我急死了，这阵到楼上去说吧。"

"我看慢一点说也好，你不看见你母亲为你吓得又睡在床上么？她真经不起事了，你父亲这两天也显得不对，——唉，人事就都是不能两全其美！"

"好，那我自己见机而行，他们要是答应了，你可不能不去。"

"那当然，反正我又没有事，陪你走走算什么。"

280

她走上楼去，她知道父亲正在母亲的房里，她就敲敲门走进去。母亲更加亲热地迎着她，虽然她睡在床上，早就把手伸出来，她也象一只温顺的羔羊一般，走近她的床前，坐在床边拉着母亲的手。

"唉，想不到，你的肿倒都消了，妈倒让你给吓倒了！"

"都是我自己不知小心，惹您担惊受怕。"

黄俭之坐在一旁忽鲁忽鲁地抽着水烟，好象什么事都不在他的意。

"我想你退学吧，先避避风，等年月太平了再去，好不好？"

"您的话我都听，您看怎么办怎么好。"

"哼，不必退学，学校也要请你走开了！"

这句话倒使静玲惊了一下，以为他已经知道了，可是看他还不断地抽着水烟，知道不过是顺口这么说一句，心才放下去。

"好好在家里念点书吧，跟着姊姊哥哥补习功课，免得惹是非——看，这两个牙掉得多么难看！"

"妈，明天我想跟么舅出去逛逛，顺路看看牙医，我倒真想把这两个牙配起来。"

"天好了再去，一定要么舅跟着，免得又碰上什么事！"

"我知道，我比谁都知道。"

父亲还是没有说话，只是把那一大一小两个眼珠朝她翻了一下，然后把一撮烟灰吹到地上。

三十七

一个大清早，李大岳和黄静玲走到街上去，那是一个没有太阳的日子，天却不大冷，仰望着在天空厚厚铺起来的乌云，李大岳就说：

"八成今天要下雪了。"

近年尾，街上照常挤满了人，路的两旁也挤满年货摊，就在这极早的时候，已经充满了买主和卖主的争论。李大岳厌恶地说：

"你看，有什么用，别人还无知无识地过日子，大概没有人记得那次游行，结果是一点作用也没有！"

"那也不见到××政委会不是无形停顿了么，——还有许多消息不知道，当然我们不能白白牺牲。"

"你们可跟我们军人不同，我们在拼一番死活之后总得分个高下，攻城夺地才是我们的目的，——当然，你们是学生，就是说在唤起民众这一面，你们也没有做到。"

"这些人当然不能代表民众全体，自然，民众的智识太低下，这也需要一番教育。报纸上这两天什么消息都没有，我决不相信这次的游行没有效果，至少让别人知道我们是不甘做奴隶的人们！"

"这顶多不过算做示威，真要是立竿见影，那还得靠我们军人。"

"你也相信武力可以征服一切么？"

黄静玲有点气，她以为他也象那个吴大帅一样。

"你错解了我的意思，我的意思是将来我们总得和一切敌人在战场上见面，那才是真的。"

"我也但愿如此，这种不生不死的日子过够了。"

他们先到××医院，在一间装了二十多人的三等病房里，她找到了赵刚和向大钟，他们都躺着，赵刚的手臂上有一副石膏模型，他的脸好象瘦了，稍稍转动一下身子，就觉得疼痛不堪似的。看见她，勉强露着笑容，随着长长吐了一口气。

"很疼吧？"

"够受的，听说你打吐血。"

"没有那回事，我的牙打掉了，你看——"

她说着就把嘴唇向上一缩，缺牙的一块象一个洞似的，赵刚也笑了。

"向大钟呢？"

"那不就是他。"

赵刚把他的嘴向对面的床上一努，黄静玲就看见一个满头缠了绷带的人，除开两只眼睛，一张嘴什么都看不出来。那个嘴动了，他说：

"你可不能惹我笑，一笑就痛。"

这个声音听得出来，可是他那样子实在不能不使她笑，为了忍住，她把自己的舌头咬住，缺了两个门牙：好象非常不得劲似的。

"我还忘了，你们记得我的舅舅李大岳吧？"

"不是那天加入我们队伍的么？"

"他还指挥我抢水龙，呵，欢迎，欢迎！"

李大岳微笑着，走上一步，和静玲站在一起，他想说一句话，可是一时间不知道说什么才好，只得木头似的站着。

"这一间房里这么多人？"

末了好象费了很大力气才说出了这么一句。

"我们都是那一天进来，我们是不相识的同志，——现在我们可都熟了。"

"赵刚，最近有什么消息？"

黄静玲走到他的近前，低低地说。

"学校把我们三个开除了。"

"嘻，那我知道，我是说大的一面。"

"他们那些大学生看英文报说现在全国各地都响应我们这次运动，连外国人也佩服我们的英勇，你没有看见，有许多张相片登出来，也不知道他们怎么照的。"

"哦，我倒记起来了，我看见有两三个外国人站在路旁，我还以为他们是买古玩的，没有想到是记者。"

"不，不，有一篇记述说，他自己跟我们走，一直到××大街的战斗，他还在那里，他自己说他还是参加过欧战的一个兵士，可是看见那番情景忍不住哭了，——"

"我也是，我也是，——"李大岳孩子气地插嘴说，"我也几乎忍不住要哭了。"

"好，这就是我们的作用了，我们引起国际的视线，打动丘八的良心，让那些甘心做奴隶的人有了顾忌，……"

黄静玲得意地数说着，她的眼不住地瞟着李大岳，她又加了一句：

"幺舅，我可不是说你，你不是丘八，你是丘山。"

向大钟忍不住笑了，随着就苦痛地呻吟起来，他就埋怨：

"告诉你不要惹我笑，你偏来，把人家痛得忍不住。"

"凡是埋怨生活的就是弱者。"

黄静玲还是故意打趣着，李大岳看不过去，拦住了她：

"静玲，你不该这样，别人痛苦，你该同情。——"

他想说"你得有与士卒共甘苦的精神"，觉得环境不大适宜，就没有说下去，静玲偷偷地朝他做一副怪相，可是什么也不说。

"那以后我们的工作怎么展开呢？是不是还要一次游行？"

过一些时她又郑重地向赵刚问。

"那大概不必了，那一步工作已经完成了，那些醉生梦死的人也没有法子办。他们和我们同样有知识，甘心过麻木的日子又怎么办？而且这一次，我们的损失也不算少，——自然我们不怜惜生命，可是这样白白用掉怪不值得。"

"那，那怎么办呢？"

"大约要展开一个教育民众的运动吧。他们是些老实人，因为没有知识，不知道怎么做才好，那是很危险的。首先我们要告诉他们应该象一个人似的活着，不该象一个奴隶！"

赵刚说得起兴，想挥动他的手，他觉得象绑住了，那时他才记得他的手正套在石膏模型里。

"没有想到我自己上了一副枷！"

随着他笑了，他那滚圆的脑袋又有力地挺着，他的眼睛露出不屈的光辉。

"你的话说得是，我们应该先教育民众，否则他们只知道做顺民，那就无法发挥民众的力量了。可是，这些事怎么办呢？"

"还没有具体计划，大约要分两部着手：一部分人利用假期到乡下去宣传，一部分人就在城里以小市民为对象。——"

"这些事不会受阻挠么？"

"那谁知道，只要我们尽力，别的都不必管。"

"可是我们三个人已经开除了。"

"那怕什么，——"赵刚笑了笑，"只要你不反对，我们就可以到××学院去做旁听生，那一点问题也没有。"

"可惜我们学校里的工作全白废了！"

"那没有什么，我们不要和他们失去联络，照样还可以指导他们。"

她想了一想，自己点点头，就说：

"好，过两天再来看你们，我们先走了。"

"不必常来，这里有人监视，要不然的话我早可以把住在这间房的大学里的朋友们介绍给你，我怕那又给你添了麻烦，等我们好了，自会去看你。"

"那也好，——不过我还是可以来看你们一次的，你不知道我住在家里什么也不知道，苦得很！"

"好，再见！"

"再见，再见！"

李大岳和黄静玲和他们告别之后就走出去，外面已经起始飘着雪花了。

"我们快回去吧，省得雪下大了不好走。"

"那怕什么，我正愿意雪下得大，踏雪而归多么有味！你看，那是不是三姊？"

黄静玲说着，忽然看见了在对面的走廊上掠过去的一个纤丽的身影，她象发现了什么似的嚷起来：

"三姊，三姊，——"

那个身影已经闪过去了，她立刻跳到院子里追过去，李大岳也跟在她后面跑着。

在二等病房的入口处她拦住她，她高兴地说：

"我想不到，你也在这里，——"静玲象喘不过气来似的说，"你们学校受伤的有几个？"

"唉，他已经死了！"

静婉非常伤心地说，她已经控制不住她的情感，眼角那里淌下两行泪来。

"我们的损失太大了。"

静玲表示极愤慨的样子，她好象已经知道一个因伤而死的，这又是第二个。

"你愿意到里边来看看么？"

"我来，好。"她回过头去看见李大岳就说，"幺舅，你也来吧。"

他们一同走进病房，在墙角那里就看见静纯阴着脸站着，还有几个不相识的人站在那里，那个死去的人躺在那里，脸上蒙了一方素巾，一束鲜花放在他的枕边，静婉哭得抬不起头来，静玲走到静纯那里低低问着：

"大哥，你怎么认识这个人？"

"他？他是诗人王大鸣，——"

"噢，——"静玲顿然发觉这是一场误会，她记得在哪里看见过那个诗人的名字，而且听说过他有不能治的肺病，那么这些天使静婉忙碌的必定是这个逃不开死亡的人。

她知道，那么围在这里的男人和女人一定就是那些生活在沙龙里面的文学作者和艺术家们，那些超时代的创造者！她感到强烈的厌恶，她想到这个受难的时代，这血淋淋的斗争，……一个颓废者的死亡算得了什么？可是他们都聚拢来了，发泄着他们那不值钱的情感；可是多少热血的青年，不曾受到他们爱惜的一顾！

她走到李大岳的身旁，轻轻拉着他的衣服，说：

"我们走吧，我们走吧！"

提轻了脚步，不惊动一个人，他们走出病房的门，这时候医院的人们，正用一架转动的卧床，准备把尸身移入太平房去。

静玲在前面急急地走着，她一句话也不说，好象把那无用的悲伤远远地丢下。她烦恶这些，她也烦恶静婉，她想不到她还看重这些个人的事。

雪落得大了，地上铺了一层白，李大岳紧紧随在她的身后，有时故意踏着她走过的脚印……

三十八

那雪一直又落了好几天，地上是一片白，瓦上也是一片白，只有天是灰沉沉的，象一张忧郁的脸。

积雪盖住了一切，人们只会引着"瑞雪丰年"的成语，雪确是粉饰了这不平的宇宙，但是岁月只有痛苦。麻雀喧噪着，连微细的谷粒也被雪盖住了。

这却忙了老王和李庆，他们轮流地扫着雪径，有时还要把积雪抬到河边去。主人们却安乐地躲在房里，火炉放散着温暖，每个人有一张红红的脸。

因为罢课的缘故，静婉和静珠也回到家中，她们怀着不同的心情，过着娴静和忙碌的日子。

自从王大鸣死后，笑容更绝对飞不上静婉的脸颊了，她常是一个人躲在房里，象对一切都没兴致，独自向着一张人像素描呆望。那是亡者的面容，——就是没有它，她对他的记忆也是清晰的。

静珠就不同了，虽然大雪阻止她的活动，她每天照样为装饰忙着，她随时都焦灼地想跑到外边去。

静玲随时都用厌烦的眼睛望着她们，静宜没有时间听她的议论，她只好跑到李大岳那里。

"我真不明白，她们也算是青年人，连我都觉得丢脸！人家说起我不还照样的要说那都是黄静玲的姊姊，还不把人活气死！"她把话语象连珠炮似的施放出来，"你说，幺舅，你说，为什么她们会这样子呢？"

李大岳一时被他问得呆了，过后才勉强地答着：

"你们都是青年人，又都是学生，还想不出道理来，我一个扛枪杆的怎么弄得清楚。"

"她们都是眼光短小，都是自私，不顾大众，只想到自己的事。——"

她的话还没有说完，就听见阿梅喊着的声音：

"五小姐，大小姐请你到楼上去！"

她跑出来，把门砰的一声随手带上，说："不要乱嚷，我听见了。"之后，就跑到楼上去。

在静宜的房里，她把一封信交给她说：

"静茵写来的，里面原来附了你的一封长信。"

静玲接过来，想得到那里面一定有些重要的事，就贪婪地读下去：

　　亲爱的玲玲，我想你接到这封信的时候，你的光荣的创伤已经平复了。你不知道，当我在报纸上看到你受伤的消息，我是又高兴，又挂念；

我的心里时常想，我的妹妹确是不凡的，你的勇敢行径，不仅激发了我，也激动了全国有心的青年人。这是一点也不夸张的，在我们这里，原来就酝酿着的爱国情绪，随着你们登高一呼，象无可遏止的火山口似的爆发了。

我虽然不是站在学生的地位上，我觉得我还是一个热血充沛的青年，而且我还要继续均的志向，不甘愿做一个奴隶。所以我和他们也一样象怒吼的狮子，什么也不顾就跳起来了。

那正是江南的一个冬雨天，空中，地上，和扑面而来的全是那冷冰冰的雨丝，冷得怪不舒服。我们可什么都不顾，踏着那湿湿的地面，走向市政府，预备向市长请愿。我们的重要口号是，"取消华北自治""一致对外""打倒日本帝国主义"还特意说明我们援助你们，请求转致最高当局，惩办华北负责人员。我们学校的人不多，可是到了那个广场就看见更多的人群。那许多男的女的，立刻都使我们的眼睛亮起来了，我相信我们的民族，因为我相信我们的这一代再不是那么苟且，忍辱，半死半活地过日子！

他们仿佛有的已经来了很久，虽然雨水从发尖流下来，他们仍然直直地站立，为了整齐，没有一个人张伞。可是市政府门前除开两列全副武装的卫士以外，连一个鬼也看不见，这许多人，此起彼伏地叫着口号，有时合成一声极大的呼喊，可是那巍峨的建筑，兀自动也不动地立在那里，每一个窗口都关得紧紧的，也没有一个人影，难道他们不怕那恶浊的空气把他们窒息死么？你想想看，当时我们的愤怒又是如何？假使那时候有一个人喊："我们冲进去呵。"我想该没有一个人退后的。但是我们知道那种举动是于事无济的，我们不是为了意气，我们是为了这个受难的民族？我们完全奉公守法，只是听从代表的话，我们的代表们不断地进去又失望地走出来。

事情好象僵住了，人却是愈来愈多。有许多学生是走了二三十里远路来的，有的还要通过租界的封锁线。这不参杂一点偏私的情感，全是为了爱的缘故。终于随着我们的代表，走出了一个油头粉面的家伙，还没有等我们的代表开口，我们就同声叫起来："请市长出来。"那震雷一般的音响，立刻把那个家伙吓回去了。

那僵局又存在了，风把斜雨送进每个人的衣，可是没有一个人露出畏缩的样子，千万个心，结成一个心，千万双手臂，想接成一只手臂，伸到遥远的北方，要援救你们，要温暖地和你们握着。可是那无情的人们，仍自躲在那里。我们呼号，我们歌唱，但是从那深闭着的门，再也没有一个人出来。

就这样又过了许多时候，门又被拉开了，我们的心才一转，突然又被失望的情绪抓住。出来的是一个严峻的人物，他有大学教授的态度，板着那张无表情的长脸。我们分明知道他不是市长，不知谁在这时候高叫了一声："我们跪请市长出来。"立刻，我们就毫不犹豫地遵从这个命令，就在那泥水中，我们都跪下去，这时，那个庄严的人物慌了，他不知道怎么才好，他简直变成一个滑稽的人物了，他东张西望，过后就面着我们跪下了。

你想，这个愚蠢的家伙，还以为我们在为他跪呢，我们这些热血的青年，实实在在地是为我们这个苦难的民族下跪的。

先前我们还叫喊，现在我们却沉默了，无尽的悲哀象那灰色的天压在我们的身上，多数人在无声地流着泪，多少人已经忍不住他们的抽咽，天好象也为我们哭泣了，更密的雨脚扫下来，我抬头观看，在那建筑的窗口现出了些无耻的影子：也就在这个时候，我们的市长低着头走出来了。

我们都很顺利，一切他都负责答应了，我们这才又高叫了一阵口号，各自回到学校去了。

在路上我始终想不通为什么市长不早点出来见我们呢？难道说他以为我们是吃人的虎狼？有人却说他实在是才来，……但是，我还是想不通，连我的肚子都想得痛了。

回到学校，我才知道并不是思想得肚子痛，原来是孩子要出生了。想不到那么急迫，我们的校医是挂名差事，那个看护把脸都吓白了，还没有等想出再好的主意来，我的孩子已经来到世上。这可慌了那个看护，连我也摸不着头脑，婴儿的啼哭又搅得我的心不安，幸亏有一两个有经验的同事，帮着她料理我和那个婴儿，还没有等我给他奶吃，他也还没有张开眼睛好好看一下这个世界，他就不哭了，也没有呼吸了。他是想不到地生下来，又想不到地死去了，一想起他那不知踪影的爸爸，我的心真也有点难受；可是过一阵我就想开了，他何必在这混浊的世界中受罪呢？他实在算很幸福地了结他的人世的旅行，从此我真的是一无挂碍了，我正好集中我全部的精神，集中我所有的力量，为了人类的幸福，投身到斗争中去！

亲爱的静玲，你是为我哭泣呢，还是为我笑呢？

静玲读完了，毫不迟疑地就自己答复了她信尾的问话："我哭过了，我也笑了！"

她一面揉着那红红的眼睛一面露着欢欣的笑，转动着头去找寻，却不知道哪一阵静宜已经不在她的身旁。她抓着那几张散乱的信纸就跑出去，一面叫着"大姊，大姊在哪儿"。

"我在妈的房里，不要叫，孩子刚睡着。"

静宜把母亲的房门拉开一条缝，低低地和她说。

"我告诉你，——"她说着，就走进了母亲的房，看见母亲没有睡，就把话头转向她，"妈，静茵有信来，说她生了一个孩子。"

"是么？怎么你方才不告诉我呢？"

"不是给我的信，我也才知道。"

静宜答着，就过去把静玲手里的信接过来。

"你说，你说，母子平安吧？"

"静茵倒还好似的，孩子已经死了。"

"唉，可惜，可惜，都是在外边缺人照料呵，这是怎么说的，但盼她身体好好的吧。她的信上还说些什么？"

"我还忘记告诉您，她到了 S 埠，——"

"S 埠，那不是坐两天火车就可以回来的么？"

"她大约不会回来，——"

"你们这些青年人，有些事真说不通，为什么一定要一个人孤另另地在外边，回到家里来不挺好？"

从母亲的语气里听得出她对于这个"家"的信赖，她觉得有点难过，她的心里想：

"谁还能知道这个家可以存在几时？"

三十九

曾经用鲜血和寒冰装点过那条繁盛的××大街的街心，如今那些为外国人而存在的商店正用那两种颜色装饰他们的橱窗：白的是一团团的棉花铺在下面，用细线粘起悬在空中；红的是那个长着白胡子的圣诞老人的光帽和宽袍。在它那笑得合不拢的嘴里，有红的舌头和白的牙齿，……

但是中国人还有什么可笑的呢？除了那无耻的，卑贱的奴才的笑声，中国还有什么值得笑的呢？

笑声却充满了四周，新年是近了，耶稣圣诞节更近了，整个城市却象遵从他的教条：被人打了左嘴巴，把右嘴巴也献上去。成了一个打肿了的脸硬充胖子的情况，畸形地发展着。高贵的无用礼品从这里送到那里，在华贵的饭店里，在戏院里，在溜冰场里，在大老爷的衙门里，在妓院里，……到处充满了笑声。这笑声盖住了那悸动的古城，可是当着它要怒吼的时节……

静玲静婉和静纯吃过午饭之后，结着伴一同从家里出来，说是到戏院去的，走到楼下，李大岳也加入他们；可是走出大门，他们就分路了。静纯和静婉大约是去参加王大鸣的追思会，静玲是打定主意要去看看赵刚和向大钟。走出了秋景街，静玲就歪着头问李大岳：

"幺舅，你到哪儿去？"

这一问到把他怔住了，他不知道怎么回答才好，这时候他才注意到身旁已经少了两个人。

"我，——我不知道到哪里去，听你的吧。"

"我自有我的去处。——"

"你到哪儿去？"

"何必问我呢，要走就跟我走，要不然的话，我们就在这里分手。"

"那我还是跟你走，这个闷日子也真难过。"

他们就急匆匆地走着，不说一句话，这几天又把静玲给憋够了，到底不知道许多事情进行得怎么样。她的心极焦灼，一心一意地赶路，连头也不抬起来望。她知道他们已经离开医院，搬到离××学院不远的公寓里去，她就一直奔那边去。

到了公寓门口的时候，正看见赵刚出来送客人，看见他们，就高兴地说：

"我想不到你们今天来！"

他们一齐走进了他的屋子，那是一间放了两床窄铺板再也没有什么空隙的小屋。一个煤球炉子和一张书桌，把人逼得连转身的可能都没有了。书架和箱子都吊在壁上，地上洒了白石灰，向大钟没有在，他们就坐在他的铺边。

赵刚的手臂还是吊着，石膏模型已经取下来，他显得瘦了，可是他却一点也不颓丧。

"怎么样，近来有什么消息么？"

"你觉得怎么样？"

"表面上好象两面都忘记了，死的死了，伤的伤了，大家仍旧准备快快乐乐过新年。"

"不见得吧，你不知道就是了。当局对日本人能放松，对于我们可是一步比一步紧，一直到现在，他们还认定这次运动有人在背后操纵，所以大放人马想彻底查办，你说好笑不好笑？"

"当然，这是他们一贯的作风。"

"方才幸亏我送客，否则你还不一定遇得见我呢，我们都用的假名字，这还是向大钟提议的。许多大学的负责人，多半都避起来了。"

"那怕什么，既然来到了××公寓，我还不会挨着门问？不过都躲起来还怎么办事？"

"自然不是都躲起来，第一批下乡的人昨天已经回来了，他们简直是给押解回来的。前面是陌生的环境，后面是追踪的人，一挤，就没有路可走了。说起来也是难事，乡下的老百姓虽然好，可是他们才不容易相信别人呢。想说服他们，真得费点功夫，还没有等你有点成效，后面的人早就抓到你，那你说可还怎么办？"

"我不知道这些当局是什么心思，难道就把这些驯良的老百姓留给日本人么！"

"但看那些乘着假期回家做工作的人如何吧，那本乡本土的，总好说一点，而且也不引人注意。要说也是，一大群又是男，又是女，走到哪里不打眼？"

"那么一切就都这样停顿下去么？第一批回来了，为什么没有第二批？"

"第二批有什么用，出去之后受了许多苦照样还是抓回来。我看明年总得还有一个具体的行动。"

赵刚深思似的用手摸着下巴，李大岳好象一直不十分关心这些细节似的在望着炉里紫蓝色的火焰，黄静玲的心感觉到一种重压，她于是说：

"这房里的空气不大好。"

"那我们到外边去走走吧。"

李大岳赶着说：

"也好，"黄静玲说了站起身来，"赵刚你不出去么？"

"我不出去，太不方便。"

赵刚微笑着回答她。

"那我们就走了，过两天再来看你。"

"好吧，过年后再见。"

赵刚也把他们送到门外，望不见他们的背影的时候，才独自走进去。

静玲显然是不愉快了，她还是一声不响，低着头，迟缓地走着，空中震荡着钟声，时时有些人从她的身边走过去，唱着听不懂的歌曲。

"静玲，我想起来了，今天 ×× 溜冰场有化装大会，我们去看看好么？"

李大岳象发现什么似的惊异地和她说。

"怎么，今年还有这种玩意？好，我倒要去看看。"

怕会误了似的，他们急匆匆地赶了去，到了 ×× 溜冰场，就看到那门前异常冷清。

"你记错了吧？"

"不，你看那里不还有一张广告，我们可以过去看看。"

在那广告上分明写着几个大字"庆祝圣诞化装溜冰大会"，时间是晚七点，而且参观要花一块钱买门票。他们闲散地走进去，正看见工人在冰场上洒着水，全场都拉起来红的绿的小电灯，还有五颜六色的纸花和软玻璃片。

"我们先回家吧，晚上再来看。"

"不成，晚上他们就不愿意我出来，幺舅，你请我在外边吃一顿，好不好？"

"那倒没有问题，就是怕家里人惦记。"

"不要紧，跟你出来，家里人放心的。——你看这些公子哥儿，少爷小姐，不知道要怎样热闹呢？"

他们说着又走出来，天已经渐渐地黑下来了。可是代替太阳的有辉煌的电灯，近来，更象日本的夜市一样，在街旁有无数的货摊，各自点着一盏明亮的灯。在那灯光下面，是一些假古玩，假字画，还有一些廉价的日本货。

"这真不象话，全是日本派头！"

"幺舅，你去过日本么？"

"提不上去，当初去考察过一次。"

"这我还没有想到，你也到外国去考察过！中国的政客军阀，不得势的时候不是养病就是考察。听说有一回不知道是哪一国的当道和中国公使说，以后如果有人来，用私人名义，他们也竭诚招待，总是顶着个大头衔，真是不胜其烦！没成想，你也考察过！"

静玲好象故意讥讽似的向李大岳说，弄得他有点窘，心里说："我们才不是那种考察团，我们是派去真正考察的。"可是他的嘴里说：

"算了吧，五小姐，我们也不配。天不早了，你说到什么地方去吃饭？"

"你叫我什么？"

静玲一点也不让他。

"我说静玲，咱们找个地方吃饭吧。"

等到他们吃过晚饭赶到××溜冰场，那已经到了七点，从远处就看到那个用电灯和松枝堆起来的牌坊，大门前汽车叫着，挤着，人们仓皇地朝里走着。在买票的时候那个人说：

"你们真巧，再来晚一点连票也没有了。"

果真，他们买过了两张票，他就下了窗门，挂出一个小木牌，上面写着："场中客满，明日请早。"

他们挤进去，抬头一看，方才的那些记忆完全没有了。一切都象改造过一番，在冰场的中央，立着那颗直抵棚顶的圣诞树，四围点缀了无数的星星一般的小电灯，此明彼灭的好象眨着的眼睛。人造的霜雪的片屑，温柔地附在枝叶间，包扎得极好看的礼物，象果实一般垂在四围。那里有可爱的赤裸的洋囡囡，还有穿着古装长衣披着金黄色头发的也可怜地吊着，象流苏一样披下来的是那五颜六色的彩线，可是由树顶那里，把系着好看的花朵和电灯的线给一直引到四围的观客的座位上。那些高贵的客人女人们，涂抹着厚的脂粉，披着不同颜色不同式样的大衣，偶然伸出那纤纤的手指，珠钻必定发出闪眼的冷光。男人们坐在那里，伴了太太的显着道貌岸然的样子，陪了朋女们来的，装做又殷勤又体贴似的。

站着的人，用全身的力量支持自己，挤着，都在等待着什么似的。柔靡的乐声，在空中充溢着，回荡着。

"这种享乐，真可耻，真丑恶，——"静玲回过头去低低地和李大岳说，下半句却说给自己，"只有那个古式美人的洋囡囡怪惹人爱的。"

"想不到，这个时候。——"

李大岳也愤慨地说着，他用两份力量站着，一面支持自己，一面提防别人挤到静玲。

"真就有这么多没有心肝的人来看！"

才说完这句话，她自己也笑了。

"我看有许多人也和我们一样——"

李大岳很聪明地接下去。这时乐声忽然停止了，冰场里面忽然有了一个红长袍，白胡子的假装的圣诞老人，他一个人滑了一圈，张开那个嘴笑着，人们鼓着掌，音乐也伴和他的笑音奏起来。然后他站住了，用做洋人的音调不知说了些什么，于是乐声又起来了，他用颇有技巧的方法做了几种滑稽的表情。

"幺舅，你听，他说话的声音象不象救世军传道？"

"青年会里的人也那么说话。"

正巧他们的身边站着一个长脸，戴眼镜，剃得发青的下巴，梳得很光滑的分头的三十岁左右的男子，把眼睛恶狠狠地朝他们望一下。黄静玲偷偷地推李大岳一下，他们就又沉默了。

正在这时候，乐声又猛地一响，通着更衣室的门大张开了，好象打开鬼门关似的，形形色色的人，一下都涌进来了。

掌声不断地响着，笑声也哄哄地起来，一下把那音乐的声音都盖住了。人总在一百以上吧，在那个冰场上自如地溜着，——有涂了一身黑油装成非洲土人的，有象从棺材里才抬出来的满清衣装的男女，有扮作乡下姑娘的，还有一个扮成黑绿的乌龟。有一个人扮成飞鸟，就永远平伏着身子，向左右伸开有明亮羽翅的手臂。有人装成英雄般的拿破仑，有人扮成小丑似的希特勒，但是惹人爱的是一个十一二岁的小女孩，她穿着白毛的衣裳，头上竖着两只尖耳朵，她扮成一只可爱的小兔，她也象兔子一般活泼地在人群中钻来钻去。

"幺舅，你看那个小孩子多么可爱！"

"真是，她总是，是——可是为什么把这一个纯洁的孩子放到这里呢！"

李大岳喟叹着，可是静玲并没有注意去听，她一心一意地注视那个小白兔。

随着那只小白兔，她就看到静珠，她立刻惊奇地告诉李大岳：

"幺舅，幺舅，你看静珠也来了！"

"在哪里，在哪里？"

"那不是么！就是那个扮成璇宫艳史里女王的那一个，她的身后总跟着那四名兵士。——"

"噢，我看见她了，不知道她哪里弄到这身衣服，还挺好看的。"

"俗气得很，她简直什么也不懂，就知道把这种不高尚的电影抓住不放。"

静玲一面说着，一面摇着她的头，当她回过头来的时候，故意撇着嘴，因为她缺了门牙，嘴显得格外瘪。这时美妙的音乐响起来，场上的人们合着节奏的回旋溜着。个人卖弄着特出的技术，鼓掌的声音这里那里地响着。

那个圣诞老人在场中奔跑着，有时装做老迈的样子，故意象要跌下去；可是并没有真的摔倒。有时候他还抓到那个小白兔，便举起她来，或是把她挟在腋下。

静玲象是不满意似的摇着头，那些青年人，那些笑，那些音乐，只使她感到愤慨，她还想到这场面该在那里看过，她记起来了，那是从历史影片里，描写暴虐的古罗马君主，怎么样广集市民，恣意饮乐，于是在广场中放出来饥饿的狮子，然后又放出那些圣洁的教徒，从前是受难的，现在转为人们享乐的；可是现在还有什么乐可享呢？鲜血的斗争，难说还唤不醒这群醉生梦死的人么？

他们却正狂欢，忘记了自己，也忘记了民族，也忘记了一切。座客把彩色的纸条纠缠在人的身上，好象要把那无耻的行径，卑劣的心结成一个大的，一个更大的。

光滑的场面已经浮起一层冰粉，这时音乐换了一个调子，许多人那么熟稔地和谐地张开嘴合着：

> 沉静的夜呵，
> 圣洁的夜呵，
> 一切是静谧，一切是光耀……

忽然訇的一声响，整个的冰棚象一只海船似的猛然摇晃起来，电灯熄了一大半，清脆的破碎的声音象山谷中的回音似的响着，谁都不知道这是怎么一回事，慌急得连狂叫一声也没有，把运气和生命都交给不可知的手中，只是什么都看不见。浓厚的白烟充满了空中，硫黄的气味猛烈地钻进鼻孔。没有音乐，没有抑婉的歌声，这时只有尖锐的，女人的惨叫，在撞击着每个角落。

静玲也吓住了，她抓紧了李大岳的手问：

"这是什么？呵？"

"炸弹，不要紧，小得很，没有什么大作用。——"

"好极了，好极了，得警告一下。"

这时她才直起伏下去的身子。可是她还是什么都看不见。人拥挤着，不断地哭号，不断地叫嚷。

"跟定我，我们走吧。"

没有高贵的举止，没有礼貌，人群杂沓地都想从那个小门挤出来。

李大岳把静玲几乎是从里边拖出来，到了外边，走到对面的路上去，静玲才喘了一口气说：

"我可出来了！"

可是她的心里还隐秘着一点想念，那是那个漂亮的洋囡囡，还有那只可爱的小白兔。

四十

他们回家去，还没有到的时候，老远就看到了辉煌的灯光。在门前，灯光之下显然地有一辆汽车停着。

"怎么，我们家里也庆祝圣诞？"

静玲有趣地想着。她的惊慌一点也不存在了，满心还觉得这个举动再好也没有。她是一面蹦跳一面走着路。

到了门前，才看到门大开着，电灯一直亮到里面。

"老王，汽车是四小姐坐回来的吧？"

"四小姐？我没见呵！汽车是请大夫的。"

"请大夫，给谁看病？"她的心猛然跳起来。

"我不大清楚，五小姐，好象是三小姐。"

听说是静婉，她的心放下去了，她记得那个多愁多病身，总不会有什么险症。

一直走进房里，情形好象就不同了，从楼梯上正走下来慌张的阿梅，她拉住她问：

"怎么，三小姐生什么病？"

"您还不知道呵，可怕死人，三小姐服了毒！"

"服毒？"她简直猛然间都忘记这两个字的意义，她记得方才一路出去的，怎么会服毒了？刚要走进房的李大岳，听到这句话也赶过来，他们一齐急匆匆地跑上楼。

果然，静婉的房门开着，父亲正往返地走来走去，他的脸不知道显得多么愁苦，一只手在抚摸着光滑的脑袋。静纯站在那里，深思地用手抓着自己的下颏，一个医生和一个看护妇正在那里施行洗胃的手术。静婉躺在那里，好象睡熟了似的，在两颊上却泛出了难得的两朵红晕。

情形仿佛是很严重的，没有一个人说话，壁上那张王大鸣的遗像也尽自伏贴地悬着。

登登登的一阵楼梯响，菁姑跑下来了，探探头望过一眼之后又登登登地跑上去。

父亲停住了脚步，烦恶地瞪了一眼，又自往返地走着。

洗过胃之后，医生不停地试着脉搏，注射强心剂，考验心的跳动，那个看护妇还施行人工呼吸。从那个医生的面容上看来，他并没有十二分把握救活这个人，他时时也在思索着的样子。

静玲提着脚退出来，她在静宜的房门上，轻轻地敲了两下，没有回应，推开门进去，没有人，孩子安稳地睡着，那两只虎皮鹦鹉也偎在一起。她又走出来，轻轻带上门。她悄悄地推开母亲的房门，除开轻微的啜泣，什么声音也没有。母亲好象已经睡着了，只有静宜伏在桌上，两个肩头一缩一缩地抽动着。

她的声音并没有惊动她，一直她走到近前，低低地叫着"大姊，大姊"，静宜把那泪眼模糊的脸抬起来，她的眼睛哭红了，自从下山以后，显然地她又瘦下去，看见静玲，她的眼泪更多地流下来。

静玲没有说话，把自己的手绢掏出来替她擦，静宜就势抓住她的手。静宜的手那么凉，使静玲吃了一惊，她想把手缩回来，随即止了这个念头，她想该把自己所有的温暖分给姊姊。

过了些时，看到她的情感平复些下去了，她才问：

"妈睡着了吧？"

静宜先点点头，随后才说明一句：

"还是大夫给了两片安眠药。你不知道，妈妈一急，又吐了一大口血。"

"静婉呢？"

"她也是吃安眠药，用葡萄酒送下去的，大约吃了七八片。"

"她为什么要自杀？"

"谁知道呢？她回来的时候就象是醉倒了，后来才看到药瓶，赶紧去请大夫，她真是吃了。"

"唉，我真想不到。——"

"谁想得到呢？平时她又不爱说，只看见她成天愁眉不展，谁能想得到她真要自杀？唉，我总觉得只有我是苦命的，别人的幸福我分不到，别人的愁苦都有我一份。"

"大姊，为什么你不——"

"静玲，不要问我为什么好不好？我的心烦得很，又难过得很！"

"——眼看着这一年就要完了，还出这么一件事！这还不急死人！别人都为自己想，不替别人打算，愿意怎么样就怎么样，只有我，我是注定了的苦命！你看静珠吧，也不知道到什么地方去了，爸爸看见静婉回来，每天都问一次。——"

静玲才要说一声我看见她了，还没有说出口，就想起那声爆炸，她不知道到底这一次有没有受伤的人。想起静珠来，她总觉得不是自己的亲姊妹似的，可是这一阵，她倒有点不放心。抽出手，又轻轻地走出去，看看李大岳没有在楼上，就跑到楼下去找到他，问着：

"那个炸弹是不是会炸死人？"

"这可说不定，威力是不大，好象放的人也没有存心杀人似的，万一站得太近，那，那就说不定了。"

"我想她的运气不会那么坏吧？——"静玲象自语似的说着，随后觉得这句话不大妥当，就又纠正着，"我想不会那么巧！"

"但盼如此，静婉怎么又会自杀了呢？"

"那谁知道，总是生活得厌倦了，——不费心力，不费体力，生活自然

300

容易厌倦的。"

一阵脚步声，他们拉开了门，正看见父亲和静纯送着大夫出来，那个大夫已经有说有笑的了，她就想到一定是脱了危险期。

等到他们送客回来，她低低去问静纯，果然她的猜想不错，可是父亲还是极不愉快的样子，他不再到楼上，就大声地吩咐：

"时候不早了，大家睡吧，告诉阿梅傍伴看护小姐，侍候点茶水，——"然后象想起了什么似的，长长叹一口气，"你们都去睡吧。"

父亲说过后，独自走进"俭斋"，随手就把门关上了。

在走上楼的时候她又问着静纯：

"大哥，你知道她为什么吞安眠药片？"

静纯摇摇头，她总以为他知道不告诉她，就露出不高兴的神气说：

"哼，不告诉我拉倒！"

她上了楼，并没有就去睡觉，她先到静婉那里去看，她还是睡着，那位看护小姐正捧着一本书在看。她们微笑地点点头之后，她又到了母亲房里，阿梅正支一架行军床，静宜也在一旁帮忙。"静玲，你到我房里睡吧，我要陪妈睡。"

"好，阿梅，老爷要你陪着看护小姐坐夜。"

"真的么？"

"我什么时候骗过你！"

阿梅感到极无味地应了一声：

"我知道了，五小姐。"

终于在十九小时昏睡之后，那个安心想离开这个世界的人又被拉回这个世界里，那个一心享乐的静珠，却头上包着绷带，回到家里来了。

当着静婉醒转来的时候，她自己真觉得象做了一场大梦似的，她几乎都不记得那回事。她变得更沉默了，除开说了一声，"我觉得头痛"之外，她紧紧地闭着嘴。

"那不要紧，再好好躺几天就得好的。"

那个医生也高兴地说，他于是又走到母亲的房里，诊断之后也说不要紧，只要好好休养几天，再吃一点药，就会没有关系。

这些好信息正象一阵春风，吹开每个紧皱着的眉头，也吹上两朵笑靥。只是一夜的光景，连空气也象是改换了，那个捧着脸嚷痛的人独自躺在床上呻吟着，还是静玲好，象是很关切地去看望她，问她：

　　"为什么你的四个侍卫不保护你呢？"

　　静珠惊奇地从床上坐起来，诧异地问：

　　"怎么，你也去了？"

　　"我，用不着去，自然有人来送信。"

　　"滚，小鬼，不跟你说，一点同情也没有，人家在这里难受你还在一旁取笑！"

　　"我怎么取笑你，我是真心想来看一看你的伤。"

　　"伤倒不重，打进些细粒铁砂，可真把人吓死了。"

　　"那也好，加点天然的装饰！"

　　静玲说完立刻就跑出去，把门砰的一下关上了。转过头去，才看见静纯正抱着青儿晒太阳。

　　"你看见大姊吗？"

　　"她在睡觉，你不要去吵她，昨天晚上她一夜也没有睡好。"

　　"爸爸呢！"

　　"在楼下吧。——"静纯回答她之后，忽然翻起眼睛来问，"你怎么尽问我，不会自己下去看看么？"

　　可是她用不着下去，就在窗子那里，看见他正在指挥仆人在打扫院子。李大岳也好象很忙似的随着他转，父亲好象比没有发生事故之前还高兴些。

　　忧愁也好，快乐也好；忙也好，闲也好；日子却是不等待人的，这一年的最后一天终于降临了。

　　父亲今年好象有更大的兴致，在三四天之内把楼上下的房子都打扫了一番。该结起来的红彩已经在微风中飘荡，红缎的桌围椅靠也都套上去，迎门的两支大红烛，早就高高地插起来了。

　　父亲的嘴里总是在咕噜着：

　　"我们得热闹一下，镇镇不祥。……"

　　李大岳是父亲的好帮手，静宜却在忙着食品。静婉虽然好了，可是没有下床，还是那么少说少笑的，母亲遵从医生的话，好好躺在床上，她也很高兴，因为到底她是活过来了。静珠解下绷带，她的半边脸上多加了些个细小的黑点。于是她时时用手遮着那半个脸。

到晚上，一切都停当了，那张圆桌放在甬道里，母亲的房门打开了，正看见他们那一桌人。两支红烛放在中间，跳动的火焰把快乐的光晕射到每个人的脸上，每个人都穿起好衣服。菁姑还和她的猫一样，头发上打了一个花结。黄俭之套上马褂，静珠也着实装扮了一次，那黑点居然看不见了，免得她怪累赘地要掩着脸。

雪又降落在这黑色的土地上，或远或近的爆竹不断地响着，还有那象原始音乐的合奏，总是伴着龙灯和彩狮。黄俭之郑重地站起来，他的手里擎着几个月没有碰过的酒，两只眼向四周看了一圈，才说："这一年，不管好歹也算过去了。古人有言'福不双至，祸不单行'，我们这一年遭的祸可真不算少了。幸亏静宜还好，是个好孩子，任劳任怨，把这个破烂的家算是撑住了。今天，是这一年的最后一天，我想年月既有一个结束，我们的不幸也该到了一个结束，让我们今天同饮这一杯酒吧。"

黄俭之把那打了许多皱的眼左右望着，一桌的人都站起来举着杯子，他忽然有点感触，一颗老泪滚到酒杯里，他就一口喝下去。

静玲也吞下去，觉得不对味，可是她的心里却暗暗想着：

"这不是一个结束，这还只是一个开端！"

她没有说出来，远近的爆竹更繁密地响着。

第三部

一

新年是过去了，漫长的、寒冷的、充满了苦难的日子仍然堆积着。

风和雪象泄愤似的击打着大地，扫荡着这个城市，没有一夜是恬静的，没有一天空中不挤着狞恶的黑云。地裂开了缝，好象它要张开大嘴把一切都吞噬下去，在路边，每一夜总有几十个倒毙的人。

雪总还是下着，下着，……

"唉，唉，不是好兆头，冷得出奇，只有庚子前一年的腊月这么冷过，又赶上了，又赶上了！"

老人喟叹着，捋着那又长又白的胡子。

"怕又是收人的年月哟！"

谁那么悲伤地，空虚地应着。

寒冷充满了各处，炉火无力地燃着，没有热力，没有温暖，人们在绝望之中过着日子。人们想着："是不是就永远这样冷下去？是不是就从此再也没有春天？是不是这个世界就此毁灭下去？"

"不，不，不，……"

从四面八方响着这同一的，有力的，简短的回答。那是些男的，女的，老年的，中年的，青年的，孩子们的声音的总合。

站在生与死的边沿上，对于强暴的自然或是敌人，只有奋力的一击；不是永远的幸福，就是眼前的屈辱，只是在这个愚昧的国度里，更多的人只知道为了自己而忽略别人；仅是少数人为别人忘记自己。

因为旧历的新年快来了，许多人忘了寒冷，忘了苦难，象世纪末的享乐者一样，尽量用一点残余的力量来装点太平。这一个年和那一个年是不同的，它虽然曾经遭过厄运，可是渐渐地它又抬起头来了。正象那些腐化分子一样，曾被打倒过，却又爬起来。

这个年是活在大多数人的心上，孩子们茫然的爱它那一份热闹，老年人固执地依了它回想逝去的年华，那些无可无不可的人们，那些游手好闲的浪子们原是想把每一个日子都安排成繁盛的年节，从这里得到生活的快乐。

不顾风雪的吹打，也不怕寒冷的袭击，街旁摆满了摊子。人们穿了臃肿的衣服，除开眼睛鼻子和嘴露在外面，整个的头也包起来。手拢在皮手插里，除非必要的时候不伸出来。每一阵挟着尘土的风卷过来，人人都把背向着它，那些来不及的人，就象从喉咙里生给噎下去些什么，把该喘出来的气压下去，把冰冷的两颗眼泪从眼角那里挤出来了。可是他们来不及抱怨，那好象冻得生硬的舌头是为别的事咕噜着：买的人想买得更好，用的钱更少；卖的人想用嘴帮助货物的本身，想卖最高的价钱，在胡子上，水气凝成了霜花，在外衣的襞褶里，尘土找到了家，为了不使两只脚僵硬，那些站定不动的人只得不停地跺着地面。

他们卖着干果和鲜果，纸钱和蜡烛，孩子们望得眼红的鞭炮和空竹，冻结了的鱼和肉，卖羊肉的人就在路边把一只活生生的羊按倒，随着咒语一把尖刀割断它的喉管，于是血流出来，那个被杀的动物抖着，卧在自己的血泊中，大大地瞪着眼睛，一直到它死了的时候。那个卖羊肉的很敏捷地剥了它的皮，取出脏腑，整个地挂在钩子上，然后把两只手插到背心里伸袖子的地方，腆着那穿着抹得油亮的背心的肚子。

黄静玲和李大岳，也挤在这人群里，他们好奇地站在一旁看着那个被杀的羊，他们听见它那悲伤的哀叫，他们看到一双一直不曾阖闭的眼睛，——在那里面好象充分地表露着对于人类的悲愤和厌恶。

"我们走吧，我们走吧。"

静玲用手臂碰李大岳的身子，就首先转过身去，他也就跟着走来。

"为什么人这么喜欢杀呢？"

"杀，那算得了什么？——"那个从杀中活过来的李大岳不在意地说着，"不过象这样，摆在大街上，实在是少见得很！"

"忘记是哪一个说过的，如果人类不为了口腹杀害其他的生物，人类中就没有战争了。"

"那是空话，完全是一派理想！你想，如果没有战争要我们这些人活着干什么？——"

李大岳故意说着轻松话，不提防一阵卷着尘土和马粪屑的风正从他那张着的嘴灌下去，使他下半句话就没有说出来哽住了。黄静玲忍不住笑，可是才微微咧开嘴，那个打旋的风就从她那没有门牙的嘴溜进去。她立刻止了笑，连眼也闭起来，微细的沙子打在脸上，正象一根根锋利的针尖。

等到风过去之后，他们才继续在人群中挤着，静玲抱怨似的说：

"都是你，惹得我也灌了一肚子风！"

"你埋怨我不是没有用，我比你灌得还扎实。我说是如果没有战争，我们将来也只好在大路边杀羊了，——不过，要杀就杀，用不着虚伪，譬如方才吧，还念什么咒语似的，我不知道那干什么！"

"那是伪善，——就是假仁义，中国人惯会这一套！"

"啊，我记得了，——"李大岳猛地一叫，好象有什么极紧要的事陡地被他想起来一样，跟着就不断地说下去，"那一年，我们行军到××，看见一个老太婆，她一个人在锅子前面又是拜又是念，走到跟前我才听见她念的是：南无阿弥陀佛，熟了就不痛了。等她把锅盖一掀开，原来是一锅煮得红红的螃蟹。你想好笑不好笑！"

"嗐，中国旧社会的事情，大半还不都是这样！所以我们才先要还他一个本来面目。"

"那也不容易，积弊太深，积弊太深，——"

"幺舅，谁教给这么玄，这么没有用的话？"

她拉住他，想问个明白；可是来往的行人，并不容许他们停留，他们只得还在那人流中滚着。

"我真奇怪，为什么今年的旧历年显得更热闹。"

"我怎么知道，我是头一年在这里过旧年。呵，我记起来，那年'一二八'差不多正是要过旧年的时候，许多老百姓在逃难之先把那做好了的年菜送给我们吃，每一家差不多都有一只鸡，有的连毛都拔好了的，那可没有这么冷，天下着雨，……"

"冬天还下雨，我可没有经过，不要说啦，一两天之内这里怕又要下雪了。"

"是不是每年这么冷？"

"不，去年就不这样，今年实在特别，你看，这许多人，简直是抢着办年货，好象过了这个年就没有日子了！唉，真气人！"

"还是钱多的原因。——"

正说着的时候，他们已经走到街的转角，在那里有三四个只披着麻袋片的乞丐匍匐在路旁，他们都很老了，发黑发红的脸，衬着那结了霜的灰白胡子，全身象一片败叶似的可怕地抖着，他们用了那非人间的声音叫着：

"老爷呀……太太呀……不积今世积来世呀……可怜……可怜……我们是老来苦的……苦命人吧……"

可是人们的眼睛是惯于仰望和平视的，他们不大低下头来，有的人甚至于厌恶这悲惨的哀号，不是回转身去，就匆匆地紧两步，把这一些再都丢到身后。

静玲也不说什么，在衣袋里摸好了零钱，走过去的时候每一个的面前丢一角，然后好象染了点罪恶似的很不自然地脸更红起些来。

"何必给他们钱，他们都是假装的。"

"什么？你说什么？"

"假装的，不要看他们抖得那么可怜，他们喝了酒，还吃点什么药就一点也不怕冷，——"

"即使是假装也很可怜，幺舅，如果你能装得象，我也照样给你的。"

"不是那么说，这样的施舍也没有用。"

"我也知道，整个的社会不改过，他们总还是没有路。按说到了他们的年纪，早应该象老太爷似的在家里享福了，可是他们不能够，依幺舅的说法，在这大冷天里，只得装出一份可怜相来骗过路人几个钱！"

"这几个钱也没有用处。"

"当然喽，可是再多我也没有，我总想，我能尽多少力就尽多少，我并不想做慈善家，我只求对得住自己的心也就是了。"

"如果人类都有你这一份心肠也还好，可惜许多人不是这样。"

"所以才需要改革，每个人都希望生活得比别人好些，为什么不大家都生活得好呢？也许这是一个理想，我想总有一个时候它会到来。"

"哼，那不定是哪辈子呢！"

"可是我们不能因为目标高远便停手不做呵，我们该做的事情真是多得很，多得很，——呵，真糟糕，母亲要我们买的东西也忘记了。"

"我倒没有忘记，时候还早着呢，到那边去买也好。"

"幺舅，请你一个人代劳吧，我还有点事。"

"那么你得把那张单子交给我。"

"好，好，这就是，——"静玲一面说着，一面从大衣袋里掏出一张纸条递给他，"我想有许多东西大可不必买。"

"什么东西？"

"象这些香烛纸锞，还有大年夜的神像，都没有意思。"

"既然知道没有意思何必还一定主张呢？你母亲一定是信奉这些，就是为了使她高兴也不得不办。"

"好，我不管，反正也麻烦不到我，我先走了；回头到家里见！"

静玲一面说一面就跳着走了，可是他忽然记起来不该放她走，因为自从出事之后黄俭之再三说不能再让她一个人东跑西跑，他叫了她两声，一点回应也没有，他就自己在心里盘算着：

"我若是回去得早，只好偷偷在门房里等她，那么她回来的时候再一路进去，仿佛一直没有分手似的。"

二

这些天在家里的日子可闷够她了，一家人都固执地不许她一个人出来，不只是她，几个人都被关在家里。挤得静珠象野猫似的东钻西钻，静婉象丧魂失魄地挨着日子。旧历新年快要来了，母亲强打起精神来说："我们好好热热闹闹过一个年吧，转过年一切就该如意了。"于是大家就忙起来。难得那个菁姑也从顶楼上赶下来，跟着她那只绕腿转的猫，帮忙蒸糕制果。——有的为人吃的，有的准备为神和鬼吃的。

母亲也起来了，她只相信这一年流年不利，到年底好好把鬼神伺候一番，来年的运气自然就转好，父亲只在一边端着水烟袋，望着她们，想着，他想些什么呢，他自己也许弄不清楚，在他的眼前他只看见静婉默默地做着，菁姑就象一只鸽子似的咕咕，不是说这样不对，就是说那样不好，静珠简直是在玩，她时而跑出，时而跑进，真真忙碌的还是静宜，她好象什么都懂，什么都弄得清楚，孩子的哭声起了，她赶紧放下手跑过去，把睡醒的孩子抱过来，母亲就问：

"奶妈到哪里去了？"

"她在下边帮忙呢。"

"不要叫她去，省得耽误孩子吃奶，——"

母亲说过后就把孩子接到手中，父亲就摇着头喟叹似的说：

"来年有合宜的还得给静纯提着。"

"爸爸，随他自己吧。"

"这不是要全家人都为他受累？他自己去找，能选到什么样的？现在这些大学生还甘心来给他管别人的孩子么？"

"那么我怎么算呢？"

"你是好孩子，当然与众不同，我真不明白这些将来怎么办！"

他扫了他们一眼，母亲就说：

"算了吧，大家高高兴兴过一个年吧，别的不说，我们得先图个吉利，……"

这时候，静玲跳进来了，她的一身都是雪，问起来，才知道她在院子里帮他们扫雪。

"你真是，无苦找苦，快过来烤烤火吧。"

母亲怜惜似的说，可是她的心里倒觉得她们都在无味地忙碌着，实在是有点无事找事。

"当着整个的国家都站在苦难的边沿的时候，一间温室，一串安乐的日子能就把一个有良心的好人关住么？"

她自己心里时时这么想，可是她近来不大说了，她知道只是言谈没有行动根本没有用。因为省煤的缘故，她和静珠都搬到静婉的房里去，她原来可以搬到静宜的房里，可是又怕青儿夜中哭闹。她住到这三个人的房里，仍自仿佛一个人一样，他们不大说话，一谈起来的时候总免不了一番争执。

她时时暗笑她们的愚蠢，她真不明白难道人真是这样活下去么？可是她就被关在家里，不许自己跑出去，一点趣味也没有。

有时候她就想自己是完全失败了，因为她连自己的姊姊都说不动，连自己也跳不出这个有形的无形的樊笼。每天只靠那份报纸来看外边的世界在变，外边的社会在变；可是报纸又怎样有意地无意地来欺骗老实的读者们呵！只有聪明人才能从那里面看到些什么，实心眼的人只看到一切都很好，一切都完善地进行着。

她终于找到个机会跳出来一下，把该办的事都托给李大岳，自己就象在天空中自由翱翔的一只鸟般地飞走了。

她打定主意要到××学院附近去看赵刚，问问他近来有什么消息，一个洋车夫到她的前面问了声"要车么"，她摇摇头，就尽自低着头赶路。

在那热闹的街道上简直想不到这僻静的路有多么冷清，几乎看不见一个行人，只有寒风一阵一阵地溜着。

她埋头走着，到了那座拱背桥边，心中浮起来一番暗喜，不管怎么样，她记得很清楚，过了桥就要到她要去的地方。

可是桥上没有行人，桥下的水结成乌黑的冰，冰面上不知怎么也裂了缝；

桥上却盖了薄冰和踏得坚实的雪，微微地发着一点光。

她把背稍稍弯下去些，一口气就几乎冲到最高的桥背上，正巧一股强劲的风，从桥的那边冲过来，一步没有踏稳，她就象一个木桶似的滚下去，她只觉得昏洞洞的，并不觉得疼痛；可是她也完全失去了自制的力量。余力还使她滚过去，这时躲在岗楼里的警察钻出来，用手拦住她，把她扶起来，他要笑也不能笑似的说着：

"大姑娘，您这是怎么说的呢……"

她站起来。自己拍拍身子，用迷惘的眼睛望了一下，看见拦住她的是一个警察，就记起来那次游行，连谢谢也不说一声，只点点头就又顶着风走上去。到底她还是成功了，站在桥背向四面望了一望，就匆忙地走下去，在下坡的时候她的脚又是一滑，她没有跌下去，可是吓出来一身冷汗。

她一口气就赶到了××公寓，也没有问伙计，就一直跑到他们的那间房，到了近前才看到门锁着。

"伙计，伙计，赵先生到哪里去了？"

被叫着的伙计还没有答应，从跨院里伸出一个滚圆的脑袋来低低地叫着：

"黄静玲，黄静玲——"

她回过头去一看，就一面应着一面走过去了。

"我不知道你搬了屋子，当你还住在那里。"

"我搬了一个星期了，这边清静点，——你很久都没有出来？"

"是呵，——"她说着已经跨进了屋子，可是一阵难耐的煤气使她忍不住呛起来。这间房子也很小，燃着一个冒着绿焰的煤球炉。

"唉，你怎么不打开窗，这股味真要人的命！"

她赶紧用手绢捂了鼻子，可是她还是咳嗽。

"打开窗，不跟没有生火一样么。我知道你受不惯。"

"哼，瞎说，我不怕。"

她说着，坐下去，爽性把捂在鼻子上的手绢也拿下去，可是那股气，塞住她的呼吸，正象被一只大手捂着。

"算了吧，我给你一点萝卜吃就能好点，我们是住惯了的。不怕这些。"

赵刚说着从桌上拿起一个萝卜连同一把刀，一齐送给她。

"那有什么好，早晚就要中毒了！"

"死要死得有意义，活也要活得有用，算了吧，我不惹你，我再给你倒一碗热茶。"

赵刚说着就从火炉边的铁壶里倒出一碗冒着热气的开水，她并不想喝，却正好用它暖暖手。

"向大钟呢？"

"他回家去了，说过了年再回来。"

"近来有什么事么？"

"没有什么，——听说那次冰场丢炸弹你也在场？"

"可不是，吓了我一跳，可说那次我也想着来的，我心里正想该吃一个炸弹，果然一个炸弹就来了。"

"那么说你也赞成的了？"

"那倒不一定，不过我以为对于那些醉生梦死的人该给一个警告，不知道那是谁干的？"

"我不知道，那种举动与其说是恨，还不如说是爱。"

"为什么呢？"

黄静玲不解地偏着头，等待赵刚的回答。

"根本不想炸死人，不过想要他们丢开那种无耻的生活，好好为国家努点力。"

"可是事实呢？——"

她没有说出来，可是他们都知道事情是怎么进行着。

"总还是我们做得不够，要责备别人该先责备自己。"

赵刚用一只手在他那光头上摸着，然后喟叹似的说："我的手还没有全好，我也不大方便出去，所以事情好象脱了套。——"

"照这样下去怎么办呢？"

"我想这总是暂时的现象，不会久的，正赶上寒假，许多人都回去了，说起来我们还是在罢课期间呢？"

"可不，赵刚，下半年我们读书的事怎么解决？"

"不是说到××学院旁听么？你可以问你的姊姊，他们是老学生，总能帮帮忙。"

"不，我不愿意和她们说。"

"那也没有关系，等我将来办吧，还不知道哪一天才复课呢？"

"要是办不成怎么好？"

"怎么你对于读书这么热心起来了？"

"不是，我怕我父亲问起来没有话说，如果他知道我没有学校读，他也许就不让我出来。"

"唉，你不羞，这又不是十八世纪！"

"呸，我不要你说，他当然不能管住我，不过我为什么要在这些小地方和他争呢？我们的力量不该用在这上面，你说是不是？"

赵刚没有再说，只是把自己的手指的骨节弄得咯咯响，过了些时，他才悠悠地说：

"我总想，我们的工作有停顿的时候，我们有假期，日本人的侵略没有间断，那些争权夺利的汉奸卖国贼从来一刻也不歇手，象这样子，一辈子也弄不好，我们也得一步紧一步，象他们那样！"

"你的话很有理由，可惜我们的环境不好。——"

"这当然也是事实，譬如日本人吧，他们还有汉奸帮忙，我们原来是一心一意和日本人对抗的，先就犯了汉奸的忌，那些顽固的校长和教授又把我们看成叛徒，我们那辽远的政府，又怕我们有什么政治作用，也怕替国家惹下乱子；你想想看，我们有这么多敌人要对付，得费多么大的精神？再说落后的老百姓呆呆地望着我们，简直不懂得我们在做什么事，那些警察和兵士，你当然还记得简直把我们看成敌人——就是我住到这个公寓里以来，他们也总是三天两头来和我谈，有什么可谈的呢，还不是用那一双贼眼东张西望，看看有什么形迹可疑的人和东西没有？想起来我就难过，在暑假里，我回到家里关上门看看书，我就觉得自己的空虚：经过上学期的事，我才稍稍更看清了一点我们同胞的愚昧，……想起这些我真忍不住要哭了，谁是亲爱的兄弟呵，谁是我们的敌人呵，仿佛一概都不知道，还有比这种事更可怜的么！"

他说完了之后，还呆呆地站在那里不动，他难得有这么情感地发泄胸中的话语，不知道为什么引起他这一节滔滔的独白。

黄静玲只是静静地谛听着，自从上学期，她就看出来在各方面他都显得进步，他的浮躁的习性减少了，他的思想和行动都很有条理，他的观察，俨然也比别人深刻，所以她没有别的话好说，她只得听从他的指导，在先也许还要故意显出一番倔强的个性来，但是一想到自己："我怎么样呢？首先我还跳不出那个家的樊笼，有时候我能说，可是那都是情感的冲动，过去就消灭了。我也有主张，可是并不怎么彻底，遇见事情我就有一颗沸腾的心，可是我缺少冷静的脑子去思索，……"这样想着，她就自然而然地驯服了，当然她不会崇拜英雄的，如果说是有那么一个人，她认得清楚，确实地比她要强，那就是，——赵刚。

三

　　旧历的除夕毕竟来了，一切的活动，到晚来大半都告了一个结束，各自钻进自己的草屋或是高楼，人的忙碌也停止了，又是一桌丰盛的饭菜，几杯可人的醇酒，在那高烧的红烛的跳跃的光里，敬过了祖先又敬自己。互望着那张开花的笑脸，外边，——大片的雪呵，轻轻地飘下来了。远近的锣鼓不断地响着，爆竹，成串的，惊天的，从四面扯动了黑夜，它在打颤，它在为那不可知的命运抖动着。

　　黄家又是一番热闹，比过去的那个新年还更要热闹些，每个人穿起了新衣裳，在灯光和烛光之下闪着光。在正中的甬道，高高供起来的又是神佛又是祖先，一股香烧得象一大朵火红的花，母亲虔诚地叩过头就在一边望着，早就说过了，这一晚上谁也不许说不吉利的话。谁也不许弄熄一只烛或是一盏灯，母亲曾经郑重其事地说过：

　　"这可比不得什么阳历年，那没有讲究；阴历年可大不同，诸神下界，谁也冒犯不得，我就是注意这些，谁也不能冷言冷语的，关系一年的气运……"

　　年夜饭摆上来了，大家团团地坐一圆桌，母亲的身体虽然不大好，也强

314

自挣扎着坐在一处，老早还就说过，她仍然要象往年一样，通宵守岁，静宜首先就拦住她：

"妈，您还是歇着吧，香火的事您交给我，不会有舛错。"

"不，孩子，你不知道，这一晚上再怎么样我也得熬一夜，神佛保佑着，不会累着，你不记得年年我都是如此么？"

"不过您的身体——"

"我知道，我的身体，正因为要我的身体转年好些，我就更得守岁，神佛们会把我的病带走的。"

这晚上果然她的精神显得好些，她没有胃口，可是她不断地给别人拣菜，她的兴致很好，桌前的一大盆炭火，把她的脸也映得红红的。

"按说大岳就不能坐到我们的桌上来，他又不姓黄。——"

母亲带着笑说，父亲立刻就接下去：

"这年头没有这份讲究，那都是俗例，不生关系，如今都革新了，都改了。"

李大岳微窘地呆望着他们，还是静玲取笑地说：

"您看，幺舅让妈吓得连饭也不敢吃了。"

这使他的脸微红起来，又把头埋下去，匆匆地吃饭。

"那我可怎么算呢？"

菁姑把脸一沉，朝他的哥哥扬着那张猫脸，把碗筷都放在桌上，一心一意等待着他的回答。

"这么几年你说你怎么算的？还不是象黄家的人一样，跟她们姊妹似的。"

"那可不同，她们不能象我这么倒霉，出嫁没有多久就死了丈夫，住回娘家来。"

"算了吧，快点吃，省的菜冷了！"

黄俭之有点不高兴地和她说，可是母亲早已听见那几个不吉利的字，象刀一样割到她的心上，她没有说什么，胸前好象压了点什么。

她静静地坐在那里，那份好兴致早已打消了一大半，她的心里自解着，时间还早，这些话不会被天神听见；而且她也算不得黄家的人，她自己原来是倒了霉的，倒了霉的，……可是她的胸前总是觉得有什么压着似的，只有

315

静宜看到了就问着：

"妈，您觉得太累了吧，先回屋去躺一会儿，养养神不好么？"

"好好，"她应着站起来，要离开的时候，还在嘱咐，"——那盘鱼可不要动呵，取个有余的意思。"

"还有余呢，只要求一个够也就是了！"

黄俭之只叽咕着，只有他自己知道说的是这句话。

静宜也放下筷子站起来，陪着母亲回房里去，过了些时，她再走出来，这一桌人已经吃完了。

"唉，唉，真糟，忘记你没有吃完。"

正在漱着口的父亲不安似的说。

"我吃得差不多了，回头还有许多点心吃呢，这阵我不要吃。"

静玲吃过晚饭就跑到楼下去，左手捧了一盒"钻天鼠"，右手拿了一支香，她走到门外，就站到台阶上。雪还是落着，院子全是白色，漆黑的夜时时被冲天的花炮钻开，于是那一串金星渐渐坠落下来了，消灭了，她点了一颗"钻天鼠"朝院子里一丢，它冒着火光，迅速地钻到墙角去了。第二颗惹动了费利，它就朝着那个冒火花的东西追过去，它还在雪里滚了一遭，半个身子都白了；可是被它抓到的时候哀叫一声就拖着尾巴跳到台阶上来了。它象诉苦似的把身子偎依着她，它身上的雪正好都擦到她的新棉袍上，她一面怒斥着，一面躲开它；可是它还是傍到她的身边。她再点了第二颗，想引它跑开去；可是它并不动，那一颗钻天鼠也转不到两个圈子，钻到雪里去灭了。

她不再想点第三颗了，她不知怎么会觉得那样没有趣味，她想去年还不是这样，一直从小便记得过年是一件大事情，如今这件大事情，在她的心里也引不起什么趣味来了。

正在这时候她看见老王从门房里出来扫雪，在他的旧皮袍的外面也套了一件蓝布新罩衫，她就叫着。

"老王，老王，你过来，……"

"呵五小姐，您吃了饭么？"老王丢下帚把走过来，"您有什么事吩咐？可不要象去年似的把一个地老鼠丢到我身上，害得我三面新的棉袍烧了一个大洞……"

她站起来，笑了笑，她就说：

"今年不会了，你看，这一盒子我都送给你了，我玩得不起劲。"

她说着就连香火也交给他，老王笑着接过去：

"谢谢，五小姐的赏，可说您玩得不起劲，我倒玩得起劲！"

静玲并没有听他的话自己就跑进去了，每个房里都是明亮的，可是她的心觉得那么寂寞，她跑到母亲房里，母亲正在吃粥，静珠穿了一身红，头上还带了一朵大红花，好象一个新嫁娘，母亲看见她的一身装束，很高兴似的，就和静玲说：

"年三十的晚上，我就要这份热闹，这样子才好。"

"我又不想出嫁，为什么要穿这种衣服？"

"妈，您看，她这么说我，难说我要出嫁了吗？"

"玲姑儿，不许乱说，凡是我喜欢的，你们就不能说不喜欢，这就是孝道。难得你们都平平安安地在家过一个年——"

她说到这里，忽然记起静茵，她想起她的苦命，她也算嫁了，可是那个男人又丢了，她想那不一定是什么花样，否则好好的人怎么会丢？说不定他丢了她，不管她了，自己远走高飞，她的心一酸，就放下碗筷，向着她们：

"你二姊近来有信么？"

"不是前些天来的么，她很好。"

静玲抢着回答，故意看了静珠一眼。

"我就是惦着她一个人在外，没有人照顾，年呵节呵的，没有一个着落，归不得家，怪没有意思的，其实她爸爸也不会再生她的气，写信去要她回来好了。"

"妈，您不用惦记她，她很坚强，"——静玲怕母亲听不懂她的话又解释了一句，"她的日子过得很有意义。"

"有意义就好，青年人耐不得烦闷的，这一层我可明白。——"

静玲又想给母亲解释，可是静珠的那份故意摆出来的得意相，偏着个头，使她愤恨，她也就故意撇着嘴，表示出不屑一看的样子。

"去，去，静玲，到你大哥房里去看看，看看青芬的相片前面设了供没有？上了香没有？"

还没有等母亲的吩咐完毕，她已经跑到静纯的房里了。他好象睡着了，面朝里躺着，一只手拢着青儿的身子，脸还紧紧贴着。她悄悄地走进去，灯是亮着的，在那张遗像的前面，早已摆好了干鲜四供，一对素烛烧着，一支香升着袅袅的细烟，一股檀香的气味强烈地充满全房，正当她注视的时候，忽然静纯转过头来问着：

　　"静玲，有什么事？"

　　"呵，你可吓我一跳，我，我没有什么事，妈妈要我来看看你，看看大嫂的前面上供没有，我还当你睡着了，没有想到你没有睡。——"

　　"我是没有睡——"他说着翻身从床上坐起来，就把脚伸到鞋里，两只手掌揉着有一点红的眼睛，"本来我是看青儿睡觉的，没有想到自己也昏洞洞似睡非睡的，好，我们一同去看看妈妈吧。"

　　"孩子醒了呢？"

　　"不怕，门开着都听得见。"

　　他们才走出门，就看见静宜也来了，她说她是来看青儿的。

　　"他睡得很好，我们一同到妈那里去吧，三姊呢？我也去找她来，让全家的人都聚会起来吧。"

　　静玲热心地说着，她全心想克服冷清，她简直有点受不住，等她把静婉拉出来之后，她又跑到楼下去找李大岳，原来他正和父亲对一局象棋，她要他们上来，他们不肯，她就一掌把棋子都搅乱了，扯着他们到楼上来，她的热心还没有休止，她又高高兴兴地跑到顶楼上去；可是当她下来的时候，她的脚步就慢了，她的嘴噘起来走到母亲的房里，静宜看见她就问：

　　"怎么了？"

　　她气得眉一皱，牙一咬，那点不快才消散了，于是她叫着：

　　"妈妈您看，我们一家人都在这里了，我们怎样热闹一下吧。"

　　"不成，等一下，等敬过神之后才能玩。"

　　"是什么时候敬神？"

　　"其实星星出齐了就可以，你们听，别人家不是在放敬神鞭炮了吗？"

　　果然，远远有一派不断的细鞭喧天地迎着，中间还夹着双响的"高升"。

　　"好，静玲你去吩咐吧，要老王把鞭炮备好，——我们大家净手，预备好了我们就敬神。"

母亲又打起精神来说，她的心里重复又充满了喜悦，深愿这一晚至上的神灵会把吉祥降到他们这一家。使每个人都过得好，过得顺遂。

四

静玲都忘记她是几点钟去睡的了，醒过来的时候，揉揉眼，耳底响着稀疏的爆竹，象前些年一样地她心里计议着：

"我又长了一岁了！"

她模模糊糊记得昨天晚上吃了不少东西，敬过神之后大家依次地给祖先磕头辞岁，过后就给长辈辞岁，最后是兄弟姊妹们互相辞岁。她就记得她的头磕得最多，她想只有青儿长大起来的时候才能替了她的地位，——可是她也分了最多的压岁钱，每个人都得给她，最后父亲才叹息着说一声："还不是把我这点钱分来分去！"过后大家兴致来了，就挤在一张圆桌上"赶红"，赶来赶去，又把钱赶进她的袋里，最后她和幺舅赌一回"孤注"，结果又是她胜了，她记得她很高兴地笑着，她又吃了些什么才去睡觉，她还记得父亲的一句话："有钱的人家还能够过个安逸年，没有钱的人家不知道要怎样提心吊胆来躲躲藏藏呢！"

她好象一直并没有睡着，她的耳边时常响着笑声又响着哭声，她那瞌睡的头象铅一般的沉重，她忽然想起一句话："有这么多痛苦的时代，快乐是可耻的。"她的心也觉得沉重了，她于是想起来那些斗争的场面，象梦一样地在她的脑中闪着，过后她坚定地说："那不是梦，那都是真实，我们是还要继续努力——可是我必须先好好睡一觉。"

她正要再睡的时候，忽然阿梅跑过来叫着：

"五小姐，五小姐，快点起来吧，别人都在等您吃中饭呢！"

"什么，你瞎说，天还没有亮，——"

阿梅不再说话，只是把窗帘一拉，金黄的阳光立刻就撞进来了。

"呵，想不到，这么好的天！"

她一下坐起来，正想披起衣服，才记起来昨晚原来是合衣睡的。

"去，去，快点给我弄脸水，——真糟，睡了这么久也不知道，精神又这么不济，象是没有睡足似的。"

可是当她遇到别人就看见每个人都有一双不曾睡足的眼睛，和懒洋洋的神态。

"这就是过年了，每个人的精神更萎靡，更消沉……"

静宜带着一副疲惫的神情走出房来，坐到饭桌前，好象很无味似的吞着一碗稀饭，因为疲乏，大家都忘记了互贺新年，饭桌是早就摆好，一个吃了一个走开，不再顾到团圆的吉利，当着静玲看到静宜的手时时放在额角她就关心地问：

"大姊，你有什么不舒服吗？"

"就是头有点痛，睡眠怕不足——"

"你就守了一夜。"

"可不是，陪着妈接神送神拜天祭地，还要拜四方，喜神从哪一方面来，财神从哪一方来，也真亏妈记得清清楚楚，又是上香又是磕头。"

"妈又是一夜没有睡？"

"是啊，所以到现在还没有起来，我已经吩咐他们手脚轻点，让她好好睡一下吧。"

"还有谁守个通夜？"

"还有谁？谁也没有了，后来只剩下妈和我两个人了，也还别有一种风趣，就是不大适意。"

"我也觉得，我还想下午上街去看看呢。"

"我可不去，我还要好好睡一下，过了今天，拜年的人就要来了，你们去吧。今天天气好，最好跟爸爸一块儿出去，也让他散散心，——我简直觉得他一直没有出去。"

"那我们去了，丢你一个在家里好吗？"

"没有关系，你们尽管去好了，晚上回来，我们又可以热闹一阵，好，你们去吧，我还要去睡。"

静宜说完就站起来走了，静玲一个人坐在那里，想了许久都拿不定主意，正在这时候，父亲托着水烟袋从楼下上来了，她就起来迎接。

"爸爸昨天睡得好吗？"

"我有什么不好，到时候，我就去睡了，到时候我就起来，不过，唉，小时候我也欢喜凑热闹的，现在好象什么都'索然寡欢'，也许这就是老境吧？"

"不，爸爸一点也不老，您看，今天这么好的太阳，回头您跟我们到街上去逛逛吧。"

"我不去，在家里多么舒服，外边有什么意思。"

"爸爸去吧，新年初一，难得这么一个机会，我们都去，您看好不好？"

"都去，那么谁看家？我知道你们都舍得开这个家，可是我，我舍不开！"

黄俭之说着，还固执地摇着他的脑袋，好象他一点也不能被说动的样子。

"爸爸您看，新年初一您就成心怄气，不是请您出去散逛一下开开心么，您看您又扯了那么一段，您这一点面子也不赏给我，我想这一年的运气都不好！"

"不要乱说，运气可不能看轻的，好了，我记得，还有两年我就转过来，咱们大家盼着吧。——好，你去找他们，等你们会齐了我就跟你们出去。"

"好，您就在楼上等着吧，我找他们去。"

她第一个跑到静纯的房里，他好象正在看什么书，看见她进来，把书放下，呆呆地望着她。

"大哥，我们到外边去玩玩吧，大家都去，连爸爸也同我们去，——"

"那么大姊呢？"

"她不去，她说昨天晚上她坐了一夜，实在没有睡足，所以她愿意看家。"

"那我更不能出去了。"

"为什么？"

静玲又把她的头一歪，等着他满意地回答。

"我得照顾青儿，省得又吵得大姊睡不好。"

"不是可以交给奶妈么？"

"不，我不相信别人，我觉得我不该再忽略，再对不起人，再对不起自己了。"

他一个字一个字说得很慢很持重，好象无论什么大力也不能撼动一分一毫似的。

"那好了，你也帮着大姊看家吧。"

她说完就走出来，心中虽然也有一点不快，可是她不生他的气，因为她明了他，她稍稍有一点知道他，而且她分明看到，自从青芬去世，他的脾气实在好起许多来了。

她走回自己房里，房里没有一个人；她跑到楼下，在李大岳的房里正看见他们三个走跳棋。

"啊，怪不得看不见你们，原来躲在下面跳棋呢，好，也不找我来。"

她走近前，李大岳赶紧把两只手护着棋子说：

"静玲，你千万可别又用手一搅，那下什么都完了。"

"你放心，我不搅，不过你们得答应我一件事。"

"什么事？"

静珠仰起脸来说，她还穿着那一身红，还插着一朵红花，在两颊还多一团红胭脂。

"我们一块儿到街上去走走，连爸爸也去，——"

"有什么好看的？平时你还看不够。"

静珠好象有点不耐烦似的说。

"嗐，你不明白——"

静玲正要想给他解释，李大岳就站起来说：

"就这么办吧，这盘棋我们就放到这里，等回来的时候再接着下。"

"这不结了么！"

"我偏不信，急什么就得听她的话？外面又冷，满地又滑，有什么意思！"

"你看不见么？外边还有一个大太阳？"

"冬天的阳光有什么了不得，说不定晒化了地上的雪，泥泞得很，——"

"小姐，我给你叫一辆汽车好么？"

"怎么，你以为我不能走么？倒要给你看看，今天我们试一下，看谁走得远，我就偏不信你！"

说着她就站起来，雄赳赳地走上楼，静玲低低地关照她：

"喂，轻点，妈妈还在睡觉呢。"

她并没有回答，也没有回头看一下，在她的后面，跟着静静的静婉。

五

街道也是过度疲惫，死静地躺着，家家门前一堆一片的爆竹的残骸，正象一个个溃烂了的疮口，显着污红姜黄的颜色，没有行人，每一家的大门都是紧闭着，只有一些穿得很污秽的孩子手里擎着一根香火在那残骸的当中寻找着不曾燃过的一个两个爆竹，然后再高兴地点着。

他们走出来一共是五个人，黄俭之为了步履方便还拿了一根手杖，可是他用围巾连眼睛几乎也盖上了，静珠和静婉都穿了一件外衣，静玲就穿起平日到学校去穿的大棉袍，只是外面罩了一件新蓝衫，李大岳穿一件老羊皮的灰大氅，他再三声明那原来是他的勤务兵的。

静玲有一股奇特的感觉，因为这许久她就没有和这么多家人走出去过，可是这冷静的街使她很扫兴，那么大的太阳，映着屋瓦上那么白的雪，再从屋脊望上去，又是那么湛蓝的天，好难得雪后没有风，可是一切都显得更寂寞，更没有趣味，只有或远或近的锣鼓，穿过凝固的寒冷，象是这整个城市时有时无的脉搏。

静玲故意把脚步放慢，走在他们后边，这样她就可以很仔细地观察各人不同的行态。父亲总保持他那旁若无人的气概，他的身材虽然不大，可是他象自来有一份力量。在他一举步一挥手的时候都充分地表现出来。他穿着那么肥大的一件皮斗篷，恰象一座小山似的朝前移动；李大岳随在他身旁，加上他那一件外氅，正象父亲的随从，不过若是从前面看去也许就不象了，因为李大岳不至于带着那副诣媚相；静珠和静婉紧紧地偎依着，好象有极亲密的情感。静婉每一步都是用脚尖走路，她的脚跟总是悬着。静珠就不同了，她走得很好看，象经过训练似的全是舞蹈的步法，她每走一步的时候，头顶上那朵红花就可爱地颤着。

"静玲，静玲，你干什么一个人走在后边？"

静珠低低地说，她还把一只手在背后招着。

"我高兴这样。"

"你走到前面来我们三个人一路好不好？"

"我不配，你们都那么美，我只是一个丑小鸭，我不敢高攀。"

"讨厌，你不来就算了，为什么要挖苦人！"

"我才不会挖苦人呢，人们惯于自己挖苦自己！"

"你不是要到街上来逛么，你倒骂起人来了。"

"我也不会骂人，夫人必自骂，——"

"算了，我不跟你说，任凭你在那里嚼舌头！"

为了不使父亲听见，她们的这些争论都是叽叽咕咕地说，可是转到一条更热闹些的街。她们就都忘记了。

这条街也不大看见有什么人，只是从那紧闭着的门里，响着喧闹的锣鼓，有的爽性抬到街边来，那几个耍大钹的赤着膊，把两只手臂大开大合地挥着。有时把一支钹丢到高空里，那钹还在转着，红布的带子映着阳光，然后"嚓"的一声又妥当地落在他的手中，惹得围观的孩子们大声地叫好，那个打鼓的人，把眼睛瞪得溜圆，死盯着那面鼓皮，两只鼓槌一起一落地翻动，那声音已经很响亮，他好象还觉得不够似的，紧接着用力象急雨似的不断擂着，打锣的人一直是站起，拿着锣的左手愈打愈高，右手也不断地随着向上，他的脸涨得通红，当他抽空把头顶的小帽向后一推，立时就有白腾腾的汗气冒起来。

可是这些并不能引起他们的兴趣，他们只在走过去的时候看一眼就算了。可是那些从城外赶进来的人，那些歇年工的学徒们，有一张苍白的脸和一双大而无神的眼睛（有的眼睛还烂红了），却有味地嘻着嘴巴站在那里呆望。他们怕迷了路，总是五六个手拉着手，和那些城外人一样，每人有一身蓝布，那股新布的气味一点也没有失去，有的肩上和背上还留着白色的布厂的印记。有一个恰巧把"保不落色"这四个字挂到胸前，静珠忍不住笑起来，她想到那很有点象经过检验的屠宰了的牲畜，就在身上打了紫色的印记"验讫"。静玲也看到了，经静珠说明才想笑，可是她立刻忍住了，她心里想：

"这有什么可笑的？还不是我们愚蠢的弟兄？他们的无知也就是我们的责任，我们不笑他，应该想法子教育他，——"

她故意在后边停下来，转回去走几步就看到那个孩子正在又怕又喜地看着一个人放"两响"，他缩着脖子，两只手捂着耳朵，嘴半开着，眼睛有一点眯缝，呆气地站在那里。她拍拍他的肩头，他才一回头手松了一些，那个"两响"就在地上"嘭"的一声上了天，他的眼死地一闭，又在天上"拍"地响了一声。

"小兄弟，小兄弟，我问你——"

"你干什么拍俺，闹得俺手一松，把耳朵给震了！"

他好象很不情愿似的翻着眼睛向她嚷。

"我跟你说，——"

"说什么！大年初一不吉利碰见个妞儿，害得俺耳朵震得慌！"

"谁告诉你的碰见妞儿不吉利！"

"俺师父说的，俺不跟你说了，俺找俺师兄去啦。"

他说过后，头也不回，朝着那边敲锣鼓地跑去了。她有点气，恨不得赶上去捶他一拳，可是她记起来她自己的话，他不过是一个愚蠢的兄弟，连笑都不应该，捶一拳那更不妥当了。

可是她的心里到底有一点不舒服，她想不出这是谁的错误，她想了一会儿，就也跑着赶上去，这时候他们正站在街角那里等她。

"你跑到哪儿去了？"

父亲稍稍有点不耐烦地说，用他手杖点着地，不过她想也许他走得吃力了站住歇歇正好。

"我没有到哪里去，就是在那边站住看着。"

"我们还到什么地方？——还是从这里回去？"

"回去？才出来就回去？让我们想想。"

她们几个就站在街角那里。来往不断地流着红蓝的男女，缺了牙齿的老太太还一手扶着拐杖一手扶了孙儿的肩头，肩上斜挂了一只进香的黄布袋，慢慢地走着，静玲就想起来。

"爸爸，我们也去逛真武庙吧，您看这许多人不是都到那边去进香么？"

"我们又不去进香，去挤一阵有什么好？"

"吓，那个庙大着呢，有古董，有字画，有卖书的，有吃的有玩的！"

"好了，好了，不用说啦，我们去吧。"

他们又起始走着，父亲喟叹似的说：

"我一直有二十年没有赶庙会了。"

"我年年都来，今年又来了。"

"我怎么不知道你来呢？"

"您不让我来，就不给您知道！"

"那么凡是我不要你们做的事，你们背地里都做么？"

父亲有点郑重地回过头来问着静玲。她摇着头，很快地回答：

"那倒不，——不过这不关紧要的事，我想没有什么关系，至于别人呢，那我就不大知道了。"

她说着，故意盯了静珠一眼，可是父亲没有注意到，他还是自信似的说着：

"别人谁会象你这么不听话！——"他虽然带了一点申斥的意味，可是他仍然充满了高兴，"——每次是你一个人来么？"

"不，总是跟老王来，他什么都知道，他简直是庙会大全！"

"哼，我倒不知道，我倒不知道，——"

"您不知道的事情多着呢！"静玲在心里说，可是她并不说出来，她想她实在应该谨慎一点，不能把父亲的好兴致惹下去。

这时候，他们已经去到真武庙的那条街上，街的两旁摆满了香烛摊，行人就把街心都挤满了，没有路，也没有车，蠕动着的人群紧挨着晃动着的人头，象熟了的西瓜，在田地上滚着。

父亲又站住了，长长地叹了一口气。

"算了吧，这怎么能走得进去？"

静珠也美丽地皱着眉，附和着父亲的意思：

"这股气味，就够人受的，还说挤呢。"

她一面说，一面用眼睛瞟着静婉，想要她也表示点意见。可是她什么也不说，她对于一切都淡然，她既没有别人存在，也没有自己存在，整个的人生对于她是空虚的，她只是用那无助的眼睛望着，可是她从来也不说好或是不好。

"与其在这里站着，还不如走进去呢，有什么可怕，年年还不是如此。让么舅在前边开路，我在后边，那就什么问题也没有了。"

黄静玲一口气说出来。她顶不喜欢观望的人，她只欢喜投身进去。

"好，就这样，'既来之，则安之'，我们挤进去。"

黄俭之不知道怎么也一下想通了，就坚决地说。这时李大岳就走在前头，黄俭之紧跟着他，后面是静婉和静珠，静玲在最后头。

六

好容易挤到庙门前就又遇到点麻烦，原来在门上高高地悬起一块木牌，上面写了四句："男左女右，不可混乱，如有故违，带区究办。"

黄俭之已经挤得一身汗，他的心里好不耐烦，就气冲冲地问那个牌下贴墙站立的警察。

"这个门到底算左，还是算右？"

"这是右，女客们进出的，男客们请走那边。"

"那么到里边呢，还分不分男女？"

"里边就不分了。"

"真讨厌，中国人惯于维持这不彻底的礼教！"

因为气急了，黄俭之就顺势说出来。可是那个警察用一副可怜的口吻说着：

"我们这也是没有法子，还不是奉上头的命令，——"

李大岳和黄俭之只好走那边的一个门，和她们说好进了庙门就碰头。静玲笑得有点合不上嘴，她没有想到从父亲的嘴里会说出这么一句话。正在这时候，一个不识字的人正要跨进门去，那个警察就举起手里的木棒，在他的头上清脆地敲一下，跟着对他吼：

"听见没有，说你呢，男人们走那边那个门！"

那个被打的人木头木脑地用手摸抚着，抬起头来看见那根还在空中晃着的木棒，就急急地向着那个左门挤去了。

她们顺势挤进去的时候，父亲和李大岳已经站在那里等候了，他们靠墙站立，挤出挤进的人不会再碰到他们，父亲简直是露出来厌烦的样子，他的眉头皱着，左眼不时地眨动。他不停地喘着气，他的脸不知道是由于冻或是由于热也许是由于激怒变成绯红。他们站在那里，一时没有说什么话，只看定庭院中心那座一丈高的大铁香炉，束发的道士们还不时地把残香剩烛丢到那里面，从上面的空隙中，火焰和黑烟争着冒出来，炉脚坐满了乞丐，他们既能取暖，又能伸出手来向善男信女们讨钱。钟声和佛号、争论和叫嚣搅成了一片。

"这有什么意思，都是些卖东西的，此外不过就是人看人而已。"

黄俭之不高兴地抱怨着，静玲接过去说：

"好玩的在后院，这是前殿，当中是正殿，正殿的后边就是大广场，那里边什么都有。"

"没有趣味，没有趣味——"

黄俭之一面摇着头，一面也移动脚步朝前走，李大岳看看静玲也没有说什么，都跟着他走。

这院子里只是堆满了货摊，那多半是让孩子们不肯移步的，自然，在黄俭之的心里不起什么作用了。在一个耍货摊的上面，有成套的泥人，中间居然有一列请愿的学生。她也不声张，偷偷地买下来用手巾包起来提着，她还看见一个塑得极精致的美人，她正想问价钱买下来，忽然自己纠正了这不大合宜的想头，就赶着追上他们。

有好几个吃食摊引得她要坐下去，可是她知道父亲无论如何也不会答应她的，说不定还要骂她一顿。她自己想着过两天和李大岳再来，就可以爽爽快快地吃了。

走到中院，是一些古玩摊和书画棚，这可引起了父亲的嗜好，他在每一个摊前总要仔细看一番，钻进了书画棚，简直他不肯再钻出来了。这使他们皱起了眉，还是由静玲说：

"爸爸，您就在这里，多看一下吧，我们到后院去，过些时候来找您。"

"好，你们去吧，李大岳，你也去么？"

李大岳勉强地笑着回答：

"我想我也跟她们去吧，人杂乱，她们又都是女孩儿家，有我随着好些。"

"唔唔，这是正理——"他说着，始终也没有把他的眼睛从一幅画上移开，"可说你们哪一阵才来找我？"

"不会很长久的，我们去去就来。"

他们说完，就赶着从那阴暗的席棚跑出来，阳光还是很好地晒在地上。

"我们到后院去玩玩吧。"

"静玲，我们先到正殿上去看看好不好？"

出乎他们的意料之外，这是静婉说的，她难得说话，更难得说出自己的意见；这次出来，她还没有张过一次嘴。

并没有人回答她，可是大家一致地朝正殿走去。远远看到里面挤满了人，在缭绕的香烟之中人们进去了，又走出来。

走到近前，一个警察拦住李大岳说是没有带香烛的男客不能走进去，本来他也不打算进去，他就站在一旁；可是警察又说，这里不能停留闲杂人，因为维持风化的缘故。

"那么你要我到哪里去呢？"

李大岳也有点气了，那个警察就客气地和他说：

"您靠那边一点站就是了。"

可是她们三个早就跨到殿里去了，一群老少男女匍匐下去又爬起来，嘴里咕噜着，不断匆忙地东拜西跪。

静婉原来是想看看庄严的佛像，这几乎成为一种她的爱好；可是在那里，她什么也没有看到。高大的神像，一大半被黄锻的帷幔遮着，模糊的烟雾，填满了空中。她静静地凝视着，终于只得失望地低下头，她正看见一个穿西装的青年人跪在那里求签。静玲才在那边撞过那口大钟回来，就一派正经似的和静婉说：

"三姊姊你烧点香吧。"

她没有回答，只摇摇头，她想：我还祈求什么呢？在尘世中已经没有使我希求的了。可是静玲却观察得到，她正是受了打击，觉得灵魂无处寄托，就很容易投身到宗教之中的那样人，在她的心中，很快地就给了她一个否定。

"我们走吧，这香烟呛得人难过！"

静珠一面不断地用手帕挥着，一面还不耐烦地说；静玲也觉得再留恋没有意思，三个就又走出来，李大岳已经有点厌烦地在墙边来回踱着了。

"走，走，走，我们赶着到后院去。"

他们紧接着走到后边，那可真是快乐的天地，这里那里堆满了人！大姑娘规规矩矩地坐在条凳上听书，小孩子和浪荡子在给练把式，卖膏药，摔跤，耍幡竿的喝采；耍贫嘴和说双簧的引了另一派观众，小学徒和乡下人有兴趣地伸着脖子把眼睛望着拉洋片的玻璃门，那个拉洋片的一手扯动锣鼓，一边扯高了嗓子唱：

> 看了一片呵，又一片，
> 十冬腊月数九天；
> 日本鬼子呵，真可恨，
> 运来白面换洋钱，
> 洋钱花了不打紧，
> 染上了瘾头真难办；
> 流鼻涕，淌眼泪；
> 钢刀摆在脖子上，
> 不过瘾来也枉然！
> 有朝一日抓到官里去呀。——

这时候，那副锣鼓着实地敲了一阵，那个人还拖长了喉咙唱着"哎哟哟哎哟哟"然后拍的一声把箱上的木板一盖，接着就是一句：

"可怜小命归了天！"

好象里边有了什么变化，有的看客就把脖子缩了一下又凑上去；那个人又接着唱：

> 大家来瞧呵，大家来看。
> 躺在地上多可怜；
> 没有人提，没有人管；
> 猪不吃来狗不餐，
> 化一摊脓血肥不了田。
> 奉劝诸位及早醒，
> 少上当来少花钱，
> 保全身体真真好，
> 攻打鬼子上前线，
> 赶走了鬼子，够有多么好噢，
> 大家快乐过新年！

接着又是一阵锣鼓，那个拉洋片的人亮亮嗓子又在说：

"诸位看官，演过了这一段，下边俺再奉送一段，这就好比那双生贵子一般；后来的您请坐，也是看一段送一段，包不上当，下边演的是'一二八上海大战'，这一二八，是阳历一月二十八，就和咱们这个时候差不多，中国的军队在上海跟日本人打仗，把东洋鬼子打得落花流水，要看的坐下看，要听的站着听，咱们说唱就唱：

> 往里瞧来，往里看，
> 十里洋场上海滩，
> …………"

黄静玲很兴奋地和他们说：

"想不到，拉洋片的也懂得宣传，我相信这效果一定很大！"

"哼，那有什么意思，"静珠撇了撇嘴，"谁还不明白这一套！"

"你明白，你不总还算一个大学生么？当然罗，你要是连这些事也不知道，那么连一个人也不算了。"

静珠正要和她发作，李大岳就说：

"你们听，那边也在叫口号！"

他们顺着声音走过去，原来那边是耍狮子的，一共有三只，每一只是两个人！它们在翻滚，在跳来跳去，震天的锣鼓不断地敲着，等着乐器停了，那几个敲乐器的人就大声叫着：

"打——倒——日——本，赶——走——鬼——子！"

每念一个字的时候，从狮子的嘴里吐出一张写着那个字的纸来。

"这也倒很别致！"静玲想着。

那些老百姓高兴地笑着，识两个字的人也随着那些字高叫。

正在这时候，静玲忽然觉得有人扯她的衣袖，她回过头去，才看见赵刚。

"呵，原来是你，你怎么穿这么一件老棉袍，还戴一副眼镜，我差点认不得你了！"

"我故意这样打扮。"

"还怕有人跟你么？"

"不是，不是，我是派定来说书，就在那边那个场子，你看向大钟就是那只抓痒的狮子头。"

"噢，原来是你们！不用说，那个拉洋片的也是了？"

"可不是，我们真都下了点功夫，回头那边还有新秧歌，你们可以去看看。"

"我想这种宣传的方法一定很好，老百姓喜欢这套。"

"是呀，所以才这样打扮，免得要他们一看见学生就不喜欢，你看他们笑得多么自然！"

"想不到你还会说书！你说哪一段？"

"我们分着说，从倭寇说起，一直说到大游行，我们把好多老百姓都说哭了。"

"真可惜，我不能加入，帮你们的忙，我觉得你们想得真不错！"

"唉，还不是为了培养将来和日本打仗时候有形和无形的力量。——你

332

们到那边去看吧，秧歌快来了，那还有点意思。”

在那边，有高低的锁呐还有清亮的小锣，人已经围满了，到底他们还挤进去。几个化装的人正在场子里扭着应和音乐的节奏一抖一抖的。

那有一个穿和服留着日本小胡子的家伙，牵着一个戴官帽穿纱袍的满清官的鼻子，在这个官的身后跟定了两个人：一个是千娇百媚的姨太太，一个是红鼻子花眼睛弯腰驼背的读书人，那个官向着那个日本人就象一条可怜的狗；可是转过头来他就举起鞭子来打另外三个人，一个是扛了锄头的庄稼汉，一个是短打扮的手艺人，还有一个是穿勇字背心的兵，那个姨太太一会儿依着那个官，一会儿又靠了那个日本人，那个日本人时常咧开嘴露出那对假装的大牙，他好象一口要把这几个人都吞下肚去似的。

这样转了两个圈，乐声激昂了，那个兵忽然拔出腰刀斩断了那根牵着鼻子的绳子；那个庄稼汉也高举起肩上的锄头，那个手艺人把衣带上别着的斧子举起，连那个驼背的读书人也挺直了身子用长烟杆当武器；那个不再被人牵着鼻子的官和那个姨太太抱着坐在地上索索地发抖。连里带外的人大家一齐喊着“打倒日本帝国主义！打倒日本帝国主义！”那个日本人就跑，那几个联合起来追赶。有的堵，有的截，到了把那个日本人打倒地上。这时候乐声停了，那个日本人取下胡子和假牙，朝那些看的人说：

“诸位，我不是日本人，你们记住了，我们要打的是真日本人，打真日本人的时候，我也要加入一份。”

于是场里场外的人又叫了一阵“打倒日本帝国主义！”

观众有些走了，有些又聚拢来，他们几个乘机又挤出去，静玲更兴奋地晃着她那涨红了的脸，静婉始终是淡然的，静珠只是用鼻子哼着，李大岳说：

“我们走吧，怕你父亲等急了。”

“好，时候也不早了，”静珠看看腕表说，“都四点半了。”

他们走到中院，看见父亲一个人还很专心地在画棚里看，她们叫着他，他才抬起头来，有一点仓促似的说：

“你们都玩完了？这么快我真想不到，好吧，好吧，我们回去吧！”

七

静玲这两天正是焦急地过着日子，她一心一意想方法也加入到他们中间去做宣传工作；可是她找不着一个借口的理由离开家，家里这些天也很忙碌，来往不断的客人，多半是拜年来的，但是这些事她一点也不感觉兴趣了，她只是成天心神不定地在楼上楼下走着。

一天的下午，她正烦得不知道干点什么好，阿梅忽然向她说下面有一位客人来看她。

"哦，来看我的！"

她很惊讶地应着，心里想着该是谁来看她呢？走到客厅里才看见正襟危坐的原来是赵刚，她正要嚷一声，又看见父亲原来陪着他，看见她进来之后他才站起来说：

"静玲，你陪着你的客人谈吧，我要到后边去歇息一下。"

赵刚也很熟娴，很有礼貌地站起来向他行礼，一面嘴里不停地象念着咒语：

"您请便吧，您请便吧。——"

这使她很清晰地想起来，只是几个月前他鲁莽地跑来的情景，她忍不住笑了。

"我真不明白，你从哪里学来的这一套！"

"尽管学得好，也是没有用。"

"怎么会没有用？"

"真武庙的宣传已经被禁了，你知道么？"

"什么？我还正打算参加进去，怎么就会被禁了呢？"

"说我们鼓动市民，危害社会。"

"这罪名还真不小！"

"是呀，如今一动就是犯罪！"

334

赵刚也失去了那份涵养的功夫，气愤地说了一句，就鼓着眼睛坐在那里半天不响。

"那么，就这样算完了么？"

"当然不，当然不，——"赵刚自信地摇着他的脑袋，"我们总有方法做别的事，到罗马去的路不止一条，不过得费点思索。"

"怎么，你要到罗马去做墨索里尼的信徒么？"静玲显出很惊讶的样子。

"哪里，我不过是打一个比喻。"

赵刚也忍不住笑了。这一笑倒使静玲觉得有点不好意思，脸微微红起来。

从前她总自以为没有人比得上她，可是这几个月来她分明看到赵刚在任何方面都比她强，她还猜想得到，在这世界上比赵刚更好的还不知道有多少呢，心里尽管这样想，嘴里却一个字也不说，有时还故意装出来不服气的样子。

"你知道么？最近×××要给他死了十八年的母亲做阴寿，听说要有一场顶热闹的堂会戏。"

"这个时候还要花这许多钱，——"

"钱当然不会花他的，戏有人送，菜也有人送，总还有许多值钱的礼物送来；其实可恨的还不在此，他原来是想一手遮尽天下人耳目，——"

"这种人真不要脸！"

"什么是脸，不过象高尔基所说的，变成了可以穿裤子的脸了！"

"脸怎么能穿裤子？"

"你想想看变成什么东西才可以穿裤子？"

静玲果然就想想，随后就带点不好意思地和他说：

"你真坏，哪里学到这许多古怪的话！"

"我想不到你还有点道学气？"

"瞎说，这就算是道学气，——"

"好了，不要争这些小事吧，要争的大事还多着呢，我们现在正想怎么来表示一下民气。"

"我想，最好我们设法打消这件事。"

"那很不容易，他们从来不肯轻易听从别人的话，而且他们做官的人觉得自己神气得很。"

"那可怎么办？"

"总得有一个办法，过两天你留意报纸好了，——报纸不一定靠得住，我再来告诉你。"

"我不能够做点事吗？"

"那不必了，这种事我们弄得好，将来我们该做的事情还多着呢，我还忘记了，你那个当兵的舅舅在家么？"

"我不知道，我替你去看看。"

"不用，不用，回头你代我说一声就是了，我还有事，我得立刻就走。"

赵刚一面说着一面站起来，原来他还有一顶三块瓦的皮帽挂在墙上，自己摘下来，戴在头上，再用那条又宽又长的围巾把脖子一绕，静玲就忍不住笑着说：

"这一下你倒真象一个戴面幕的土耳其女人。"

"新土耳其的女人也不戴面幕了，——"

赵刚也哈哈地应着。

"可是，学校的事怎么办？"

"你交给我好了，只要一复课，就请你到××学院上课——不曾想，你对于学业倒这么注意起来了！"

"你何必故意这样说，你简直不了解我，这样家里管着我不许出去，上了学，那我就自由了。"

"那就好了，我走了，下次再见吧。"

她送过赵刚之后，就跑到李大岳那里去，她敲着门，没有应声，她又叫了两声，把门推开，原来他躺在床上睡着了。

"幺舅，你倒好，大白天睡起觉来了，起来。"

她一面说一面推着他的身躯，李大岳一骨碌坐起来。

"你又淘气，我才睡着，——"

"谁要你白天睡觉，我告诉你，方才赵刚来了，他告诉我就是我们看到的宣传，已经被禁了。"

"我早知道，——"

李大岳很漠然地说着，静玲却不服气地睁大了眼睛问：

"你怎么知道？"

"昨天我还到真武庙里去来着，难道我还不能用眼睛看么？"

"好，好，去逛庙会不带我去，连通知我一声也不来，幺舅，有你的！"

静玲做成不高兴的样子，把嘴唇噘起来，两只眼睛瞪得溜圆，摇头晃脑地摆着。

"我也不是成心去的，还不是闷得慌，顺步到街上去走走，不知不觉就走到庙里去了。"

"好了，这次不算，下次要再不告诉我，我就不饶。"

"不瞒你说，我已经去了两三趟，从昨天起，那些宣传把戏就不见了，我也很纳闷，到底不知道是什么缘故？"

"那我可知道，我可不告诉你！"

"我猜也猜得到，是不是又说妨碍邦交？"

正在得意的静玲被这一句话怔住了，她低沉地说：

"可不是。"

"一面侵略，一面还说亲善；一面交战，一面还讲和平，这简直是自己打自己的嘴巴！"

那个军人出身的李大岳一时遏制不住他的情感，用拳头猛力把床边一击之后站起来，象一只愤怒的兽一般，在那不大的房里，迅速地踱着。

八

可是不管人们的愤慨，也不顾民众的气愤，更忘记了国家的危难，在死亡的边沿上，每张报纸用显著的地位登载着同僚们共同启事，那是一篇富丽的四六文，一直从×××的母亲生下说起，直到她死后十八年的今天，好象如果不来大大庆祝一番，天地都要为之颠覆，山河都要为之变色的，紧接着就是×××自己的启事，说明友人的盛意难却，只得在当日略备水酒，敬请友朋光临。

事实上，整个的城都为这件事喧动了，上下都忙碌着，欢喜热闹的人早就计算着怎么样办一份礼去听三天三夜的好戏。

"怕不行吧，十几年都没有这么热闹的堂会了，不相干的人怕放不进去。"

"想不到这小子会发迹了，怎么叫他给撞上了。"

"咳，可不是，近来的一些官还不是从前革命革掉了的，想不到过十多年又是他们的世界。"

"哪里是他们的世界，分明是鬼子的世界！"

"怎么样，你猜，小余这会儿露不露？"

对于戏有兴趣的就把问题偏到戏的上面。

"他有骨气，也许又托病吧。"

"那可就没有意思了，都是花钱看得到的，那算不了什么？"

"难道你还成心去看么？"

"可不是，要是小余唱我总得去。"

"算了吧，这种是非场还是少沾为妙，谁知道哪天要惹什么乱子呢！"

老年人，热心礼教的，一边捋着白胡子，一边得意地点着头：

"总算难得，这年头，还顾得到孝道，这总是天下之一大转机。"

"孝什么，孝顺他妈的——"一个气愤的血气方刚的青年人冲口说出来，"还转呢，再转就都转成亡国奴了！"

"喂，你这小子怎么这样不讲理，哪能出口伤人呢！"

"我也没有伤你呀，你并没有孝顺他们呀，——"

"你甭这样冲，回头我跟你们家大人去讲理，妈的，我简直是看你长大了的……"

那个生气的老年人唠唠叨叨地走开了，这些不相干的争执也就告了一个段落。

在黄家，也在谈论着这件事，静玲再三怂恿父亲带她去，父亲就翻起眼睛来说：

"我，我黄俭之去奉承他？那就不用想，他是什么东西，小人得志，如

338

同登天，当年他给我做随从，我还未见得要他呢！如今他得势了，我还去讨他个喜欢，那就不要想！"

"爸爸，我不是说要您去奉承他，不过想法子带我去开开眼，我还没有见过这种场面。——"

"那不算什么，等我的运气转来，咱们也大热闹一回——"

这一句话倒把黄静玲惊住了，她没有想到父亲也有这么一份心愿。可这父亲接着又说下去：

"——可是象这种岁月，我们不能够，国危民疲，哪有这份心肠享乐？你还不知道呢，这位×××才上任的时候，照样还给我聘书，可是我原封退还，我不稀罕那几百块钱，我还要留着我这张嘴，好来批评他们呢！"

但是这种是非，只存在在他这不得意的人的嘴里。在报纸上，随时披露院长部长各省主席的贺电贺文，出名的画家献上一颗硕大的寿桃，许多珍贵的礼品从四面送来，他的下属，每个人献薪四分之一，表示他们的敬意。

"火山就要爆发了，火山就要爆发了！"

静玲这两天不知怎么样只在反复地想着这两句话，她还想着："如果火山也象爆竹那样有一根引线，那么点燃那根引线的人不是别个，正是他们自己！"

那日子终于来了，静珠不知道受谁的邀请，从清早便打扮起来，快近午时，她已经盛装地等待着了。

平时，黄俭之不大管她的行动，可是这一天，他特别留意，看见她的样子就说：

"你要到什么地方去？"

"我的一个朋友请我出去。"

"有什么事？"

"我不知道。"

她漠然地回答着，随时不忘记用手理着鬓发。

"你的朋友是干什么的？"

"他是外交专员，——"

"噢，我知道了，他请你出去看大堂会戏。"

她没有回答，只微微地点点头。

"不成，不成，今天一概不许去。"

黄俭之坚决地说着，没有一点通融的余地。

"那怎么成，我和人约定了的。"

"活该，今天任谁也不准出去。"

"好，不出去，那我就死在家里吧。"

她说着，立刻把身子向床上一倒，呜呜地哭起来。黄俭之什么也不说，走出门，砰的一声把门关了，立刻吩咐老王无论什么客人来找小姐们，都说没有在家。

静玲很高兴，她知道静珠和她的动机完全不同，如果她要是去得成会引起她更大的愤怒，如今都被父亲挡在家里，倒也是一桩极公平的事。

可是一切的情形都可以从第二天的报纸上看到，在正式的记载之外，还有侧重趣味的花絮录，文字当中，还有照相铜版，一群和尚一堆道士又是一张，主席颁赐的匾额和日本天皇御赐的礼品又是一张，纸糊的汽车，楼房，冥器，又是一张……在那纪念的文字中，知道这个城里高等的中国人和日本人全到场了，汽车的行列排满了×××胡同，大队的保安队和警察严密防守，临时断绝交通，正好象从前皇帝出巡时一样。

说到那宴会呢，是从早到晚不断的，戏是从下午一点钟唱的，一直唱到第二天太阳出来的时候。

第二天呢，还是照样无耻地过去了。

第三天来了，晚上的时候，那些中日贵宾正在欣赏一个花旦的"挑帘裁衣"，突然不知从那里飞来几块石头，连同打碎的玻璃，一齐落到那些贵宾的头上，把那些光亮的头皮打出了血。

立刻骚动起来了，保安队，警察和日本宪兵一齐出动，向四方搜捕，立刻就捉到二十几个嫌疑犯。

为了表示镇静起见，戏还是演下去，在场的人多把帽子顶在头上，头也尽量缩向颈项里，那些胆小的，早就乘机溜走了。可是在走出大门之先，要经过日本宪兵的一番搜查。

总算完了，×××跑到台上谄媚地道歉，可是什么都没有用，那个迟走的日本宪兵队长，提出为保护日本人的生命财产，日本宪兵随时有自由行动的权利。

九

"你们看怎么样，果然出事了吧。完全不出我之所料，倘若你要是去了的话，不是白受一场惊，说不定遭点殃。"

出事后的第二天清早，黄俭之看过了报纸，就向静珠说，那时候恰巧大家都坐在母亲的房里，大约看见她的精神好，一个一个来问安的就聚拢来，只有菁姑还躲在她的顶楼上。

被说着的静珠，显出丝毫不在意的样子，仿佛一直还觉得受了阻拦就是有害她个人的自由。而她最崇高的理想，原来是要自由自在地活着。

坐在墙角的静纯，不说一句话，只是抽着他的烟斗，自从罢课以来，他就不必到学校去，每天除开了看书抽烟之外，就是抚弄他的孩子了，他的性情有些改变，可是他还觉得对世界上的事情没有什么兴趣，不过在对人的态度这一面，他变得谦逊得多了。母亲正抱着青儿，逗引着这个孩子说呀哭呀的静宜站在床旁，静玲懒懒地躺在母亲的身边仰望着那个时时朝她哭的孩子。父亲呼呼地抽过一袋水烟，把烟灰吹出，就又说下去：

"——那些都不是好东西，有谁是真为了国家？简直是些天狗星，下世来为害的，一朝得志，就显了原形，不知道要怎么摆弄好。一面吹牛拍马，一面无所不为，到了还是那句话，'国之将亡，必有妖孽！'"

"爸爸，妖孽是有的，中国可是不会亡！"

静玲猛地一骨碌从床上坐起来，一手理着她的短发，另外一只手就象要演讲似的伸出去。

"我也不是说中国会亡，不过就着这句俗语来说，意思是说这个慌乱的年月，——你看，什么都不是那么一回事，就说你们学生吧，自从去年到如今也没有上课，这也不象话。"

"只要学生安分守己上课也不成呵？过两天日本人可以不声不响占了××。"

"可是象这样不上课怎么是了呢？你们不上课，他们照样办，一点也不受影响，那有什么用？我觉得该干什么干什么，所谓'各司其职'大家分头努力求强，将来才能有一个效果，这算什么？放了假更好，有的去玩，有的去闹；上课呢就游行打架，那还算求的哪一份的学！"

黄俭之说得又有些激愤起来了，他的头发着亮光，眼睛在不停地眨动，母亲不愿意听这些话，她觉得没有一点趣味，李大岳在一旁为静玲担着心，生怕她又惹怒了她的父亲；可是静婉一直面窗站着，连头也不回过一次来，原来她只专心地凝视玻璃上冻结的冰霜的花纹。静纯和静珠又都漠然地坐在那里，各有一份深沉的思想。

静宜生怕又引起了不快，就想借端把话引开，可是还没有等她说出来，静玲就又说：

"其实，国家要是派来好的负责人，老百姓真也都明白，学生们自然用不着荒废学业了，坏的是大部分人还糊里糊涂，一些坏蛋，任意胡来，学生们才不得不舍死忘生，说起来还不都是为的这个国家。"

静玲好象颇有条理地说着，可是这时静宜因为想不出什么话来，就把收音机转开了，立刻有配合着丝弦的大鼓播散出来，她还故意问着：

"妈，我记得您顶欢喜这一段。"

母亲没有说什么，只会意地点了点头。

他们不再说话了，因为从空中传来的声音，填满了房子，静纯和静珠都不耐烦地一先一后出去了，父亲在不断地捧着水烟袋抽，过了一会儿，也觉得无趣出去了，李大岳随着他出去。静婉还是静静地站在窗前，她自有她的世界，在她的世界中没有一切的存在，没有形象，没有声音，……她从那水花上看出远山和茂林，渐渐地在林中看到了一个人形，于是这个人形仿佛是她认识的，而且她的耳中就象听到了他那幽美的吟哦。一直到母亲停了收音机，大声地叫着她的时候，她才象从梦中才醒转，扭过身体勉强地挂着微笑望着母亲。

"婉姑儿，你过来，我看看你。"

　　她这才木木地移动着身子，走到母亲的身边。母亲拉着她的一只手，仔细地看着她，心里想着："她不是都很好么，眉是眉眼是眼的，怎么，就那么不畅快呢，年轻轻的，为什么总是愁眉不展的。"

　　"你好好地跟妈妈说，屋子里又没有外人，你有什么心思？如果不便和你爸爸开口呢，告诉我我替你说，我就是不愿意看你这不快活的样子。"

　　静婉看看母亲的脸，又看看抱在静宜手里的孩子，随后又把眼光落在床上的静玲的脸上，终于望着墙角，她微微地摇着头。

　　"你们上学堂的人，不该象我从前一样，有什么话闷在心里，你看你的手够多么瘦，说是不是你喜欢一个人？"

　　她那淡淡的脸还是毫不动情地板着，她没有摇头，也没有点头，也没有说一句话。

　　"唉，从前呢，我的病缠得我连我自己的命都顾不过来，如今好起来了，我就是惦记你们，哪一个不是我心上的肉呵！尽管说只要是你真心想说出来的什么对呵错呵的妈妈包涵你们，只要你们能快快活活地过日子。"

　　可是站在那里的静婉还是一句话也没有，她想："有什么可说的呢，已经不是人力可为的了，早就成为一个梦，一股轻烟，醒了，飞了，远了，说，说还有什么用呢？"她的眼睛里却转着泪，她强自忍下去那两串没有淌出来的泪，正好酸酸地滴落在她的心上，她忍不住低下头去。

　　母亲抚爱地轻轻弄着她的手，转过去和静宜说：

　　"下次马大夫来的时候记住，要他替你们两个好好检查一下，顶好打点补药针，先把身体弄好，千万可不要象我这个样子，老了的时候离不开床，没有一点人生的乐趣。——静玲倒结实，可惜掉了这两个门牙，你看象什么样子！也不去镶好，——"

　　"爸爸不让我出去！"

　　静玲理直气壮地说。

　　"不让你出去，还不是怕你到外边去闹事？好好的学生们，放着书不念，要去在街上打架，那算的上什么学堂！"

　　"所以我才不要上那个学校了。"

"好，阿弥陀佛，那才好，在家里好好躲一下吧，风声平静些再去读书也不晚，我又说了，女孩子念书还不是给别人念！——"

"妈，您知道，是那个学校不要我了。"

"不管是怎么回事，只要不上学就好，要不然上你三姐四姐那个学校，她们的学校就管得好，平平静静的不出事。"

静玲简直笑得都要合不拢嘴，霍地跳起来，她再也想不到母亲自己就给她开了一条路。她赶紧接下去说：

"妈，我也打算上她们的学校，好好安心读书，不上学太闷了。我跟三姐四姐在一块儿够多么好，妈，您跟爸爸说说吧，我怕跟爸爸提，一说就不成，也不管别人是什么理由。"

"倒是，她们的学校就比你们学校强，人家一点事情也没有，你们的学校闹得翻天覆地。我一定替你说，你放心好了。"

静玲故意向着母亲撒娇地说，静宜看了她一眼没有说什么。

母亲也觉得满有理由似的说，把脸转向静婉，问着："她可以到你们学校么？"

静婉摇着头，静玲才有点急，就听到她慢吞吞地说："我不知道！"

"妈，我知道，我可以进去，有法子想，我们有好几个嫌那个学校太'危险'的都到她们那儿去，为的是能好好念点书，我还打算住到学校里方便点，还有三姐四姐的照料——"

"那我可做不了主，你自己问你爸爸去，你们都走了，家里又是冷清清的一个人，我还盼她们住回来呢，为的是家里热闹一点。"

"好，都住回来也好，我生怕功课有不懂的没有人问，都住在家里，上学去也有个伴。"

静玲急急地说，好象说慢了就没有人听她似的，静婉还是不说什么，只是用那深怨的眼睛望望她。

"就这么办吧，我给你们说，你们都到一个学校去，都住到家里。"

静玲高兴地答应着，当她走出来的时候，静宜也抱着那个睡了的孩子出来，低低地和她说：

"你真好，花言巧语地把妈哄个着实，还想得寸进尺呢。达不到目的，反拖下来两个！"

静玲笑着向她做一个鬼脸转身就迅速地跑到楼下去了。

十

二月将尽的时候，学校预备开学了。都好象换了一口气似的觉得很高兴，静玲也和静婉静珠在一个早晨一齐走出去，正在门口那里，遇见了父亲，他就和她们说：

"你母亲把话也说给我了，这样也好，三个人在一个学校也有个照应，来来往往的也能凑个伴，可是你的中学不是还没有念完么？怎么能进大学呢？"

静玲脸一红，觉得有点窘，回答着：

"总得先做半年旁听生，以后就可以跟得上班了。"

"也好，有才气的人不妨跳级，老实人可还是按部就班好，以后你们上学怎么走呢？"

"乘电车，走路，——其实一共也没有几里路算不得什么。"

"好，好，你们去吧，不要耽误了时候。"

他说着摆摆手看着老王为她们开了门，他还站到大门外，看着她们的背影在街角消失之后，跟着她们身边跑了一阵的费利又跑回来，他才回到门里，看着老王把门关好。

在路上走着的静珠却有点摸不着头绪，就向静玲问着：

"你也要到我们的学校去么？"

"难说不可以么？"

静玲故意和她为难似的说。

"谁说你不可以，不过我不知道，问问你就是了。"

"你不知道的事情，还多着呢！"

静玲故意讽刺似的和她说。

"大清早，哪个和你拌嘴，——可是总听爸爸的口气，好象要我们都走读。"

"我不知道，反正都一样。"

静珠望着静婉仿佛要从她那里得一个回答，可是她尽是埋着头走路，好象什么都没有听见似的，静珠一气站住了喊着洋车，同时有三四辆跑过来，她跳上一辆去，静婉也无可无不可地上了一辆，静玲却站在那里，等到车夫听到要去的地方提起车把要走的时候，她才又尖酸地说着：

"你们是小姐，要奴役人的，——我可只得使用我的两条腿。"

等她们走了之后，她也急切地向电车站赶去，因为她也想快一点到赵刚那里探询一下，近来有什么消息。

她迈进了那家公寓，自己一时间还以为走错了，因为突然变成很热闹的样子；可是在门房她照样看到那个伸长颈子的老头，向她打招呼，她就放心地走到里面去，可是那个小跨院的门反锁着，她不得不失望地停了脚步，四面的房里都是人，有的在大声谈笑，有的在拉着胡琴唱戏。她呆呆地站了一会，用厌恶的眼光向四面扫过一阵，正转过身去要走的时候，就看见赵刚向大钟和一个戴眼镜很文弱的穿了制服的人一同走进来，她一看见他们，就高兴地说：

"我正要走了，看你们都不在家，——"

"我想你今天也许会来的，不过想不到你来得这么早，我替你们介绍一下：这是宋明光，××学院的老同学，——这是黄静玲我们的老同学。"

他们相互地微笑点着头，赵刚就说：

"我们还是到屋里去坐吧。"

他说着，就在前面先去打开锁，静玲就和向大钟说：

"你早回来了，我看见过你，你可没有看见我。"

"我知道，赵刚告诉过我，真他妈的——"

向大钟还是粗声粗气地说话，不知不觉就又扔出一句粗话，觉得有静玲在前面，不大好意思，就猛然间顿住了，这时赵刚已经打开房门，一面要他们进去，一面喊着伙计泡茶。

还是那间小屋子，静玲不信似的问着：

"向大钟也住在这里么？"

"可不是，不住在这里还有什么地方去？"

这时伙计把茶泡来了，赵刚抱歉似的说着：

"我们只有两个茶杯，只好你一个人用一个，我们三个人用一个。"

"那何必，大家公用好了。"

"这还不算是公用么？"

说着他们三个一排都坐在床边，把唯一的一张椅子留给她坐。

在生人的面前，她还有那份不安，她坐下去了，也没有说什么，还是赵刚引起头来说：

"你也是想来问问学校的消息吧？"

"是的，我不知道什么时候可以入学？"

"我就是托 Mr 宋办的，正在交涉。"

那个宋明光就接着说：

"不成问题，密斯黄我已经去问过了，照例旁听生入学是比正生晚一点，这两天学校当局又在调整功课，就是连我们正生注册选课怕也要迟几天呢。"

"噢，大学里的事情倒是不少！"

静玲半惊讶半嘲讽似的说。

"这一学期不同，因为要施行非常时期教育，许多功课要停开，有的新课程要增开。譬如许多社会科学，和战时一切的学科，还要有军事训练。"

"这倒好，这倒好，比我们那个中学好得多了！"

黄静玲激奋地说着，她的眼睛里冒着喜悦的光辉。

"还提我们那个学校干什么！"

向大钟厌恶似的说着。

"不过这次也许不同，无论大学中学都要施行，这是他们教育当局议决的，也是我们用行动争来的。"

"可是我们以前那个中学一定不会，你们看着吧，总要出事的，我们那个校长又顽固又守旧，而且还刚愎自用，他动不动就要把学校关门，好象那个学校是他一个人的私产似的，我们三个人不是因为游行就给开除了么，还说什么呢。"

赵刚详尽地叙述着，他把一切事比他们两个看得更清楚，他并没有说完，不过顿了顿，喝了一口茶又接续下去。

"我们虽然离开那个学校，可是我们的责任还没完，我们要从旁指导扶助，争取那一份力量，我们不能让那些纯洁的青年今天做校长的羔羊，明天做日本人的顺民，我们还得要好好提起他们爱国的情绪，——在××学院呢，我们应该好好表现我们的工作能力，和这里的同学合作，接受老大哥们的指导，总之，我们是为我们这个国家，我们这个民族！Mr宋是这边的老同学，他一定会好好指导我们。"

宋明光并没有说什么无用的谦虚话，他只是很平静很诚恳地说：

"希望我们大家好好共同努力！"

他把手轻轻地拍着坐在他身旁的赵刚的肩头。

十一

这两天静玲的思想倒全部被"大学"这个名词占据住了，这新奇陌生的事物好象和她的经验和习惯完全不同，她以前不是没有见过的，可是当她一朝也要投到这一个新的环境中，在她的脑子里就起了更深刻更不同的变化。她都想不出自己到底是喜是厌，她只是为这新的环境弄得有点不安，她看过了就思索，思索之后又看，到底她还是弄不清"大学"是一个什么东西。

那真是一个包罗万象的大观，穿什么样衣服的男女都有，什么样的头发也有，有的女人象男人，有的男人又象女人，头上各自顶着一顶五颜六色的毛线帽。女人也穿男人的西装，不过那颜色不是大红就是大绿，脚下照样是一双高跟鞋。他们谈笑自若，在操场上也好，在教室里也好，就是在大礼堂也是一样。一支烟也多半衔在他们的嘴边，剩下的一半，是随时哼着外国歌曲的。少数人穿着朴质的布服，凡是那些依旧穿了制服的，不必问就可以知道那是才从中学考进来的。

每一个男学生都自以为是天之骄子，女学生以为是皇后，对待校工自然不必说了，就是那些办事员也象他们奴仆。那些受了气的人们也自会把他们的怨气泄在土头土脑的新学生的身上。

人象穿梭似的跑着，可是没有那份秩序，扶着皮包的教授走过去也没有一个人朝他点头！可是那个教授也不以为怪，只是埋着头匆匆地走过去。洁白的墙上横七竖八地贴着各同乡会各学会的征求启事，出奇立异地画着不同的花样，正象商店在招徕主顾似的。

上课钟敲了，到处跑的还是人，那些认真的教授已经指手画脚地在上面讲着了，下面只是三五个老实学生，门外却站了几个，象看戏似的大声讥笑，大声咳嗽。

"难说这就是大学教育么？"她时常自己问着自己，一时间她的心都有些动摇，她原是渴慕自由的，在中学的时候还常常用大学做榜样；可是当她来到了大学，她倒觉得这种自由并不是那么珍贵的。

为这些事，甚至于使她把爱国的事暂时忘掉了，当她实在不能解释的时候，她就偷偷地和静宜去说，静宜就微笑着回答：

"大学就是这样了，不过有的秩序稍为整齐一点而已，我以前读的学校就好些，因为是国立学生取得严，人没有那么多；这个××学院就不同了，不过有点好处就是思想特别自由，每次学生运动他们总是占很重要的地位，这一点我想你比我还明白，不是有这么一句话么——"静宜说着顿了顿，好象想过一下才说，"在小学里学生问先生，中学里先生问学生，到大学就是谁也不问谁了，大学教授们上课照例是讲，讲过了就下课，也不管学生们懂不懂，学生们还以为愈使人不懂的愈是好教授。你慢慢试着看吧，最初一定不喜欢的，过后你也就能适应这个环境。"

静玲表示不同意地摇着头，嘴里还不断地说着：

"我不信，我偏不信，——"

"过些时候你自己就明白了，我也不必和你争论，不过读书求学是另外一回事，这都不相干，在这些杂乱之中，你自会理出一个头绪来。"

"一个头绪，一个头绪。"她自己心里还是在往后想着，开学快一个星期了，她也每天都跑到学校去；可是如今还是没有一个头绪，有时候她催着赵刚，赵刚仿佛带了点讽刺似的和她说：

"你倒对于上课这么热心起来了。"

"你在扯鬼话，人家天天跑来跑去干了点什么，不是弄好了可以安心做事么？"

"谁不是那样想，可是大学到底有些不同的！"

"可是别人有的不已经上课了么？"

"谁叫我们是旁听生呢，那就没有法子想，只好等别人的高兴了。"

可是终于有一天，当她清早跑到赵刚那里去的时候，他就交给她一张缴费单，她很激动地接过来，急促地问：

"这怎么办，这怎么办？"

"只要把钱缴上就可以了。"

"那我今天又没有带来。"

"也没有要你缴到学校，你看不见那上面不是写着此款由××银行代收么？"

"呵，——"

她答应着才把那张三联的缴费单拿到面前看着，在她的名字的下面，盖了一个大红印，有"旁听生"三个字。

"那么要不要现在就回去办？"

"今天也是来不及，还是明天办好，一路到学校来注册。"

这时，她才注意到那个宋明光原来就坐在墙角那里。她的脸微微红着，把头埋下去，仔细地看着那张印得很详细的缴费单。

"黄静婉，黄静珠也是你们一家的吧？"

"是的，她们是我的姊姊。"

她仓促地回答着那个陌生语音的问询，她的脸更红了。这倒并不是羞赧，她实在不大愿意把自己的名字和她们联在一起。

她却一心一意地看着那张缴费单，那个二百元以上的总数几乎吓倒了她，她就从上面一条条地看起。学费是大的，不必说了，宿费根本没有，下面就是饭费，制服费，体育馆建筑费，图书馆建筑费，印刷费，还有图书费，校刊费，讲义费，再下边在预备费之外，还有水费，仆费……

"怎么学校还要造体育馆图书馆么？"

"不是，"宋明光笑着和她说，"那就是已经造成的，不过每学期新学生照例还要缴一次费，旁听还有一层损失，将来改为正生，照样还要缴一回。"

"水费仆费也要收钱？真奇怪，还有制服费，现在要穿制服么？"

"从前是有的，现在大家多半不穿了，这笔钱到学期终了可以退还。"

黄静玲着实地吁了一口大气，抬起脸来向宋明光问着：

"怎么你还不去上课？"

"我还没有缴费，等候校长批准暂缓才可以上班听讲。"

"也真是，这笔数目真不小，——"她说着，转向了赵刚，"向大钟呢？"

"他出去向他的舅舅张罗钱去了。"

"我也不知道怎么和家里人说了，比上中学多了不止四倍！"

"咳你这又不懂了，大学教授还比中学教员的钱值得多呢！不信你去问问看，一个教授的薪水抵得上三个教员，他们每周任课还要少一半，你算算，里外里这个价格差了多少！"

赵刚做了一个有趣的比方。

十二

到第二天她拿着银行盖有"付讫"图章的学费收据跑到赵刚那里，好象许多事还没有头绪，赵刚虽然嘴里不断地说着："没有关系，我有办法，……"他也是和向大钟每人拿了一张收条呆坐着。同院的京戏唱得正起劲，把他的心搅得更烦，正好这时候宋明光又来了，他们就象获救似的向着他。

"我正是想来陪你们办手续的，走，我们这就去吧。"

他们就走出那间小屋了，赵刚锁好门，走在后边，他们就随着他走，从这一座楼又走到那一座楼，从楼下又跳到楼上，终于每个人捧了一堆小卡片和一张上课证，在教务处的门前课程表下呆立着。

"好了，你们在这里选课吧。"

不同名称的课程，正如同不同名目的货品一样写在小木牌上挂在那张大木板上。那前面还是挤满了人，前边的一张大长桌上也伏满了人，有的没有地方写，就把纸铺在墙上写。

"选好了的时候就到主任办公室里去签字，签过字之后就可以上课了。记着，一年级的新学生就只能读十八个学分，多了就不行。"

"什么叫学分？"

向大钟茫然地问着。

"一星期上课一小时的课就是一个学分。"

宋明光有一点觉得他的问询呆得可笑，静玲也要笑了，可是一想到自己原来也不明白，就赶紧收敛了笑容。

"一年级的课程还算好选又不分系，先拣普通必修的课程选好了，譬如英国文，算学，物理或是化学选一种，中国通史，再加上体育军训，大约就差不多了。要紧的还是弄好到哪一组去听课，譬如同是一年国文，就有四五组，由四五个不同的教授来上课，选得好就有趣，不好呢，就活遭殃，平常愈是教得不好的家伙们愈来得凶！你看那边就是教授表，你们自己去仔细看看好了。"

他们果然很服从地靠了墙壁把课目写好，然后就站到那教授表前看看。

"还有要注意的事呢，时间还不能冲突，最好自己先把功课表排起来，有的教授虽好，时间不对也是白费。我看你们三个人还是都选一样的课吧，还能少一点麻烦。"

"不是还有非常时间课程吗？"

"那多半是大课堂，演讲式的，可以去听，有的许多功课你们还不能选。"

好容易把功课都选定了，他们才象三个罪犯似的站到主任的办公桌前面。虽然天气还很凉，可是他们的头上早都渗出汗珠来了。

那个主任象一个猴子似的蜷坐在那张圈子椅里，一直到觉得他们三个遮住了他面前的光线他才仰起那张小脸来。

"把上课证交给我呵！"

他象哭似的说着，他们三个就赶紧把那张大卡片交给他，可是他又翻起眼睛来！

"小卡片呢？为什么不交给我？"

他们才象记起来似的把那些填好的小卡片又交给他，他一项一项地看着，忽然嚷起来！

　　"英文丙组人满了，去换，去换！"

　　他们互相望着，又失去了主意，宋明光低低地和赵刚说："张主任换一组相同的吧。"

　　赵刚照样说了，可是他又翻起滚圆的眼睛。

　　"干么？难说要我给你们改么？自己去改，改到丁组也好。"

　　还没有等他把上课证丢下来，向大钟已经把三张都拿到手里了，只一改好，又放上去，那个主任就把学分加好，写了数目，然后签一个字，不耐烦地说：

　　"去，去，去！"

　　他们三个就象被判决或是被释放的从里面滚出来了，有一点失措地不知干些什么好，向大钟掏出手绢来擦着脸上的汗，赵刚的脸也涨得通红，黄静玲的垂到前额的发尖被汗沾住了，她不得不用手把它掠到后面去。三个人几乎是同时地喘了一口气，可是学生们还是不断地穿着，有的在不断地打着口哨，有的当签字的时候还不断地和主任象买卖似的嬉皮笑脸地讨价还价。多半都是很轻松自在的样子。黄静玲偷眼看到了静珠，她简直象女王一样地昂立，她的身边是那些随从的男学生们，那个可怜的主任真象匍匐在她面前的奴仆，抬起头来就是一张笑脸，当时她故意躲着她，不愿意被她看见那份窘迫，也不希望她的援助。

　　"好，我请你们去吃豆浆吧。"

　　这时他们才意识到宋明光的存在，来不及说什么客气话，就随他走着。

　　小小的一家豆浆铺里也挤满了学生，正好当他们进去的时候，有几个人站起来，他们就占据了那张桌子，伙计一面收拾碗碟抹着桌面，一面问他们吃什么。

　　"四碗豆浆，冲一个，卧一个要甜的，快！"宋明光吩咐完了，才向他们问，"你们都吃甜的吧？"

　　没有回答，只是点着头。他们这时才觉得嘴有点干渴，肚子有点空，当伙计把糖糕油条送上来的时候，他们也就不再客气，自己拿着送到嘴里。

"刚才给我们签字的是什么主任。"

沉默了些时之后，赵刚就开始问。

"说不出，有人说他是新生主任，可是又没有这一系，不过每一个新学生第一年都要经过他这个关，学生给他一个外号——"宋明光把声音稍稍低了些，"叫白皮猴。"

黄静玲忍不住噗哧一声笑了，把吞在嘴里的一口豆浆都喷到桌上，她怪不好意思地羞红脸，赶紧把自己的手绢掏出来擦。

宋明光一面叫着伙计，一面阻止她，可是这时候哗啦啦一声，一张桌子翻了，连碗带碟子碎在地上，五六个雄赳赳的男学生挺起身来走了。那个五十多岁的掌柜，勉强赔着笑脸连声说：

"对不起，对不起，……"

那个不服气的伙计不断地唠叨着：

"还逞什么雄的，有本事打日本人去，……"

"不用说了吧，谁叫咱们吃这碗饭呢，赶紧收拾起来。"

那个掌柜的悲愤地说着，全房的人全朝那边望去，过后就低下头去吃自己的东西，只有他们几个一直望着，那个伙计看到他们在注意就向着他们说："我倒请明白的先生们评评理，那几位先生说：糖少了，我说：您试试看，我加的糖，不少了，要是不甜再加，下文也没有一下就把桌子翻了，这算怎么回事！"

"还说什么呢，干你的活去，——"

那个掌柜的一句也不抱怨，可是他的眉毛紧皱着背着手在那狭小的柜台里往返踱着。

"他妈的，我就不信，赶上去揍他们。"

向大钟起了性子，可是赵刚一把按住他，低低说：

"你还是一个新学生，一个人怎么敢惹住他们五六个——"

宋明光悲痛地呆望着，他象被人狠狠地打了两个嘴巴，脸红起来，可是也说不出一句话，黄静玲偷偷地站起来，溜到柜台那里，掏出一张钱票来放在柜台上，当着那个掌柜含笑俯下身来她就和他说：

"掌柜的，你收下这点钱算我赔偿你的损失。"

看见她到柜台前面拿出钱来，宋明光立刻赶过去，赵刚和向大钟赶着喝完了豆浆也站起来走过去，他们只听见那个老掌柜和善地说：

"不，您把钱收起来，您的好意我心领了，买卖小，还担得起来，不过让别的先生们受惊使我们于心不安。不过人也不同，就说宋先生吧，他也是我们的老主顾了，有事没有事总是那么和颜悦色的，您看我这么个粗人还常这样想，人跟人干么有那么多的仇恨——""掌柜的，记在我的账上。"

"好，小姐，您还是得把钱收回，您这点心意就够了——"

黄静玲没有说话，好象这罪过是她犯的，低下头走出去，宋明光替她把那张钱票接过来几个人默默地走出那间小屋子。

走出来之后，宋明光把钱给了赵刚，和他说：

"你们今天不必上课，只要把课堂找好就是了，我还有点事不能陪你们，回头见！"

他们三个人默默地走回公寓，才走进门，又遇到一场殴斗，向大钟和黄静玲还站下来看着，赵刚赶紧把房门打开，就把他们两个人拉进去了。

当他们才坐定的时候就听到外边的喝采和鼓掌，随后就是一阵奔跑，整个院子暂时静下来。

静玲长长地吐了一口气叹息地说：

"我真想不到大学原来是这样子！"

赵刚只是弄着骨节咯咯地响，他不那么容易灰心，他想了想说：

"本来别人说学校即社会，大学更接近社会了，无怪它也有社会的那份混乱。可是事情原来不能一概而论，总也有好的分子存在，否则那不就糟了么！"

"我也这么想，可是你想想看，就是这上半天我们所遇到的事哪一件是合心意的？我总以为大学可以好好教育我们，让我们更适宜我们的世界，可是如今所看到的，全不是那么一回事！"

"因为你抱得希望太高，所以更容易失望，我们到底不过是才跨进一只脚来，还看不清什么，将来我们自然能给它一个新的估价。"

当他们正在说着的时候，向大钟一歪身倒在床上呼呼地睡着了，黄静玲忍不住笑着说：

"你看，他倒好，无牵无挂地倒下头就睡起来了。"

"也难怪他，昨天晚上三点钟才睡！"

"为什么睡得这样晚？"

"帮救国会弄宣传品，向大钟一直推油印机。"

"噢！这个学校里倒有救国会。"

"现在听说还算半公开的组织，不过许多事都由他们推动，不久就要召集全体学生大会了。"

"这我倒不知道，——"黄静玲的眼睛冒着光辉。

"所以我们不能只看那腐烂的一面，我们还要看那光辉的一面。"

"可是这个时代正是光辉藏在黑夜里，在阳光下只是无耻的举动！"

"不要悲观，我们的责任多着呢，我们和好的携手，感化那些落后的，腐败的，如果不成功，再用脚踢开他们！"

赵刚的坚决的语调才使静玲那被悲痛包着的心开朗了，他的话给她一个希望，她热情地说：

"那么什么时候我也来工作？"

"不久自然就需要你的。……"

"好，好，我走了，我想你也要好好睡一觉，我们明天再见吧！"

她怀了欣喜的心，拉开门，就跳到外面的阳光里去了。

十三

晚间，她在家里遇见了静珠，这些天静珠都不高兴，因为她强制地被关在家中，她觉得是失去了"自由"，为了这自由的问题她和静宜争论，她也和父亲当面辩理，可是一切全归无效，于是她就把愤恨堆积在静玲的身上。几天来，他们见面都不招呼，这晚上不知为了什么，她却问着静玲：

"怎么？你也入学了么？"

"当然罗，难说我就没有资格？"

静玲还是挑衅似的回答着，她在任何人的面前都不低头的。

"怎么我没有看见你？"

"你当然看不见，可是我看见你了。"

"你说，你说，在什么地方？"

"不必管在什么地方，总之你的身边有那一大群人——"

"那，那我到哪里都还是一样的。"

静珠好象很骄矜地说着，她正在用铜夹卷着自己的头发。

"呸，那有什么得意，青年人要是都象你们这样，那我们老早就成亡国奴了！"

"喂，你为什么骂人？"

"我，我不知道，我这不算骂人。——"

静默沉在她们中间，可是过了些时，静珠又象是把一切都忘怀了似的和她说：

"你知道么，今年还要受军训，那我可真受不了——女生说是可以学看护，那多么肮脏又多么怕人呵！"

"真正肮脏怕人的事还多着呢。"

"小五，你今天好象故意来和我拌嘴的！"

"也不是我找你来说话呵！"

"好，你甭理我，我们干脆还是不说话好。"

静珠一面跺着脚一面走回自己的房里去了。静玲就慢慢地找到了静婉，她正在书桌前埋着头不知写些什么，看到她来就急速地折起来放到自己的袋里。

"三姊，你的课选好了么？"

静婉先只是点点头，过后才象记起来似的问着：

"你也注册了吧？"

"唔，一位宋明光帮我们弄的。"

"呵，宋明光他是救国会的重要人物，他很能干，也是一个危险人物。"

"什么叫做危险人物？"

静玲故意装做不懂的样子问着。

"别人说他前进！"

"有人还说我呢，你信么？"

静玲的话接得这么急，使得静婉又沉默下去了。为了使她说话，静玲故意问着：

"三姊，你对于当前的大局有什么意见？"

她没有回答，只摇摇头。

"悲观么？"

她还是摇着头。

"那么你的意见是什么呢？"

"我对于这个问题没有兴趣。"

这回答象一桶冷水从她的头顶浇下去，如今她亲自从她的嘴里得到这样的回答，如今她不得不觉得悲观了。

"这还是大学生们，何必说一般民众呢！"

当她又是独自的时候，自己这样想着，有的人对于一切都没有兴趣，有的人又热心得不是路，而且她猜想混在这些青年之中一定还有些无耻的走狗。

可是她才觉得一点消沉，立刻就自己加以纠正，她想这是不应该的，她记起来一句话：

"不好的用脚踢开，落后的加以教育。"

而且她也想到，在大学里，纵然存在那些污浊与混乱，到底救国会是成立了，不至于象以前那样贼一般地暗地里进行。

"只要能有光明的影子，一切就不是没有希望的。"

于是她躺在自己的床上静静地想，从请愿到示威，用勇气和鲜血到底使那些败类不敢任性去做，到底在民众的脑子里留下些印象，要争取最后的成功，只有不断的努力。

"只有努力，努力。"

她没有想到把这几个字冲口叫出来，更没有想到正在这时候静宜走进来。

"正吓了我一跳，我还当你睡着了呢！"

"我没有睡，我没有睡。——"

说着她一下就从床上跳起来，几乎撞到静宜的身上，静宜一面用手挡住她一面退了半步。

"你看你，真象一个男孩子，近来倒不看你玩你的洋囡囡了。"

"呵，我倒忘记了，不过——现在我不想玩了，等中国不再受日本的压迫再来玩。"

"那下子你不晓得有多少岁了，还玩洋囡囡，怕不要笑死人！——可说我倒忘记了，静茵有一封信给你。"

静宜说着，就把衣袋里的一封信拿给她，她急速地接过去，匆忙地拆开，贪婪地看着。

"你看你急得这个样子！"

静宜自己平静地拣了一个椅子坐下，有趣地望着她那饥渴的眼睛；可是她并没有看到她，只是那熟练的，热情的字一个一个地跳进她的眼里：

　　玲玲，你的牙齿补起来没有？我很惦记你，不要以为我变得软弱了，有一个该关心的勇敢的妹妹，真是姊姊的一点光彩呢！

　　各地已经象回声似的响应你们了，我想在报纸上你或者能看见一些消息；可是我又想到那边的一些人不会放松言论的，他们尽可以掩住一切真象。S埠就不同了，平时我们厌烦它那半殖民地的性质，但是在言论方面，它还比较自由一点。（不过也不能直接碰到那些帝国主义的威严！）你知道么，自从北方的运动起来之后，中国的各个城市的青年都起来了。在我们这里紧接着那次市政府请愿，就是万人以上的妇女救国会的游行，我们的中间除开学生和教员，还有一半的女工，她们并不落后，并不象北方那些女工的知识浅陋，有的真是读过些年书呢，她们的精神比这些知识分子还好，因为她们能吃苦，真的每天都在和生活搏斗。我以为每次学生运动总是陷于孤单，终至失败，这一次各地都仿佛不曾忘记民众，是的，广大的民众才是我们的国家的支柱。

　　你知道么，在武汉、在长沙、在安庆、在山东、在广州、……在中国的各个角落，学生们都起来了，他们不只游行，请愿示威，应和你似的下乡运动，各地也都组织乡村宣传队，热烈地号召"到农村去"，"到民间去"，人们都了解这一次是艰巨的工作，是要全国的民众一致奋起共同战斗的。

可是你们呢，最近仿佛倒消沉了，我当然知道你的特殊的环境，我也在那里经过的，也许你们受着更大的压力，可是你们无限期的罢课是无理由的，固然我们要表示我们的勇气和决心，但是我们不能不随时批评自己纠正自己，在学生之中我们不能讳言有许多不好的分子，有的贪图安逸，有的短视，有的无所谓，有的甚至于丧失良心出卖自己；下乡运动既然遭受了阻碍，就该赶紧回来了，立刻复课，再把自己团结起来，那样即使有什么行动也显得有力，否则，爱国吃苦是少数人的事，有的过着荒淫和无耻的生活，有的又把自己关在狭小的书房里，再加上汉奸走狗的挑拨利诱，结果不是把原有的力量又分化了么？而且这也极容易遭受外人的误解，有的会说这是学生们懒惰好玩，所以借故逃学，有的又要说这不过是被少数投机分子所利用的错误的举动，那不是很可痛心的么？我站得远，看得清楚一些，所以我才肯定地认为不该再罢课下去了，学校到底是学生的集中地，先要学生们都回来吧。在可能之内，学生们和学校当局，还有那些教授们，不要站在敌对的地位，不只如此，还要联合所有的人，发动全民众的救国运动。不要和任何阶级有正面的冲突，（当然汉奸走狗在外，）那也不是说和他们无条件的妥协！我们学生应该象冲锋的士兵，后面随着各色各样的全民的组合，他们是我们的生力军，在争取民族独立自由的战斗中，我们站在一起，肩并肩地朝着一个方向。玲玲，你觉得我的话对么？这是我个人的意见，不过我和许多人都谈起过，他们也多半同意。你有什么意见么？

你们的学校怎么样呢？我知道你们的校长是又固执又胆小，自诩为有道德的人又缺少从前士大夫所持有的气节，他要对你加以惩罚吧？我想他还不会使你退学的。

我很好，我的健康一点也没有被那次生养影响，告诉妈妈，不要惦记我，妈妈近来好么？别人都很好吧？告诉我大姊的近况，让我下次想起她来的时候是一副健康、快乐的影子显在我的脑里，而不是那个苍白的衰弱的影子时时使我不安！

十四

这一天，早晨起得迟一点，她就匆忙地一直跑到学校，果然上课了，她就迅速地钻到座位上，心在不停地跳着，那个戴着老花眼镜的国文教授正在有味地讲孟子《鱼我所欲也》那一节，他一面讲一面摇着头，而且他的嘴是不断地呷着，她把假做低着的头抬起来搜寻着赵刚，没有看见他，就是向大钟也没有来。她自己就很无趣地在计算下课的时间，正在这时候她的身后的门口那里，起着"咝咝"的声音，她回过头去，在那里探头探脑的原来是赵刚，他很急的样子，还不断地做着手势，看情形是要她出去的样子。

她点点头，装做没有事，等着那个老先生转过身去写黑板的时候，她就敏捷地溜出去。

赵刚还在那里等她，他们急急地走出了教室，他才说：

"我们的学校又出了事情。"

"什么？不是好好地在上课么？"

"嘻，不是这个学校，是我们从前的学校。——"

"噢，怪不得，——"

可是她并不知道有什么事情发生，所以她的话也就无从接下去了。

赵刚有点不耐烦地说：

"你不要岔我好么，让我把这件事好好告诉你，你知道今年开学不是学联决议各校成立救国会么，单独我们那个校长不许，他说中央没有命令，显然是奸徒捣乱，危害治安，不但这样，他还把那个学生救国会的男女代表何道仁和刘珉开除了。——"

"呵！刘珉和何道仁！"

"是呀，就是他们两个，我想你当然记得，这种处置当然极不公平罗，所以救国会的全体代表十一个人向校长请愿，结果你猜猜怎样，校长把十一个全体开除了。——"

赵刚很激愤地抓着他那个光头，这时他们已经走出了校门，便又走向他的公寓。

　　"那真岂有此理，不知道这十一个人里面还有谁？"

　　"不用问了，你听着吧，后来全体学生做他们的后援，请求校长收回成命，可是这一下，那个校长更神气了，说：'你们不同意我的办法，全体离校好了，我的学校可以关门……'"

　　"他又是这几句话！"

　　静玲切齿地说，她想得起那个发亮的脑袋，还有那刚愎自用的个性，他只在威力之下低头，同时应用他自己的威力压迫比他软弱的人。

　　这时他们已经走进了他的屋子，赵刚显着许久难得露出的愤慨，他不坐，只是在那一个小屋子里转圈。

　　"可气的是这样，这一下学生就分了两派，一派是不妥协的，一派向着校长的那面。"

　　"我问你，我问你，我们从前那些人是哪一派？"

　　"那当然是不妥协的，听说连白淑兰都表现得很坚强。——"

　　这点事实把他那失望的心又刺激起来，黄静玲也得意地摇着她的头，好象她也分得有一份光荣。

　　"可是，"赵刚又把话接下去，"仿佛护校派是由张国梁在暗中操纵。"

　　"张国梁？呵，那个家伙，我早就看出来他不是好东西！他怎么还在那个学校？"

　　"谁知道他是怎么一回事呀，看样子他大学都该毕业了似的。"

　　"那怎么办呢！"

　　黄静玲也在搓弄着自己的手，应和着赵刚不断地按着骨节。

　　"学联已经有了一个决议声援，而且还发动所有从那个学校出来的大学生，一致行动，向大钟从早就去通知旧同学，为了声势的关系，当然别的同学我们也欢迎。"

　　"到底是什么时候，怎么办？"

　　"就是今天下午一点钟，大家在××大学集合，到那边去交涉，不但要他收回成命，而且要当场把救国会组织起来。怎么样？你去不去？"

"我，你还用问么？"

黄静玲好象被侮辱似的霍地从椅子里跳起，把两只眼睁得滚圆。可是赵刚并没有留意这些，他只匆忙地说着：

"好，好。你去联络本校的女同学吧，我也就要走了，我还有许多事要做，下午在××大学见！"

赵刚说着就把围巾打了一个结，预备就要离开的样子，到他离开这个房子的时候，他把钥匙交给她，和她说：

"好，你可以在这里待一会儿，想想怎么办，不过你出去的时候不要忘记把我的房门锁好，——还有碰见我或是向大钟，不要忘记把钥匙给我们，否则我们只好在外边蹲一夜了。"

赵刚走了，她一个人留在房里，她想这些事怎么入手呢？自从进了这个学校以后，简直还没有和她们往来，不住在学校里，许多事都觉得不方便，终于被她想到去找静婉，她想，她原来是一个老学生，一定有很多熟人，要她介绍给我，也省得我象一个瞎子似的乱扑。

想定了之后，她就站起来，正走到门外把门反扣起来的时候，向大钟气咻咻地回来了，他的脸涨得通红；不知道是风吹的还是热，他推着一辆自行车，向墙根那里一靠，就走过来。

"怎么，有什么事情发生么？"

"没有没有，"向大钟一面用手绢擦着汗一面回答，"走到那边恰巧遇上查捐，我一看不对，赶紧绕道就跑，警察一直追我，可是也没有追上。"

"你的车没有上捐？"

"上捐还会怕他们才怪呢，平常我也不在乎，今天不是有事么，抓住倒不怕，可耽误了我的事。赵刚呢？"

"他才出去，——你的事办得怎么样？"

"他要我去接洽的都弄妥当了。"

"好，你们的钥匙在这里，我交给你好了，我要到学校里去，你还到别处去么？"

"我不去，我得休息一下，你今天下午去不去？"

"当然去，你呢？"

"我，我休息一下，还预备贡献点力气呢。"

向大钟得意地笑着伸伸拳脚发出咯咯的声音。

"那不成，你得提防打坏了事情。"

"也得看什么人，什么事情。象张国梁那小子不擂两下出不了气的。"

"打他我赞成，记住替我擂两下！"

她说完了就赶着到学校去，她简直摸不清该在什么地方找得到她，正当她站在院子里不知向哪一边走的时候，就看见一群男的女的走了来，他们正和唱着一支"永远的爱情"歌，走近了才看到里面原来有静珠。她好象故意停下来，她就乘机问她：

"你知道静婉在什么地方？"

"怎么，你还不知道，她休学了，医生说，她一定得休息，她今天来过又回去了。"

"你到哪里去？"

"你还看不出来么？"静珠说着很漂亮地把她的头一扬，静玲才注意到在那些男学生的肩上每人背了一双或是两双冰鞋，"这是最后一次了，今年冬天才能再来。"

静珠向她做一个爱娇的手势，就又投到那些人中间去了，歌声重复起来，他们浩浩荡荡走向校门去。

静玲呆呆地站在那里，在她的心中升起了无比的憎恶，朝着他们的背影，她狠命地向地上吐了两口口水。

"呸，呸，……"

十五

一共有三百人的样子，在××中学的门前聚集着，那两扇无情的大门严紧地关闭着，叫了些时，也没有应声。

站在前面的人用拳头捶用身子撞，可是那两扇门仍然是不可撼地闭在那里，有谁在嚷着："我们要合力去撞，不怕撞不开的。"

"好，我们合力干，向后退一退。——"

说着，人们退出一丈多的距离，然后同时向前奔跑，把全身的力量使上，那两扇门，果然动了动。

"再来呀，再来一次就行了。"

人们照样又退回来，这一次，那两扇门在这一群人的力量之下倒进去了，他们冲进去，传达室的校役呆呆地站在那里，二十几个穿着童子军制服缠着护校团臂章的学生们，飞快地拖着木棒跑进去了。

他们一路走一路叫着口号，在课堂那边有人应和着，许多人跑出来迎接他们。赵刚、黄静玲和向大钟特别象回到家里的孩子一样高兴，他们的手都来不及和那许多伸出来的手握着。

静玲跑到女学生那一群里去，她热情地和刘珉拥抱了一下，又抓住白淑芸和李纫芝的手。她的头是不断地点着，那许多熟习而亲热的脸，使她的心都笑开了。不知道谁在嚷着：

"我们到操场去开临时大会，请本校的和外校的同学一同去！"

于是就象一群蜂似的一面嗡嗡着，一面走向操场。每个人都特别高兴，就是外校的学生，一大部分也是从这个学校出去的，有熟人的牵在一处，没有熟人的热望着那些房屋，那些什物，那些树，那些路。

那个操场黄静玲还记得清清楚楚，可是这一次她却象得胜般地来了。

关明觉冷不防给了向大钟一拳头，向大钟才转过身，就看见他，他们的手握着笑了。

"李玉明有信来么？"

"有，有，他已经入伍了，他真行，小伙子有他的！你这小子也不错，挨一拳头，纹丝不动！赵刚呢？"

"我也不知道他跑到哪儿，一转身的工夫，我就看不见他了。"

这时他们这六七百人已经在那个木台的前面站定了，人头象海浪似的起伏着，一个声音又在吼：

"学联的代表请到上面，我们再请本校的和外校的同学上去组织临时主席团，我们要争取时间，快点办。"

学联的代表们自动地跳到台上去了，有的人在叫着名字，赵刚被人拥到台下，一抬就上去了，刘珉就算是本校代表，她不愿意做，可是在大家的鼓掌和叫喊中她也不能退缩了。黄静玲也被别人推上去，她倒很习惯，她站到刘珉的身边，觉得她的身子有点抖，她就紧紧地拉着她的手。

　　一个人把传声筒放在嘴边叫着：

　　"我们今天，到××中学来，为的是帮助你们和校长接洽，组织救国会，不得任意开除爱国学生。——我们来的人少数是学联的代表，大半还是××中学的校友，我们诚心诚意地来和校长接洽，可是他把门关起来，不许我们进来，他自己呢，他自己可象耗子一样地溜掉了！——"

　　哄笑的声音在台上、台下响成一片，那个人喘了口气又继续说：

　　"连重要的职员也看不见了，你想这叫我们向谁去交涉呀？诸位同学，我们不能做这没有结果的举动，我们要推定几个人留在你们学校里，他们是代表全城大学中学的学生们，要他们负责和你们校长接洽，使你们不再受无理的压迫，使你们有爱国的自由……"

　　热情的喊叫和鼓掌混合着，正在这时候有二三百个属于护校团的人来了，那里面还夹着校役和小职员，跑在前面的是童子军，一个穿着军长制服的体育教员挥着手跑在最前面，他们的手里拿着木棒和铁棍，他们一边喊着一边奔过来。

　　"他们来了。我们要迎上去，不要伤害他们，抢下他们的武器来！"

　　主席台上的人发着号令。下面的人都转过身去准备着，站在台上的人跳下来，当着快要接触的时候，站在这一边的本校同学大声嚷着：

　　"不要弄错我们是自己人，我们应该站在一条线上，放下你们的棒子棍子呵！"

　　这样叫嚷着，迎上去，女学生大半躲到外边去了，两边相对厮打。有些人果真放下棍棒，撕去臂章加到这边来或是溜开去，向大钟挨了几木棒，他并没有打人，只是扯下他们的棍棒来向地一掷，可是他一眼看见了张国梁，他并不在这群人里面，他躲在通校园的门边，他就猛力地追过去，许多人看见他跑，也跟着他跑，向大钟一面跑一面喊：

　　"我们去赶那个走狗，打死那个走狗！"

张国梁看见他跑过来，早就转身拔脚跑去。更多的人听他的叫喊跟着他跑过去，留在后边的还混乱地打着。对面的人也有许多莫明其妙地跑着，有的跑有的追，这些人终于都跑到向大钟的这条路上！

赵刚紧紧追着向大钟，他一面跑一面喊：

"大钟，不要追了，我们还有正经事要做呢。"

可是向大钟只象一只野牛似的奔跑，他只朝前跑，——后面的人也跟着他跑。

这时候，群众的激情已经爆发了，每个人都象视死如归的兵士，勇往直前地跑去。追到办公室那里，张国梁仓促地钻进校长室，可是在后面紧追的向大钟什么也不顾，一拳打碎了门上的玻璃，他的拳头满都是血，再一脚，那个门倒了，他跑进去，又一拳正打在张国梁的后背上，他跟跄了几步，摔倒了，恰恰从另一个门滚出去，向大钟正要追，赵刚死命地拖着他。

"你，你不能再打了，要惹祸的。"

可是这时候追随在后边喊打的人来了，看见没有可打的人，就把他们的愤怒放在这间房子上，屋里屋外都是人，有的从门那里挤进来，有的从窗子跳进来，不知道谁把红墨水丢过去，许多人的脸上和身上都沾满了这鲜血的颜色，这更激起他们的愤怒。

"打呀！打呀！……"

人们疯狂地跑着，不知谁用什么丢中了那个百烛光的大电灯泡，訇的一响正象一声枪。

"放枪了，放枪了，……"

有的朝外跑，有的朝里挤，人们简直塞住那间小房子了，这些只手，这些只脚，这些个愤怒的心，挤在这间房子里，把凡是可以毁坏的全毁了，终于还是以站在外边的人嚷：

"住手吧，住手吧，都是自己人了。"

里面的人才痴呆地望着，不知道该再做些什么好，还是站在外边的人又嚷：

"大家都出来吧，我们到外边集合。"

这些人才一个个地出来，这时候，不知道谁还拖出校长的绣花被来，在院子里划一根火柴点起来烧着。

那些护校团没有了，那些职员和校役也全不见了。这全是他们的力量，可是燃烧着的丝棉的焦味却呛着他们。那个主席宣布：

"军警在外面已经守住了，我们怎么办呢？"

"我们还是冲出去吧！"

"那不成，那不成，我们的人数太少……"

刘珉紧紧地拉着静玲的手，她的眼红着，不知是为了恐惧还是被烟呛红的，她不断地低低说。

"这可怎么办呢，这可怎么办呢？……"

人们都觉得这件事做得有些过火了，沉默着，可是没有人埋怨。

"首先，我们得要注意，我们的目的还没有达到，学联的代表准备留在校里和你们的校长接洽，……"

这引起了那些学生们的同情的掌声，冷静地，有力地鼓着。

"——我们也要留在这里负这次事件的责任，我们不能不解决你们的问题，反倒给你们增加困难——"

刘珉低低地和黄静玲说：

"这才好，这才好，你留到这儿吧？"

"我，还不知道，看他们的计划吧！"

"其余的同学们和代表们，请分散着走出去，如果遇到阻碍呢，我们再用行动，第一我们要化整为零，——"

"好，好，……"

许多人这样叫着，他们各自整理凌乱的衣服，有的洗去血或是墨水。向大钟那只打破了的拳头，已经用一张手绢包好了。

黄静玲走过来向着赵刚：

"怎么样，我们有没有留在这儿的必要？"

"不好，我们是这里的学生，那一下他们一定咬定是我们主动了，——"

"那我们不是显得太胆怯？"

"这不是胆怯，这种牺牲不必要。"

先走出去的几个人没有引起什么动静，过后就三个一群五个一伙地分着从正门和后门走出去了。

十六

过两天，黄静玲到公寓去找赵刚的时候，赵刚就告诉她那些学联的留校代表和××中学的一些同学都被捕了。

"真有这样的事！"

黄静玲气愤地说着，她立刻想到刘珉，她就又问：

"刘珉她们也被捕了？"

"一个也不少，在他们的眼睛里看起来这不但是违反校规，而且是有关国法。"

"什么国法，还不是随口乱说！"

"你可不要说，你没有看见报纸上××中学校长的启事么？"

"什么？我没有看见，那说些什么？"

"不必说了，那篇洋洋大文也长得很，我也无法记，他只把我们算成暴徒，——还说我们是有政治作用的暴徒，真奇怪，这种人，而且他还说他有真实凭据，说我们是受别人指挥捣毁全校，并且还向我们提出赔偿二万五千元，你看好笑不好笑？"

"其实那天何必去打毁他的住室？"

"那倒是一个错误，不过当时群众的激情也无法控制得住，所以才有那种幼稚的举动。"

"都是张国梁那个坏家伙，要不是他，还惹不出这么大的事来——怎么，向大钟呢？"

"这两天我要他住到他亲戚的家里，风声很不好，我怕又要有什么事，他在这里一定要把小事化大，大事就不可收拾了。我看你这两天也先告几天假吧，免得被他们注意有什么不便。"

"注意有什么关系，——"

"只是注意当然不要紧，就怕那个狗校长为了泄愤把我们的名字也报上去，那真有点麻烦了。"

"我不怕，我不怕，——"黄静玲又在迅速地摇着她的脑袋，"总归有个真假是非。"

"什么真是非假是非，把你丢到狱里先过一年半载再说，看你那时候怎么办？"

这几句话才在她的心上有一点作用，她好象想了一些时才说：

"那么你呢？"

"我！——"赵刚笑着缓缓地摇着他那个圆脑袋，很自信似的说着，"我有办法。"

正当他们说话的时候，忽然院子里响起了不同的人声，赵刚赶紧跑到门边去张望，立刻缩回头来和静玲说：

"果然来了。"

黄静玲显得有点慌张，匆促地问着他：

"那我们怎么办呢？"

"不要紧，你跟定我好了。"

赵刚立刻戴上帽子缠起围巾，推着后面的墙，那原来是一面后窗。

"快点，从这里爬出去！"

黄静玲觉得很奇怪，平时再也没有注意到那是一个窗口；可是她来不及和他说，只是遵从他的话从那个窗里爬出来。赵刚紧随着也爬了出来。

那正是一个后院，有些杂乱的树木，和一堆堆秽土，赵刚压低了嗓音说：

"我们得从那个墙头翻出去。"

她只是点着头，到那个墙根下面，才看到那有一丈高，她无论如何也爬不上去。

"来，你踩着我的肩头，快点。"

赵刚说着蹲下去，静玲两手扶着墙，两只脚才慢慢站在他的肩上，这时他才渐渐站直了身子，正好把她升起到只一跨就坐在墙头上了。

看下去觉得很高，她把眼睛一闭就朝下一跳，好象跳到另外一个世界似的落在地上，她的头向前一俯，两只手生痛地跌到地上，脚跟也好象摔碎了似的，一张大手抓住她，扶着她站起来，她张开眼睛一看，就看到他那黄制服，红领章，还有衣袖上鲜红的宪兵两个字。可是在那帽子下面是那么一张既和善又严肃的脸，她才想叫一声，告诉他不要下来，这里有埋伏，看见他已经跳下来了。他跳得很好，没有跌倒，而且他显然看见她和那个宪兵了，掉过头就向左手跑去。那个宪兵就打着东北口音和她说：

"跟着他，他识路，——"

那张大手松开了她的手臂，还在她的肩上轻轻拍了两下。她回头迷惘地望着，那个宪兵不耐烦地说：

"快跑，快跑，去吧！"

她真就象孩子一样地撒开腿跑了，她很快地就追上了赵刚，两个人谁也不说话，尽在小胡同里绕，终于他们转到一条繁盛的大街上，他们很快地就没在人群的海里了。

"怎么办呢，暂时你当然不能回去。"

走在繁盛的街上，她倒能和他低声地说着。

"我想得到这件事，可是没有想到这么快，——"

"我也没有想到那个宪兵——"

"唉，人心到底是肉长的，谁没有兄弟姊妹，谁没有自己亲爱的一群！——"

"不要说这些空话吧，我想我们还是先回到我的家里，你可以先住在我们那里几天，避避风。"

"那怕太不方便了。"

"那有什么不方便，我想我的家总是顶平安的——"

"我不是说那些关系，——"

"此外还有什么，你和我幺舅是认得的，正好住在他的房里，就是和他说明也没有什么关系，这也算是不得已的了。"

"好吧，就依你的，——"

他们就挤上电车，很快地就到了秋景街北头，他们又跳下了电车。

"你的肚子饿么？"

"我不饿，可是你看，——"

赵刚机警地自己先停住脚步，随后一把拖住了还在向前走的黄静玲，他们看见在她家的门前，正站了四五个穿着黑制服的警察和黄制服的宪兵。

"不好了，怕有什么事。"

"也许和我们有关，我们先到别处躲一躲，看些时候再来吧。"

"好，我们去吃点什么。"

说着他们两个又迅急地转回身子，朝方才来的路走出，看见路旁一家面馆，他们就走进去。

静玲的心简直不能安宁下去，她不能断定到底是什么事，当着那热腾腾的面放在她的面前，也引不起她一点食欲，只是愁苦地坐在那里。

"我不预备到你家里去。"

赵刚吞完了一碗面就和她说。

"那你到什么地方去？"

"你不用管我，我自有去处，我想事情过去三四天之后，也许就没有什么事，我还是回去，不过我也许要搬一个地方住。"

"那也好，我过两天到学校去和你见面吧。"

他们付过钱，站起来，在门口两个人分路走了。静玲一直朝家里走，她远远就留神看着。门前那几个人没有了，仍是象经常一样冷清清的。

她紧走了几步，到了门前按着电铃，老王特别大声地问着：

"谁呀？"

"我，怎么你听不出来。"

"噢，我的五小姐，您快点进来，——"

老王赶快打开门，他的脸上还带着恐怖的样子，他跟着把门关好，几道门闩都上紧，然后才惊异地和她说：

"您可不知道，刚才来了七八个吃衙门饭的人，——"

"什么衙门饭，现在也没有衙门，——"

"就是吃官饭的人，来了七八个，有几个就把着门，有几个去见老爷，也不知道说些什么，过了老大半天才走的，——"

她正要给他解释，就听见一声严厉的叫喊，她转过头去，就看见父亲的那张气得发红的脸正笔直地盯着她。

"静玲，你过来我跟你谈话。"

她失去了平时的那份活泼，就伏贴地，很顺从地走到父亲的面前。

父亲没有说什么，可是他的眼睛里都象要冒出火来，他走在前面，进了客厅，静玲也静悄悄地跟在他的后边。

他猛然转过身来，就站在那里，和她面对面地说：

"你说，你说，你在学校里搞些什么，——"

"没有什么事情呀，我又是一个新学生，——"

"我不是说你在××学院，我说你在××中学，闹些什么名堂！"

"那也不是我的事，——"

"不是你的事，难说是我的事？"父亲忍不住咆哮起来了，"公事上说得明明白白的，说你们因为思想过激早已经开除，不料最近勾结暴徒数百人，将校舍捣毁，……"

"爸爸，您不要听这些，他们胡说，完全不是这么一回事，我告诉您：——"

"我不要听，我不要听，想不到你人小鬼大，什么事都做得出来。"

"爸爸，您不要这么说，那又不是我自己的事，——"

"本来么，惹出祸来还不是大家遭殃！我告诉你，你得放明白点，你有什么举动你也早告诉我，免得这一家人的性命都送在你手里！"

父亲说完气冲冲地走了，她呆呆地站在那里，许久都没有动，她的心一酸，两颗又圆又大的泪珠从眼角那里滚下来。

十七

二姊，你的信接到许多天了，我时常想着你，有一个时候，我真想跑到你那儿去，说上三天三夜的话，你简直想象不到我的心中有多么愁苦！

可是我知道，我现在不能走，我只好给你写一封长信，如同我在你的面前述说。我明白，你一定了解我，你也爱我，要不是想起来也觉得怪难为情的话，我想你真的觉得有我这样的一个妹妹要值得骄傲的。

难说我气馁了么，难说我因为胆小便落后或是闪在一旁么？难说我有一点卑贱的行为沾污我自己或是我的勇敢的姊姊么？不，我站起来说，不，不，——

静玲写到这里，果然放下了笔站起来，肯定地摇着她的头。夜已经很深了，一座台灯的光只照亮了伏写的桌面，当她站起来的时候，迎着她的眼睛的是嵌满窗口的繁星。春日的夜，依然是寒冷的，那些星仿佛冻得更明亮，更闪烁了。

她用右手掠了掠头发，就又坐下去写着：

我们和社会上的恶势力搏战，我们和那些无耻的汉奸走狗搏战，我们准备和日本帝国主义搏战，即是受了伤，我也不会退却半步，我们的战斗是再接再厉的，这不还都是为了别人的幸福，为了全民族的自由与生存么？这中间没有一点偏私的心，虽然我们毫不希望报酬，可是我们也厌恶他人的误解。如今误解我的不是别人，正是我们最亲爱的人，你想，那该是多么使人伤心的事。这一回，我好象独立在一个孤独的岛上，所以有时候我想到我是一只能翱翔的鸟，飞到你那儿去，那么我就不会再愁苦了。

其实这许多事不说也好，因为我生活的目的，并不是永远关在这个温暖的家庭里，而且我也更不希望从一个家庭跳进另一个家庭。那么我就不该再来这无用也无味的诉苦，让我好好告诉你我们这一段战斗的日子吧。

我想有些事我实在不必重说了，从报纸上你一定知道这里的学校已经复课了，这正说明自己觉得无期罢课是一个错误，重复集合起来，发扬我们不屈的精神。

我先应该告诉你××中学已经把我斥退，我已经和另外两个男同

374

学，都到××学院做旁听生，（在平时，这个变动相当大的，总使我有相当多的感触和许多话的；可是现在我不说了吧，也许留在将来再说。）我想你也能知道一点我们为了援救××中学的学生，因为又出了事，引起宪兵的搜捕。关于这一点，我相信报纸上记载的一定不同，那么还是由我给你做一番解释吧。

那次的事情也是由于情势激起来，以致原来是极简单的事，结果是愈来愈麻烦了。譬如把××中学校长的办公室打毁，那是没有意义的甚至于是一种错误举动，由于这，那些人才把暴徒的名字加在我们的头上，当然他们用护校团来对抗，是引起众怒的最大因素，结果是情感奔发了，没有人能遏止，连自己也不能管制自己了，才造成那些幼稚的举动。

随着，那些学联留校同学，和××中学的救国会分子都被捕了，就是那些参与的人，尤其象我和其余许多曾经在××中学读过的，更是按名搜捕，学校公寓，甚至于到了我们的家。——这就是引起父亲和我的不快的缘由。

可是最使我惊讶的，还是那次在公寓里，我和另外一个人已经被包围了，我们就赶紧从后墙翻出来。我们以为自己够敏捷够聪明的了，没有想到他们早有了准备，当着我才跳下来，还不能站稳的时候，一只大手几乎已经抓住我了，没有想到他是给我指路的，他扶住我不至于跌下去，然后告诉我跟定那个人快点跑。二姊，想不到那时我忽然想哭了，我贪婪地望着那个宪兵的脸，我的心里想着："他是我们苦难的兄弟呀！"要不是他催着我快走，我真不知道要看到什么时候。

那些关到狱里的人呢，还不到一星期的工夫，就死了一个女孩子，她就是××中学的女生，她的名字是刘珉，她原来是一个善良而胆小的人，我一直还记得当我们到××中学去的那天，她是多么温顺地、恐惧地紧紧握着我的手呀！我还觉得出她那打颤的手，还有那抖动的身子，她的脸是多么白呵！我总象听见她的声音："这可怎么办呢，这可怎么办呢！……"一直到我们要走的时候，她还握住我的手和我说："你留到这儿吧。"可是她也被丢进狱里，只是由于我们从前的那个校长，那个老刽子手的愤怒，她就活生生地进到监狱里，只有一个星期，躺着出来了。她那愤怒的眼睛没有全闭，她是不甘死亡的，可是她冷静地永远躺着了，连颤抖再也不能够！

这引起我们的暴怒总不能说没有理由的吧？我们用眼泪和泥土埋葬了死者，为了表示对死者尊敬和使更多人认识，决定开一个追悼会。

那天我去了，正好天空落着今年第一次的春雨。走进会场，那遗像是用忧郁而恐惧的眼睛望着我。使我惊异的在那鲜花的覆盖之下，有一口黑漆的棺材，我分明记得我们已经把她埋葬了，不知为什么又把她放在那儿，我低低地问着别人，原来才知道那是一口空棺，可是我到底不明白为什么要把它放在那里。会场里的空气是相当悲壮的，可是当着那寡居的母亲在台上讲演的时候，全场都陷在悲伤之中了。她是一个旧式女人，刘珉是她的独女，他们原来住在离这个城八十里的小镇上。她说："……当初我只惦着城里的繁华会杀害她乡间的朴实的生活，没有想到她却死在这无理的强权的手上。要说我的孩子死了我不伤心，那是假话，尤其是我的珉儿，你们想不到她是多么好的一个孩子；可是如果她的死能有一分力量造福人类，我一个孤单单的母亲就觉得她死的值得了。……"在这激愤的情绪之下，人们简直不能再恋惜生活了。每个人的流了又停，停了又流的眼泪，使两个颧骨那里变成油亮的了。于是大家决议抬棺游行。

当时也许有人觉得这种举动不大好吧，可是没有一个人反对。就是我在那时候也是赞同的，到后来我才觉得那是不宜的行动。

我在人们起始蠕动的时候就跑到刘珉的母亲那里，她正一个人埋着头坐在那里，我低低地告诉她我是刘珉的同学，我们也是很好的朋友，于是她拉着我的手，——她的手是怎么颤抖着呵，可是她的手紧紧地抓住我，使我疼痛，正好象一个就要沉溺的人伸出水面抓住引援的一只手。她没有哭，可是她被悲伤包住了，她就和我说："不要管我，小姐，更重要的事等着您，不必为我耽误了。让我一个人在这里坐坐就是了。"我就听从她的话，当时她使我记起高尔基所写的《母亲》，我就缩出我的手，一面跑一面洒着眼泪，我想追上才走出门去的游行大队。

跑完了那狭长的甬道，跳出大门口，向左向右都望不见人群的影子，我正有一点诧异，从两边来的四只手，就各自抓住我的一条手臂，大声地向我怒叱：

"您也是他们一伙的么？"

"我，我不是，——"

我并不是怯懦我必须逃脱，我已经料到发生了什么事。

"那您干什么到这儿来？"

"我是来看热闹的。"

"这有什么好看，快点去吧！"

当时他们的手同时松开，还推了我一把，我就从那台阶上跑下来了，我就在街边缓缓地跑着，有许多凶眉恶目穿便衣和穿制服的人站在那里，就在不远的地方我看见那具黑漆的棺木，歪斜地倒在污泥之中，还有那张遗像，已经撕破了，有脚印，还有污泥的点子。在那上面我还看见了鲜红的血迹，我真想不到只是这一转眼的时间就有这么大的变化。我有点不敢相信我的眼睛，终于我不敢相信这个人的世界。

但是亲爱的姊姊，我再告诉您，我们不气馁，我们也不退缩，我们只是向前。……

十八

"我们必须得好好谈一下了，我们必须得好好谈一下了，你们也得告诉我，你们心里转的是什么念头！……"

黄俭之气急败坏地说，他不知道是坐着好还是站着好，他的头不断地摇着，那副眼镜好象就要滑溜下来似的，害得他不时地用手去扶。

静玲是才被叫起来的，因为头一晚是星期六，她睡得迟些，在这大清早她就被摇醒了，还听说是要开家庭会议，她就急忙梳洗，赶到下面来，所有该到的人已经到齐了。

父亲的话每一句都象是朝她说的，她不得不自己在心里盘算，准备到该说话的时候发言。

"——大岳也不是外人，这次您来到我们家中也将近一年，您来看，这些事，我这个做父亲的人算不算得一个放任派？好容易把一个个养大了，今天是你，明天是她，总是不断地出事，都为自己打算，谁也不想到我这个可怜的爸爸！我也太无能了，今天在社会上我黄俭之没有地位，在家里难说我也只能听你们的支配么？……"

他说着把手向桌上一拍，跟着支起身躯，把他的目光扫过每个人的脸，这里有李大岳，他木木地，毫无兴趣地坐在那里，静宜是无力而担心地望着，静珠只望着自己十只染得血红的指甲，一点也不在意，很自然地坐着，静纯空虚地不知看些什么，他的思想也许远远地飞走了，静玲可是一直紧张地想着，她那滚圆的脸涨得通红，她想着父亲全是为了她的事。静婉没有在，她自从休学以来，就遵从医生的话，睡在二楼的一间房里。

"——你们每人都有自己的路，就是把我的路挤得没有了。先说静婉吧，年轻轻的一个人，怎么就会想到自杀？想死的人没有死，倒把一家人吓得个半死！——"

"不要说吧，爸爸，她是一个病人，传到她耳朵里不大好。"

静宜低低地恳求着，可是他一点也没有听到，仍自说下去：

"——才上学，没有几天，好，病来了，肺不健康，心脏又衰弱，肝也不好，胃还有毛病，唉，唉，一个人哪能有这些病呢！结果是象您母亲一样躺下去了，——年轻轻的一个人，难说就这样下去么？再说静玲说起来倒是一个好孩子，遇上这个潮流，不但不懂得明哲保身的道理，反倒比别人还来得起劲，您想想看，你们争的是什么？"

"我们要提醒那些汉奸走狗，不能把我们的土地送给日本人，不要使我们做日本人的奴隶。"

"唉，那些混帐王八蛋有什么好东西，日本人难说就会被你们吓倒么？"他顿了顿，接着又说下去，"还不是白白牺牲，一点意义也没有，你这样一来不要紧，全家也都遭了殃，我活了这么大年纪没有遭遇的事都来了，那简直就是抄家！"

"那不是抄家。"

"那还不够么？还要他们做什么！这已经就丢尽了我的脸，说不定有一天受了你的连累，全家都送了命！"

"爸爸，事情不会有那么严重。"

"你还说，我不比你们知道得清楚！你还以为你做得对么？"

"我并不觉得我怎么不对，情势到了这样，我们怎么就能驯顺地做亡国奴。——"

"亡国奴，亡国奴，自从有学生运动我就听见这个名词，可是至今我们不还是堂堂的中国人？"

静玲还想说什么，静宜在桌下用手扯了她一把，她就把要吐出来的话咽住，果然这缄默生了效，父亲过些时就把话题转到静珠的身上了。

"你说，你说，你怎么认识那么一个人？"

"还不是在社交场所，经别人介绍的。"

静珠极其安闲地回答，可是黄俭之却捺不住他的气，简直是用粗暴的语气说。

"他是一个什么东西？——"

还没有等他把下边的话说出来，静珠就插一口：

"恋爱原来是盲目的。"

"你们认识有多少时候了？"

"三个月。"

"三个月就谈得到婚嫁？"

"许多人都是一见钟情。"

"我没有见过，我没有见过……"

黄俭之气得脸都变了色，象拨浪鼓似的摇着头，可是静珠仍旧很坦然地说：

"您大约是没有见过他，所以引起误会，我想最好要他来见见您——"

"我？——我不要看那小卖国贼！"

"爸爸，您为什么要骂人？"

"我岂止要骂人，我还要打他，你不要叫他来，不然的话，我就用打狗的棍子把他打出去！"

"那还不如我先走出去！"

静珠说着就站起来，静宜就赶紧拦住她。

"不要这样子，你疯了么？"

"不要拦她，要她去，看她到哪儿去？我才不怕，不要来要挟我。要走就永不回头，我落得个清静！——"

这次静珠并没有站起来，不过她失去那副闲逸的态度，鼓着气在盘算该怎么办才好。

"散了吧，散了吧，大家都散了吧，我是谁也不留，就是你们都走了，我黄俭之——"

"爸爸，不要说了吧，我们还是下次有机会再谈，事情总有挽回的地步。——"

"哼，我不怕天塌地陷，我总还是我。"

他于是笑着，那么悲怆地笑着，和静宜先走出去了，静珠跟着就匆促地跑到楼上去。

静玲的心放下一些去，她知道这一次静珠的事情最严重，可是她到底不知道是怎么一回事，对方是怎么一个人。

她去问李大岳，他摇摇头，什么都不知道，而且还一点也不感觉兴趣，她又溜到楼上去，静纯正在读书，她又不便去打搅。静宜在母亲房里不知道谈些什么，她就到她的房里去，过些时果然她回来了，她才想拉住她问，可是她又走出去，嘴里许着她：

"你等等，我就会来，我得先给静婉试试脉搏。"

静玲的心里想："大姊倒是一个工作的好伴侣，可惜她用的不是路！"

这时候，静宜又推开门进来了，她好象感觉疲乏似的，把两只手掌蒙着脸，随后把头发向上一掠，才长长地吐了一口气。

"大姊，你累了吧？"

静宜微笑着，摇摇头，把自己的身躯向软椅里一坐，便象极其舒适地轻轻叫了一声。

"大姊，您知道爸爸今天到底为什么生气？"

"都有，静珠的事重点。"

"静珠的什么事？"

"怎么您还不知道？她想结婚。——"

"同什么人？"

"什么外交专员，她才认识不久。"

"呵，就是那个请她看戏的小汉奸，他原来和日本人最接近，那怎么成！"

静玲忍不住站起来了，静宜赶紧拦住她，和她低低地说：

"您不要嚷，今天晚上我们好好和她谈一下。——"

"这可不怪爸爸生气，那怎么成？"

"晚上说话的时候千万不要讽刺她，好好劝她，最好把她劝回来。"

"一定要劝回来，否则我也不能饶过她，她要丢尽了我的脸！"

十九

晚饭后母亲显得特别好的兴致和她们谈话，显然她还不知道这许多事，静婉已经够她担心的了，她时时提起来，她说从她那紧皱着的眉就看出她有病，要不然，一个人不会那样的，她只盼望到夏天她们还是住到山上去，那么她就会养好了。

好容易从母亲的房里出来，菁姑又象影子似的随了她们，花花在她们的脚下缠，不住地叫着，她好象已经知道点什么，就用那尖鼻子到处嗅，想从她们那里闻到些不幸的消息。说到静婉，她就一口咬定那是女儿痨，嘴象连珠似的说着：

"不得好的，不得好的。……"

"姑姑，您不要用这么高的嗓子，怕三妹听见了不舒服，——"

"那怕什么，有病早问医，我还不是一番好意，提醒你们，难说我还盼她死么！"

这个"死"字说得那么重，在每个听到的人的心上投下黑影，静玲紧紧地咬着牙，恨不得狠狠给她一拳，恰巧她那两片薄嘴唇又向她扇动起来：

"五小姐，您这两天忙吧？"

"菁姑，这是什么意思，跟我说话用不着用'您'字。"

"礼多人不怪，我这个倒了霉的人，还不得处处小心，免得招灾惹祸。"

"这是什么话，跟我说这些有什么意思？"

"我哪敢有什么意思，——"她用那干嗓子叫着，不服气似的摇着她那小脑袋，然后偏着一点说，"您还不是黄门一家之王，谁还惹得起！不要说我，连那些校长宪兵您都说打就打——"

"菁姑，您说这些干什么，这又是过去的事。——"

静宜实在怕又弄出什么事来，就插嘴说，可是她并没有因为她的劝止就停了嘴，反倒更提高了嗓音：

"怎么，有别人做的，还没有我说的么？我偏不信。——"

"不是那样，说有什么用呢，不过把小事化大，再惹一番唇舌。——"

本来静玲要说话的，静宜又扯扯衣角拦住她了，就替她说。

"难说我就是那么一个搬弄是非的人么？好，我就知道这两天又要惹气，我眼跳了三天，我都不下楼来，果然下了楼，你们就都容不得我了，把我看得比外姓人还不如，谁还拿我当人，我真不如死了好，死了好。——"

她一边说，一边轻轻打着自己的嘴巴，两只脚还同时地跳着。

"菁姑，您这是何苦呢，谁也没有说什么，——再说都算是您的晚辈，就是说得轻呵重呵的，您也得多包涵，犯不着生气。我妈妈也才睡下去，这阵闹了她，睡不着，这一夜就不用打算再睡了。——"

"好，我知道，别人都比我重要，我还是回到我的楼上去，从此三年不下来，看你们怎么样！"

说完了，气冲冲地走出去，又是很重地踏着楼板走，等她走上楼去，静玲悄悄地爬上楼梯，把楼梯上口的一块木板盖好，又悄悄地下来，这时静纯正站在他的门前，他的嘴里衔着一个烟斗。

"刚才是什么事情？"

"没有什么，她故意吵一顿上楼去了。"

"真讨厌，她简直是我们家里的不祥之鸟！"

静纯说过后，又回到房里，关起门。她也就走回静宜的房里，告诉静宜她做过的事情，静宜就急急地和她说：

"那可不好，万一有什么事可怎么办，再说给她知道了她更要大闹一番。"

"不会有什么事，回头我们和静珠谈话，保不定她又要悄手悄脚下来，明天清早我记着打开就是了。"

"也不用您打开，回头我吩咐阿梅还靠得住些，好了，我们去看静珠吧，记住，不许讽刺她，也不许骂她。"

"我听大姊的话，你看今天不是两回我都接受你的暗示，闭紧了嘴么？"

她们说着已经站到静珠的门前了，轻轻地敲着门，就听见里面象音乐般地应着。

"请进来，——"

她们推开门进去，正着见她穿了一身红绒的睡衣，手指里夹着一支烟，看见是静宜，怪不好意思地把那支烟放下，笑着站起来。

"我还不知道你会吃烟——"静宜说着，一面用手绢掩着鼻子，在那柔和的灯光之下，那氤氲的烟，正象雨后山林间的云雾那么美丽地飘着。

"我不大抽，闷的时候就想抽。"

静珠做着漂亮的手势，可是静玲什么也不管，先把严闭着的窗户打开，回头过来又说：

"点着的烟真呛人，你要是不抽，还是弄熄吧。"

静珠也没有说什么，拿起那根烟蒂，走了两三步，就投向窗外去，那点燃着的火亮就一直坠向无尽的黑暗中去了。

"你不会么？"

静宜关心地拉她的手，她笑着摇摇头；可是随手又从床上拣起一件外衣披在身上。

"你好象在想什么事情似的。"

"唔，我想得很多，心里乱得很，后来索性不想了，过一天算一天，总有一天——"

她说到这里顿住了，两只手指绞着，先是用牙齿咬着上嘴唇，过后又咬着下嘴唇，好象这一切都是阻止她把话说出口似的。然后她很巧妙地换了话头：

"我们都坐下吧。"

虽然她装成极不在意的样子，但她的心里一直在盘算着，她还不能做一个肯定。

"你的事情怎么办呢？"

"我也不知道呀——"静珠答着，耸了耸肩，"我有点听天由命。"

"他叫什么名字？"

"杨风洲，还是我们的同乡。"

"噢，原来是他，我看见过，我看见过，在报纸上，他是个秃头——"静玲急急地说着。静珠就显得一点不高兴，说：

"我并不以貌取人——"

"眼前他倒是一个红人，所有中国和日本的交涉都少不了他，每天报纸上都有他的名字。"

"我不注意他的事业，我知道他人很好，对我更好。——"

"你怎么知道他对你好？"

"难道我没有眼睛么？我当然看得出。——"

"你可知道，他对我们的国家不好。"

"那是他的事业，我不管，——而且这些事我们也弄不清，不能人云亦云，他就亲自和我说过：'我不怕别人骂我是忠是奸，到死了以后才能断定。'"

"你就相信了？"

"那倒不一定，我自己总有自己的见解。"

"那你的见解是什么呢？难说就是把你这么一个年轻轻的生命交给那个莫名其妙的中年人，平常既没有听见你说过，和你来往的时间又短，这么轻易就把一生葬送了，——"

"怎么能说葬送呢，没有一个人能占住我的，也许我以为一个人是很好的丈夫而不是一个爱人，在爱人之外，我还要有许多朋友，假如我是一个太阳，我就不能把我的光只照一方。——"

静玲听到这里，几乎要笑出来，她心里想："这个比方够多么不恰当！"

"假使对方的思想和你一样，那怎么办呢？"

"那我们是合则留，不合则去。"

静珠很悠闲似的说，好象这一切问题她都思想过的样子。

"你知道，他们这些小官僚今天在社会上有了点地位，不会是一个独身汉，他也许要有外室者象你这样的年轻女子，他已经到手了两三个，那你的一生不就毁了么？"

"他得跟我正式结婚，我能生活得舒服，男人过了三十性情才定，他懂得体贴人，会顺从我的意思——"

"听说他有四十岁？"

"不，三十八岁，按照外国算法。"

"你记得，我怎么不记得？"

"你记得，我怎么不记得，他还告诉过我，男人选择妻子的标准，年龄是他自己的年龄被二除，再加一，那么卅八，十九，二十——我才只差两岁。"

"得了吧，是再加七，该是廿六。"静玲不服气地纠正她。

"廿六，也差不多，我才不管这些！"

"好妹妹，你不要都照你自己的方法计算，你也替别人想想，我们虽然不必有什么门第之见，可是你想，那个杨凤洲是一个什么人？难道你真想从此就丢开双亲，丢开自己的兄弟姊妹，和那样的一个人白头偕老么？"

"我还要说，在你是一步路，静珠，在我可是从姊妹一变而为仇敌。"

静玲也诚恳地说，这在她还是少有的，她也想用真的情感打动她。

静珠用跳舞的步子往返地走着，看得出来她的心也正在踌躇，静宜不放过这个好机会，便又诚意地说：

"——好妹妹，你该听我一点话，你正该好好地生活，好好地恋爱，这个世界原来是你们的？——"她说到这里自己忽然觉得心一酸，有无限的感触涌上心头；可是她即刻遏止住自己的情感，接着说下去，"年轻的人应该和年轻的人在一起，不要只看眼前，要把眼放得远大，将来的世界，也还是青年一代的世界，那么为什么把自己的终身托付给那么一个人呢？不要听他花言巧语，过后，就都不是那么回事。那些年轻人呢，也许眼前没有发展，也许他们的性情不好，不会讨你的欢喜，可是那些都是真情感，不是那批骗人的家伙能表现得出的。你不还是青年么，你又何必急急忙忙给自己加上一套圈索。你不是喜欢自由么？那又何必把自由这样束缚住？听我的话，好妹妹，我都是为的你们好，你们都能有一个好生活，做姊姊的也就安心了，……"

她说不下去了，这番话倒引动她自己真心的伤感，可是静珠呢，只是埋着头，忽然扬着下颊很高傲似的问着：

"家里的人都反对这件事么？"

静宜以为这是说服她的好机会，便赶紧说：

"是的，是的，母亲也不会赞成，……"

"本来我倒无所谓的，您想，说到爱情的话我会喜欢那么一个难看的家伙么？不过，既然一家人都反对，我倒偏要试试看！"

"什么？"静宜简直惊愕得跳起来了，她以为自己没有听清楚，又问着，"你在说什么？"

静珠露出勉强的笑容，她又重复她的话：

"我是说一家人都反对，我倒要试试看。"

这一句，每一个字静宜都听清楚了，好象一盆水从头浇下，使她有点摸不着头脑，她不了解，正想再问她一句的时候，静玲走到她的身边，她显得再平静也没有了，就和静宜说：

"时候不早了，我们走吧。"

二十

第二天早晨，他们照样到学校去，可是一直到吃晚饭的时候，静珠也没有回来，静宜就低低地问着静玲：

"您在学校里看见她没有？"

"我向例看不到她。"

"也许她走了吧？"

"不见得，我还不相信她有这份勇气，怕又是有人请她吃晚饭。"

"不，我好象有一点预感，才觉得她要拿自己的一生做孤注，早知道她是这样的脾气，我就不该和她说真话了。"

"唉，您不说真话也没有用，她总有方法为自己辩护，她简直是替我们黄家丢脸。"

"丢脸还是小事，怕她把自己糟蹋了。"

"她太看轻了自己，假使将来真的照她自己的话做去，我真不明白她是跟谁赌这口气？"

"还不是自己跟自己赌一口气！"

静宜意味深长地说着，她叹了一口气。

在吃饭的时候她一直担着心生怕父亲或是母亲问起来，难得回答，还好，菁姑没有下来吃饭，因为昨天生气的缘故，否则她一定要多嘴问询了。

可是大家都好象故意避开这个问题不谈，格外显得沉默，显得无话可说。

吃完了晚饭，静宜就回到自己的房里，她心里想：

"难道母亲也知道了么？假使又有一个离开家，那母亲不知道要怎样难过了！"

她洗过脸之后，又到母亲的房里去，把一切的事情都安排妥当了，她才又回到自己的房里，她关了电灯，捻开台灯，微弱的光恰好照了整间房，她坐在迎窗的书桌前，两手支着两颊，似想非想地静静坐着。

她是在谛听，听着一声狗叫，或是一声打门的音响，甚至于连老王的混浊不清的语音也使她企望；可是一切都那么静，静得象冬日的池塘。

远地有车的声音和人语了，她兴奋地站起来，心里想着，"该是她回来了吧？"那声音果然愈来愈大了；她的心更充满了喜悦，脸贴着玻璃朝外望去，心里想："我还得好好劝她一次，我不能看到她自己跨到井里去淹死，还使一家人都为她悲伤，……"可是车声和人声又渐渐地小了，终于在那黯黑的夜里消失了。

她颓然地坐下来，仰望着天空，闪烁的星星象相对细语；可是她只是一个人，在任何方面说起来，都是空自等待着。

忽然壁钟响了，那好象震醒了她的灵魂，一下一下地清澈地敲在她的心上，她数着，一直数到十一下，一切又都静止了，万物重复陷进黑暗的深渊中，她的心中低低叫着："已经十一点了。"

在无聊中她重又站起来，忽然拉开了房门走到门外暗黑的甬道中，只有从一扇没有关紧的门透出一线灯光，恰象圣光一样地布着微亮。她心里想："这是谁呢，还没有睡？"

为了怕惊醒别人，她悄悄地走着，她已经想到那是静婉了，她就轻轻地敲着门。

"谁呵？"

当着那细弱的声音响着的时候，她已经推开门进去了。

"呵，原来是大姊，我还当是谁呢？"

静婉正用长枕垫了后背在床上倚坐着，看见静宜进来了，急忙放下手里的书，床边小桌上的灯把她的脸照得格外惨白，只是在两颊那里，因为羞急，象开了两朵不衬合的鲜红花朵。

"您这么晚还没有睡？"

静宜说着，就坐到床边，顺手拿起来放在枕旁的几本书。

"实在睡不着，成天成夜地躺着把头都闹昏了。"

静宜低着头看着那几本书名，原来是《漱玉词断肠词选》，《曼珠小说》，还有一本是宣纸手抄的《大鸣诗稿》，在这本书里，仿佛还零碎地夹着几张草稿。

"您不应该看书的，更不应该看这种书，医生不是说要您好好躺一年，就可以起来，连报纸都不能读么？"

"我知道，可是我太闷了。"

她说着低下头去，在看着自己纤细苍白的手指。

"我替您收起来吧，等待您好了的时候再给您。"

静婉立刻就象一只受了惊的小鹿似的睁大两只眼睛望着那本《大鸣诗稿》。

"你放心，我不会给你弄丢了，等你好了的时候就还给你，难道你还不相信我么？"

静婉摇着头，她那一双忧郁的大眼睛，深情地望着她。

"好好睡吧，静婉，医生本来不要你动的，你倒时时坐起来，时候不早了，——"

静宜一面说着，一面抽出她倚在背后的枕头，给她放平，看着她躺下去，还把被角替她拉好，都弄妥当了之后，她才说：

"你自己熄灯吧。"

她正要走出去，静婉又叫住她！

"大姊，我问你一件事。"她极其小心地说，"是不是静珠不回来了？"

"没有，没有，你怎么知道，谁告诉你的？"

"静珠自己和我说，她没有说不回来，可是今天晚上她没有来看我。"

"她跟你说了些什么？"

"也没有说什么，只说她心里烦得很。"

"其实事情简单得很，她用不着烦，她有什么可烦的呢？"

"呵，各人都有自己的烦恼，那不是别人可以想得到的！"

"好，好，不要说了吧，早点睡，明天再谈。"

她急急地走出去把门为她关好，又借着从自己房里透出来的烛光，走了回去。

夜更寂静了，她把书向桌上一投，里面落下一张纸，她拾起来看，那好象是静婉的笔迹，排着长短句，她心里想着："这个孩子也做起诗来了。"

夜更沉静了，她把那张诗稿夹在书里，忽然警惕似的想到："呵呵，春天又来了！"

她脱了衣服，睡到床上，把灯关了，壁钟又在响着，她数到十二下。

一连三天也没有静珠的影子，人们都好象故意避免着不提起她来，连母亲也象是如此。可是每个人都预感到一定要有什么事发生，正如同雨风将来的时候。不但同别人不说起来，也许连自己也避免想到，终于在第四天下学的时候，静玲慌慌张张寻着静宜，把她拉到她自己的房里，她才说：

"今天在报上我看到了静珠结婚的启事，——"

静宜赶紧问着她：

"是和那个什么外交专员么？"

"不是他还有谁！"静玲也气冲冲地说，她几乎想哭了，"好几个同学都告诉我这个消息，我自己也看见报纸。"

"唉，我真是忙得连报纸也没有看，走，我们把报纸找来，我想一定在么舅的房里。"

她们一边说，一边匆促地走下去，把李大岳的门叫开，他正在房里写大字，问起他来的时候他说什么也没有看见，报纸也不知道丢到什么地方去了。

"真糟，怎么今天的报纸就不见了呢？"

"你看，垫在这下面的不是报纸么？"

静玲从李大岳写字的纸下抽出一张黑迹斑驳的报纸来，看日子，果然就是当天的报纸。静玲拿起来找寻，终于她说：

"就是这里，——可是不知被谁剪掉了。"

静宜看见，果然那张报纸上齐齐整整剪掉一条。

"怪不得我没有看见。"

李大岳惋惜似的说，静宜却低沉地说出来：

"就让它在我们的心上永远是一个空白吧！"

二十一

自从那次搜捕之后，赵刚和向大钟就住到校内宿舍去了，那还是宋明光为他们想的法子，顶替两个旧同学的地位。有的同学知道这件事，就是宿舍管理员也知道；可是没有人干涉，所以他们也就平安地住下去。只是这样对于静玲有点不方便，因为女同学不能自由出入男生宿舍，在课堂里他们倒时常见面，因为他们的功课是固定的。

那一天，她才上完一节英文，忽然一个陌生的声音从后面赶来叫她：

"密斯黄，密斯黄，——"

她站住了，回过头看见一个穿蓝长衫的人朝她走来，她稍稍觉得一点面熟，可是一点也想不起来他是谁，正当她不知怎么应付才好的时候，那个人已经走到她的面前站定，自己介绍自己：

"我是方亦青——"

这个名字对她也有点熟，可是她还想不起来他是谁。一直到对方的人说：

"我是黄静珠的朋友，——"

她才恍然想起来那一群人中最朴实的一个，她就很爽快地伸出自己的手，他们高兴地握着。

"我听说你来到××，我总想遇到你，和静珠也说过，一直也没有碰到。"

"怕还是因为走读的关系，在学校的时间不多，下了课就赶回家去。——"

"也许你不记得我还在这个学校。"

"那倒不，静珠有一次还和我说起过，——"

"静珠结婚了，——"这几个字他说得特别低沉，在他那朴实的脸上显出一点痛苦的样子，接着又问，"你还有课么？"

"下一点钟没有。"

"那我们找一个地方去谈谈好不好？"

"好吧。"

她答着，就随着他走；可是走了许久也没有找到一个适宜的地方，终于他象自语似的说："那我们还是到校外的小铺子里坐一下。"

他们还是走到那爿豆浆店，她实在不愿意到那里去，因为上次留下来的不好的印象；可是她不好说，而且她觉得没有理由不进那爿店。

他们刚走进去，那个老掌柜就向她笑着点头，好象一直记着她，幸好没有人，他们就拣了一个座位坐下，他们要了两份豆浆。

"我真想不到静珠的婚姻。"

"家里人也没有想到。"

"呵，那么完全是她自己做主的？"

"可不是，没有一个人知道，从此也就不知道她的去向了。"

"那真怪，我真不明白一个年轻人，为什么要这样做？即使象她自己所说的：'游戏人间'，也不该走上这么一条路，她又何苦来承受人们的厌恶呢！"

方亦青叹息着，他象是仍然很关心她的。

"不要管她吧，任她去，她本来也就是那么一个人！"

"是的，如今也只好任她去了。"

方亦青象回音似的应着，在他的心中还记起来静珠自己的话："——如果不能呢，你不要再理我了，也不要骂我，任我去好了，——那我就是彻头彻尾不堪救药了。"

"——不过有时我想，"他又接着说，"与其这样，她还不如跟那些喜欢玩的富家子弟去好了，那样无论如何也不至于受别人的批评呀，现在可真是一件难以解说的事，连我们这些朋友——"

"嗐，不要再提她吧，让她倒在一旁腐烂好了，这些人的行径是无法了解的，她怕真是不堪救药的一类！"

黄静玲苦恼地说着，可是她也看得出方亦青的苦痛并不比她少。

"时间真是可怕的东西，有的经它磨炼发出耀眼的光亮，有的却经不起，慢慢地长锈了，终于腐蚀了，——"方亦青象很感伤似的低着头说，随后又抬起头来，说下去，"就拿我来说吧，我不能说我的性情不孤僻，一直到现在我还有一点，从前我简直是一个个人主义者，我讨厌人群，——当然那群人本身也是讨人厌的，我喜欢一个人独来独往，说老实话，我一直还是在梦里过日子——"

"梦里的日子也许容易满足。"

"可是那种满足有什么用呢？一旦时代的号角吹奏起来了，别人都应着它的声音跑去，可是我，我显得多么孤单可怜呵，——这才使我自动地打碎个人的小天地，跨着大步走出来了，原来外边还有一群人，这一群人只有一颗心，他们忘记了自己，为别人的幸福奋斗。——"

"去年的游行你参加了么？"

"第一次没有，那时我还在彷徨的时期，可是第二次我参加了，后来我总有的。"

"那你倒没有遇见我。"

静玲稍稍有点自语地说。

"没有遇到，可是我知道，这也是促成我和你熟识的最大的原动力，我想我们只有把无数颗热诚的心结成一座堡垒，它既能抵御进攻的敌人，又能保护里面的善良人民。"

静玲很兴奋地把手伸过去，他们的手又热烈地握起来。

"就是这样，生活的目的不应该只为自己，尤其在今天，敌人和汉奸正想法使我们都变成奴隶，我们必须起来反抗，引导大众来反抗；那你，你认识赵刚么？"

"认识的，我们现在同在救国会工作，他很好，你们是同学？"

"不只是同学，我们还是好朋友，还有向大钟——"

"我也见过，不过那个人好象没有什么意思。"

"他一定要有人引导，否则就不知道要跳到什么路上去了，可是他也是一个好人。"

"那我也知道，一看就能看得出来。不断地纠正和学习，也能把他训练成一个极好的战士——希望我们以后多接触，我们也能成为好朋友。"

"那不成问题，——可是我们尽顾说话，豆浆也冷了。"

"不要紧，先生，我给您换两碗热的就是。"

这个老掌柜好象很高兴地说，正在这时候，钟响起来了，黄静玲就站起来说：

"我要去上课了，来不及喝，那怎么办呢？"

"是近百年史吧。"

"是的。"

"那我也要去旁听，那我想，存在这儿吧，下了课再来。"

可是那个老掌柜又很和气地说：

"不要紧，您上课去，这两碗退了好啦，下次再来另叫，一点儿关系也没有！"

"那不难为情么？"

"嗐，方先生您说这样话，就算见外，那有什么，我们又没有损失，象您，我们还请不到呢。"

"好，那我们下回再来吧。"

他们走出了豆浆店，方亦青就和她说：

"这个掌柜好象一直在听我们谈话，他又过分客气，也许有什么关系吧？"

"我想不会，上次我就遇见一回，他实在被那些公子哥儿虐待苦了，遇上我们就特别欢迎，我想他没有什么作用。"

"有许多事不得不疑心。"

"过于多疑也就一事无成，我总想如果用至诚感动人，总能生效的，——尤其是这些纯朴的人们，有知识的人们就不对，知识可以帮助他们为善，同时也使他们作恶。——"

"是的，你的话不错，我也这样想。"

"呵，我想起来，我们得快点走，这一课的人特别多，要抢座位，去晚了只好站着听。"

二十二

到底他们还是去晚了，虽然还没有摇铃，可是那个教室已经挤满了。不但座位没有了，就是窗口和门口都挤满了人。

"真糟糕，这可怎么办！"

"看看赵刚他们在不在里面，可以要他们把座位让给你。"

"唉，即使他们有座位，你看我怎么挤得进去，我真不明白这一课为什么有这许多人？"

"你还不知道，教这一门的林教授算是有名的学者，尤其是最近，大家都想明白一点这几十年来中国的情形，所以他更受欢迎。"

"难说这些同学都是爱国之士么？"

静玲带一点轻蔑的意味说，因为她已经踮着脚朝里望一下，那里面有各式各样的人。

"那当然不是，大学正是一个社会的缩影，也包含着三教九流，譬如说有的到今天还只知道读死书，一辈子也不把眼睛从书本上抬起来，有的还是无所谓地过着日子，有的做什么事都是凑热闹，没有一点主见，有的天天还在做梦——恋爱梦，官僚梦，发财梦……！喂，你看上课了，林教授来了。"

果然在甬道的一端，一个身材矮小，拖了一个大皮包的黑影向着他们移来，走到门前停住了，看看教室的号数，然后一下就钻进去了。

"他的本事真不小，我正替他犯愁怎么进得去呢，转眼不见他已经跳到讲台上。"

"在社会上做人的，哪个不会钻。"

方亦青笑着，把衣袋里的小抄本拿出来，准备好了要抄笔记。

这时教室里的人声立刻静下去，没有抽完烟的同学赶紧把烟蒂从窗口人们的头顶上丢出去或是在椅脚擦熄，每个人都忙着打开笔记本。

教授林如海照例地向黑板望些时，然后转过身就用响亮的声音讲起来：

"其实李鸿章还算不得一个民族的罪人，按照当时中国的情势来看，……"

想不到从那矮小的身躯竟能发出那么动人的音调，高亢的时节不觉得刺耳，低沉的时节也一点不模糊，说话的人还好象把他的情感完全寄托在他的语言中，全场是鸦雀无声，有的只是低着头手不停地写着，有的忘记写了，嘴唇微张着呆呆地望着，有的随了他的讲词不时地发出轻微的叹息；……总之，这许多人都被他抓住了，好象在那时候他要是有所命令，他们也会毫不迟疑地听从他，为他做去。

"唉，他讲得真不错！"

当着教授林如海停止了讲授，正用手绢擦着脸的时候，黄静玲低低地对方亦青说。

"是的，他很会讲话，尤其是现在，许多人都要明了中日之间过去的情形，所以都感到很有趣，不过，他有点不正确。——"

静玲象是有点不解似的。

"对了，讲近百年史的人很容易走上这条路，你不看，×××、×××他们么？"

"我常以为如果全是为了国家的好，也不必管是什么党派。——"

"当然，当然，——他又讲了，回头我们再谈。"

方亦青又把他的精神放到谛听上去，他只是随时扼要地记下些字句来。黄静玲还不能养成这种习惯，每次才上课她总是很用心地记录，慢慢就随不上了，跳过一节，留一段空白，再跟着记，可是不久又完了，终于她只用铅笔支着腮，无望地看着那个愈讲愈快的教授，她心里时常想："大约这就是大学生和中学生不同之处。"

　　终于铃声响了，讲授告一个段落，那些坐着的站着的学生才象从一个美梦中醒过来，恋恋不舍地站起，或是移动着脚步。这时他们才站起来，已经到了吃饭的时候，胃腔中象烧一把火。

　　"走吧，我们一同去吃饭。"

　　方亦青和静玲这样说。

　　"你不是要在学校里吃么？"

　　"不，今天我陪你到外边吃，我们还要谈谈。"

　　"那不成，得说好我请你吧，要不我不去。"

　　"嘻，那有什么关系，到时候再说吧！"

　　学生们都急着向不同的方向走着。才走到操场，一只手就在黄静玲的肩头轻轻一拍。她回头一看原来是赵刚，他也和方亦青打着招呼。他说：

　　"你们也认得的。"

　　"我本来和黄静玲同班，当然该认得她，走，我们一路到外边去吃饭吧。"

　　"好，学校的饭连我都受不了，菜钱简直都被庶务和厨子赚去了，一点油水也没有。"

　　"那为什么你们不反抗呢。"

　　静玲稚气地说。赵刚笑了笑，回答着：

　　"哪个把精神花到这些事上去！"

　　当他们走到门外的小饭馆，每一家都装满人，有许多同学和他们一样，走马灯似的出来进去。

　　"这可怎么办？"

　　"不要紧，要是不太饿就等一下，——"

　　"要等我们还是到别的地方去等，这么嘈杂我简直受不了。"

　　"好，那我们还是到校园去吧。"

"怎么，我们也有校园？我就不知道。"

他们重复又走进学校，这时候显得很清静，因为都在吃饭。

"你还不知道，"方亦青说，"就在图书馆的边上，——"

他们说着已经走到了，只有一座破烂的草亭，和几棵常绿树，再有就是去年遗留下来的残花败草，有的被霜雪侵蚀得发黑了，有的居然从那腐烂的根枝发出一点绿芽。

"这简直比不上我们××中学，我们的校园可比这个好得多。……"

静玲鄙夷地说着，脑子里晃出来那整齐的树木，花草，路径，——最活泼地跳着的还是那些红眼睛白毛的兔子。

"……你看，连一个坐处都没有，这么脏，还不如坐到图书馆的台阶上去呢。"

她不断地抱怨却使赵刚不得不说：

"那有什么用，他也要你的思想和行动都那么整齐你受得了么？——"

静玲好象没有听见他的话，她只是独自搜寻。忽然又叫起来。

"你们看，原来那边还有许多棵玉兰，快开花了，一定是的，花苞都这么长。"

"年年它们都开得很好，也不见有人培养——它们是自然生长，自然死灭，美花和荒草都有，你不要看那破烂的亭子，那一边却有一条清泉，这正是整个宇宙的缩影，也是我们这个社会的，还是我们这个学校的——"

"对了，在大学，真是无奇不有，譬如在中学，我们厌恶校长，可是在这里连厌恶的对象都没有，我就没有看见校长的影子。"

"我们的校长是'虚本位'，他本人在做官，因为那年学校要立案，不得不勉强抬出那一个校长来，其实一切事还不都是那个秘书长办，我来了两年，只见过校长一次，还是他到这边来观察行政，顺便到学校来的，那一趟他请全体师生吃一顿好饭，连讲演前后不过二小时，——"

"那怪不得学校没有人管了，就说教授们也很奇怪，有一个教国文的才三十岁，就把那瘦长的背驼着，说话好象三天没有吃饭。只选明人小品读，写起字来倒有点象——"

"象那个文学大师杨子乔是不是？你还不知道，他是他的得意弟子，他的靠山就是杨子乔，要不然他还不能到这里来教书，他简直就是杨子乔的应声虫，还有一个人更可笑呢，叫朱正平，他是一个戏剧家，教戏剧原理，他一上课就南腔北调地唱，引一般同学的兴趣，怪不得有许多同学欢喜听，还有秦玉，——"

"秦玉？——"

静玲觉得这个名字很熟，想了想，才恍然地说：

"她也在这里教书么？"

"可不是，她教西洋美术史，她简直在和每个学生恋爱，有许多男学生都欢喜选她的课，分数又容易，又有趣；可是那个西洋文学系主任陈若明正相反，他每到一个学校挽一个太太，——总是从别的学校带一个来，再在这个学校里找一个，就偷偷跑到别处去了，把那个旧的丢下，现在听说他又和一个大四的女学生很好；不过这也算了，都是他们私德方面，我们管不着，有的教授言论同行为都和汉奸走一条路，栽赃，诬害，无所不为，那才害人呢，就象——"

"不要说了吧，不要说了吧，听多了连饭怕都吃不下去！"

静玲简直是叫起来，她愈听愈不高兴，她就打断了话头。

"好，我们吃饭去，时间怕也差不多了。"

二十三

自从静珠离开了家后，黄俭之唯一的表示就是把报上的那节启事剪去，此外就永远守着缄默了，别人也绝口不提起，真好象从记忆上涂去一般，可是关于她的消息，报纸上不时地记载着，说是结婚的那天有什么样的盛况哪，在文字中间不时有铜版插图，有时是静珠和那个秃头的男人，有时是他们夹在那一群男女之中，……可是这些，在黄家不是一方空白就是一团墨，明白简单地表示他们对她的态度。

青儿长大些了，正好填补他空寂的生活，怀着中国人本有的对下两代的钟爱，他时时把那个婴儿放在自己的膝上。孩子的沉默正象他的父亲或是母亲，每当极不愉快的时节他才流了很多的眼泪，哭着，含混不清地喊叫："妈妈——妈妈！"这就引起他的注意，自语似的说：

"静纯总还要接一门亲，照这样下去也不是事。"

于是他象安慰似的向他说：

"妈妈就要来的，妈妈就要来的，……"

可是孩子的哭声并没有因此停止，反而愈来愈大了，一直到静宜闻声赶来，把他接过去，孩子才止住了啼声。

黄俭之的心却一酸，他看看静宜，想想静纯，忽而又想到相离将近一年的静茵，想到静珠的时候，他简直忍不住了，匆忙地站起走出去，他走到院子里，故意象什么事也没有似的，仰着头在走来走去，忽而他又想起来以前说是三年就要转过来的好运，现在是一年已经过去了，而且这许多不可补的缺陷，要有多么大，可以挽天的好运才能把死去的复生，落下的跳起，失去的归来，哀残的重新？想到这里，他也不得不颓然地叹一口气，心里说：

"算了，哪里还有好运气转得过来；这也都是气数，非人力所可为者！"

正在这时候，静玲从外面跳着跑回来了，看见他，就叫着：

"爸爸，您在院子里干什么？"

"我？——"他想了想才说，"我看看院子，打算好好修理一下，树木都得收拾，花草也要栽种，照这样下去实在是不成样子，你过来，我问你，你每天上学就是走么？"

"不，有的时候得坐电车。"

"那有多么麻烦呵，——"

"可说呢！爸爸您给我买一辆自行车吧？"

"那，那也不合宜，再说你的牙还没补，就是补好又要摔掉。"

"不会，爸爸，我骑得又慢又稳，不会出事。"

"好吧，你跟你大姊去要钱，要买就买一辆好的。"

"好，谢谢爸爸！"

静玲就又活泼地跳上台阶了，他望着她的背影，心里想着：

"到底她还是一个好孩子，她的心地纯正，身体又好，为人也热心，就是——"他在心里又一转，"太喜欢动，将来不知道还要出什么事。"

他一点也没有想到这一天在学校里已经又出了一桩事，原来今天是××学院的周年纪念日，往年是要悬灯结彩唱戏三天上下狂欢的日子，今年倒并不是因为感愤家国，不忍作乐；却因为怕学生借端出事，所以只停课一天，举行纪念仪式，招待返校校友。

黄静玲对于这许多事还不熟，这正是星期一，早晨照常夹了书包赶到学校去，一看校门那里连夜搭起来的松牌坊，上面有几个大字：××学院××周年纪念，她才想起前些天旧同学曾经告诉过她。她正想转身向回走，赵刚叫着她：

"不要走，不要走，上午要开纪念会，凡是不到的做旷课论！"

"那真岂有此理！为什么大学也这样？"

"学校倒并不是严厉，实在是怕学生都不到，给那些贵宾和校友看到使学校丢面子。"

"那我就偏不管，看他们把我怎么样！"

"何苦呢，你回家不也是没有事做，我们在这里谈谈不正好，再说，也可以看看大学的花样，好难得呵，怕花钱也看不到。"

静玲也没有说出什么，不过她不再坚持着回去了。

"几点钟开会？"

"十点。"

"那我们这么早干什么去？"

"还怕没有事情做？你还不知道，许多同学星期六星期日忙了一天半，到昨天晚上还赶了一夜，把课室都布置成展览室，好在听说年年都是那一套，用不着费许多事，八点钟就开始任人参观，我们早点去看一下也好。"

黄静玲点着头跟着赵刚走，进了校门，转进去，就看见课室的前面黑压压地挤了一大群人。

"这是怎么回事？别又有什么事！"

"走，我们快点去看看。"

他们紧着脚步走，到了近前才看到原来没有什么事，下面围着的是一群学生，在课室门前台阶上站了几个中年男女，有的他们认出来是教授，那个尖嘴猴腮的是孙秘书长，在他的身边有一个四十多岁的女人，裹了一身发亮的缎子，梳着一个高髻，脸上象是想用脂粉把皱纹填平似的，横在那门前的，却是一长条红缎带。

"这是干什么？"

"我也不明白，看着吧。"

过后就有一个人报告："请孙秘书长太太剪彩。"

那个中年女人果真就微笑着，露出一只金牙，接过一把剪子，把那条红缎带剪断，许多人莫明其妙地鼓掌。然后一窝蜂似的拥进去。

"这算什么，我不懂。"

静玲站在那里，尽力地摇着头，她也不想一下就挤进去参观。

"我也不懂，这大概是上海派——嘻，还不是那些无聊的人想逢迎秘书长，才想法子要他太太出个风头？这路子倒不错，想使老爷喜欢，得走太太的门路。"

"赵刚，谁告诉你这一套？……"

这时要挤进去的人也差不多了，他们也随在后边，缓缓地走进去。这简直使她想不到，一两天的工夫怎么能把课室变成这个样子？过道算是"艺术走廊"，屋顶上悬着花灯和五颜六色的纸条，很象一个下等的跳舞场，壁上挂着假字画，美人广告图，明星接吻图，好容易有一片洁白的墙，还被一张××市明细地图给盖住了。每一间课室算一系的陈列室，门前站着穿得很整齐的男学生，或是打扮得花枝招展的女学生。陈列一些钱币，图表，账本的是商科的，法科的用活人，在表演假法庭，语文系把些旧书抬来，还有一个留声机在嘈杂地教授发音，生物系把荷兰鼠和猴子都搬了来，工科实在没有什么可放就把测量仪器架起。

当他们正走到楼梯的时候，忽然遇见了方亦青，他正一个人走着。碰见了，他们就走在一起。

"真没有一点意思！"

黄静玲不耐烦地说，赵刚低低和她说。

"不要在这里批评。"

"我们到楼上去看看吧。"

他们才走尽了半层楼梯，方亦青忽然低下头去，急促地低声说：

"我们走吧，不要上去了。"

可是黄静玲正仰着头向上看，一个打扮得极妖冶的女人，正多姿地守在楼梯口。她的手里有一束花，她随时把花朵插在男人们的胸前。静玲不解地问：

"这是干什么？"

"不要问了，我们下去吧，——"

还没有等他说完，那个女人已经跑下来，拉住方亦青，尖着嗓子叫。

"Mr 方，你不要走呀，怎么静珠走了，你也就不理我了，我偏不信，一定得给你插一朵花。"

她竟强力地把方亦青拖上去，他们也不得不随着上去，可是她的话还没有完：

"你看，这多么好，平时使人头痛的自习室现在改成社交堂了，这里有茶，有点心，你还可以招待你的朋友们，——说完了，你还没有给我介绍你的朋友们呢！"

她说着，用那修画过的眼睛瞟着他们。

"都是同学，有什么可介绍的？"

"真奇怪，难道同学就不用介绍了么？我先介绍我自己，——我是 Mary 柳，文学系三年级。"

他们没有回应，方亦青不得不苦着脸说：

"那位是赵刚同学，——这是黄静玲同学。"

"噢，——黄静玲！"她又尖叫一声，简直要把她自己的身子投过来似的，她那热烈的情绪，使静玲不得不退后半步避开，"我同你哥哥是好朋友，怎么，他没有跟你说过么？——我和静珠从前一直是同房，我们一天也不离开的，昨天她还用汽车把我接到她家里去玩，她说她今天也要来的。"

"怎么，她还要回到学校来？"

"可不是，不但她来，杨专员也要来，学校这面正准备欢迎校婿呢？"

黄静玲忍不住，她从牙缝里挤着说："什么是校婿？"

"学校的女婿呀，静珠从前不是这里的学生么？当然杨专员就是校婿，——你看你，兴奋得这样，我想你一定高兴极了吧。"

黄静玲没有回答，她象逃走似的一直冲下楼去，他们也跟着她走下去，到操场里才叫住她。

"我想回家去了，"难得她的脸都有一点变色，气愤地说，"我不要看见她，更不要看那个鬼专员！"

"这不成，这也算是逃避；就是鬼也得仔细去看看它到底丑得什么样子，而且我们还得想法子打鬼，那才可以。"

"要打我倒干。"

"我们立刻就去讨论，商量对策，你不要走，会场里我们坐在一处。"

后来，果然他们集到一处，看到静珠裹着银鼠大衣，仰着那张又红又白的脸，裊娜地走上讲台，灿烂的宝光在她的手指间闪着，一个秃头的有尖鼻子的人走在她的身后。当着那个做主席的秘书长谄媚地介绍，轻轻地拍手迎着那个站立起来的校婿，下面忽然发出隆大的吼声：

"打倒卖国贼杨风洲！"

"取消黄静珠学籍！"

"驱逐汉奸出校！"

"打倒日本帝国主义！"

"⋯⋯⋯⋯⋯⋯"

震山倒海的声音在礼堂里回荡着，台上的人惊愕地呆立着，杨风洲的脸上露出极不自然的苦笑，他大声叫着"诸位同学，我有几句话说，——"可是没有人安静下去，洪亮的歌声响起来了。

黄静玲到这时候才把胸中的郁闷吐出来，她大声喊，大声唱，当着杨风洲匆匆地拉着静珠走下台去，他们也用这不屈服的歌声相送，没有人拦得住他们，她走在前边，一直到随从拉开汽车的门，静珠才象一只饿狼似的回过头来呲着牙吼：

"噢，——原来是你，——小五，我记得你！"

二十四

春天正想用它那无比的生命力使万物滋长，可是从遥远的北方卷来了弥天的黄风，老树连根被拔起了，在空中旋着，又落下去打破别人家的屋瓦，凡是可以吹动的，都上了天，不定的移动，然后又落下。细小的黄沙萧萧地降下，落在没有花瓣的花蕊上，落在青青的草尖上，落在洁净的桌儿上，落在每个人的心上。它是吹不去的，拭拂不净的，简直是粘着地附在每个地方。

人们觉得烦闷了，也觉得一点恐惧，从窗里望出去，挡住眼睛的无非是那黄茫茫的天色、竹竿、树枝，——都惊人地叫着，在牙齿间，细砂使牙齿磨得响。吐出去，江水象细丝一样地拖长，有时看见那在天空中运行的太阳，可是它失去了威力，失去热，也失去希望的红光，只是惨白地，无言地显出一个模糊的轮廓。

黄俭之这一天也是不宁地从楼上走到楼下，他指挥老王把大小窗门都关好扣好，正在这时候，忽然响了一声，哗啦啦地响着，他赶紧吩咐老王到外边去看。

"看看外边，哪里飞来的东西，再看看外边有什么东西吹跑了没有？"

老王急急地出去了，又急急地跑进来，说是藤萝架连根都上了天，有一扇窗子都在地上，大约是顶楼上姑太太的。末了他还加了一句："上面的玻璃都打碎了。"

"废话！窗户掉下来玻璃还能保全？还不快点到顶楼上去看。"

老王仓皇地又跑上去，很快又跑下来，他说：

"姑太太的门锁着呢，我叫不开。"

"大白天锁门干什么？好！我自己去，——"

这时候李大岳从他自己的房里出来，拦着他：

"您甭去，我上去看看好了。"

"你，你也不成，她不讲理，我早就知道，她成心这么办，……"

黄俭之一面说一面已经走上楼梯了，李大岳和老王都跟着他。顶楼上，风声显得更大，还觉得有一点摇撼似的。这就使他的气平静些，当他叫着开门的时候，她早就应着打开，可是她的头发有一点乱，风就顺着门吹出来。

　　"你的窗户吹下去了，是不是？"

　　"我起来才看见的，方才我睡在被窝里，这顶楼上简直象坐海船一样。"

　　他已经没有气了，反倒同情似的说着：

　　"你搬到下边去住两天吧，要他们给你修理一下，——"

　　"我不，——"她把头一偏，"我才不放心他们，有些纪念物要是丢了是死也找不回来的。"

　　"我负责，好不好，"黄俭之又有一点气似的说，"你看你的房里都吹乱了，总得赶快把窗户安好，——"

　　"好，那也得等我收拾收拾。"

　　她象极不情愿似的又走到那间房里，她摸摸这样，又摸摸那样，终于把睡在床上的猫抱在怀中，晃着小头走下楼了。

　　"姊夫，您也下去吧，有我和老王一会儿就能弄好，这上边的风又大，——"

　　"好，那也好，小心不要给她弄坏东西。"

　　"您放心吧，我知道。"

　　黄俭之又走下去，天色象是晚了，遇到静宜的时候他就问：

　　"玲姑儿回来了么？"

　　"还没有，好象听说今天她的课要到四点钟——"

　　"现在快五点了吧？"他又说一句。

　　"没有，"静宜笑着回答，"顶多也不过才四点，您抱抱青儿吧，他也睡得不安宁，总要人抱，我去看看静婉。"

　　静宜就把手里的孩子交给他，他并不象往常那么高兴地接过去，就信步走到母亲的跟前。

　　静宜推开静婉的门，很惊讶地看到菁姑正坐在那里，好象很得意地在说着，一看见她进去，极不自然地闭了嘴。

　　"姑姑，您什么时候下楼来的？"

"还不是你爸爸吩咐我下来的，没有话，我才不敢下来呢？"

静宜实在猜不透，她为什么缘故总是好话没有好说，仿佛看见她的时候就把脸一沉。可是她实在是能忍耐的，就不去理她，只问静婉有什么不舒服没有。

"我倒好，不觉得有什么，只是满嘴都是沙土，随时要漱口，别的我倒一点也不觉得。"

她为她试温度和脉搏，看着菁姑没有离开的意思，她也故意坐下来。果然，菁姑耐不住了，她悻悻地站起来，抱着那只猫走到楼上去了。

"她和你说些什么话？"

静婉先是摇着头，过后才说了半句：

"她提起静珠就说这都不是好现象，还说了点种瓜得瓜，种豆得豆的话，——"

"不要听她，你好好养你的病，守寡的人心境和别人不同，你记着就是了，她们总不愿意别人幸福，她说话你只当耳旁风就是了——"

正在这时候，黄俭之忽然推开门，进来向静宜说：

"怎么静玲还没回来？"

她看看表，就笑着回答：

"现在也不过四点十分，总还要有些时候。"

"唉，你简直不知道，我近来的心情真不同了，你不知道，我的胆子有多么小，我真怕弄出些什么事。这里真成一个是非之地，要不是这瓦房子，要不是你母亲的病，我想我们还是回老家去吧。——呵，我想起来，会不会老王在顶楼，她回来叫门，没有人听得见？"

"不会的，李庆大约在门房吧？"

"这小子也不是东西，他也有点不好好干，常常看不见他的人影儿，再这样，我就叫他滚蛋。"

"爸爸，我们到外边去吧，静婉还得睡——"

这样他们才走出来，正碰见李大岳和老王从顶楼上走下来，从那楼梯口，有一个尖亢的嗓音在他们的身后叫：

"你们瞧吧，把我的房子弄得有多么乱，这是劳驾他们收拾窗户了，我倒情愿让风吹死，免得受你们大的小的上的下的气——"

黄俭之才走上楼梯几步，那声音就停止了。他问着：

"修理好了吧？"

"修好了，风吹乱她的东西，她就不依不饶地骂一大顿，还要到您面前讲理呢。"

"不要理她，她就是这样子！"

父亲和他们又一同走到楼下去，可是到了五点钟，他好象更不能忍耐地跑上来，甚至于他都说出来自己要去找她。

"你看，这么晚，天都黑了，还不见回来，一定有什么事，——"

"天倒并不黑，才过五点，按说该回来了，怕学校有什么事，耽误住了也说不定。"

"就是怕学校里那些鬼事，也不知道他们那些人自己有儿女没有，拿别人的儿女糟蹋，这是什么世界，呵，你听外边简直是鬼哭神号！"

一直到六点钟的时候静玲才回来，那时候晚饭已经摆好等着她，可是她一身泥土，头发根、鼻翼旁眉毛都眼毛都变成黄色，衣服的壁褶也都是沙土，吐出的口水都是黄澄澄的颜色。

"快点洗脸漱口换衣服，你看你成个什么样子？怎么，你还是骑车回来的？"

"可不是，赶上个大顶风，一身的力气都用尽了，缺了门牙，沙土更灌得足，膀子打得生痛，眼睛都迷得看不见。"

"你这个傻孩子，这么大风还骑车！"

父亲又气又怜地说。

"您不是告诉我们要俭省么——"

"嗐，俭省也不是这么回事，明天再要是刮这么大的风，告一天假吧。"

"明天是星期，不用告假。"

"那就好，那就好，——阿弥陀佛，谁见过有这么大的风！"

母亲接过去说，她跟着向静宜说：

"你把孩子交给我，帮她好好洗一下，我要是有力气，恨不得按着她的头给她洗！"

"您放心吧——"静宜说着把青儿又送给母亲，"我也会按着她的头洗。"

静宜走去帮她的忙，先把她的衣服给她找好，然后就用干毛巾替她擦湿淋淋的头发，一面叫阿梅再多打点热水来。

"我问你，你到底又到什么地方去过？"

静宜乘机低低地问她。

"你不说，我才告诉你，——"

"我当然不说。"

"我到车站去了，正看见从关外运来的大批私货。"

"是烟土？"

"不是，不是，全都是日用品，什么布匹、白糖，煤油，都是这些东西。"

"谁在运？"

"出面的是那些日本浪人和高丽棒子，其实还不是日本的政策，他们是经济战争。"

"那海关不干涉么？"

"谁说不，我们今天去看的就是大批被扣的私货。可是不久，就有上百的浪人，带了中国苦力，硬给抢走了，你看这还象话么。"

"日本人真无耻，什么事情都干得出来。"

"可不是，他们是双管齐下，一面想军事侵略，一面表面象和平，其实更厉害，那就是经济侵略。"

"这算不得经济侵略，这是抢劫。"

"谁不说，这一来许多工厂没有办法了，日本货太便宜，可是外国的货也无法竞争，将来总有事情。"

"不要和爸爸说——"静宜反倒嘱咐她，"你知道爸爸等得你多么焦急，你要告诉他这些事，下次他更不放心了。"

"我知道，我知道……"

静玲把脸又揩干，静宜催着她：

"快点吧，爸爸、妈妈都在等你。"

"好，就去吧，大姊，你知道么，河里涨了水。"

"现在又不是夏天，怎么会涨水？"

"谁知道，也许是风的原因吧，水还很大似的。"

她们说着就一同走进母亲的房里。

二十五

自从过年以来，李大岳忽然有了夜里睡不着觉的毛病，他知道那是因为日子过得太闲，心又总不安宁，时时东想西想，到了晚上睡到床上也不能沉静，于是就担心着会睡不着，果然就睡不着了。他懂得要睡得好就该日里多劳碌，他就时常帮着老王作许多事，尤其是那吹上了天的藤萝架，简直是他一个人弄好的；可是渐渐地工作的事情完了，他又懒下来。他明白这样下去总不可以，一定得好好有个交代。

那一晚上的风助长了他的不眠，本来黄昏的时节，风势杀了些；可是吃过晚饭就更凶猛地刮起来，关紧的百叶窗每一条木板都吹得响。

他听见黄俭之向老王叫要小心火烛，他就拿了电筒到院里四周走一个圈，不知哪里飞来的木棒着实地打在他的膀子上，象谁给了他一拳。

"妈的。——"

他脱口叫出来，可是立刻想起了从前的生活。他象彻悟似的想到。

"我还得回去的，我本来过的是野活野长的日子，怎么能象一只家畜似的关在院子里？"

走回房里，他深思似的想着，他想他实在该离开别人的这个家了。外面的风声正象千军万马的召唤，要他出去和他们一起去攻击，去战斗，又是他，真是连自己也想不起怎样过去的，这将近一年的日子，他一匹驰骋千里的良马，他也想起一把宝剑；谁说他自己也甘愿生了锈或是无用的老死枥下？

他陡地站起，窗外的风正大，人们想来早已睡了，可是他不耐的彷徨往返，电灯也象是摇着，还象暗了些，一腔难言的烦闷，正象一块巨石压在心头。他用自己的拳头使力地击打着胸前，咚咚地响，他是想捶散那一团烦闷，可是他只木木地，连一点疼痛的感觉也没有。

"难道我就这样下去了么？难道我就这样下去了么？"

他自己不断地问着自己，也不知道该怎么答复才好，风还是强暴地吼着，他想时间一定很晚了，什么也不顾，就脱下衣服睡到床上。

他赶紧关了灯，想在黑暗的境界中求得心的安静；可是他的心还是应和着，外面不曾安静下去的风声急剧地跳动。他还觉得细小的沙粒纷纷落在脸上，牙齿中间更积了许多，甚至于他觉得喉咙都被塞住了，他不得不又开了灯，从床上跳下去，倒一杯水去漱口。他觉得嘴清爽得多了，他相信这一下他可以很快地入睡。

当他再睡到床上关了灯，他的神智又是很清楚，滚在外面的风正象发怒的海涛，他就真觉得自己象坐在一只无依无傍的小船上，震荡着，摇晃着，波浪随时想吞噬它，暴风随时想颠覆它；他想到他最需要一点火亮和指路的指南针。要从毁灭之中逃出去，他一定要正确的引导。

"可是我的引导在哪里呢？我的指南针在哪里呢？"

他简直有点悲哀了，他不甘沉没，又没有那大智大慧的力量向前，只得在这茫茫之中忍受着心灵的折磨。

好容易才睡着了，仿佛是傍着悬崖的小径前进。忽然一脚迈空了，立刻全身沉下去，惊了一身冷汗醒转来，原来是一节似梦非梦的幻境。还记得幼小的时候，这样惊醒了之后，一定是哭着，母亲就会说："孩子，不要怕，那是身体在生长呢。"现在还要解释为生长，连自己也要哑然失笑了，他记得在书上看到，这原来是神经衰弱的现象。

"——一定是神经衰弱，"他自己心里肯定地想着，"我这么一个军人，还会神经衰弱，那也算笑话！"

于是他又抛开这一切想头，伏在枕上追寻他的安眠，可是好象又睡了不久，如同真一下一下地敲着他的脑子一样，他不得不愤怒地叫起来。

"这是怎么一回事呵？"

这却惊醒了他自己，原来有一个人敲他的门。

"谁呀？有什么事？"

"幺舅，是我，我有事找你。"

"天还没有亮，过一会儿再来吧。"

“还没有亮！——”这句话惹急了静玲，她也不等他的话，推开门就进来，别的话也不说，赶着替他打开窗户推开了百叶窗，“你看，多么大的太阳！”

“呵！真的，风也停了，还出了太阳。”

李大岳也快慰地说着，他的手揉着那一双觉得有些疲困的眼睛。

“幺舅，你快点起来，我找你到河边看点东西。”

“河边，河边有什么好看的。”

“不要说了吧，你快点起来，我在院子里等你，回来再洗脸。”

静玲说着就先走出去，站到院子里，还听到河里的急流的声响。

李大岳果然很快就出来了，她招呼他，一同走出大门，向左转走到了河边。

“呵，想不到河里涨了水！”

黄色的河水翻滚着，也激起小小的白色的泡沫向下游迅速地流去。

“——真想不到今天还有一个蓝天！这两天可真闷死人，连一口气也喘不出来，——”

“幺舅，我不要你看蓝天来的，你看那边，——”

从上游，好象漂着两三件包袱似的，随着水流冲过来，有的是蓝色，有的又是黑色，到了眼前他才看到那原来是泡得肿胀的淹死的尸首，朝天的脸象一只灰白色的大球，看不出鼻眼和嘴来，有的脸朝下，手背在上面，好象被什么绑住似的。

“怎么会有这么多人淹死呢？”

李大岳说着，怜悯地摇着头。

“清早我本来想看水势，没有想到漂来这么多尸首，我才叫你来着。”

“也许是在河边的老百姓，一阵水来了，没有赶得及躲，就给淹死了——”

“不象，不象——”静玲直摇头，“你看，没有小孩子，也没有女人，倒都象做苦工的男人，你不信你看，又漂过来了。”

静玲用手指点着，这一次，总象有一二十个黑点，漂过来，当着那些尸首经过他们的面前，果然那里面没有一个女人也没有一个孩子。

“我说得怎么样，都是男人，两只手总是拢在一处，一定是绑着的。”

“这倒怪了，这是怎么一回事呢？”

李大岳抓着自己的下巴，一定也想不出道理来。

"幺舅，你知道走私的事么？"

静玲忽然这样问着他。

"就是在报上看过一点，不大知道详情。"

"昨天我去车站看过了，正看见那些浪人抢私货，把海关上的人给打散了。"

"唉，中国人真没办法。"

"不要说中国人，外国人能有什么法子？昨天不就有一个外国记者么？正在他们抢的时候偷偷照了几张相片，不知怎么一来给一个浪人看见了，他赶过去就给那个外国人一拳，把照相机抢下来，当场取出底片，还把照相机给摔了，那个外国人正要和他们讲理，一群浪人赶过去，这个一拳，那个一脚，把外国人打跑了，——"

"你呢？"

"我也是那阵子跑的，我何苦吃那些眼前亏？反正我也看见了，我相信尸首也与日本人有关。"

"不见得吧，"李大岳不信地摇着头，"那能有什么关系？"

"你不知道，他们去抢私货，还要用中国工人，怕就是把那些中国人杀了，丢在河里。"

李大岳想了想还是摇着头说：

"我想不是，他们没有理由弄死那些工人，他们走私也不是一次两次就算数——你看，你看，又漂过来了。"

他们朝远处望，果然又是许多无告的冤魂，从河面上漂来。

二十六

第二天到校里的时候，一遇到赵刚，静玲就把这个可惊的消息告诉他，可是他好象什么都知道了似的，很沉静地和她说：

"今天下午有一个座谈会正要讨论这些事情，你也来参加吧。"

"我不能回去得太晚。"

"不会晚，两点钟开始，大约五点之前就可以结束，还有两三位教授参加——"

"好，不太晚就可以，到时候我来找你吧，"她才要和赵刚分手的时节，忽然又想起来问着，"你说，那些浮尸到底是怎么回事？"

"那还有什么别的问题，反正都是日本人的事，正面侧面一齐来，总是要达到他们侵略的目的。"

"我也这么想，可是那怎么办呢？"

静玲象是很忧愁的样子皱起了眉毛，赵刚却很肯定地说着：

"悲观犹豫是不成的，你想想自从这一学期开始以来，我们经过多少困难，可是人到底还能活下去，如同一个国家要好好存在一样……"他喘了口气，爽性就坐下去，"我们总要好好努力。"

他象厌恶似的，把一口水吐在地上又忽然想起来似的问着：

"你就要有课么？"

"我，我还不是和你一样。"

"那好，这阵我们正可以谈谈，我们还是到图书馆那边去吧，那边清静一点。"

赵刚说着站起来，拍去沾上的尘土，还没有等他说，静玲就问着：

"怎么这几天不见向大钟呢？"

"他忙了，他天天练十项，预备参加运动会。"

"唉，现在还有什么运动会好开？"

"就是说呢，这也是学校当局的方法，故意占去学生的精力，免得再出事。"

"那真可鄙，向大钟又何必去参加？"

"他去也好，他是一个行动的人物，要他思想，要他沉着，也不可能，你看，这布告牌上！……"

赵刚指点着静玲就看到在那木牌上贴满各色各样的布告，什么课余联欢会，评剧研究会，燕集，艺术研究会话剧组，文学会……出奇立异地画着裸女，脸谱，一瓶花和一杯咖啡，……有的自说游艺动人，有的说茶点丰富，有的还用了包君满意的字样。

"不好意思开大游艺会，就用这些来吸引同学的注意，这方法也太可怜了，也就是那些快要毕业的同学们受学校当局支配，他们就要走向社会了，不得不和学校保持良好的关系，结果就是这些，你想想看，将来这些人到了社会里，这个社会能好起来么？"

他们已经走到图书馆后面的石阶上坐下，赵刚就接着说：

"你看日本人怎么样？简直是一步比一步紧，一月里就提出了'三原则'。学校当局只让我们学生好好读书，一切国耻都洗刷干净，在这个世界上，算得起一个国家，不受别人的欺负，也不受别人的侵略。……"

"赵刚，你好象灰心起来了？"

"不，不……"赵刚赶紧站起来，用力地拍打尘土，"灰心就不算人！这时候正该我们努力，不但自己不能灰心，还是要唤起民众，一致对日！"

"是这样，我也觉得该这样！"

二十七

大约有一百多人挤着坐在一间只能容得下五六十个人的课室里，多半都是两个人坐在一张椅子上。静玲去得有一点晚，没有一个空座位，正好方亦青坐在门口，他立刻就给她介绍坐在近旁的一个女同学：

"这是黄静玲，——这是李明方，我想你们坐在一张椅子上吧！"

李明方微笑着点了点头，匀出点地位来，黄静玲就坐下去。李明方有一张大脸，短发散乱地披着，戴一副眼镜，上嘴唇微微翘起，露出一副很深沉的样子，人们都是安安静静的，在讲台那里坐着宋明光，还有两个中年人，象是教授，可是她却不认得，她就低低地问着方亦青：

"那两个是教授吧？"

"是的，那个个子大，红脸孔的是哲学教授，李群，那一个戴眼镜的是经济学教授，赵明澈，他们都是××文化界救国会的重要分子。"

"为什么不请林如海来？"

“不是我告诉过你么？他有点国家主义派的思想。”

“当然他也很爱国，为什么不能大家联合起来？”

“好固然是好，有点近于理想，事实上还有许多困难，……”

“我总主张团结一致……”

正在这时候，宋明光站起来了，黄静玲赶紧停止自己的话。

“诸位师长，诸位同学，……”宋明光很斯文地说着，“因为当前紧急的局势，我们才想到召集这个座谈会，打算集思广益地来商讨最近的大事，以便应付……”正说在这里的时候，那个尖嘴猴腮的孙秘书长匆匆地走进来了，他什么话也没有说，也没有和别人招呼，一下就坐在宋明光坐过的那张椅子上，他安静下来一点，就用他那溜圆的小眼睛望着坐在他对面的那些脸。

黄静玲厌恶地低声问着方亦青：

“为什么要请他来呢？”

“他代表学校，要是不请他来，也许这个会都开不成！”

“真岂有此理！”

她低低说了一声就又转向前面。宋明光接着说下去：

“我是被推来说明这几件事实的，过后再请诸位师长同学发表意见，第一件我要来说明的，就是关于走私事件。我想这一件事大家在报纸上，在车站上，都看到许多了，事件发生了已经好几个月，一直到现在，不但没有减少，反倒变本加厉，这有一些统计数字，我来读一下，请诸位仔细听听，……”当他读完了那些数目之后，他又继续说，“现在许多厂家自然不能维持了，倒闭之后日本人立刻来收买，就是许多守法的商人也没有法子存在，摊子上，店铺都充满了私货，这一面破坏中国的关税和法令，还摧残中国的工商业，此外他们就是想尽力吸收现金以作对华战争的准备，——”说到这里，他顿了顿，掏出一块手绢来擦着脸上的汗珠，又继续说，“——第二件就是河中浮尸的事，以先还以为是河水突然涨了，上游冲下来的乡民的尸身，现在由于数量之大，和详细调查的结果，知道这也和日本人有关。但是究竟为什么原因，也有几个不同的说法：有的说那是些白面客，他们养起来预备请愿的，因为不听从命令，所以杀死，丢在河中；有的说是修理

××军用飞机场和飞机库，有的说是修筑秘密工事，怕那些工人，泄露了风声，所以就杀死他们丢在河里，最可恨的是现在街上还可以遇见那些招募工人的流氓，利诱那些才到城里的乡下人，这实在是很可怜的。——最后一件，就是很明显，很强暴的，华北增兵事件。最近从关外，从日本，不知道新开来多少日本军队，这很显然地看得出他们准备行动了。眼看着我们的国土又要变色了，总上三件事，其实是一件，那就是他们要发动灭亡中国的战争了，所以在这种情形之下，我们这些热血的青年不得不仔细讨论，这不是我们个人的事，这是我们全民族全国家生死的关头，我希望诸位尽量发挥，能从许多意见之中归纳出一个妥善的办法作为我们行动的基础。"

宋明光说完了又掏出手绢来擦额上的汗，正想坐回他的座位，注意到那位林教务长已经坐在那里，便默默地走向墙边，方亦青拉了他一把，他们就合坐在一张椅子上。

人们都沉默着，可是没有一张快活的脸，正在这时候，那个秘书长站起来了。因为他的身材不高，一直到他发言的时候，别人才注意到他用那干枯的嗓音说：

"关于这三件事，我倒有点意见，先说日本华北驻军增加的事吧，我很确切地可以说，我们的当局并非没有注意到，而且随时指示当地的长官，密切留意。其实这些事，乃一国的大事，用不着人民来杞人忧天。人民的责任，只在各治其事，维持治安，不要节外生枝，譬如学生们吧，只要好好读书，——"说到这里的时候，他忽然干咳了几声；下面立刻就有许多干咳的声音应和着，一时不能止息，他瞪着眼睛更提高声音嚷，"再有，再有，——"别人的咳嗽才稍稍止住些，他就继续说，"关于浮尸不是亲眼看见，不一定相信，——"

"我亲眼看见的，我亲眼看见的……"

黄静玲蓦地站起来，她的脸气得通红，再也忍不住，简直是跳起来嚷。

那个秘书长也象被打的蛇一样，猛然转过昂起的头笔直地朝她望，可是一大阵讽刺的哄笑弄得他更加不安。

"请你们静下来，我还没说完我的话呢，——关于走私，当局已经再三提出抗议，而且最近还有一个极好的消息，我们的外国顾问已经很注意这件

416

事了，他到这边来调查过，兄弟还跟他谈过几句，他表示一定设法制止，最近也在报上看到，他就要到东京去，和日本政府直接办理，我想一定有好结果，只要我们大家体谅国家的苦衷，稍安勿躁，一切事都有办法的，都有办法的。"

当他说完才坐下去的时候，不约而同地下面起来表示不满的"嗞嗞"的声音，他又站起来，怒目向四面观望，好象要记住是哪个人发出这声音似的；可是每个人的嘴都没有动，这声音只是用舌尖塞着紧闭着的牙缝发出来的，那些无表情的脸都朝他望，使他不得不气冲冲地走了。

这时黄静玲才停止了声音低低和方亦青说。

"天下的老鸦都是一般黑！"

"我们这只还是白颈鸦，不但黑，还不祥呢！"

那个经济学教授赵明澈站起来说：

"方才孙先生所说的也许是事实，"他顿了顿，随后又接着说，"世界上想来没有正义，也没有公理，想依靠那些没有用，想依靠别的国家，更是奴才的恶根性！难说自从'九一八'以来，我们的教训还不够么？到今天还来这一套，只是无耻的行径，就说最近结束的意阿之战吧，那是非曲直还不是一眼就可以看到？结果阿比西尼亚国王三番五次几乎要跪倒在国联诸公之前，才认意国为侵略国，准备加以裁制，怎么来裁制？道德的，经济的，武力的，好长一段时候还不曾议定，结果那些血肉之躯，不晓得死在意国的飞机大炮之下有多少，于今这个国家已经不存在了，于是那些支持国联的国家，先后停止施行对意制裁之原则，这就是国际的公理正义，就是一个小孩子也不会再上当吧？"他顿了顿，听众没有一点声息，"关于浮尸，提起来真是十二分的痛心，追根究底来说，自然是我们的国民教育不普及，见解浅陋，因为生活穷困就被眼前的小利诱引，也许他们根本不知道去做什么，一旦身入陷阱，无法退出，为我们的敌人利用之后还冤里冤枉地送掉性命，说起来这也是我们的责任。给他们适当的教育，自然来不及，可是我们宣传的工作还没有做够，当然，理论的实践总有一些困难，我们必须有绝大的力量克服这一切困难。所宣传的对象不该只是这城里人，因为占了我们人口大部的还是那些乡下人，我们应该想法子打到他们里面，使他们对我们既不因怀疑而拒绝，也不因畏惧而远离，要注入他们心里使他们普遍地了解当前局势的严重，和敌人的一切欺骗，狡诈，狠毒的计策，这不只是为眼前的事件打算，到将来真的抗战军兴，那些纯朴的老百姓自然就是我们队伍中一股洪大的力量！"说到这里的时候，忽然有人在鼓掌，宋明光赶紧站起来说：

"请同学不要鼓掌，免得耽误时间阻挠谈话进行。

"至于日本增兵问题，主要的还是对我们的当道加以威吓，有人说他们是走马灯式的增兵，又说他们的弹药箱里装的是石块，这自然是很浅薄的看法。"

正说到这里的时候，那个哲学教授李群站起来了，他先向他说：

"明澈，你让我来说两句好么？"

赵明澈点着头坐下去，用手绢沾着额上和额角的汗水，李群就起始他的话：

"赵先生关于前两个事件的解释，我完全同意，关于日本增兵，我却有不同的看法。可是他的话还没有说完，也许结论和我一样，我先请他休息一下，让我替他说下去，如果他不同意还请他改正，补充。"

他说到这里就把嗓声提高了些："我认为日本增兵完全是做战争的准备，这不是突如其来的，每个人都看得清，中国如果不准备向日本屈膝，那么就只有战争之一途，他们的准备也不是自今日始，平时他们的特务机关就豢养一些汉奸走狗，为他们做些秘密工作，同时他们还不断地遣送青年，到我们内地各角落游历考察。时至今日，不过是他们以为不必隐晦了，可明目张胆做去，而且变本加厉迅速准备。反观我们这些负军事之责的人呢，倒知道和那些日本军官杯酒言欢，真的在梦想共存共荣呢！不过这只是那些少数的高级军官，他们平日的生活太舒服了，他们原来就是旧军阀的部下或是忽匪忽兵的分子，由于那些失意政客的包围，自然就愿意苟安下去，可是那些中下级军官呢，他们有许多照样是热血青年，他们也有丰富的政治经济知识，而且自从'九一八'以来他们身受许多刺激，心中充满了爱国家爱民族的思想，只是拘于服从为军人最高的天职的原则，不能自由发挥他们自由的意见——但是这一点我们要记清，他们绝不是没有意见的。至于那些军士呢，除开那些营混子多半还是来自乡间。乡下的日子不好过了，或是由于灾荒，或是由于土豪劣绅贪官污吏的压迫，就丢开家远走天涯，投入军营。自然向他们要求爱国的思想是不可能，他们也都是些忠厚老实人，他们却懂得爱他们的家乡，这正可以由我们设法接触开导，可是纵观过去的情形，我曾经犯了个很大的错误，那就是和这些士兵们站在对立的地位，就因为他们的情感单纯，天性善良，才容易被那些败类利用，以致将来要并肩作战的伙伴，变成势不两立的敌人，这是多么可悲的一件事呵！这不是我的错误，我们要立刻加以纠正，不但和这些兵士们携手，就是那些工农店员都是我们将来的战斗的伴侣，不要再保持从前读书人死抱住不放的优越感，要知道我们将来和日本人要做全面战，那就需要上下一心，全民团结，这样才能使我们的国家强盛，使我们能尽量发挥我们民族的光辉！"

教授李群肯定地下了结论，他的话说得很清楚，由于激奋的缘故，他的脸更红涨着，他的眼睛冒着光，在说话的中间，他不知不觉地扯开领口，那个黑色的领带闲散地吊着。

又是一阵轻微的掌声，过去之后，宋明光才又站起来，他请同学们发表自己的意见。

"我觉得，"一个穿制服的男同学站起来说，"事实的认识与分析，赵先生和李先生已经为我们说得很清楚了，再说也说不出，而且空说也没有用，留给我们的只是实际问题，我们又要行动了，这一次我们既不是向当局请愿，也不是向当局示威，我们向日本人示威，要他们知道我们的力量。"

"是的，我们要向日本人示威！"

听众有许多人都站起来应和着这句话。这吼声惊动了几个抱着书本来上课的学生，他们似怕又似不怕地挤进来，听着这些人激昂的呼喊。

二十八

为了反对日本在华北增兵，为了反对即将爆发的内战新危机，几千个热血青年，又高擎起旗帜在××的街道上集会。

那正是炎炎的六月天，太阳的热力烤熔了街道上的柏油，热烘烘地粘住人的脚掌，肥大的树衬着蔚蓝的天空，象静物写生画一样地安排在那里，纹丝也不动，热好象在空间凝固着，只有汗是流淌下来，一直落在干燥的路上。

这支人的洪流，一面呼喊着向前行进，一面渐渐肥壮拖长，应和着那热烈的吼声的召唤，市民们毫不迟疑地跨到队伍中，这时自有一只陌生的手递过来一个旗子，于是自然而然地顺着大家的呼喊他也喊着，合乎大家的心跳动他的心也在猛烈地跳着。

转过 ×× 街就是日本领事馆，这整齐的行列用更大的声音叫出来。

"反对日本增兵华北！"

"一致团结对外！"

"打倒日本帝国主义！"

有些声音在抖颤，那不是恐惧，那是从心底发出的激奋。

街道上布满了宪兵和兵，他们只是热情地望着，从他们的眼睛里也可以看出愤怒的火来，可是他们没有那份自由投身到这支人的洪流之中，就是从那领事馆窗口上探出来的圆头颅，小胡子，长着横肉的脸也有点呆了，他们一向只看到那诌媚卑贱的中国人的笑脸，他们一向只听到那婉顺悦耳的语言，他们没有想到中国人还会怒吼，也没想到中国人还有气吞山河的大愤怒。

黄静玲也来了的，她因为有自行车，所以和向大钟一样担任了纠察。别人走的是一条向前的路，他们却穿梭似的往返跑着，虽然跑的不是他们的腿，他们的脸也格外红涨，汗水不断地淌下来，他们除开联络大队，还带了救急药品随时给中暑昏倒的人，可是他们中的一个，太热心别人，忘记了自己，忽然他自己连车带人倒下了，嘴吐着白沫，额上还跌出血来，这时自有许多只手臂从队伍中伸出来，扶起他撬开牙齿，把救急水灌下去，过后交给赶来的救济队。

走到 ××× 大街的时候，情形有些不同了，这里没有兵，可是有许多穿着黄制服的警察挡住了去路。还有许多穿着黄制服的警察已经冲过来，一场激烈的殴斗又开始了。

黄静玲从后面赶到前面，到了之后，赓即从车上跳下来，她把车提到边道上，正打算把车架好，再加入那场争斗，忽然有人连车带人推了她一把，几乎把她摔在街心。她愤怒地扬起头来问：

"喂，你这个人，怎么这样不讲理——"

她一看见那张架着黑眼镜的胖脸，她就赶紧顿住不说下去，可是那个胖家伙已经又把一只肥手伸过来，紧紧地抓住她的膀子。

"不讲理？哼，我还要跟你找地方去说理呢！走，推着车，走！"

"你干什么。呵，——"她不服气地把车把一丢，用另外一只手推着那只胖手，"凭什么你要抓住我？"

"好，你还要动劲呢！——"他象是一点也不在乎地说着然后替她拾起了车把，一只手还是紧紧抓住她，一只手给她推着自行车，"小姐，我还得侍候您，我已经侍候您老大半天的了，从××街我就跟着您，您可真辛苦，该歇一歇了。——话我可跟你说开了，大家客气一点，如果你还跟我扭，我可就要对不起你了！"

黄静玲不再说话，只是紧咬着嘴唇随着他走，心里想："看他把我送到什么地方去！"走了不很远，就到了一个警察派出所，在那门前已经堆了十几辆自行车，还有零零碎碎的什物，那个人把她的自行车也向那边一放，就把她送到屋里。走过一个小夹道，把她朝另外一个开着的门一推，她几乎跌倒，有些手扶住她，等到定了定神一看，原来在这间一丈五见方的小屋里，已经挤了三十多个人。她在那些人里面看到向大钟，他也看见她了，故意把头一低，她也装做不认识的样子并不招呼。

地下发出腐烂的臭气，几个小窗，开在靠屋顶的上面，就不会有空气流进来。可是这三十多个人，每个人呼出的热烘烘的气，就使这间阴凉的小屋变成闷热了。

过一些时，一个穿了全副警官制服的人出现了，他得意地走进来，原来他穿着一双直贡呢的便鞋，他有几根胡子，一半是黑的，那一半大约是被纸烟给熏黄了。他向四面看着，然后亮了亮嗓子，撒着没有中气的炸音说：

"你们，你们是些干什么的，呵？——学生，工人，——干什么不好上学，好好做工？我们中国原来是文明之邦……堂堂大国……天下十三省，哪能有你们的份？……听见了没有，呵，呵——国家大事国家自有办法，用得着你们狗拿耗子，多管闲事么？你们是白白自己牺牲，死了都没有人给你们伸冤，我就要过堂，李贵发，——"

他一回头，朝守在门口的警察叫，他一面答应一声"有"，一面两个脚跟朝一起靠拢。

"——记住，要他们先提男的，后提女的，一个一个地来，不能乱！"

说完之后，他迈着很威风的步子踱出去了，黄静玲在心里暗暗骂一句：

"这个混蛋，到这阵他还重男轻女！"

提到她的时候，已经近黄昏了，由于她的观察，她知道有的人提出去就没有再转来，有的人却被送进更里面的院里去。

这一天已经很够她受的了，她不知道出了多少汗。她很饿，可是那个玉米粉的蒸糕，只吃了一个就好象饱了，当她站起来朝外走的时候，她全身摇晃着，除了饥饿，她的两条腿也酸痛了。

当她走到警官办公室的时候，那个警官也疲乏不堪了。他早已扯开衣领，不断地挥着扇子，面前的一杯茶，淡得象开水一样了。看见她来了，他就少气无力地问：

"怎样，你也是游行的一份子么？"

"我不是，我站在边道看热闹，我的自行车碰了一个人的腿，他愣不讲理，把我给抓进来了。"

"噢，还有这么一回事，——"那个警官张大了嘴，用力摇着扇子，好象要把风扇进去似的，"你说的是真话么？"

"当然是真的，大热天，哪个不愿意在家里歇歇，谁还要无事找事，自己给自己找苦头吃？"

"这是正理，这是正理，——"这几句话好象正打中了他的心，他懒洋洋地说着，"这么热的天，在家歇歇凉多么好，要不是为生活所迫，谁犯得上出来受罪？本来是么，本来是么，好，你到那边具个结回家去吧，——记住下回有热闹少贪看，沾上事可不是玩的！来，再传下一个！"

她一面具结的时候，一面偷偷地望着他，看见他一仰头，把那杯奇淡如水的茶又灌到肚里，然后懒懒地叫着：

"来呀，再给我沏上。"

二十九

在星期日的大清早，黄静玲独自溜到楼下的小客厅里，把纸和笔放在桌上，轻轻地推开了窗，流出去的是那没有人居住的一股霉气，放进来的却是万般的鸟鸣。她站了一会儿，忽然记起来该做的事，就赶紧坐到桌前铺开纸，拿起笔来迅速地移动着：

> 亲爱的茵姊：这正是一个早晨，极早的清晨，我一个人跑到这没有人来的小客厅，我想和遥远之外的你相谈，却没有想到一推开窗子，各式各样的鸟争着和我说话，要不是我立刻想起你来，我真要在忘我的境界中一直迎窗站立下去。我原来是打算告诉你，（记着，千万不要使家里人知道，他们爱我，不了解我，）最近我被捕了一次，就是那一天。我想你在报上一定看得到，反对增兵反对走私的大游行，我被他们捉到了，可是说起来也很好笑，只关了不到十二个钟头就放出来了。——

她写到这里停住了，把笔杆夹在牙齿中间转着，她原来是想好好组织一下这封信，可是当她停笔深思的时候，婉转的鸟鸣又钻进了她的耳朵，她把笔放下，闭起眼睛，用两手捂着耳朵，正在集中思想，忽然一个混浊的声音响着：

"想不到五小姐您在这儿，您这是怎么回事？——"

她睁开眼，原来是老王站在面前，他还啰嗦着：

"——楼上楼下我都找遍了，也没有看见您的影子，老爷太太都还没有起来，我问着自个儿：'没有看见五小姐出去呀。'唉，唉，……"

"你快说吧，有什么事？"

这时老王才停住嘴，慢慢从怀里掏出封信。

"这是您的一封信。"

她接过来一看就知道是静茵写来的，她就急忙地打开：

"真巧，真巧，正要给她写信呢，——"她抬头看见老王还呆呆地站在那里，她就吩咐着，"你去吧，——"等着老王才转过身去，她又加了一句，"不要告诉别人我在这里。"

"我知道，您尽管放心好了。"

老王还回过头来露着那堆满皱纹的笑脸，然后才悄悄地走出去，轻轻地把门关好。

从静茵的来信中，她知道 S 埠五月三十日的集会和游行，静茵特别说那不只是学生，而是上海的各界。她再三遗憾说根据淞沪停战协定，S 埠附近是不能驻兵的，所以那个联合阵线之中看不见将来和敌人在战场上周旋的新中国的军人。而且她还说到就是这联合阵线在六月中又有进京请愿运动，以致车站上的客货车停开了。

"从这里可以看出来我们已经不是孤独作战了，"静茵这样写着，"抗日救国已经是全国人民一致的口号，凡是不愿做奴隶的人，都有这同样的心念，这是一件很值得高兴的事实！"

在她的信里，极其关心地问到走私事件和华北增兵，在信尾还说起为了避免无谓的牺牲，全家实在可以回到南方来。静玲就迅速地写下去：

　　再巧也没有了，你的信正好是在预备给你写信的这一天收到了，我贪婪地读着，因为从那里不只知道你，还带给我你们那边活动的实况。上面我不是说了吗，我们的游行，增兵事件是一个极大的原动力。关于走私，我们也正加以密切的注意，只是这几个月海关税收的损失就有二千五百万，而直接受走私影响的工商业还无法统计。这种下流的方法，当然是卑鄙又狠毒，一举数得，在他们认为真是一件极合算的事。我们已经抗议了，还引出一切协定和条文证明他们没有根据；可是大批的私货还是源源地流进来，为了监视我们的缉私，日本军舰也派来了。有的人很乐观以为这已经引起了国际的注意，不久就能圆满解决。其实那还不是为了他们本身的利益？那关系最深的来实地调查，向日本大使谈判，甚至到东京去交涉；在国内呢，也引起了上下的不安，议院中加以讨论，有地位的报纸加以抨击，还为了施行报复，抵制日货，提高日货的进口税，有的在华的利害关系轻些，只执行后者，以为警戒，有的国家爽性就表示无兴趣，有的就根本没有反响。说来说去，没有一个是为中国着想，这是可断言的。这正给那些不自己图强，一味依靠外力的一个当头棒喝，想不到他们还执迷不悟，那真是很可悲的，日本增兵已经有了一个惊人的数目，如果没有更大的野心，这种举动实在是不必要的。在铁路线上重要的城市，在海上，在通都大邑，他们都有新兵开来，他们的干部，随时都保持严密的联系，他们随时开会讨论中国的大小事件，他比我们更关心我们的事。反观我们自己呢，几年的苟安生活又把人们养得肥满了，不过有一点事倒值得鼓舞，那就是从这次游行中，我们已经感觉到士兵就要走到我们这边来。虽然又有一番争斗，动手的只是那些警察和特务。我就是被一个戴黑眼镜的抓住的，他们原来算不上什么，他们早已失去了良心，他们只为利所驱使，他们可以为任何人豢用，将来有一天他很容易就投到日本人那边，做我们仇敌的爪牙。不过我很奇怪，为什么要豢养这些奴才呢？来培植他们，训练他们，将来不过是增加日本人一分作恶的力量。但是那些士兵们，他们奉令值守，没有一个和我们为敌。更使敌人惊讶的还是他们的长官，他一直是我们反抗的对象，这一次居然能不理日本人的抗议，还说明这一次的学生运动并无越轨行动，所以他也不便干涉取缔。茵姊，你想这个想不到的收获是多么伟大，这真是一件不容易的事，当然这一面说明了华北危机的严重，一面也说明我们的不断的示威和工作。在政治上的感应和影响军政长官的态度多么有效！我们虽然高兴，我们还不满足，我们一定也要把他们争取加入我们的阵营来，或是说，一旦和日本的战争开始，我们也就要加入到他们的中间为了保卫祖国而并肩作战。

这边市面上的情形，确是有一点慌了，虽然没有人说得准，可是都想得到中日免不了一战。街市上却反常地显出畸形的繁华，许多大商店关了，街旁都摆满了小摊，上面陈列的都是那些廉价走私货。白面馆不必说了，新近又有许多赌场，那是些流氓和日鲜浪人勾结经营的，听说有的还有霓虹灯，可是我没有看到，那地方我已没有去过。回到南方去的事，早就想到了，不知为什么却留下来。这简直是一件讲不通的事，谁都不知道为什么住在这里，所以谁也不移动一步。这两天我不能说，生怕爸爸知道我上次出了事，过两天我可以提一个醒，那么我们可以又聚在一处了，——不，我不会回去的，我要留到这里，留到最后的一天！

三十

静玲高高兴兴地写完了信装在信封里粘好，忽然想起来，还有一件很重要的事没有说到，她就很仔细地把封口拆开，又用一张信纸写着：

我想有一件事你也急于知道的，那就是浮尸，你还记得我们屋边的那条干涸的河么？不久以前忽然涨了水，我在那里面亲眼看见许多臭尸，可是近来没有了，听说是他们为了避免过于刺激平民，在半夜把那些死尸用车运到河边下游，这样就可以不必经过这个城里的居民的眼目，一直流走了。可是为了安顿民心起见，××城已封锁了关于浮尸的新闻。为什么会有浮尸呢，一般人都推测到日本人在修筑秘密军事工作，怕走漏了消息，所以就把他们弄死，可是我们的当局向日本人交涉，只说不该把白面犯人丢在河里，这一下他们可抓住理由，一面说中国的报纸的记载失真，一面不断地把白面犯送过来——这些人原来是他们平日豢养预备作民意请愿或是暴动的，可是这么一来，多少善良的老百姓的冤情真是永沉水底了！谁能替他们申诉，给他们报仇，要是有的话，那也只得等我们将来在战场上再为他们复仇吧！

她才放下笔，忽然门被人推开了，她赶紧把信藏在衣袋里，走进来的原来是李大岳。

"我还当是谁呢，吓得我赶快把信藏起来，——"

她又把信取出来，好好封起，李大岳却用很严肃的语气和她说：

　　"静玲，我要离开这里了。"

　　"为什么，呵？——"她还故意顽皮地说，"这两天我不是看你在河边钓鱼很有兴致么？——"

　　"咳，不要说吧，那还不是为了太无聊？可是现在我真的要走了。"

　　"到哪里去？"

　　"我归队，"他接着问，"你说，你的意见怎么样？"

　　静玲的心中充满了高兴，因为想不到他这么大的一个人竟会问她的意见，于是她也很郑重地反问：

　　"你还和谁谈过了？"

　　"没有谁，只是昨天晚上和你父亲说起一点来——"

　　她急急地问：

　　"我爸爸的意见怎么样？"

　　"他没有多说，大致的意思是不赞成我去，他说那是以下犯上，以邪侵正，没有什么好结果，劝我们不必染那一水。"

　　"不成，不成，这个看法太旧，正如同当年他不赞成革命一样，我的意思是现在是要一致团结对外的时候，反对任何内战，你参加到哪一方面我都绝对不赞成。"

　　"你不知道，他们的口号是抗日救国，——"

　　"我怎么不知道，不过现在时候不同，抗日救国要全国上下一致去干的，绝不能还象从前，只是孤军应战。要打全国都得打！不然的话，那就不算，你看，自从这事件一发生，表面上日本人对我们不好象松了么？可是暗地里他们可忙起来，正好乘此机会挑拨离间，要中国人打中国人，他可以躲得远远地看热闹，到了不可开交的时候，他们只轻轻一动，好，那就什么都是他们的了！"

　　"这一点我也想到过，可是，我们都很相信我们的军长，我原来又是一个军人，怎么能过这安闲的日子，只要是打日本人，我就去干，我是早有这份决心的。"

　　"那就好，真正对日本人的战争，一定在北方爆发，不会在那极远的南

427

方。你还看不出来么，前两天×××军还和日本军队在海口冲突过，象这样的事件，一天天地增多，终有那一天，大规模地打起来，那时候你正可投效。如果你要是在南方，怕赶还赶不及呢！"

李大岳象是有一点被她说动了，默默地两手捧着头在苦思。

"那么象我这样的人就该象废物一样地活下去么？"

他象极痛苦地用手捶着自己的头。

"不，你当然不是，——"

"唉，我真想换换地方，这样安定的生活我过不来。我去钓鱼，原来就是想磨性子，没有想到性情愈磨愈大了。"

"麻木的人才没有知觉。谁也忍不住这口气，除非那些汉奸走狗们。我真想不到那些高官，当着别人左一个嘴巴，右一个嘴巴打过来的时候，有哪份脸还举杯庆祝别人的健康？我不明白，也许我年轻——"

"我的年纪虽然大，也不明白，我就是有点拗脾气。如果我也象有些人一样投到别处去，怕不早得了势？可是我早就下了决心，和日本人打，我做一个士兵也情愿！不然的话，我绝不参加！"

"那就好，那就好，现在我已经不上课了，——"

"怎么，这样早，就放了暑假？"

"不是，又罢课了，你还不知道上次游行吧？"

"不知道，报纸上没有，我也不出去。"

"这次罢课就是抗议那次的殴打和拘捕，——"

"我不赞成你们罢课，这样力量容易分散，工作又要停顿。"

"不，不，这次正在讨论一个最好的方法使同胞们不散开，合起来才是力量，分开就什么也没有！"

"好，好，这样才好。"

"幺舅，那你更不能走了，等着加入我们吧。"

李大岳笑着摇头说：

"你们是学生，我是一个军人，——"

"现在正需要军民合作，将来正式作战的时候需要军民合作，——"

"好，你让我好好去想想吧，许多事情把我缠住了，我简直有点弄不清，过两天我再回答你，好不好？"

他说着，站起来，她也和他一同走出去，才站到院子里就看到那蔚蓝的天上有几个移动的小白点飞机的马达嗡嗡地吼着。他们无言地仰视，过后两张沉郁悲愤的脸对视了一下就各自低下头去。

三十一

到了六月半，暑热已经不可耐了，还是静宜首先提醒母亲：

"您看，去年我们在山上过得多么好，今年还是去吧？"

"我也想到了，婉姑儿也该到山上好好将息，就说你近来也显得不大好，虽说你苦夏，那不过要瘦一点，你的脸色太不好，到山上去住倒是不错——"

在一旁的静玲忽然打断了母亲的话头：

"妈，我也去，我也想去。"

"那正好，省得我惦记你在城里又要出事，好好去歇伏假，收收性子。"

"我们全家都去吧！"

"都去了谁管这个家？"

父亲翻起眼睛来望着她，他好象很不情愿听这句话，他的心里在想着，"哼，我知道你们都不把这个家放在心上！"

静玲心里也在想，"还是这个家？整个的国家都在危难中，我的爸爸只想到这个家！"

一时间大家都静默着，忽然父亲象记起来似的说：

"怎么你们的学校放了假，静纯的学校没有放假？"

"不是放假，是停课，"她怕又惹起父亲的脾气，不敢用罢课两个字，"我想他们学校也停课了的。"

"那他怎么说不回来？我总也看不见他的影子！"

"大概是在学校里看书方便些，——"

静宜接过去说。

"还不是那样，谁都不把这个家放在心上！"

这次，他简直说出来了，他的气还没有平，接着说：

"你们都有路走，到时候就不管不顾，我可是活该的辛苦了大半辈子，倒把我自己给管住了。——"

"俭之，大热的天你何苦自寻烦恼，你总得想得开才好，象我就不这样钻牛角尖，再说，这也是一件小事，——"

"由小观大，三岁是老。"

"我看你总是有点小题大作，你看我，大事都看开了，哪一个不是我十月怀胎，从小养到大，好就这么飞了一个，又飞了一个——"

"妈，不要埋怨二姐，她不是为了个人走的，她很值得佩服。"

静玲忍不住替静茵辩护，可是母亲接着只是一口长长的叹息：

"嗐，我才谁也不埋怨呢，你们看不出来吗？茵姑儿走的时候，我还忍不住，珠姑儿走，我就是哑口无言。我自己不愿意说，我也不愿听别人说，你们倒都明白这一层，谁也不来提醒我，只有菁姑，她象得着理似的时常到我耳边来叨唠，她还当我听了她的话就生气，其实，哼，我才不呢。——"

"菁姑总是这样，她唯恐天下无事。"

"——说起来你们哪个不是我心上的肉？就是珠姑儿虽说我看不惯她那份样子，一想她离开我不知道这辈子还见得着见不着，我就象剜心似的痛，可说有什么法子呢？这都是前世注定，唉唉，我只得向开处想，有这一口气多看你们几年，大限到了还不都得撒手一放，任什么也带不去？少生点气、就多活两年，我倒真想多活两年。"

母亲说着，眼圈有一点红，可是她并没有流泪，为了打断她的难过，立刻拍着手掌引逗抱在静宜手上的青儿，那个孩子果然就朝她张着手，她接过来，强笑地说着：

"还是抱一抱下一代的人吧。"

"哼，长大了还更淘神！"父亲好象不服气似的说。

"长大了还用得着你我管，你真是一个老糊涂了，那下该让他们尝一尝做父母的滋味了！"

"妈说这许多话太费神了，还是快点商量商量谁上山吧，我想幺舅陪爸

430

爸在家里，三妹，五妹都去，把阿梅带去，——"

"人多了，还是把张妈也带去，她还能做饭。"

"就这么办吧，订好汽车，后天就走。"

当她们从母亲的房里出来的时候，静宜偷偷向着静玲：

"怎么，今年你也想上山了。"

静玲只是笑着不回答，这更引起静宜的好奇心又说了一句：

"你一定有什么花样。"

"我不知道，"静玲还是笑着说，"到时候你自会明白的。"

三十二

当着他们的汽车才到了紫金山的山脚，阿梅就高兴地和静玲说：

"五小姐您看，那边有变戏法的！"

静玲望过去，果然在大树根下面围了许多人，她看了看，忽然笑着说：

"好，等我领你去看。"

正在这时候，静宜不耐烦地说：

"你们在说什么呀，还不下来！"

这句话提醒了她们，原来别人都已经下了车，母亲抱着青儿和静婉都坐上了山轿，她们赶紧下了车帮着李大岳和静宜招呼行李和什物，她向静宜说："大姊，你也先坐一乘轿子陪母亲去吧，我和幺舅押着东西随后就到。"

"我得先过一个数，然后再交给你们。"

"有幺舅在这里还怕什么，他弄得清楚。"

"静宜，你先去好了，这些东西都交给我没有错，阿梅跟张妈都随你们走，把行李带几件，好到那里就铺好休息，我们叫好人就挑上来。"

静宜这才应着坐上轿，阿梅和张妈随在后边走着，张妈的手一直也没有离开她的包袱，到走路的时候背起来，阿梅都是一步一回首，恋恋地看着那下面"变戏法"的一大群人。

静玲只是站在那里，空洞地望着，想着，她想到阿梅的生活，平顺，狭小单调无趣，怪不得她热心地看着外边的事物，另外她也在想，怎么样去找到他们，怎么样安排工作……忽然又是一下声音惊醒了她：

　　"别人都在等你了，你还在等谁？"

　　这是李大岳说，她转过身来微笑着，才看到在他的身边三个乡下人已经把什物都挑上担子，就在等她一个人。

　　"我谁也不等，走吧。"

　　他们就随在挑夫的后面走着，那幽静的山径，那不断的松柏的低语，就好象在欢迎她似的，她一边走，一边跳，张开两只手臂，象是要把大自然抱在她的怀中似的。

　　在路上，他们时时遇见三三两两的学生们，他们一边走一边在唱歌，她一心想碰到熟人，可是一直走到他们的屋前，一个也没有遇见。

　　"五小姐，快来吧，饭都预备好了。"

　　阿梅站在门前，看见他们，老远地就叫起来。

　　"那你们倒真快，我们一点也没有耽搁就上来了，你们倒有法子把饭都烧好。"

　　"不是我们烧的，房东给我们预备好的送过来，太太就等着舅老爷和小姐呢。"

　　"好，你来帮帮忙吧，先叫他们挑到屋里去。"

　　"您不用管了，只要挑到房里就交给我，您快点吃饭吧，"说到这里，下半句凑到静玲的耳边低低说，"您吃完了饭可不要忘记带我去看'变戏法'的。"

　　"你倒记得清楚！"

　　静玲跟着就跑进去，菜是已经放在圆桌上了，菜在绿纱罩的下面，母亲正和房东太太说话，看见她进来了，那个穿了一身新浆洗裤褂的中年妇人很恭敬地站起来：

　　"五小姐，您好呵！"

　　"请坐，请坐，——"母亲拦着她说，"你不必这么客气，她还是一个小孩子，你看你这么大热天还跳，跑得红头涨脸的，快点去叫阿梅打一盆脸水洗洗吧，洗完了好吃饭。"

"不用叫她，她在收拾东西，我自己会来。"

说完了她又走出去，在间壁的房里她看见静婉闭着眼睛躺在床上，静宜在地上缓缓地踱着，手里抱着青儿，静宜看见她进来，赶紧摇头示意，要她不要出声。

她就轻悄悄地拿了脸盆自己去舀了一盆冷水放在凳上，简直把头浸在里面，一只大手按了她一下，抬起脸来才看到那是李大岳。

"你看，你满脸是水，我满脸是汗。"

"你快洗脸吧，就要吃饭了。"

吃过饭，人们都被瞌睡缠得东倒西歪的了，静玲也懒懒地坐在藤椅里，两眼闭着，似睡非睡地朝前一倒，在这一惊之下冒着汗醒了，可是一双手早已扶住她的身躯，她睁开模糊的眼睛，站在她面前的原来是阿梅。

"五小姐，我等您好大半天了。"

"瞎说，我才吃完饭，你大抵还没有吃吧？"

"早就吃完了，服侍太太睡下去，我才到您这儿来站了些时候，不敢惊动您。"

"好，你给我绞一把冷水手巾，——"等着她从阿梅的手里接过手巾来，她又说，"你跟大小姐说了没有？"

"说了，大小姐答应我去了，——"

"好吧，我们就去。"

这时候李大岳也醒了，揉着眼睛问：

"你们到哪儿去？"

"到山下去看'变戏法的'，您去么？"

"得了吧，谁象你们那么大的兴头，大晌午的还在下面卖命？我，我不去，我歇歇还要赶下午的车进城。"

说着他又挥着扇子闭起眼睛来。

"阿梅，你听见没有，我们还是后天去吧。"

"不，五小姐，您就是带我到下边走走也好，好容易来了，要是没有你跟着我，太太更不让我出去了。"

"那就走吧，——"

她们就一先一后地走出来，下山路很容易去，不久就到了山脚，那群人好象还围在那里，阿梅老远就在催促着她：

"五小姐，快点走吧，还在那里呢。"

再走近了点，她又自言自语地说：

"不是变戏法的，八成是卖艺的，那不是还有一个穿花衣裳的姑娘在那儿么？还有一个白胡子老头，您看，一定是爷俩儿卖艺，……"

"不要尽叨唠了，一会儿不就看得见！"

走到前面：就听到那个姑娘正在唱小调，阿梅拉着静玲的手赶紧走到前面，那个姑娘正唱完一段。

"好呀，好呀！"

四面的人拍着手叫，阿梅懊恼似的说：

"来晚了，人家都唱完了！"

"你急什么，还要唱的。"

果然，等了一会儿又唱起来，在唱的时候周围的人还顺着腔哼。

"这倒怪，我简直没有看见过，——五小姐，您看，那个卖艺的乡下姐儿长得倒很俊俏，那个老头儿可真精神，怪不得人家都说住在乡下人活得寿长。"

"不要多说话，好好看吧。"

转眼之间，那个老头子不知道为什么忽然生起气来了，他一手抄起身旁的鞭子朝那个姑娘狠狠地打去。

"可不好了，五小姐，那是怎么回事！"

阿梅慌张地依了她，她不大看得惯这些事，就很惊慌地依靠着她。

可是这时候，忽然又从人群里跳进去一个年轻人，一把就从老头子的手里抢下了鞭子，四周还发着喊打的声音，阿梅这一下可怕了，她拉着静玲的手就朝回去的路跑，等她跑开了的时候，那喊声又停下去了。她又停下来转过身，远远地望着：那个老头子好象在哭，那个年轻人在场子里边说话，过后，当那个年轻人喊过之后，周围的人都跟着喊起来，这又吓坏了阿梅，她又拉着静玲跑，跑到更远的地方又停下来，静玲微笑着和她说：

"你听，你听，他们在喊打——倒——日——本——帝——国——主——义！——"

阿梅只是茫然地睁大了一双眼睛朝那群人呆望着。

三十三

过些天的一个早晨，静宜低低地和静玲说：

"怪不得今年你也要到山上来呢，我才明白！"

静玲望着她只是笑，静宜说着这句话，也没有谴责的意味，她就乘机和她说：

"大姊，今天晚上我陪你出去散步好不好？"

"才月初，没有月亮，到外边去有什么意味？"

"不要紧，我们有手电，到了那边自然就什么都看得见了。"

"哪边呀？"——静宜故意问着她，"你的话说得有头无尾的，让人摸不着头绪！"

"今天我们在柴石园前边的大草地上举行野火，你跟我去看看吧。"

"我，我不去，我是落伍的人，离开学校虽然不太久，我知道简直让你们甩下了。"

"不要那么说，不过是乘这个机会去玩玩，有唱歌，有戏剧，还有教授演讲，……人很多，你去看看，哪阵不高兴，我就陪你回来，好不好？"

静宜有一点踌躇不决的样子，静玲就拉了她的手故意撒娇地说：

"好姊姊，答应去吧，你去看看，不好，下次就再也不要去——"

"好，我跟你去吧，我要是不去，你不死心的。"

吃过晚饭，天渐渐黑下来了，远山和绿树都失去它们的存在，窗外只是一片黑。静玲耐心地等着，静宜一个个地安排母亲，青儿和静婉都睡好了，才到静玲这里来。静玲立刻高兴地站起来说：

"我们走吧，时候不早了。"

"你看外边多么黑，怕人得很，还是不去了吧。"

"黑有什么可怕，愈黑愈要去看个清楚，自然就不会再怕了。"

"你不要跟我来这一套，——"

静宜笑着和她说。

"那我们就走吧，最好你带一件薄的毛背心，怕晚上凉，受了寒我可担不了。"

"我也没有要你来担呀，只要我不担别人，我也就算好了。"

静宜说着，从椅背上拿了一件毛衣，就和静玲手拉手走出去。

在黑暗之中有许多个细小的绿光一亮一亮地在空中飘着，静玲得意地说：

"大姊，你看，那不是有许多个亮么？"

"那有什么用？一点也照不亮，还不是和没有一样。"

"要是聚得多了就有用。"

"可惜它本身不愿意，只愿意自由自在地在空中飘，——"

"大姊，我们还是仔细走路吧，怕一个不小心就要跌下去。"

静玲右手拿着电筒，左手扶着静宜一步步地向上走，灯火只能为她们照亮下脚的路，四周还是被无边的黑暗包着。

路是寂静的，潺潺的流水无休止地响着。偶然有一只两只被惊的栖鸟叫着飞走了，一群留在巢中的小鸟就惶急地乱叫。

静宜怕真是有一点胆小，紧紧地抓着静玲的手臂，生怕她一个人被丢在这黑暗之中，静玲可什么都不怕，依旧挺着胸，大步地跨上去。

"静玲，你走得慢点好么？上山的路怪吃力的。"

"好，——大姊，你听！"

在这暗黑的山谷中，回荡着雄壮的歌声，好象树梢都被它摇动了，山和山都在助着它的声威。

"你们有这么多人！"

"可不是，还多着呢，全国都有，就说××的家，在外县的还是回去工作，路多得很，可都是要到罗马去！"

她也这么说了一句。

“不要提那么远的地方吧，就是这一段路已经够我受的了。”

静宜也故意和她说，停了停，才又举步向前走去，转过山头，就远远望到一片火光，在山腰上亮着，静玲就很快活地叫着：

“大姊，你看，就在那儿呢！”

静宜先长长叹了一口气才和她说：

“有那么高呀！”

“那怕什么，只要朝着那个亮光走，就不觉得远也不觉得高了，人总喜欢向上的，——”

“可是根据牛顿的定律地心一定拉着人向下那可怎么办？”

“哼，大姊总故意为难，有这精神我们早多走些路了。”

当她们走到的时候，歌声好象迎接她们似的起来了，熊熊地燃烧着的一堆火照映着无数个红红的脸，他们的眼睛明亮地闪着，他们的嘴大大地张开：用这张嘴喊叫，用这张嘴歌唱，也用这张嘴吞咽下自己的血。

她正觉得有一点晕眩的时候，忽然有好几张红煦煦的脸来在她的面前，那是静玲的声音在说着：

“这是赵刚，那是宋明光，方亦青，那是李明方，呵，白叔芸，你也来了，——这是我的大姊。”

“到我们那边去坐吧，——”

这个说，那个也说，静宜没看清一张脸，也没有听清一个名字，她就被他们安顿坐下来了，转过脸去一看，静玲还是在她的身边，她那一颗忐忑不安的心才稍稍平静些。

火炽烈地烧着，从四面投进去木柴，发着响声，冒着火焰，歌声一直也没有休止，人们的声音愈唱愈洪亮。

歌声才停止，立刻就有人报告，请李群教授演讲，接着在火光中，那个庞大的身影就站起来了，他的红脸被火光照得更红了。他吼着：

“时局的情势一天天地紧张，我们站在国防的最前线上的知识分子们，一定要好好应用我们冷静的头脑，做明晰的考察，我们要怎样才能做一个时代的青年，来挽救国家的危运！敌人和汉奸还不能畅所欲为，可是我们不能有一时的松弛，我们必须严密注意一切变化，随时为国家民族奋斗，假使有一天，我们的民族召唤我们，我李群是不惜以血洒地的，我相信你们也是如此。我再来告诉你，在遥远的西班牙现在起了战争，一面是代表人民的政府，一面是代表贵族和落后的军人的叛党，这些人，失去了统治的特权，不愿意大多数人过着幸福的日子，就施行残杀自己同胞的罪行，他们有法西斯蒂党人的实力的支援，正在用德意制造的飞机大炮向自己的弟兄进攻。一面是代表人民的各党各派的结合，为着众人的福利而应战。我想他们也就要得着国际的援助，同是在苦难中的人们，我想我们应该对于西班牙政府表示尊敬，还预祝他们得到最后的胜利！"

随了他的话，人们又都站起来了，他们叫喊，他们又歌唱，在歌声中人们缓缓地移动他们的脚步，有的还三个五个聚在一处，那些将要离开的从地上捡起树枝就着那不曾熄灭的火堆点燃起来高擎在手中，歌唱着走开了。

在归途中静玲忽然叫住了静宜：

"大姊你看，——"

她们回过身去，无数的火亮在高处飘着点缀着那暗黑的山，抑扬的歌声浮在空中，洞穴和山谷，都给它更大的回应。

三十四

又一天一阵繁雨把整个的山打得叮叮淙淙地响，雷在山谷间滚着，更威猛，更响亮地摇撼着天地，急骤的雨点是它带来的，从窗外一直到里面，连关窗也没有来得及，关上了之后，雨水立刻冲净了玻璃上的尘土，可是这番急雨也是在一阵雷声之后消歇，赶紧推开窗子，檐间和路边，平白地添了无数流泉，有的奔放，有的清脆，增加了许多高低不平的音响。

雨并没有全停，还斜飞着蒙蒙的细丝。洗过的树叶，那番碧绿象要从叶尖上的水珠滴下来。

静玲怀着孩子般的喜悦跑到静宜的面前说："大姊，我们出去玩玩好不好？”

“雨还没有停，路又湿，有什么好玩。”

“就是这样才好。路虽然湿，可是没有泥。雨还没有停呢，正好有一把油纸伞，大姊，你看外边多么好。在城里再也没有这样的好景致！”

“静玲，我不能去，你不看——”静宜说着，故意把抱在手中的青儿指给她看，接着又说，“过一下妈的午觉又要睡醒了。你想我怎么能脱得开身呢！”

“我看你全是自己把自己套起来，而且一点意义也没有！”

静玲好象有一点不高兴，一面说一面咬着大草帽上垂下来的细绳，静宜只是很平淡地微笑着，好象在那笑中说出来。“你不过还是一个孩子，你还不大知道人世间的事。”正在这时候她忽然看见从树林那边闪出来几个戴草帽的男女。就立刻向静玲说：

“你不用气，你的朋友来陪你了。”

静玲不相信似的把头一抬，果然看见那边走过来的几个人，她的心里正在想：“他们也不一定是来找我的。”那些人已经叫着了：

“黄静玲，黄静玲……”

静玲高兴地应着，急匆匆和静宜说过再见，就跑出去了。来的正是赵刚他们几个人，有的撑着伞，有的戴了草帽，赵刚是光着头赤着脚。

“我正要出去呢，找不到同伴，你们倒来了，……”

“那不好么，我们可以一路到山顶上去，天也许会晴起来。”

“还晴呢？这么大的雨点落下来！”

“那不是那树叶上下来的水滴，现在只下毛毛雨了，刚才我们还看见一丝阳光。”

“好，我们上去吧，上去看一定更有趣味！”

静玲兴奋地说着，她的声音很高，可是流水的声音却盖住了她的语调。

“我们手拉着手向上走，一定能走得快些，还省点力气。”

不知谁在这么说，他们果真就拉起手来，他们一共是六个人，方亦青、赵刚、李明方、向大钟、宋明光，还有静玲。

在路上他们时常遇到同学或是别的学校的学生。他们有的是一边走一边唱，有的在路边采着鲜菌，有的象诗人一样地在水边呆坐，在一把大油纸伞的下面常是两个人，他们故意遮住他们的脸，可是从衣服上看得出那是一男一女。

过了紫石园，再向上的路就被若云若雾的白茫茫一片锁住了，有的人，多半也是由于疲乏，就有了借口懒懒地说：

"上边没有路可走了，就在这里玩一下好了。"

"那算什么！我们还得跑到顶，要不然就算是孬头！"

向大钟得意地嚷。

"我们稍稍歇一下，回头再走上去。"

这是宋明光的话，这得着大家的同意。

"这样好，这样好——。"

他们走进了紫石园，有的用手掏着泉水喝，有的在池边看着那些向水面接喋的游鱼，细雨把水面漾着碎纹，鱼又在吐着泡，一个个的小圈渐荡渐浅，向大钟和黄静玲不愿意坐下来休息，在园里绕了一个大圈，在静僻的所在，他们又看到一对对偎依着的男女，跑回来的时候，黄静玲仿佛厌恶似的说：

"我们走吧，我们走吧！"

当他们又在路上走着的时候，静玲才提起来：

"我真不明白这次大露营为的是什么？"

"还不是一面团结自己一面向民众宣传！"

"当然那我也知道，可是你们没有看见么，一对对的人来干什么？难道真的是来避暑么？"

"嗐，那总是少数人的行动，以后想法子纠正一下就是了。你看，上山的路全被雾锁住了。"

"那可得小心；滑下去可不是玩的。"

这引起每个人的注意，他们不再说话了，只是一心地埋着头看着脚底下的路，同时也很谨慎地把腿伸出去试探着。

"你看这里还有太阳呢！"

不知谁这样高兴地喊，大家把头抬起来，果然看见耀眼的阳光，还有那澄蓝的天，再往下看，云雾原来都留在脚下了。

"这真是奇怪，还没有看过。"

黄静玲也很兴奋地叫着，大家就更用一番力朝上走，不久就到了竖立着"紫云第一峰"的山顶。

"到了到了——。"

在那石刻的右边一面不可攀援的峭壁上刻了一个极大的梅字，静玲就好奇地问：

"那个大梅字是什么意思？"

"就是那个出名的戏子梅××刻的。他好象也打算把他的名字给所有的人看，和世界永存。"

"呸，他凭什么？"

"可不要说人家还是博士呢，中国的艺术都靠他才能在海外发扬。"

"看那些有什么意思，你们转过身来看看我们居住的城！"

他们转过来，望下去只是一片绿色的海，只是在树叶没有完全盖住的地方看出雪白的粉墙和大红的栏杆。更远处只看见矗立的塔，和发着反光的黄色的琉璃瓦。

"你们看，那一块是怎么回事？"

从伸出去的手指望去，就看到那模糊的一片，象凝聚着的烟。

"那是在下雨呢，夏天的雨真是这样，这边是晴天，那边落大雨。"

"真好看，真好看，怪不得孔夫子说，'登泰山而小天下'，我们现在是，登紫云而小××，我真还以为那些景物，都是玩具一般摆在我的面前，你们想城里的人会不会看见我们。"

"你真呆了，我们也没有看见城里的人呀，连街道和房屋还多半被树挡住了，你既然看不见他们，他们怎么能够看到你？"

"可是我总觉得我是站在无数人的面前，他们看得见我，我也看得见他们，我真想喊叫几声，要他们都听见——"

"听见什么！"

"听见我的声音。"

"得了吧，大约只有你自己听见，还有我们听见，——"

"那是不如闭住嘴吧，省点精力，——"

"不要说吧，你看，那边的云雾拥过来了，快点向下跑吧，一会儿就要看不见路。"

"好，好，走吧，——"

他们紧接着向下跑，可是云已经赶到他们了，谁也看不见谁，脚步自然就慢下来，细雨又在淋着，他们只得抑扬地呼唤，模仿幻想中的呼号。

"喂——哪一个在前头？"

"我——呀，——你们的朋友向大钟。"

三十五

暑假匆匆地过去了，那份炎热还留在人间，母亲和其他的人还住在山上，静玲随同那些学生们回到城里来了，当她回到家里的时候，老王首先就表示很惊讶地说：

"哟，五小姐，你怎么晒得这么黑呵！"

"怕什么，黑才好，——"

静玲答着，取下来头上的大草帽，用手绢擦着淌下来的汗；可是这时候费利不知道从哪里窜出来，拖着舌头，摇头摆尾地在她身边绕。

"去，去，大热的天，哪个要你来？——"

正在这时候，李大岳也跑出来了，他热烈地拉着她的手接过她手里提的包袱，才走进房，他就迫不及待地和她说：

"静玲，我听你的话算是对了，要不然我那一番爱国的热心就搁了浅——"

"什么事，幺舅？"

静玲反倒有点摸不着头脑了，她的汗还是一直往下淌，她的心里在想："你要是给我倒一杯冷开水还有道理。"

"唉，假使我去了，现在可怎么说呢？"

"等着吧，也许不久，抗战就要开始了，你不看日本人在一步步地逼，总有一天无路可走，那就不想打也得打了。"

"我还最需要一杯冷开水，——"

静玲说出来，李大岳就赶紧给她倒了一杯，还把茶壶送在她的面前。她一口气就喝了三杯。

"好，等一下我们好好谈。"

这两个多月的日子可把李大岳过厌了，他简直找不到说话的人，黄俭之的忽喜忽怒的个性，使他不敢和他说上三句话。静纯要不是住在学校里，就是关在自己的房中，他的性情虽然好了些，还是那么喜爱孤僻，他把每天的报纸都读烂了，连启事和广告都不放过，实在没有事的时候，他就蹲在院子里，看着结群而斗的蚂蚁，有时忘了自己在一旁瞎用力。那一次在七月里，日本海军陆战队在海口登岸演习，和当地驻军发生了冲突，当时又激动了他，他正要在第二天赶早车跑去，报纸上又说事件已经和平解决，只把他气得牙发痒，把那张报纸扯个粉碎。

他随时想把血肉之躯献给国家，可是没有那么一个值得的机会。

等一些时候，静玲又跑来了，她头发上的水珠都没有擦干，很急迫地说：

"我都有点不惯了，这么空的房子，我的一举一动都有回音似的，真有点不舒服。"

"怎么，你还怕么？"

"哼，我才不怕呢，不过觉得没有趣味。"

"你大哥不是在楼上么？"

"他在么？我简直不知道，真奇怪，我看到他的门关在那里，你知道我一边说一边在唱的，可是他也没有理我，……"

"也许他睡着了，他的精神总不大好。"

提到"一二八"，李大岳的脸上仿佛在发着光辉，他拍拍自己的胸膛，两颊挂着自信的微笑——肌肉不动地凝在那里仿佛是一座雕像。

"好，希望我们将来扩大发扬'一二八'的精神。"

静玲说着轻轻地拍着李大岳的肩膀。

三十六

又是一个"九一八"来了。在日本人高压之下，连一个公开的纪念仪式也不能举行，××学院中一些充满了热血的青年，在一间大课室里默默地举行他们对它的悼念。

有些人缅念着失去的乡土，在这一天，更深切地想到还生活在那里的家人，有些人怀着充沛的爱国热情感到长此压服下去，也要变色变质的×地，兴起无比的伤痛。

"是的，六年了，我们的家乡在日本人的铁蹄之下，——"那个报告的主席是一个东北人，他的语音很低沉，更打动了每一个东北人的心，"谁能知道我们受的是些什么罪！我们的家里的人，在那边忍受一切无理的压迫；我们这些年轻人跟到关里来总象带了满脸洗不清的耻辱。请问，这耻辱是谁给我们的，谁使我们永远有的？——不错，我们是些亡省人，我们没有能尽保卫家乡的责任；可是那全是我们的责任么？我们总算千辛万苦地投到祖国的怀抱。"

他的话顿住了，他的喉咙好象被什么哽住，他的眼圈红起来，下面的人也多半低下了头，过了些时他才接着说下去：

"个人的荣辱我们一点也不在乎，就说对于我们全体，有钱有势的还是那些把东三省送给日本人的人，我们这些农人的儿子，关东草原上生长起来的老实人，忍受了一切的苦难。兄弟总记得那一年的冬天，我们东北人的老幼妇孺，为了不愿意做日本人的奴隶，这么老远的跑进关，弄得个进退不得，大冷天站在马路上象一串求乞的叫花子。对着排头的原来是几架新式机关枪。——不瞒各位说，兄弟的七十岁老爹就站在这个行列里。——从那一次以后，有些意志不坚强的人，一怄气，又坐上火车出关了！难道这只怪我们老百姓么？

过去的事，我们也不必提了，我们的家乡是全中国。不幸我们又来在这国防的前线，又碰着我们的仇人，看看当前的局势，到底是谁家的天下？日本兵尽量增加，随时在各地演习，这种情形立刻使我想到'九一八'以前的东北，我生怕有一天演习变成实际，把这一方大好的土地又拱手送给鬼子！你们不看么？日本军在××以我们这里为进攻目标，以×××军为假想敌，扒了老百姓的房子，践踏了老百姓的庄稼，还要他们抹去眼泪给皇军烧开水，可是我们负责的长官，还有那份心肠和日本军官在××堂杯酒言欢，互祝健康，他妈拉个巴子的，我们老百姓不是人呵！——"

他再也忍不住气，把一句野话扔出来，随后他的眼泪再也控制不住了，滚滚地从两颊上淌下来。他不得不取下来眼镜，两手抱着脸。全课室也不断地响起啜泣的声音。他强自制止着情感的流露，又说下去：

"——我不得不再说明当前我们是在严重的情况之中，在绥远的边境，匪伪正准备进攻。其实表面是匪伪，暗中还不是日本人！在我们的近旁，还有'冀东'。还有大量的日本军，他们会借口在我们的内部发动战争，我们应该随时准备，千万不要再有第二个'九一八'悲惨的结果。我们还得怎样自立图强，把鬼子从家乡撵出去。这绝不是有关我们个人的存亡，这也不只是我们这一地区的，这是我们全国的生死存亡的关键，希望我们大家一致努力争取，我的报告完了，下面是我们新从关外来的同乡同学报告家乡的情形。"

接着一个光头的，很象一个商人模样的人站到讲台上，他土头土脑的向四面行礼，亮亮嗓子才说：

"兄弟就是这样才从俺们那边跑出来的，——"

大会沉静地进行着，到完了的时候，天已经近黄昏了，各自怀着沉重的心情，人们缓缓地散开了，赵刚陪着黄静玲走出校门，老远，就看见卖报的孩子们撒开了腿跑过来，嘴里大声喊着：

"快看×××战的新闻！"

跑得红头涨脸的孩子很快地就来到他们的面前，他们赶紧拦住他，掏出钱来买一张，急忙凑近那张报纸一看，在报端果然有这么几个显赫的字。

他们同时看到一则极简要的新闻，说明中日两军在××附近，已经开始战争。

静玲的心全被喜悦抓住了，她急促地说：

"你看，——打起来了，——什么都得有一个限度，——我们的国家出头的日子到了。"

她那么激动，都象有什么塞住她的喉咙，赵刚却还保持着应有的镇静，回答着：

"我不相信这是真正的开端，也许将来有这么一天，现在都显得太早。"

"我讨厌你这样说，赵刚。"——黄静玲有一点愤怒地嚷着，"你不应该这么冷静，你看别的同学们不都高兴地跳起来了么？我走了，明天早晨见，我要赶快把这个好消息带给家里的人，他们一定还不知道，我走了，我走了……"

她一边说着，一边还时时回过头来，这一条街上聚满了××学院的学生，她微笑着望望每个人，一面加紧了自己的脚步。

第二天一个大清早她就跑来了，她兴奋得大半夜没有睡着，精神照样还是很好，李大岳上山去接静宜她们回来，她就跑到学校，她在路上已经买到报纸，她坐在车上贪婪地读着第一行重要消息，就是说战争仍在进行中，中日两方都派大兵驰赴××。她几乎自己叫出来。

"一点不含糊，这下子果真打上了。"

街上的人也有异样的表情，都显得不安，没有一个显得象她那样快活。她在心里盘算着：

"倒要给赵刚看看，看他还有什么话说！"

于是她就读着军事的原因的记载，说是骑着高头大马的日本军官，在××市街上忽然冲进了×××军的队伍里，他不但不表示歉意，还用马鞭抽打中国的兵士，原来就有几个兵被马踢倒了，现在又有兵遭受抽打，惹起其他兵士的愤怒，就把那个日本军官拖下马来打了一顿，后来两边都增援，对垒战争就起始了。

等她到了学校，找到赵刚，就把那张搓揉得有一点烂的报纸朝赵刚的手里一塞，得意地说：

"你看，你看，是不是真的打起来了？"

"我已经看过了，——"

赵刚依然很冷静却很不愉快地说，他无望地绞着手，眼睛象是望了远处。

　　"你这个人真有点别扭，怎么这么不爽快，这么久了，我们盼的什么，如今真的和日本人打起来了，你却显得这么不热心！"

　　"我不是不热心，我简直有点不相信，——"

　　"你还不相信，你不看报纸上说中日两方都派大员去指挥去，难说这些你也不相信！"

　　"去是去了，可不一定是指挥，你能保得定他们不是去说和？"

　　这句话却震住了静玲，她也没有那确实的把握，她也显出一点颓丧的样子说：

　　"真要那样才叫糟糕！——"她说着，又问了一句，"学校有什么举动？"

　　"大约不会上课吧，不管怎么样，我们还是尽力去做吧，同学们正在组织战地慰劳队，救护队，宣传队，四处去征集慰劳品呢，我们也去参加吧，只要弟兄们打一天，我们也要尽力一天！"

　　这一天，他们果然忙了一天，从课室里走到操场上，从操场上又走到街上，到下午，晚报都出来了，两方已经停战，说是原属误会，经双方大员仔细调查，真相大白，当即停战，后经商议之结果，中日兵士整队，相对敬礼互致歉意，然后各回军营，双方负责长官决将两军调开，以免再发生此类不幸之事件。

　　"你看怎么样，我早就猜到了！"

　　赵刚说着，可是他一点也不觉得得意的样子，他坐在石阶上，沉痛地把脸埋在手掌里。

　　静玲也不说话，她的心好象落在无底的深渊去了，她紧咬着嘴唇，恨不得咬烂了它。

　　操场上的人不少，却很安静，近黄昏，西沉的阳光把人的影子投射得长长的，错综地落在地上。静玲也站起来，拍拍身上的尘土，缓缓地移动着她那两只沉重的脚。

三十七

——我太激动了，在这深夜的时光，我也不得不从床上跳起来写这封信给你，我不能入睡，晚饭也没有吃，我那临街的窗口的下面的水门汀的路上，正橐橐地响着日本陆战队的铁跟皮鞋，一下一下都象踏在我的心上，我不必向下张望，我就知道一个正站在我的窗下，他那上了刺刀的步枪在他的手中平端着，随时都要刺进人的身体似的，可是我不怕，在两小时之前，我正从他的身边走过来，把个人的死亡都看得无足轻重，大约也没有可怕的了。

这一下午我都在法庭里，我并不是被审问的犯人，可是我觉得受践踏的正是我们全中国，这耻辱我们都有一份，我想你总知道前些天发生的枪杀日本水兵事件，哪一个杀的，为什么杀的，却是不可知的谜，可是居然捉到了主犯和从犯，因为日本人再三地声称这事件的严重性，于是，犯人也就提到了。我好容易托人找到了一张旁听证，在走进法庭之前还经过探捕的搜查，于是我就坐在一条木凳的尽端，那时前面还一无所有，可是旁听席已经坐满了。

过些时法官进来了，我们都站起来，当他坐下去的时候，我们又坐下。随后律师来了，有三个是为犯人义务辩护的，有的是代表治安当局。

一阵响亮的皮靴声音，引去每个人的注意，原来是一些日本军官和士兵雄赳赳走进来了，他们每个人都有武器，显然他们并没有经过搜查。

这时候犯人提来了，用这个提字实在是再恰当没有，因为那三个都是那么瘦小，手铐着，高大的巡捕提着他们的衣领走进来，就向那长凳上一丢，正象把一些什物扔下来一样。

开审了，第一被告又提到前面，一个巡捕就毫无忌惮地在公案前架起一只脚来得意地抖着，他那凶恶的紫红的脸正对着那个可怜的犯人。他的身材很小，他的脸是苍白的，在他的鼻下有伤痕，衣服的纽扣脱落了，前胸的上半敞开来。他用细小的声音答复法官的问询，到后不知怎么一来，他忽然大声地哭着说：

"他们打我呀，他们打我呀！"

"哪个来打你这个混帐王八蛋！"

那个站在公案前的巡捕扬起手来威吓着他，可是这时那个代表治安当局的律师站起来了，方才我还没有看到他呢，原来他是才赶到的，他的同事正帮忙他穿起制服，他是那么一个年轻的家伙！他的头发油亮，他的脸雪白，可是那模样，使我想起来城隍庙里勾魂的小鬼，他冷酷又干燥地说：

"请庭长注意，该犯人显然诬蔑西洋文明，在我们的拘留所中从来没有虐待犯人的事！"

这时那个犯人忽然朝地上一跪，大哭起来说：

"我对天起誓，他们打坏我了，用橡皮管子抽，用香火薰……"

站在他身旁的巡捕赶紧把他从地上架起来，他就再也不松手，可是他还是哭着。他数说着把他上了三次电桩逼他招认，他真受不了那刑罚，才想法自杀，那些脱落的衣扣就是他吞下去的。

"我没有死成，大人呵，你快点要我死吧，我受不了！"

人们沉静下来了，那个法官也好象被他打动，可是他只把头低一下，看看放在面前的卷宗，接着又很平淡地抬起来，这时报告律师请求把犯人解送法院，那个盛气的原告律师立刻说明，调查完毕，正要移解法院来，也许关于这些辩论引起那个日本军官的不满，他粗暴地站起来，走到窗口，掏出一块手巾来扇着，这举动引起全庭人的注意，连那个把情感磨得平坦的法官也不得不朝那个日本军官看着，在那一分钟的沉默中间，每个人都怀了不安的心情，也许以为他要有所举动吧，可是没有人敢干涉，一直到他又坐下来之后，人们才又平静下去。

于是那个青年的原告律师站起来，两手捧着一叠文件，他数说着被告曾经犯过了什么刑事罪，他有一大捧证据，还说他是一个流氓，平日就作恶多端，现在捕犯查到一个证人，他可以证明被告是这一次谋杀案的主犯，这时一个穿得很好的男人走上去了，那个被告茫然地把头转过来，看到那个人就大声叫：

"不错，我是一个流氓，可是他不能给我做证人呀！他跟我有仇，他会害我的……！"

那个被告吼着，抓着他的巡捕很自然地给了他一拳，那个仇人还是昂然地走到前面，陈述他的证据。

"小××，你没有良心，你何苦害死我呢？……"

那个被告悲痛地叫着，可是法官为了法庭的尊严，用力敲着他的法案，不许他再发声，起先好象他还不能不忍耐呜呜地哭着，过后他不哭了，他也很平静地听着那个证人的详尽的叙述。这中间，有时被告律师站起来驳辩，可是那个原告律师就象一只山狼似的站起来了，露着他光利的牙齿，象要吞噬人一样伸长了颈子，当他说到了那些下流的中国人的时候，全庭的人发出不满的声音，可是他故意重复地说着，过后寻衅似的瞪着旁听席里的人，不满的声音又起来了，当时我也气急了，恨不得有一把利刃朝他丢过去，作为对他那副骄横、忘记了祖国的人的一个合理的教训！象这样的汉奸的存在，实在也是我们的耻辱。

就象这样的辩论和审问过了整个的下午，房子不大，人又多，虽然是秋天，江南还有一番蒸热，天渐渐晚下去的时候，秋阳正从朝西的窗口钻进来，落在我的脸上，汗不断地流下来，当时我看到法官，律师，日本人，面前的那一大杯冷开水，我真不知道怎么羡慕呢，可是我们这些旁听的人只是空咋着嘴象市上放在案上出卖的桂鱼一样，除开嘴部的干渴，我想许多人的胸中都还烧着一股愤怒的火吧，因为每个人都看到在日本人的意旨之下，在原告律师的咄咄逼人的气焰之下，那几个犯人怕没有好结果。

其实日本人本来的目的并不是这样，他们故意造成这份恐怖，于是有所借口了，是战队在租界里巡查想利用这个机会重演"一二八"的故事。可是站在租界当局的那一方面，为了他们本身的利益，他们必须设法塞住日本人的嘴，把他们认定的抗日行为化成私仇谋杀，这样就不得不牺牲几个无辜的人了，所以当犯人叫着，"我不是好人，可是我没有干这桩事，我是冤枉的！"连承审的法官也不得不沉默了。谁都知道他们的无辜，可是他们却逃不开死罪。

真的，他们就是这样判处死刑了，两个死刑，一个无期，那时候我都想叫出来了，可是那几个被告，却低下头，沉默地不发一言，也许他们早就知道了这不可免的命运，所以他们不叫也不争论，只是脸显得更苍白些。就是那个法官说着如果不服判决，在十天以内还可以上诉的时候，那几个犯人一点也不觉得鼓舞。他们默默地又被巡捕提出去了。

旁听的人倒发着不平的骚音，人都站起来，渐渐散去，我的心感到酸痛，我的泪流出来了，我知道，我是忍不住哭了的，因为受这种无妄之灾的，并不只是他们三个人，而是我们全中国四万万五千万人。

是的，我吞不下饭去，我的胸间一直有什么哽着。我走回来的时候，那日本兵怒目地望着我，好象他要一下就把刺刀戳进我的身体，我不怕，可是我的心被悲痛啮着，我又不能睡，我就爬起来了。这时街道更安静了，自远而近起了一片整齐的步履，我从窗口望出去，原来还是那日本陆战队的巡查队，我的心更不安宁，我确信只有一条路能救我们的国家，——那就是战争。不是全死，就是全活，这种不死不活的日子再也不能过下去了！……

三十八

…………

静玲激愤地握紧了拳头在来回地踱着，她是一只惹怒了的大虫，可不知道朝哪一方扑去，这时阿梅忽然推开门向她说：

"五小姐，您回来了，太太要我看看您。"

"有什么事么？"

"没有什么事吧，不过太太嘱咐我顶好找到您，请到楼上去，太太有话和您说。"

"好，你先上去，我就来。"

自从那次冲突发生之后，母亲他们就都下山了。当时全家都有些惊慌，过了两天平静下来，黄俭之就得意地说：

　　"我早就算定打不起来，中国兵怎么敢得住日本兵；那些汉奸狗腿子又只会朝日本人磕头，能有什么用。"

　　当时静玲才要说话，静宜就一把拉住她，她只得强自忍耐下去。过后静宜偷偷地和她说：

　　"你怎么那么傻，有什么可驳辩的，你又不是不知道爸爸的脾气，白惹一场气，有什么好处？我的心思，就是能得着一份和平就好，不管是家务或是国家大事！"

　　"中国和日本的事呢？"

　　"那也一样，谁不希望和平，只要和平就是好的，战争总要毁灭许多人，太可怕了。"

　　"如果得不着和平呢？"

　　"那就是另外一回事了，总而言之，我怕争执，我怕杀戮，我怕流血，人真是一个奇怪的生物，为什么不能好好活下去呢？"

　　"谁不说，都象大姊这样心肠，天下就不会有事了。"

　　静玲故意这样说，稍稍带了一点讽刺的意味。

　　"你不必讽刺我，静玲，——"静宜一句话点破了她，"各人有各人的路，所谓仁者见仁，智者见智，我也并不反对你的路，为什么你和我甩酸腔？"

　　静玲赶紧笑着，伏在她的肩上，撒娇地说：

　　"大姊，我和你说着玩呢，你倒真的气我了。"

　　"我不生气，这就是我的做人的态度，可是我不愿意你说话酸刻，——你看你的头发也不知道梳，又这么短，简直象乱草堆。"

　　静宜说着，又用手为她扒梳着头发，从她的指尖传来一般温暖，这是她许久都没有感觉到的，她的心发了一阵抖，赶紧象逃避似的跑开了，和她说：

　　"我自己去梳，我自己去梳。"

　　她知道自己不该被一切个人的情感绊住，她生在这个苦难的国度里，她属于这个苦难的国度。

　　母亲把她叫上楼，原来问着她关于静茵的事。

"茵儿来了一封信，是吗？"

"是的，二姊有信来。"

"她在外边好吧？"

母亲的两只手把青儿拢在怀里坐着，殷切地望着她，等待她的回答。可是她怎么回答呢，这封信简直没有提到个人的事，母亲不放松地又问了一句：

"她没有问起我么？"

她不得不扯谎了，她就说：

"她问起您来的，上次我告诉她您的身体好起来，她真高兴极了，这封信要我代表她给您问好，给您请安——！"

"她能想到我，就能知道我怎么想到她，古人的话一点也不假：'儿行千里母担忧。'我的心都分给你们了，将来你做了母亲的时候，才能知道这种滋味，空说是一点也领略不到的，——"

"我不做母亲，这一辈子我也不做母亲，——"

"不要那么说，那不是没有世界了么？人活到世上，各人有各人的事，不能扭天而行，男大当婚，女大当嫁，自然你还早，你的大姊真是一份心思。"母亲想了想，忽然又记起来，"你把茵姑儿的信念给我听听。"

"呵！"这倒给她一个想不到的难题，可是她能很机警地说，"哎呀，那封信让我给丢了！"

"你看你，这么大的孩子了，办事多么不谨慎，怎么会丢了呢，你再去找找。"

"不用找，我知道丢了。"她肯定地说，她心里想："我不用找，我知道得顶清楚。"

"算了吧！写回信的时候跟她说今年回家来过年吧，你说我想她，就是她能回来住些日子再走都可以，——"

"妈，您真是这样么！"

"嗐，傻孩子，你就这么写好了，等她回来的时候，我还能放她再走么？在这个乱世年月，活就活在一处，死也死在一块儿！"

静玲抬起眼睛望，看见随着母亲这两句话凝在眼角上的晶莹的泪珠。

三十九

随着深秋的早寒，随着卷在风沙中枯黄的落叶，日本驻屯军万人的大演习的噩耗象一只不祥的鸟飞落到×城人们的心上。说是一共要有十天，以××做起点，沿着铁路前进，到了×城之后还要从东门进来从西门出去。也许这是他们的示威，响应南方和北方最近发生的"仇日事件"，那些善良的胆小的市民，或许真被这件事吓住了，不知道该怎么样才好，因为知道也没有再好的法子，只是要沿路的人民迁移，躲开他们的凶焰，可是他们能躲到什么地方去呢？从祖先传下来的土地躺在那儿，千辛万苦搭造起来的黄土房固执地站在那里，难说要他们那一群饿得干瘪的身子交给那无情的寒风，从此就在乞讨中过日子迎着不可抵拒的严冬么！乡间有钱的人自然早就搬到大城市里去了，那些更多的穷苦人，只得等待着那不可知的命运。

日本军的行动是准时而来的，正象一大阵蝗虫，扫过村庄，扫过田地，吃尽了，践踏光了，可是随在他们身后，正有一群热血的青年，他们一面做视察的记录，一面慰问受了伤害的老百姓。同是生在这个不幸的国度里，人和人中间感情的距离是愈拉愈近了。

"我怎么活呀，我那上磨的驴子牵去了，连我那老儿子也给他们抬枪弹去了，我的豆子呀，我的麦子呀，留下我这么一个老来苦的人怎么过得去这个冬呀！"

白发的老太太，倒坐在门坎上，在寒风里哭着，老头子惦记他的种子，他的猪，还有他那才修好的几间房。

"什么都拿走了，只有磨石没有动，他妈的，当年八国联军进北京，我们也没有受这么大的损伤！……"

难得接着来的是一张张温和的笑脸，他们是那么年轻，是一群城里的大少爷大小姐，可是他们那么亲热地叫着他们："老妈妈，老伯！"拭去障在他们眼上的老泪，记下他们的损伤，告诉他们想法子要求赔偿，明明知道不一定能到手，这一口气总算平了些。

"有一天，我们会跟他们算总账的，打胜了之后，他们就得如数地赔我们，——"

"真要是打的话，俺的家里毁了也不在意，俺是中国人就得争这一口气！"

横暴的队伍向×城行进，一天天地逼近了。不甘屈服的热血青年预定在日本军进城的那一天举行示威运动，在早晨八点钟，就由各校出发，到××大街集合，规定一面游行，一面慰问受损害的市民。

大批的士兵和警察也出动了，站在街旁，守住路口，可是看起来他们并没有敌意，他们的心中也许同样地感到悲愤，可是他们更不自由，遵从命令是他们的天职，忽然来了一个消息，驻×城长官，预备和学生们讲话，在公园集合。

学生们就起始遵命移动了，万人的行列扭曲地前进，不甘做亡国奴的呼声从他们的嘴中叫出，那些兵，那些警察有时也随着他们叫，一直到他们全走进公园，顺序地在那露天讲演台前站好，才有人低低不安地传着：

"糟了，我们上当了，公园的大门锁上了！"

"真的么？真的么？"

学生们起始骚动，都不把脸朝着那空无所有的演讲台。转回头去，想得着一点确实的消息，正在这时候，从公园事务所抬出几大篓面包和几大桶茶，两个年老的公园主任随在后边，到了他们的面前很客气地向大家说：

"诸位同学，×长官才来了电话，有点事，耽搁住了，怕诸位饿，先预备点茶水点心，请诸位随意用，一会儿×长官就来和诸位训话。"

一个洪大的声音在人群中叫起来：

"不要听他呀，他把我们给锁起来了！"

"抓住他，要他开门！"

人们起始乱了队伍，可是那个胆小的人，脸变了色，双手不住地摇着：

"诸位不要错怪我呀：大门是倒锁的，连我也锁在里边，都是一番好意呀，谁跟谁都没冤没仇呵！"

"同学们我们也不必难为他，看有什么方法出去，关在这里总不是事呀！"

一个细高个子的学生代表嚷着，另外一个又在叫：

"请诸位同学各自维持秩序，我们要保持纪律，现在召集各校代表讨论办法，请诸位同学耐心等待。"

"请诸位同学随意吃点东西呀！"

那个公园主任松了一口气，又大声地在叫，靠近他的一个代表就和他说：

"请你抬回去吧，我们不是跑来吃面包的，二十岁上下的小伙子，都经得起饿，我们又不是三岁五岁的小孩子。"

那个主任脸红红地走开了。他并没有把那几篓面包抬走，没有学生过来舀一碗水喝，也没有一个人吃那些面包。

大门是紧紧地倒锁着，墙很高，好容易爬上一个去，也没有法子向下跳，而且墙外都布满了军警。

人们默默地坐在地上，有的用手拢了膝头，空洞地望着远天，有的在低低谈着。天是一片蓝，太阳自由地照着，高大的红墙无情地站在那里，把一颗颗鲜红活跃的心给关住了，没有风，无边的树林中，落叶萧萧坠下，在笼里跳跃的猴子凄冷地高号。

"我们唱歌吧！"

有人这样说了，歌声就扬起来，在空中回荡着，那声音渐渐地扩大了，许多人都应和这歌声唱着，当着这边停歇下去，那边立刻又接起来，这雄壮的歌唱象那无边无涯的海，回答天上的狂风暴雨，是它那汹涌澎湃的波涛！

近午时分，有人很细心地听到远处短急的军号，他们听得出，那是日本的号声。

"听，鬼子进城了，那号声我听得出来。"

许多人就伏在地上，把耳朵贴着地面，于是就听到大地的不平的抖颤，那有沉重的炮车和坦克，那有兽和人的蹄子和脚，……才仰起头，就看到头上嗡嗡飞的旭日徽的飞机，人们全被这激愤的情绪抓住了，回答这些的是那万人的高呼：

"打倒日帝国主义！"

"团结统一，一致抗日。"

"打倒汉奸走狗！"

"…………"

"…………"

太阳慢慢地向西移动，忽然后边起了骚动，有人传说 × 长官来了。

果然看到一个穿着长袍马褂的人走过来了，他的身后跟随不少兵士，认得的人就说：

"他不是 × 长官，他是他的部下，新近调任 × 城的市长。"

可是走来的人既不象一个军人，又不象一个政客，他有一张圆圆的脸和两撇黑胡须。他虽然不十分胖，却腆着肚子，他很象一个得意的大商人。

当他走上那演讲台的时候，他的头不住地向四面点着，他的脸上堆满了笑，亮着嗓子大声叫：

"诸位，诸位，多辛苦啦！"

"不辛苦，不辛苦，……"

四面都起了这压积着愤怒的不平的回答，可是那个人还是堆满了笑，在说着：

"诸位，……你们要相信长官，……他和诸位一样，有决心，不信你们看，我拿我的脑袋打赌，哪个要有一分卖国的心就不是好娘养的！今天的事，也是无可奈何，这种牺牲是无谓的，没有很远了，诸位，也请你们相信我 ×××，有一天我们要手拉手上战场！"

他们还有更重要的工作，当着 × 市长演讲完了，他们虽然饿着肚子，却还能大声叫喊，他们从东门走到西门看着堆在地上的马粪和轧得陷了下去的路面。两旁的店铺仍自紧紧地闭着门，只有几个摆地摊的小贩蹲在路旁。一片凄凉的景象迎着面前，当着他们叫着口号的时候，有脑袋从那才打开的门里伸出头来胆大地站到街边。

果然在八天之后，×××军开始了对抗大演习，邀请学生代表参加，有许多学生都愿意参加，他们坐在没有篷的货车里，朝着郊外驰去，他们挤在车里不停地喊叫，歌唱，把那不屈服的声音一直带到演习的山口。

在一座大山的下面有一个广场，阳光正自灿烂地照着那一眼望不断的队伍。这些充满了热血的孩子们，为这情景打动了，他们自己就分配工作，有的去烧水，有的提水，有的拿着慰劳品。

无数的马驰骋着，扬起一片尘土，马上红脸的汉子喊着"杀杀"，炮车隆隆地响了，朝着远方射去，上了刺刀的步兵，向前冲锋，抛掷手榴弹。

大地也笑开了，它那么高兴地驮着它的儿女，它那么热烈地拥抱着他们那充满了鲜血的心。

繁密的枪声响了，青天白日旗插到远远的山头上，人们然后又静下来听着官长的话：

"我们是抗日的军队，……我们不能埋没喜峰口的光荣……现在实弹演习虽然是一种浪费，……可是我们将来……每一颗子弹都要打死一个敌人！"

在官长的领导之下，大地回应起来了，滚过广场，冲击在山头上，那匹山都象有点摇动了。

"打倒日本帝国主义！"

"中华民国万岁！"

第四部

一

　　雪又降落下来了，寒冷重复压在大地上，可是在那冻结的路上，无数的青年跳跃着。他们那没有被围脖遮住的脸冻得发红，手指也有一点僵硬，但是他们的心是火热地烧着喜悦的火焰，他们还象小鸟一般地在路上跑着，跳着，想从语言中，把那一份喜悦和那一份热情传给路上的行人。

　　"先生，您知道么，我们在百灵庙打了一个大胜仗。"还没有等他说完，那个人仿佛什么都懂了似的，顺手从衣袋里抓出一点钱连头也不回就递过来。这个赶紧接到手中，急急地数着放进背着的竹筒里，急忙又抽出收条簿来，用僵硬的手填写，连一口喘气的空闲也没有，又仓促地叫着：

　　"捐钱的先生，这是您的收条，请您保留……"

　　可是那个毫不在意的人已经不知道走到哪里去了。他用失望的眼睛搜索着许多背影在眼前晃动，许多走近来的脸，使他茫然失措，终于只得有一点不安地把那收条撕成细小的纸片，一撒手，它们就在寒冷的风中翻飞。

　　一转眼，他又跟在一个老太太和一个八九岁的小姑娘的身后了。他又在说着：

"老太太您不知道吗，咱们在百灵庙打败了鬼子——"

"百灵庙是哪儿呵？"

那个老妇人倒很感兴趣地站住了。

"百灵庙，还在大北边呢，属绥远管，还在包头北边呢！——"

"我的儿子今天还跟我说过呢，怪我的记性不好，没有记住，——"那老妇人好意地说着，"他也到街上捐去了，可说，那地方八成冷吧？"

"可不是，您说得真对，活活要把鼻子冻掉的，——"

"唉，这怎么说的，都是鬼子搅得我们民不安生，唉，那么冷的地方，连冻也冻死了，多可怜……"

她一面说着一面松开拉着孩子的手，两手谨慎地解开握在手里的手绢包，一张一张很仔细地数了十张花花绿绿的钞票，过后，她又包好手绢，才把那十块钱递过来，抖索地擦着流下来的泪水和鼻水。她还轻轻地推着那个小孩：

"小玉你也拿出一块钱来，咱们都爱国，这就是老百姓的一点心意。……"

那个小孩子果然就在怀里去摸，摸出一块钱来，好象有一点害羞似的举过来。

"这才是奶奶的好孩子！"

那个老妇人又拉起孩子的手，才要走的时候，那个被感动得几乎要哭出来的青年赶忙叫住她：

"老太太您慢点走，我还有收条给您呢！"

那只写字的手，越发抖颤了，好容易凑合着写好，才双手捧过来。

"这有什么用处吗？"

"也没有什么大用，就是一个证据，表示您已经为国家出了钱，——那么别人也不会再请您捐了。"

"那也好，省得我那老儿子回来的时候再捐我一笔，今天清早他已经捐过我了，他要我捐十块，说是开市大吉——可说我们小玉的收条呢？"

"我给您写在一张上头了，一共十一块，我真希望咱们的人民都象您这样。"

"唉，算不得什么，明明心也就是了。"

她把那收条又仔细放在手绢里包着，才牵着那个孩子走了，一个洋车夫向她兜生意，她就说：

　　"我们不坐车，没有几步路，走走还活血！"

　　那个捐到钱的青年人站在路边有点怔了，正在这时候，那个洋车夫忽然向他说：

　　"先生，您坐我的车，我也出一份力。——"

　　"呵！我不坐车——"

　　"您没有看见吗？方才坐上包车的是××洋行的经理，您坐上我的车，我拉着您追他；准保能赶上，他起码也得捐一百！"

　　"那也好——"

　　那个青年应着跨上车去，那个车夫果然迈开脚步飞奔，渐渐地那个有棉篷的洋车在眼前了，转了好几条的大街小巷，才在一家西餐馆的面前停下来，那个车夫也赶紧收住脚，放下车把，他一面喘着还一面说：

　　"先生，就是那位穿水獭领大氅的人，您赶上去捐，准没有错儿，——"

　　他真就跳下车去，三步两步赶到那个绅士的身后，很和善地说着：

　　"先生，您知道吗，我们在百灵庙打了胜仗，——"

　　还没有等他把话说完，那个人就象一只发怒的舐狗一般呲着金牙朝他吼：

　　"我怎么不知道？——可那关我什么事！"

　　"不过请您捐几个钱，慰劳在冰天雪地作战的将士，——"

　　"又不是我要他们去的，凭什么我得花钱？再说我身边也没有带钱。——"

　　"您到这么好的饭馆吃饭——"

　　"这有什么，还不是别人请我，——"

　　"那您多少总得捐点！"

　　那个青年人也有点忍耐不住了，他干脆地说出来。

　　"哼，多麻烦，——杨二，你拿一块钱给他！"

　　那个绅士皱着他的眉头，只用手杖向他的包车夫一指，转身就走了。这时候那个拉他来的洋车夫，却大大地向上吐一口唾沫，发出一声：

　　"呸！还是他妈的经理呢，别丢他娘的人了，——先生，我没有钱，我拉您这一趟，您看值多少就替我捐了吧！咱们都是中国人，咱们不是洋字号，——"

"我就替你捐一块吧。"

"那不多点么？"

"不多，不多，凭你这点心和你这点力气，百八十都值，谁叫我拿不出那么多呢！这张收条给你，——"

那个车夫走过来，恭敬地接过去，还行了个鞠躬："谢谢先生！"

"没有什么可谢的，我们都是为国家出一份力！"

这时候那个包车夫也从腰带里取出钱送过来，他接到手中，才看到那是两块钱。

"你的主人只捐一块，——"

"我知道，先生，那一块算是我的份吧！"

"你一个月也没有多少钱，——"

"不要紧，先生，回头我就有一块钱的饭钱，大小伙子少吃顿饭算不了什么。"

那个包车夫也是和善地和他笑着，他只得收下来，写了两张收条，他才写完，他的身后就有一个声音响着：

"宋明光你怎么捐到——"

他回过头去，原来是黄静玲站在他的背后，她也照样地背了一个竹筒，等他把收条交给那个包车夫，他才问着：

"你怎么也赶到这儿？"

"我是从××大街跟着那一对宝贝走过来的，——"

她说着，朝前一指，远远地还看见一对男女很亲昵的背影。"到这里他们嫌我太烦了，才老大不情愿地丢给我一块钱，算是他们每个人五毛，你，你怎么捐到车夫身上？"

"不是，你不知道——"

宋明光就说了几句。当黄静玲好奇地转过去看，两个车夫都已不见了。

"我们到这个大西餐馆去捐一下吧。"

黄静玲这样提议，可是宋明光立刻就反对：

"没有用，肯花钱吃的人就不一定肯捐。"

"我去试试看，你跟着我吧，再怎么说也可以暖和一下，这半天也冻得够受。"

　　她说着就朝里走，宋明光不得不跟在她的后边。还没有等她推门，那个门自己就打开了，一股温热，充满了菜香的暖气迎面扑来，当她走进去的时候，看到开门的原来是一个十二三岁穿了制服的男孩，很象一个木偶人。

　　接着，一个穿西装的人就迎上她来，堆了满脸的笑，问她有几位客人。她摇摇头，那个人就象换了一个人似的立刻收了笑容，又站到门口去了。她就朝一个独自在那里吃得很有味的老年人走去，她很有礼地站在他的面前，起始她的话：

　　"先生，请您捐一点钱给在绥远抗战的将士。"

　　不提防那个老头子把刀叉一放，翻起眼睛来反问着：

　　"难道他没有军饷么？"

　　"不是这样，因为他们为保卫土地而战，我们必须得表示点心意，——"

　　"谁跟你们定的规？"

　　那个老头子简直朝她斥责了，她也忍不住就回答着：

　　"也没有谁定规，不过表示一点人民的良心。"

　　"我先告诉你，我不是人民，我是 ×× 委员会的委员。"

　　"那就更好，更得为民表率！"

　　"可说，谁要你们这些学生们来管这些闲事？"

　　"也是出于良心！"

　　"凭什么我就得把钱捐给你们，相信你们？"

　　"先生，请你仔细想想我们只是一群热心的青年，不象你们做官的，惯于——"

　　她才说到这里，那个老头子简直跳起来了：

　　"惯于什么，你说！"

　　这时候宋明光也劝住黄静玲，推开她；可是她并没有示弱，她还在说：

　　"我还没活到你这么大年纪，懂不了那许多事！"

　　"好，你出口伤人，——"

　　那个老头子象气伤了似的朝她走来，那个穿西装的招待立刻赶过来，温顺地说：

"×老爷，您何必动气呢——"他转过脸就冷冷地对他们说，"请你们出去吧，我们做的是生意。"

"活该，你们这些只知道自己不知道国家的人！"

她一面说，宋明光一面拥着她走出去。她的脸气得绯红，到了门外，她才感到那自由的呼吸。

"你看怎么样，我的话不错吧？"

"我真想不到！"

黄静玲好象还是余怒未消的样子，她的嘴唇翘得很高，眼睛冒着愤怒的光。

"其实早想通了就都没有什么，洋行买办，老朽官僚，野老遗少，……这都是一类的人，逼急了他们，他们就会把他们的主子抬出来吓人，天生的奴才，一点办法没有！"

黄静玲却兀自站在那里，半晌不说一句话，她很想哭一场，可是极力忍住。她不明白这算是个人的事，还是众人的事！过了一些时，她才气冲冲地向宋明光说：

"好，我们走吧！"

二

头一天惹来的不快，睡过一觉，早就忘得干干净净的了。静玲依然很高兴地从床上爬起来，赶到楼下先看过当天的报纸然后才跳到楼上吃早点。吃完了，才抹抹嘴要走的时候，母亲却叫住她：

"玲姑，你们今天又要在街上募捐么？"

这问询惊了她一下，她没有告诉过家里的人，她又不能扯谎只支吾地答着：

"嗯，嗯，……"

"那多么难为情呵，这么大的姑娘在街上拦着人要钱！"

"那有什么关系，又不是给自己要，那钱都去慰劳打仗的兵，——可说妈，您怎么知道的？"

"我怎么会不知道，——"母亲微笑地说，"昨天有一位小姐募到咱们家里来了。"

"呵，没有想到，早知道我自己先募多么好！"

"当时我也说，可是那位小姐就说还不都是一样，反正都是捐给前线的兵，提起来她还认识你，她说你们是同学，只是没有说过话，——"

"怪不得您也知道募捐的事了，——"

"瞒我有什么用呢，象这样为国家出点力不伤身不害体，我当然也不反对；就怕你们打得个血淋淋的，那才让人惦记。"

"现在不会了，从前和我们打的是那些兵和警察，如今他们也跟我们走一条路，就打不起来了，要打将来只有和鬼子打！"

"我明白，那就不是你们的事了，去吧，快去快回来，天短了，不要等上灯才回来，一个姑娘，多么不方便。"

"我知道，……"

她一面应着一面走出去，她的心里却在想："将来和日本人打，也保不定不是我们的事，全国的人都得起来那才成。"

她赶着跑到学校领到竹筒小旗和收条，又急急地跑到街上去了。

冬日的太阳温煦地照着，昨天的雪粒发着闪亮，在路边，在瓦檐上。因为天气好，行人也格外多些了；热闹的×××大街上，她每次追着一个人，那个人总是把手中的收条向她一晃，她就不得不失望地停止了脚步。

她正自无趣地站在那里，赵刚恰巧也皱着眉从那边走过来了。走到她的面前，她就说：

"我还当你今天不来了呢。"

"我来晚一步，你们都抢先走了，怎么样，你的成绩好么？"

赵刚没有回答，只摇摇头，等一下他才说：

"我们换个地方吧，这里的人太多，轮到我们的头上，都是捐过了的。"

黄静玲赞同他的意见，他们就一齐向前走，转了个弯，他们就站在

××大街上了。在这条街上有几家西书店，正好一个穿得很整齐的青年人站在一只橱窗前专心地望着。

"这是我先看见的，你不能去，让我去捐。"

静玲说着，也不等赵刚的回答，急急地走了几步，就站到那个人的身旁了，可是她的脚步并没有引起他的注意，她只在那面大玻璃窗里看见那个人面貌的轮廓，他好象只是很专心地看着陈列在窗橱里的书。

"先生，我想您早知道绥远的战事了，我们打了一个胜仗——"

她这么说着，那个人还象无闻似的站在那里，她又接着说下去：

"先生，我为了在冰天雪地中战争的兵士们向您请求，这也表示我们人民的一点心意，——"

那个人忽然望了她一下，他的脸红着，他咕噜了几句话，她听不懂，可是她知道那是哪一国的语言，她的脸也绯红了，还没有等那个人转身走开，她就厌恶地跑开了，这倒使站在路边的赵刚吃一惊，他赶紧问她：

"什么事，什么事？"

"走，走，等一下再说，——"

她就拉着赵刚向另外一条街走去，嘴里低低地说：

"早知道要你去捐了。"

"到底是怎么一回事呵？"

"还说呢，我糊里糊涂捐到我们的敌人的头上去了，——"

"怪不得你说要我去呢，你要我去倒这个霉！"

赵刚也笑着说，他们就一同走到另外一条街上，那条街的一端有一个拱背桥，他们老远地就看见向大钟半截塔似的站在那里。

"他倒好，一个人守住这里，不过到了他这儿，怕别人早已都捐过了。"

他们正说着的时候，就看见一辆洋车要上桥了，向大钟就傍在那辆车边走着，因为是上坡走得很慢，所以他也不用跑就跟得上，还没有到顶点的时候，那个人就把钱给他了，他很快扯了一张收条，填上数目，就交给那个坐车的人。过后那辆车就象箭似的飞奔下坡了。

"向大钟，向大钟——"

赵刚叫着他，向大钟听见了，转过头来看见他们，就摇着手又走下桥头，他们三个就在桥下遇到了。

"你倒好，一个人拦住一座桥，——"

"到你这里别人都捐过了，看你怎么办？"

"我、我当然有办法。上坡路，洋车拉得慢，假使他拿捐款收条给我看，我就说：'爱国不怕重复，这么办，我给您推着车，您就再捐点。'这样一来他就不好意思了，只好又捐一次。"

"你倒有你的办法，我们这大半天也没有捐到什么，你看，你看，来了，你去吧，——"

原来从那边正有一辆包车拉着三个背着书包的孩子，他们一直在车上又挤又闹，那个车夫不耐烦地说：

"你们这样捣乱，爬不上桥去，咱们就都滚下去！"

"去，去，向大钟你去捐吧。"

"那我还不是白卖力气，我朝谁捐呵！这种事我不干，我要种瓜得瓜，——"

"你看，瓜来了。"

从身的那边，原来跑过一辆汽车来，可是一转眼间，那辆汽车就从他们的眼前飞驰过去了，只在后面的窗里看见一个披散着头发的女人的背影。

"汽车你可就没有办法了。"

他们目送着那辆汽车消失之后，黄静玲故意地说着。

"那我再快也撵不上它，它上坡也不费力，——"

"这么办吧，我和静玲两个人拦汽车——"

"我不干，——"静玲摇着她的头，"有钱有势的都不肯捐，都不是好人！"

"你不能那么说，昨天你不过碰见例外的一两个，再有汽车来，我摇旗拦阻，等它停下来的时候你就上去捐，捐到的算我们两个人的份好不好？"

黄静玲只是无可无不可地点着头，正在这时候，又一辆汽车来了，赵刚跳到路的中间，不断地摇着他手里的旗子，那辆汽车果然慢慢降低了速度，终于在他的面前停下来了。

黄静玲这时赶紧拉开车门，看到坐在里面的是一个中年妇人，带三个孩子，她就很和蔼地说：

"太太，请您捐一点吧，——"

那个中年妇人笑着，掏出来二十块钱给她，她赶紧写了收条，递过去，微笑着把门关好，然后那辆汽车就又开驶了。

"你看我们这方法好不好，抵得上你二十趟！"

静玲得意地和向大钟说。

"这还是我出的主意，他先还不肯来。"

"就这样吧，下一次捐到钱就算是他的，这样还省事一点。"

"随你的便吧，我不在乎，——"

向大钟什么也不说，只是在那里等着他的机会，虽然数目少，可是一次也不落空。

又是一辆汽车来了，赵刚照样摇旗子，静玲拉开车门，看到坐在里面的正是一个披着羊皮大氅的军官。她就说：

"请您捐点钱，援助 × 将军在绥远抗战。"

那个军官很和气地向她笑着说：

"同志，我就是才从绥远回来的，我就是 × 将军的部下，到 × 城有事商洽。"

这可使她遇见了一个难题，这可怎么办呢，可是她看见那个军官的悠闲的态度她有点怀疑，她又想到也许他不是 × 将军的部下，故意这么说的。她就不很恭敬地说：

"请您也破费一点吧，这是捐给在前线浴血抗战的弟兄们的。"

那个军官还是好心地笑着，听到她的话，知道她有点误解，就拉开大氅露出他的符号，还和蔼地说：

"我们很感谢同志们为我们努力，奋力御侮原来是我们军人的天职，可是我不能自己把钱捐给自己是不是？"

"对不起，我们打扰了你。"

静玲说着一鞠躬，关上门，到她抬起头来的时候，她还看到那只举在帽边敬礼的手和那堆满了笑容不断地点着的头。

"这是你的运气，怪不着我。"

她向赵刚说，赵刚倒并不怎么在意这些细节，他只是说了一句：

"下一次，该是我的了，——"

"那可不成，你的机会过去了，下一次是我的，再下一次才是你的呢！"

"随你的便吧，只要我尽心尽力，我也就问心无愧了，我倒不在乎数目。"

可是当他们又拦住了一辆汽车，静玲拉开门的时候，这可使她惊住了：

"我想不到是你，——"

"早就看见你了，你不拿我当姊姊待，我可想着你，你信不信？"

那正是静珠，穿了一身华贵的衣服，手里还抱着一只长毛的白狮子狗，她一个人倚在车角那里，象是长大了些，也许生活的装饰使她更不同了。

回答静珠的话，静玲只是使力地把车门訇的一声关上。

"不必这样，拿去，这是我捐的，——"

静珠从车窗里伸出纤纤的手，抓了好几张十元的钞票，可是，静玲并不接过来，她只是骂着：

"呸、哪一个要你们那小卖国贼的钱！"

"不要生那么大的气，不要，我倒偏要给你。"

汽车开动了，她的手一松，那几张钞票落在地上，黄静玲正眼也不看就站到一边去了，赵刚捡起来说：

"你不要，这一百算我捐到的。"

静玲站在一旁鼓着嘴，突然她跳过来叫着：

"我也不许你要！"

"那没有道理，多一文钱就有一分好处，凭什么不要呢？"

"那是汉奸卖国贼的钱，有损我们的人格！——"

"真要是汉奸卖国贼的钱才更好呢，拿这个钱犒劳和日本人作战的勇士，那正是以毒攻毒！"

黄静玲还是不服气地鼓着嘴，默默地站在那里，还是向大钟欢天喜地赶来说：

"走，我请你们去吃饭，想不到那个乡下人捐了五块，他说是上趟日本鬼子操演踩了的庄稼，他许下的愿，他还说要是和日本鬼子真打起来，就把房子和地都变卖了捐犒前线，自己也去当兵！"

三

　　一切工作上的困难和挫折都不足使那些热血的青年灰心，有的忍耐，有的纠正，一一加以克服，他们只是全心全力向着那些抗战的勇士们伸出同情的手，还有那热诚的呼号。可是有一天，当着黄静玲照样高兴地从家里跑到学校，走进救国会的办公室预备领取竹筒和捐册时，就看见在那间房里黑压压地挤满了人，有的坐着，有的站着，他们的脸上都充满了不愉快的样子；还有几个人伏在桌上写着。她才要找一个人问，赵刚就走近她的身边，告诉她当局为了社会治安的关系即日起禁止沿街募捐的行动。

　　为了不扰乱别人，赵刚说得很轻，可是黄静玲如受了惊的鸟似的大声叫起来：

　　"是真的么？"

　　"可不是真的！"

　　这是另外一个坐在椅子上用手支着下巴的青年，懒洋洋地回答着。

　　"我真不明白这是什么理由！"

　　黄静玲气愤地说着，把右脚向地上顿，那个青年又懒懒地回了她一句：

　　"谁也弄不清楚为的是什么！"

　　"什么社会治安，还不是有碍邦交？"宋明光也不平地插进来。

　　"照我的意思就什么都不管，看他们怎么办！"

　　这是向大钟的意见，他很热心地做了几天推车的人，他的气力卖得最多。

　　"蛮来也不成，至少我们得想想为什么他们要禁止我们呢？"方亦青接过来说。

　　"噢，我想起来了，——"黄静玲忽然象醒过来似的想了起来，"我记得有一次我碰到一个老头子，我向他募捐，他不但不给，还说了我一顿，当时他自己就说是××委员会的委员，说不定是他作祟，借那一点细故就设法弄来一道禁令。"

“那太个人了，我不相信会那样。”

“咳，中国大老爷们的事还不都是个人的事？你还睡在鼓里么？”

“我们还是看森林吧，不要只看一棵不好的树，我们该从大处着眼，小处着手，——”

“大处看得出什么来，还不是那一套！”

“我倒并不觉得这样，自从两×事变以来，我倒看出一点国家的大策来，你不看×先生飞来飞去么，大概就是由他自己宣传他的主张，一切大概都是一个时间问题。——”

“又说了，还是时间问题，‘九一八’以后听惯了，‘一二八’以后又听惯了，结果这样多时间都白白地流过去了。”

“事情不能那么简单，这又不象小孩子打架，说打就打，说完就完，要打之先也得有一番准备，打起来之后，又不能轻易就完，总得分个高低上下。在我们中国说起来，不是全存，就是全亡。要发动这样的战争，你想是不是要有一番好好地准备？”说的人在这里顿了顿，好象等待谁的回答，可是接着他又说下去，“你们看最近×、×在××会晤，×先生飞××，×将军也坚决声明抗战守土，我想总要打的。”

黄静玲不大喜欢这一番论调，她就说：

“可气的还是这些眼前的事，我们的工作怎么办呢？”

“你不看么，他们在那边办理结束，预备把这几天的捐款做一个总结，在报纸上登出来，省得使别人怀疑，——”

“那些对我不相干，我说我们还做什么？”

“你倒不必忧心，学校早就给我们安排好了，要我们乖乖地走进课堂去！”

“在这个时候读死书，那真没有意思！”

“有意思的事，也不许你做。学校当局就出了一个布告，告诉我们学期将尽，诸生应好自努力，不可再行荒废学业，贻害前途，那我们就只好遵命照办了！”

“不必说，有些人一直就蹲在学校里，手里死抱着书本，上课就坐在教室里；不上课就跑到图书馆，做一个彻头彻尾的书虫，真不知道将来有什么用！”

“你不知道，还有一些鬼头鬼脑的人物呢！”

“这样就把一切的情势搅得乌烟瘴气了！”

“我反对这种颓废的说法，人总是要活着的，社会也总要进步的，假使有这种种劣点存在那就该是我们的责任，究竟，我们还是占大多数，我们应该努力去做，起更大的作用，说服他们，改善他们，如果他们不听从，我们就该施行一句话‘敌人不投降，我们就消灭他们！’”

“对了，敌人不投降，我们就消灭他们！”

四

静玲怏怏地离开学校，向家里去。她虽然有一颗火热纯洁的心，不悲观，不颓废，也弄得上下都不宜，不知道该怎么好。她相信自己，也相信自己的力量。可是这力量近来显得没有用处。一天热，一天冷，她生怕自己的心也会僵硬了。

可是从她的心底立刻就涌起强烈的反抗：

“不会有那一天，果真有了，那就该是我的最后的一天了！”

她一路走着，（她的自行车早被父亲收去了，）果然在道旁再也看不到沿街募捐的学生们。偶然在街角遇见三四个十二三岁天真的小学生，他们还不知道禁令，依旧拿着旗子向路人募捐，警察赶紧就跑过来，把他们的旗子要去，连说带骗的把几个小孩子给弄得哭丧着脸走开了。路上只是一群茫茫走着的行人，不时地有三五个带了刺刀的短矮的日本兵横冲直撞地走着。其中的一个一脚踩在路边的瓷器摊上，打碎了几件，便大笑着向前走去，那个看摊的老头赶上去一把才要抓住那个兵，另外一只手却拉住他，回过头原来是一个警察。

“干什么你拉住我？”

“还是为你好。”

"为我好？我的瓷器都让那个兔崽子给踩碎了，还是为我好？"

"可是那有什么用呢，那还不得自己认倒霉就是！你抓住他，他还会赔你，——"

"咱们有地方去说理呀？这又不是没有王法的地方，怕什么？"

想不到那个老头有那么倔强，静玲连同许多过路人都停下脚步来看；可是那个警察却有点不耐烦，一面撵着围观的行人，一面说：

"算了吧，有理他们还这么胡来呢，谁叫咱们的国家弱，打不过人家呢？"

"谁说打不过，这两天不是尽着打胜仗么？"

说这话的是一个小学生，他只有别人一半高，仰起一个小脑袋在叫着。他还背着一个竹筒，静玲仔细一看，原来就是方才募捐的小学生，转一个圈，又回来了。

"谁告诉你的，小孩子，知道什么！"

那个警察不服气地，拦住那个小学生。

"报纸上说的——"

"报纸胡说！"

"老师也说，人人都知道，就是你不知道，看有多么可耻！"

"怎么你骂人！"

警察气急了，拉着那小臂膀，嘴里还说着：

"走，走，我们到分所去，这点点的小孩子就会骂人，——"

"算了吧，这么大的孩子说话算什么，再说他还没成年，到法院去告也不受理，他的话也不错——"

"怎么，你这个人怎么这样可恶？"

这时警察又把话转向那个穿学生装的青年人，他的脸涨得通红，好象围着看的都是他的敌人。

"你有什么根据要说报纸胡说？"

"那你管得着么，我爱怎么说就怎么说。"

"那可不成，我可以到法院去做原告，告你一个诬蔑罪——"

那个青年人理直气壮地说。

"你是干什么的，你管得着这份闲事么？"

那个青年冷笑了一下，从衣袋里掉出一个名片，嘴里还在说：

"我可不是管的闲事，你看，怎么样？"

警察接过名片，右上角的一行小字使他吃一惊，因为那正注明他是××报记者。

"散开，散开，有什么好看的！——"

他先把怒气放在围观的人的身上，过后才转向那个青年记者：

"请您原谅，我方才是信口一说，不过跟小孩子说着玩——"

"我倒希望你以后说话负点责！……"

他们还在说着，可是那个摆瓷器摊的老头却呆呆地站在那里，静玲从书里取出两块钱，偷偷地给了那个老头，她拔脚就走，可是那个老头追着她：

"小姐，这不成，又不关您的事，这简直不合公理——"

"没有什么关系，看你的摊去吧，怕有人要拿你的东西。"

她连头也不回，一面急急地走，一面说着。她的话提醒了那个老头，他只得站住了，高声叫着：

"谢谢你呵，小姐，行善有善报，作恶有恶果呵！"

可是她只是急忙地向前赶路，心通通地跳着，脸也觉得有一点热。

五

她回到家，叫开门，闯进去，老王就很诧异地说：

"五小姐，您怎么跑得红头涨脸的？"

她没有回答，一直跑进去了，被关在屋外的费利把两只前爪搭在玻璃门上面。

她匆匆跑上楼去，在静婉那间没有关闭的门里，她看见静纯坐在里面。她觉得很奇怪，就跑了进去。

"大哥，你也回来了。"

474

"唔，——"他微笑地应着，他把右手里的空烟斗放在嘴里，吸了一下，接着又拿下来了。

半躺在床上的静婉就说：

"大哥，你抽烟吧，我不怕，门是开着的，不会呛着我。"

"不，我不一定要抽，真要是忍不住的话，我可以回到自己的房里去。"

"静玲，这给你，算是我的份——"

静婉就从枕头下面拿出两张五圆的钞票递给她。

"三姊，这做什么？"

"算是我捐绥战的——"

"你怎么知道？"

静婉微笑着说：

"大哥才来跟我说的，要不我怎么能知道呢？——"她轻轻地摇着头，"又不许我看报纸，又没有人告诉我，我简直什么也不知道，也别说，菁姑倒不断地到我这里来，可是她说的都是那些琐碎使人不高兴的事！——"

"她顶讨厌了，有她一日，我们的家就不能安宁！"

静婉也愤恨地说着。

"你不知道，当局禁止我们在街上募捐了！"

静玲说着的时候，简直都要哭出来了，她走到静婉的床边坐下，把手里的书就放在床头。

"不要放在这儿，——"静婉轻轻地推了一把。她赶紧又把书放到手里，"这又不是街上，室内募捐总该不会停止吧？"

"噢，我倒忘记了，"静玲高兴地笑出来，"我还以为一切募捐都停止了，——"静玲说着，把那两张钞票接过来夹在书里，"大哥，你们那个学校里怎么样？"

"不要提我们的学校吧，我们那里的学生只知道读死书！愈是情形不好，愈逼得紧，我们的训育长，他简直是一个活阎王，有生杀予夺的大权！"

静纯说来很愤慨，这在他实在是很难有的。

静纯说着的时候，又把烟斗送到嘴边去了。静婉又说了一次：

"大哥，你抽吧，我不怕。"

"不，其实也并不是需要，不过是一个习惯而已。"

他说着就把握在手中的烟斗装进衣袋去了。

许多天不见，他分明换了一个人，使静玲都觉得有点惊讶。

"唉，我也算是白过许多日子，当初我什么都不看，所以也看不见；如今我想睁大眼睛；可是什么也看不见了，只是躺在床上，被病给拉扯住了！"

静婉显出一点焦急，静玲赶紧拉了她的手说：

"三姐，你不用急，好好养病要紧，等你好了的时候，我们就可以手拉手上前线。"

"我还好呢，我只觉得越睡越软。"

这样说着的时候，静婉的两只大眼睛全被泪水给蒙住了。

"不要难过，个人和社会都是一样，总是一天天进步向前的。"

"我可不同，我有我的悲观想头，我总觉得我是躺着等死！我既不用脑力又不用体力，将来有一天就都不能用啦，于是没有事情的时候我就想，我知道现在我有一份热心，过去我是错误了，我只好以将来纠正我的过去，可是我却一天天地躺在床上，什么事都不能做！……"

她说着的时节，更多的眼泪扑簌簌地流下来了，她自己就用一方小手帕擦着，过后用自己的手指拉着那方小手帕，用手指弄着它的边。

"我以前何尝不是错误的。——"静纯也说起来了，"可是我不后悔，因为后悔没有一点用，我只希望将来能为国尽一份力也就是了。"

"不久我们的国家就要召唤我们了，你不看么，这简直好象密云期的郁闷，人简直不能这样活下去的，是不是？"

"那谁知道？——"接腔跨进来的却是静宜，她的手里还抱着青儿，"好，大家都在等你吃饭呢，还以为你在学校里没有回来，想不到你钻到这里高谈阔论！"

"我才回来不大工夫——"

正在这时候，抱在手里的青儿"爸爸爸爸"地叫着，伸开两只小手，向着静纯扑过去。

静纯也就站起来，接到手中，青儿就把他的小脸紧紧地偎着他的爸爸。

"真不同呵，到底是父子骨肉至情——"

静宜这样说，自己反倒呆住了，站了一会儿，才象忽然记起来似的：

"走吧，妈在等我们吃饭呢！"

六

到了母亲的房里，果然父亲和母亲都等在那里了。收音机正在响，看见他们进来，母亲就旋过去，很关心地问着静玲：

"你怎么这样晚才回来？"

"我回来一会儿了，在三姐的房里说话，——"

还没有等别人说话，父亲就从一张晚报上把眼睛翻起来说：

"从小就教你们出入必告，如今倒都不注意了！"

"不是，——"

静玲才要有所辩白，母亲赶紧岔过去说：

"俭之，报上有什么新闻？"

"没有，没有，……"

他不耐烦地摇着头，静玲又接着说：

"妈，我倒有，市政府禁止我们在街上募捐，说是影响治安。"

"那也好，省得大冷天站在街上挨冻，唉，日子过得真快，一转眼，又快是一年！"忽然她又伤感地说，"青儿的妈妈死了一年多了！"

"去，去，吩咐他们快点开饭吧。"

静宜看见站在屋角的阿梅就支使她下去。

"青儿倒跟他的爸爸很好似的。"

"他好久不回来了，孩子也喜欢个新鲜劲，我看也不该久候了，门当户对的得续娶啦，这简直不是那一回事，静宜也不能就这样下去。"

"这些事情我可不敢管了，我自己还想多活两年呢！我没有那么大精神！"

父亲尖酸地说着，又捧起茶几上的水烟袋。

“你又要抽烟，就吃饭了。”

经母亲一拦，他又无可无不可地放下了。

“爸爸你看晚报上绥远的战事怎么样？”

“那远得很，不成问题。”

“我知道，那是日本人来试探中国的态度，冲锋打仗的是蒙伪军，指挥的是日本军官，在空中助战的又是日本飞机；可是口头他们总说中国有处理绥事的全权。幸亏×将军是一个忠勇爱国的军人，才能给他们点颜色看看。”

“迟早还不是那么回事，不信你看看才登台的都是些什么东西？想不到这几年间的历史就是一个循环。”

“爸爸，你错了，历史不是循环的，人类社会是不断地前进。”

静玲不服气地说着，她的嘴在鼓起来，好象含了一个大果子。

“你那说的是空论，事实还不是如此！”

父亲象是不屑似的说倒她了，静玲正要再发挥一番理论，静宜就乘机拦住了说：

“菜都端齐了，大家入座吧。”

父亲昂然地用眼睛扫了一下，才坐在他的座位上，忽然又象才记起来似的大声问着：

“怎么你菁姑又没有下来？”

“老妈子来说过了，姑太太有点头痛，不到楼下来吃饭，把饭已经给她送上去了。——”

“唉，一年三百六十五日，她倒有三百天是这样！——”

父亲很生气似的说着，“家里一共还剩下几口人，总没有个齐心，无怪看不出起色！”

“算了吧，俭之，吃饭的时候生这许多气干什么，不到下边来不省事么。”

“真要是不下来倒也好了，就是故意这样，平时倒东张西望，无事生非。——”

“吃饭吧，菜都要冷了，你这样他们也不肯吃了。”

“好，好，下次告诉她，生病就不要吃饭，没有人天天这么侍候她！”

吃过了饭人们散去了，静玲走出母亲的房子，才要到静婉的房里去，李大岳就在后面低低地叫住她：

"静玲，我有点事情问你。——"

"什么事，你说吧。"

"这里太不方便，还是到楼上去吧。"

在下楼梯的时候，他就说出来：

"你知道，人民阵线是什么？"

"呵，你在哪里看到的？"静玲很惊讶地问着，过后她就象自己醒悟过来似的，"噢，我知道了，你是说西班牙内战是不是？"

李大岳笑着点点头，这时他们已经走进了李大岳的房子，他开了灯，在桌上很触目地看到了一大堆书，静玲又很惊异地跑过去，想翻一翻，可是李大岳赶紧抢过去放到抽斗里，他的脸通红，好象怪不好意思似的。

"你怎么不给我看看呢？"

"都是不相干的书，你先回答我的问题吧。"

"人民阵线就是左派的各党的联合阵线，他们主要的目的就是谋取大众的福利。"

"怪不得西班牙的工人在保卫玛德里呢，那个政府原来就是代表他们的。"

"是呀，你看，那些工人也都打得很好，他们一样能发挥他们的战斗力，虽然叛军的大炮和飞机不断地轰击——。"

"说起来自相残杀真是一个悲剧！"

"唉，你还不是这个悲剧里过去的一个好演员！"

"唯其如此，我才更感觉到苦痛。"

"从前中国的内战，不过是供几个有野心的军阀的利用，全在他们的私利一面，西班牙可不同了，支持叛军的是那些法西斯带强盗国家，尽量供给武器，还派远征队，简直是拿西班牙人的血肉财产来做他们的试验，我猜想这是第二次世界大战的序幕，你信不信？"

"我还想不到那么多，不过我总以为这个场面是不能持久的，中国也是如此。——"

"对了，你想得对。——"

"我想不到人民的实力有这么大！"

"那还不是从血的教训中磨炼出来？正式的军队叛变了，只好用自己的力量抵御，打得这么多，也真算不容易。所以我想，将来和日本人全面打起来，人民的力量也不可轻视。"

"无论什么，总要聚结起来才可以。——"

"可不是，要团结要联合，——否则，那简直是自取灭亡。"

"现在我看就是一个很好的开端，一面在绥远打了胜仗，一面最高当局正开诚布公地亲自到各地商洽，我想全面抗战的日子快要来了。"

"就是我们从耻辱中站立起来的日子！"

七

突然一个极大的霹雷从晴朗的天空上抛掷下来，落在每一个人的头上，使每一个人都立脚不住，对于一切的变故都不知道会有怎么样的一个结局。

那天静玲到学校去的时候赵刚显得那么不安地拉住她，很激动地问：

"你知道了么？"

"我，我知道了。——"

"这件事眼前对绥远战局就是一个大打击。"

"我就不相信你们，难道这不是一个很好的转机么？"

向大钟自有一番见解插进来说。

"什么转机？——"

"我说是从此就可以抗战了。"

"你那是废话，只有我们的敌人才高兴我们有这样不幸的事发生。"

"你看那些东北将士哪一个不盼快点打回家乡，——"

"其实他正可以带领他的队伍出关去杀敌，或则加入×将军在绥远抗战，乘胜不就可以打进热河、很快就可以打到洮南府。"

"没有命令呀，军人本来是该服从。"

"那现在好了，他倒完成最大的不服从，你说是不是？"

480

“真不知道这件事有什么结果，我一点也猜不到。”

“说不定又要引起内战来了。”

“那真是极不幸的事！”

“也许不会的，真要是以兵戎相见反要把事情弄糟了，——不过无论如何，这已是一个错误。”

“虽然是错误，我倒觉得不平凡，说不定将来会促成中国的全面抗战。”

“但愿如此。否则只惹外人的一场笑，敌人的一场快活。”

“说实在话，自从九一八以来，人民的痛苦也够受的了，长期准备的话真也有点不耐烦，——”

“真要是准备还好，你看哪里有一点准备的样子？”

“我们不能悲观，要能顺应万变，我们得看清我们青年该走的路，走，我们去上课吧，下午他们要召集一个座谈会，可以去听听，看有什么消息和意见。”

这是赵刚的坚决的话语，黄静玲总觉得有点昏洞洞，好象在做着梦，向大钟的意见都是直觉地发出来，他自己那么想，就那么说，说过也就算了。

“我们不该彷徨，也不该不安，我们要坚定我们的意志，我们要有一个表示，——”这是宋明光在座谈会里说着，“凡是促成我们团结一致对外的，都是好的，凡是分化破裂的，都是坏的，前者是我们的友人，后者是我们的敌人，我们用这个标准来权量事物，才能分析得清楚恰当。关于这次事变，我们还没有法子认识得清楚，可是人民的烦闷很可以看出来了，我想这个消息传给前线作战的士兵们，一定也是一个极大的打击。我们必须应用全部精力，仔细观察讨论，在必要的时候，我们得以显出我们的力量来。”

“我不是替 ××× 说话，——”一个东北口音的同学接着站起来说，“我是站在流落在关里的这些东北人的立场上发言，这几年的生活真使我们受够了，我们并不埋怨当前的生活，我们从实际上觉得将来的日子也没有把握。我们的军队原来全心全意都是向着家乡，因为那是他们生长的地方。我们真想为祖国牺牲自己的性命，可是有什么法子，他们不能躺在家乡的土地上，请大家想想，这种悲愤还不够受么？所以这一次事，我个人以为不是偶然的，也不要信从外人的诬蔑，他们全是出乎爱乡爱国的一番热诚，只要能有一个具体的方针，我知道我们都会笑着跑向战场跑回家乡，就以兄弟来说，我也要跟在他们的后边跑回去的。”

"动机虽然纯正，手段可错误了，——"这是那个经济学教授赵明澈站起来说，"——这种举动只为亲者所恨，仇者所快，再加上奸人走狗中间的挑拨生事，就容易酿成大变。我们必须理智，不可陷入幼稚的错误，从客观的观察上，已经可以看出来团结的影子，而且绥远抗战也将是全面抗战的先声，这是对事的问题，而不是对人的问题。千万不可以自己削弱自己的力量，这是极重要的，不错，思家愤国的思想在每个失去故土的人的胸中澎湃，但是如此发泄出来，却走了一条错误的路。我们应该赶紧策动，使我们能纠正自己，不然的话，前途实在是很可悲观的。"

静玲就是怀着那解不开的郁闷回到家中。那些空洞的话语一点也没有消除她的迷惘，李大岳的意见，却是这样：

"我们军人要服从，这是以下叛上的举动，当然不可以的。"

静玲本来没有什么主见，听他这样说，她倒忍不住反问一句：

"那么当初'一二八'怎么算呢？"

"不同，那是实际作战，而且还是箭在弦上，不得不发，后来还不是有友军和我们协同作战，——当然并没有给我们多大的帮助就是了。"

"现在怎么说呢？"

"小×不是那么好的人，当初'九一八'的时候，他还不是照样过着糜烂的生活，就是那年他在××医院戒吗啡，临走还带去两个女看护，——"

"不能只以过去的事来批评他，也许他这几年有极大的进步，——"

"什么进步，简直是一群妖孽！"

黄俭之突然插进来，他好象也很关心这件事，因为说得很用力，他赶紧挟住要从鼻梁上溜下来的眼镜，他显然还有一大堆话要说，他就又抢着说：

"这是什么年月？我就从来也没有听说过的事！以下犯上，简直都没有一点王法，——"

"是没有王法，因为帝王早就不存在了。"

静玲故意纠正他，他很不情愿地瞪她一眼！就自己改正说：

"就是没有国法了。一国的最高当局，是何等重要呀，还能用这种手段来对付？小×胡子的儿子，×××也是土匪出身，都还脱不了匪性。照这样下去，国家是更没有希望了！还抗的什么日，自己同自己这笔账就算不清！……"

李大岳和静玲都不同意他的话，可是他们也不愿意多说，静玲偷偷地一个人先溜走了，不久李大岳和黄俭之就安排在一番棋盘上的对垒，因为这样他就不再多说了，把全副的精力都放在车马炮的调遣上。

八

两三天，她的愁闷还解不开，反倒加上许多不愉快的事实。有一天，她接到静茵的来信，她就匆忙地打开读着：

——绥远的抗战，实在是一件使人振奋的事，那好象从我们的身上，脱去一件沉重污秽的外套，（可是我们还有好几套穿在身上呢！）使人的心感到一份轻松，跟在你们的后边，我们也发起了援绥募捐运动。

我们很努力，发动了所有的学生，可是我想不到，在这个近代资本主义的都市中竟有许多不知道绥远在什么地方？你想，百灵庙和红格尔图那就连提也不用提起了！这的确是一件可悲哀的事。这里的市民，并不是没有那份热情（有人说那只是一份凑热闹的心肠），听他们说，在一二八的时候，市民的援助再热烈也没有了，他们有的简直很勇敢地和那些兵士们一齐去奔赴死，听说有一队义勇团就是壮烈地牺牲了；大多数的人什么都捐，乘着黑夜到前线去慰劳。我想那是因为飞机不断地在头上转着，炮声也不断地在耳边响着，机关枪和着他急促的脉搏响着……如今，一切都离得这么远，他们看不见，又听不见，无怪引不起象从前那样大的兴致。

我并不过责他们，用他们短视的眼睛前望，原来也望不到五步远的。而且大多数的人都被生活迷住了，或者说是缠住了，那些投机家这两天正在公债上用功夫，金子也不放松，他们还很注意南洋的树胶和美国的铁路，……因为那些好象更有关他们的生死存亡。

可是最近的事实却使我迷惑了，我不知道这些高贵的，可尊敬的市民到底怀了一份怎样的心肠！你当然知道英皇爱德华第八逊位的事了，关于他逊位的事，我想你不会想到象我们的×将军一样"不爱江山爱美人"，他有他的苦衷。所以旧的势力就不容许他存在，他情愿退位，让给他的弟弟约克公爵，就是乔治六世。

这桩事在英国自然朝野震惊了，这不平凡的作法使保守的英国国民目瞪口呆，接着就是一位新皇登基，当然是由呆转喜，总得大大庆祝一番了。我想他们的举朝上下的欢腾是应该的，至于S埠的租界，英国人的势力很大，商业机关也极多，当然也得有一番点缀，为了他们的壮观，早就有无数的中国苦力在为他们流汗了。

使我们所看到的，就是在外国人的指挥之下，一切都做得很敏捷，也都做得很好。在桥头，在高楼的尖顶和大门，在一些公共的场所，早都用各色的电灯，排出大大小小的 GR 的字样。英国的国旗，也列成好花样，很整齐地列好。

奇怪的是国人所经营的大公司也照样在高入云霄的楼顶上排出花样，而且在今天，又悬满了大大小小的英国国旗。

我恰巧晚上有事情要到大马路去，从我的寓所出来，还要经过那些日本兵的岗位，他们在黑暗的角落窥视着，可是他们的刺刀在暗中发着寒冷的光。

我搭上电车，在这寂静的路上，电车象飘浮起来似的向前飞奔，渐渐地走入了热闹的市街，渐渐走进那繁盛的区域。我还没有注意，在我的身边已经立满了乘客，从他们的言语中我知道他们并没有什么事，不过乖巧地，搭上电车就可以穿行那条已经被人挤满的大马路。

我远远地望见那许多灯彩，有的是转着，有的在闪着，远处还时时起着欢呼。当着我所坐的电车走到桥上，它就再也无法前进了。起先我们就坐在车上，许多乘客都伸长颈子朝外望，因为他们已经算失败，他们没有能如愿地达到他们的目的，他们也就不上不下地给搁在这儿了。

我倒没有什么，我望着桥下的水，在那里面我看到无数条曲曲折折的各色彩线。正当我出神的时候，卖票的却来说车子要开倒车了，请我们走下去。

其实当时我大可以坐在那部车上再回到我的住处下来，可是不知怎么的心神一动，我也随着他们下来了。当我下来之后，我就再也不能做我自己的主了，我就顺着人们拥挤的力量缓缓地向前移动。人塞满了那宽阔的道路，大半都是黄皮肤黑眼睛的同胞，你望我、我望你，身子却有点不由自主地前进和后退。当着几个黄头发蓝眼睛的人过来了，那就显得格外挤，因为大家都跌跌撞撞地给他们让路。更可恨的是，当着那些外国人欢呼的时候，我们的同胞也张开嘴叫着，谁知道他们叫的是什么呢，谁知道他们从哪里来的这份欢乐呢？

我真生气，我也真难过，这才是一些殖民地的人民的嘴脸呢！我的心还隐隐地发痛，自从我来到 S 埠之后，我第一次看见这么多的人，假使这人群为的是我们国家，喊的是不甘做奴隶的呼声，那么该使异族人如何瞠目而视呢？可是，如今都不是，连欢乐也说不上，在这么遥远的国度里有一个国王登基，和他们有什么关系呢？那不是比绥远更远了，他们不也是照样看不见，也听不见么？

不，我说错了，他们也许能听得见英国教堂的音乐和会唱，因为这两天连中文报纸也那么热心地通告有无线电收音机的人家，注明波度和时间，说是可以听到英王登基的音乐。

我实在忍耐不下了，我看得够了，只要我把头向四面一望，我就看见那许多蠢动着的露着茫然的目光的头颅，那简直好象在海面上浮着，我想那海该是血的海吧，那些血也该是为抵抗侵略者的我们同胞的血！

在一个岔路上我拼命地挤出去，这我才能自在地喘一口气，我还是向北走去，走着僻静的路，走向我那阴暗的街，在那街旁我依然看到两手把着上了刺刀的步枪的日本兵，我走进去，上了楼，推开南向的窗，我还看得见在黑夜中闪动着的不同颜色的灯光，远天是一片红，我还仿佛听见人们的欢呼，唉，我的心痛苦的跳着，我忽然记起了尼采的一句话："在这么多的痛苦的面前，快乐是可耻的！"玲，我们的痛苦还不够多么？我们的痛苦还不够深么？可是他们却在快乐，不，快乐都说不上，快乐还是属于别人的，他们不过是那么愚蠢地随在别人的身后叫嚣，只要你能静心想一想，你就知道我的痛心不是没有理由的了！……

九

茵，和你写信的日子差了一天，就发生了那么一件大事变，这许多天我们都在不安中过着日子，我想你也是如此吧？

差不多有七八天了，既然没有急剧的变化，想来不会有更大的不幸吧？听说绥远抗战的士兵，听到这个消息，许多人都哭了。我想这是一个值得哭的事件，中国的命运，全在这次事变的转化之中了。

只有思想幼稚的人才希望这件事有不幸的结局，还有那些野心家，唯恐天下不乱的人，又可乘此机会争权夺利。从小处到大处，我总觉得这件事只宜迅速地和平了解，保全自己的元气，振奋国民的精神，做将来的全面抗战的准备。

我想现在最高兴的是我们的敌人，他们抱着隔岸观火的态度，在远近瞭望，时不时地去探听一些具体的消息；也许有些设施，还出于他们的间接的策动呢！

虽然各自看法不同，每人都觉得出事件的严重性：他们都认为这是一桩不幸的事件，即使我能因此达到团结抗战的地步，也必须快快地跳过这沉郁的阶段。这是事实，再这样下去，很怕人民要忍耐不住了。

茵姐，你说是不是，这样停滞下来实在是毫无理由的。居民的心情都是惶惶恐恐，一经奸徒挑拨，就要使事情更繁乱。

我总有个呆想法，既然全国的人民都切望抗战，在朝在野的党人为什么不能携手登高一呼，大家同心协力朝着敌人扑去呢！

人们的心情虽极紧张，表面却显得很消沉，每一张脸都是不愉快的，不再听见绥远抗战的消息了，也不再有中日交涉的报告，这件突发的事变，占据了人们的全心，我忽然止不住要叫一声："天呵！让一切都得一个良好的结果吧！"我明知道天是不存在的。可是我也极自然地这样叫了。我不知道你急了的时候，是不是也这样叫着天？

S埠的民众怎么样呢？从你的来信中，使我看出S埠大多数的嘴脸，我相信我不会喜欢他们的，甚至于我都想到你怎么会在他们中间生活？而且从来没有说过一句怨言？我就受不了，我想因为有那半殖民地的特性，所以日本兵才能无忌惮地游行，放哨！这里可不同了，我相信我们的表示更露骨，运动更热烈；可是那些兵只知躲在他们使馆的高墙里，或是关在他们的兵营中，他们还没有能象在S埠那样放肆。我还记得，根据那一次淞沪协定，S埠没有中国正规兵，我想这也是一个使他们猖獗的理由。在我们这里，不必说了，中国兵的数量也还是可观的，而且下级军官和士兵的情绪都异常热烈，就要和我们手拉着手走上一条路了。

以前的信里我还没有告诉过你静珠的事吧，她竟会糊涂到那种地步，把终身交给那个汉奸××专员杨凤洲！家里的人没有一个赞成，于是她就离开家，从此也不回来了。那个人我看见过，是个秃头，大约四十岁，长了一双狡猾的眼睛，我真不明白，静珠喜欢他哪一点？我不懂得恋爱，我也不知道其中有多么大的奥妙，不知道他们的结合是否在恋爱的原则上可以说得通？如果是说得过去的话，那我该更厌恶它了！

我一共看见过她两次，一次是学校纪念日，她兴高采烈地随着她那个丈夫到学校来了！可是她简直可以说是被同学撵出去的。我跑得快，跑在前面，所以当她才要走进汽车就回过头来向我象饿狼似的呲着牙吼了一句。还有一次是最近的募捐，她仿佛很慷慨似的把钱给我，可是我不要，我心里还在想，如果我接收了她的钱，就是侮辱了我自己，更侮辱了那些英勇的将士们。我终于没有要，（当然别人的举动我不能负责，）茵姊，你说，我的这种举动到底对不对？

记住，不要和别人说起来，她简直是我们一家人的弱点！尤其是我们两个的，因为我们在我们的家中算是思想行动都最激烈的。

好了，再见吧，我实在不愿意絮絮叨叨再说这许多无谓的事了。新年虽然又来近了，可是我没有一点心绪来庆祝你的新年快乐，我想你了解我的心情，你也一定会原谅我的。

十

一阵寒风，一片雪，大地又冻起来了。人的心也在这寒冷中凝固，面颜再也开不出快乐的花朵。

雪还没有停，从墙角溜过来的寒风几乎把静玲吹倒。兀然巍立的大楼，每扇都关着，每一个伸出来的烟囱都没有烟，显出一副冷清的样子。自从发生了这件事之后，许多天都不能按部上课，人心总是那么不安定。

才走到校门那里，就看到一个一面走一面抽泣着的女同学走进来，她认得她，可是不知道她的名字。她还记得她说话的语音，知道她是东北人，她就起了同情心。她很体贴地走过去，把手放在她的肩上！可是那个同学把身子一闪，就急匆匆地跑了。她正愕然地站在那里，看见方亦青走过来，他也是很不愉快的样子，勉强带着笑容和她招呼。

"几天没有遇到你，——"

他说到这里顿住了，不知道下面该说些什么才好。于是他又勉强地笑了一下。

"寒假你不回去么？"

"回到哪里去？我的家就在陕西，连消息也没有了。"

"呵，我还没有想到你是陕西人！"

"我不是陕西人，前年才搬去的，我的父亲在那边做事，唉，这两天又不知道是怎么一个情形！许多住在陕西的人都担心极了，有的经济来源断绝，还在担心一家人的安全。更痛苦的是那些军官的家属，他们驻在陕西，家眷还在这里，局势又不知道怎么样，按月的养家费寄不到，还在惦记要打仗。同学中有好多人都是这种情形，性格弱的就时常哭——"

"噢，怪不得，——"

静玲想起来方才那个女同学，梗在心上的不快，立刻就消逝了。

"你到哪里去？"

"我回家去，你要是没有事陪我走走好不好？"

"也好，每当我一个人的时候我的心里就更烦，我简直就不知道怎么才好。"

他们说着已经走到街上。因为停课，这一条街也显得格外清静。

他们沉默地走着，许久都没有说话，象经过一番很大的思索似的，方亦青忽然和她说：

"最近你看见静珠没有？"

"没有，没有！……"

她极厌恶似的摇着头，好象连这个名字也不愿意提起。

"她约我会过一次面，她哭了，——"

"怎么，她哭了？——"这却引起了静玲的兴趣，她立刻就想把一切都知道得清清楚楚，"她还懂得悲哀？她有什么事值得哭？"

"静玲，你不要存太深的成见，到底她也是一个青年人，她就是没走到正确的路上而已，她的人生观就错误了，因为她妄想追求快乐，就说追求快乐她也追错了，——"

"怎么，难道她觉得现在的生活不快乐么？"

"她不说，你应该知道她的脾气也很梗，可是她尽是哭……。"

"哭有什么用？就好象享乐对于人生也没有关系似的。"

"你太苛求了，你不饶恕人。"

"我不象你那样大量，对于静珠我决不宽恕，我知道，她也顶恨我。"

"她可没有对我说起，这都是你一个人的想法，你不知道她的确有点变了，——"

"我就不相信，那次援绥募捐我还碰见她，她还不是那样很得意地坐在汽车上，我一点也不相信她会变，——"

"你不要只以外表为定，我知道她的心的确很苦痛，你不记得有人说过么，'了解一切就是宽恕一切'。也许她有一番大决心，——"

"那她为什么不回来？"

"她回来有什么用？还要她回到这个学校来还是回到家中？只要在祖国的怀抱里，我想她将来总有作为的。"

"我希望她如此吧！"

静玲在这样短短的一句话中仍然是充满了轻蔑和不信任的意味。这时他们已经走上那条×××大街，这条街在他们的心上有极清楚的记忆，可是如今又装点得华丽辉煌了。许多外国人笑着走着，有的手里抱着大包小包的东西，有的就堆到在路边随着他们走的包车里。一看见橱窗里站着那个嘻开红嘴笑的老人，就使静玲记起来圣诞节又快要到了。

"日子过得真快，你看——"

"我想中国人一定没有心肠再来这一套了。"

"那可说不定，你看那边不是过来了么？"

果然对面走来的几个穿西装的中国青年男女，可是他们都在说英文，尽管他们两个故意站在那里盯着他们，他们也还是毫不在意地走过去，他们的肩上背着冰鞋，手里抱着纸包，女的就把空着的两只手吊在男人的手背上，他们的嘴里不是滚着说不尽的英文，就是哼着一个洋调，还有一条大狼狗，跟在他们的背后。

"我回去了，——"方亦青极不愉快地说，随后又压低了声音，"我不愿看到这些！"

"好吧，我们明天再见。"

她看着方亦青转过身走回去，她还站在那里看了许久，一直等到那个怀着不大坚定的心情的背影在街角消失，她才走她自己的路。

十一

"这些天你们都是怎么回事呵，失神落魄的，象有什么大不了的事情似的！"

母亲有一天不耐烦地这么说了，她的话正把捧着水烟袋闭目养神的黄俭之惊醒，他向前跌去，猛地张开眼，轻轻叹了一口气，又闭上眼睛。静纯坐在那里，右腿架在左腿上，不断地抖着？他抽着烟斗，时时都要用火柴去点，地上丢了一片火柴的木梗，李大岳用右手支着下巴，也在深思的样子，静玲照过一个面，又走出去了，所以她的话没有一个人接腔。

　　"你们可说呀，天天照这样把我闷出毛病来呢！"

　　这句话又引起三个人的注意，可是他们还是没有回答她。

　　"静纯，你不要抖你的腿好不好，闹得人心乱。"

　　听从她的吩咐的静纯，爽性站起来在地上踱着了，他走近睡着的青儿身边，俯下头去轻轻吻着，孩子好象吃惊似的一跳醒了！

　　"你看，多不小心，把孩子又吵醒了！"

　　可是被吵醒的孩子，并没有哭，只是瞪着他那一双大眼睛露着笑容。静纯赶紧放下烟斗，把青儿抱起来。

　　"妈，您看，他的眼睛愈长愈大了。"

　　"什么，还不是奶断得不好，孩子瘦了，才格外显得眼睛大。唉，还真亏宜姑儿，要是都靠我，就要累死我了。人虽然不少，着用的可不多，不高兴的时候倒都会摆一副丧门神的脸子——"

　　"妈，不是有什么事不告诉您，是国家的大事。"

　　"国家大事要我知道也明白明白。"

　　"说起来还离我们这儿远着呢，害不着我们的事，空担一份忧，也无济于事。"

　　"我才不象你们那样傻呢，看有什么事我才担忧，于我不相干的，那才管不着。不看阳历年就要来了么，你们也不张罗过年了，这一点都不是过家之道，说得明白我们也有一个准备，难道就这样下去连日子都不过了么？"

　　没有人回答，也没有人辩驳，这时静玲走进来，连她都不象从前那样跑跑跳跳，她也是轻悄悄地进来，就把自己安顿在一张椅子上。

　　黄昏渐渐地沉下来了，还没有开灯，只有炉火的微光不停地闪着。吹了一整天的大风这时停了，一切都显得那么安静。

"太太，开晚饭吧。"

这是阿梅的声音在门口那里响着，母亲没有好气地回答着：

"还用问么，到了时候自然就得开饭。"

她把电灯拧开了，在亮光下照见那几张迷惑不安的脸，有的在伸着懒腰，有的石像似的一动也不动。桌子架好了，碗筷也摆好了，菜也端上来，人们就象吞着石子似的埋着头吃饭。

正在这时候，忽然听到远近的爆炸的响声，父亲警觉地放下碗筷。

"听，这是什么声音？"

人们都停了，父亲又抛出一句使人惧怕的话：

"怕是枪声吧？"

李大岳赶紧站起来，把耳朵贴在窗玻璃上去听，然后摇着头说：

"不是枪声，好象在放鞭炮，——"

"是的，是的，我看见有人放钻天花！"

这是静玲喊着，可是父亲却极不高兴地说：

"又不是年节，放的什么炮仗？"

"噢，噢，我记起来了，今天是圣诞节，我还忘记了，大概外边在庆祝圣诞，您听外边的钟不是都在敲起来了么？"

"这是什么年月，还有那份心肠庆祝圣诞，中国人真没有办法！"

黄佥之厌恶地说，果然远近的钟都在不停地响着，鞭炮的声音愈来愈繁密了，满天都亮着美丽的火花，李大岳摇着头说：

"这不象庆祝圣诞，——"

"再说庆祝圣诞是昨天晚上的事，昨天才算是 Christmas Eve。"

这是静纯说，忽然静玲站起来急切地说一声：

"有卖号外的。"

她还没有等别人的话，就一溜烟跑下去了，母亲又在抱怨着：

"吃一半饭就跑下去了，大冷的天，中了病可怎么说，这孩子，真不听话！——"

还没有等母亲的话说完，静玲已经拾着一张报纸跑上来了，她的脸绯红，两只眼睛冒着光，她激动得连一句整话都说不出来。只是把那张报纸一直送

492

到父亲的面前，继续地说：

"爸爸您看……您看……"

接过报纸来的父亲，来不及戴他那副老花眼镜，先放在眼前，又推开一尺左右的距离，这时几个头都凑过来，看见出号黑体字的大标题：

××事变和平解决。
我最高当局已飞抵××。

"啊，就好了，这就好了……"

黄俭之也兴奋地说，他的左眼止不住眨动，连他的手也不停地发着抖。他把那张报纸，送给别人，自己就离开桌面，往返地踱着，嘴里不断喃喃地说：

"这才是正则。这才是正则，既然都是为国好，什么事不可以好商量？……"

每个人都被这喜讯深深地抓住了，李大岳赶紧跑到静玲的面前，激动地和她握手，他那么一个汉子，快活得眼睛里包着泪，用有点抖颤的声音说：

"这真是我们国家的幸运！"

"对了，——"静玲的眼睛里也噙着眼泪，"抗敌的日子快要到来了！"

"我也快要走了，我就在等着这一天，我不能这样待下去。"

"我欢送你，可是你要到哪边去？"

"到那需要我的地方，我已经找到了，过了年我就可以动身。"

爆竹还是不停歇地响着，还听得见市民的欢呼，静玲就和父亲说：

"爸爸我们到外边去看看吧，在家里我闷不住了，我想看看这个场面，——"

"好，好，你们去吧，——"

可是母亲这时候插进来：

"你们连饭都不吃了？"

"啊，我忘记了，妈，我这就吃！"

"饭菜都冷了，告诉他们去热一下才能吃，"母亲说着，也茫然地露着笑容，"我也不明白你们为什么忧愁，我也不知道你们为什么高兴；只要你们高兴，我的心里也很高兴。"

"妈，值得高兴，您知道我们就要和日本人打仗了。"

"那有什么可高兴的！"

母亲不解地问着。

"从此我们就不受日本人的气了，我们还不高兴么？"

静玲站到母亲的身边，偏着一个脑袋说。大家的脸上都绽着笑，抽着烟，大声地谈说。远近的爆竹一阵比一阵紧，催得她心里怦怦地跳，要不是为了母亲的好意，她早就要跳到街上去了。她的心里只是在想着：

"将来我也要响应抗日的炮火的召唤，立刻投身到战斗中！"

十二

这个新年是明朗，爽快，衷心充满了喜悦的。所有的人们拉起手，象兄弟姐妹一般地庆祝着。人们懂得悲哀的时候悲哀，快乐的时候快乐，战斗的时候战斗。满街都点缀着红绿的灯彩，前面走的是军人的龙灯，后面就随着学生的狮子，还有整车的化妆宣传队，随时随地工作。最难得的是绽在每一个人脸颊上的笑，好象即将开放的花朵，——解放的花朵。遍地都是歌声，都是不甘再屈服的音响。

在黄家，这一天显得更热闹，因为除开了年节的意义，还是为李大岳饯行，他已经正式和黄俭之说过，当时黄俭之就说：

"为什么一定要走？——唉，也都是时运不济，一年多我也没有能给你张罗一个事！"

"姐夫，您错会意了，我不是要做事，——"

"那就是慢待了你，你才想换个环境。"

"您这说的是哪里话，不要说在您这儿住得好，就是不好，一个军人也不抱怨的。"

"那我就想不到你为什么要走！"

黄俭之象百思不得其解似的说。

"您知道，我本是一个军人，不该只养在家里的，我还是要回到军队里去。"

"噢，你是要归队，不错，你们的十×路军又恢复了番号，前者还开到北海又和日本人闹了一回事，不过现在象是又调开了。……"

李大岳就微笑着摇头，说出来：

"我不到南方去，我什么地方都可以去。"

"人各有志，我也不阻挠你，能得为国捐躯，也是一件荣誉事，可惜我老了，在这一面是一点用也没有。"

"我想将来对日作战总是各尽其职，该做的事多着呢，各人守住各人的责任，那也就是了。"

黄俭之抓抓他那发亮的烟袋，无望地说：

"唉，我还负得起什么责任？满心以为这一二年能转得来的好运，我还能有一番作为，照如今这局势看，那都是梦想，不足一论，将来只是你们的世界。"

"也难说，我的目的还是能给下一代争取一份自由，我总想着把自己的生命交给战争，——当然不是说自己打自己。"

"这二十几年来自己也跟自己打够了，如果没有那许多消耗，我们的实力是会更强盛！"

"那也难说，多少年的战争也打得出点实地的经验，——当然那也很有限，现在都是立体战，从前许多经验变成一点用也没有。"

"不错，有的是一点用也没有！"

黄俭之不知道想到什么地方去，在他们的中间，就只是沉默，还是李大岳想起来问着他：

"您看，我怎么和我姊姊说？"

"我想，——"黄俭之象深思似的抓着下颏，"你不必早说起，她要是知道了，就会睡不着觉。到走之前和她说，还不等她愁闷，你已经走了。那就好。我想，我想你总是开春走最好。"

"不。姊夫，我已经打好主意，元旦那一天动身，也还图一个吉利。"

"怎么那么快！那只有两三天的工夫了，总得备点酒饯行，壮壮行色，那么也好，就是新年团聚，一举两得，大家可以好好热闹一场。"

这一天果然那样，两支跳动的大红烛增加几许快活，远近的爆竹，又是喧天地响着了。

虽然只有七个人，他们也坐在一张圆桌的周围，静婉不能参加，可是她也贪着这份热闹，坐到圆桌旁的大躺椅里。

他们第一杯互祝新年快乐。

第二杯祝远行人一路平安。

这时候母亲有点愕然了，李大岳立刻就说：

"姊姊，我还没有跟您说，明天我就要动身了。"

"动身？你要走了？"

"是的，我想走了。"

前者的语调充满了惊异，后者的声音转为低沉了，同时还把头埋下去。

"你，你怎么早不跟我说呢？"

显然地母亲被这突来的消息震住了，她的声音都有一些改变了。

"我本想早说的，后来，后来，想了想，还是按下去了，怕您空挂着一份心。"

母亲沉默着，静玲赶紧插进来说：

"妈，您还是高兴点吧，给幺舅助助威风，好让他一路安顺。——"

"孩子，我不是不知道，说起来我们是仅有的骨肉了，我哪能不惦记他？"

说着的时节，她已经掏出手绢来擦着湿润的眼睛了，接着又关心地问：

"你到哪儿去？"

"还没有一定。——"

"你又是这样子，说不定十年二十年不见面，你再回来的时候姊姊的骨殖都化了！"

"您不要这样说，我不久也许就要回来的。人事是顶难定，连我也不知道为什么这样快就要离开。"

"妈,我们还是高高兴兴给幺舅饯行吧,要他走也走得痛快,我们都还预备了一点纪念品给他,您也想想给他点什么好,幺舅来,我和你对一杯!"

"我们尽量吧。"

静玲也不回答,头一仰,一杯酒灌下去了。她根本就没有尝到味道,只觉得火辣辣的一股从喉咙里一直流下去。

"这样不好,静玲,空心酒不能吃得这样猛,你又没有量。"

黄俭之很有经验地说着,李大岳也就干了杯,果然静玲只觉得头重脚轻,全身不由主似的,象有什么从胸口升起,一直冲到头部,哇的一声,有点要呕似的,她强自忍住了冒上来的酸水,可是眼角那里却挤出两滴泪来。

"你看,没有经验是不成的,只凭一股猛劲自己吃亏!快吃一口菜吧,压压就好。"

静玲听从父亲的话,心才定下来。静宜静纯都和大岳吃了一口酒,母亲只是深思似的坐在那里,菁姑本来是没有事似的吃着,忽然她也举起杯来,很伤心似的说:

"唉,我也敬你一杯酒吧,有两句诗说得好:'劝君更进一杯酒,西出阳关无故人。'你这一去谁知道哪一辈子才回得来呢!"

她一边说,一边好象忍不住似的抽咽着,当她猛地把酒杯一灌,眼泪跟着就下来了。李大岳不知道怎么好,他也只好喝了一杯,可是她那最后的一句话使他不高兴,所有的人也觉得她不应该,母亲更被她那份神情引得落下泪来。

"万一我要是能生还,希望您还硬朗地健在!"

李大岳也报复似的说了一句,那倒不是只为他自己,看见惹动他的姐姐在垂泪,他才不甘地和她说一句。

"呵,呵,我没有什么纪念品送你,还是吟诵放翁的一首诗相送吧,——"黄俭之说着,把酒杯送到嘴边,然后一边摇着脑袋,一边唱,"士如天马龙为友,云梦胸中吞八九,秦皇殿上夺白璧,项羽帐中撞玉斗,张纲本不问狐狸,董龙何足方鸡狗。风埃蹭蹬不自振,宝剑床头作雷吼,忆遇高皇识隆准，岂意孤臣空白首？即今埋骨丈五坟，骨会作尘心不朽，胡不为长星万丈扫幽州，胡不如昔人图复九世仇？封侯庙食丈夫事，龌龊生死真吾羞！"

"真好，真好，想不到爸爸还会唱得这么好！"

静玲的那一口酒淌下去了，她就鼓着掌。

"咳，日子过得真快，俭之，你还记得么？玲姑儿怀抱的时候，不是爱听你唱诗么，她一听见两只小手就要拍着，——如今，快二十年了，你看她还是那样拍着手。"

母亲的这几句话，把全桌人的眼睛都引到静玲的身上，她倒有一点不好意思似的涨红了脸。原来吟过诗，很显得一点伤感的黄俭之，这时又抬起头来，摇晃着脑袋，就又哼出来一首：

"唉，想起来月日如水，真是'一事无成老已成，不堪岁月又峥嵘。愁生新雁寒初下，睡起残灯晓尚明。天地何由容丑虏，功名正恐属书生。行年七十初心在，偶展舆图泪自倾！'雄心虽在，老境堪伤。——"

"爸爸，您怎么倒颓气起来了？现在不是国事已定，不久就要有出头之日。——"

"小孩子，你只知其一，不知其二，还不是黎民遭劫，没有老百姓什么好处的。"

静玲对这句话很不赞同，她又要说，坐在她身旁的静宜，偷偷拉了她一把，她才不再说，这时候李大岳也背诵了几句诗，他说那是陈思王曹植的诗，他昨天才看来的。

"仆夫早严驾，吾将远行游，远游欲何之，吴国为我仇，将骋万里涂，东路安足由。江介多悲风，泗淮驰急流，愿欲一轻济，惜哉无方舟。闲居非吾志，甘心赴国忧！"

他显然没有经验，他的声音很生硬，静玲低低地问着静宜，曹植是不是曹子建。静宜点点头，静玲就又轻声说：

"那么他就是那个七岁赋诗的诗人了？"

鞭炮不断地响着，一个旧的结尾，又是一个新的开始，一切都好象是不同了。

十三

　　元旦的大清早天还没有亮，李大岳就起来了。他正在收拾什物，静玲就敲着他的门走进来，跟着静纯也来了。

　　李大岳笑着和他们说：

　　"你们都起得这么早做什么？"

　　"我昨晚上不是和你说好了的送你上站？"

　　"我倒忘记了，——"李大岳故意这样说，"其实就在大门一别也就是了，大冷的天，老远的跑到车站，你又不能跟我一同走。——"

　　"哼，你可别这么说，要不是这个家我也能去。"

　　"静纯就不要去了吧。——"

　　"我当初不大要和别人走一条路，不过今天我也是特意送你到车站的。"

　　这时候，静宜也来了，她的手里还捧着一件毛线衣，递给李大岳，还在说：

　　"这是我送给幺舅的，你送我一对穿着绿色羽毛的虎皮鹦鹉，我就送你一件草绿色的毛衣，物件并不好，还用得。"

　　"你们真都送我东西，那我太不安了，你看，静婉送了我一条围巾，静玲送了我几本书，还有一顶帽子，静纯送给我手套毛袜，都是又好又着用，这些年我一个人惯了的，倒是你们都对我好，使我有点受不住！——"

　　"不要这么说，真要算是礼物，那可寒伧得很！"

　　"那我就收下了，——唉，我本来还想一个人悄悄走动，吵醒了你们的母亲，那可就太不好了。"

　　"母亲早已起来了，她等着您呢，阿梅下去给你预备早饭，怕也就要端上来了。我下来的时候妈还说过要您上去。"

　　"唉，这够多么不好，临走还要搅得上下不安！"

　　当他们走进母亲的房子，黄俭之也在那里了。他就很恭敬地说：

　　"姊夫，姊姊，你们都起得这么早！我本来想不再惊动你们的。——"

"你的东西收拾好了么？"

"我也没有什么东西，我们当军人的照例简单，只不过一个小皮包，一条毛毯，——"

"那怎么成？——"母亲忍不住说了，"大冷天，只带一条毯子够干什么的？静宜拣一床丝棉被给他带着。——"

"我不用，姊姊，我们惯了的，——再说我也不知道哪一年才回来，带走了就不知什么时候才得还。"

"也许你还来的时候我已经不在了！"

母亲忽然又伤感起来了，静宜赶紧就提醒似的说：

"妈，您不是说过么，有人在路上，大家都该快快活活的，不然就不吉利！"

"是呀，我也没有哭呵——"母亲说着用手绢擦干眼角上的泪珠，过后又象记起点什么似的说，"我还差点忘记了，这是我送你的一只表，我早就看到你缺一只表，如今出门在外的，更用得着了，样子不大好，倒走得准。——"

李大岳走过去，接过她从床边拿起的一只夜光手表，很感谢地说着：

"谢谢姊姊，您真看得到，我真就是要一只表，昨天还想去买，也忙乱得忘了，您倒给我想着了。有夜光的更得用，战争的日子是不分昼夜。——"

还没有等他说完，黄俭之好象等不及了，从衣袋里掏出一个纸包，交给李大岳说：

"大岳，这是我的一点意思。——"

"您昨天不是和我吟诗相送了么？"

"唉，这也是和吟诗差不多，不中用的东西，这是钱，你说它没有意思，可是少了它又行不通；许多人都看不起它，可是没有它又办不了事。你过过数，不多，只有三百，就是凑个零用。"

"姊夫，我又不是小孩子，再说我还有钱用。——"

"你有是你的，这算是我的一点小心意，咱们不必客气，你就收下吧。"

李大岳只好收过来放到衣袋里。这时候早饭弄好了，他们就又都围着桌子坐下来，再怎么样提着兴致，每个人的食欲象都不大好。忽然听见几声汽车的喇叭，跟着老王就上来说：

"舅老爷，汽车来了，有什么行李先运上去？"

"没有什么，我这也就下去了。"

他就站起来，向每个人说过再见，连头也不回，匆匆地跑到楼下去。除开母亲，每个人都随着他走下来。母亲只在提醒静宜：

"不要忘记买好的水果和点心呀，在路上少不得要吃的。"

静宜立刻就叫老王到她房里提出两大包，他们就一齐走到下面。

室外，寒冷的空气吹得人打颤，李大岳就在门口拦住他们，只有静纯和静玲和他一同走出去。

他们上了汽车关好车门，老王才必恭必敬地脱帽鞠躬，嘴里还在说：

"谢谢舅老爷的赏，祝您一路福星！"

可是关在车里的李大岳并没有听见他的声音，马达转动，车起始移动了，他只能从车窗里窥视着站在灰茫的天地中那座褪了色的灰色大楼。楼上楼下只看见一两间有灯光，其他只是一些黑洞般的窗户。

只是一瞬间。那一切早已丢在身后了，汽车已经在大路上奔驰，路显得很柔软，因为上面盖满了爆竹的残骸。显然时间还太早，店铺的门还严闭着，没有行人，只有夹着尾巴的饿狗到处嗅着。在曙光中，街灯还疲惫地睁着它的眼睛。

他们都不说话，一直汽车在车站停住李大岳才说：

"我是西去的，开到西车站。"

汽车转了一个弯，又在另一个车站的前边停下了。付过车钱，他们一齐走进去，几个挑夫抢着跑过来，看见他们只是两小件，就又失望地站住了。

"我很久都没有到车站来过。"

静玲说，好奇地向这个冷清的车站望着。

"怎么会这么少的人？"

她忍不住又问了一声，可是静纯没有给她回答，一直到李大岳买好了票，才告诉她这条路一直乘客不多，这又是一班慢车，人就更显得少。

"为什么你要坐慢车？"

"我要在××下车，快车在那里不停。"

这时他们已经走进车站了，进了栅门就看到没有机车的列车静静地躺在

501

那里。正当他们走着的时候，后面一个人追上来，原来是剪票员，他不知道从哪里才钻出来。

"天很冷。——"

李大岳故意向他说了一句，他就缩着颈子回答：

"可不是，这趟车客人又少，清闲得很。"

他们跨进车厢，这一节车里只有一个人躺在长椅上睡觉。在厕所附近还有一个火炉，可是没有燃，车里全充满了寒气。

"好了，你们请回吧。"

"不，送你当然要等开车，否则就没有意义。"

"唉，那么，坐下吧。"

又没有什么话好说了，看看表，时候已经差不多，听见长短的口笛，接着车猛地一动，李大岳说：

"挂上车头，你们请下去吧，大概就要开车了。"

他们握过手之后，走下去，李大岳又随他们走下车。静玲只专心地望着那喷着白汽的机车，和那一下一下雄壮的喘哮。这时静纯忽然说：

"幺舅，到那边去、要是好，给我写封信来，看有我合适的工作，我也去。"

"好，好，不过……"

李大岳还没有说出来，列车已经起始蠕动了，他跳上去，他们向他摇着手，静玲还跑了两步，和他说：

"我不要到那里去，我希望我们在战斗中见面！"

十四

当静玲回到家里的时候，静茵的一封信正从邮差的手中送来，老王只一怔，可是静玲已经拆开信，边走边读着了。

——不错，××的事件简直是一个晴天的响雷，把人们全给震呆了。

谁也想不到会有这样的事，有的绝望，有的沉郁，当然也有漠不相关的人。后者是那些在外国人鼻息下生活的人，他们从来不走出租界一步，在 S 埠，这样的人可也不在少数。但是最可气的是那些投机者，那些没有良心的不正当商人（最近才知道有些贵妇人和大官员也改头换面地在那里面出现），他们的心中没有国家，没有民族，只是为了个人的利益，象一群绿苍蝇似的在交易所里。我用这个名字，一点也不过分，我去看过的，因为那许多人挤在里面总是不断地嗡着。可是他们并不是那些买主或是卖主，他们只是一些伸手指头的，打电话的，全是替别人经营的。那些人呢，躲在自己的公馆里，做着更富有的梦，他们不顾国家民族的危机或利益，当着事变才起的时候，他们就一致向外抛，债券的价格就止不住地惨落，在这个商业都市中居民的心，更显得不可终日了。

听说有一个妇人，她的消息早，先就抛出××万，只是几天的工夫，她就赚了××万，可是这些卖空的人希望消息还不好，价格再向下落，他们就可以更多赚些钱！

这是什么一种自私的动物呵，我想除开我们，这个可怜的国家，不会有哪一国会有这样无耻的公民吧？整个的民族是在不是全昌就是全亡的枢纽上，可是他们只为自己的私利打算，把人心弄得更慌，把国本弄得更动摇！

记得高尔基就对商人表示憎恶，因为他热爱生活而商人是剥取生活的，那还是指的一般商人，这些投机者算什么呢，这些贵妇人算什么，这些大官员又算什么呢？

一想起这些分子，我就觉得灰心，这不能说是我的意志不坚固，这些民族败类实在使人气短。你说是不是？

幸亏另外有一面，那是无数张青年人坚毅的面庞，那是无数颗不甘屈服的心，他们用歌唱，用呼号，把那涂着柏油的马路震得苏醒了，把郊外的原野响彻了，他们原来没有所谓领导者，他们本身是一股力量，他们是内发的，向着祖国的自由生存迈进；我想你也许知道，在十一月底不是有几个人被捕了么？他们各有不同的职业，也算不得是青年。（当然，他们也许有一颗和青年人一样跳动着的心。）

我想这些事我用不着详尽地和你说，在报纸上你一定也看到了，不过那些人呢，有的真是爱国家爱民族；有的也还是趋时取巧，不值得我们敬仰的。

　　说起来那中间还有一个女子。可是她的表现使我失望，她是在××事变解决后才投案的，因为你知道在××事变中，这件事也是条款之一的，如今她知道没有什么大的危难，所以她又走去做"女英雄"了。可是当她被捕交保释放了后又来传她到案的时候可不见了。这自然苦了那个保人，同时，更有不少的人加以指责。本来这件事是该批评的，那些无聊的家伙们故意渲染，好象要我们所有的中国女子要为她一个人负责似的。同时还歪曲地说着那些被捕的人，也诬蔑了我们的纯洁的爱国行动。这是不公平的，我几乎哭出来，可是她那时候还是在渺茫之中，她使得我们有话都说不出来。

　　自然在那些人中间有不值得我们爱戴的人，中间有一个我观察得更清楚，早在鲁迅先生逝世的时候，我就看见他了，他是一个假仁假义的家伙，他还年轻，可是故意装成老态，当我瞻仰遗像默默地流泪的时候，他却在咋嘴摇头，做出不胜惋惜的样子，他的连鬓胡子只在抖着。最近还听说市长请他们个别谈话，他表示出来的志愿不过是想做点事情，譬如治理一块地方。……

　　我想我还是不要写下去了吧，为什么我要把精力花费在这上面呢？我相信只要青年们不是盲目的，他们也一定同我们一样看得清楚，就不会上这种人的当。

　　再说二十五号那一天呵，当着那个消息传来的时候，人们简直疯狂了。（那当时我还想到投机家也该疯狂了，其实他们也可怜，这一次事件不知有多少人要为之倾家破产。可是那些达官贵妇人当然没有损失，他们的消息，准而早，还正好又发一笔大财哩！）卖报的人在街上奔跑，随着他们的脚步，爆竹就响起来了，那天我正在路上，我看见人们是怎么笑的，那些爆竹是怎么开花笑着的，那些国旗是怎样笑着的。已经知道了那个消息的人，还掏出铜板来买一张有几个大字的号外，这使他们格外开心，你知道，在这个城市中，人是不大笑的，而且每个人随时随地都在提防别人。那一天他们可笑开了，许多人，真是许多人都那么笑着，当然他们的想法不一定相同，可是他们衷心漾着喜悦却是一件事实。

只有那些长了呆板的脸的日本人没有笑容，当我回到我的住所的时候，那个没有表情的日本哨兵还是抱着上了刺刀的枪站在那里，他的脸就显得更平板，枯燥。

你知道那还正是耶稣圣诞，教士们用大声音通过空气在空中述说救主的福音和灵异，许多热闹场所都格外显得活跃，头一天晚上还是外国人的世界，今天就都不同了，歌唱充满了每个角落，人们象过年节似的那么相互祝贺，当然也有许多人假借这个名义去追求个人的欢乐，其实我以为如果我们能站起来，不再受别人的侵略，就让那些爱欢乐的人去欢乐吧！

再过一天就是新年了，那里的居民准备好好地庆祝一番，我也想快乐地过一下。玲玲，你知道我自从离开家之后，我就不曾有过快活的日子。我这么说并不是抱怨，——抱怨人生是最懦弱的，在苦难之中，我没有那份心肠快乐。我想你住在家中，也和我一样吧？如今一切都到了一个头，该有一个好的开始了，我准备翻动我那尘封的快乐的心情。

这时候，我告诉你，我倒想起家来了。可是你千万不要给妈知道，省得她又惦记我，过年，过节，家里最有趣味，也不怪旧人的诗句说："每逢佳节倍思亲"。我遥想你们在家里一定过着一个愉快的新年。我想到大姊，我很关心她的健康，我也想母亲，我想她也时常想我的。还有许多人，我不絮絮叨叨地问询了，我倒很盼望你得暇的时候给我一封详细的信，说说家事，这点关切是我想不到的，我想总是情绪得到闲暇，我才变成这么琐碎，你不会埋怨我过分地麻烦你吧？

十五

静玲才上了楼，母亲就叫住她，突然问她：

"静茵的信说些什么？"

"没有什么事，她给您拜年，——您怎么知道她有信来呢？"

"你大哥告诉我的，都象你，什么事都背着我，生怕我知道，——"

"不是，妈，您不知道。——"

静玲有点急，她就更说不出什么话来了。

"是好孩子就快点替我写封信要她回到家里来，我真想看看她，什么责任都由我担，她可以住个把月再回去——"

"我想她怕爸爸不原谅她！"

"都有我就是了，你爸爸也不会骂她，你还看不出来么，他自从戒了酒之后脾气可改得多了。"

"好，我告诉她吧。"

"记着，要她赶着年前回来，我们又可以好好过一个快活年，可惜静珠那孩子。——"

"妈您何必管她，她不配做您的女儿！"

静玲的那股气愤仍然是不可遏止地发出来。

"什么配不配，还不都是我的亲骨肉。去吧，快快去写信吧。"

母亲的语音低下来，可是这时候抱着青儿的静宜走进来，静玲才放心地走出去。

她才走出来就看见菁姑从三楼下来，不断地用她那尖嗓子嚷叫：

"这可安静多了，这可安静多了。——"

她的眼睛朝天望，简直不知道她是说给别人听或是说给她自己。那只花猫跟在她的脚后，不住声地叫着。

静玲站住了，想问她指什么事情说，一想起是元旦，就不愿意和她惹气，只故意和她说：

"菁姑新年快乐，——"

"噢，原来是你在这儿，怎么你倒记得起我么？我有什么快乐，还不是凑合着过日子，能吃一口饱饭也就是了，说起来是可比不得你行，正枝正叶没有一点含糊。——"

静玲的心里老不高兴，心里想："你跟我说这些话有什么用呵！"一看见她头上戴的一支红绒花静玲就又说：

"您头上的花倒真漂亮。"

"怎么这也碍了你们的眼？难道我就不配戴这一朵花？"

静玲不愿意再和她争论，就一转身，进了静婉的房，她正和静纯说着话。

"你看真气人，她简直跟我找别扭！"

"谁呀！"

"除了菁姑还有谁？——"

"不要理她，只当没有她这个人就是了。"

这是静纯说。

"那怎么成，在理论上说不通，她这么一个人原来在宇宙中生存，怎么能说没有呢！"

"讲理论那你更应该原谅她，生理上心理上都算是变态，那你还有什么可说的？"

"我倒不想多说，我只想改善她。"

"她都是快要活过去的人，还谈得到改善？不要管这些小事，眼光放远，该做的大事还多着呢！"

从静纯的嘴里听到这样的话使静玲觉得很奇怪，她自己的心里也想着不该再计较这些小事，因为连静纯都这么说。她就转过话头去向静婉说：

"听说医生答应你三月就可以起来了？"

"是的，唉！这日子过得真难受，再过几个月我就又能自由自在地活着了。"

在她那苍白的脸上，勉强地带着微笑，随后又有一点气愤和一点感叹地说：

"与其这样活着，还不如爽爽快快地死。"

"死后也许还有美丽的天国。"

"什么天国，人死了就完了，化成灰化成泥！"

静婉的回答倒使静玲觉得不好意思下来了，她心里只在想："真是一切都变了。"她忽然记起来母亲的吩咐，她就说：

"我要紧赶着给二姐去写信，妈说的，妈要她回到家里过年。——"

"年有什么好过的，回到这个家里来可没有什么意思！"

"妈既然说了，我只好照办，回不回来那就是她的事了，我只告诉她这是妈的意思。"

她说着站起来向外走去，静纯也伸了一个懒腰，说一声：

"你还是歇歇吧，我也回房去。"

静玲走到静宜的房里，她以为那里很安静，没有想到悬着的是那一对翠绿的虎皮鹦鹉，在小床里咿咿哑哑的是学语的青儿，他的手里还抱着一个洋囡囡，她一看就知道那原来是她的。

青儿看见有人进来，就丢下手中的玩具，张开手臂向着她，她走近床旁，把洋囡囡抱在手中，很温存地轻轻拍着。

这许久她简直忘记它们了，她好象一个不尽心的母亲，一朝归来，悔恨地抚抱着自己的儿女。看见它的脸脏了，衣裳有的也破了，她的心不知有多么伤痛，正在这时候，静宜推开门就走进来，静玲不及放下，脸只是红涨着。

青儿爽性哭起来了，静宜赶紧把他抱起来，笑说：

"多么美丽，小五，你跟孩子抢洋囡囡！"

"不，我没有和他抢，他要我抱，我没有抱他，——"

"你，就抱起来洋囡囡，是不是？"

"我只要抱一下，我还是给他的。"

静宜说着就把洋囡囡送给青儿，可是他只挥着小手。

"你看，小孩子都有气性，不要玩你的东西了。"

"活该，我给他放在床上就是。"

她说着，放下去了，用右手掠着头发："我本来想到你这间房子里写信，图个清静，想不到更热闹，我看，我还是回到我自己的房里去了。"

"不必，我就走，我问你，你们学校还在上课么？"

"怎么不上！××事变解决以后更要死板板上课了，好象学生的责任已经尽到了，别的事都不用管，自然就会天下太平似的！"

静宜对于她的议论象是不发生多么大的兴趣，她就又把话扯到别的上面去：

"你是给静茵写信吧？"

"是她的信，问起大姐来的，她很关心你，——"

"你回信告诉她吧，说我呀，——我——还好。"

"妈还说要她回来，她的信里也说过年的时节最想家，你猜她会不会回来？"

"她，她不会回来。"

静宜坚定地摇着头。

十六

静宜抱了青儿出去之后，她就在桌上铺好纸，坐在椅子上，呆着眼睛在那里发愣。不知不觉地她又把笔杆送到嘴里，咬了两下才拿出来。想了想，她就这样起始：

　　——不错，一切是在变，世界，国家，还有我们这个小小的家！外表的变原来看得很清楚，也很自然，想不到内容也在变，在这个无往不至的变动之下，我该告诉你，——

她就告诉她家里的人口愈来愈少了，那个李大岳，那个当兵的舅舅才在元旦走的，他走向遥远的地方，走向战斗，他能成为一个好战士，她在信里是这样写着：

　　——不要看他那粗野的个性，可是他有一份良善的心肠，这一年的日子够他受的了，他真象一只关在笼里的野兽，却也好，在这许多日子中使他能正确地认识善与恶。他绝不会只做供人支使噬人的野兽，他有理性，他投向民族解放的战争，他再不会用他的勇敢为自己增加罪恶，这一点实在是我们值得高兴的，——

她又告诉着静珠也走了，可是她的走只带来耻辱，因为她：

——只追求个人的快乐，她不是早就说过么，她是来游戏人间的，可是她再也不能把自己落到粪坑里去呵，她简直是落到里面去了，（除非是你，我们自己的姊妹我是不会说起来的，因为我已经起誓忘掉她，从记忆中涂去她，）你从前再也想不到，她把自己的终身交给什么人？你猜猜看，就是那个靠日本人做官的××专员，杨风洲啊！你想得到么？从前她过着怎么糜烂的生活，我也不觉得痛心，她的行为，却使我悲伤到极点了，我简直解释不出，为什么她会走这样的一条路呢？我当然不相信门第，我也不以为我们比别人优越，可是在我们姊妹之中竟会有这样的一个人，却使我非常难过。她离开家了，她忘记了我，我也忘记了她，我是无论如何也不会原谅她的，我也不会理她，再怎么说她也给我们一个大污点，想不到我们的名字，会和汉奸这两个字有了这点关系！——

关于父亲，她写着：他再也不相信他的好运气，可是他已经失去了挺身而起的勇气。他不想做，也不能做，他的豪气早已消沉了，写着父亲的脾气象是好了些，这自然是由于戒酒的缘故，可是他的固执和自信还是依然的，而且还有一份不该有的恐日心。说到静婉她就这样写着：

——我们那个多感的姊妹已经在床上睡了许久了，我真不敢想假使有一天，医生若是说我也要睡到床上一年或是二年那我可怎么办呢？你相信我会自杀么？你知道她自杀过可并不是为了这个缘故，一直到今天我也不知道她为什么要自杀的，我不赞同她这个举动，我也不要问她，在她自己也闭口不说起，完全象没有那么回事一样，可是这许多床上的日子真难为她，我想她一定思索得很多。在这里，我该告诉你一件有趣的事，凡是别人送给她的东西，她总要先放在太阳下晒过或是用酒精消毒，好象她是唯一健康的人而我们都是传染病患者。你说这可笑么。我想这也许因为她想得很多的缘故吧？不过孤独的幽思却把她解放了，把她那多感的心张大了，把她那迷惘的眼睛也张开了，她看到除开她自己还有别人，除开她所追念的人，世界上还有这样多的人生活着，这是一个好的转机，我盼她早日康复，她那衰弱的病体和她那十八世纪的少女

510

的精神！——

　　说到静纯，她是这样写着：自从青芬死去以后大哥显然是变了，青芬只过了悲惨的一生，她是完全牺牲在这不良的社会制度之下；写着先前完全以自己为中心的静纯，由于青芬的死给了他极大的打击；一面看他至今还没有续娶，也许是他自己的赎罪吧？写着他曾经追随过艺术至上的大师们的身份，也曾堕入魔道？可是如今他不同了，写着他也张开那近视的眼睛远望，不再只从眼镜边敌意地看着人。写着当他送李大岳的时候竟能说着若有适宜的机会也愿意去参加战斗的话，真是值得惊异的，写着让我们默祷他能更强健起来，做一个有力的斗争的分子。

　　说到静宜，她就很明显地写着：

　　——她没有变，变的也许是她的身体，她显得更弱了，这是一件很使人不放心的事，她还是那样成天忙着，现在她的事，还更多了，因为青儿全是由她照料。她真可怜，她没有做母亲的那份愉快（这句话是从书上看来的），可是她有那份麻烦。她从来不抱怨，可是她一天一天地瘦下去了。她不愿意看医生，她自己说医生并不能治她的病症。可是到底是谁为她安排这个命运呢？她成天只过着既无望又琐碎的日子，难得她的性情还那么好，有时候，我劝她，可是她并不把我的劝告当做一回事，有时候还不耐烦地阻止我，夏天的时候，我们都在紫金山，我是多么努力想使她和我们青年人再合到一起，但是她显出没有力气，疲惫，一只火把给我们的是光明给她的只是火亮，这不同就在这里，我真为我们的好姊姊犯愁，她凭什么就要这样子把青春消磨殆尽？我要为她叫着不平，可是在这不平的安排中她过着平淡的日子。她既没有忧愁，又没有喜悦；她也照样有一份纤细精致的情感。失去了悲哀和失去了快乐的是最能引起人的哀伤，是不是我记得十九世纪中俄国农奴解放那些失掉了自由的人已经忘却自由是什么引起了有识者的悲哀，大姊的精神我想也陷在同样的境地中。就说这次我收到你的信吧，我告诉她你很关切地问到她，她象是想了一下才和我说："——说我呀，——我——还好。"

从这语气中我又听得出她也深解生活的无趣；可是她为什么就不能改善呢？我知道，大姊对你是好的，她有时就和我说起你来，还是你直接给她信吧，好好说服她，即使想牺牲自己也该有所谓。我倒常常记得父亲说起过的一句话"长姊若母"！我就想到那也好，就使她做高尔基所描写的母亲吧，我知道这是一个梦，但是许多事还不都是由梦实现的。让我们相互地来努力吧，当着我们伟大的战争要来的时节，我们需要多多少少那样的母亲呵！——

说到他们的母亲她也肯定地说母亲也变了。最大的变化是她的心胸开阔了。她说母亲还不是因与小事情都化不开才度过几十年不愉快的日子？她又说只是日子不愉快还算不得什么不是，还造成她衰弱的身体。可是现在不同了，她说：

　　——母亲自己说过她什么都看开了，她再不为那些琐碎的事烦自己。只有那个多嘴的菁姑她没有变，她还是那么讨厌，她的身体也就能保持住不再坏下去，真是也难为妈，这一两年来的事实在也很够她受的了。她真的能善自排遣，这的确也是难的，就说静珠的事发生之后吧，妈一句也没有说，全家人都沉默，除非在极难过的时候，妈才提起过一次。妈倒还关心你的，你不记得在去年年前她也要我写信给你要你回来，那时候她还说起你来了，她说只要你肯回来，那么就住一阵再走她也不干涉你，这是她的真心话，她不骗我们的，我想如果可能的话，你就回来一次也好，人们都很想你，爸爸不会呵责你，母亲还说过那些事，都由她承担了，我在殷切地等待你的回音，——

最后说到自己了，她只简单地写着：

　　我也变了！我的门牙变成假的，而且我也不再爱玩我的洋囡囡了。

写过后，她又贪恋地看看那个躺在床上的美丽的洋囡囡。

十七

静茵并不因为母亲的盼望和静玲的纵恿就回到家里来，她只是这样回答着：

> ……与其要我回到家里去，还不如把我留在外边吧，我不是不想念家的，我不是不知道母亲的心的；正因为我知道得太清楚了，所以我不能回去。我生怕我陷在感情的泥淖中，使我无法自拔，我想还是把我留在这个陌生的环境中吧，要我在奋斗中生长，要我为我们的民族，我们的国家，尽我的最大的力量吧。
>
> 我答应回去的，等到那一天，真的"太平"了，我就立刻回到母亲的膝前承欢。……

"唉，那时候，我还不知道死到哪方去了！"

听着静玲念到这里，母亲半伤感半激愤地说。

"妈，不要这么说，那个日子就要来了。"

"来了？——"坐在一旁的父亲忽然站起来不服似的说，"你说，来在哪里？是哪年哪月哪日？"

"我怎么知道呀！爸爸？我不过就那么一说。"

"既说了，就得负责，中国人就是有这种毛病，言行都不负责！——"

"俭之，俭之，算了吧，何至于气粗？"

母亲看见情势不大好，赶紧拦住他的话头，可是他并没有听从她坐下去，他还是在说，只是声音稍稍平和了点。

"我倒不是气急，我就是争的那点理。"

"有理的世界不是这样子。"

静玲也不依不饶地把头一偏说。

"你们这些年轻人只知道空嚷，实际上一点用也没有。就说自从你们高嚷救国以来，我们的国家，你们救了多少？"

"爸爸，您这可叫我怎么说，那又不是车载斗量的事，不过我知道，要不是这些年轻人在'空嚷'，华北早就不知道变成什么样子？"

"有什么可变，大不了给日本人拿去，可是历史的教训告诉我们，凡是入侵中原的外族，总是被我们同化，以致走向衰亡的路。你看蒙古人、满洲人，还不是同样，——"

"历史并不是循环的，而且还有一说，那些人原来只是武力胜，文化低落，才有那种结果，现在我们的敌人可不同，他们什么也不见得比我们低，那绝不会有同样的结果，……"

"武力不必说了，文化他总还是我们的后辈，至今他们还离不了汉字，——"

"爸爸，您有的估量得太高，有的又估量得过低，譬如您所说的——"

正在这时候母亲不耐烦地拦住她：

"你们在争些什么，我一点也听不明白，算了吧，听听无线电，这一阵正该是丝弦说书。"

母亲说着果真就把床头的收音机一旋，那粗俗的歌唱立刻就充满了屋子。

他们哑然地笑了笑，又各自拣了一个座位坐下。过不多时静玲受不住那声音，独自走出去了。

这些天她的心里也很烦，自从××事变圆满解决之后，人们的心都松弛下来了，在静止的状态之中，人们都在等待着。那只是茫然的等待，事实上说起来，什么也没有。

"我们的工作难道就这样停顿下去么？"

当她在学校遇见了赵刚的时候，她就忍不住嚷。"自然不是，可是，……"

赵刚又只是烦躁地抓着他那个光脑袋，他又说不出什么来……

"我真不知道，哪一天才真的枪口向外！"

可是他又忽然记起来李大岳，计算他的行期和途径，他正该到那一带地方，他想着也许他又陷在那个圈子里无法不又把枪口向内。"那才冤枉透了，白等这许多日子，一点什么也没有得到，临了还赶上那么一水！"

这是她自己的心里在想着，于公于私，她的心都得不到那一份宁静。所以这个旧年，大家过的再乏兴致没有了，谁也打不起精神来，光明的影子只一闪，想不到那是一个火种，落在那方的土地上，燃烧起来了，使人们遭受那灾害。

在年初一的大清早，人都还没有醒，忽然在上面响着极悲哀的哭声。

听到的人以为是在梦中，醒过来，睁开眼，那声音更大了。

静宜披了衣服，走下床，看见静玲也起来了。

"你听了么？"

"听见了。"

"走，我们去看，到底是怎么回事。"

拉开门，那声音更大了，一下就分辨出是从顶楼上的楼梯灌下来的。

"多晦气，大年初一，又是她，我们必得去看看，省得一下又要把妈吵醒了。"

她们到了楼上，才看到菁姑的门大开着，她坐在地板上大声地号着。

"菁姑，菁姑，您这是怎么回事？……"

可是菁姑并没有理她，在她的身边那只花花直挺挺地躺在那里，她的两只手不断地拍着大腿，她的哭声夹着许多语句：

"我的宝贝……呀！我的心肝……呀？你可撇下我了，我也不能活了，我的孩儿呵！"

静玲十分厌恶地用手紧紧抓着她的肩头，用力地摇着，才使她的哭声象断了线的风筝一般，戛然地停了。

"菁姑，您为什么这样伤心？"

"怎么你这么大的一个人，还看不见么！"

菁姑说着，把眼向上一翻，简直看不见她的黑眼球了。她用极不和气的语调回答着。

"一个猫死了，也犯不上伤这么大的心呵！"

"我就只是这么一个亲的热的，你还不许我哭！"

她一边说着，一边就翻着衣襟抹着流下来的泪珠。

"菁姑，看这么大年初一的大清早，谁还不图个吉利，再说大家都还没有起来，——"

"怎么你们什么都干涉我，我就是这么一块牵心肉，它死了你们还不许我哭，我活着还有什么意思呢？我早就知道，这院子里容不得我了，我还不如死了好——"她还没有说完，忽然又抽咽着，终于又大哭起来了，"我的儿呀！……你可看不见了，……谁还给我作伴呵？……谁还替为娘的出气呵？……我那苦命的宝贝呵！……"

静玲站在那里牙咬的发响，实在气不过了，她一把抓起那只死猫，就朝楼下跑，那个菁姑象疯了似的起来就追，静玲早已一股烟似的跑到楼下，到了院里，把那只死猫朝天边外一丢，就什么也不管，又回到房里，她正奇怪菁姑为什么没有追出来，就听见"俭斋"里有男女的语音，她听得出来，那一个是父亲，一个就是一边在说一边在哭的菁姑。

十八

早来的春日很急迫地就把寒冬挤开了，花草还来不及点缀这个世界，自有成千成万及时行乐的游人在这才从严寒下苏醒过来的大地上穿梭似的逛着。他们也很匆忙，生怕耽误一刻便再也追不回来似的。他们正象世纪末的行乐者一样，以为人生的乐趣就在这最后的一滴了，谁也不肯放过，谁也不肯平白地过去。

每天，从两个车站里流出来大批的旅客，他们很快地就滚到街上，用茫然的眼睛望着四方，然后很快地便拔脚就走。他们要走到什么地方去；为什么才来的呢？这在他们自己怕也是一个难以答复的问题。

满街上都是那些陌生的旅客。有的是从乡间来，有的从沿海的大都市来，都是赶来鉴赏这个古城来的。有的为留纪念，偷偷地把一方大域砖装在旅箱中。挺着大肚子的，油头粉面的洋场少年，娇滴滴的美女，还有一批从外国或早或晚回来的留学生们，到处"卡拉卡拉"地对着镜头，好象锦绣江山只要在他那底片上留下影迹就万事皆休了似的。

在课堂里，当着那老先生正摇头晃脑地高诵低解《两都赋》的时候，黄静玲偷偷把一张纸条送给赵刚，那上面写着：

"你说，这算怎么回事，日子就该这样过去么？"

"等到下课我们再说好不好？"

"我不，我偏不在乎这个老古董，我简直受不了。"

"怎么办，我们又跑不出去，点名的还没有过去。"

正在这时候，一个同学被春困抓住了，从座位上滚下去，惹起大家的哄笑，那个老先生瞪着眼睛望，过后就象唱一般地吟出来。

"是乃朽木也，是乃粪土之墙也，……"

当着这许多声音爆成一片的时节，静玲就大声地和赵刚说：

"你走不走，我要跑出去了！"

赵刚只做一个手势，要她再等一下的意思，笑声还没有停，下课铃声就响起来了，大众都很欢欣地哄着出去了。

"这不成，——"静玲很忧心似的和赵刚说，"日子怎么能过得这么松散？看看学校里面，看看整个的城，说好听的是充满了和平的气氛，说不好听的是麻木不仁，我们的工作，我们的努力，……"

她非常激动，她的脸涨得通红，她再要说下去的，一下被什么哽住了，说不下去，只是用一双那瞪得溜圆的眼睛望着赵刚，等待他的解释。

可是他许久什么都不说，只是默默地走着，不断"咯咯"拉响他的骨节。正在这时候，宋明光迎面走了来。

"喂，正好我碰见你们，这一个星期我们到××园去远足，要我来通知你们，……"

还不等宋明光的话说完，静玲就用力地摇着她的头，嘴里连珠般地爆出来。

"不去，我不去，我没有那份心肠！……"

宋明光只是微笑着和她说：

"黄静玲，不要气急，谁也不会有那份心肠去游玩。你去了自然会明白。"

这才挑动了她的热情，她殷切地问：

"是么？是么？星期日几点钟？从什么地方出发？"

"上午六点到学校来，我们一齐去就好了。"

"好，我一定来，我一定来，我们到什么地方去谈谈好不好？"

"不，我还有事，我还要通知许多人，回头我们再找你们去。"

当着他们走到布告栏的前面静玲就说：

"你看，你看，这不是星期郊游的布告么？"

"再仔细看看！"

静玲果然听从他的话站下来看着那张画得很好看的启事。在空白的地方画着一幅很美丽的风景画，特意说明有丰富的午餐，还有直达的汽车，只要到××宿舍签名，一点费用也不收。

"那真奇怪，既然有布告，宋明光何必又特意来通知我们！"

"你还看不出来？那是另外一回事，——"

"噢，怪不得我不相信有那么多钱，可是为什么那样巧，都到一个地方，又是同时？"

"那就难说了，去看吧，在这广大的社会里，有各种不同的事，睁开眼看吧，我想我们还很需要磨炼呢！"

"我也这么想，我真看不惯，这是什么岁月呵，许多人还在梦里活着！自从××事变全解决以后大家都在伸直身子喘一口气，好象天下太平了似的，他们象是再也不需要战争了，我不知道我们真要是和敌人打起来，他们抱什么态度？"

"什么态度？那些学者名流正在两方请愿，想把这个城算是文化城——"

"文化城有什么用？"

"那意思就是说：'我们保持超然的态度，既不是中国的也不是日本的，谁有力量就是谁的，可是千万不能使这个城受一点损害。'这就是他们全部的最高的理想！"

"那不是汉奸卖国贼的论调么？"

"还用说，你看看那批人，哪有一个好的。"

"假使我要是有力量就把这些忘记国家的民族败种都杀了。"

"轻点，当心他们全把我们杀了。"

正在这时候，远远有一堆人走过来了，走到他们近前，中间跳出一个来，一把抓住静玲的手臂，那原来是 Mary 柳。

"That's you，我很久没看见你了，How do you do？最近你看见静珠么？"

"没有，没有，我什么都没有看见，——"

静玲很不耐烦地想把自己的手抽出来，可是那个柳女士一面不自然地笑着，一面紧紧地拉住她。

"Will you join in this Saturday's party！"

她用鼻子一翘，指着那张美丽的广告，还没有等她回答，她又说：

"要是去的话，我就可以代你签名 it is a merry party。"

"对不起，我早另外有一个约会，——"

静玲也假做出顶客气的样子，那个 Mary 柳就狠狠地盯了赵刚一眼。过后就有声有色地说着：

"Oh I am very sorry，我真对不起你们，我希望你们有一个 sweet time，好，下次我再约你吧，Bye-Bye-Bye-Bye！"

她又投到那群人中，向着前面滚去了，静玲极其厌恶地望着他们的背影过后就和赵刚说：

"走，走，碰见这个怪东西，真气人！"

"你以为她怪么？她很有路道。"

在走着的时候，赵刚和她说。

"我不信，她有什么路道！"

赵刚把声音放低了，轻轻地说：

"她不是中国人……"

"真的么，难道她是日本人。"

"那也不是，她大约是高丽人。"

"朝鲜人不是有许多有志之士，时时都在和日本人对抗的么！"

"不错，那是最好的一些，我们中间就有，还有一些可是什么都不懂，一味玩乐，忘记自己的国家。"

"不错，有这种人，我想 Mary 柳就是这一类。"

"你怎么知道？"

"有人调查过，她不是说课余给人做家庭教师么？你想哪一个家庭会要她，她不过借这个名字来遮掩，和那些日本人来往。"

静玲好象打了一个寒战，这是她再也想不到的事，不过她还有点疑问。

"那么为什么她也参加我们的爱国运动？"

"那也是计策，免得露出马脚来。"

"真可怕，我一点也想不到——"

"有许多怪事真是解不通的，按照我们的想法他们已经受了这么多苦难，就该充满了反抗的精神才对，事实上可不然，所以我们随时都要注意，随时都要提防，免得上当。"

"一点不错，我们都得小心。"

十九

因为春天来得早，一切倒都象征着进步，尤其是静婉的病，有显著的起色。每天她不再躺在床上，她扶着床边，走到窗下的软椅里。温和的阳光，象一件适宜的软衫，披在她的身上。她望着外边的景色，望着那冒着白气的地面，使她充分地感到宇宙间无比的生机。

她正自静赏着眼前的景物，狗的激愤的悲哀的鸣叫引出她的注意。她望过去，原来那只狗顺着墙跟奔跑，后面就是气急败坏的菁姑在追赶。她有点着急，无告地转身回去，恰巧静宜抱着青儿走进来，她就得救似的向她说：

"大姊，大姊，你快来看！"

"什么事——？"

静宜一面应着她一面就跑了过来，这时费利正着实地挨了一棒，悲哀地夹着尾巴号。

"你看菁姑把狗打成什么样子。"

这句话好象并没有给她多大的惊讶，她只是默默地站在那里望一会儿，过后就仿佛很平淡似的说：

"这些天她都是这样子。"

“为什么呢？一只狗也惹到她？”

“自从她的花花死了以后，她就常是追着费利打——”

“她的花花死了我还不知道！”

“不知道也好，省得不高兴，就是年初一她大哭一场那一天——”

“那太不公平了，一只猫死了她哭得死去活来，一条狗活着她又把它打得死去活来！”

“唉，提那些干什么，天下不公平的事多着呢——”

正在这时候，老王气喘咻咻地走进来，静婉比谁都着急地又把他挥出去：

“去，去！站在门外，有什么话快说！”

“我是来找大小姐的。”

静宜听到就转过身去问着：

“你找我有什么事？”

“有一位客人来看您，还有一个名片给您。”

静宜走到门口接过那张名片一看，原来那上面没有中国字，只印着：“Joseph D.a Lang B.A M.A.Ph.D.”她看不出来什么就问着：

“是中国人还是外国人？”

“自然是中国人，好象还来过似的——”

她想了想，过后才象稍稍悟到了似的，心里想着：“大概是他回来了。”她就和老王说：

“你把客人让到客厅里，就说我跟着就下来。”

“是，大小姐！”

她的心起始有些跳动，她觉得这有点不应该，可是再也平复不下去。她一时间不知道该把青儿放到哪里才好，终于她把孩子交给阿梅，自己就急匆匆跑回房里。

她掠了掠头发，又洗了脸，把那失去颜色的嘴唇，又涂了一点口红，跟着她就觉得太鲜艳了，又用手绢擦下去，她换了一件衣服，心里有点急，她想坐下去静一静。可是她的心不住怦怦地跳着，她自己不住地暗自说着：

“这又算是怎么回事，犯得上这么急么？我又不是没有主意，再说我也这么大了，心该定得下来，照这样子可怎么成？”

尽管她的心想得这么清楚，可是她的心还是不断地跳着，愈想静，愈静不下去，反倒更跳得凶了。

"管他呢，就这样去见见他也就算了！"

她站起来，走出门去，恰巧这时候菁姑走上来，她的心里暗自叫着：

"真倒霉又碰见她！"

菁姑好象有所等待似的又在楼梯那里站住了。她不得不硬着头皮走过去。

"大小姐，您这是到哪儿去呀？"

菁姑故意尖酸地问着，她那两只溜圆的眼睛不住地上下打量，她明知道躲不过她去，就很爽快地回答：

"我哪儿也不去，下边有客人来，我到楼下去。"

"噢，怪不得——"

她只吐出来三四个字，过后就象一股烟似的升到楼上去了。

"活该，总是遇见她！"

她低低地咕噜着走到楼下，她的心仍自跳着。当她用了很大的力气推开客厅的门，那个客人已经很快地冲到她的面前，用力地握着她的手了。

那个人显得满身都是活力，可是她那么衰弱，好容易把自己的手从那有力的手掌中缩出来，坐下去，从那哽住了的喉咙里只说出这几个字来：

"你，你回来了。"

"不错，我回来了——。"

可是他们的谈话，就此停住了，她只是埋着头坐在那里，连看也不敢看，连自己也很奇怪为什么思想和行动都走了后退的路，尽管这样想着可是她自己觉得脸上一阵阵的发烧，而且她的心的跳动连自己都听得很清楚。

梁道明好象一时间也没有话好说，他只是把衔在嘴里的烟斗用力吸着。吐出来强烈的烟气飘在空中，使静宜忍不住咳嗽起来了。他很抱歉似的一面放下烟斗一面说：

"I beg your pardon. 我真不应该——"

她仰起脸来，她的眼睛里包着震出来的泪水勉强地露出笑容，望到他那模糊的高大的影子，她赶紧用手绢擦着眼睛，他那清楚的轮廓才在她的面前显出来，乘着这个机会，梁道明就问着：

"你看看我变了没有？"

"你……"她吐出这一个字，又仔细地把他打量一番，然后才说，"你没有变，你的身体好象更好了。"

其实她的心里还有一句话没有说出来，那就是她不喜欢他那个夹在鼻子上的眼镜。

"我的心也一点没有变！"

为了表示他的忠诚，他用手掌拍着胸膛的左上方，使它发出通通的声音。

静宜不大愿意听这些话，她就赶紧用话岔开：

"你什么时候回国？"

"三天前到S埠，我就赶着来了，静宜你好象——"

她没有说话，只是低着头玩弄着桌布的角，不知道什么时候，他又站到她的身后了。

她感觉到他那呼吸的热气吹进她的发里，使她的头皮有一点痒，她更不敢抬头了，也不敢动，一直到他那两只手扶在她的肩上，她那瘦弱的身躯就起始可怜地抖着。

她知道他的脸有一点冷，她茫然地向前望，前面没有人，她的心一点着落也没有，要是她自己一个人的话，她真的要哭了。

"静宜，静宜，你想想看，这么多年的心不变，怎么，怎么，我就打不动你呢？"

她没有回答，她吐不出一个字来，她的心简直是秋风里的一片落叶，它要落下去了，可是她还不知道该落在哪一方。她受不了这情感的折磨，她只是摇着头，她心里想，他要是在我的对面有多么好，那我就可以给他跪下去和他说："你饶了我吧！"

"Do give me the last chance. 你给我这个最后的机会吧，你知道我多么爱你，多么需要你？"

她还是没有说一句话，只是坚决地摇着她的头，终于在她的肩上，那一双大手掌的重压撤下去了，她的心也轻松了些，她不敢望他，她只知道他迟缓地移动他的脚步，一句话也不再说了，默默地又和她握一次手，他把那夹在鼻子上的眼镜取下去放在衣袋里，低下头去，用手绢擦着鼻尖，她想说一句什么话的，可是她忍住了，她望着他的背影缓缓地移动着，走出客厅，走出屋门，一直缓缓地走出大门。他再也不曾回头，她的眼泪不断地扑簌簌地落下去，才一转身，几乎跌下去，正巧静玲回来，一把抱住她，很关心地问着：

"大姊，你这是怎么回事？"

她说不出来，可是她的眼泪兀自不断地淌下来。

二十

这几天她一直是在愁苦中过着日子，她的心极不安宁，她不怕自己的忧伤，时时使她更难过的是为了她的缘故使另外一个人也陷在忧伤之中，这许久她的感情总象一池静水，她想不到这水会淹没一个灵魂，想得急切的时节甚至于她都后悔她的拒绝了。

一天的下午，静玲从学校回来，她得意地跑上来向她叫着：

"大姊，大姊，幺舅有信来了！"

"是么？从什么地方来的？"

静宜这时候还独自躺在床上，一听见静玲的话赶紧从床上坐起来。

"从××来的。"

"噢，他原来到××去了，我真想不到。"

"走，我们念给妈去听吧，妈不知道要怎么高兴呢！"静玲说着，就拉了静宜的手走出去，才走出房门她就象记起一件大事似的说，"我还忘记了，大姊也有一封信。"

"怎么我也有一封信？"

"不是信，是一个请帖，你看。"

静玲说着就把一个浅粉色的信封递给她，一眼她就看到那个印好的住址和人名，她那愁绪的心立刻就象一朵花似的开放了，她连看也不看就把那信封装到衣袋里。

"大姊你怎么连看也不看？你不去吃喜酒么？"

“我知道了，我不去吃这顿喜酒，走吧，我们快点到妈的房里去。”

当他们进了母亲的房，恰巧父亲也坐在那里，她们一听说李大岳有信来，就很高兴地催着她念出来，静玲就读着：

——我以为这一路我该走得顺利，没有想到路上出了事，耽搁这许多天，可是尚堪庆幸的是当着这封信到你们手里的时候我已经平安地到了××，而且已经过了三天既快乐又自由的日子！

从××出来一路都还好，到了××正巧赶上路上不平静，这一下就把我这个外路人给困到那里了，既不能进又不能退，足待了二十多天，这份罪是想象不出来的。

我简直变成一个可疑的人物，在一家小旅店里天天要受那些警备队的盘查，以前我改名换姓住在那里，后来我实在忍不住了，就找到一个在司令部里服务的同学，他把我接到司令部去住，我才免去那份麻烦。（中略……）

离开××是二月初的事，所有当地的驻军都要向北撤，我就是随着他们军队走的。

我倒很同情他们，他们多半是亡省的人，他们一心一意要打回老家去。

走到××的时候，他们停下来了，我和他们中间的一小部分又继续地朝北进。

渐渐地一切都不同了，男的女的老的少的都挺起来象一个人似的活着。说是一个人也许还不恰当，他们都象一个战士那样。他们事事都认真，事事都努力，充满了青春的气象。一切社会上的丑恶都不存在了，人们简直是在理想中生活。那张张和善的笑脸和那双双热烈的手来迎接我，一直把我送到××。

这里花开在人的脸上，万人相爱的温情使我也变得年轻了，歌声随时起伏，象海的波涛，我那麻痹了的情感在它的冲击下复苏了，这里随时都在准备和日本帝国主义的战争，这个战争迟早就要爆发了，你们谁要来么，我张着两臂等待你们。不，不是我一个人，是这里的千千万万的人……

二十一

　　星期日的早晨是一个好天，赶着那满天的灿烂朝霞，他们那一大群人就从学校出发。许多人都没有起来，整个学校还死沉沉地睡着，早上的太阳把他们错综的长影投在地上，露水闪着星星般的光。每人把分得的面包装在自己的行囊里，就一面歌唱着一面行进。

　　　　拿起爆烈的手榴弹。
　　　　对准杀人放火的法西斯。
　　　　起来，起来。
　　　　全西班牙的人民。
　　　　为了你们祖国的自由和解放，
　　　　快加入为和平而战的阵线。
　　　　起来起来！
　　　　向卖国的走狗们，
　　　　作决死的斗争。
　　　　保卫玛德里
　　　　保卫全世界的和平
　　　　…………
　　　　…………

　　脚步随着抑扬的歌声起伏，穿过长街穿过短巷走出了那巍峨的城门，一条向遥远伸长的路躺在他们的脚下。相交的枝柯，浮着嫩绿的海的颜色，微风吹动的时候，那海也在荡漾着，金黄色的阳光就从枝叶间的空隙溜到地面上来。

　　他们挺着胸膛，手拉着手向前行进。红涨的脸和那发光的眼睛，还有那从张开的大嘴里吐出来的强悍的歌声，使那早忙的乡人呆住了。有的站在路边呆望着，半开着那合不拢的嘴，有的手扶着锄头一手遮着阳，向这大路上望过来；他们就是那样用迅急的脚步唱着走着。

"赵刚，你看，你还记得这里么？"

静玲指着路边的一座高大的建筑向他问。

"我怎么会不记得，——迟早它也要在我们的歌声下摧毁的！"

"我也希望有那一天，可说薛志远不知道到底怎么样了？"

"还用问，怕早已化成泥土，唉，一个人，一个有用的人，社会就是这样子！"

赵刚好象带了一点感伤似的说。

"空叹息，有什么用，——"

"我不是叹息，我有我的愤恨，看吧，将来总有一天我要使它不再存在！"

"我们大家努力吧！"

静玲说过之后，用手绢擦着额上渗出来的汗珠，虽然天不热，可是这一路已经使许多人出汗了。有人提议停下来休息一下，可是大家一致反对，他们就毫不间断地朝前走。

走过一半路程时候，忽然在后面响起来大汽车的吼声，他们这些人站在路边。转眼间就有十几辆大车飞快地跑过去，那上面也装满了人，在车窗口填满了红绿的颜色和响亮的笑语。

扬起来的灰尘，使他们每个人不得不用手绢捂着口鼻。赵刚低低地说：

"这是他们。"

"他们比我们走得晚，可到得早！"

向大钟不服气似的说着。

"那有什么关系，这点短长我们大可不争，他们有钱，他们有势力，那还有什么可说的？"

"我不过说说就是了，要是我一个人的话我倒要撒开腿和他们赛赛！"

"那也白搭——"这是静玲说，"难道你还赶得上汽车，我倒不信？"

"你不信我倒可以试试，赶得上赶不上是一个问题，可是我能努力去赶。

我就能一口气赶到 ×× 园，你信不信？"

"算了吧，这有什么争的必要，留着精神等一下再用不好么？"

"等一下有什么用处？"

向大钟又颇感兴趣地问着。

"没有什么用处，你又在想打架么？"

"我不想，别人不打我，我是不打人的。"

正说着的时候静玲着实地给了他一拳，可是他只笑笑，嘴里还咕噜着：

"你打我不算……"

"你们看，×× 园已看得见了。"

赵刚指着，别人顺了他的手指望过去，看到插在云山中间的那座金碧辉煌的亭阁，它只露出一点或是一半，可是在阳光的照耀之下，它闪着不可直视的光芒。

"好了，我们就要走到了！"

谁这么松一口气似的说。

"路是无尽的，一生一世也走不到一个头！"

谁又这么说。

"先生，我只说眼前的这点事实，我可没有和你谈论大道理。"

"大道理也好，小道理也好，我们就快要到 ×× 园了。"

每个人的精神都振作起一些来，雄壮的歌声顺着他们的行列走，扫动了树梢，摇颤了人的心。他们是唱着这些的：

　　　起来，不愿做奴隶的人们，

　　　把我们的血肉，

　　　筑成我们新的长城，

　　　中华民族到了最危急的时候，

　　　每个人都被迫发出最后的吼声。

　　　起来起来起来

　　　我们万众一心，

　　　冒着敌人的炮火

前进，冒着敌人的炮火

前进前进，前进进。

二十二

当着他们走到××园的门前，就望到一大群人都站在园门的广场上。

"这是怎么回事？"

"谁知道，走过去看吧。"

应和着他们走过去的歌声，那些人也唱起来。赵刚就很高兴地说：

"是我们自己的人，他们都是别的学校的。"

"那为什么他们不进去呢？"

"总有个说头，你看，你看，半山上的园门好象在关着。"

"可是你看园里的小山上，不都是人么？他们怎么进去的。"

"等一下自然会明白。"

才说完这句话，宋明光就气喘着跑过来，赵刚拉住他问：

"怎么回事？"

"他们不许我们进去，你说可气不可气？"

"凭什么不许进去？"

"就说游客已满，不能再进去了——"

"我想也许是那批坐汽车的家伙在捣鬼！"

"那也说不定——"

"我们打进去吧？"

向大钟捋起衣袖来叫着。

"打也打不出结果来，还许坏了事。"

"我们不可以买票进去么？"

"他们说不是票的问题，是容量的问题，许多游客也给关在门外了。"

"什么问题不问题的，只要冲进去，就什么问题都没有了！"

"那也是真的，我们冲吧？"

静玲附和着向大钟的意见，可是宋明光却说：

"再稍稍等一下，看有什么办法，真要是没有办法，我们也只好那么办。"

他说过后又走开了，忽然又有几辆小汽车开来了，赵刚就说：

"你看那就是杨子乔——"

"那是秦玉，我看见过她。"

"不错，是她，我上过她的课。"

"不用说，沈礼群一定来了。"

"你看那个象骆驼似的弯着腰的不就是他么？"

"怎么会有这么多人？"

"谁知道他们，大约是及时行乐吧。不是他们从前组织过雅会么？"

"呸，现在还他妈的雅会，真没有人心。"

"这阵管那些闲事干什么，他们是不是也和我们一样吃闭门羹。他们要是进得去，那我们也能进去了。"

才说到这里的时候，人群猛地移动起来了！他们抬头一看，那两扇打开的门再也关不上，一股强大的人的洪流一直朝里拥进去。

"就是这样子，说好的没有用，这也就成了——"

谁的嘴还在这样咕噜着。走进门，才看到门后还有两排拿着木棒的童子军，看样子是来防守的。

"真怪，还派童子军来守门，——"

"不是派来的，方才汽车装来的。"

"噢，又是他们的事！"

向大钟说过这句话，就好奇地看着那些童子军的脸，他们多半还是十几岁的孩子，脸上露着莫明其妙的神情，他们的队长显然不在那里。

"唉，你看张国梁那小子，——"

向大钟象发现什么大秘密似的指着迎面半山亭里的一个背影，赵刚赶紧拦住他。

"就是他也好，可千万不能再动蛮的，怕惹出更大的事情——"

"有什么事情，我偏不信？"

向大钟不服气似的说。

"你不记得上次惹出来的事？"

"我就不明白，凡是这种狗倒受正当的保护。"

"不要发挥吧，我们是来远足的。"

静玲这一句话把向大钟的嘴给闭上了，却噘起来，同时还用那鼓得象牛一样的眼睛，狠命地朝上面盯了一眼。

当他们几个人在走着的时候，方亦青就说：

"我是不大愿意到故宫故园去玩，那份凄凉的景象使我受不了，从前的那份华丽没有了，满地人高的草，破瓦断栏使人不堪回首！"

"那倒不一定，你看那边的 ×× 阁就崭新，好象才造起来似的。"

"那真怪，上个月我来还不是那样子，那我倒要去看看！"

果然，当他们走近了，更看到那副堂皇的气象，金红碧绿，把它装成一个象才完成的建筑那样辉煌。

在门边他们看到一块小木牌，上面写明这是由美国人 Geolgo Z. Gosso 捐美金一千圆重行修整，特留芳名以资纪念。

"这真岂有此理，中国的历史建筑，为什么要外国人花钱修理！"

方亦青气愤地说。

"这倒不是。中国人的也不该接受，尤其是这种不明不白的外国人，也许他就是一个私运军火商，也许是一个流氓，在外国也许还犯得有案，跑到中国冒险来了，一朝成功便把他的臭名字挂在这些名胜的地方，——"

"算了吧，不要管这些事情，这些名胜也不过是那么回事，整座园子还不是耻辱的纪念？当初只为一个人的游宴享乐，就把该办海军的钱来造这些了，从此中国就走上厄运——"

"也许当初还是要皇上看看海是什么样子，你看躺在前面的 ×× 湖在从前人的眼里，大约海也不过这么大。"

"你看中国的舰队在哪边了？"

黄静玲故意地这么说着，她原来指的是在水面上浮着的几只大游艇。

"来，我们比比眼睛看，那是些什么人？"

"我们来，我先说不象学生——也有女人——还有老头子——他们在吃茶呢——呵啊，他们奏起音乐来了！"

"你说了这么半天也没有看出是谁来，我倒看出来了，——"

"你瞎说，我看不出来，你会看得出来，我就不信！"

"你看，那边有一只船在打牌。"

"那也真怪，跑到这里来赌钱，真是个污点！"

"他们本身就是个污点，一定是些大肚子商人，也跑到这里来凑趣，——"

"不要说那些，赵刚说他看得出来船里是谁，我倒要他说说看！"

"你看，那不是我们的文学大师杨子乔，他那个秃头我早看出来了。"

"噢，不错，不错，他倒不在寒斋吃苦茶了。那些人不必说了，那是一些风雅之士，赶着这个好的天气来赏春了！"

"唉，这些人，他们简直忘了这个时代！"

"不，不是时代丢下他们，你不看他们还是钻到陈旧的中间自满自足么？"

"听说他们最近又提倡和平城了，他们只希望和平不管用什么代价换取，只要和平，他们只要那无耻的和平！"

正当黄静玲发挥她那激愤的言论的时候，忽然有一个穿浅绿西装的男人，用他们不大听得懂的话向他们说：

"对弗住，请侬让一让，我呢要来拉格达拍照。"

看到他手里的照相机，还有一个已经在××阁前面摆好了姿势的细腰女子，他们就知道他的用意，躲开他的镜头。他们倒不谈什么了，反倒用好奇的眼睛望着他们。

黄静玲低低地向李明光说：

"这大概是从 S 埠来游历的。"

"不错，男人女人都象，那个男人的身材象女人，女人倒真象一条蛇。"

这时候那个女人又用娇滴滴的声音说：

"今朝格天气真好，风也唔吧——哎哎侬那能轧慢呢？"

"顶好侬弗要动，也弗要讲闲话，格格就快来，顶好侬立开一耐，格只牌子交关弗好看！"

"外国人格牌子有啥弗好看，格样子拍出来才留到真正格纪念。"

"我弗喜欢——"

那个男人不满意地摇着头，跟紧就从衣袋里取出小梳子轻轻地梳着。

他们的争执还没有完，那边忽然起来了歌声，顿时山上山下都在和应。他们也唱起来，这两个男女呆住了，在水上游乐的人也把脑袋从舱里伸出来惶惑不安地向四面张望，不知道这是些什么事。可是他们那充满了活力的青年的声音，使这××园都在微微地抖着：

> 农工兵学商，
> 一起来救亡，
> 不分男女性，
> 合力奔前程，
> 我们不要忘了救国的使命，
> 我们是中国的主人，
>   中国的主人，
> 莫依恋你那破碎的家乡，
> 莫珍惜你那空虚的梦想，
> 按住你的枪伤
> 挺起你的胸膛
> 争回我们民族的自由解放，
> …………
> …………
> 看自由的烽火，
> 燃遍了四方！

二十三

气候由温和走向燠热，五月又来到了人间，日子清朗过一阵，渐渐又被郁闷罩住。好象一切都有了办法，人们静心地等待着，终于又感觉到一切都没有办法了。那又是无尽期的等待，使那些沸腾着热血的人顿时失去了忍耐，看看天还是蓝得那么美丽，人也全活得那么安娴，——甚至于安娴得使人厌恶。有的人焦急着，急忙赶来瞥着这古城最后的一瞬，有的人那么平稳，不但要这个城就这样下去，还要它保有永远的和平，可是那些青年人，几次按捺下去胸中澎湃的热血，终于为了表示他们的毅力和决心，准备扩大纪念五月四日。

"那真应该，这几个月我们的工作太松了。"

黄静玲一听到赵刚的通知，就由衷地发出她的赞同。

"我也觉得这样，去年冬天我以为战争就要来了，没想到过了这么几个月平淡的日子，紧张的情绪拉长了，弄得人不知怎么做才好，我现在都不敢说我们的对敌抗战什么时候才起始！"

"该来的时候一定要来的。"

这是向大钟说的。黄静玲立刻就说：

"你说的是废话，那不等于没有说一样？不过五四那天开会，为什么一定要在××大学？"

"我不知道，他们就这样通知我，我也不知道是谁决定的。"

"你不记得那个李××么，每次他都不同情学生运动，他不就是××大学的教授？"

"他还是主任呢！那他从前是有作用的，我想在一致为国的号召之下，他们也不能有什么异议吧！"

"你倒能容忍这些人，我就不成，我以为这些人都有一种劣根性，难得改好的，最危险的是这些人物，今天效忠国家，明天效忠敌人，凡是大家的意向所趋的，他总不赞成，还有那个陶××，近来也走着反动的路，听说那个新的学生组织，完全是在他们的操纵之下。"

"到时候再说吧！我们什么都不怕，我想他们也不忍心有什么阴谋，你说是不是？"

静玲只呆呆地坐在那里，既不回答，也不用点头或是摇头来表示她的意见，她始终还是不相信那一群人。

五月四日到了，各学校的学生都到××大学，会场里挤满了人，台上也全是人。

"你看主席台上怎么有这么多人？"

"谁知道有几个，根本就不是学生，你看那个又矮又小象病鬼的就是陶××，××大学教授。"

"噢，就是他，……"

"你看他身边站着的那个又高又肥的人就是李××，那个家伙顶不是东西！"

"那为什么要他们也在主席台上呢？"

"现在到底哪几个是主席还弄不清楚呢，你不看到现在还不宣布开会，一定有什么争执。"

"难说得很，说不定会出事，全场都这样闹嚷嚷，只要有一个人挑动就会出事情的。"

忽然歌声起来了，有一半人在唱《保卫中华》。

可是当着这支歌唱过之后，又有一半人在唱《保卫马德里》。

主席台上的纠纷还没有一个结果，当着歌声停止了，叫嚣和骚动，就使全场的秩序更不好，有人在喊着口号，两边各自叫着不同的口号。

"真怪，今天童子军来参加的可不少！"

"那一律是××大学附中的童子军，他们本来要维持秩序的，怎么取了一个包抄的形式？"

"那谁知道，——"

"管他那些个什么，别惹上我，要是惹上，我先把他们那些木棒踹断再说。"

这是向大钟忍不住地说。

"我们不能存这份心，我们一向反对内战，都是学生，怎么还能自己人和自己人打，那太——"

还没有等赵刚的话说完，忽然四面起了喊杀的声音，那些童子军已经狠命地挥起木棒来了，向大钟才伸出手去，不知道谁给了他一拳，可是当他转过脸去的时候，打他的人已经不见了。

台上的人扭着滚到下面，下边的人也分开堆在打着，那些××大学体育系的学生们，象牯牛一样地在人群中冲着。

那个矮小的陶××，自己躲在一张椅子的后面，指挥那些打的人喊叫和喧哗，使那间会场几乎要撑破了。

"我们走吧，他们的人多，——"

赵刚一手捂着那个淌血的鼻子，一面拉着静玲，静玲的眼眶上挨了一拳，青肿起来，连人都不大看得清楚。

"好，今天可上了当！我怎么连路都看不清？"

"你们跟着我走，他妈的，今天他们打不死我，我就打死他们！"

这是向大钟在吼，他的一身不知挨了多少木棒和拳头，可是他的右手也握着半截木棒，他就用力地挥动，走在前面，赵刚和静玲跟着他。

可是当他走到门外的时候，才发现他们并没有出来，他就又挥着木棒打进去。

又打到里面，才看到他们两个被三五个童子军包住了。那时候许多人已经陆续地退出来，这一面的人少了，所以那一面可以用更多的人来应付。

向大钟什么也不顾地钻进去，他用他的短棒打飞了两根长棒，过后就空手夺下一根木棒来死命地扯住黄静玲的手向外跑，当他们跑到外面去，他们都感觉到一阵晕眩，他们想不到阳光还是那么好，树叶还是那么绿的，向大钟就和他们说：

"你们快点回去吧，我还要进去！"

"你还进去干什么，走，我们一块儿回去吧。"

赵刚紧紧拉住向大钟，他们一齐走出了××大学的门，走在路上的时节，赵刚说：

"我真想不到，——"

"我可想到了，可是我想不到我的眼变成这样子肿胀还不说，连人都看不清楚了。"

向大钟鼓着嘴巴静静地走着，一下象忽然记起来似的说：

"你们听见陶××那小子说没有？他一面指挥那些人打，一面还得意地叫'什么人民阵线一打就散了，只用棍子一打，就散了！'要不是离得远，我早把那个猴崽子给抓下来。"

"我看这种民族的败类迟早一定要做汉奸的！"

静玲愤愤地说。

二十四

"你看你这又是怎么回事，总是出岔子，——"

当着静玲回到家里的时候，父亲还在院子里，看见她就说。

"我自己不小心摔的。"

她很不自然地扯了一个谎。

"快去找你大姐，看擦点什么药好，怎么这么巧，你大哥也摔坏眼睛，你也是这样！"

"噢，大哥也把眼睛摔坏了，我还不知道，——"

"你从哪里能知道呢，快点进去吧。"

她赶紧跑进，她一头钻到静纯的房里，他还仰天躺在那里，可是眼睛上全扎着绷带，听见她的脚步，他就问着：

"谁？——"

"大哥是我，是静玲。"

"呵是你，你也回来了。"

他茫然地伸出两只手，她就赶到近前握住。

"大哥的眼睛怎么回事？"

"让他们一下把眼镜打坏了，碎玻璃刺伤眼睛，——"

"呵，那不很严重么？"

"也没有什么关系，我到医院去过了，他们说一个星期就可以好。"

"我的眼睛也打坏了，我没有戴眼镜，只让他们给打成一个乌眼睛。"

"好，我们倒都受了眼睛上的伤！"

从那绑得很紧的绷带下露出一个极勉强的笑容。

"那怕因为我们是一家人，"静玲也笑着说，"可说当时，我并不知道大哥也去了，我没有看见你。"

"我看见你来着，我不便招呼你，一打起来的时候，我可就看不到你了。"

"你们学校的人多么？"

"这次不少，还不都是由于环境刺激的？许多人都觉悟了，认为再也不能醉生梦死的过日子，所以就都起来了。"

"这倒想不到，你们的学校一向是学术至上的。"

"那你还不知道近来的情形呢，一向破破烂烂的校舍，今年忽然大兴土木起来了，要造宿舍，要造图书馆，还要造大礼堂。"

"这是为什么？"

"谁知道他们安的什么心？管庶务的人自然高兴造房子，那里面总有好处，可是明明地不是给日本人造么？有人反对，可是一点用也没有，这些天正在加工赶造。"

"我想起来了，你们的校长最主张把这里划成和平城，所以为附和他的意见，他就大造其房子，一面贯彻他的主张，一面也算是安定人心。"

"安定什么人心？就因为他这种倒行逆施的举动使许多学生都把眼睛张开来了，他们不再只做一个书虫，他们又投到青年人的群里。"

"那么说，这一次你们学校参加的还不少。"

"不少，不少，顶少也去了三分之一，这就是很难得的了，事情原来就是这样，空的道理不一定讲得通，具体的事实可以给他们很好的教训，从前我们学校的学生，最相信我们的校长了，就是因为他张口文化闭口和平才使这些青年人觉悟过来，我——我也是其中的一个！"

"我们都是青年人，原来应该站在一条线上，好大哥，你好好休息一下，等我们的眼睛好起来，再仔细谈，这两天你一定闷得很，我可以每天替你读报，告诉你重要的消息好不好？"

她把手抽出来就去找静宜，可是静宜不在房里，她想得出她在母亲房里，可是她不愿意去，就也躺在床上。

她并不感觉到疼痛，她的心里充满了喜悦，那是因为静纯也站到他们这边来了。这真是她想不到的事，她深知他那固执的脾气，一经进来，他是死也不回头的。

第二天早晨她在报纸上看到那个李××的专论，他一口咬定这次事件有政治背景，而且还象有那么回事地指出主谋人，那几个人，当然在思想上都有一定的倾向。

"这可真是见鬼——"静玲气愤地跑到静纯那里说，"你看到没有，那个李××的文章？"

还没有等到他回答她自己就又说：

"我忘了，我念给你听。"

她说过后就把那篇念了一遍，静纯也忍不住说：

"他还是用的血口喷人的老套子，你想谁跟他去对质，只有任他一个人随意说，结果把事实都歪曲了，社会上的人不知道真情，反倒受了他的蒙蔽。"

"我再告诉你，昨天打死了一个人，大部分人都受伤了。学联已经向法院提起诉讼，陶××是被告，我倒要看看这场官司。"

"你放心，他不会出庭，他有人保护，我们可没有，我们的热血还被他们当成一种阴谋，你说我们够多冤枉？"

"一向也是如此，不过将来总是我们的世界。"

"我们的世界？"

"不错，是我们的世界，那时候大家都生活得好，不再这么悲惨，……"

"那还不知道要哪一天呢，总得在和日本人的战争之后吧？在我们这个敌人之下，一切的理想都不能实现，所以我们必须先打倒这个敌人。"

正当他们说着的时候，忽然她听见一个极轻微的声音叫着：

"静玲，静玲，——"

"大概是静婉在叫你，你去吧。"

静玲走出去，正看见静婉倚着她自己的房门，她就很惊讶地说：

"怎么三姊，你都能站起来了。"

"可不是，这两天我的肺好得多了，我觉得出来了，——"

可是看到她那副样子，她就赶紧扶着她说：

"你还是坐下或是躺下吧！——"

"好好，我还要坐到窗口下，——其实我的肺每天都在进步，我自己知道，到十月十日就可以完全复原，那时候我就和好人一样。"

"你怎么能知道？"

静玲疑惑地问着。

"久病成良医，自己总知道自己的身体。我将来说不定真要去学医，要不学看护也好，你的眼睛是怎么一回事？"

"摔的。"

"你怎么还不告诉我真话，早有人跟我说大哥和你都把眼睛打坏了。"

"你既然已经知道，何必还故意问我？"

"我试试你——说起来这也是我焦急的一个原因，我就想能快点好，好了之后，我也好和你们在一起，我的生命不该白白浪费掉。"

"好，我欢迎你——不过你还是得先好好养病。"

二十五

春天是早已逝去了，初夏的燠热，被从南方吹来的薰风增加了力量，变成不可耐的炎暑，鸣蝉在林叶间干枯地叫着，更使人觉得闷燥。

学校放假了，日子过得更没有趣味。母亲原来还打算到紫云山的，却被父亲给打消了，他的意见是：

"今年比不得往年了，时局说不定有什么变化，家里的人口又少，发生点什么事可就太不方便了。"

"也好，也好，免得心悬两地。"

母亲也这样说，她的身体显然好起来些，不过她的心还总是那么脆弱，过一下她又说：

"我们还是回到南方去吧，一来是叶落归根，二来也省得提心吊胆过日子。"

"看吧，有合适的机会再说，时局的变化也不会怎么大难，难说真的还有一天拿××城当战场，我不信，我不信，中国人没有那份决心，日本人也不敢！"

"爸爸，那可不一定，——"

静玲不服气地说，她正从外面回来，她的脸上，淌满了汗。

"快去，快去先洗个脸，回来有什么话再说。"

母亲催促着她，可是她只用手掌把脸一抹，就坐下来，抓起衣襟来扇着风。

"大清早，你到什么地方去了？"

"我去送同学入伍。"

"入什么伍？"

"干部训练团，专预备把学生训练成军官。"

"还真有学生去？"

"可不是，我们班上一个姓向的同学就去了，他们在××训练。"

"那还算好，总比空嚷实际点——。"

"我们的号呼也并不空。"

"去吧去吧，我看你都热，先去洗把脸，有什么话回来再说不好么？"

母亲不耐烦地说，她生怕静玲又和她的父亲争论，会惹起什么不快活的事。

静玲这次果真听从她的话站起来出去了，可是当她走出去之后，父亲又微笑着低低地说：

"静玲还算一个好孩子，耐苦耐劳的，——"

"那你为什么还总说她？"

"自己的儿女哪能不管教？其实，我是不放心她，怕她出什么事——"

"那就不让她上学也好。"

"做事不能因噎废食，那一下她们更要说我顽固了，将来是他们年轻人的世界。"他说着眨眨眼把溜下来的眼镜扶一下，"人不可拗天，天是什么，说句应时的话，天就是时代。"

母亲对于这些话没有什么兴趣，她莫名其妙地望着，正在这时候静宜抱着青儿进来，她就很高兴地张开两臂把孩子接过去，父亲皱皱眉，自己也捧着水烟袋下去了。

"怎么这些天他们都没有信来呢？"

母亲忽然想起来问着。

"幺舅有信来过，他说正在受训，不久就要出发——还说不一定会回到我们这里来。"

"茵姑呢？——"

"她有信来，她还说暑假没有事要静玲到 S 埠去玩一趟，静玲和我商量过，我把她拦住了。"

"呵，阿弥陀佛！可别走开了，这份冷清我真受不了，我但盼有一天大家都回来，团圆欢聚那够多么好，可惜青芬她是永远也不会来了。"

想到青芬她的心一软，俯下头去，把抱在怀里的孩子轻轻一吻，跟着她就想起了静纯。

"静纯在家么？"

"我不知道，他的门总关着，在家不在家看不出来，我又不大去打搅他，——"

"唉，他怎么办呢？我真替他发愁，好象他也不打算要填房了，可是说孩子也会走了，照这样下去，也不是事啊！"

"慢点也好，这份年月少一个人，也少一份累赘，还保不定将来变成什么样！"

"外边有什么风声么？"

母亲被这一句话惊住了，赶紧问着。

"没有，妈，我不过这么一说就是了。"

静宜赶紧带着笑和母亲说，母亲这才放下心，那张变了色的脸稍稍恢复过来一些，她低低地说：

"我可禁不住什么事了。"

可是第二天九点钟的时候，天正下着蒙蒙雨，在迷茫中卖报的孩子扯破了喉咙边跑边喊叫：

"号外……号外……"

"谁看芦沟桥中日大战的号外。"

"看两军开火的号外，四大枚！"

静玲赶着叫老王去买一张进来，她的心开了一朵大花，匆匆地看了看那几个大字，就跑到楼上去，把那个号外交给父亲、正在听收音机的母亲。刚换了节目，那个报告员说：

"……今晨六时许日军向城内开炮轰击，步兵亦节节进逼，我军为自卫计，奋起抵抗，现两军正在战斗中……"

母亲的脸又吓得变了色，她不知所措地问着黄俭之，可是他仍然很镇静很沉稳地说：

"不要紧，不要紧，打不了几天就要停止，你放心好了。"

静玲又匆匆地跑开，阿梅正遇上她，就说：

"五小姐，下边有客人来看您。"

"有人来看我？——"她一边说一边已经飞快地跑到楼下去，一看见站在门口的那个人，她就叫出来，"赵刚，原来是你。"

"你知道了吧，——"

"怎么不知道，这，这，——"

她说不下去了，他们紧紧地握着手，他们的面容一点也掩不住心底泛上来的喜悦。

"你要不要到前线去？"

"我去，我去，去杀死几个敌人！"

"不是去打仗，是慰劳。"

"好，那我也去，什么时候去？"

"我们正在筹备，大约后天清早去，你什么事也不用管，只是后天清早六点钟站在秋景街口，我们有大汽车来接你。"

"说定可不要忘呵！"

"怎么会忘，就是怕你家里不让你去！"

"不要紧，我可以撒一个谎，几天回来？"

"早去晚归。"

"那更好，一点关系也没有，赵刚你的嘴怎么总也合不拢？"

"我不知道，我从心里想笑……"

赵刚说着就笑起来了，他也没有说再见，一转身就跑出了大门。

二十六

这一天毕竟来了，亲爱的茵姊，我的手简直都在打抖，我的心充满了喜悦，时不时地我自己都要笑了，我可以说，这是我最愉快的时候了。

可是我们也忍受了急雨前的那份郁闷——那几乎要闷死人，一切都在走和平的路，有知识和没有知识的人都抱着同样的见解，那真使我们失望，以为两年来的奋斗都化归乌有，可是我们咬住牙，不说也不放松，终于争来了这一天，唉，我们简直是笑开了。

我们在战事发生后的第二天组织慰劳团出发去芦沟桥，我也去了的，（这件事父亲可一直都不知道，我扯了一个谎，）我想你一定没有去过芦沟桥，是不是，那是一条相当长的石桥，永定河就在它的下面翻滚着。我们去的时候正看到那挟了黄色沙石的水流呜呜地流下去，据说有的时候，它干涸得只剩一个龟裂的河床，在那里我们看到守卫的士兵，可是我还能看到那没有被沙袋遮住的一对对桥柱上石雕的大小狮子，据说每一对有一种不同的姿态，我们的兵也正象那些英勇的狮子守在那里，他们已经过了三天三夜的战斗，可是还是他们守在那里，一直到现在还只有他们这一团人和日本人作战！我们说：

"弟兄们，你们辛苦了！"

他们就用那朴实的语言回答：

"先生们，这算不得啥，跟鬼子打当炮灰也没有话说，就是他妈的人少，忙不过来，饭不吃都挺得住，觉不睡可不成，可是这两只眼还得瞪得大大的，一个不小心——先生蹲下去！——"

那时候他猛地把我一推，我就倒在地上了，我们同去的人也都伏在地上，一大串机关枪"哒哒哒"地打过来，呼啸着从空气里穿过去。

等着枪声静下去的时候，我们又站起来，唉，这可糟了，我们每个人弄了一身烂黄泥，再怎么样，我们也提不起兴趣来。每个人带着一副哭丧脸，可是那个兵笑着和我们说：

"先生，亏了昨晚上那场大雨，要不然俺们也占不了这座桥，我也砍不了六个鬼子头！"

"怎么你们昨天晚上还打了胜仗——"

"可不是，在先的时候俺们只有一营人驻守，后来又调了两营来凑成一团，可是上边有命令，敌人不开枪，我们也不许开枪，——"

"怎么会有这样的命令？"

"谁不说呢！那不是先要俺们先挨打才能还手么？"

"从七号的早晨六点起，俺们就守在那个小县城里，一点施展也没有，整整挨了鬼子三天的打。鬼子可真有他妈的一套，先用大炮轰，再上步兵冲锋，他们就是不会喊杀，怪不得没有那股杀气。顶讨嫌的还是他妈的鬼子飞机，一天到晚在头上旋，有时丢炸弹，有时又用机关枪扫射——可真怪，你先生今天来，福命大，飞机一架也没有来！就是飞机来了，也不用怕，炸弹有眼睛，你要是不怕，心想得开，它也炸不上。"

那时候他就天真地笑着，当时我们真想听他的战斗故事，可是我们又不便催促他，只得等他自己的叙述。

"可巧那晚上下了一场大雨，上头下了命令，要俺们去摸鬼子营，这一下可是他妈的真开心，赶着吃饱了喝足了背上大刀带着手榴弹，那股气就不用说多么冲啦！雨还是愈下愈大，我们一个个收拾得利利索索的，我们有一营弟兄去完成这个任务，我们光着脚，人不知鬼不觉地就到了鬼子们的跟前了。手榴弹一丢开去，简直把他们给吓慌了，没有炸死的抱着枪转头就跑，稀烂的道，穿皮鞋只打滑咪溜，俺们就抡起大刀来从后边赶上去，有一刀两片的，有带着一只手的，还有只削下来半只脑袋的，有的逃不开命，一转身，两手一举就在我跟前矮了半截。他妈的那一阵人都变成疯子了，就是俺老子在面前也顾不得，照样还是一刀砍下去，这一下矮了的半截又倒下去了，——俺们就是这样又占领了这座桥。"

那时候我们简直不知道说什么好，看见他那发光的红脸和他那随时不懈的精神，我们都不敢说，送你一条毛巾，送你一盒香烟，或是送你一筒罐头了，那值得了什么？他们怎么会稀罕那些东西，我们只能当着他们的面献出我们那一颗热诚的心和不断地沸腾的血，要他知道这些人真的是永远和他们站在一起。

当着我们要走到别的地方去的时候，他又很诚挚地说：

"先生，到后边好好宣传宣传，俺们不要什么吃的用的，只要多派弟兄来和我们一同作战。要我们能休息一下，缓缓精神，到摸营的时候就可以多砍几个鬼子的脑袋！"

这要我们怎么样回答呢？这全是我们的能力以外，可是我们又不能拒绝，免得伤了他们的心，我们只得唔唔地含糊应着。

那位团长，我们也看到了，还是他到前线来视察的时候，他只有二十多岁，身材很魁梧，一张赤红脸，可是他的嗓子却是喑哑的，（后来我们才知道就是在这三天之内，他失去了声音。）他拍拍士兵们的肩，张开嘴象说点什么，可是他的声音只在他的喉咙里转，他不断地点着头，脸上也时时挂了微笑。

当我们和他相见的时候，我们为表示最高的崇敬，向他致敬礼，他也向我们还礼，可是他那象一座小山的汉子，在眼睛里竟转着泪珠了，我真的看见了，一点也不假，当时我也觉得我的眼湿润了。

过后我们就随他走回司令部，他再三表示守土是军人的责任，愿在国民的督促之下，为国家努力。

茵姊，这才是我们的军官，这才是我们的士兵，后来我才知道喜峰口光荣的战役，就是他们造出来的。

那天晚上，我们又回到×城，虽然相离只有八十里，什么都不同了，这里的人照样地安静生活着，一点也不紧张，完全是太平年代一样，难道说这就算得了沉着或是算得了镇静吗？忙的只是我们这些学生，我们又要大规模发起募款慰劳运动，发动全市大中小的学生一致参加，还有在街上奔跑的就是那些卖号外的孩子们。我才回到城里就买了一张，想不到在那上面写着日本武官，向我当局要求停战，这是真的么，我不相信，我想我们的当局决不会接受这个要求的，最后，那些英勇的弟兄们他们不会再退后一步，不论是由于敌人的进攻或是由于长官的命令，这一点我想我的猜想该不会错。……

二十七

第二天清早，她早就坐在大门那里等候那个送报的人，在第一版上很明显地印出来双方休战的约定。

"真岂有此理！——"

她骂了这一句，却不愿意再看下去了，正在露台上站立的静宜叫着她：

"静玲，有什么消息？"

"没有——"她毫无兴致地摇着头，"仗又不打了！"

"那也好，省得——"

"有什么好，日本人还不是用缓兵之计，等调来大兵，再来大打一场！"

"你不要在下边说了，拿到上边来看不好么？"

这提醒了她，她就拿着报纸走上楼去，把报纸递给迎过来的静宜。可是这时候，静婉也在房里轻轻叫着：

"大姊，大姊有什么消息念给我听听。"

她们就一齐走进静婉的房里，静纯也穿着拖鞋走进来了。静宜就读着：

"自今日起，双方正式休战——"

"怎么？——"

"呵？——"

每个人吐出不同的惊讶语调，好象都觉得是意想之外的。

"大姊，快读出来吧，到底怎么会休战的？"

静婉不耐烦地说。

"还是由日本武官要求，说是失踪的兵士已经寻获，所以各事均愿和平解决，还有几项条件：——"

"又是什么条件？"

静纯厌恶地问着。

"第一，双方即将停止一切作战行动；二、双方军队各回原防；三、双方约束军队此后不许发生类似事件；四、芦沟桥一带之防务由×××军，将对日敌意甚深之×××师调开，另以其他部队驻守。一共是四项，——"

"结果怎么样了？"

"还不是接受停战，如此而已！"

静玲气愤地说着，接着大家就沉默起来了，只有静宜还很用心地看着那张报纸，别人都紧紧地闭着嘴巴，正在这境况下，黄俭之就踱进来，静宜把报纸送给他，自己先悄悄地走出去了。

"你看，你看，早就不出我之所料，结果还不是停战而已！"

父亲不知道是惋惜还是得意，他不断地用右手掌拍着自己的膝头。

"好了，好了，这还有什么说的，我早就看透了。"

"爸爸，您看不透，——"

静玲愤愤地说，她的两眼里都气得包着泪，她真不知道该怎么好。

"我怎么看不透，我早就知道这个仗打不成，你看，这不就完了么，还不算我看得透？"

"您也许能看得透那在上的一群人的心，您看不透的是那些真正和日本人打仗的人！"

"难说你看得透他们？"

下半句她低低地说出来，这已经使每个人都觉得惊讶了，把眼睛都望着她。

"你说，你说，你什么时候看到过他们？"

"就是昨天，我随着慰劳团到前线去过，——"

"好，好，你怎么也不事先和我好好商量一下，你，你，人小鬼大，这，这，这怎么成？"

"爸爸，请您原谅我这一次，您不知道这一阵我的心有多么难过。前线的士气再好也没有了，他们还在下雨天那晚上，打了一回胜仗，消灭了几百个日本兵，可是如今又要休战了，——"

"不休战，怎么敌得住日本大军？"

"休战不也是白搭，明摆着是日本人的诡计，他们一定在等候关东军，开到了之后，自然有大攻势，为什么我们不能乘势一鼓而下，先打毁了他们的巢穴，使他们没有立足之地，即使他们大军来了，也要费一番力；可是现在倒休战了，等着别人安心地派兵遣将。——"

"中国人倒不在这上面注意。"

"我真奇怪，怎么就会只有一团人在打呢？×××军到哪儿去了？全中国的军队到哪儿去了？难道到了今天还存一分妥协的念头？只要烽火一举，全国各地一齐下手，总要打出个样子来的。"

"谁不说，我们这些老百姓都看得到，怎么他们那些负国家之责的人看不到？"

"不是看不到，有另外一种想法。"

"什么想法？"

"那就很难说，这种种事实又有点惹起我的悲观来了，我真不知道中国要走上什么样的命运！"

这是静纯的话，他说过了，就站起来，又走回他自己的房里去，听得见他砰的一声把门带上了。

"这真象夏天的一场雨没有下痛快似的，天又闷燥起来。"

"可不是，就是这样连心里都好象在出汗。"

静婉这样说着，她的眉头又皱起来了。

"我还听呢，我的大小姐，我的腿都软了。"

阿梅说过之后，又回到母亲的房里去，这时候父亲恰巧貌若安静地上来。

"也许我们也在调兵？"

"看吧，看吧，这件事总不能就这样算了，——"

"那就只有我们吃亏的，好容易有了个出头之日，又这样平白地葬送了！"

每个人都不说话，父亲也只眨着他的眼睛，显出来他的心也极不安宁，到最后他才说：

"我们全家也得有一个准备才是。"

三个人漫然应着，可是谁也没有想到那上面去，就是想着的时候，也觉得：

"——那可要准备什么呀！"

二十八

连串的大炮，把人们从睡梦中惊醒，也震跑了十天来和平的幻梦。首先是母亲惊讶地叫着：

"哎呀，不好了，日本人攻 ×× 来了！"

阿梅张惶地跑出去，正遇见静宜也不知所措地从自己的房里出来。

"大小姐，大小姐，这是怎么一回事呵！"

阿梅带着哭音说。

"不要怕，还远得很，——你听听，这声音是从哪方来的？"

"不要怕，不要怕，我自有办法，——"

黄俭之这时也走进来，说着的时候，声音也有些不自然；炮声还兀自响着，不曾停止。

一声尖号，使每个人的心都抖了一下，那个菁姑从顶楼简直是滚下来了！

"可了不得了，可了不得了，我看见炮弹飞，差点，差点打上我！"

"不要胡说，又不是晚间，你看得见什么？——"父亲怒冲冲地阻止她，过后又平了点气和她说，"好，你搬到楼下去住吧，省得在上边受惊。"

"我可不搬，我可不搬，我连楼都上不去了。"

她缩在一旁，大声地干号着。

"随你的便吧，你可不能这样大惊小怪，弄得人心惶惶，——"他说过之后，又转向静宜，"静玲和静纯呢？"

"他们一清早就出去了！"

"这些日子还朝外跑什么？"

"他们好象是募捐去，静玲也许是到妇女慰劳会去缝点什么。——"她说了这两句，又恳求似的说，"爸爸，他们也都不小了，任他们去吧，他们又都是为国努力。"

黄俭之不说什么，他跨到母亲的房里去，静宜就走到静婉的房里。

"大姊，大姊，这到底是怎么回事呢？——"

静婉简直是哭起来了，她的脸吓得一点血色都没有，一听见炮声，就用两只手掌把脸一掩。

"不要怕，三妹，没有什么事，一会儿你大哥他们回来就知道了，——"

她走到她的床边，轻轻地拍着她的肩膀，她觉出来她的身子在微微发抖，就用手紧紧地拢着她；可是她并没有能使她镇静下来，她自己的身子也好象抖起来了。

炮声还是不断地响着。

"姊姊，万一日本人打进来，你行行好，我是跑不掉的，你先把我打死再走，不要让我落在那般禽兽们的手里！"

她的泪淌下来，她把手紧握住静宜的手。

"你怎么想这么多，没有那回事，根本日本人也不会打××，就说真有那么一天，我也不能丢下你不管，要死，我们也得死在一块儿！"

静宜说着的时候，不知不觉地也流泪了，可是她强自忍耐着，装成很镇静的和她说：

"你还是好好躺躺吧，看他们回来说些什么，我想爸爸总也有个打算，——"

她把她按下去，想抽出手站起来，可是她简直一点也不放松，还是静玲气喘着跑回来，她们听着她说：

"不要紧，还远着呢，在××一带，就是上次打仗的地方，不过这次他们运来大炮飞机就是了，还用不着怕，看样子这战事还是打不长！"

她愤愤地说，满脸上不知是汗珠还是泪珠，她把大褂的衣襟向脸上一抹，就露出她那一双冒着光的眼睛，她不会哭的，她的眼睛里正烧着愤怒的火焰。

"好了，三妹，你不用怕了，五妹的话比什么都可靠，——走，我们一齐到妈的房里去一趟，爸爸在那里，方才他还问起你来。——"

"他会说我又跑出去吧？"

"不，爸爸不会说你了，不过他很惦记你，好，我们回头再看你来。"

当她们走进母亲的房里，就看见母亲仍自哭着，看见她们进来，黄俭之就说：

"你看，静玲回来了，她一定得着真实的消息，——"

"我不信她，她时常哄我。"

"妈，这次我才不哄您，他们还是在那边打，不会打下去的，我们这边人还在讲和平呢，不会打得长的。"

正在这时候，老王送进一张号外来，静玲就接着说：

"妈，号外来了，您不信要爸念给您听。"

黄俭之果然就念着：

"……敌人不顾一切条款，又以大部向我猛攻，我军亦奋起抵抗，战事激烈，但和平尚未绝望，准备于不屈辱之原则下，求得谅解，免致生灵涂炭……"

"他妈——"

黄俭之都气急了，冲出半句三十年来没有出口的粗话来，想到在自己的女儿面前，赶紧又吞住了。

"我真不明白，向日本人要求道义，正如同向盗贼要求慈悲一样，这可是怎么说的！"

"我不说么，这战事打不起来，我们这边还在要求和平呢，人家在这十天内，表面是和平，内里可一点也不放松，又是火车又是轮船，连军队带军火，都运了来，可是我们呢，真是要求彻头彻尾的和平。"

静玲说到这里，咽了一口唾沫，又接着说："您还不知道呢，为了表示真心的和平，街上的沙袋都取消了，工事也在拆除，——可惜当初那些热心工作的老百姓呵！"

"我真不明白，他们这样背天而行可怎么了！"

"爸爸，天是什么？"

"天还就是民意？国家原以民为本，难说他们真要把这些好百姓，全送给日本人？"

"那也差不多了，不看街上的这些难民么，他们好容易逃进来，也没有人管，简直就变成讨饭的。有许多壮丁，早被日本人强征了去，平飞机场，筑工事，人家紧着做，我们紧着拆，这倒正好是一个对照！"

"当初做官的也不能这样，总还有一个皇上，尤其是守土有责的人，那是一点也不能含糊的，真得有城存与存，城亡与亡的那份决心；现在简直是一些汉奸小丑，一点旧道德也不讲，——"

"新道德也不允许人做汉奸走狗，他们全说不上道德这两个字！"

"您还没听说吧，过几天我们还要在××寺建醮，超度为国而死的亡魂，我真不明白，这可有什么用？"

"前两天报纸上说××教的×主教也训令全国教友和信友恳切祈祷和平，我也不明白，那能有什么用！"

"都是迷信，一点实际也不讲求，——"

这却提醒了母亲，她先和静玲说：

"好孩子，神佛可不能胡言乱语的，——"她又转向了静宜，"宜姑儿，把孩子放下，到佛前烧一股平安香，你们听，炮声小下去了，我一直在默诵佛号，才感动了神佛，这可不能不信！"

二十九

　　静玲，芦沟桥的事件，是一个大兴奋，可是那只象一个闪电过去了，天上还是一片阴霾！

　　我想得到你们这些天过的是什么日子，我这里也是如此。应了第一声炮火的号召，民众们都起来了；成立了许多会，有的人真是摒弃一切，预备为国从军；可是过后就消沉了。我们整个的国策还没有定，还在彷徨之中，其实还有什么可迟疑的呢，乘我们的敌人还没有预备好，我们应该立刻动手，不是全存，就是全亡，难说这一次又要蹈"一二八"上海抗战的覆辙么？

　　嫩江抗战的英雄是马××，现在芦沟桥抗战的英雄是吉××，S埠人这种崇拜英雄的浅见，也不是好事，其实那些无名英雄更值得我们崇敬，可是现在我们崇敬却无从，我们的愤恨倒有了着落。我不明白北方的民众怎么不能有所表示，至少也得杀几个汉奸，给我们的敌人看看，要他们知道中国人真正的民意！一直到现在，我们热血的兵士拿头颅和敌人拼，却容那些无耻的家伙和敌人周旋，这真是天下的一个大矛盾！我的心烦得很，我简直写不下去了，我急迫地等着你的回信，希望从那里能看到好消息，关于大局的，还有我们那个家的。

接到静茵的信的时候，静玲的心里正有一腔发泄不出的愤慨，她立刻就提起笔来写：

　　当我在这里写信的时候，炮声和轰炸声不停地在我耳边响着，有时在夜静时分又顺风，偶而还听得见机关枪的声音。可是我一点也不怕，许多人都不怕了，并不是麻木，实在是惯了。

　　我们的烦躁，全不是笔墨所能写得出的，前两天当着一切障碍物拆除之后，简直看不出这是战时景象。照样买卖，照样活动，可是人的心可在痛苦之中；可是那些弟兄们就不同，他们没有从国家得到些什么，却无条件地把自己的性命交付给国家。是的，在这些人的铁血的意志之下，我们才不会亡国，在他们的忠勇之下，我们才能赶走我们的敌人。

　　就说这一两天的事吧，日本兵大队开到铁路线上的一个小站，在那里原来有我们军队的营房，当时我们军队的指挥官立刻向上峰请示，你猜我们的长官怎么说？要那些有血有肉的汉子无论如何不准冲突。

　　这也许是长官的爱部下的心吧，可是那些汉子们受不了这些，明知道日本兵已经把营房包住，明知道军令不可抵抗，他们一齐朝着那个指挥官跪下去乞求地说：

　　"请您先砍鬼子的脑袋，过后再请您砍我们的脑袋吧！"

　　就是这样子，他们冲出去了，这自然有一番争战，他们也许砍掉了不少日本兵的脑袋，可是日本人的飞机大炮，就把那个小站给轰平了，自然他们也很少逃得出活命，不过我相信他们死的时候，也是笑着的。

　　可是那些达官贵人的心，就难以推测了，就是昨天还有一件事，有四十辆载重汽车从芦沟桥附近的××村运来大批的日本兵，冲到我们的××门，当时就攻城，我们的守军并没有完全遵从长官的命令，一面把城外的打退了，就是冲到城里来的也全加以包围，变成俘虏，正在这时候，自有那些"中人"又来调停，认为双方全是误会，把那些瓮中之鳖又都放了，可是不久炮声又响起来，那些被释放的俘囚又来攻城了。

唉，说起来就是这样子，你看一个人怎么能忍受呢？而且近来鬼子的飞机不断地在头上旋，这使我们的精神受到多么大的威胁呵？我又想起来汪××的话，他们仿佛很有决心似的说："人与地俱成灰烬，使外人一无所得！"可是为什么不派兵来？为什么不立刻全国动员？为什么不立刻对日宣战？凡属积极的事都不做；却消极地要我们和这城化成灰烬，无论如何是不能使我们心服，也不能使我们甘心的。

那些在高位的人们，自从事变发生以来即努力和平，一共有二十天的样子，到底哪条和平之路会走通？从日本飞机上还飞下来这样的传单："脱离凶狠的×××军，断绝他们后方，是华北老百姓们一致的希望，并且最低限度的义务。"

这样，那些被人打了迎面巴掌的长官也不得不表明自己的态度了，他发表那通电报，把自从七月七日以来的事故加以说明，于是在这最后他才声明要尽力防御为了我们的国家，这也许是一个好转机；可是已经到了这种地步，我想他也无能为力了。

民众却是很可爱的，只要他说话，人民就贡献自己的财力。第一件：撤去的沙袋又得装起来了，一时没有那么许多沙土，就把垃圾装在麻袋里，士兵换装成警察，他们安然地站在那里，市民们安然地和他们谈笑，好象老朋友一样，我想如果宋××有那个决心，人与城真的只好俱亡了，一同去奔赴死的人，自然很容易成为好朋友，是不是？

不过，我想他们不会有那么坚决。

民众却真是可爱的，他们守在许多路口，等候换防回来的弟兄们，暑药，西瓜，我们许多学生们在唱歌，有时候替他们打水洗脸。他们的脸上和他们的身上，全是泥土；当我们帮忙他们的时候，他们怪不好意思地躲着，终于很老实地笑了，渐渐地他们就说起来：

"唉，俺们哪里还想得到会回得来？一连人只剩下三个，鬼子的炮火真凶，飞机又时时来下蛋，把地都打翻了，何况人？我们谁都看不见谁，就是一片黄尘，我们只听见自己弟兄的呼号，唉，唉，我们就是差飞机大炮，一点也挨不上鬼子的边。只要碰得上，他妈的，要不一刀砍两个不是好种。"

他的话不错，他们真是不容易生还，打死的不用说，轻伤的爬回来就差不多了。重伤的就躺在那里，日晒雨淋，虫咬狗啮，饿死渴死，或是把血流尽死了，我这就想起来，我们那些学医的人，难道他们只能躲在诊疗室里天天过着舒服的日子么？

我呢，我真着急，我想用力，可不知道该用到哪里好了，亲爱的茵姊，让我们在战斗中相见吧！

三十

第二天早晨，飞机的声音把人们从睡梦中嗡醒，静玲高兴地跳起来，心里想着："好了，我们的飞机到了！"

她赶紧披上衣服跑到外边去看，在布满阴云的天空上，正是两架旭日徽的飞机在低空飞翔，她厌恶地朝地上吐了一口口水。

当她再抬起头来，正看到那飞机的后边冒出一股白烟，她的心里正在想，他们来放毒了，那白烟却渐渐地成无数的小白点，翩翩地向地面上落下来。恰巧有一张落在墙角那里，她就跑过去捡起来看到那原来是一张署名"华北救国会"的传单，在那上面，照例又应用他们那一贯的挑拨离间，又是说日本完全没有侵略领土的野心，又说政府冷淡了华北，又说××军完全没有战斗力，又说华北人民应该赶紧起来自治。

她看完了，气愤地把它撕成更小的碎片纷纷落到地上，正在扫院子的老王，过来拾起那些纸片就搭讪着和她说：

"五小姐您看这时局要落到怎么一个份上？"

这问询虽然很简单，也很难答复，她不知道要怎么回答他才好，她不忍

556

心骗他那么老实的一个人。

"不要紧吧，不是昨天有了通电，那就得好好打一阵了。"

"可说万一这里守不住怎么办？"

"那那，我想不会，——"

"我也这么想，昨天门口拉车的老胡说，咱们的兵可真能，日本兵看见就跑不动，象老鼠见了猫似的，咱们的老总就要他们朝东跪下，一刀削下了五个脑袋！——"

"有那么快的刀？"

"可不是说么，我说'我不信'，他就说'哪个儿子撒谎，磨剪子的老江亲自和我说的'，老江还和他说那些把刀都是他开的口。"

"那怪不得，不是他的手艺好，就是他的嘴好，——"

雨落起来了，炮声又响起来，象很吃力地钻过那紧密的雨脚，机关枪声却能很灵巧地透过来，它好象一点阻碍也没有。

她走到屋子里，觉得出玻璃窗都震得打抖，老王也跟在她的后边走进来。

"五小姐，您听这是哪方的声音？我耳朵背，就听见嗡隆嗡隆的。"

"我，我也听不出，多得很，有远有近。——"

"那就怪了，我怎么还觉得地动呢？"

"那怕是炮弹和炸弹震的——"

"五小姐，咱们不逃难么！"

老王又低低地凑到她近前说。

"逃到哪里去？都锁住了，一步也走不开，——不过也不要紧。"

"那就好，那就好，鬼子没有人性，别又象那年八国联军进北京，那可真是活该百姓遭殃！"

静玲没吭声，就又走上楼去，这时候，人们差不多都起来了，母亲正在怜悯似的说。

"唉，这么大的雨，打仗的兵们怎么受，真是收人的年月。"

到中午，一片号外声把雨声都搅乱了，孩子们不顾雨水会淌进去，张着大嘴在叫。"瞧号外呵！——瞧×××军克复××的号外，——"

跟着老王就拿着那张号外进来了，人们都聚到母亲的房里瞪大了眼睛只为看那几个特号字排的象标题一般的新闻。

"好了好了，这一下子日本人丢了根据地，××就平安了！"

静玲兴奋地叫着，母亲接着就念了一声佛号。

"阿弥陀佛，那就好了。"

"妈，您打开收音机，听听里边说些什么。"

"真是我这一向都不打开它，我都怕听，唉，难得有这么好的消息。"

母亲一面旋着一面说。收音机里传出来这样的声音：

"本台确讯，××及××已经克复。"

"您听，××也克复了！"

"这下子日本人更没有办法，他们只得退兵了，退不及还得被中国兵消灭。"

父亲还显着他那份镇静，他不说什么，只是微笑着，静玲早已跑着把这个好消息告诉躺在床上的静婉去了。

正在这时候，赵刚跑来看静玲，他是特意来告诉她日本人已经打过××，那边正是军官训练团的驻在地。

"那向大钟怎么样了？"

"我不知道，我就知道那边打得很厉害，方才的爆炸声音，好象就在那方。"

"不是说我们各处都打了胜仗的么？"

"那谁知道，我也有点摸不清，走，你跟我到街上去看看好不好？"

"我怕我爸爸不答应。"

"你去问问，我在这里等你。"

"好，我去问问看！"

她去了一下之后，又带着笑脸回来了，后边还跟着静纯。

"你认得吧，这是我的大哥，——这是我的同学赵刚。"

"我好象在哪里见过。"

"走，我们去吧。"

他们三个就走到街上，雨还在下，可是他们的心是炽热的，每听见炮声就好象很在行似的侧着耳朵试探它的方向。

街上的人也在笑着，关了许多日子门的店铺，这时又把幌子挂出来，慰劳队和救护队塞满了街头，成群的日本飞机仍自在天空中翱翔着。

人们并不怕，虽然没有高射炮却用那空拳向着天空做势。

在××大街，遇见两个空手的兵，他们的一身都是泥水。静玲就很兴奋地迎上去说：

"同志，你们从哪里回来的？"

"××，——"

"呵，××，有个姓向的你认识不认识？"

"你先生是说军官团的吧？"

"不错，就是军官团的，——"

"那我不知道，我们是增援的部队。"

"你们打得怎么样？"

他先摇了摇头，然后才说：

"不成，上去就打散了，连珠的机关枪打得个密实，干什么都来不及。"

"他们军官团呢？"

"那不知道，怕不会有好结果。"

赵刚的心里一沉，想着：这一下向大钟可完了。

除开了私人的关怀之外，也想到整个的战局，尽管看着那些欢欣的市民们，他们也打不起一点精神来。雨还是下着，他们乘着雨回来，赵刚又回到学校去，在分开的时候赵刚说：

"有什么消息常通着点，要是有向大钟的信息更得告诉我，不管好坏！"

静玲点着头，最后和他说：

"学校住着不方便，可以住到我的家里来。"

到晚间，随着深沉的夜色，枪炮的声音也寂静下去了。整个的城都象死了一样；到第二天早晨，当大地苏醒过来的时节，这个城还死沉沉地睡着，没有人声，没有市声，更没有枪炮声，天板着那死沉沉的脸向下望着，人们也仰着那没有表情的脸望着天。

静玲早晨又跑起来等号外的时候，老王就悄悄地和她说：

"五小姐，可不好了，×××军全退了。"

"没有那回事！谁跟你说的？"

"扫街的人清早来说的，他说是汉奸卖了国了，宋××连夜跑了，×××军的全体南撤，……"

"我不信，我偏不信！"

静玲执拗地摇着头。

"您不信就到这街口去看看，一眼就明白，可是您别走远，看一眼就回来，否则这个责任我可担不起。"

"好，我去看看就回来。"

她偷偷地溜到街口，伸出头去望着。街上简直没有行人，摘下了帽徽的警察指挥工务局的大卡车拆除工事，——正好把那些沙包填平了坦克车的陷坑。没有兵了，可是破烂的军帽和军服街旁倒有的是，每一家都还关着门，这个城仿佛从此就预备长眠似的。

她看过这一眼就走回来，正赶上那个报差送报来，在极重要的地位上印着这几个字的大标题：

"时局急转直下，宋××长离×赴保，×××代理委员长职务……"

那么倔强的孩子，也忍不住嘴一撇，眼泪就顺着鼻翼的两条纹路淌下来。

三十一

××简直变成一个死城了！——

静玲就这样开始她的信，她又忍不住流泪了，这三天的日子象过了三年，一分一秒都是提心吊胆地过去，一切的希望也都没有影子。

——你知道我是顶不爱哭的了，现在我倒变成终日以泪洗面了，你相信么，我写着这封信的时候，我一面还在流泪呢！

这几天，死一般的日子够使人的精神和身体受折磨的了，我们是一城的死囚，既不能进，又不能退，只在这里等候敌人的宰割，我们将有什么样的命运，如今我一点也猜不到。

我从来没有受过这种刺激，也许我太不能应付环境了，我竟变成好哭的孩子。我为陷在这个城里的千千万万居民哭，我为我们的国家哭，可是更使我想起来就难过的，还是那些为国而战的士兵。

现在的××，完全陷在无人治理的情况下，说也怪，还是那么井井有条的，这就是我们这些百姓呵，他们只是一群驯顺的羔羊，静卧在那里在等候那个拿着尖刀的屠夫。

可怜那些伤兵们，他们挂了彩回来好容易钻进这个城门楼子，就看到这个景物全非的局面，他们破口大骂，可是还不得不赶紧脱下那套制服把枪丢在路边，换上便衣，从此就在街头过着乞讨的生活，谁还尊敬这些卫国卫民的勇士们？谁还会高高地把他们举在头上，从此他们的命运不过是看着那些行路人的脚底而已。

当×××军撤退了的那一天傍晚，忽然又听到一阵沉重的枪炮声，当时大家都还以为我们的人打回来了，失去的欢快又爬到我们的脸上，到后来我们才知那是反正过来的保安队，以为到××来可以和×××军会合，谁想到来到了城根，倒冷不防受了日本兵的一阵攻击，他们就带着俘虏朝西下去了。

关于这件事，我想你那里一定也看到详细的记载吧？有人还说到人道的问题，可是，试想一想，我们的敌人什么时候和我们讲过人道？而且这几年来身受的苦痛把他们的灵魂都压扁了。一朝得着复仇的机会，他们自己也不能做自己的主宰了。至于说到妇孺，我们的孩子和女人，不知道有多少直接间接地死在日本人的手里了。

可是当他们完成了这工作，扑向自己人这一面，想不到却受了日本人的无情的射击；那情绪是可以猜想得到的，该正象一个向着母亲怀里扑去的一个孩子不提防却扑了一个空！

在城里丑剧不断地扮演着，沐猴而冠的新贵用那不知羞耻的嘴这样说着："兄弟这二年来革命就是为打倒政府，不为别的，说我是汉奸，我就是汉奸，说我是卖国贼，我就是卖国贼！"他要警察收缴军械过后，又连同警察的土枪一并送给日本人，这些天警察们又用那根半短不长的哭丧棒了。

那个跑到××的宋××发表书面谈话："本人近来因火气上冲，耳鸣殊甚，不能与大家面谈……"还有一个将官也说自己在吐血，这倒真应了"病夫"这两个字的评语。

日本兵虽然还没有进来，他们的司令官的布告早已张贴出来了，我知道他们迟早还是要进城的，——

那些负治安之责的警察们已经在准备了，家家传信，要大家把碍眼的东西收一下，说是怕日本兵进城会挨户检查。

亲爱的茵姐，我就是不相信，××就这样落在敌人的手里？

她才写完这封信，忽然有一个生人推开门进来了，她极其惊讶地站起来，那个人立刻把眼上的墨晶眼镜摘下去，她才看出来是李大岳。

"幺舅，你怎么来了？"

她立刻跑到他的身前，抓住他的手，很关切地又说：

"你在这里很危险，万一被他们抓去，——"

"就是因为这里太危险，我才来的。"

他微笑着回答，他的精神倒很好，皮肤黑了些，显得比从前更健康。

"幺舅，你什么时候来的？"

"我才到，才走进门就先来看你，——"

"你还想在这里常住下去么？"

"不，当然不，三两天我就要走，我打算带走一批学生。"

"带到什么地方去？"

"不远，就是西郊的××山上，——"

"到那里做什么？"

"准备训练打游击。"

"幺舅，我也去好不好？"

"我得看你的父亲的意见怎么样。"

"您还没有看见我爸爸吧？"

"我方才不是告诉过你了么，我才进来。"

"噢，我忘记了，你告诉我，你这半年多的日子怎么过的？"

"我不用告诉你，如果你跟我走，早晚你就会经历的，那时候你自己告诉你自己吧！"

正在这时候，老王又进来和她说：

"五小姐，外边有一个，有一个穿破烂的要见您。"

"好，好，我先到上边去看看。"

李大岳说着先出去了，静玲却有点莫名其妙，她反问老王一句：

"你让他进来没有？"

"您这是怎么说的，这样的年月我会随便让人进来，我自然要他在外边等，我还真就没有看清楚他，我是隔着门缝看的。——"

"那么我也先隔着门缝看看是什么人再说。"

"那也好，那也好！——"

她赶到大门那里，找到门缝一看，她立刻就把门打开了，高兴地叫着：

"向大钟，想不到是你，快点进来。"

她和他拉手，原来他的魁梧的身材，显得瘦下去了，他不但穿得破，脸上也全是污泥。

"你这是怎么回事？"

"我讨饭回来的，——我就是一个叫花子。"

"前些天，我们还问一个弟兄，他说他是××来的，问起你来，他连影子也不知道，不过他可知道你们的损失很大。"

"不用提了，三千人只滚出来三四百个，这一回可真够我受的。"

"回头再谈，快进去吧，你也得先洗洗脸，换换衣服，我想我大哥的你穿得着——"

"我不要长衣服，我就穿短的好了。"

"也真巧，我的幺舅也才来。"

"呵，他也回来了？"

"可不是，不过他三两天还走。"

"我跟他去，反正我这一条命是白捡的了，我还总得好好和鬼子拼！"

"好，好，我们回头再谈，我告诉他们给你预备水，我到上边给你拿衣服去。"

三十二

当她才走上楼去，母亲就叫住她：

"静玲，你来，我有话跟你说。"

她顺了她的话，就走到母亲的房里，原来除开静婉，大家都在那房里。

"你和你幺舅说过要去打游击，是不是？"

静玲没有说话，只是点点头。

母亲立刻就忍不住地说：

"怎么，玲姑儿，你怎么也要离开妈妈？"

可是母亲的话，却被父亲拦住了，他就说：

"她走开也是正理，青年人，将来总要出事情，还不如早走开为妙，不过，我不赞同你去打游击。"

"爸为什么？"

"因为你是一个女孩子。"

"女孩子为什么就不能去打游击？"

"不要和我辩论，我就这么办。"

"假使我是一个男孩子呢？"

"那我绝不留难你。"

"那么爸爸，我倒愿意跟幺舅去。"

这是静纯接过去低沉地说。

"怎么你也要走？"

母亲张着两只愕然的大眼睛问。

"妈，我是要走，我想跟幺舅在一路，再妥当也没有了！"

黄俭之没有话说，他只又问了一句：

"你有那决心去么？"

"我有。"

"好，那你去就是，你们都走了也好，省得我多担一份心，现在连我也摸不清日本人的路道了。"

"他们都要走呀，那我们，我们……。"

母亲说着哭起来了，黄俭之仿佛看开了些的，解劝着她：

"在这种局面之下，他们走，倒是一条活路，——"

"那我们呢，我们就在这里等死吗？"

"我们不要紧，这两天出来的还都是旧人，就是有个什么风吹草动，多少也总有个关照。静纯呢跟着他幺舅，没有错，一年半载就可以回来，玲姑儿到茵姑儿那里去吧，有个照应，茵姑儿也真能干，难为她这么些年——"

说到这里的时候，他的眼睛里也闪着泪光，可是他顿了顿，把这点情感抑压下去，又接着说：

"爸爸不是不明白世事的人，到时候总得放开你们，这份'国破山河在'的岁月，我把你们都留在家里干什么？从此你们一个个都是国家的孩子了。"

大家都没有话说，静宜也低下头去垂泪，不知事的青儿，看到有人在哭，就哇的一声哭了。

"好，我们再不谈了，用钱先告诉我一声，给你们准备，哪一阵方便，你们哪一阵走，但愿将来，将来我们能平安相见！"

"唉，"母亲哭着说，"我们哪一辈子才见呵！"

"不久，不久就可以见到的，我总还打算回南边去，只要有适当的机会，咱们全家都走，玲姑不过比我们早走一步，静纯呢，只要逃出这个圈子，哪时都可以到南方去的，当然有一天我们的军队又打进来全家还在这里相见，那自然是最美满的，可是，可是，——"他说着不断地摇着他那个秃亮的头，"那怕不可能，不可能！"

若是在平时静玲一定又要争论一番；可是这一次她不敢再说话了，她只是低着头，两眼望着他，她不敢看别人的脸，她没有哭，她却随时提防着眼泪会进出来。

如果往常她要是得着机会到 S 埠去，那么她也会被快乐填满，一心都是丰富的幻想；可是现在她的心被什么塞住了，没有一点空，没有一点兴趣，她只是呆呆地站在那里。一直到父亲说："好了，你们各自去预备吧。"她才缓缓地移动着那两只仿佛生了根的脚走出去。

"好妹妹，你要是走了，我们可怎么办呢？"

当她到了静婉的房里，静婉就紧紧地拉着她的手哭着说。

"爸爸说了，道路平安了全家都回南方去。"

"唉，我可怎么走，我到现在还不能站起来，我是一定要死在这里了。"

"不会，三姊，你不能这么想，路不止一条，我这一走也说不定怎么样。你看现在还没有通车，通了车又不知道是怎么一份情形？听说××也被日本兵封锁了，如果不能通过，那又怎么能上轮船，反正我们青年人有一个高远的目标，谁知道能不能达到？只要尽了自己的力，也就是了。"

"你看，我连力也不能尽。"

"两三个月后你能好了，那时候我们说不定在江南见面，手拉手向前跑！——好，三姊，你休息一下，我还得到下边去。"

"幺舅回来了？"

"是，另外还有我的一个同学，——"

说到这里，她心中一想："糟了，还没有给他到大哥那里要衣服！"她就赶紧离开静婉的房，走到静纯那里去。青儿正爬在他的膝头上，他的面前就是青芬的相片。看见她进去，他就把脸转过来。

"大哥，你给我几件旧衣服好不好？"

"是你穿？"

"不，我的一个同学，他才从××跑回来，那身衣服简直不能穿了。"

"他在哪里？"

"就在我们楼下，我留他住在这里，他也准备和幺舅去打游击。"

"好，等一下我自己给他拿下去吧。"

"可快一点，他已经等了好半天。"

她说完就又走出去，正碰上静宜走过来，就和她说：

"我正要找你们去，爸爸说一切都不可声张，怕万一那些用人生歹心害了你们不好，连累了家也不好，记住，碰见他们也跟他们说，要注意，千万可注意！"

"是，我知道，我就要到下边去，——"

她一边应着一边走下去，她生怕大姊又拉住她说些什么，她自己知道她的心已经象一片在秋风中抖索的叶子了。

当着她走到楼下去，从那没有关紧的门正听见向大钟洪亮的语音，她轻轻地拉开门，又把门关好，就看到李大岳正坐在那里静心地听着，她也拣一个座位坐下去，向大钟光着上身，正在指手画脚，满嘴飞着唾沫星地说着：

"——那可怪，打了四小时，谁都找不到谁了，他妈的鬼子也看不见我们，我们也看不见他们，就是蹲在高粱地里乱放枪。我们的工事经不住鬼子的几炮就给打烂了，要不是跳得快，早就给埋在里边……我们那个熊队长一看找不到人了，他还吹集合哨，这可把我气急了，我自己一边跑一边骂：'这兔崽子，这阵还吹哨，怕日本人找不着呵！'……等我跑到他跟前，照着他的屁股就是一脚。……他一踉跄，就把他妈的那个宝贝哨给丢了，他回过头来一看是我，他就咆哮起来：'向大钟，你冒犯官长！'……我没有好话说，我只是破口大骂：'你还吹雄哨，日本人正找不着我们，——'我提醒了他一半，可是他还觉得满有理的，指着他身边的一架轻机关枪，向我说：'我不叫人怎么办，这架机关枪。'……我的气一来，就把那架枪抱起来，嘴里还是骂：'这他妈的算个鸟！你拿子弹，我们两个干！'……我们两个才走了几步；鬼子的机关枪就朝这边扫过来了。我们赶紧换了一个方向，跑几步，卧到那田洼子里。……那时候我真想再揍他两拳，因为这都是他招来的祸，可是我一看他，他的脸发白，袖子都红了。……我当他没有种，给吓坏了，我小声地说：'不要怕，队长，等过这阵咱们再跑，我们找一个合适的地方得好好跟他们干一气！'又说，'你的袖子上那里来的血？'……他一听见我的话，自己一摸，脸就更白了，叫着：'我挂彩了！'……这一下子，我可麻烦了，子弹又得我背上不算，还饶上他这么一个大汉子要我架着走，……有时候我可真急了，他又走不动蹲在那里，我就想：'算了吧，他妈的，反正也逃不出去了，我先赚几个再说。'我就一个人把住那个机关枪干了一阵，倒是我们那个队长比我惜命，他说：'不要打了，引来鬼子的机关枪，我们两个怕不成两个大马蜂窠？'这我可没有听他，可是鬼子也没有发现我们，鬼子的飞机还不断地在头上转……我可真不明白怎么滚出来的，我想九成九是完了，日本人还不包得严……我们的队长也又淌汗又流泪说他完了！……可巧我们摸到一个老百姓的家，只有一个老头子蹲在白菜窖里，我把那个队长送下去，我呢，我就换上他给我的一身裤褂，顺着他指给我的路连夜跑，跑了一夜今天清早赶到××门，我就装成难民混进城来了。"

向大钟说完了，用手把他的脸一抹，吐出一口白沫来。李大岳静心地听着过了一会，就向他问：

"你们的 × 教育长怎么牺牲的？"

"那真可惜，我虽没有看见，告诉我的人可亲眼看见的，平常他就是跟我们一样穿士兵的服装，出事的那一天，也不知道怎么一阵心血来潮，他把衣服换了，又是高筒皮鞋，又是指挥刀，还骑了一匹又高又大的马，那还用说，他比谁都高了一大头，被日本兵发现，就是一排机关枪，他连一声也没喊出来，就连人带马栽到高粱地里去了，真可惜，他很有一套，人又好，全团的人没有不对他好的。"

"那个赵××呢？"

"他本来不在我们那里，他在×县打了一个胜仗，听说我们这里出了问题，他就赶着到这里来增援。他来得真急，我想他一定知道我们都是些没有见过阵势的，他在路上就被鬼子的飞机追上了，紧跟着投弹，先就把他给炸伤了，可是他真不含糊，照样要汽车开来，后来又是一颗炸弹直接炸中，人和车都飞了！这，这才是我们中国的军人！谁象×××，会跑到日本人的手下来做官，真他妈的不是好种！"

"不要这样说，也许还有别的关系，我是一个军人，我总不相信军人也会象政客那样无耻。"

向大钟一眼看见静玲就和她说：

"你给我借的衣服呢？"

"呵，我大哥一下就送来。"

"我还等着衣服要出去。"

"你到哪里去？"

"我去看赵刚，——"

"吃过中饭再去吧，还得早点回来，保不定哪一阵就要戒严。"

"我知道，要是戒严之后我还没有回来，那我不是让他们给关进去，就是留在赵刚那里。"

"好，我也知道了。"

三十三

李大岳他们走的时候，没有一个人知道，只是早晨起来的时候不再见了，静纯和向大钟也不见了，静玲还知道，赵刚方亦青也随他们走的。

可是到静玲要离开的时候，她几乎被一家人的眼泪给绊住了，母亲虽然最忌远行人要上路时家人的眼泪，可是这一次她连自己也管不住了，她不断地抹着眼泪，她的嘴里一直重复着：

"唉，我的孩子，咱们哪一年才能再见呵！"

菁姑简直尖着嗓子号叫，父亲用手绢擦干了眼泪谴责地说：

"你这是怎么回事呀，万一被外边人听见怎么办？"

"哭，还有假的么？——"菁姑把脸一沉就收住了泪，"生离死别本来是难受的，又是这样的年月，谁知道路上遇得上什么呀！"

"你这是怎么说话？"

父亲听不惯，就不高兴地和她说。

"好，我不会说话，我还是回我的楼上去，我知道我不合别人的眼，可惜枪子没有眼睛，要不早就打死我，顺了别人的心。"

菁姑说过后一跳一跳地跑上楼去了，静玲始终没有说话，父亲表示很满意向她说。

"处社会就是这样子，多看多听少说话，逆来顺受不要在人面前逞强……"

静宜只是一边流泪一边为她清理衣物，她仔仔细细检了一次，又要她自己看过一次，生怕有什么不妥，静宜又看了一遍，在一个衣袋里她找出一张捐款收条，她就说：

"真险，要是被日本人搜出来，可怎么办，那他们一定说你是抗日份子。"

"我想他们也不会查得这么细——"

"可别这么说，你一定得小心，出了事一家人可怎么办？"

"路上你小心就是了，万一出了什么事，你就提孙××，他是我的老朋友，我想为了我的儿女，我也只得和那个丧心的汉奸卖一回脸了。"

"我记得，爸爸，我知道小心的。"

可是当她去和静婉告别的时候，她又紧紧拉住她的手，她是连哭带说：

"好妹妹，你就是这样离开我了么？你就是这样离开了我么？"

静玲勉强地笑着，她不知道说什么才好，她只得劝她好好养病，过后不久大家都会相见了。

"我的情形可不同，一来是我的病，二来是××的情形，也许城是无恙的，可是我早已躺到地上了！"

"三姊，你为什么要说这些话？你应该要强硬起来——"

"是，我知道，如果我不死的话，我就和你们走同样的路！"

"好，我等着你，我等着你，——"

静玲就这样子离开了流着泪的一家人。当着她坐在车上的时候，她自己就哭起来了，她还象从前似的抓起衣襟来擦，低头看到那华贵的衣料她又不忍地把两只手背在眼睛上抹着。她的心又一下落在她那可爱的洋囡囡的上面，自己都觉得有一点不好意思，她就赶紧忘了它。

那正是大清早，星星还挂在天边，街是静悄悄的，只有车夫的脚步和送他上站的老王的咳嗽。远远望到车站了，它也是静静地躺在那里，可是当她走到近前，才看见它是被旅客和行李给挤满了。

把行李摆在站口张望着，左右看那个约好了的李明方是否已经到了，她想也许她会看不出她来，那是父亲的主意，不许她平日的装扮，要她打扮成一个十足的阔小姐，甚至于她的头发也卷起来，一缕一缕地打着圈子。

正当她看着的时候，去买票的老王气喘喘地来到她的近前，哭丧着脸说：

"五小姐，我挤了半天也没有挤进去，人多着哪，象铜墙铁壁一般！"

"好，你看着行李我自己去买。"

她从老王的手里把钱接过来，就跑到票房的前边，她简直看不见窗口，黑压压的全是人。

"糟了，"她心里想，"今天要走不成了！"

正当她不知道该怎么办才好的时候，一个工人模样的人轻轻地和她说：

"小姐要票么？"

"要，要。"

"要几张？"

"一张，一张就成。"

"我这有一张给您吧，——"

他把一张票送到她的手里，那是头等票，她就把一张十元的钞票给了他，他又轻轻道着谢走开了。

她走到站口，挥着手，把老王叫过来。老王就把一只衣箱放在肩上，一只提在手里，嘴里还在咕哝着：

"还是五小姐能，有办法，我连票房也没有看见！"

车站里，列车无言地躺着，凡是买到车票的人都用极匆忙的脚步，赶着上了车，老王把她送上车去，箱子放好，才必恭必敬地站在那里说：

"五小姐，您还有什么话吩咐没有？"

"没有，没有，回去告诉老爷太太和大小姐，就说一切都好，请他们放心。"

"您什么时候回来？"

"我——"她接不下去了，顺手从钱袋里取出两块钱送给他，"这是给你的，留着买烟抽。"

"我哪能要五小姐的钱！我只盼您快点回来，好再侍候你几年！日子长了，我，我可就怕等不及了！"

"别说这个话，把钱拿去，等我回来有钱了再多多赏你。"

"好，那，那我就好了。"

老王伸出他那粗糙的颤巍巍的手，把钱接过去之后，给她鞠一个大躬。可是当他抬起头来再看她的时候，他那两只火眼变成水汪汪的了。

她不说什么，把情感和言语都哽在喉咙那里，她望着他那迟缓移动着的背影朝车站的出口行去。一直到她什么也望不见的时候，她才坐到座位上。这一阵她才感觉到被家人丢开了那种悲哀，她低下头。

汽笛低沉地叫着，车开始蠕动起来，她把脸贴向车窗，望着那晨曦笼罩着的大好的城头，那面一方日头的旗子无耻地招展着。

三十四

迅速行驶的列车把一切都丢在后面：城池，房屋，树木，小河。倚在车厢里的静玲，把车轮击打着铁轨的有规律的声音，都幻成不屈服的叫喊。眼前的景物飞一般地倒驶下去。

她忽然记起了李明方，她就站起来想到前边的车厢去看。才站在过道那里，就看到前面的一节车象装满了的箱子一样，无论如何也下不去脚。她又颓然地坐到座位上，茫然地想着：

"这可怎么办呢？她又没有来，到××住到什么地方去？再说要是遇到盘查我也不能说是她的姊妹了，我也不能说是到她的家——"

当她被这些烦乱的问题所扰的时候，车戛然地进了站。月台上的木牌写着××门三个大字，在这里她看见那凶眉恶眼的日本兵值岗，端着上了刺刀的枪。稍远的地方有一架机关枪，也是朝着这个方向。在车边，有两个军官模样的人，顺着列车把他那长着杂乱的胡子的脸朝每一个窗口张望一下。过了许多的时候，这列车才继续行驶。

没有几十分钟，又停住了，那是××。车上的人低低地说，芦沟桥就离这里不远，她就把眼睛极目地望出去，可是她看到的只是那无边的土地，她的眼得不着一个着落。而且在这里她也看不到那咆哮的永定河。

在××列车停了更久的时候，从另外铁轨上飞驰驶过去的都是那些装满了日本兵和军火的车，在这里，曾经有过激烈的战斗，在报上说起来是早已化为平地，她所看到的虽然不是溜平的地面，却也找不到一间完整的屋子。半截墙和一堆瓦砾，还有烧焦了的梁柱，狗在那上面嗅着，随即失望地

572

走开了。

在树林前面的草地上。成群的战马在啮着草，它们有时也象得意似的仰起头来嘶鸣，在树林旁的小河里日本兵赤裸着身子在游泳，他们那粗犷的笑声把林中的鸟惊得在天空盘旋。

她的心象被绞着似的疼痛，她盼望车能即刻开驶，可是因为这个车站上的员工已经不见了，执行管理的是日本兵，所以他尽是把那些兵车放行，却把他们这列车给停在这里。

她只得装成睡着了的样子把眼睛闭起来，一直到车又开始驶行，她才又睁开了眼睛。

原来只需要二小时半的行车时刻，如今却用了十一小时，当着火车快要到××的时候，已经是暮色沉沉了。

车渐渐慢下来，也经过一番激战的××市区，眼睛只看到废墟，夕阳里染血的旗子在灰紫的苍茫中翻飞，短促的不与人喜的号音在空中激荡着。

"到××了！"

人声在空中激荡着。

"到××了！"

有人这么说着，各自都有了一番戒心，早就知道这是从××出来的人们一道难关。每个人都象深思似的想着。

车终于停下来了，人们又从那一长行的列车里漏出来。她也随着人们走下来，一个脚夫拿了她的行箧才在走的时节，突然觉出来有一个手轻轻地拍拍她，她的心一沉，回过头去，才象一块石头落了地。

"李明方，原来是你，我还当你不来了呢。"

"你坐在哪里，我就没有看见！"

"我也没有看见你，我还想到找你，可是连看都看不过去，不用说走了。"

"我买的二等，可是挤在三等里，好不容易，真难为这一路！"

李明方长长吐了一口气。

"一路上都在担心，我想你没有来可怎么办！我坐的是头等，买的飞票。"

"连车票也有卖飞的，真想不到了，一块儿到我家去住些天吧。"

"看吧，我还要赶路。"

这时，她们已经随了人的流走近栅门了。在栅门的外边，有两排日本兵，在那后边还有几个便衣的日本人和中国人。他们用那冒着凶焰的眼睛在每个人的脸上扫着，随时有不顺他们眼的，就给拉到行列外面去。李明方看了黄静玲一眼，她们两个就象姊妹般地并肩走着！

走在她们前头的是一个商人模样的旅客，不知道那个日本人怎么看上了他，一把抓住他，他的脸立刻就吓得雪白，那张嘴简直说不出一句话来。

"我，我，我，……"

她们全被这情景抓住了，停住脚步呆呆地看着，可是一只手把黄静玲一拉，同时还有那粗暴的声音在叫：

"看什么，还不快点走！"

她们吓了一跳，走过去才回头看，原来就是那个帮助日本人检查的中国人，他乘着那个日本人和那个乘客打麻烦的时候，用他的手不断地推着拉着：

"走走，快点走，他妈的，再不快点老子要打人。"

他虚举起拳头来，并没有落下去，那些乘客就象赶着过栅栏的羊群，迅速地钻出来。

她们站在那里看了一下，才满怀感触地移动她们的脚步，她们的心里不断地说着：

"中国不会亡，中国还不会亡！"

走出车站，天已经黑下来了。两旁的街屋也是一片瓦砾，黑漆漆地躺在那里，只有那不十分亮的街灯，照着那条冷静的街。

黄静玲默默地随着李明方走，她自己连方向都辨不出，可是她知道李明方一定很熟悉，因为她的家在这里。

还没有走多远，就到了一座大桥前，在河的那边，灯火照样辉煌地照着；可是这边却是死一般的黑暗，在桥头，穿制服的巡捕大声叫着：

"快走呵，快走呵，就要拉桥了！"

于是那些可怜的羔羊，又争先恐后地挤进去，过了桥，那些没有地方可去的，就把行李摊在路边，身子坐上去；可是她们很快地就叫到两辆洋车。

人照样地挤着，还都是那么高兴，戏园，酒馆的门前堆满了人，笑语在街上嚷着。巡捕用木棒没头没脑地打着车夫，汽车和电车挤着在街上奔跑，把那个交通巡捕忙得只是淌汗。可是当他打起手势来还一点也不含糊。

"这就是租界！"

三十五

黄俭之这几天都成夜睡不着，天一亮，他就爬起来了，穿好衣服，一个人背着手在院子里转。

全城都还是寂静的，他的这座屋子也是寂静的，一想到偌大的一座楼，只住了五个半人，他就不得不摇着头：

"完了，完了，一个个都散了，还有什么运气，想不到老了的时候倒要做亡国的人民！"

他转了一圈又是一圈，时时望着那深掩着的窗门，和那变得发了霉的黑色，他的心全被不愉快给压住了。

当他正走到大门那里，忽然有拍门的声音，跟着从门缝里送进一封电报来，老王把电报送给他，就回到门房把收条打了图章又送出去。

"好了，好了，静玲到了××！"

他简直是说给自己听，接着又说：

"这可真是好消息！"

"您说，您说五小姐平安到了么？"

"还没有到，不过，把顶难走的一节走过了！"

他一边说着，一边就走进去，他赶着把这个消息告诉那些还在睡的人，大家果然都很高兴，母亲更愉快地说：

"我早就许了愿，只要知道小五到了天津，我们全家吃一天斋。"

"好，好，听凭你吧，在这个现世的年月，我们还求些什么？还不是求个平安？我就知道今天日子好，才起来喜鹊就迎面叫了三声，我猜就要有喜信，果然不出我所料，这个大喜信来了。"

"可是静纯自从走了以后也没有消息！"

母亲很关切地说着。

"他怕什么，他是一个男子汉，再说又有大岳，一点事也不会有，——去，去，阿梅，告诉下边，今天吃素，怕晚了他们又都预备好了。"

正在这时候，忽然老王进来说：

"老爷，孙大老爷来拜您——"

说着他捧上一张大名片，他接过来一看，心里一怔，不知道有什么事，就说着：

"先请客厅坐吧。"

他匆匆站起来，想先到"俭斋"去换一件衣服，他才跨出门，老王又过来很严肃地低低说：

"还有一个日本人，另外有八个日本兵，在门外站上了！"

"怎么，怎么，这是什么事？不要慌，不要慌，我去看看就明白了。"

他的嘴里和老王说不要慌，可是他自己的心里可真慌了，他下楼的时候心里就在想：

"是不是静纯出了事？把我给牵上了？或是他们查出静玲的旧案，来逼我交人？要不怎么会有日本人上门？"

他急急地换了一件长衫，就三步并两步地跑进客厅，那个在维持会中得意的孙仁甫拱手微笑地向他招呼，他也照样拱着手回答。

"俭翁，俭翁，很久不见了！"

"仁翁，仁翁，久违，久违！"

等他们两个对拱过手之后，孙仁甫才恭顺地向他介绍那个日本军官。

"这是沙田大佐，最近调派的日本特务机关长——这是黄俭之先生！我的老朋友。"

沙田大佐既不会说中国话也不会拱手，只是把嘴唇上的小胡子一皱，露出一排发着黄光的金牙。

"请坐。请坐。——"

黄俭之说着自己先就下位坐下。

"俭翁我们几年不见，你的气色倒很好，哈哈，哈哈！"

孙仁甫首先说。他还是那么好用哈哈来结束他的话。

"唉，我就是过惯了这闲散的日子，好象无忧无虑似的，还说不上什么气色好，老兄近来倒很忙，真是能者多劳。"

"有什么法子呢！赶上这个年月，又是自己的桑梓之地，何忍那些老百姓流离失所？这也是无可奈何聊尽棉力，服务乡里，哈哈，哈哈！"

"您这拯民水火的苦心，真不可埋没。"

"可不是么，还有那么混帐东西骂我是老汉奸，说我是汉奸，我就是汉奸，是非自有公论，何可争一日之长短，俭翁，您说是不是？"

还没有等黄俭之回答，他接着又说下去：

"这次造府拜访，也是诚心诚意，请您出山共维大局，将来事毕之后，再归隐山林，您说好不好，哈哈哈哈。"

这几句话象一盆冷水从头上浇下来，他打了一个寒战，可是他又不得不装成很镇静的样子说：

"您这一番盛意我非常感激，只是贱内身体不佳，家事缺人照料，恐怕没有法子抽身，这一点，这一点还请您原谅。"

"我，我倒没有什么，哈哈哈哈——"他把眼向斜处一瞟，"沙田大佐也是这个意思，我想在三十六小时之内，您下一个决定吧，我们过天再详谈。"

他说着站起来，那个沙田大佐，也站起来，黄俭之气得两条腿发抖，可是他只好勉强地把他们送到门外，看到那八个又短又粗的日本兵。

客人走了，他简直是爬上了楼的。他气急了，到了母亲房里，脸变成青白，母亲很关心地问着：

"俭之，有什么事？"

可是他却这样回答：

"走，我们一定得走了！"

"什么事呀，俭之？"

"我黄俭之是贰臣，是汉奸，那你们就别想，别的是假事，这一点我还弄得清。你们来逼我，我走，我不受你们的气，哼，咱们看谁拗得过谁！"

"到底是怎么一回事呀？"

"我不愿意说，打点打点咱们明天走！"

"走，这么多东西可怎么走？"

“不成，这里不能住下去，拣要用的带在身边，其余的就存在这里好了。将来我们的军队打回来的时候，我们再回来。”

“明天走，天啊，你要我怎么办啊？这真成了晴天的霹雳了，你简直是要我的命！”

可是他并没有留在她的房里，他把要走的消息告诉每个人，要他们赶紧准备，可是那个菁姑又坚决地反对。

“要走你们走，我可不走，我有什么怕的。”

“你不走，要你留在这里丢脸！”

“我也丢不上你的脸，我丢我死去的丈夫的脸。”

“呸！别说这种话，赶紧得弄好，明天一路走。”

“要走我得跟他一块儿！”

她说着，就指着那个人高的照相镜框。

“你要疯啊，谁为你扛那么一个大东西？还不可以把照相取下来，卷好用纸包起，镜框将来再配也就是了。”

“那，那只好委曲他了——”

菁姑好象还是不十分情愿似的应着，可是黄俭之没有那么多的工夫和她说话，他又匆忙地跑到楼下。他四处看了看，觉得有办不完的事情要办，他反倒什么也不想做了。把水烟袋捧起，好象很悠闲似的抽着。他的心思也很杂乱，简直抽不出一个头绪来，他想着：走，走，拿什么走，走到哪里去？

“去天津也可以，那边说，还可以找得到寄住的亲友，可是怎么走呢？包汽车，怕没有人肯去，坐火车日本特务机关的人还不下卡子？跑，哪里跑？好，那可怎么办？想不到，想不到我黄俭之有这么一天！”

末了这几句话他叫出来了，这正好使推开门进来的老王怔住，他笑得满脸堆皱纹，口吃地说：

“老爷、老爷，我们的四小姐回来了！”

“谁，你说是谁？”

他好象不相信自己的耳朵。

“四小姐，就是结了婚的四小姐。”

"去，去，我不见她，说我不在家！"

"老爷，她已经上楼了，在太太的屋里说话呢！"

"怎么？——"他陡地跳起来，他的眼睛不断地眨动，把水烟袋朝桌上一放，大声地吼着，"谁叫你请她进来的？谁叫你请她上楼的？你这个混帐东西，我的家，难道我做不了主！——"

当他正在跳着的时候，静珠和静宜已经站到他的面前了，静珠低低地说：

"爸爸，您这一向好！"

他站在那里呆住了，铁青着脸闭紧了嘴，一句话也不说，他那一只眼仍是不停地眨动。

"爸爸，您不要气了，我，我来向您认错了。"

静珠说着，流下两行泪！

"我没有那份福命，我沾不得那么好的亲戚！"

"爸爸，您不要说了，事情到了这个地步，您总得高高手让过她去，到底她也是您的女儿啊！"

这是静宜在说着。静珠这时候悲伤得仰不起头来，她把脸伏在静宜的肩上。父亲好象也站不住了，他的嘴角有一点抽动，从他眼角那里滚下两颗大泪珠，他咬咬牙，又忍住，还是那么强项地说着：

"坐吧，坐吧，——"他挥着手，同时把自己安顿在一张圈手椅里，"不用说他们是要你来劝驾。"

"不，不，爸爸，他们也没有和我说，我也不做那样的事，我来是想尽点力，给您一个方便——"

"你有什么方便给我？"

"我早就知道您要走的，我打算派我的车把您送到××。"

"你的车还不就是那个汉奸的车，我，我不坐！"

"爸爸，您听我的话，就要利用那点关系才可以把您平安地送到××，这是做女儿的一点真心，此外我也知道我不能讨您的欢心，您还是好好想想看。"

他果真坐在那里想了，想过后才消去脸上的怒容回答她：

"好，就照你那么办，明天清早五点钟开来，我明天就要走的。"

三十六

咆哮的海把她载向自由的口岸，在蓝得可爱的海面上，白色的海鸥任意地飞着，凭栏倚视的静玲心中时时这样想：

"我就是那个自由自在的鸟，飞向遥远的地方。——"

这真是一个寂寞的旅程，当着船才开的时候，她一个人只是睡在床上过了二十四小时，她就能自如走出来，站到外边望着海和天连起来的边沿。好容易逃出了敌人的魔手，那些青年人在舱面上又起始歌唱着，而且每个人都很快地就做了朋友。

她还清晰地记得，当着轮船从河开到海口的时候，那些横暴的日本兵怎样跳上来翻箱倒箧，可是在他们的前面早有他们手下做事的中国人，奉命大叫：

"检查来了，检查来了，快点把箱子都打开！"

在这大声之外，他还悄悄地说：

"碍眼的东西赶紧丢啊，扔到河里去，——"

她看到那不死的人心，她又坚定地反复想：

"中国不会亡，中国不会亡！"

被船劈开的海水翻滚着，泛着雪白的花，向后移去，留在后面的是一条白色的长痕，还有浮在水面的污秽的杂物。

她忽然想起了家，到××的时候，对于×城的消息就不十分清楚了，可是现在她走向遥远的地方，不知怎样她忽然记起了两句：

"离愁却如春草，更行更远还生。"

眼前可没有春草，无边的海充满了视野，她想，在世界上海大约是最纯洁的了。

终于海还有它的尽头，眼看着碧绿的水渐渐转黄了，轮船已经进了江口。

那群青年人早就聚拢在船栏杆那里，向遥远望着了，同时，还不断地用手指点着：

"我看见岸了，我看见岸了！"

那个说的人边说边跳，他的胸中已充满了喜悦，可是人们顺着他的手指望去，那不过是一条黑线而已。

但是那条线渐渐地粗起来了，于是看得出那是土地，在土地的上面是树林。

船鼓着轮机前进，每个人都嫌它慢，可是水手却在说××口就要到了。

"××口？——"有的人就惊喜地叫着，"不是'一二八'的时候×将军守的么？"

"可不是，就在那边——"

这时船好象转了一个方向，那个人的手就指点着那一带深密的丛林，人们都伸着头望过去，想看到那座炮台或是伸出来的炮口；但是什么也望不见，只在同一个方向的江面上，看到几只停泊的军舰，那一半以上是悬着太阳旗。

"真讨厌，又是它们！"

人愤恨地咒着，一个宁波水手，从吸着烟卷的嘴边说出来：

"东洋小鬼邪气坏，伊老早来S埠开仔交关个兵船，怕没几日就要打起来了。"

"打起来怎么办？"

"格有啥，中国兵也交关，打就打好来！"

这时候走进更狭些的江面去了，这边是工厂，那边是堆栈，多是外国人的产业，江面上也停了不少只外国兵舰和商船，静玲的心里就暗自想着：

"怪不得别人说S埠不是中国的一角，就看这些象是属于外国的，在这种情形之下怎么办？"

船愈向前行进，她愈看得清楚，那高大的楼房，接连不断的大码头！最后她真看到那摩天楼了，下边的电车和汽车象小玩具似的行驶着，这时她突然觉得有一点怕了，她就和船上认识的在S埠有家的那位×小姐说：

"万一我的姊姊不来接我，千万劳你的驾把我送到她的住处。"

"没有关系，你不用客气，这里我熟得很，我一定把你送到。"

她明知道静茵不会来接她，一听到这些话她悬着的心才放下去。

船好象不在移动了，水静静地从船边溜过去，满江都是船，有的船小得象一半花生壳在水上漂着，车马行人都看得清清楚楚。

"就要到了，我们还是坐到房里去吧，你不看那些脚夫已经从小船攀上到大船上来了么？他们是要抢行李的，许多没有来过的生客要吃他们的亏。"

这是那个 × 小姐说。

她看过去，果然有许多人象猴子一样地攀到舱面上，他们已经起始在抢别人的行李了。

一个老妇人被抢，赶上去拉，又被那个穷凶极恶的脚夫给了一拳，那个孩子也哭起来。

她呆呆地在那里出神，很想去帮他们的忙；可是 × 小姐和她说：

"我们赶紧去照顾自己的东西吧，万一被他们抢去也麻烦。"

她的胸中充满了不平，也只好怏怏地去了，她再回头一看，舱面上全起了这样的纠纷。

船停定了，更大的嘈杂，使她的头脑都发胀。这时一个穿制服的脚夫上来了，她们就把行李全交给他，由他又找来了一个人。

她们随着他们走下去，经过了海关的检查，立刻就把行李送上路旁停着的一辆汽车，把钱付过，那辆车就开了。

"你的姊姊是住在 ××× 路，×× 里吧？"

"你的记性倒好，我还得看看——"说着她从怀里掏出一个小记事册来，看过后就点着头，"不错，是的。"

× 小姐就吩咐那个汽车车夫去把车开到那个地方。

正是下午四五点钟左右，天很热，街上塞满了汽车，象成串的羊群，一头一头地走着，可是走得那么慢，使她的心里不耐烦。

"怎么汽车走得这样慢？"

她终于忍不住说了。

"你不知道这时间正是下公事房，所以车子特别多，过这一段就好了。"

"这是什么路？"

"这就是大马路。"

"噢，大马路，——"

她想起来五月三十日的事，她把头从车窗那里望向地面，她看不到陈血的斑痕，就是说那值多少银子的红木路面也看不见，那只是一片黑色的柏油，有的溶了正象那在太阳下指挥车辆的辛勤的印度巡捕的脸色。

街旁都是人挤着，吵着不断的话语，不停的脚步，还怕这条街不够热闹，许多商店门前的播音机张开大嘴在叫着。

这第一个印象给她的就不好，她好象被人压挤着不能自在地吐一口气，而且那么多陌生的语言都象很凶地朝她说。

"你喜欢 S 埠么？"

偏在这个时候 × 女士这样问她。

"我，我还说不出。"

她微微笑着，这时汽车停止了，× 小姐就说：

"你到了。"

她显得有一点慌急，拉开车门走下去，自己把两件箱子也拿下去，正待要拿钱付车费，× 小姐就笑着和她说：

"不用了，我们就交个朋友吧，想着到我家里去玩。"

那个车立刻就开走了，转一个弯再也看不见，她心里想着：

"她的家我还忘记问，她的家在什么地方？"

三十七

她吃力地提起那两个箱子站在那条里的前面望着，可是许多招牌早已把那里名遮住了。看见里口的一家纸烟店她就很客气地问：

"劳您驾，这是 ×× 里么？"

一个数钱的店伙连头也不抬地从鼻子里哼了一声，算是他的回答。

"您知道这里面有一家姓黄的黄小姐？"

"啥个黄小姐，个许多人家，啥人转得清爽，侬自己到里厢去寻好哉！"

她听不懂那许多话，只知道他有点不情愿，她也就不道谢了，提着箱子走进去。

她记得是二十号，可是迎着里口的门牌就是三十五号，走进去的时候，原来才看到里边有几条平行的小路。

她好容易找到挂着二十号门牌的黑漆大门，就高兴地拍着。没有回应也没有人声，她再仔细看，才看到门上的尘丝和蛛网，她又用力地在那生了绿锈的铁门环上敲着，这时好象从天空上落下的声音：

"寻啥人啊？"

"有位黄小姐在这里么？"

"走后门去，走后门去，——"

那不是回答，是对她的吩咐。无可奈何地她又提起来两只显得更沉重的箱子绕过了一条小路，她一家家地数着知道那是二十号了，就朝里边一个正在烧饭的女仆问：

"请问这是二十号吧？"

"啊是，找哪一个？"

"我找我的姊姊黄小姐，我是才从 ×× 来的。"

"噢你进来吧，——"那个女仆很平静地说着，把门为她拉开，她就又提着那两个箱子走进去。她的心不由得怦怦地跳；她想她就要和分别几年的茵姊见面了。

"她住在二楼亭子间，就是这上边。"

那个女仆还是毫无表情地指着屋顶说。

"你是她的用人么？"

"我不是，我帮她的房东的。"

"她在家么？"

"我不知道，你到二楼上去看吧。"

"好，谢谢你，——"

她赶着上楼去，离开那个阴暗潮湿还发着一股臭气的厨房。

"亭子间，好美丽的一个名字，天热住也许好，冬天可受不了，——"

她一面迟缓地跨着楼梯一面想着。楼梯也很暗，她很仔细地一步步走着，一直到把楼梯都跨完了，迎面却站了一个十三四岁的女孩。她喘着，满脸都是汗，那个女孩好奇地问她：

"你找哪一个？"

"我找住在亭子间的黄小姐。"

"黄先生她在二楼，我领你去。"

"好，好，——"

她又走下来，原来那个亭子间是楼下和二楼之间的一间矮小的房子。

"她不在家，她的门锁着。"

"你知道她到什么地方去了么？"

"我不知道，也许她去吃饭——"

"那么我在这里等她吧。——"

她说着把箱子放在地上，掏出手绢来擦过汗就扇起来。

"你是她的朋友么？"

"不，我是她的妹妹。"

"唔，你是黄先生的妹妹，我是她的学生，我给你拿把扇子来。"

那个女孩说着又跳到楼上去了，她拿来一把蒲扇，还有一杯冷开水。

"真谢谢你！"

她接过杯子一口就喝了，那把大扇子又给了她清冷的风。

"要不你到我家里坐坐吧。"

"不，不，这里就很好。"

"那我要上去吃饭了，吃过饭再来看你。"

"请你把杯子带上去吧，我不要了。"

她安静地坐在那里，看看那个"亭子间"，不由得想起来家里的那座宽敞的楼房，随后就想静茵这几年一定过了很苦的日子。

这时一个黑影从楼梯上来了，她睁大了眼睛望着，就立刻跳起来叫：

"二姊，——"

那个黑影跳上两步也叫着：

"小五，怎么，怎么，你怎么会来的？"

静茵一跳上来就把她搂住了。许久她们都再也说不出话来，静茵只是喃喃着：

"我真想不到！我真想不到！……"

等一下，她才象记起来似的说：

"把门打开，我们坐到里面去。"

静茵站起来打开门，她就看到那间房子，真可以算做"斗室"了，一张床，一副桌椅，此外就是一个书架和一个洗脸盆，此外什么也没有了，什么再也放不下去。

"二姊，你一直就住这么大的房子？"

静茵笑着点点头，就用洗脸盆替她倒一盆冷水来和她说：

"你先洗个脸吧。"

"你真大了，要不是你叫我，我怕不敢认你，这些天我正惦记家里，不知道有事没有？尤其是你，我怕日本人会捕你们，怎么，你倒有胆子跑出来？"

"不跑出来怎么办，他们不会放过青年人的，连大哥也走了，——"

"大哥到什么地方去？"

"他跟幺舅去打游击。"

"这我可真想不到，他去打游击，我连做梦也想不到！大姐呢？"

"大姐还是那样子，她的身体，我看更不如从前了，今年那个梁道明回国来看她一次，好象在做最后的请求，大姊回拒了，三天之后，他就和另外一个女子结婚了，这些男子的心理我真猜不透！"

"你也犯不上用那么多的精神去猜，告诉我，家里的人还都好吧？"

"都好，都好，爸爸还说呢，路要是通了他也要回到南方来。"

"南方？南方怕也要有战事了。"

"那就好，我们应该发动全面抗战，二姊快告诉我，这里最近的情形怎么样？"

"说起来话长着呢，我们还是先吃饭去吧。"

"就在家里吃不好么？"

"家里就没有饭吃，——"静茵苦笑着，"我每顿饭都到外边去吃。"

"怪不得楼上那个小姑娘说你，也许到外边去吃饭了，你真辛苦，每顿饭都要跑出去！"

"我是吃过了,我陪你去吃吧。"

说过后,她们就又把门锁起来,手拉手走到楼下去了。

三十八

"我们真是着实地苦闷了一大阵,自从'七七'事变发生以后,我们都准备迎接全民抗战的到来,没有想到,还是纹丝不动,好象不是打在自己的肉上似的!连援兵也没有!"

"你们只是苦闷,我们可是焦急了,想去干也干不了,耳闻眼见是敌人的大炮和飞机,我们还相信义和团时代的大刀片,到了,不成功,溃散了,有守土之责的人乘机一溜完事,把大好河山和千万老百姓都白白地交给敌人,你说这种事可气不可气?"

"过去的事也不必说,现在可好了!"

"好些什么?"

"这里也要和日本人打起来,也还是日本人来寻衅,不然,我们决不会动手。"静茵说到这里顿了顿,又接着说,"据报纸上说,昨天有日本海军到飞机场,他们坐的是机器脚踏车,卫兵阻拦,他们把卫兵打死了,中国保安队把他们也打死了,——"

"打得好,打得痛快!"

"看今天的晚报说,今天两边会商了一天,情形很严重,住在北区的居民,已经在搬家了。"

"怪不得我们今天经过大马路的时候,有那么多的汽车!——"

静玲自作聪明地这样说着,可是静茵笑着说:

"那不是,天天都是那样子,逃难人不大经过那条路。"

"我就不相信,为什么要消极地逃,而不积极地打!"

"是要打的,一定要打的,——"

"既然要打,为什么不快些下手?几次的教训还不够么?先把日本鬼子撺出去再说，单等别人都准备好了，才来动手，那不是要多吃亏！"

"我也这么想，可是他们还是交涉会商，好象一辈子也弄不完这一套，——我问你，你累不累？"

"我不累，下船之后好象还坐在船里似的，这一阵完全好了。"

"那我们到外边去看看，我可以领你去看看 S 埠的夜。"

说着她们付过钱站起来，走出了饭馆，已经是夜了，强烈的灯光照着，仰起头来也看不见一颗星星。

"二姊，我从来不怕的，可是到这里我有时觉得可怕，——"

"有我你什么也不必怕，——其实住熟了也就好了。好，你等等我，我到那边去打一个电话，我不能出席妇女救国会的干事会，这两天我们的工作正忙。"

当着静茵去打电话的时候，静玲一个人站在街头，说起来这算是一条僻静的街，并没有许多车，人也很少，也很悠闲，灯光把法国梧桐的肥大的叶子很清晰地照到地上，可是在那边，一个醉了的外国水兵走来了，朝她一扑，她闪过去，那个兵就象一条死狗似的睡到马路边再不起来。

这一惊，吓了她一身汗，她不愿意再独自站在那里，她就去找静茵。可巧她正打完电话，她们就一齐朝北走过去。

那条横街是一条颇为宽大的路，许多辆卡车、洋车和铁轮车在街道中间流着。在堆得很高的物件的上面，还坐着垂头丧气的人，一辆过去了，又是一辆，好象永远也没有完似的。

"你看，这就是特别现象了，从来没有人在夜间搬家，这都是因为风声紧，许多人都搬到租界里，这一两天，旅馆都挂出客满的牌子，房子也都涨了价，而且没有人介绍，简直找不到。"

"难道租界就是乐土么？"

"我也没有说呵，不过大家总觉得真要是战事起来，租界一时可以不受影响。"

"将来怎么样？"

"那就很难说了，难道我们还会拥护租界的存在？不过现在，它倒是有一点作用。你看，汽车来了，我们可以坐一圈，看看大致的情形。"

那辆高大的两层汽车，就在她们站的地方停下来，她们上了一条狭窄的钢梯，就到了上层，一直走到最前面坐下来。

"我还从来没有坐过，这倒看得清楚，怎么，等一会儿它还把我们送回来么？"

"只要你不下去，当然它还原路回来，你看，你看，街上有多少踯躅的人，那些带着行李的，到晚上找不到住处，就只好睡在街边了！"

静玲朝前望去的时候，好象在空中的红灯绿灯就一直向她的怀里扑来了，她好象在躲闪着似的，静茵就用一只手拢了她的身子，低低地说：

"不要紧，不会出事情。"

可是街上有那么多人奔来奔去的，从她的眼睛看起来，好象轧在汽车的下面了，可是那辆车还是毫不顾忌地横冲直撞过来。

"我看得真眼晕！"

"那么我们回去吧。"

"没有关系，我倒不怕，就是有点担心，到了 S 埠，我真成了一个乡下人了！"

当着她们坐的那辆车从原路回来的时候，马路上还是不断地流着搬家的车子。

"你看，我想今天一夜怕都有人搬家，有许多人搬家真可笑，真是一草一木也都是好的，——"

"妈要搬起家来怕就是这样子，怪不得这么几年总想回来，也没有回来得成。"

这时，她们又走在路上了，在那偏僻的路边，已经有人睡在那里，所以她们走着的时候必须很小心。

静玲忽然想起来问：

"二姊，你离开家的这几年里，你不想家么？"

"我有时候也想起来的，不过我一想到更大的更重要的国，我就把家忘了。怎么你想家了？"

"我倒并不是想，它一直在我脑子里晃，好象我现在是做梦，一觉醒来还是睡在家里的床上，你说那时候我是欢喜呢还是不欢喜呢？"

"我又不是你，你怎么要我猜你的心？我知道你是才离家，自然有点不惯，——"

"说起来我是一直在家里长大的，连学校的宿舍都没有住过，——"

"人是愈磨炼愈好，咬住牙根没有过不去的事，这就是我在外边奋斗几年的经验，你看我变了没有？"

"你比从前黑瘦了点，可是显得比从前更有毅力，我呢？"

"你长大了，身体和精神都很健全了，唉，我有个这样的妹妹，真值得骄傲！"

她们走回里口的时候，静茵又掏出铜板来买了一支洋蜡，静玲就问着：

"买它干什么？"

"你不知道我们的房东十一点钟就关总电门，没有它，我们只得摸黑了。"

三十九

事情的发展已经到了顶端，再也没有转圜的地步，在北区，日本的军队布防了；接近那一带的地界，有几日几夜陆续不断开来的正规军防守。

"如果你不怕，我还可以领你到北区走一转回来。"

这是静茵对静玲说，静玲就霍地站起来，回答着：

"我什么都不怕，要是能去我们就去看看。"

"昨天还有人去看，不知道今天又怎么样？你要是有那兴致，咱们就去吧。"

她们各自掠了掠头发，把衣袋里的物件，仔细看了一次，就一同走出去，这一次，她们搭上了一辆向东北的电车。

人并不怎么多，被这几天不好的情形搅动得人心更不安了，有许多人爽性就躲在家里不出来。

电车转向北走的时候，乘客就更稀少了。过了桥，到了北四川路，一辆车里不过有四五个人。

路边的店铺早已关上门，有的还在抢运货品。有些人还在边路上走着，不过他们的脸上多半带了惊慌的神色，好象试探着前进似的。

有一批人不知道为什么转过身来就跑，后边的人也转过身跑了，电车也匆急地向回头开，不停地响着铜铃。

"什么事呀？什么事呀？"

她们问着，可是没有人回答，只是那个卖票的无精打采地说：

"他们嚷着东洋兵追下来了。"

"那你们不朝北开了！"

"还开什么，回厂去了。"

"请你要它停一下吧，我们要下去。"

那个卖票的扯一下小铃，电车就停住了，她们就走下去。

跑着的人早已停住了脚步，站在路边向北望，她们两个却挺了身子朝北走。

有许多人看见她们这样走着，也远远地随着她们。当她们走到××路的时候，一个巡捕拦住她们。

"我们的家还在那边，我们必须得去看一次。"

"那你们去吧，可快点回来，不知道哪一阵就要出事。"

那个巡捕的好心倒打动了她们，尤其是他那北方口音，更使静玲高兴。

"我最喜欢听北方话，我不喜欢南方人的话。"

"我们可也是南方人呵！"静茵提醒她。

"不是你说，我还忘了。"静玲笑了笑。

过了那段横路，可以说一个中国人也看不到了。日本兵在街上走着，在路角防备的浪人们却象盗贼似的把枪械横在身上，指手画脚地不知说些什么，她们走过去的时候，所有的眼睛都随着她们，就连两三个在街上走着的外国巡捕，也把好奇的眼光射在她们的身上。

她们不管不顾地朝北走，人是愈来愈少了，几条无主的狗在街旁徜徉着，它们都饿的看得出一根根的肋条，夹着个尾巴在路边嗅着。

走到一个地方，静茵就指着一爿楼窗告诉她：

"这就是我从前住的屋子，——"

"是不是你说看得见日本兵的那一间？"

"就是，我自从到S埠就住在这里，最后才搬到我现在住的地方。可是我还爱我这间屋子，好象它对我更适宜些。"

静茵恋恋地望着那爿窗，一直看到远远走过来的一小队日本兵，静玲才拉着她：

"二姊，走吧，他们不知道我们看什么，怕过来找麻烦的。"

她们又转到一条街上，这条街原来开满了日本商店，现在都关了，携男带女无可奈何地坐在自己的门口挥着扇子。

"做日本商人也真苦，我相信他们一定不喜欢打仗。"

"不过商人多是自私自利，此外什么也谈不到，中国商人何尝不如此？生怕个人蒙受损失，根本想不到国家民族的利益。这些人实实在在都需要教育，再教育！"

"教育得太多，反倒更糊里糊涂了。"

这时她们走到铁路上分界的地方，带手榴弹背着大刀的保安队大声地向她们叫：

"干什么的？"

"老百姓。"

"回去，这里不能通过！"

"不能通过，难道你叫我到日本兵的防区？"

这是静玲的话，一时可难住了他们。他们用眼睛死力地看，代替手的搜查，觉得没有什么，其中的一个才温和些说：

"快点走吧，向西拐弯一直朝南——"

她们听从他们的话，就急匆匆地跨过铁路，走在那荒凉的街市上，那边一个人也没有，在一片不平的广场上，还看见"一二八"烧毁的遗迹。

"这一次我们可能复仇了！"

"幺舅在'一二八'打掉两个手指，这次他也能讨回这笔债来，还得加上利息，大约得要敌人的一只手！"

"其实赶来做炮灰的还不是他们可怜的老百姓？有野心的政客，残暴的军人都还躲得远远的，可是这种悲剧只要那些无辜的人扮演。"

静茵叹息地说着，她们已经转上那条南北的大路，她们站在路口上朝北望着，忽然楼上伸出一个全副武装戴了钢盔的士兵朝她们挥着手，她们只得急急忙忙地朝南走了。

"'一二八'的时候，这一带全打平了，都是后来修起来，可是这一次——"

“那怕什么，没有毁灭，就没有建设，但愿旧的一切都毁去，新的再生出来！”

她们再朝前走着，看到两旁的街屋象是很冷静的，可是里边早已住满了兵，大小路口都是堆积起来的障碍物，在那后边已经有士兵在把守。

“我想不到我们的兵也这样好看，你看，他们真英武，脸多么红，身体又结实，——”

“北方没有兵么？”

“那不同，没有这么好看，虽然忠厚，可是显得有点笨，——”

“可是在这里，几年都没有兵的影子，那是根据淞沪停战协定，我还是头一次在这里看见我们的兵。”

“这么好的兵，几年来无缘无故地不知牺牲多少了！”

静玲喟叹似的说着，这时她们已经走近了车站那一带，静茵就指点着和她说：

“那边就是车站，你不看见么，那座新建起来的大楼，准备在那上边架大炮，一直可以打 ×× 司令部。你看那边，原来的篱笆都推倒了，不是有许多兵在赶筑工事，还有安机关枪的么？听说我们也有预备，这一次我们是打定了，也很有把握！”

静玲的眼忙碌地看着，她的心里也充满了喜悦，她又想哭了，她看见过那些挨了打的兵，还没有看见过想打敌人的，她呆呆地看着那些年轻的兵脱去了上衣忙碌得一脸的汗，可是他们时时笑，她真想跑过去和他们说点什么，她不知道说什么好，她只是紧紧拉着静茵的手，不断地说：

“这下可好了，这下可好了，……”

在铁栅栏的那边，正有许多市民把脸挤在铁栏中间望过来，他们眼睛里面同样燃烧着喜悦的光，他们也在重复着这同样的话，他们的后边，车辆和人群拥挤着，守着栅门的印度巡捕用他那大而细的嗓音叫着：

“快进来呀，要关栅门了！”

被这声音惊动的静茵，赶紧拉了静玲的手走着，当她们走到栅门那里，那个印度巡捕翘起大拇指来低低地向她们说。

“中国兵，刮刮叫，东洋人要吃不消！”

那张黑脸得意地笑着，好象忘记了他自身的苦痛，她们挤进来，还回过头去，贪恋地又好好望一眼。

四十

"怎么还不打呀，怎么还不打呀，我都急得慌！"

又过了一天平静的日子，静玲就不耐烦地说，才只两天她就对那个亭子间发生极大的厌恶，她情愿一天到晚在路上走着，不愿意把自己关在那囚室里，这正是下午，炙人的阳光很强烈地照着地面。

"下午四点还有一个会，你和我同去好不好。"

"我不去，我不去，昨天一个会把我开够了，成天尽说那些空话有什么用。我看 S 埠的人连开会也是赶时髦！"

"不要那么说，五妹，社会里的关系当然不如学校里单纯，——那么四点钟我一个人去，你在家里好好睡一觉，晚上没有事，我们一同去看戏吧。"

"我不爱听戏。"

"不是旧戏是话剧，今天表演一个新剧本《原野》，我想一定很好。"

"好吧，那我去开开眼。"

到晚上果然她们就去看，走在街上，看到不穿制服的人，在街口，还有增派的岗位，多半是外国人，也有中国人，静玲就不解地问：

"怎么中国人去当外国兵？"

"那不是兵，那是万国义勇队。"

"他们是帮我们打仗吗？"

"不，只管维持租界的秩序。"

走到戏院，灯光冷清清地照着，静茵就说：

"也许今天晚上停演，不然的话一定人很多。"

"我们到里边去看吧。"

里边也没有几个人，不过售票处的小窗是开着。

一张没有兴致的脸正填在那里。

走进去，还没有一半观众，每个人也都显得那么不安；可是他们还是看着那出被表演的戏。她们也坐下来听着那节紧张的对话，到幕落下去的时候静玲就说：

"我不耐烦这些个人的恩仇，现在是一个国家要和一个国家拼的时候。"

"不要那么说，每个作者自有他一番苦心，该说的他不能说，他们的苦痛比我们的更深刻更尖锐。"

"也许我的心太不消停。"

"那我们再看一幕再走吧！"

说着的时候另一幕已经开始了。可是才演了一点，幕布又落下来，有人抬出一块木牌，上面写着：

"凡属义勇队员，即刻归队报到。"

"这是怎么回事？"

"情形一定更紧张了，走，我们走吧。"

她们也随了许多退出的观众出去，外边也还是很寂静的，她们朝北谛听，也听不出一点声息，可是街上的人很少，连夜间叫号的跳舞场也安静下去了。

"走，我们到那边去看看。"

她们就向北走，见着有向南来的人，肩上还放着行李。

"怎么打起来了么？"

她们拦住那个人问着，可是那个人摇摇头走了。

路是愈走愈黑了，风吹着衣襟，向前飘着，快要走到交界的铁栅栏那里，就听见粗暴的怒叱：

"不要走过来！"

她们停住脚步，看到灯光下围聚的巡捕，向边上一看，原来在房檐下正蹲着不少人在望着，他们的眼睛在黑暗中发亮，向着同一个方向闪着，她们也照样躲过去。

通过那强烈的灯光，北方是一片黑，看不见什么，天和地是同样的颜色，但是依凭记忆她们知道那里有房屋有街道，有新造起来的工事，还有那些沸腾着热血的兵士。

那些人都是静心地在那里等候，只过一些时，静玲就又觉得不耐烦了，和静茵说。

"我们走吧。"

"好，这可算是一段长路！"

"我不怕，你知道我们时常到××园远足。我们都是走来走去。"

到她们回到家里，已经过了午夜，一切都还是那么寂静，正当她们开门的时候，住在楼上的那个小女孩跑下来交给静茵一封信，她忙说：

"谢谢你。你还没有睡觉？"

"我特意等你们，不是邮差送来的，我想一定有要紧事，又怕放在门上丢了，我就坐在楼梯上等。"

那个女孩子跑上去，把一个甜蜜的笑脸隐在黑暗中，静玲就问着：

"是谁的信？"

静茵把烛摆好；就着烛光看起来；

"噢，原来是静珠的！"

"我不要看，撕了它，她不是我们的姊妹！"

静玲很气愤地说。

"她这么费事托人带来一定有什么事，我先看吧。"

她拆开信，就着烛光读下去。

亲爱的姊妹，我不知道该怎样给你们写信才好，这两天我以为我自己也死了，可是我没有死，只有我们没有死，我的心在抖，我的眼泪在不断地流，——

说是不要看的静玲这时也把头凑过来看下去。

就是在静玲走了以后全家也都预备到××去，这是不得已的事，因为有人逼着爸爸要他出来和日本人合作，他就一气走了。

为了方便，我就用我的汽车去送他们到××，我知道全家人都上了车，连青儿也在内，当着那辆车开到××河的渡口，好象车夫下去交涉过渡，那辆车不知道怎么一来就自己溜下去，我——不敢想当时的情景，我只告诉你们那辆车一直就沉到河底去了！——

"哎呀！——"

静玲只叫了这两个字，就半张着口，呆在那里：静茵也看不下去了，手索索地抖着，眼前是一阵黑，又一阵白，她们象失去了知觉似的兀自定着，静玲忽然就到静茵的耳边悄悄地说：

"二姊，这是真的么？"

静茵并没有回答她，她好象没有看见，却又机械地读着出来：

我不明白天为什么安排好要你们最不喜欢的姊妹来报告你们这最不幸的消息，把愤恨全丢到我的身上来吧，我们都是极悲哀的人，我们都是无家的人了，可是，它却给我极大的教训，使我知道了，我的憎和爱。不要理我，也不要问我，这个不肖的儿女，对于家，对于国，能做些什么？

她是一字一顿地把这封信读完了，她们却觉得那么空，又那么实，烛光摇曳着，突然悲伤象崩溃了一般地急流出来，一个哭出来惊人的惨恸，那一个也疯狂般地倒在床上大哭起来了。

"妈妈呀，——爸爸——"

"我的大姊，我的三姊——"

谁也不能安慰谁，谁也不能劝解谁，同样地陷在悲伤的泥淖里，她们同有一颗在打着抖的心。她们拉着自己的头发，裂开自己的衣襟，终于那两个无告的哀伤的灵魂，紧紧地拥抱在一起了。

"我死也想不到，我死也想不到呵！"

"妹妹你不是常说的么，国家比家还重要——"

"是呀，我知道，他们才和我离开呀！他们的话一直在我的耳边响着，他们的脸也在我的面前晃，姊姊，姊姊，你想我怎么能不哭呀！"

"我也受不了，你看大姊就在我的眼前。"

"哪里，你指给我看！"

静玲猛地站起来，朝黑暗的房屋看着，可是那什么也没有。

"姊姊姊姊，我们到外边去走吧，这里要闷死我了，要闷死我了。"

静玲边哭边说着。

静茵一面应着一面从床上爬起来，当她才站起来的时节，几乎摔下去。她们很快地就扶持着走下楼去了，走出里巷的门，安静的街路，驮着她们那不稳的脚，她们哭着走，过了一条街又是一条街……

当疲乏使她们不能支持的时候，就在路边坐下来，路边有更多无家的人在酣睡，他们的叹息和他们的转辗反侧声正应着她们的低微的啜泣。

于是她们又站起来走着，清冷的夜风把她们的眼泪吹干，可是从心底又流出来，她们走着哭着，哭着走着，她们就是这样地走尽了那漫漫的长夜。

不知不觉地她们已站到桥头上了，她们相偎着站在那里，河水潺潺地从她们脚下流去。夜虽然将尽了，天地还是安静的，她们默默地站在桥头向北遥望，望着那不可见的家乡，天边的一下两下闪烁的火光，照着她们那肿胀的眼睛。

"天要亮了吧？"

"不，那是火光，你听，你听，枪声起来了。"

"呵，真的，枪在响着。"

天又是一亮，象烧红了似的，接着又是轰的一声。

"大炮响了！还有，还有，机关枪也在叫！"

多少人应和着这声音从睡梦中起来，赶到这桥上来瞭望，更紧密的枪炮炸开了他们郁结的心肠，他们不断地叫着。

"真的打起来了，我们的国家在为我们复仇了！我们该笑，不是么，家没有了，我们有国，我们都是国家的儿女！"

晨风拭去残留在她们脸上的泪痕，阳光从海的下面射出它的第一条光线，她们那为极悲哀和极快乐的情绪所激荡着的身子，渐渐不颤抖了，她们紧紧地抱着，想在迷茫中看到那失去的笑脸，当她们回过头来的时候，那许多张兴奋充满了喜悦光辉的笑脸，更使她们硬朗起来了，她们又转过头去，就那样静望着被枪炮震翻了的天边。

一九四一年八月十日么店子